JANE HELLER

Die Putzteufelin

Buch
Was macht eine Frau, deren Mann nach einem Börsenkrach pleite geht, sie danach abserviert und zu seiner ersten Frau zurückkehrt? Wenn sie Alison Waxman Koff heißt und die letzten Jahre in Saus und Braus gelebt hat, fleht sie um Gnade und hofft auf Rettung. Sie tritt kürzer, verkauft ihre Pelze und lackiert sich die Nägel selber. Und als dies immer noch nichts nützt, besinnt sie sich auf ihre einzige wirkliche Begabung: aufs Putzen!
Alison bewaffnet sich mit Staubwedel und Putzlappen und fängt bei Melanie Moloney an, einer Journalistin, die gerade an einer heißen Story arbeitet und allerlei Schmutziges aus der Vergangenheit eines bekannten Senators auszugraben versucht. Als Melanie tot auf dem Teppich liegt, hält jeder Alison für die Mörderin. Doch Gott sei Dank gibt es da noch den jungen Fotografen Cullie Harrington, der an Alisons Unschuld glaubt ...

»Die Putzteufelin« ist die spritzig erzählte Geschichte einer verwöhnten Yuppie-Prinzessin, die gnadenlos vom Luxusdasein Abschied nehmen muß. Und zugleich eine romantische Liebesgeschichte zwischen zwei Menschen, die mit etwas belohnt werden, was mit Geld nicht zu kaufen ist.

Autorin
Jane Heller, 1950 in White Plains, New York, geboren, arbeitete viele Jahre im Verlagsgeschäft, bevor sie sich dem Schreiben widmete. Sie lebt mit ihrem Ehemann, einem Fotografen, in Stuart, Kalifornien.

Von Jane Heller außerdem bei Goldmann lieferbar:
Der geliehene Mann. Roman (45845)
Des Guten zuviel. Roman (45401)
Fahr zur Hölle, Liebling. Roman (43619)
Liebe im Preis inbegriffen. Roman (44243)
Liebe in kleinen Dosen. Roman (45532)
Tödliche Verwechslung. Roman (44890)
Trau niemals einem Mann. Roman (43763)
Wer zuletzt lacht. Roman (44903)
Wie Feuer und Wasser. Roman (44403)

JANE
HELLER

DIE PUTZTEUFELIN

Roman

Deutsch von Ariane Böckler

PORTOBELLO

Die Originalausgabe erschien unter dem Titel »Cha Cha Cha«
bei Kensington Publishing Corp., New York

Für Godie Forester

Umwelthinweis:
Alle bedruckten Materialien dieses Taschenbuches
sind chlorfrei und umweltschonend.

Portobello Taschenbücher erscheinen im Goldmann Verlag,
einem Unternehmen der Verlagsgruppe Random House GmbH

Einmalige Sonderausgabe August 2005

Umschlaggestaltung: Design Team München
Umschlagfoto: Getty Images
Druck: GGP Media GmbH, Pößneck
Verlagsnummer: 55436
An · Herstellung: LW
Made in Germany
ISBN 3-442-55436-5
www.portobello-verlag.de

10 9 8 7 6 5 4 3 2 1

Die Wahrheit ist mächtig und wird siegen. Daran gibt es nichts auszusetzen, außer daß es nicht stimmt.

Mark Twain

Everybody loves to cha cha cha.

Sam Cooke

Prolog

»Es ist für alle ein Schock, daß so etwas in Layton passieren konnte«, sagte Lisbeth Tolliver aus dem Dogwood Path 231 und verlieh damit den Gefühlen vieler Einwohner Laytons Ausdruck, die der Tod der Prominentenbiographin Melanie Moloney am Dienstag erschüttert hatte. Die 55jährige Moloney, die ein Haus in Bluefish Cove 7 bewohnte, hatte ein halbes Dutzend Lebensbeschreibungen der größten amerikanischen Stars verfaßt. Ihr neuestes Werk, Der spröde Held: Die unautorisierte Biographie von Charlton Heston, *stand 27 Wochen lang auf der Bestsellerliste der* New York Times *und sollte fürs Fernsehen verfilmt werden. Die aus Illinois stammende Moloney hatte unermüdlich recherchiert und war 1988 nach Connecticut gezogen, um dem Objekt ihrer jüngsten unautorisierten Biographie näher zu sein, dem 75jährigen ehemaligen Schauspieler und Senator der Vereinigten Staaten Alistair P. Downs, derzeitiger Besitzer der* Layton Community Times. *Lieutenant Raymond Graves von der Laytoner Polizei bestätigte, daß in dem Fall noch keine Festnahme erfolgt sei, er aber mit einem baldigen Durchbruch rechne. Lieutenant Graves fügte hinzu, daß die Tat seit vierzig Jahren der erste Mord in Layton sei. Weitere Angaben wollte er nicht machen. Moloney, die allein lebte, wurde, wie verlautet, irgendwann am Dienstagabend, dem 20. Februar, durch einen Schlag auf den Kopf getötet. Ihre Leiche wurde am darauffolgenden Nachmittag von ihrer Haushälterin gefunden …*

The Layton Community Times, *23. Februar 1990*

ERSTER TEIL

1. Kapitel

Am 19. Oktober 1987 saß ich gerade in Monsieur Marks Schönheitssalon und ließ mir die Beine enthaaren, die Fingernägel lackieren und die Haare fönen, als die Börse zusammenbrach.

Natürlich erfuhr ich das erst später an jenem Tag, und zwar von Sandy, meinem Ehemann, der in meinem Badezimmer auftauchte, als ich gerade in den schönen, heißen Whirlpool steigen wollte. Er teilte mir mit, daß wir pleite seien. Einfach so. Am Montag morgen hatten wir noch Geld, am Montag abend nicht mehr. Am Montag morgen war ich eine Prinzessin auf dem Weg zu ihrer Maniküre, am Montag abend war ich eine verzweifelte Frau, die kurz davor war, ihren Mann, ihr Zuhause und ihren Job zu verlieren und – zu allem Überfluß – auch noch unter Mordverdacht zu geraten. Was ein einziger Tag alles ausmachen kann!

Ich erinnere mich an den Schwarzen Montag, als wäre es erst letzten Montag gewesen. Der Schwarze Montag. Der Börsenkrach-Montag. Der Verabschiede-dich-vom-guten-Leben-Montag. Sandy hatte waghalsig an der Börse spekuliert und dadurch riskiert, große Verluste zu machen, falls es zu einem Börsenkrach kommen sollte, was ja nun an diesem schicksalhaften Oktobertag geschehen war.

»Es ist weg!« hatte Sandy geschrien und mich bei den nackten Schultern gepackt, als ich schon bis zu den Knien in dem sprudelnden, heißen Wasser stand.

»Was ist weg?« fragte ich und musterte meinen nackten Körper, um mich zu vergewissern, daß ich nicht irgendwelche Gliedmaßen verloren hatte.

»Alles.« Er setzte sich auf den Rand des Beckens, verbarg den Kopf in den Händen und murmelte etwas.

»Ich kann dich nicht verstehen«, sagte ich. Der Motor des Whirlpools übertönte ihn.

»Unser Geld ist weg«, sagte er und begann zu schluchzen.

Ich hatte Sandy noch nie weinen sehen, und so war ich ziemlich erschrocken. »Was soll das heißen, ›Unser Geld ist weg‹? Was ist denn passiert?«

»Die Börse ist zusammengebrochen. Wir haben alles verloren. Es ist nichts mehr übrig.«

»Wie denn das?«

»Es ist eben einfach so. Und was ist, das ist.« Sandy hatte Mitte der siebziger Jahre einmal an einem EST-Psychotraining teilgenommen und sprach immer, wenn er unter Streß stand, im EST-Jargon.

»Aber Sandy, wir haben doch nicht unser ganzes Geld in die Börse gesteckt. Wir besitzen Geldmarktfonds, Schatzwechsel und Rentensparbriefe.«

»Nicht mehr. Das habe ich alles schon vor Monaten in Aktien umgewandelt.«

»Was hast du?« Mit einem Mal war mir, als müsse ich mein Mittagessen in den Whirlpool katapultieren. Unser ganzes Geld war an der Börse angelegt? Die Börse war zusammengebrochen? Wir waren bankrott? Das war zuviel für mich. Rasch! Ein Witz! Ein Witz! Wenn's weh tut, mach einen Witz, Alison. Das war doch immer dein Credo. Denk an etwas Lustiges, um alles zu verdrängen. Lach dich kaputt, damit du nichts spüren mußt. »Sandy«, wagte ich mich vor. »Was ist ein Unternehmensberater?« Mein Mann starrte mich ungläubig an. »Einer, der Buchhalter werden wollte, aber nicht die Persönlichkeit dafür mitbrachte.« Ich wartete darauf, daß er den Witz begriff. Doch das tat er nicht; er sah mich an, als ob ich den Verstand verloren hätte. Aber ich hatte nicht meinen Verstand verloren, sondern mein Geld. Sandys Geld. Genaugenommen jenes Geld, dessentwegen ich ihn geheiratet hatte.

»Alison«, sagte er so geduldig wie möglich, da ihm klar war, wie entsetzt ich sein mußte, um in einem solchen Moment einen Witz zu erzählen. »Es ist wahr. Unser ganzes Geld hat in der Börse gesteckt, und die ist heute zusammengebrochen. Versuch, dich damit abzufinden. Ich muß das ja schließlich auch.«

Ich holte ein paarmal langsam und tief Luft. »Okay. Okay. Ich bin ganz ruhig. Ich bin völlig gefaßt. Und jetzt erklär mir bitte: Warum, in aller Welt, hast du unser ganzes Geld an der Börse angelegt?«

»Du hast dich nie darüber beschwert, wie ich in der Vergangenheit unser Geld verwaltet habe.«

»Ich beschwere mich auch jetzt nicht. Ich versuche nur, mich ›damit abzufinden‹, wie du es formulierst. Also sag mir, warum du alles, was wir hatten, in die Börse gesteckt hast.«

»Weil ich an der Börse Glück hatte. Ich habe Geld gemacht – so viel Geld, daß ich beschlossen habe, unsere Vermögenswerte dort anzulegen, wo ich sie gut im Auge behalten konnte.«

»Aber Sandy, du bist doch kein Investment-Banker. Du bist Einzelhändler. Du verkaufst Kleidung und Schuhe und Unterwäsche.« Mein Mann war der Chef von Koff's, dem größten und ältesten Kaufhaus in unserer Stadt.

»Ja, aber heutzutage gehen alle an die Börse, Alison. Schau dir nur Bert Gorman und Alan Lutz an. Bert mag zwar Dermatologe sein, aber er macht trotzdem selbständig Geschäfte. Alan genauso, und der ist Zahnarzt. Es ist keine so große Sache.«

»Keine so große Sache? Du erzählst mir, daß du unser ganzes Geld verloren hast, und es ist keine große Sache?« Mein Gesicht war rot angelaufen, und meine Beine wurden langsam taub, da ich schon so lange in dem heißen Wasser des Whirlpools stand. Ich stieg aus dem Becken und wickelte mich in eines der Adrienne-Vitadini-Badetücher, die ich bei Bloomingdale's gekauft hatte. Dann wartete ich darauf, daß Sandy etwas Psychologisches im Stil des EST-Trainings sagte, wie er es immer tat, wenn es Probleme gab.

»Okay. Ich habe Mist gebaut«, sagte er schließlich. »Ich gebe es ja zu. Ich stehe zu meinem Schmerz, meinen Schuldgefühlen und meiner Scham. Und das geht sogar so weit, daß ich finde, wir sollten aus der Stadt wegziehen. Ich kann es nicht ertragen, wenn in Restaurants über mich getuschelt wird.«

»Layton verlassen? Du machst wohl Witze.« Layton ist eine ländliche und doch kultivierte Stadt in Connecticut, die sich ans

Ufer des Long Island Sound schmiegt und etwa eineinviertel Stunden von Manhattan entfernt liegt. Zeit meines Lebens war sie mein Zuhause gewesen. »Wir können nicht aus Layton wegziehen, Sandy. Wir leben hier. Unsere Eltern leben hier. Und was ist mit deiner Arbeit bei Koff's? Das Geschäft ist eine Institution in Layton. Eine Goldgrube. Also mach dir keine Sorgen. Du wirst unser Geld im Handumdrehen wieder hereingeholt haben.«

»Hast du mir nicht zugehört, Alison? Die Börse ist zusammengebrochen! Glaubst du vielleicht, daß das Geschäft nicht auch in kürzester Zeit am Ende sein wird? Glaubst du etwa, die Leute werden jetzt noch genug Geld haben, um es für Designer-Klamotten auszugeben? Komm schon, Kleines. Sieh's ein.«

Ich *sah* es ja ein. Genau das war das Problem. Sosehr ich mich auch bemühte, konnte ich die schreckliche Wahrheit nicht ignorieren, daß unser »üppiges Leben«, wie meine Lieblingsillustrierte *Town & Country* es nannte, bald vorbei sein würde.

Natürlich hatte Sandy mit seiner Prophezeiung recht, daß der Börsenkrach auch die Umsätze von Koff's einbrechen lassen würde. Die verunsicherte Wirtschaft und die noch mehr verunsicherten Verbraucher ließen sein Einkommen bei Koff's drastisch sinken. Im selben Maße schwanden seine Lebensgeister. Er war untröstlich über die schlechte Wendung, die es mit seinen Finanzen genommen hatte, und diese Verzweiflung führte ihn wieder zurück in die Therapie bei Dr. Weinstein, dem Psychiater, den er konsultiert hatte, nachdem seine erste Ehe in die Brüche gegangen war.

Offenbar löste Dr. Weinstein bei Sandy nostalgische Sehnsüchte nach der guten alten Zeit dieser ersten Ehe aus, denn zehn Monate, nachdem mir der Schwarze Montag bereits jegliches Geborgenheitsgefühl geraubt hatte, verkündete Sandy, daß er mich verlassen und zu seiner ersten Frau zurückkehren werde.

Es passierte an einem Dienstag abend im August, einem Tag, den ich hinterher den Schwarzen Dienstag taufte. Sandy hatte chinesisches Essen mitgebracht. Wir aßen jeden Dienstagabend Chinesisch, weil Sandy dienstags seine Therapie-Abende hatte. Manche Ehemänner haben ihren Kegelabend; mein Gatte hatte seinen Therapieabend.

Sandy wollte nach der Therapie lieber zu Hause essen. Er sagte, er fühle sich nach seinen Sitzungen mit Dr. Weinstein zu »ausgesetzt«, um in ein Restaurant zu gehen, wo die Leute ihn auf Schritt und Tritt beobachten würden. Sandy litt nicht nur unter der Abneigung, beobachtet zu werden, sondern auch unter dem Irrglauben, Leute in Restaurants fänden ihn interessant genug, um dies zu tun.

Direkt neben der Praxis von Dr. Weinstein gab es ein ordentliches chinesisches Restaurant, und so war es uns zur Gewohnheit geworden, daß Sandy vor seiner Sitzung im Goldenen Lotos vorbeiging, unsere Bestellung aufgab, das Essen nach seinen fünfzig Minuten mit Dr. Weinstein abholte und mit nach Hause brachte.

»Zu Hause« war ein Haus im georgianischen Kolonialstil mit achtzehn Zimmern und 670 Quadratmetern Wohnfläche. Nein, es hatte keinen Meerblick, galt aber trotzdem als eines der wertvollsten Anwesen in Layton, da es mehr als 16 000 Quadratmeter Grund und mehrere Nebengebäude – »Dependancen« nannten sie die Immobilienmakler – umfaßte. Diese bestanden aus einem Gästehaus, Personalunterkünften und einer Partyscheune, die wir allesamt seit Monaten nicht mehr benutzt hatten, da es bei uns keine Gäste, kein Personal und keine Partys mehr gab.

Als wir das Haus 1984 kauften, war Sandy dafür, ihm einen Namen zu geben. »Alle Anwesen haben Namen«, versicherte er mir. Ich war skeptisch. Ich hielt es für angeberisch, wenn ein neureiches jüdisches Paar namens Alison und Sandy Koff sich so zu gerieren versuchte wie alteingesessene vermögende Familien, die ihren Häusern Namen wie »The Hedges«, »Harmony Hill« oder »Tranquillity« gaben. Trotzdem spielten wir eines Abends ein paar Ideen durch, und ich fing an, mich dafür zu begeistern. Schließlich einigten wir uns auf »Maplebark Manor«, einen Namen, der den jahrhundertealten Ahornbäumen auf dem Grundstück den Respekt und die Anerkennung zollte, die sie verdienten.

Maplebark Manor war im Stil der achtziger Jahre eingerichtet, als die Auffassung »Gierig sein ist gut« vorherrschte. Anders ausgedrückt, gaben wir eine immense Summe für einen bekannten New Yorker Inneneinrichter aus, der unseren Geschmack in puncto Möbel derart verunsicherte, daß wir ihm erlaubten, unser Heim ins Chintz-Zentrum der Vereinigten Staaten zu verwandeln. Nancy Reagan hat für Menschen, die von Drogenhändlern in Versuchung geführt werden, den Slogan »Sag einfach nein« geprägt, aber ich glaube, er eignet sich ebensogut für Kunden, die sich von ihren Innenausstattern einschüchtern lassen.

Trotz des ganzen Chintz besaß das Haus viele herrliche Eigenschaften: geräumige Schlafzimmer, jedes mit eigenem Badezimmer und offenem Kamin; prunkvolle »Gesellschaftsräume« mit hohen Decken und eine riesige Küche mit Eßplatz, die nach unserer 50 000-Dollar-Renovierung mit glänzenden neuen Fußböden, Einbauschränken, Arbeitsflächen und Geräten auf dem neuesten Stand der Technik prunkte, aber so aussehen sollte, als wäre alles schon seit Generationen so. Der Raum, den ich am meisten liebte, lag im Obergeschoß. Früher hatte er als großes Kinderzimmer gedient, aber wir hatten ihn in ein großes Arbeitszimmer für mich umgewandelt. Wir hatten beschlossen, mit Kindern noch zu warten, bis wir älter waren. Ich war vierunddreißig, als wir das Haus kauften, und Sandy war gerade vierzig geworden – alt genug, denken Sie jetzt wahrscheinlich, aber bei den ehrgeizigen und ich-bezogenen Paaren der Achtziger ging der Trend dahin, so lange zu warten, bis die fruchtbaren Jahre fast vorüber waren, und erst dann unter härtestem Leistungsdruck zu versuchen, schwanger zu werden, sich zu ärgern, wenn es nicht klappte, und dann die Tausende von Dollars, die sie eigentlich für ihre Häuser, ihre Garderobe und ihre Autos verwenden wollten, für In-vitro-Fertilisation und Fruchtbarkeitsmittel auszugeben (glauben Sie es bloß nicht, wenn Ihnen jemand erzählt, die Droge der achtziger Jahre sei Kokain gewesen – es war Clomid). Wenn all das nichts wirkte, steigerten sie sich noch heftiger hinein und versuchten, sich zu entscheiden, was sie als nächstes tun sollten: ein Kind adoptieren, einer Großer-Bruder/Große-Schwester-Hilfsgruppe beitreten, den

Kinderwunsch auf der Stelle streichen oder zur Nervenberuhigung in die Karibik fahren, um über alles nachzudenken.

Der Raum, der jetzt mein Arbeitszimmer war, ging nach Süden, war fast den ganzen Tag sonnendurchflutet und hatte einen Blick auf unseren Swimming-pool, den Tennisplatz und die Gartenanlage. In diesem Zimmer schrieb ich Artikel über Prominente. Ich war freie Journalistin, und meine Arbeiten wurden in der *Layton Community Times* gedruckt, einer zweimal wöchentlich erscheinenden Zeitung für die Bewohner der Stadt und der umliegenden Ortschaften.

Großartig, werden Sie jetzt wahrscheinlich denken. Sie schreibt also für eine unbedeutende Lokalzeitung. Was für Prominente bekommt sie da schon zu interviewen?

Jede Menge, das kann ich Ihnen garantieren. Zunächst einmal verfügt Layton über ein eigenes städtisches Theater, in dem Wiederaufführungen der besten Broadway-Stücke stattfinden, und ich war die Reporterin, die über alle Premieren berichtete und sämtliche Stars interviewte. Und zweitens ist Layton der Wohnort vieler berühmter Personen – Filmstars, Fernsehprominenz, Schriftsteller, Rockmusiker und so weiter –, von denen die meisten nur allzugern die Werbetrommel für ihre neuesten Projekte rühren.

Meiner Funktion als Klatschreporterin für die *Layton Community Times* verdanke ich auch, daß ich Sandy Koff kennengelernt habe: Sanford Joshua Koff, den Sohn jenes Koff, der sich hinter Koff's Warenhaus verbirgt, einem Einzelhändler, der schon lange vor den »Gap«- und »Benneton«-Läden hier war. Der Anlaß, Sandy zu interviewen, ergab sich, nachdem im März 1983 bekanntgegeben worden war, daß sein Vater sich aus dem Geschäft zurückziehen und die gesamte Firmenleitung Sandy übergeben würde.

Ich freute mich auf unser Treffen, da ich gehört hatte, daß Sandy frisch geschieden war. Ich war selbst frisch geschieden und lebte in der Drei-Zimmer-Eigentumswohnung, die ich mit meinem ersten Mann Roger geteilt hatte, der mich und seine Arztpraxis verlassen hatte, um Animateur im Club Mediterranée zu werden. Rogers Vater hatte eine Knopffabrik in New Jersey und war sehr reich. Infolgedessen war auch Roger sehr reich und konnte es sich leisten, erst Arzt zu werden und den Job dann wieder an den Nagel zu hängen.

Der Tag, an dem ich Sandy kennenlernte, war ein guter Tag für mein Haar. Meine schulterlangen braunen Locken, die dazu neigen, sich zu kräuseln, hatten dies unterlassen. Ich weiß noch, wie ich an diesem Morgen in den Spiegel sah und dachte: Gar nicht übel, Alison.

Ich sehe wirklich nicht schlecht aus. Ich bin dünn (Kleidergröße 36), aber nicht gerade flachbrüstig (85 B), durchschnittlich groß (1,65) und habe für eine Jüdin ausgesprochen ebenmäßige Gesichtszüge (keine Hakennase). Ich habe eine rauhe Stimme, große braune Augen und Sommersprossen auf der Nase. Viele sagen, ich sähe aus wie die Schauspielerin Karen Allen, was bedeutet, daß ich auch wie die Schauspielerinnen Brooke Adams und Margot Kidder aussehe, denn Karen Allen, Brooke Adams und Margot Kidder sehen alle gleich aus.

Mein Interview mit Sandy Koff fand in seinem Büro im ersten Stock von Koff's Warenhaus statt.

»Schön, Sie kennenzulernen«, sagte er, stand auf und ging um seinen großen Schreibtisch herum, um mich zu begrüßen. Ich merkte genau, daß er meine Aufmachung taxierte und sich fragte, ob ich die Sachen bei Koff's gekauft hatte.

Ich erklärte Sandy, was für einen Artikel ich schreiben wollte, und wir plauderten über seine Pläne. An den ganzen psychologischen Bemerkungen, die er in unserer ersten gemeinsamen Dreiviertelstunde machte, spürte ich, daß er ein sehr ernsthafter Mensch war. Bemerkungen wie: »Ich habe darum gekämpft, mich den inneren Konflikten zu stellen, in denen es darum geht, meinen Vater zu übertrumpfen.« Und: »Ich habe das Grundbedürfnis, erfolgreich zu sein, und zugleich den unbewußten Wunsch, meinen Erfolg zu sabotieren.« Da ich noch nicht viel mit Psychologie zu tun gehabt hatte, nahm ich an, daß Menschen, die in diesem Jargon sprachen, offener und vertrauenswürdiger seien als solche, die das nicht taten. Und, weiß Gott, nachdem ich von einer Mutter großgezogen worden war, die keinem verraten wollte, wie alt sie wirklich war, und nachdem ich mit einem Mann verheiratet gewesen war, der mir von seiner Sekretärin mitteilen ließ, daß er sich von mir scheiden lassen wollte, hatte ich auf einen offenen und vertrauenswürdigen Menschen geradezu gewartet.

Außerdem war ich von Sandys Äußerem angetan. Er hatte ein sympathisches Lächeln und große, weiße Zähne, die glänzten – ein Lächeln, das sein langes, schmales, düsteres Stan-Laurel-Gesicht aufbrach und ihm etwas Wärme verlieh. Überdies besaß er eine lange, dünne Nase, lange, dünne Finger, um deren Knöchel zarte schwarze Härchen wuchsen und die manikürt waren, und einen langen, dünnen Körper. Im Grunde war alles an Sandy Koff lang und dünn außer seinem dunklen Haar, das kurz und dünn war, und seinem Penis, der lang und dick war (dazu später mehr). Er war nicht gerade der Prototyp des jugendlichen Liebhabers, aber ich fand ihn attraktiv, da er mich in gewisser Weise an Tony Perkins mit zurückweichendem Haaransatz erinnerte. Besonders faszinierte mich sein Adamsapfel, der derart heftig auf und ab hüpfte, daß ich den Blick nicht abwenden konnte.

Das zweite, was mir an diesem Tag an Sandy auffiel, war seine für Mitte März ungewöhnlich tiefe Bräune. Er erzählte mir, daß er gerade erst aus Malliouhana zurückgekommen sei, einem Urlaubsort in der Karibik, der früher ein verschwiegener Schlupfwinkel für schicke, anspruchsvolle Europäer gewesen war, mittlerweile aber nach einem Beitrag in »Wie die Reichen und Berühmten leben« zum In-Treff für den Rolex-Klüngel geworden war, für reiche Ärzte, Anwälte und Textilfabrikanten also. Wenn man am Strand von Malliouhana rief: »Heißt hier jemand Irving?« würde jeder mit »ja« antworten.

Sandy und ich begannen, miteinander auszugehen. Er lud mich zum Mittagessen ein. Er lud mich zum Abendessen ein. Er lud mich auf Sportveranstaltungen ein. Er lud mich in romantische kleine Gasthöfe in Vermont ein. Er stellte mich seinen Freunden vor. Er stellte mich seinen Eltern vor. Er stellte mich sogar seinem »Physio-Katalysator« vor, wie er seinen Fitneß-Trainer zu nennen pflegte, der dreimal pro Woche frühmorgens zu ihm ins Haus kam und ihm zeigte, wie man Gewichte stemmt. Im Handumdrehen wußten wir die Telefonnummer des anderen auswendig und hatten einander intime, kleine Spitznamen gegeben (meiner für Sandy war Basset, weil er mich an einen Hund dieser Rasse erinnerte; und sein Name für mich war Allergy, zum einen, weil es so ähnlich klang wie Alison, und zum anderen, weil ich ihm offenbar unter die Haut ging wie ein lästiger Ausschlag). Im Handumdrehen hatten wir einander schlüpfrige und ekelhafte Dinge über unsere ersten Ehepartner erzählt. Im Handumdrehen hatten wir uns aneinander gewöhnt, vor allem im Bett: Ich schlief nicht mehr nackt, und er bat mich nicht mehr darum, nackt zu schlafen; ich tat nicht mehr so, als machte es mir Spaß, ihm einen zu blasen, und er tat nicht mehr so, als merkte er nicht, daß es mir keinen Spaß machte. Im Handumdrehen waren wir ein verliebtes Paar der achtziger Jahre.

Und was war mit der Leidenschaft, möchten Sie wissen? Damals war ich nicht auf Leidenschaft aus. Ich wollte nur ein bißchen Sicherheit in meinem Leben – eine gewisse Garantie, daß der Mann, den ich heiratete, betucht war. Das hatte ich von meiner Mutter gelernt, die mir wieder und wieder vorgebetet hatte, daß einem Mann nicht zu trauen war, wenn er kein Geld hatte; daß er keinen Respekt verdiente, wenn er kein Geld hatte; daß er sich mitnichten zum Heiraten eignete, wenn er kein Geld hatte – und zwar am besten geerbtes *und* selbstverdientes. Nach Jahren derartiger Gehirnwäsche fiel mir zu Männern nicht viel mehr ein, als daß es in Ordnung war, eine heimliche erotische Neigung für den Tankwart zu hegen, solange man denjenigen heiratete, dem die Zapfsäulen gehörten.

Und so heiratete ich 1984 Sandy Koff, der Geld hatte. Er schien sehr glücklich zu sein. Meine Mutter auch. Zwei von dreien glücklich zu sehen, war ein ziemlich guter Schnitt, fand ich, womit auch etwas über die Höhe meiner Erwartungen gesagt ist.

Wir verkauften meine Eigentumswohnung und wohnten vorübergehend in Sandys Siebenzimmer-Haus am Wasser, das er gemietet hatte, nachdem ihn seine Frau aus ihrem gemeinsamen

Sechszimmer-Haus am Wasser geworfen hatte. Dann kauften wir Maplebark Manor und zogen ein. Das Leben war traumhaft. Sandy leitete Koff's Warenhaus, ich schrieb Zeitungsartikel über Berühmte und Fast-Berühmte. Wir trugen teure Kleidung, fuhren teure Autos, speisten in teuren Restaurants und widmeten uns gerade oft genug dem Liebesspiel, daß unsere Genitalien nicht verkümmerten. Ich entdeckte die Freuden der Gartenarbeit. Sandy entdeckte, wie aufregend es war, an der Börse zu spekulieren. Ich kaufte sämtliche Bücher von Martha Stewart, um zu lernen, wie man Parties gab, Sandy kaufte sich einen Computer, damit er seine Aktientransaktionen dokumentieren konnte. Wir hatten Freunde, wir hatten Personal, und wir hatten Geld – bis zu jenem Schwarzen Montag, dem Tag, an dem wir alles verloren. Ach, wir haben ja immer noch einander, tröstete ich mich in den folgenden Monaten. Doch dann kam der Schwarze Dienstag, der Tag, an dem Sandy aus Dr. Weinsteins Praxis nach Hause kam und mehr als nur chinesisches Essen im Sinn hatte.

»Ich bin da«, rief er durch die Sprechanlage in der Küche. Wir hatten in jedem Stockwerk in Maplebark Manor Sprechanlagen installiert, damit wir nie zu laut rufen mußten.

»Ich bin gleich unten«, antwortete ich von meinem Arbeitszimmer im Obergeschoß aus. Es war halb acht, und ich hatte die vergangenen Stunden an einem Artikel über June Allyson gearbeitet, die nicht nur nach Layton gekommen war, um Werbung für Depend-Unterwäsche zu machen, sondern auch um die Hauptrolle in *South Pacific* zu spielen, einem Stück, das derzeit im Laytoner Stadttheater inszeniert wurde.

Ich lief eilig die Hintertreppe hinunter und ging in die Küche, wo Sandy kleine Schächtelchen mit chinesischen Gerichten auspackte und ihren Inhalt in die hübschen, alten Preßglasschalen füllte, die ich auf einer Auktion bei Sotheby's erstanden hatte. Er hatte bereits seinen Bademantel und seine Hausschuhe angezogen und schien zu lächeln, was ich ihn schon monatelang nicht mehr hatte tun sehen.

»Du bist gut aufgelegt«, sagte ich fröhlich, während wir Essen,

Sets, Servietten und Silberbesteck in den verglasten Frühstücksraum neben der Küche trugen. Wir setzten uns einander gegenüber an den runden Massivholztisch und begannen zu essen.

»Eine Frühlingsrolle?« fragte Sandy und bot mir etwas von der Pu-Pu-Platte an.

»Nein danke«, erwiderte ich, da mir meine Sesamnudeln fürs erste reichten. »Aber erzähl mir doch, warum du so gut aufgelegt bist. Sind die Umsätze im Geschäft gestiegen?«

»Nein«, sagte Sandy, den Mund voller Frühlingsrolle. »Es hat nichts mit dem Geschäft zu tun. Es hat mit Soozie zu tun.«

»Soozie?« fragte ich zuckersüß und redlich darum bemüht, keinen gehässigen Ton in meine Stimme dringen zu lassen. Soozie war Sandys Ex-Frau. Sie betrieb außerdem einen Partyservice, besaß allerdings im Gegensatz zu meinem Idol Martha Stewart nur wenig Geschäftssinn. Ja, sie konnte kochen, was Sandy nie müde wurde zu erwähnen, wenn ich mich wieder einmal an Blätterteiggebäck versucht hatte und es nichts geworden war. Aber sie hatte keine Ahnung, wie sie sich vermarkten mußte. Infolgedessen besaß sie einen Partyservice, der nur wenige Partys versorgte. Sie hatte sich von Sandy scheiden lassen, weil sie ihre »Flügel spreizen und fliegen« wollte. Wie mir zu Ohren gekommen war, hatte sie zwar so manches gespreizt, aber es hatte nichts mit Flügeln zu tun. Nicht, daß es mich gekümmert hätte, wie Sandys Ex-Frau ihre Freizeit verbrachte, solange sie es nicht mit Sandy tat.

»Ich wollte eigentlich bis nach dem Essen damit warten«, sagte Sandy und legte seine Gabel auf den Teller. Dann langte er über den Tisch, nahm mir die Gabel aus der Hand und umschloß meine Hände mit den seinen. Ich wußte, daß jetzt etwas Wichtiges kommen würde, aber ich hatte ehrlich keine Ahnung, was. »Allergy, ich fühle mich wirklich im Einklang mit mir selbst, nachdem ich mir jetzt darüber klargeworden bin, woher meine Gefühle für dich kamen.«

Er schwieg. Ich starrte ihn an. Hatte er schon immer so geredet? War mir noch nie aufgefallen, wie lächerlich er sich anhörte?

»Allergy«, fuhr er fort. »Ich fühle mich dir so nahe, seit ich weiß, was für eine Rolle du in meinem Leben spielst.« Eine weitere Pause, ein tiefer Atemzug und schließlich ein breites Lächeln. »Du warst meine Übergangsfrau.«

Ich hörte auf zu kauen. Die Sesamnudeln, die noch vor Sekunden so gut geschmeckt hatten, wurden plötzlich zu Pappe. Mein Herz begann schneller zu schlagen, während ich darauf wartete, daß Sandy zu Ende sprach. Ich wußte, daß noch etwas kommen mußte. Es kommt immer noch etwas.

»Es ist so«, fuhr Sandy fort und stand von seinem Stuhl auf, um einen Arm um mich zu legen. »Soozie liebt mich immer noch und will mich zurück, und ich liebe sie immer noch und will sie zurück.«

Rasch! Laß dir einen Witz einfallen! dachte ich, während ich das zu begreifen versuchte, was mein Mann mir da sagte.

Was *sagte* er mir da eigentlich? Daß er sich hinter meinem Rücken mit Soozie getroffen hatte? Daß die beiden wieder ein Liebespaar waren? Daß er die ganze Zeit sie geliebt und mich nur aus Einsamkeit oder Langeweile geheiratet hatte? Daß ich als Gattin, als Frau und als Köchin versagt hatte? Daß ich wieder allein sein würde?

Ich war versucht, meinen Teller mit dem chinesischen Essen nach Sandy zu werfen – allen Ernstes. Die Vorstellung, daß diese dicke, braune Soße seinen flauschigen, weißen Ralph-Lauren-Frotteebademantel, den Bademantel mit dem »Familienwappen« auf der Brusttasche, herabtropfen würde, reizte mich ungemein. Aber ich war viel zu aufgelöst, um die Schweinerei hinterher aufzuwischen, und viel zu zwanghaft, um sie für Maria, unser peruanisches Hausmädchen, liegenzulassen, die nie auch nur ein Stäubchen vorfand, wenn sie allmorgendlich eintraf, da ich das Haus regelmäßig saubermachte, bevor sie kam.

Rasch! Ein Witz! Ein Witz! Mir brannten die Augen vor Schmerz und Wut, doch ich zwang mich, nicht zu weinen. Laß dir nie anmerken, daß du leidest. So heißt es doch, oder?

Sandy, mein Ehemann. Schau ihn dir nur an, dachte ich. Was für ein jämmerlicher Anblick! Er hat sein Examen an der Columbia

University mit Prädikat gemacht und war Klassenbester an der NYU Business School, also kann er kein kompletter Idiot sein, aber hör bloß mal, was er da redet. Schau dir an, wie er aussieht. Er kämmt seine restlichen drei Haare quer über seinen vorzeitig kahlen Kopf und glaubt, damit alle narren zu können. Wir wissen alle, daß du eine Glatze bekommst, du Blödmann. Und Soozie, die Partyservice-Hure. Ausgerechnet wegen ihr verlassen zu werden. Soozie, die in Wirklichkeit Diane heißt, jedoch darauf besteht, daß alle sie Soozie nennen.

»Jetzt bist du sicher am Boden zerstört«, sagte Sandy und schloß mich in die Arme.

Am Boden zerstört? Am Boden zerstört? dachte ich und versuchte verzweifelt, mir die Panik nicht anmerken zu lassen. Laß deinen Mann nicht glauben, daß du von ihm abhängig seist, hat meine Mutter immer gesagt. Laß ihn nicht wissen, wieviel er dir bedeutet. Laß ihn stets raten. Behalte deine wahren Gefühle für dich. Trag dein Herz nicht auf der Zunge. Rasch! Ein Witz! Ein Witz!

»Allergy? Ist alles in Ordnung? Sag doch was«, sagte Sandy und sah richtig besorgt um mich aus.

Ich holte tief Luft und sagte zwei Dinge zu meinem treulosen zweiten Ehemann. Das erste war: »Sandy, ich finde es gut, daß du zu Soozie zurückgehst, weil ich mich schon seit geraumer Zeit mit anderen Männern treffen möchte. Du kennst ja mein Motto: ›Setz nie alles auf eine Karte.‹«

Ich wartete darauf, daß er den Witz begriff, bevor ich weitersprach und ihm sagte: »Und Sandy, wenn du mich noch einmal Allergy nennst, erzähle ich jedem in Layton die Wahrheit über Soozie – daß die geheime Zutat in ihrem ›naturreinen‹ Hühnchensalat Glutamat ist und ihre ›hausgemachten‹ Kuchen aus einer fertigen Backmischung bestehen.«

Sandy warf mir einen finsteren Blick zu, schüttelte den Kopf und verließ den Raum. »Du leugnest deine Gefühle«, sagte er. »Und wie du sie leugnest!«

»Du kannst mich mal«, schrie ich und zeigte ihm den Stinkefinger. Dann begann ich zu überlegen, was schlimmer war: den Ehemann zu verlieren oder den Ernährer. Ich hatte soeben beide eingebüßt, und das war alles andere als lustig.

2. Kapitel

Natürlich konnte ich in der Nacht, als Sandy mich wegen Soozie verließ, nicht schlafen. Immer wenn ich die Augen schloß, sah ich die beiden vor mir: den Börsenhai und die Partyservice-Hure.

Eine der Szenen, die mir immer wieder im Kopf herumgeisterten, war ihre bescheuerte Wiedervereinigung. Ich stellte mir vor, daß Sandy, nachdem er Maplebark Manor verlassen hatte (er hatte seine Louis-Vuitton-Taschen gepackt, sich in seinen Mercedes geschwungen, war zu Soozie davongerast und hatte mich sitzenlassen mitsamt einem gedeckten Eßtisch und einem chinesischen Take-away-Menü), bei der Partyservice-Hure angekommen war, kaum fähig, seine Freude darüber zu verbergen, daß er das einzige Hindernis, das ihrem Glück im Weg stand – mich –, erfolgreich beiseite geräumt hatte. Kann man es sich nicht geradezu vorstellen? Er biegt in ihre Einfahrt, und da steht sie, direkt an der Haustür, und winkt ihm mit einem Topflappen. Er hüpft aus seinem Mercedes und stürzt sich in ihre Arme, in Zeitlupe, wie in der Shampoowerbung. Sie fährt ihm durch seine drei Haare. Er vergräbt die Hände unter ihrer Schürze. Dann gehen sie hinein und lieben sich wild und leidenschaftlich auf dem Küchenfußboden. Sie sind so von Sinnen vor Begeisterung darüber, wieder zusammenzusein, daß sie vergessen, Sandys Gepäck aus dem Auto zu holen, und so werden die ganzen Taschen gestohlen – mitsamt dem Wagen.

Den letzten Teil fügte ich jedesmal hinzu, wenn mich die Panik ergriff, weil Sandy mich verlassen hatte. Es geschähe Sandy recht, wenn ihm sein wertvoller Mercedes direkt unter seiner langen, hageren Nase weggestohlen würde. Mein Gott, wie ich ihn haßte.

Wie konnte er mich und Maplebark Manor verlassen? Was, wenn diese Rezession, von der in jeder Talk-Show die Rede war, das Land in eine Depression stürzte? Wie konnte ich in solchen Zeiten ohne Ehemann zurechtkommen?

Ich würde es nicht schaffen. Zu diesem Schluß kam ich gegen fünf Uhr morgens, am Morgen nach dem Schwarzen Dienstag. Ich würde Sandy einfach nicht gehen lassen. Ich würde diesen wirtschaftlichen Niedergang nicht alleine durchmachen. Ich würde ihn zurückbekommen. Ich würde ihn davon überzeugen, daß der Börsenkrach und die Probleme bei Koff's bei ihm verständlicherweise nostalgische Sehnsüchte nach der guten alten Zeit mit Soozie ausgelöst hätten. Aber wenn er ernsthaft darüber nachdächte, war es doch ich, die ihn glücklich machen konnte, ich, die ihm dabei geholfen hatte, ein Leben in Reichtum und Überfluß zu führen. Schließlich war es ja nicht so, daß Sandy und ich keinen gemeinsamen Besitz hatten. Wir besaßen Maplebark Manor. Manche Paare bleiben wegen der Kinder zusammen. Wir könnten wegen des Hauses zusammenbleiben. Ich würde am Morgen als erstes in Sandys Büro gehen und ihm Fotos von Maplebark Manor zeigen. Er würde mich anlächeln und sagen: »Verzeih mir, Allergy. Die Rezession hat mich dazu gebracht. Ich verlasse Soozie und komme zu dir nach Hause. Nach Maplebark Manor.«

Ich wollte gerade aufstehen und mir Gedanken darüber machen, was ich für den Besuch in Sandys Büro anziehen sollte, als gegen Viertel nach neun das Telefon läutete. Es war Adam Greene, ein Anwalt, mit dem Sandy seit seiner Schulzeit befreundet war.

»Sandy ist nicht da«, sagte ich, da ich annahm, daß Adam meinen verlorenen Gatten sprechen wollte, der vermutlich noch bei Soozie weilte und sich nach einer Nacht der zügellosen Leidenschaft ausruhte. Aber eigentlich war es – auch ohne jegliche Eifersucht und Bitterkeit – schwer, sich Sandy in zügelloser Leidenschaft vorzustellen. Ja sicher, er hatte einen Riesenschwanz, aber was hilft einem ein Ferrari, wenn man nicht mit einer Knüppelschaltung umzugehen weiß? Damit nicht genug – Sandy war der stillste Liebhaber seit Marcel Marceau. Er stöhnte nie. Er sagte nie:

»Oh, Baby. Mach's mir. Gib's mir.« Er sagte überhaupt nichts – kein einziges Wort. Wenn wir miteinander schliefen, hätte man eine Stecknadel fallen hören, was natürlich hieß, daß auch ich nicht stöhnte und keuchte. Das lag nicht daran, daß es mir nicht gegeben war, zu stöhnen und zu keuchen. Es war nur einfach so, daß es praktisch unmöglich war, vor Lust zu schreien, wenn ich gar keine empfand und mein Partner sich verhielt wie ein Schauspieler in einem Gehörlosen-Porno.

In Ordnung. Unser Sexualleben bot also nicht gerade Stoff für heiße Liebesromane. Mir war es egal. Ich würde nicht alleine durch die turbulenten neunziger Jahre gehen. Ich würde Sandy zurückerobern, das stand fest.

»Ich weiß, daß Sandy nicht da ist, Alison«, sagte Adam Greene durchs Telefon. »Er sitzt hier bei mir im Büro. Wir haben über eure Scheidung gesprochen.«

»Scheidung?« Hier saß ich und überlegte, wie ich meinen Mann zurückerobern wollte, und er konnte nicht einmal vierundzwanzig Stunden warten, um mich loszuwerden.

»Hast du dir schon einen Anwalt genommen, Alison?« fragte Adam mit für meinen Geschmack nicht einmal ansatzweise genug Mitgefühl in der Stimme. Adam Greene war doch eigentlich genauso mit mir befreundet wie mit Sandy. Er und seine Frau Robin waren Dutzende von Malen in Maplebark Manor gewesen, ebenso wie wir drüben in Belvedere, der 2000-Quadratmeter-Villa, die sie ihr Zuhause nannten. Belvedere hatte nur vier Schlafzimmer, aber einen überdachten Squashplatz, den Adam und Sandy ziemlich ausgiebig genutzt hatten, bevor sie auf Golf umgestiegen waren. Zuletzt hatte ich gehört, daß die Greenes vorhatten, den Squashplatz in ein Kino umzuwandeln, in dem man gleichzeitig zwei Filme zeigen konnte, genau wie in Loew's Filmtheater in Layton.

»Nein, Adam, ich habe mir noch keinen Anwalt genommen. Mir war bis gerade eben nicht bewußt, daß Sandy sich scheiden lassen will. Die Leiche ist ja noch nicht einmal kalt.«

»Was soll das heißen?«

»Nichts. Sag Sandy, er kann seine Scheidung haben, aber er wird es in seinem Geldbeutel spüren.«

»Das glaube ich nicht, Alison. Du bist von jetzt an auf dich allein gestellt.«

»Wovon redest du?«

»Du hast 1984 eine voreheliche Vereinbarung unterschrieben, bevor Sandy und du Maplebark Manor gekauft habt. Erinnerst du dich?«

Mist. Das hatte ich vollkommen vergessen. Sandy hatte auf einer schriftlichen Vereinbarung bestanden, da er schließlich derjenige mit dem vielen Geld war, und weil ich nicht abhängig – oder, schlimmer noch, geldgierig – wirken wollte, unterschrieb ich das Ding, in dem stand, daß ich – im Falle einer Trennung – bekäme, was ich in die Ehe eingebracht hatte, und er das, was er in die Ehe eingebracht hatte, was natürlich verteufelt viel mehr war. Was Maplebark Manor anging, so besagte die Vereinbarung, daß jeder von uns den anderen auszahlen konnte. Wenn keiner von uns das Haus wollte, konnten wir es verkaufen und uns den Erlös im Verhältnis 75 zu 25 teilen. Raten Sie mal, wer die 25 bekam.

»Sandy hat mich gebeten, dir zu sagen, daß er das Haus nicht will, da er und Soozie vorhaben, bei ihr zu wohnen. Du kannst in Maplebark Manor wohnen bleiben, wenn du genug Geld aufbringst, um Sandy auszuzahlen.«

»Oh, fein«, sagte ich und fragte mich, wie schlimm es noch kommen würde. »Sandy weiß verdammt genau, daß ich nicht so viel Geld habe.«

»In diesem Fall mußt du Maplebark Manor zum Verkauf anbieten«, sagte Adam.

»Das Haus verkaufen? Unser herrliches Haus, in das wir jeden Penny, den wir hatten, gesteckt haben? Der Immobilienmarkt ist momentan im Keller, falls dir und Sandy das entgangen sein sollte. Wir werden es verschenken müssen.«

»Ich bin nicht dein Anwalt, Alison, aber wenn ich es wäre, würde ich dir sagen, daß du keine andere Wahl hast. Sandy steht finanziell nicht mehr so gut da wie früher, wie du weißt, und er sieht sich außerstande, weiter die Hypotheken zu zahlen. Wenn er Konkurs anmelden und euer wertvolles Haus zwangsversteigert werden muß, hast du weiter nichts davon als einen Prozeß und eine angeschlagene Bonität.«

»Das ist alles? Das ist alles, was Sandy mir nach fünf Jahren Ehe zu sagen hat? Daß, wenn ich das Haus nicht schnell verkaufe, die Bank es sich schnappen wird und – ich pleite bin?«

Adam legte die Hand über die Sprechmuschel und flüsterte Sandy etwas zu. Dann sagte er zu mir: »Sandy hat mich gebeten, dir etwas zu sagen, Alison. Er hat gesagt:›Das Leben ist ein Berg. Besteig ihn.‹«

»Oh, herzlichen Dank, Adam. Jetzt möchte ich, daß du Sandy etwas sagst: ›Das Leben ist eine Felswand. Spring runter.‹«

Ich knallte den Hörer auf, lief in die Küche hinunter und machte mir eine Bloody Mary. Es war erst halb zehn Uhr morgens, aber ich brauchte eine Stärkung: Ich hatte vor, meine Mutter anzurufen und ihr mitzuteilen, daß Sandy, der ihr von meinen beiden Ehemännern bei weitem der sympathischere war, mich verlassen hatte. Wenn ich es ihr nicht bald sagte, würde es ihr beim Friseur oder in der Reinigung zu Ohren kommen oder – was noch schlimmer wäre – im Feinkostgeschäft, wo die Kundschaft ebensoviel Spaß daran hatte, den hiesigen Klatsch zu verbreiten wie ausgefallene Delikatessensalate zu kaufen.

Ich beschloß, mich anzuziehen, bevor ich meine Mutter anrief. Ich zog mich immer an, bevor ich mit ihr telefonierte. Ich trottete nach oben und betrat meinen begehbaren Kleiderschrank neben dem großen Schlafzimmer, zog einen marineblauen Trainingsanzug von Fila heraus und schlüpfte hinein. Dann setzte ich mich auf mein Bett, starrte das Telefon auf dem Nachttisch an, kippte den Rest meiner Bloody Mary und wählte die Nummer meiner Mutter.

»Hallo, Mom. Ich hier«, flötete ich, nachdem meine Mutter, Doris Waxman, sich gemeldet hatte.

»Ich bin es«, verbesserte sie mich in ihrem speziellen Ton. Meine Mutter war eine Hüterin der korrekten Sprache – ein wahrer

Schutzengel der Grammatik. Wenn man so dumm war, in ihrer Gegenwart »größer wie« oder etwas Ähnliches zu sagen, brach unweigerlich die Hölle los. Außerdem hatte sie eine Stimme wie Suzanne Pleshette – eine extrem tiefe, rauhe Raucherstimme, die viele für die eines Mannes hielten. Wenn sie einen mit ihrem speziellen Ton und ihrer speziellen Stimme herunterputzte, war man wirklich vernichtet. »Da du selbst schreibst, Alison, solltest du mehr auf deine Sprache achten«, fügte sie zu allem Überfluß noch hinzu.

»Ehrlich gesagt, Mom, habe ich momentan dringendere Probleme wie das – Entschuldigung – dringendere Probleme als das.« O Gott.

»So ist's recht. Was für dringende Probleme denn? Gehen die Geschäfte in Sandys Laden noch immer schlecht?«

»Ja. Aber das ist im Moment nicht das dringendste Problem.«

»Oh? Was dann?«

»Etwas anderes.« Es war pervers von mir, ich weiß, aber ich liebte es, meine Mutter dazu zu zwingen, mir die Informationen aus der Nase zu ziehen. Nachdem ich jahrelang von ihr drangsaliert worden war, war das meine Art, den Spieß umzudrehen.

»Es ist aber nicht deine Gesundheit, oder?«

»Nein.«

»Deine Arbeit bei der Zeitung?«

»Nein.«

»Irgend etwas mit dem Haus?«

»Gewissermaßen.« Ich mußte wohl mit dem Thema Scheidung herausrücken. Meine Mutter hielt von Scheidung das gleiche wie von Grammatikfehlern. Sie und mein Vater waren in ihrer kurzen, aber guten Ehe überschäumend glücklich gewesen, bis diese im August 1960, als ich zehn Jahre alt war, ein tragisches Ende fand. Es geschah in Grassy Glen, dem Country Club, dem meine Eltern und alle ihre Freunde angehörten, während des alljährlichen Mixed-Tennisturniers. Mein Vater Seymour (den alle Sy nannten) Waxman war ein Spieler der A-Klasse und galt als sicherer Turniersieger, vor allem, weil sein Partner im Doppel der phänomenale Jack Goldfarb war, der Champion der Herren drüben in Rolling Rocks, einem anderen Laytoner Club. Aber beim Matchball – gerade als mein Vater und Mr. Goldfarb kurz vor dem Sieg standen – streckte sich mein Vater zum Aufschlag zurück, griff sich plötzlich an die Brust, fiel auf den roten Boden und starb. Einfach so. Spiel, Satz und Sieg. Zum Glück waren meine Mutter und ich nicht dabei. Sie war bei Neiman Marcus, um Weihnachtsgeschenke zu kaufen. (Ja, es war Sommer, aber sie plante gerne voraus, und ja, wir waren Juden, aber wir kauften trotzdem Weihnachtsgeschenke.) Ich war in einem Sommerlager in Maine, wo ich lernte, mich in Bogenschießen, Synchronschwimmen und anderen Betätigungen hervorzutun, die sich für mein Erwachsenenleben als völlig nutzlos erweisen sollten. Als ich erfuhr, daß mein Vater gestorben war, bekam ich einen Schock. Sy Waxman, der Matratzenkönig, hatte seit jeher meine Sicherheit, meine Stabilität bedeutet. Ich konnte nicht glauben, daß es ihn nicht mehr gab. Ich konnte nicht glauben, daß er nicht mehr dasein und mich umarmen, küssen und liebhaben würde. Ich konnte nicht glauben, daß er mich allein ließ und ich für den Rest meines Lebens ohne ihn mit meiner Mutter fertig werden mußte – die seinen Tod dadurch bewältigte, daß sie zu einer unerträglich mißgelaunten, einsamen Frau wurde. Als erstes verwandelte sie nach seinem Tod ihr Schlafzimmer in einen Schrein, indem sie jede freie Stelle an der Wand mit Fotos von ihm pflasterte. Als zweites weigerte sie sich, seine Kleider wegzugeben. Und als drittes boykottierte sie den Country Club, wo er sein frühes Ende gefunden hatte. Monatelang saß sie nur im Haus herum, rauchte eine Winston nach der anderen und sah sich »As the World Turns« an – neben mir der einzige Fixpunkt in ihrem Leben. Nachdem sie schon vorher alles andere als eine Stimmungskanone gewesen war, mutierte meine Mutter zur miesepetrigsten Witwe in ganz Connecticut und vielleicht sogar noch zwei weiteren Nachbarstaaten. So wurde ich zu einer Tochter, die fortwährend bemüht war, sie aufzuheitern, was nur eine andere Formulierung dafür ist, daß ich ständig versuchte, ihr alles recht zu machen. Ich putzte mein Zimmer. Ich kämmte mich. Ich machte meine Hausaufgaben. Ich sprach in grammatikalisch korrekten

Sätzen. Und ich erzählte Witze – jede Menge grammatikalisch korrekter Witze. Etwa der Art:

»Wie bekommt man einen Elefanten in den Kühlschrank?«

»Tür auf, Milch zur Seite, Elefant rein.«

»Wie bekommt man zwei Elefanten in den Kühlschrank?«

»Geht nicht, der Kühlschrank ist zu klein.«

Als ich älter wurde, äußerte sich mein Bedürfnis, es meiner Mutter recht zu machen, auf neue, beängstigende Weise: Ich fing an, mich mit reichen Männern zu treffen, die ich schließlich heiratete. Sie war begeistert, als ich Roger heiratete, aber sie hätten erst ihr Gesicht sehen sollen, als ich ihr erzählte, daß ich Sandy heiraten würde! Diese Frau, die nur zu den seltensten Anlässen lächelte, war so beglückt, daß sie den Mund zu einem Grinsen verzog, das so breit war wie Imelda Marcos' Schuhregale.

Ich fand nie heraus, wo ihre Vorliebe für reiche Männer herrührte. Vermutlich lag es daran, daß sie in einfachen Verhältnissen in Queens aufgewachsen war. Ich wußte, daß es einen Mann in ihrem Leben gegeben hatte, bevor sie meinen Vater kennengelernt hatte – einen Mann, der zu großem Reichtum gelangt war und sie dann hatte sitzenlassen. Was immer der Grund gewesen sein mag – ihre Reiche-Männer-Manie war nur schwer zu ertragen, sosehr ich mich auch bemühte.

»Ich weiß, du wirst jetzt enttäuscht sein, Mom«, begann ich, »aber zwischen Sandy und mir ist es aus.«

Absolutes Schweigen. Dann ein tiefer Lungenzug. Ich konnte den Zigarettenrauch praktisch durchs Telefon riechen.

»Was hast du denn getan?« fragte meine Mutter. Es *mußte* ja meine Schuld sein.

»Sandy ist zu seiner ersten Frau Soozie zurückgegangen.« In meiner Kehle bildete sich ein riesiger Klumpen.

»Er zieht diese Frau *meiner* Tochter vor?« Meine Mutter nahm Sandys Verrat persönlich. »Sie ist ein Niemand. Eine Person, die für andere Leute kocht. Und ich glaube, ihr Vater ist nicht einmal Jude.« Meine Mutter ist der Meinung, daß Christen einen niedrigen IQ haben und sich geschmacklos kleiden.

»Ja, Mom. Er ist zu Soozie zurückgegangen«, sagte ich.

»Dein Vater hätte das alles nie verstanden ... dieses beiläufige Heiraten und Sich-scheiden-lassen. Ich verstehe es ebenfalls nicht. Warum können Kinder heutzutage nichts zu Ende bringen, was sie einmal angefangen haben? Warum kann meine einzige Tochter nichts zu Ende bringen, was *sie* angefangen hat?«

»Ich habe Dinge zu Ende gebracht«, wandte ich schwach ein. »Seit elf Jahren arbeite ich jetzt bei einer Zeitung, die Alistair Downs gehört, dem ehemaligen Hollywood-Star und U.S.-Senator aus Connecticut. Ich mag ja nicht dick mit ihm befreundet sein, aber ich bin ihm eine loyale Mitarbeiterin. Auf das kann man doch stolz sein, oder nicht?«

»*Darauf* kann man stolz sein. Aber wie steht es mit deinem Privatleben, Alison? Das ist ja peinlich.«

»Peinlich? Wem gegenüber?« Ich wußte, wem gegenüber: gegenüber den Freundinnen meiner Mutter im Grassy Glen Club, wo sie – von der kurzen Phase des Boykotts nach dem Tod meines Vaters abgesehen – seit Jahren dreimal wöchentlich Canasta spielte.

»Das mit Sandy und dir tut mir leid, Liebes«, räumte sie ein. »Aber deine Scheidungen machen mir zu schaffen.«

»Dir?«

»Natürlich mir. Ich habe lange darauf gewartet, daß du mit dem richtigen Mann ein Heim gründest, und ich werde ja auch nicht jünger.«

»Wer wüßte das besser wie ich«, seufzte ich.

»*Als,* Alison. Wer wüßte das besser *als* ich.«

»Ich muß jetzt Schluß machen, Mom. Da ist jemand an der Tür.« Kein Mensch war an der Tür, aber ich benutzte diesen Trick häufig, wenn ich ein Telefonat mit meiner Mutter beenden wollte. Sie kam nie auf die Idee, mich zu fragen, wer denn zu allen Tages- und Nachtzeiten an meiner Tür läutete, und ich kam garantiert nie auf die Idee, ehrlich zu ihr zu sein und zu sagen, sie solle sich zum Teufel scheren.

Mein nächster Anruf galt Janet Claiborne, der Maklerin von Prestige Properties, die uns das Haus verkauft hatte.

»Mrs. Koff. Ich habe schon auf Ihren Anruf gewartet«, sagte sie.

»Tatsächlich?«

»Ja. Das mit der Scheidung tut mir ja aufrichtig leid«, sagte sie in ihrer gezierten Art.

»Woher wissen Sie, daß sich mein Mann und ich scheiden lassen?« Wußte bereits ganz Layton, daß ich sitzengelassen worden war, oder gehörte es bei Immobilienmaklern einfach zum Geschäft, über jeden Bescheid zu wissen?

»Ich war bei einem Mittagessen der Frauenvereinigung, und Soozie Koff von Soozie's Delectable Edibles hat uns einen wahrhaft göttlichen Hühnchensalat aufgetischt.«

Offensichtlich hatte Soozie noch etwas ganz anderes aufgetischt. Das Leben in der Kleinstadt war ja so herrlich. »Nun, was das Haus angeht ...«

»Es tut mir ja so leid, daß Sie es verkaufen müssen«, sagte Janet Claiborne und konnte ihre Freude darüber, unser Drei-Millionen-Dollar-Objekt noch einmal in die Finger zu bekommen, kaum verhehlen. »Der Markt ist allerdings momentan ein wenig flau«, fügte sie hinzu, um sich abzusichern, »aber Anwesen wie Maplebark Manor – diesen entzückenden Namen haben Sie dem Haus doch gegeben, oder? – sind ja gegen jede Rezession gefeit.«

Janet erklärte, jemanden mit einigen Papieren herüberzuschicken, die ich unterzeichnen mußte, und versprach, daß Prestige Properties Maplebark Manor nicht nur in *Town & Country* und *Unique Homes* anbieten, sondern auch Farbprospekte des Anwesens drucken lassen und an japanische Geschäftsleute versenden werde, welche ihrer Meinung nach die besten Kunden seien.

Nachdem ich meine Pflichtanrufe erledigt hatte, überlegte ich, was ich als nächstes tun sollte: mich im Haus verschanzen, damit ich nicht erleben mußte, wie ganz Layton über mich tratschte, oder hinausgehen und anfangen, mit den beiden unbarmherzigen Wahrheiten meines Lebens fertig zu werden: Armut und Singledasein.

Tolle Alternativen. Wenn ich zu Hause blieb, würde ich vermutlich vor dem Fernseher enden, stundenlang Phil, Oprah, Sally, Joan und Geraldo zuschauen und mehr als ich je wissen wollte über Transvestiten, Schlammringer und Frauen, die ohne Klitoris zur Welt gekommen waren, erfahren. Ging ich aus, würden mir wahrscheinlich irgendwelche Bekannten über den Weg laufen, und ich müßte Fragen beantworten wie: »Ah, Alison. Wo willst du denn wohnen, wenn die Bank dein Haus zwangsversteigern läßt? Wovon willst du leben? Wie willst du jemals einen anderen Mann finden, der dich liebt?«

Der Gedanke, zu Hause zu bleiben und Platzangst zu bekommen, gefiel mir nicht. Außerdem mußte ich ohnehin meinen Artikel über June Allyson abgeben, und so zog ich mich um und fuhr zur Zeitung hinüber.

Als ich in den Parkplatz einbog, hätte ich beinahe den strahlendweißen Rolls-Royce Corniche von Laytons erlauchtestem Einwohner (und meinem Chef) Alistair P. Downs, dem Besitzer der *Layton Community Times*, gerammt. Er stieß gerade mit seinem Wagen zurück, und wir wären unweigerlich zusammengeprallt, wenn ich nicht mit aller Kraft auf die Bremse getreten und mir dabei den Hals heftig ausgerenkt hätte. Das hatte mir gerade noch gefehlt.

»Oh, das tut mir aber leid, Senator Downs. Verzeihen Sie bitte«, rief ich durch mein offenes Seitenfenster. Das Mißgeschick war eindeutig seine Schuld, aber ein bißchen Kriechen ist wohl erlaubt.

»Keine Sorge, junge Frau«, kicherte er. »Mein Chauffeur hat heute frei, und ich bin schon lange nicht mehr gefahren. Schätze, ich bin ein wenig aus der Übung. Ho ho.«

»Ist Ihnen etwas passiert?« fragte ich. Der Mann war immerhin fünfundsiebzig. Er sah kernig aus, aber wenn man erst einmal über siebzig ist, kann man jeden Moment hinweggerafft werden. Zumindest behauptet das meine Mutter, wenn sie will, daß ich mich schuldig fühle, weil ich sie nicht jeden Tag anrufe.

»Mir geht's glänzend. Einfach glänzend, meine Liebe«, sagte Alistair, als er seinen Corniche um meinen Porsche herummanövrierte und aus dem Parkplatz glitt, wobei er mir im Rückspiegel kurz zuwinkte.

»Ja, mir geht's auch glänzend. Danke der Nachfrage«, murmelte ich. Was für ein Egozentriker, dachte ich, als ich meinen Wagen abstellte und die Stufen zu dem Backsteinbau mit den Büros der *Layton Community Times* hinaufstieg. Alistair Downs schien mein Befinden schnurzegal zu sein, obwohl er sich auf gesellschaftlichem Parkett stets sehr herzlich gab. Immer, wenn er eine Betriebsfeier im Jachtclub Sachem Point gab, dem hundert Jahre alten Segelclub, dessen Präsident er war, schwebte er in formvollendeter Eleganz auf mich zu, sah mir geradewegs in die Augen, schüttelte mir beide Hände und sagte: »Schön, Sie wiederzusehen, meine Liebe. Sie leisten glänzende Arbeit in der Zeitung. Glänzend.« Und dann verschwand er wieder und ließ mich in einer Wolke Old Spice zurück.

Was für eine Gestalt, dachte ich, als ich über Alistair Downs' Status nachgrübelte – nicht nur in Layton, sondern im ganzen Land. Überlebensgroß. Das war er. Hier hatten wir es mit einem Mann zu tun, der sich seinen Weg mit den neuesten Tanzschritten gebahnt hatte – zuerst zu einer Filmkarriere in Hollywood und später in den Senat der Vereinigten Staaten. Es war nicht mehr von Belang, daß er als Al Downey, ein hübscher irischer Junge aus Queens, zur Welt gekommen war. Es war ohne Belang, daß er als Tanzlehrer in einem Arthur-Murray-Studio ins Berufsleben eingetreten war. Ohne Belang, daß es womöglich überhaupt keinen Alistair Downs gäbe, wenn nicht an jenem schicksalhaften Tag ein Talentsucher in das Studio gekommen wäre und gesehen hätte, wie Al Downey von den Damen umschwärmt wurde.

Aber die Geschichte, wie Al Downey sich selbst neu erschuf, war keine Geschichte, die Alistair Downs gern erzählte. Im Gegensatz zu Kirk Douglas, der ein Buch über seine bescheidenen Anfänge als Issur Danilowitsch Demski, Sohn eines Lumpensammlers, geschrieben hat, zog es Alistair Downs vor, seine Vergangenheit zu verleugnen. Nie hatte ihn deswegen jemand bedrängt, bevor Melanie Moloney, die Königin der schmutzigen Prominentenbiographie, in die Stadt gekommen war. Melanie Moloney, die Autorin von auflagenstarken Lebensbeschreibungen über Dean Martin, Ann-Margret und andere bekannte Showstars, hatte angeblich 5,5 Millionen Dollar Vorschuß für ein Buch über Alistair Downs kassiert, der seinerseits den Medien mitgeteilt hatte: »Ich beabsichtige, Miss Moloney und ihre sogenannte Biographie zu ignorieren.« Ich zumindest konnte es kaum erwarten, Melanie Moloneys Buch zu lesen, das *USA Today* zufolge in wenigen Monaten erscheinen sollte.

Der erste Mensch, der mir im Zeitungsgebäude begegnete, war der letzte, dem ich begegnen wollte: Bethany Downs, Alistairs Tochter und Chefredakteurin des Blattes. Bethany, ehemals Cheer-Leader, Debütantin und College-Königin, war arrogant und dumm – eine absolut tödliche Kombination. Hinter ihrem Rücken tuschelte man, ihr Vater habe die *Community Times* als Spielzeug für sein einziges Töchterlein gekauft, um sie aus Schwierigkeiten herauszuhalten. Bethany war zweiundvierzig Jahre alt und hatte nie geheiratet. Sie schlief lieber mit den Ehemännern anderer Frauen, die sie so lange beschwatzte, bis sie sich von ihren Frauen trennten. Dann ließ sie sie fallen und zog weiter zum nächsten Trottel. Sie war blond und hübsch, wenn man diesen Typ mag (wenn Sie mich fragen, hatte sie ein Pferdegesicht), und genau die Sorte Frau, die sich einbildet, daß alles und jeder nur für sie da ist.

»Du siehst aber nicht gut aus, Alison«, waren Bethanys erste Worte. Wir standen in der Teeküche im dritten Stock. In der Hoffnung, meine Nerven ein wenig zu beruhigen, nachdem ich beinahe eine Beule an Alistairs teurem Kotflügel verursacht hatte, wollte ich mir dort eine Tasse Kaffee besorgen. Bethany war gekommen, um sich ein paar Marmelade-Donuts zu holen. Sie war süchtig nach Süßem, schien aber nie zuzunehmen, was neben der Tatsache, daß sie sich regelmäßig verheiratete Männer schnappte, ein weiterer Grund war, daß die meisten Frauen sie haßten.

»Ich habe harte vierundzwanzig Stunden hinter mir«, erwiderte ich.

»Häusliche Probleme?«

»Allerdings. Mein Mann und ich trennen uns.«

Ich wartete auf eine Reaktion, aber Bethany kaute nur an ihrem Donut herum. Dann sagte sie: »Siehst du? Das sage ich doch immer. Es hat keinen Sinn zu heiraten. Heiraten führt nur zur Scheidung.«

»Das zieht einen aber ganz schön runter, Bethany. Sehnst du dich denn nie nach einem Mann an deiner Seite, der immer für dich da ist und dich liebt und beschützt?«

»Den habe ich bereits. Sein Name ist Daddy.«

»Stimmt. Wie konnte ich das vergessen?«

»Wo wir gerade von Dad sprechen«, fuhr Bethany fort, »in zehn Minuten ist eine Besprechung in meinem Büro. Es geht um diese Schlampe, die ein Buch über ihn schreiben will. Vielleicht kommst du ja auch.«

»Das möchte ich mir auf keinen Fall entgehen lassen«, sagte ich.

Wir versammelten uns zu zehnt oder zwölft in Bethanys Eckbüro. Ich winkte Julia Applebaum zu, meiner besten Freundin bei der Zeitung, und bedeutete ihr, sich neben mich aufs Sofa zu setzen.

»Wie geht's dir, Koff?« flüsterte sie. Sie nannte mich immer beim Nachnamen. »Du siehst nicht gerade gut aus.«

»Ich fühle mich auch nicht gerade gut, aber davon erzähle ich dir später«, sagte ich und fragte mich, ob ich mit einer Papiertüte über dem Kopf zur Arbeit hätte kommen sollen.

Seit wir uns bei der Zeitung kennengelernt hatten, wo ich über Prominente berichtete und sie über städtische Angelegenheiten, wie Sitzungen der Bau- und Flächenplanungskommission oder Anträge zum Bildungsetat, waren Julia und ich eng befreundet. Sandy hatte Julia nie gemocht, vielleicht weil sie sich von Männern nichts gefallen ließ. Sie war kurz mit dem derzeitigen Bürgermeister von Layton verheiratet gewesen, hatte sich aber scheiden lassen, als ihr klar wurde, daß sich seine Vorstellung von Partnerschaft darin erschöpfte, daß sie seinen Lexus fahren durfte. Vielleicht mochte Sandy Julia aber auch deswegen nicht, weil sie sich leidenschaftlich dafür einsetzte, die Umwelt zu retten und das Haushaltsdefizit zu senken – Forderungen, die Sandy ganz nervös machten. Womöglich mochte er sie aber auch nicht, weil sie Anhängerin der Demokratischen Partei war. Wer weiß. Ich bewunderte Julia maßlos, obwohl sie sich oft über meinen Lebensstil lustig machte und mir das Gefühl gab, ich sei so seicht wie das Wasser in meinem Whirlpool.

»Sind alle da?« fragte Bethany und bat die Versammelten um Ruhe. »Mein Vater hat mich gebeten, heute mit euch über Melanie Moloney zu sprechen. Wie ihr ja gehört habt, schreibt sie ein Buch über ihn.« Julia und ich warfen uns einen verstohlenen Blick zu. »Wie ihr vielleicht außerdem gehört habt, hat diese Frau sich hier in Layton ein Haus gekauft.« Das hatte ich allerdings gehört. Liz Smith hatte in ihrer Kolumne darüber geschrieben. Sie hatte berichtet, daß Moloney aus Chicago nach Layton gezogen war, um dem jüngsten Objekt ihrer Begierde näher zu sein, und daß sie und ihr Assistent, der ihr bei den Recherchen half, Dutzende von Alistairs Freunden und Vertrauten in unserem drolligen Städtchen befragen wollten. »Mein Vater bittet darum, daß diejenigen von euch, die von Melanie Moloney angesprochen werden, ihr mit aller Entschiedenheit sagen, daß sie keinen Kommentar abgeben. Mein Vater möchte euch außerdem wissen lassen«, fuhr Alistairs ergebene Tochter fort, »daß er Hochachtung für Personen empfindet, die ihm gegenüber loyal sind, er aber nur wenig Verwendung für Personen hat, die dies nicht sind. Anders ausgedrückt: Wenn ihr mit Melanie Moloney redet, so tut ihr das auf eigene Gefahr.«

»Was will der Senator denn machen, wenn wir mit dieser Melanie Moloney reden?« fragte ich Julia, als sich die Versammlung auflöste. »Uns rauswerfen? Uns die Kniescheibe brechen?«

Sie zuckte die Achseln. »Gehen wir essen«, sagte sie. »Melanie Moloney ist Alistairs Problem, nicht deines.«

3. Kapitel

»Ist der Mistkerl also zu seiner ersten Frau zurückgegangen«, sagte Julia grüblerisch, als wir in Belinda's Grille, einem schicken Restaurant, das einem ehemaligen Model von Victoria's Secret gehörte, über unserem gegrillten Thunfisch mit sonnengetrockneten Tomaten saßen. »Trauere ihm bloß nicht nach, Koff«, warnte sie mich und drohte mit dem Zeigefinger.

»Du konntest Sandy nie recht leiden, was?«

»Stimmt. Der Typ ist bescheuert, verlogen und dumm, und ohne ihn bist du viel besser dran.«

»Ach, komm schon, Julia. Sag mir, was du *wirklich* von ihm hältst«, lachte ich.

»Das ist mein Ernst, Koff. Bei ihm ist alles nur Schau, ohne jegliche Substanz.«

»Tja, er besaß jede Menge Substanz, als ich ihn geheiratet habe – ein dickes Bankkonto, ein gutgehendes Kaufhaus und ein riesiges Aktienpaket ...«

»Gut, aber wie steht's mit einer Seele? Hatte er so etwas auch auf Lager?« grollte Julia. Sie war eine große, grobknochige Frau von vierzig Jahren mit dunklen Augen und langen, dunklen Haaren, die sie zu einem Zopf geflochten trug. Sie war eine »stattliche« Erscheinung und zugleich eine nüchterne Person, die einen Heuchler aus meilenweiter Entfernung erkannte. »Auch wenn er noch so widerlich war, war nicht er dein größtes Problem.«

»Ach? Was war denn mein größtes Problem?«

»Du selbst. Du hast nie daran geglaubt, daß du auf eigenen Füßen stehen kannst. Du hast gedacht, du bräuchtest Sandys Unterstützung. Jetzt wirst du sehen, daß du dich geirrt hast.«

»Wovon redest du? Ich brauche Sandys Unterstützung unbedingt. Ich kann Maplebark Manor nicht allein abbezahlen.«

»Das kann Sandy auch nicht. Hast du mir das nicht erzählt? Und er soll auch gar kein solches Anwesen abbezahlen. Es ist ein obszön großes Haus für zwei Personen. Einfach obszön. Schlag es los, und such dir was Bescheideneres.«

»Das versuche ich ja. Ich habe es heute morgen zum Verkauf anbieten lassen. Aber wie soll ich in der Zwischenzeit den Unterhalt für das Haus aufbringen? Das bißchen, das ich bei der Zeitung verdiene, reicht nicht einmal für die monatlichen Strom-, Heizöl-, Kabel- und Müllabfuhrgebühren. Ich stecke bis zum Hals in der Klemme, Julia. Ehrlich.«

»Dann hör auf, wie eine Prinzessin zu leben.«

»Hab' ich schon«, sagte ich und versuchte, mich nicht zu rechtfertigen. »Ich lasse mir die Lebensmittel nicht mehr ins Haus liefern.«

»Und sonst?«

»Ich tanke inzwischen eigenhändig, und ich mache mir die Nägel selbst.«

»Nicht zu fassen«, sagte Julia.

»Und ich habe mein Hausmädchen entlassen.«

»Wie willst du denn dein Haus verkaufen, wenn du es nicht sauberhältst?« fragte Julia aufgebracht.

»Wer sagt denn, daß ich es nicht sauberhalte? Ich putze selbst.«

»Aber sicher.«

»Wirklich. Ein Haus sauberzuhalten ist etwas, womit ich mich wirklich auskenne. Ich wurde von einer Mutter aufgezogen, die so zwanghaft ordentlich und akkurat war, daß sie beim Sandwichmachen die Salatblätter mit der Schere zuschnitt, damit sie genau zwischen die Brotscheiben paßten.«

»Dann hat deine Mutter also keine Putzfrau gehabt?« fragte Julia.

»Oh, doch – damals wie heute.« Meine Mutter hatte im Lauf der Jahre Dutzende von Putzfrauen eingestellt und wieder entlassen. Sie ging mit ihren Haushaltshilfen genauso um wie George Steinbrenner mit seinen Managern. »Aber wenn sie frei hatten, zwang sie *mich* zum Putzen.«

»Okay. Du sparst also Geld, indem du dein Riesenhaus selbst putzt. Die nächste Frage ist, wie du mehr Geld verdienen und zur

Abwechslung einmal selbst für deinen Lebensunterhalt sorgen kannst.«

»Gute Frage. Ich habe keine Ahnung.«

»Herrgott, Koff. Du hast doch ein Händchen für Prominenteninterviews. Warum, zum Teufel, suchst du dir nicht einen Job bei einer überregionalen Zeitschrift wie *People*?«

»Ich wüßte nicht, wie.«

»Tu's einfach«, sagte die nüchterne Julia. »Du weißt doch, wie man mit Leuten redet. Wenn du für unsere kleine Zeitung schreiben kannst, warum dann nicht auch für einflußreiche Blätter?«

Julia hatte recht. Warum sollte ich das nicht können? Ich hatte schließlich nicht nur ortsansässige Geschäftsleute und verblühte Schauspielerinnen für die *Community Times* interviewt. Ich hatte mit Baseball-Spielern aus der ersten Liga gesprochen, mit Filmstars, die einen Oscar gewonnen hatten, und mit Bestseller-Autoren. Vielleicht war ich jetzt weit genug, um ganz groß herauszukommen. Auf jeden Fall könnte ich das ganz große Geld gebrauchen.

»Du hast verschiedene Möglichkeiten, Koff. Aber warum läßt du dir nicht von deiner Mutter beim Bezahlen deiner Rechnungen helfen, bis die Lage sich bessert?«

»Niemals«, sagte ich und kippte aus Versehen mein Glas mit dem letzten Rest meines Weins um. »Meine Mutter gibt mir ohnehin schon das Gefühl, eine komplette Versagerin zu sein, weil ich es nicht geschafft habe, eine Ehe aufrechtzuerhalten. Ich werde mich ohne ihre Hilfe aus diesem Schlamassel retten, das schwöre ich dir.«

»Gibt es irgendwelche Männer am Horizont?« fragte Julia und zog eine Augenbraue hoch. »Du bist nicht der Typ, der knallhart auf Entzug geht. Du hast doch irgendeinen Knaben in petto.«

»Schön wär's. Ich bin dermaßen aus der Übung, daß ich gar nicht weiß, wie ich einen Mann auftreiben soll, geschweige denn, mit einem zu flirten.«

»Na, wenn du soweit bist, tauchen genug Männer auf.«

»Woher willst *du* denn das wissen? Du warst doch seit deiner Scheidung vor zwei Jahren mit keinem mehr verabredet.«

»Du kannst es mir glauben. Sie tauchen auf.« Julia gab sich geheimnisvoll, aber ich beschloß, sie nicht zu bedrängen. Wenn sie einen heimlichen Liebhaber hatte, gut für sie. »Was du brauchst, Koff, ist ein Mann, der dich in diesen schweren Zeiten mit der Wirklichkeit vertraut macht.«

»Glaubst du, ich sei nicht mit der Wirklichkeit vertraut?« fragte ich ein bißchen verletzt.

»Glaubst du's etwa?« konterte Julia und winkte dem Kellner wegen der Rechnung.

Ich dachte über die Frage nach, kam aber wieder davon ab, als der Kellner an den Tisch trat. »Teilen wir sie einfach«, sagte ich, als Julia nach der Rechnung griff und sie nachprüfte.

»Ist mir recht. Mit Trinkgeld und Steuern sind es für jede 52 Dollar 50.«

»Bist du sicher?« fragte ich, da ich nicht glauben konnte, daß ein Stück Fisch so teuer sein sollte.

»Was hast du denn erwartet? Daß sie uns den Wein gratis dazu servieren? Der Beaujolais war schließlich deine Idee, weißt du noch?«

»Aber ich kann nicht weiterhin so viel Geld ausgeben«, jammerte ich. »Ich habe es einfach nicht mehr.«

»Willkommen in der Wirklichkeit, Koff. Sie ist der letzte Schrei, und alle machen mit.«

An diesem Abend unterzog ich meine Finanzen einer eingehenden und schmerzlichen Untersuchung. Ich steckte wirklich bis zum Hals in der Klemme. Ich hatte nicht genug Geld, um die Lichter in Maplebark Manor weiterhin brennen zu lassen, geschweige denn die Heizung. Zum Glück hatten wir noch August, und ich würde erst in ein paar Monaten heizen müssen. Doch in der Zwischenzeit brauchte ich dringend Bares. Aber woher nehmen?

Ich setzte mich auf mein Bett und schaltete den Fernseher ein, und was bekam ich zu sehen? Einen Werbespot für den Ritz Thrift Shop in der 57. Straße in Manhattan, wo gebrauchte Pelzmäntel zu Sonderpreisen verkauft wurden. Das war die Lösung! Ich würde meine Pelzmäntel zum Ritz Thrift Shop bringen und sie versetzen! Na ja, vielleicht nur den Waschbär und den Persianer. Den Nerz würde ich als Erinnerung an alte Zeiten behalten. Schließlich hatte Sandy mir den Mantel zu unserem ersten Hochzeitstag geschenkt. Doch nach reiflicher Überlegung beschloß ich, den Nerz auch zu verkaufen. Pfeif auf alte Zeiten.

Am nächsten Morgen stopfte ich die Mäntel in Kleidersäcke, packte sie in den winzigen Kofferraum meines Porsche und fuhr nach Manhattan. Ich hatte überlegt, ob ich mich verkleiden sollte: Was wäre denn, wenn mich jemand aus Layton dabei sähe, wie ich meine Pelzmäntel versetzte? Was, wenn jemand herausfände, daß ich, Alison Waxman Koff von Maplebark Manor, meine Stromrechnung nicht bezahlen konnte? Mach dich nicht lächerlich, schalt ich mich. Warum sollte dir im Ritz Thrift Shop jemand über den Weg laufen, den du kennst?

Ich fand ein Parkhaus in der 57. Straße, stellte den Wagen ab und schleppte das Bündel mit den Mänteln einen Häuserblock weit zu dem Geschäft.

»Kann ich Ihnen helfen, Madam?« fragte ein Herr mittleren Alters mit kreidebleichem Teint und gefärbten Haaren, deren Braunton wie Schuhcreme aussah.

»Ja. Ich habe gehört, Sie kaufen gebrauchte Pelze an.«

»Stimmt, Madam. Sind das die Pelze, um die es sich handelt?« fragte er und zeigte auf die Kleidersäcke in meinen Armen. Ich nickte. »Wunderbar. Schauen wir sie uns einmal an.«

Er wies auf einen Kleiderständer in der Nähe. Ich fing an, die Mäntel auszupacken und sie auf den Ständer zu hängen, als er sich mit der Erklärung entschuldigte, er habe noch eine andere Kundin und komme gleich wieder zu mir.

Ich schüttelte die Mäntel aus, klopfte ein wenig an ihnen herum und hängte sie auf. Adieu, Waschbär. Adieu, Persianer. Adieu – schluck – Nerz. Adieu, früheres Leben.

»Haben Sie vielen Dank für Ihren Besuch, Madam«, hörte ich den Verkäufer zu seiner Kundin sagen, während sie an mir vorbei zur Tür ging. Was sollte denn dieser »Madam«-Quatsch? Wir waren im Ritz Thrift Shop und nicht bei Bergdorf Goodman.

»Alison? Du hier?«

Ich wirbelte herum, um mir die Frau anzusehen, die ihre Transaktionen soeben beendet hatte und Richtung Ausgang ging. Und wer war es anderes als Robin Greene, die Frau von Sandys Scheidungsanwalt! Ich war ertappt! Jetzt würde die ganze Stadt erfahren, daß ich arm und verzweifelt war – so arm und verzweifelt, daß ich meine Pelze verkaufen mußte. Mir blieben die Worte im Mund stecken. »Robin!« stieß ich schließlich hervor.

»Bist du zum Kaufen oder zum Verkaufen hier?« fragte sie.

Ich wußte nicht, welche Antwort die richtige war. »Verkaufen«, gestand ich.

»Ich auch. Schrecklich, nicht?«

»Robin, sag bloß nicht, daß du auch deine Pelze verkaufen mußt?« Sie nickte. »Aber das begreife ich nicht. Du und Adam habt Belvedere, dazu eure Ferienranch in Wyoming, eure Skihütte in Aspen und eure Strandwohnung in Boca Raton. Warum sollte eine Frau wie du ihre Pelzmäntel versetzen müssen?«

»Aus demselben Grund wie du, Herzchen. Schlechte Zeiten. Mit diesem Börsenkrach, dem Einbruch auf dem Immobilienmarkt und der Tatsache, daß wir bis über beide Ohren verschuldet sind, wird das Geld langsam knapp. Wir haben unsere ganzen Häuser zum Verkauf ausgeschrieben und bekommen kein einziges los. Bald wird alles der Bank gehören.«

Ich war entsetzt. Ich hatte mich für den einzigen Menschen in Layton mit Geldsorgen gehalten. »Was wollt ihr denn machen, du und Adam?« fragte ich Robin.

»Wahrscheinlich unseren Hauptwohnsitz nach Florida verlegen. Florida heißt mittlerweile schon der »Schuldnerstaat«. Man schafft einfach seine ganzen Vermögenswerte dorthin, und die Gläubiger kommen nicht an sie ran.«

»Toll. Wie habt ihr das herausgefunden?«

»Ich bin mit einem Anwalt verheiratet, vergiß das nicht. Er weiß eine Menge schlauer Tricks, um die Banken auszubooten. Rat mal, was wir nächstes Wochenende machen?«

»Was denn?« fragte ich.

»Nach Atlantic City fahren. Adam sagt, eine andere Methode, sein Vermögen zu verstecken, ist, nach Atlantic City oder Las Vegas zu fahren, einen Haufen Chips zu kaufen, ein bißchen zu spielen, den Rest der Chips mit nach Hause zu nehmen und dort aufzubewahren. Wie soll die Bank nach deinem Vermögen greifen, wenn es komplett in Chips angelegt ist?«

»Wirklich? Wie genial«, sagte ich. Genau, genial und illegal. Ich beschloß, bei meinem Plan zu bleiben, um mich aus meiner finanziellen Misere herauszukämpfen: mein Haus verkaufen und einen besser bezahlten Job finden.

»Tut mir leid, daß du Sorgen hast. Alison. Ich habe gehört, daß Sandy zu Soozie zurückgekehrt ist und du versuchst, Maplebark Manor abzustoßen. Viel Glück.«

»Danke. Gleichfalls.«

Glück. Genau das brauchte ich. Während die Wochen verstrichen, wurde alles noch schlimmer statt besser. Es begann damit, daß ich kaum noch Aufträge von der Zeitung bekam. Die Anzeigen – und damit die Seitenzahl jeder Ausgabe – hatten stark abgenommen, und die erste Sparte, die zusammengestrichen wurde, war das Feuilleton: mein Bereich.

Zum zweiten hatten Sandy und ich uns mühsam auf eine Trennungsvereinbarung geeinigt und sollten jeden Tag geschieden werden. Ich fühlte mich allein und am Rande einer Panik. Seine Gesellschaft fehlte mir. Mir fehlte das Geräusch seiner Schritte, wenn er am Ende eines Arbeitstages das Haus betrat. Meine Tage hatten keinerlei Struktur mehr. Einer verschmolz mit dem anderen. Ich war deprimiert und verfiel in einen gleichförmigen Trott.

Und dann war da noch Maplebark Manor, das Haus, das ich mir nicht mehr leisten konnte. Das Geld aus dem Verkauf meiner Pelze reichte nur eine Weile für den Unterhalt des Hauses. Schließlich mußte ich noch mehr meiner Besitztümer verkaufen: das Wedgwood-Prozellan, das mir meine Mutter geschenkt hatte, den wuchtigen Brillantring, den ich von Roger, meinem ersten Mann, zur Verlobung bekommen hatte, und den noch wuchtigeren Brillantring von Sandy. Das einzige, das zu versetzen ich mich hartnäckig weigerte, war das goldene Medaillon, das mir mein Vater zu meinem sechsten Geburtstag geschenkt hatte. Nichts anderes war mir geblieben, und ich schwor mir, es nicht herzugeben, nicht einmal angesichts der beängstigenden Briefe, die ich andauernd von der Layton Bank & Trust Company bekam, die drohte, Maplebark Manor zwangsversteigern zu lassen, wenn wir noch einen Monat mit den Hypothekenzahlungen im Rückstand blieben. In einer schwachen Stunde rief ich Sandy im Büro an, um ihn zu fragen, was wir tun sollten.

»Hier Büro Mr. Koff. Michelle am Apparat.«

»Ist er da?« fragte ich Michelle, die neu sein mußte.

»Wie war noch Ihr Name ...?«

»Alison.«

»Von ...?«

»Aus alten Zeiten.«

»Ist das der Name Ihrer Firma?«

»Nein, das ist nicht der Name meiner Firma. Ich bin Alison Koff, Sandys Ex-Frau in spe.«

»Weiß Mr. Koff, um was es sich handelt?«

»Ja. Nun, nicht genau.«

»Kann ich Ihnen irgendwie weiterhelfen?«

»Möchten Sie gern mein Haus kaufen?« fragte ich, da mir langsam der Geduldsfaden riß.

»Wie bitte?«

»Möchten Sie gern mein Haus kaufen?«

»Ich glaube nicht, Mrs. Koff. Ich habe bereits eine Eigentumswohnung.«

»Dann können Sie mir auch nicht weiterhelfen«, erklärte ich Michelle. »Bitte geben Sie mir Mr. Koff.«

»Ich sehe mal nach, ob er zu sprechen ist«, sagte sie, schaltete mich auf Warteposition und zwang mich, mir »Feelings« in der Fassung des Orchesters der Telefongesellschaft anzuhören.

»Alison?« sagte Sandy endlich.

»Die Bank leitet die Zwangsvollstreckung ein«, fauchte ich. »Was sollen wir jetzt tun?«

»Ich weiß nicht, was du tun wirst, Alison, aber ich werde jedenfalls nichts tun.«

»Warum nicht?«

»Weil ich nichts tun kann. Ich kann die Hypotheken nicht weiter zahlen. Du etwa?«

»Natürlich nicht. Aber wir können uns nicht einfach zurücklehnen und zusehen, wie sie uns Maplebark Manor wegnehmen.«

»Wir lehnen uns nicht zurück. Wir versuchen, das Haus zu verkaufen, oder nicht?«

»Ich schätze schon.« Janet Claiborne hatte noch immer keinen Käufer aufgetrieben, obwohl sie den Auftrag schon seit Monaten hatte.

»Vielleicht solltest du in Erwägung ziehen, dir einen richtigen Job zu suchen«, meinte Sandy.

»Was für einen Job?«

»Ich weiß nicht. Als Tippse vielleicht.«

Tippse, hatte er gesagt. Nicht Schreibkraft. Oder Sekretärin. Tippse. Und mit diesem Mann war ich verheiratet?

»Ich komme schon klar«, erklärte ich Sandy. »Das ist nicht mehr dein Problem.«

»Vergiß eines nicht, Allergy. Im Leben geht es darum, Angst zuzulassen … Angst davor, Risiken einzugehen, Veränderungen zu wagen und die Gangart zu wechseln. Man muß sich entfalten …«

Klick. Ja, ich habe einfach aufgelegt und Sandy abgewürgt. Sonst wäre ich ausgerastet.

Sandy und ich wurden am vierten November geschieden. Juppidu. Julia und ich feierten mit Hamburgern und Pommes frites im McGavin's, dem Stammlokal der Mitarbeiter der *Layton Community Times.* Sie zahlte.

Am nächsten Tag beschloß ich, daß ich mich lange genug in meinem Elend gesuhlt hatte. Sandy war ich los; der nächste Punkt auf der Tagesordnung war nun, Maplebark Manor loszuwerden. Das Problem war nur, daß niemand es kaufen wollte.

»Der Markt stagniert«, erklärte mir Janet Claiborne, als ich sie fragte, warum sie das Haus nicht ein einziges Mal jemandem gezeigt hatte, seit wir ihr im August den Auftrag erteilt hatten. Und als ich sie fragte, warum sie noch keinen Fotografen geschickt hatte, um das Haus für den Prospekt abzulichten, und warum sie keine einzige Anzeige aufgegeben hatte, meinte sie nur: »Ich möchte warten, bis die Bäume und Blumen in Blüte stehen.« »Aber das dauert doch bis zum Frühling«, wandte ich ein. »Ja, aber überlassen Sie getrost alles mir, meine Liebe. Ich verstehe mein Geschäft«, sagte sie.

Ich hätte es ja liebend gern Janet überlassen, mein Haus zu verkaufen, aber sie schien nie Zeit dafür zu haben. Eine Woche später rief sie mich an, um mir zu sagen, daß sie nun endlich Kunden an der Hand habe, aber zu beschäftigt sei, um mit ihnen vorbeizukommen. »Ich habe einen überaus wichtigen Termin bei meinem Masseur, den ich unter keinen Umständen absagen kann«, flötete sie und fragte mich dann, ob ich etwas dagegen habe, Maplebark Manor einem Ehepaar Fink aus Manhattan zu zeigen. »Kein Problem«, sagte ich. So langsam dämmerte mir, warum der Immobilienmarkt im Keller war.

Der Rundgang war für den folgenden Nachmittag um halb vier angesetzt. Es schneite, und ich fürchtete, daß die Finks es vielleicht nicht aus New York hier herauf schaffen würden. Doch sie trafen pünktlich in ihrem feuerroten Range Rover ein, der, wie sie erklärten, ihr »Landauto« war.

»Guten Tag. Kommen Sie herein«, sagte ich herzlich und öffnete meine Haustür den Menschen, die womöglich mein Haus kaufen und mir finanziell das Leben retten, mich aber auch dazu zwingen würden, mich meiner Zukunft als zweimal geschiedene Neununddreißigjährige zu stellen, deren Chancen, von einem Terroristen erschossen zu werden, besser standen, als die, jemals wieder zu heiraten.

»Hi. Ich bin Ira Fink«, sagte der Mann und streckte die Hand aus. Er war ein kleiner, dicker Mittfünfziger in Guess-Jeans, die so eng waren, daß sie ihm die Eier bis hinauf zu den Ohren mit ihren durchstochenen Ohrläppchen quetschten.

»Und ich bin Susan Franklin-Fink«, sagte die Frau, deren Alter und Leibesfülle nur einen Bruchteil derer ihres Mannes ausmachten.

»Willkommen in Maplebark Manor«, begrüßte ich das Paar in meiner Vorhalle. In den nächsten fünfundzwanzig Minuten tat ich mein Bestes, um die Rolle der Immobilienmaklerin auszufüllen. Ich führte die Franklin-Finks von Raum zu Raum und wies sie auf Dinge wie Zierleisten mit Krönchenmuster, die Klimaanlage und eingebaute Wäscheschränke hin. Ich zeigte ihnen Maplebark Manors sieben Schlafzimmer mit Bad, die Waschküche und das Nähzimmer, das Wohnzimmer, die Bibliothek, das Eßzimmer, die Küche, die Geschirrkammer, den Weinkeller, den Billardraum, das Musikzimmer, das Solarium, den Medienraum, den Fitneßraum und mein Arbeitszimmer. Dann ging ich mit ihnen nach draußen und zeigte ihnen den Swimming-pool, den Tennisplatz, das Gästehaus, die Partyscheune und die Personalunterkünfte über der Garage, in der drei Autos Platz hatten. Als wir zum Haupthaus zurückkamen, standen wir im Foyer, und ich fragte sie, ob sie noch irgend etwas wissen wollten.

»Es gibt kein Familienzimmer«, sagte Mr. Fink und sah reichlich verärgert drein.

»Kein Familienzimmer?« sagte ich. »Wie groß ist denn Ihre Familie?«

»Momentan sind wir nur zu zweit, aber wir wollen noch Kinder«, sagte Mrs. Franklin-Fink, die mir nun anvertraute, daß Mr. Fink seinen fünf erwachsenen Kindern aus früheren Ehen entfremdet sei und sich nun darauf freue, dieses Mal ein »bewußter Vater« zu sein.

»Was erwarten Sie denn genau von einem Familienzimmer?« fragte ich und versuchte, genausoviel Geduld aufzubringen, wie ich bei Janet Glaiborne vorausgesetzt hätte, wenn sie das Haus vorgeführt hätte, statt sich massieren zu lassen.

»Sie wissen schon – ein *Familien*zimmer«, sagte Mr. Fink, der meine Ignoranz nicht fassen konnte. »Das ist ein großer Raum neben der Küche, der einen offenen Kamin hat. Dort kann die ganze *Familie* gemeinsam fernsehen.«

»Offensichtlich haben Sie keine Kinder«, sagte Mrs. Fink vorwurfsvoll. »Leute mit Kindern haben Familienzimmer.«

»Und Sie könnten nicht vielleicht einen der anderen Räume zu einem Familienzimmer machen?« fragte ich so höflich, wie es mir angesichts der Umstände noch möglich war.

»Mrs. Koff«, sagte Mr. Fink, »bei der Summe, die Sie für dieses Haus verlangen, glaube ich nicht, daß wir gezwungen sein sollten, einen der anderen Räume zu irgend etwas zu ›machen‹.«

In diesem Moment klingelte das Telefon. »Entschuldigen Sie mich bitte«, sagte ich und ging in die Küche, um dort den Anruf entgegenzunehmen. Es war meine Mutter. »Ich kann jetzt nicht, Mom. Da ist jemand an der Tür.« Es war das erste Mal, daß ich das ohne zu lügen zu meiner Mutter sagte. Ich eilte zurück zu den Franklin-Finks, aber sie waren bereits gegangen, ohne auch nur »Danke, daß Sie sich die Zeit genommen haben, uns Ihr schönes Heim zu zeigen« zu sagen. Und was für ein schönes Heim. Es hatte nicht einmal ein Familienzimmer.

Am nächsten Tag rief Janet Claiborne an, um zu sagen, daß sie noch ein Paar vorbeischicken werde und sie hoffe, es werde mir nichts ausmachen, die beiden selbst herumzuführen. Janet hatte eine Reitstunde, die sie unmöglich absagen konnte.

Nachdem ein paar Stunden später Janets »Kaufinteressenten« gegangen waren, war eher meine Laune ein Bild des Jammers. Offenbar waren sie mehr am Mitnehmen als am Kaufen interessiert. Während ich die Frau durch die Schlafzimmer im Obergeschoß führte, entschuldigte sich der Mann mit der Begründung, er müsse vom Autotelefon aus jemanden anrufen, und verschwand mit meinem ganzen Silber! Wenn ich nur daran denke, daß ich eine Dreiviertelstunde damit zugebracht habe, mein Heim und sämtliche Besitztümer Dieben vorzuführen!

»Besorgen Sie mir bitte ernsthafte Interessenten«, schrie ich Janet Claiborne ein oder zwei Tage später an, nachdem ich die Verhandlungen mit der Polizei und der Versicherung hinter mich gebracht hatte. »Es ist mir egal, ob Winter ist. Es ist mir egal, ob die Bäume und Blumen in Blüte stehen. Schicken Sie mir einfach den Fotografen vorbei.«

»Sie brauchen sich nicht zu echauffieren, meine Liebe«, sagte Janet. »Wenn Sie den Fotografen wollen, bekommen Sie den Fotografen. Es ist schließlich Ihr Haus.«

Mein Haus. Mein herrliches Haus. Mein herrliches Haus, das in Windeseile zu einem Symbol meiner maßlosen Gier geworden war. Julia hatte recht. Wozu hatten Sandy und ich ein Haus mit 670 Quadratmetern Wohnfläche gebraucht? Um uns nie über den Weg laufen zu müssen? Um unsere Freunde beeindrucken zu können? Welche Freunde denn? Wohin waren sie alle verschwunden? Was war mit den ganzen Leuten passiert, die am Super-Bowl-Sonntag und am Oscar-Montag mit Begeisterung zu uns kamen und uns ihrerseits mit Begeisterung zum Wahl-Dienstag einluden? Wo waren die Pärchen, die mit uns aßen, mit uns reisten und mit uns über die Steuern, die Benzinpreise und die hohen Lohnkosten für gute Haushaltshilfen klagten? Weg, einfach weg. Sowie Sandy sein letztes Hemd beim Börsenkrach verloren hatte, hatten sie »zu tun«: Sie riefen uns nicht mehr an, und wir riefen sie nicht mehr an. Dann, als Sandy und ich uns trennten, »erblindeten« sie: Ich winkte ihnen auf der Straße zu, und sie taten so, als sähen sie mich nicht. Und als sich herumsprach, daß Sandy und ich Gefahr liefen, das Haus einzubüßen, bekamen sie die Alzheimersche Krankheit: Wenn jemand meinen Namen erwähnte, fragten sie: »Was für eine Alison?«

Schick nur den Fotografen vorbei, Janet-Baby, und laß uns das Haus abstoßen. Ich will von dieser Titanic herunter, bevor sie sinkt.

4. Kapitel

»Ich komme«, rief ich, während ich zur Haustür lief, um sie zu öffnen. Es war ein klarer, sonniger Morgen Ende November. Janet Claiborne hatte es endlich arrangiert, daß ein Fotograf Bilder von Maplebark Manor machte, und er war ein paar Minuten zu früh dran.

»Morgen«, sagte der Mann, der vor der Tür stand. »Mein Name ist Cullie Harrington. Ich mache die Fotos für Prestige Properties. Kann ich reinkommen?«

»Nicht hier durch«, sagte ich nach einem Blick auf seine schneebedeckten Stiefel und seine staubigen Gerätekisten. »Sie müssen schon den Dienstboteneingang nehmen. Und bitte ziehen Sie die Schuhe aus, bevor Sie das Haus betreten.« Seit ich das Haus selber putzte, konnte ich es nicht ertragen, wenn mir jemand Schmutz und Straßenstaub auf die Fußböden trug.

Cullie Harrington warf mir einen mißmutigen Blick zu, bevor er sich mitsamt seiner Ausrüstung aufraffte, die Vordertreppen wieder hinabstieg und um die Einfahrt herum zum Dienstboteneingang ging. Vermutlich will er irgend etwas demonstrieren, dachte ich und hoffte, daß seine fotografischen Fähigkeiten besser waren als seine Manieren.

Ich holte ihn an der Küchentür ab und ließ ihn hinein. »Vergessen Sie nicht, die Stiefel auszuziehen«, warnte ich ihn.

»Und wie steht's mit meinem Mantel und meinem Hut? Hätten Sie etwas dagegen, wenn ich die auch ablege?« fragte er sarkastisch.

»Oh, tut mir leid. Sie können Ihre Sachen da ablegen«, sagte ich und wies auf das erst kürzlich frei gewordene Mädchenzimmer.

Cullie funkelte mich erneut wütend an und verschwand im Mädchenzimmer. Ein paar Minuten später kam er mit zwei schwarzen Taschen und einem Stativ wieder heraus. Dabei sah ich ihn zum ersten Mal richtig. Er war gut 1,80 groß, schlaksig und hatte den perfekten Körper eines Schwimmers – breite Schultern, schmale Hüften und lange, muskulöse Beine. Er trug einen marineblau-weiß gemusterten Skipullover und ausgebleichte Blue Jeans mit Rissen an den Knien. Sein Haar hatte die Farbe von Weizen; es war fein, weich und halblang und begann sich auf Nackenhöhe zu wellen. Sein Vollbart war allerdings dunkelbraun und leicht grau meliert. Seine Augen waren blaßblau und von einer Hornbrille umrandet. Über sein Gesicht zog sich ein Netz feiner Fältchen, das ihn ein wenig älter aussehen ließ als Mitte Vierzig, worauf ich ihn schätzte. Er sah aus wie ein Professor einer Elite-Universität, benahm sich wie ein knorriger Seebär und besaß den Körper eines sehnigen Athleten. Das ganze Paket wirkte nicht unattraktiv, aber der Mann war nicht gerade mein Typ.

»Jetzt würde ich Ihnen gern die Räume zeigen, die meiner Meinung nach im Prospekt präsentiert werden sollten«, sagte ich und bedeutete Cullie, mir durchs Haus zu folgen.

Ich ging ins Wohnzimmer, beschrieb ihm die Renovierungsarbeiten, die Sandy und ich hatten ausführen lassen, und wies ihn auf die bemerkenswerten innenarchitektonischen Details hin – die aufeinander abgestimmten Vorhänge und Teppiche, die antiken Messingleuchter und die Original-Picassozeichnung über dem marmornen Kaminsims. »Ich möchte, daß Sie all das mit auf das Foto bringen«, sagte ich und drehte mich zu Cullie um, der aber nirgends zu sehen war. Offenbar hatte ich meine kleine Rede in einem leeren Raum gehalten. »Hallo?« rief ich und fragte mich, ob er sich mit dem Rest meiner Wertsachen davongemacht hatte.

»Hier«, rief er.

Ich folgte seiner Stimme und fand ihn am anderen Ende des Erdgeschosses, im Eßzimmer, wo er seine Ausrüstung aufgebaut hatte und gerade meine Blumen anders anordnete.

»Darf ich fragen, was Sie da machen?« sagte ich und verschränkte die Arme über der Brust.

»Das Foto vorbereiten«, erklärte er, ohne aufzusehen.

»Aber ich dachte, wir fingen im Wohnzimmer an.«

»Zu dieser Tageszeit ist das Licht hier besser«, meinte er, ging zu seiner Kamera und steckte den Kopf unter ein schwarzes Tuch.

»Aber im Wohnzimmer paßt der Teppich zu den Vorhängen,

und der Picasso macht sich über dem Kaminsims hervorragend«, haspelte ich hervor. Natürlich war das Eßzimmer hübsch, aber auf unser Wohnzimmer war ich besonders stolz. Sandy und ich hatten ein Vermögen hineingesteckt.

»Schauen sie, Mrs. ...«

»Koff.«

»Schauen sie, Mrs. Koff. Ich fotografiere Ihr Haus für einen Prospekt, der potentiellen Käufern eine Vorstellung von der Größe und dem Schnitt der Räume vermitteln soll, ein Gefühl für das Anwesen. Es soll kein Denkmal für Ihren Innenausstatter werden.«

»Wenn Sie wirklich meinen«, gab ich nach. Ich nahm an, daß dieser Cullie Harrington sein Geschäft verstand. Janet hatte gesagt, er habe sämtliche bedeutenden Häuser der Stadt fotografiert. »Haben Sie vor, jeden Raum im Haus zu fotografieren?« fragte ich.

»Schauen Sie, Lady. Mrs. Koff. Es soll ein Prospekt werden, kein Buch. Ich werde vier bis sechs Haupträume fotografieren. Nicht Ihre Einbauschränke. Nicht Ihre Badezimmer. Nur Ihre wichtigsten Zimmer – wahrscheinlich das Eßzimmer, das Wohnzimmer, die Küche, das große Schlafzimmer und das Familienzimmer.«

Der Mann hatte entsetzliche Manieren. »Maplebark Manor hat kein Familienzimmer«, fauchte ich. »Deshalb sind Sie ja da – um einen Prospekt zu illustrieren, der zeigt, daß ein Haus nicht unbedingt ein Familienzimmer haben muß, um bewohnbar zu sein. So ähnlich wie ein Fotograf nicht unbedingt gute Manieren haben muß, um Aufträge zu bekommen.«

»He, das ist gar nicht schlecht«, sagte Cullie und lächelte mich zum ersten Mal an. »Ich wußte nicht, daß Leute wie Sie Humor haben.«

Was sollte das heißen, »Leute wie Sie«? Hatte Cullie Harrington etwas gegen die Besserverdienenden? Ich hielt es für das beste, ihm zu sagen, was ich zu sagen hatte, und ihm dann aus dem Weg zu gehen. »Da Sie doch nur meine wichtigsten Räume fotografieren, könnten Sie dann vielleicht Ihre Arbeit tun, hinterher aufräumen und in einer Stunde wieder draußen sein?«

»Warum? Müssen Sie zur Maniküre?« kicherte er, bevor er sich wieder unter seinem Tuch verschanzte und seine Aufmerksamkeit dem Foto widmete, das er von meinem Eßzimmer machen wollte. Dann sagte er mit von dem Tuch gedämpfter Stimme: »Ja, es wird allerdings eine Stunde dauern – dieses eine Zimmer zu fotografieren. Ich habe vor, mich den ganzen Tag hier aufzuhalten. Ist Ihnen das recht?«

O Gott, nein, dachte ich, nickte aber zustimmend. Ich mußte mein Haus verkaufen, und wenn die Fotos dieser Nervensäge mir einen Käufer bringen sollten, konnte ich ihn wohl kaum hinauswerfen. »Ich bin oben in meinem Arbeitszimmer, wenn Sie mich brauchen«, sagte ich. Bethany hatte mir tatsächlich einen neuen Auftrag für die Zeitung gegeben. Ich sollte Bill Medley interviewen, einen der Righteous-Brothers, ein Gesangsduo aus den sechziger Jahren. Medley hatte sich vor kurzem ein Haus in Layton gekauft. Der Artikel sollte nur eine halbe Seite lang werden (Bethany war sich nicht sicher, ob die Leser der *Community Times* die Righteous Brothers von den Ringling Brothers unterscheiden konnten), aber ich war überglücklich, Arbeit zu haben.

»Ihr Arbeitszimmer? Sie haben einen Job?« Cullie zog den Kopf unter dem schwarzen Tuch hervor und grinste mich an.

O Mann, erspar's mir. »Ja, ich habe einen Job.«

»Was machen Sie denn?«

»Ich bin Journalistin.« Ich traute mich kaum, mich so zu nennen. Schließlich war ich nicht gerade Bob Woodward. Aber Cullie Harringtons empörendes Verhalten reizte mich dazu, meinen Job eine Spur überzogen darzustellen.

»Journalistin? Das erstaunt mich«, sagte er mit neuer Achtung vor mir.

»Warum erstaunt Sie das?«

»Ich habe Sie einfach nicht für eine Frau gehalten, die noch irgend etwas anderes tut, als auf die kleinen Leute herabzuschauen.«

Dieser Mensch war unglaublich. Ich drehte mich auf dem Absatz um und verließ das Zimmer.

Ich habe Cullie an diesem Tag nicht mehr viel gesehen. Ich ging ihm aus dem Weg und er mir. Gott sei Dank. Je mehr ich über sein offensichtliches Problem nachdachte, das ihm zu schaffen machte, desto zorniger und verärgerter wurde ich. Wie konnte er es wagen, in mein Haus zu kommen und mich derart respektlos zu behandeln, als wäre ich eine reiche Kuh aus einem Roman von Judith Krantz. Wie kam er dazu, auf mich herabzusehen, vor allem nachdem er *mich* beschuldigt hatte, auf *ihn* herabzusehen?

Ein paar Tage später rief mich Janet Claiborne an, um mir zu sagen, daß Cullie bei ihr im Büro vorbeigekommen sei und ihr einige Dias von Maplebark Manor gebracht habe. »Sie sehen absolut göttlich aus«, sagte sie.

»Ich würde sie unheimlich gern sehen«, sagte ich, weil ich unbedingt wissen wollte, ob dieser Typ, der mir unter die Haut gegangen war wie eine Gürtelrose, überhaupt Talent hatte.

»Der Prospekt ist in zwei Wochen fertig, genau rechtzeitig zu den Feiertagen«, sagte Janet.

O toll, dachte ich. Kein Mensch kauft während der Feiertage Häuser.

Da ich keinerlei Einfluß auf den Immobilienmarkt ausüben konnte, beschloß ich, mich auf das zu konzentrieren, von dem ich glaubte, es beeinflussen zu können: meine berufliche Situation. Es war an der Zeit, meinen Lebenslauf zu entstauben, meine besten Interviews herauszusuchen und sie an die Chefredakteure der großen Illustrierten zu schicken.

Ich suchte mir einen kalten, verschneiten Samstagabend aus, um ans Werk zu gehen, da ich an jenen Samstagabenden nichts anderes zu tun hatte. Julia war mit ihrem geheimnisvollen Liebhaber beschäftigt, und die einzige andere Wahl wäre gewesen, den Abend mit meiner Mutter zu verbringen, die mich immer wieder zum Essen einlud, damit sie mich über meine Unfähigkeit, einen Mann zu halten, belehren konnte. Schwärmt irgend jemand für eine Wurzelbehandlung?

Ich aß ein paar Rühreier, trank ein wenig Almadén (ich versuchte wirklich zu sparen) und schrieb Briefe an Zeitschriftenredakteure – alles in allem fünfunddreißig Stück.

Am nächsten Morgen schickte ich die Briefe ab. Ein paar Tage später hakte ich telefonisch nach, kam aber nie besonders weit. Wenn ich Glück hatte, erwischte ich eine Redaktionsassistentin, die mir eine Abfuhr erteilte. Oh, natürlich hatten sie meine Bewerbung erhalten, aber wenn ich fragte, ob ich vorbeikommen könnte, um über eine eventuelle Anstellung zu sprechen, wanden sie sich, als hätte ich eine ansteckende Krankheit. Die hatte ich auch: Sie hieß Verzweiflung. »Wir behalten Ihre Unterlagen hier und melden uns, wenn sich etwas ergibt«, war die übliche Antwort.

»Koff, was du brauchst, ist eine Referenz, eine Empfehlung von jemandem, der in den Medien Einfluß hat«, riet mir Julia, als ich in der Redaktion vorbeikam und über meine mangelnden Fortschritte an der Arbeitsfront berichtete.

»Ja, und welche einflußreiche Persönlichkeit in den Medien kenne ich? Bethany Downs?«

Julia lachte. »Ist dir ihr Schnurrbart schon aufgefallen?«

»Ihr was?«

»Ihr Schnurrbart. Das ist mein voller Ernst. Sie hat andauernd so weißes Zeug über der Oberlippe.«

»Das ist Puderzucker.«

»Bist du sicher?«

»Sicher bin ich sicher. Sie ist ganz wild auf Donuts mit Marmeladefüllung. Sie futtert die Dinger dutzendweise.«

»Siehst du, Koff? Du eignest dich bestens für *People.* Kein Mensch außer dir weiß all diese intimen Details.«

Als ich nach Hause kam, dachte ich über das nach, was Julia gesagt hatte. Vielleicht würden mich die Chefredakteure zurückrufen, wenn ich eine Referenz vorweisen konnte. Aber von wem?

Ich blätterte die neueste Ausgabe der *Community Times* durch, als mir die Erleuchtung kam: Alistair Downs kannte jeden in der Medienszene. Vielleicht würde er einen seiner Kumpel anrufen und sagen: »Ho ho. Dieses Mädel, Alison Koff, leistet glänzende Arbeit in meiner Zeitung. Glänzend. Willst du nicht deinem alten Freund Alistair einen Gefallen tun und ihr einen Job geben?«

So weit hergeholt schien die Idee nicht. Keine Idee erschien mir weit hergeholt, seit ich arm und verzweifelt war.

Am nächsten Morgen sammelte ich all meine Nervenkraft und rief Alistairs Sekretärin bei der Zeitung an. Obwohl er nur einmal pro Woche in die Zeitung kam, meldete er sich mehrmals täglich von zu Hause bei seiner Sekretärin. Sein Zuhause war eine Zwanzig-Zimmer-Villa namens Evermore am Hafen von Layton. Ich erklärte der Sekretärin, einer schmallippigen Frau mit blaugetönten Haaren und dem Namen Martha Hives, daß ich in einer persönlichen Angelegenheit mit Senator Downs sprechen wolle. Sie rief mich einige Zeit später zurück und sagte mir, daß der Senator mich in zwei Tagen um vier Uhr in Evermore empfangen würde. Ich war hocherfreut, noch eine Audienz bei Sir Alistair zu bekommen, bevor er seine alljährliche Reise nach Lyford Cay auf den Bahamas antrat, wo er und Bethany seit zwanzig Jahren die Weihnachtsferien verbrachten. Vielleicht würde sich nun das Blatt wenden. Vielleicht.

Um Viertel vor vier an jenem Tag klemmte ich meine Aktenmappe unter den Arm, riß mich zusammen und fuhr zum Laytoner Hafen hinüber, wobei ich noch ein Weilchen über die vielen Segelboote staunte, die trotz der Jahreszeit dort vor Anker lagen. Nach seiner Gründung im siebzehnten Jahrhundert war der geschützte Hafen am Long Island Sound eine Zeitlang ein bedeutender Verladehafen gewesen. Heute war er eine der prestigeträchtigsten Adressen im Land.

Oberhalb des Laytoner Hafens, genau zwischen Laytons historischem Dorfkern und dem Jachtclub Sachem Point, versteckte sich Evermore, Alistair Downs' 25 000-Quadratmeter-Anwesen, hinter einem Wall hoher Nadelgewächse. Steinerne Säulen mit schmiedeeisernen Gittern flankierten die Einfahrt zum Grundstück, das aus einem fünfundsechzig Jahre alten Herrenhaus mit 1400 Quadratmetern Wohnfläche, zwei gemauerten Kutschenhäusern und einem Swimmingpool mit Badehaus bestand. Ein langer, von Erdwällen eingefaßter Zufahrtsweg führte zum Haus, das von parkartigen Anlagen mit botanischen Pflanzungen, Stein- und Rosengärten sowie dem Pool und einem Tennisplatz umgeben war. Alles an Evermore drückte Substanz, Einfluß und Dauerhaftigkeit aus. Plötzlich mußte ich an Cullie Harrington denken und fragte mich, ob er jemals Evermore fotografiert hatte. Dann fragte ich mich, warum ich überhaupt an Cullie Harrington dachte. Ich war mir sicher, daß er garantiert nicht an mich dachte.

Ich manövrierte meinen Porsche die kurvenreiche Auffahrt hinauf und stellte ihn auf dem Parkplatz rechts von der Bogentür ab. Mit einem Mal bekam ich feuche Handflächen, und eine Welle der Unsicherheit schlug über mir zusammen. Was tat ich hier? Ich war Miss Mittelschicht, Alison Waxman, die Tochter des verstorbenen Sy Waxman, des »Matratzenkönigs«, und seiner Frau Doris; Alison Waxman, die trotz ihrer Ambitionen nichts als ein hübsches, jüdisches Mädchen aus Queens war. Woher nahm ich das Recht, bei einer wahren amerikanischen Ikone vorstellig zu werden?

Ein Butler geleitete mich ins Haus und erklärte, daß Senator Downs noch ein paar Minuten aufgehalten werde und ich in der Bibliothek warten solle. Es war ein dunkelgrüner Raum mit Büchervitrinen, kariertem Teppichboden, einem Schreibtisch, mehreren Ledersesseln und einem gemauerten Kamin, über dem ein Ölgemälde des Großen Meisters höchstpersönlich prangte. Ich ließ mich in einem der Sessel nieder und musterte den Raum: Er war ein Schrein für den Hausherrn. Wohin ich auch blickte, überall standen Grüppchen von massiv silbernen Rahmen, in denen Alistair Downs in seiner ganzen Herrlichkeit zu sehen war. Die Fotos zeigten ihn in seiner ersten Filmrolle als Gladiator in dem Film *The Defiant Warriors* mit Victor Mature, als Box-Champion in *Kid O'Reilly* von 1952, als Hauptdarsteller neben Virginia Mayo in dem Abenteuerfilm *The Bold Battalion,* der im Zweiten Weltkrieg spielte, als Verehrer von Susan Hayward in dem Pionierdrama *The Plains of Passion* von 1957 und als Retter von Doris Day in dem Krimi *Around Any Corner* von 1959. Es gab Fotos aus seiner

Zeit nach Hollywood, als er zu einer wichtigen Größe in der Republikanischen Partei aufstieg, für den amerikanischen Senat kandidierte, einen Erdrutschsieg errang und zwei Legislaturperioden in Washington war. Es gab Fotos, auf denen man sehen konnte, wie er Arm in Arm mit Barry Goldwater dastand, Richard Nixon die Hand schüttelte, mit Gerry Ford Golf spielte und neben Billy Graham betete. Es gab Fotos, die sein Engagement für wohltätige Zwecke und Dienstleistungen für die Allgemeinheit dokumentierten, Fotos, auf denen er vor dem neuen Alistair-P.-Downs-Zentrum für künstliche Hüftgelenke im Bezirkskrankenhaus stand, eine Schule für behinderte Kinder besuchte, Soldaten aus seiner Heimatstadt begrüßte, die unser Land in Grenada verteidigt hatten, und Fotos, auf denen er die Papiere unterzeichnete, die ihn zum Eigentümer der *Layton Community Times* machten, seinem Rentnerspielzeug. Und schließlich fanden sich noch Fotos aus dem Privatleben des Alistair Downs, auf denen er seine verstorbene Frau, die ehemalige Revuetänzerin Annette Dowling, umarmt, die mit Anfang Vierzig einen tragischen Tod fand, ein Foto, auf dem er mit Bethany in der Karibik auf seiner Zwanzig-Meter-Jacht *Aristocrat* segelt, ein Foto, auf dem er sich mit seinem preisgekrönten Irish Setter Murphy balgt, und eines, auf dem er während der noch nicht lange zurückliegenden Feier anläßlich seines fünfundsiebzigsten Geburtstags im Jachtclub Sachem Point die Kerzen ausbläst.

Was für ein erfülltes Leben, seufzte ich neidisch. Dagegen schien mein Leben armselig. Worin bestanden denn meine größten Errungenschaften? Wohlhabende Männer zu heiraten? Von wohlhabenden Männern sitzengelassen zu werden? Ein Haus zu kaufen, das ich mir nicht leisten konnte? Dabei zuzusehen, wie das Haus, das ich mir nicht leisten konnte, von der Bank übernommen wurde?

Ich fragte mich, wie meine Mutter auf meinen Besuch bei Alistair reagieren würde. Es würde ihr die Sprache verschlagen, soviel war sicher. Ihre Tochter in Evermore? Bei einer Audienz mit einer Legende – und außerdem einem reichen Witwer?

»Der Senator kommt sofort«, verkündete der Butler und unterbrach meine kleinen Träumereien.

»Vielen Dank«, antwortete ich.

»Keine Ursache, Miss«, sagte er, bevor er sich zum Gehen wandte. Ich liebte ihn. Seit meiner Schulzeit hatte mich niemand mehr »Miss« genannt.

Ein paar Minuten später stand ich vor Alistairs Bücherschränken und wollte gerade eine ledergebundene Ausgabe von *Krieg und Frieden* herausziehen, als mir ein Hauch Old Spice in die Nase stieg und ich eine Stimme bellen hörte: »Hallo, meine Liebe. Ho ho. Entzückt, Sie zu sehen.« Ich drehte mich um und sah Alistair auf mich zu stolzieren. In seiner marineblauen Hausjacke aus Samt, dem weißen Hemd, der marineblau-rot gestreiften Krawatte, der grauen Flanellhose und den braunen Bally-Mokassins sah er rundum wie ein ehemaliger Filmstar aus. Er war 1,80 groß, hatte breite Schultern und nur einen ganz leichten Bauchansatz und dazu eine bemerkenswerte Mähne für sein Alter: dick, wellig und rotbraun. In seinen grünen Augen funkelte der Schalk wie bei einem Teenager, und sein Gesicht war fast ohne Rötungen oder geplatzte Äderchen. Nur die Haut an seinem Hals, die sehr faltig war und leblos über den Kragen hing, und seine Hände voller Leberflecken wiesen darauf hin, daß er nicht mehr der Don Juan aus dem Arthur-Murray-Tanzstudio war, der ehrgeizige junge Geck, der die Damen mit seinem Charme betört hatte, während er ihnen den Cha-Cha-Cha beibrachte. In jeder anderen Hinsicht war er der Inbegriff des gutaussehenden Hollywood-Stars, der seine Popularität auf der Leinwand in eine politische Karriere umgemünzt hatte und, obwohl er sich in den letzten Jahren aus der Öffentlichkeit zurückgezogen hatte, hinter den Kulissen immer noch mitspielte.

»Schön, Sie wiederzusehen, Senator Downs«, sagte ich, als Alistair mir beide Hände schüttelte.

»Was führt Sie zu mir, meine Liebe?« fragte er, während er sich in einem lederbezogenen Ohrensessel zurücklehnte und die Beine verschränkte. Er bot mir keinen Platz an, aber ich setzte mich trotzdem.

»Nun«, begann ich, »ich würde mich gern beruflich verändern, und ich dachte, Sie könnten mir vielleicht dabei behilflich sein.«

»Was machen Sie denn jetzt, meine Liebe?«

»Sie meinen, was ich bei der Zeitung mache?« Wie konnte er das vergessen haben? Er hatte doch immer so getan, als würde er mich kennen.

»Bei der Zeitung. Ja, natürlich.«

»Ich interviewe prominente Persönlichkeiten wie Sie. Na ja, natürlich keine Berühmtheiten Ihres Kalibers, aber berühmte Personen, die –«

»Schon recht. Ich weiß, was Sie meinen.«

»Verstehen Sie, Mr. Downs. Verzeihung, *Senator* Downs. Mir macht die Arbeit bei der *Community Times* zwar aufrichtig Freude, aber ich glaube, es ist an der Zeit, daß ich mir etwas Neues suche. Ich hatte in jüngster Zeit einige finanzielle Probleme, und außerdem ist meine Ehe zerbrochen, deshalb muß ich mir – ehrlich gesagt – einen besser bezahlten Vollzeitjob suchen. Da Sie mich in meiner Arbeit so unterstützt haben –«

»Ich unterstütze alle meine Leute, ja«, sagte Alistair abwesend und sah auf seine Armbanduhr.

»– dachte ich, Sie könnten mich vielleicht für eine Stelle bei einer überregionalen Zeitschrift empfehlen. Ich würde zum Beispiel gerne Prominente für *People* interviewen, so wie ich es für Ihre Zeitung getan habe, die, wenn ich das anfügen darf, ein absolutes Spitzenblatt ist, und zwar dank Ihrer überaus fähigen Tochter Bethany, einer wahren Kapazität und reizenden Kollegin.« Bagger, bagger. Schleim, schleim.

»Reizend, daß Sie das sagen, meine Liebe.«

»Also, wie ich gerade gesagt habe, ich würde sehr gern für eine überregionale Zeitschrift wie *People* arbeiten, aber ich glaube, ich brauche eine wirklich gute Referenz, um überhaupt einen Fuß in die Tür zu bekommen, eine Empfehlung von jemandem, der Einfluß in der Medienwelt hat. Jemand wie Sie.«

»Ich bin dreimal auf der Titelseite von *People* gewesen, und man hat mir gesagt, daß sich diese Ausgaben in der Geschichte der Zeitschrift von allen am besten verkauft haben, von den Titeln mit Elizabeth Taylor und Jackie Onassis natürlich abgesehen. Aber die beiden sind schließlich Anhängerinnen der Demokraten, also was soll man erwarten? Ho ho.«

»Das ist ja sehr interessant, Senator. Wirklich. Aber um auf meine Lage zurückzukommen, die mittlerweile etwas angespannt ist …«

»Ich bin von allen Illustrierten der Welt interviewt worden«, sagte Alistair, zog ein weißes Leinentaschentuch aus seiner Hausjacke und schneuzte sich lautstark.

»Ja, Senator. Ich weiß. Sie sind ein äußerst interessanter Mann.« Und ein Egozentriker sondergleichen.

»Ja. Ho ho. Ich lasse mich gerne interviewen. Seit jeher. Wo wir gerade dabei sind, warum haben Sie mich eigentlich nie für unsere kleine Zeitung interviewt?« fragte Alistair mit einem Kichern.

»Ich bin sicher, Bethany war der Meinung, Sie seien viel zu beschäftigt«, sagte ich. »Können wir jetzt bitte wieder auf *mich* und die Tatsache, daß ich einen Job brauche, zurückkommen?«

»Unsinn, meine Liebe. Ich bin nie zu beschäftigt, um einem Mitglied meines Teams zu helfen – vor allem einem so attraktiven Mitglied.« Herrje, spar's dir. »Möchten Sie mich einmal interviewen? Geht es darum? Nur keine Scheu. Rufen Sie einfach meine Sekretärin an.«

»Oh, vielen Dank, Senator Downs. Das werde ich tun. Aber um auf meine berufliche Lage zurückzukommen …«

»Ich werde Ende Januar wieder in Layton sein, natürlich nur, wenn das Wetter in Lyford nicht zu herrlich ist, um abzureisen. Sagen Sie einfach Mrs. Hives drüben in der Zeitung, daß ich mein Okay gegeben habe.«

»Das ist super, Senator. Ehrlich. Wenn ich jetzt nur kurz –«

»Ein Interview mit mir wird Ihnen helfen, die wichtige Stelle zu bekommen, die Sie haben möchten, meine Liebe. Sie werden sehen.«

»Das glaube ich auch.«

»Und wenn Sie mich jetzt bitte entschuldigen wollen, meine

Liebe. Ich muß gehen, sonst reißt mir Mrs. Hives den Kopf ab. Sie hat mich so mit Terminen eingedeckt, daß ich schon bald meinen eigenen Namen vergesse.«

Großes Risiko. Wenn es eines gab, was Alistair Downs niemals vergessen würde, so war das sein Name.

»Daddy, ich gehe jetzt wieder in die Zeitung, und ich – Alison! Was machst du denn hier?«

Alistair wollte mich gerade verabschieden, als Bethany in die Bibliothek spaziert kam. Sie kaute an einem Donut mit Marmeladefüllung und ließ den Puderzucker auf den dunklen Karoteppich rieseln. Julia hatte recht. Sie hatte wirklich einen weißen Schnurrbart. Ihrem Gesichtsausdruck nach zu urteilen war ich der letzte Mensch, den sie im Haus ihres Vaters anzutreffen erwartete.

»Hi, Bethany«, sagte ich. »Ich bin nur vorbeigekommen, um –«

»Sie ist gekommen, um deinen alten Dad zu interviewen«, sagte Alistair.

»Nun, wenn sie dich interviewen will, hätte sie zuerst zu mir kommen sollen«, erklärte Bethany ihrem Vater.

»Das hat sie wohl nicht gewußt«, meinte Alistair. Sie redeten über mich, als wäre ich gar nicht vorhanden. »Ich bin sicher, nächstes Mal wird sie den richtigen Weg einschlagen.«

»Das wird sie bestimmt«, sagte Bethany und beäugte mich mißtrauisch. »Alle versuchen, an meinen Vater heranzukommen, deshalb muß ich gut auf ihn aufpassen«, erläuterte sie. »Vor allem jetzt, seit diese Melanie Moloney, diese miese, fiese –«

»Aber, aber, Bethany-Schatz«, beruhigte sie Alistair. »Wir wollen uns doch nicht über *Mrs.* Moloney aufregen. Sie mag ja für meinen Geschmack ein wenig zu neugierig sein, was mein Leben angeht, aber wir wissen doch alle, daß Neugier schon manchem schlecht bekommen ist, oder nicht?«

Bethany nickte und drückte ihrem Vater einen raschen Kuß auf die Wange, während er den Arm um sie legte.

Ich hatte genug von der Familie Downs. Ich verabschiedete mich und sah zu, daß ich aus Evermore herauskam. Kein Wunder, daß

Alistair Downs als Tanzlehrer zum Star geworden war. Dieser Mistkerl konnte sich aus jeder Situation leichtfüßig herauswinden. Er hatte nicht die leiseste Absicht, mir bei der Jobsuche zu helfen. Er hatte auch nicht die leiseste Absicht, mir zuzuhören. Und er wußte nicht einmal, wer ich war!

Du schaffst es schon, du schaffst es schon, sagte ich mir, während mir Tränen der Wut und Enttäuschung in die Augen schossen. Du brauchst keinen reichen Mann mehr, um dein Leben zu retten, Alison. Dieses Mal nicht.

5. Kapitel

Mitte Januar hatte Janet Claiborne noch immer keinen ernsthaften Kaufinteressenten für Maplebark Manor aufgetrieben. Die letzte Dame, der ich das Haus gezeigt hatte, war sich nicht einmal sicher gewesen, ob sie überhaupt an der Ostküste leben wollte, geschweige denn in Layton. Freilich, wenn Janet das Haus selbst präsentiert hätte, wäre vielleicht alles anders gekommen. Aber sie mußte sich unbedingt ein neues Autotelefon in ihrem Jaguar installieren lassen und konnte diesen Termin unmöglich absagen. Ein Fachmann, der einem das Autotelefon richtig installiert, sagte sie, ist genauso selten wie jemand, der einen guten Martini mixen kann.

Eines Tages bekam ich wenigstens den Prospekt über das Haus zu sehen. Cullie hatte eine Handvoll Exemplare in meinen Briefkasten geworfen, dazu seine Visitenkarte, auf die er gekritzelt hatte: »Hier ist das Endprodukt. Hab' ich gut gemacht, was?« Er hatte recht: Die Fotos waren sensationell. Maplebark Manor sah imposant aus. Ich hab's auch gut gemacht, fand ich, und dachte an all die Zeit, die Energie und das Geld, die für die Renovierung des Hauses draufgegangen waren. Wenn nur endlich jemand das gute Stück kaufen würde, dann wäre ich gerettet.

Ich wählte die Nummer auf Cullies Visitenkarte, um mich bei

ihm für die herrlichen Bilder zu bedanken, erreichte aber nur seinen Anrufbeantworter und legte auf. Ich geb's zu, der Mann schüchterte mich ein. Er sah gut aus, hatte Talent und war sein eigener Herr. Außerdem schien er großes Vertrauen in sich und seine Fähigkeiten zu haben, etwas, das mir eindeutig fehlte.

Es war aber auch schwer, Vertrauen in mich und meine Fähigkeiten zu haben in einer Zeit, in der die Bank die Zwangsversteigerungsmaßnahmen für mein Haus eingeleitet hatte und ich keinen Job finden konnte. Tag für Tag rief ich Zeitschriftenredakteure in New York an, und nie kam etwas dabei heraus. Mir war klar, daß ich kurzfristig einen Teilzeitjob vor Ort brauchte, um mein mageres Einkommen von der Zeitung aufzubessern, während ich darauf wartete, daß mich eine der führenden Illustrierten einstellte. Aber wo sollte ich hier einen Teilzeitjob finden? Die einzigen beiden Dinge, die ich beherrschte, waren Prominente interviewen und putzen. Vielleicht konnte ich ja für Prominente putzen, kicherte ich. Aber mal im Ernst: Was hatte ich für Möglichkeiten?

Ich zog die neueste Nummer der *Community Times* heraus und blätterte rasch bis zu den Stellenanzeigen. Dort gab es Angebote für eine Rechtsanwaltsgehilfin (nicht geeignet), eine Zahnhygienikerin (nicht geeignet), eine Computerprogrammiererin (nicht geeignet) und eine Fitneß-Trainerin in einem Sportstudio (nicht geeignet – meine Vorstellung davon, sich mal richtig zu verausgaben, bestand darin, sich bei McGavin's den Bauch vollzuschlagen). Dann blätterte ich weiter und stieß auf folgende Anzeige:

HAUSHÄLTERIN GESUCHT

Suche ehrliche, zuverlässige, diskrete, englischsprachige Kraft, die das Haus sauberhält und die Wäsche macht. Muß selbständiges Arbeiten und Organisieren gewöhnt sein, erstklassige Referenzen vorweisen, ein eigenes Auto fahren und makellos putzen können. $ 25/Std. Dienstag bis Freitag. Telefon 555-7562.

Ich überflog die anderen Anzeigen auf der Seite – gesucht wurden ein Koch für einen Schnellimbiß, eine zweisprachige Bankkassiererin, eine Maniküre, eine Stenographin und ein Bahnenzuteiler für einen Bowling-Club. Daneben stand noch eine große Anzeige: THE GAP ERÖFFNET EINE WEITERE FILIALE IN LAYTON. VERKAUFSAUSHILFEN GESUCHT. Endlich ein Job, für den ich geeignet war.

Ich rief bei The Gap an und machte einen Termin aus. Als ich dort ankam, erklärte mir die sechzehnjährige (so sah sie zumindest aus) Geschäftsführerin des Ladens, daß ich nicht ganz die Richtige für die Stellung sei, was lediglich eine andere Formulierung dafür war, daß ich zu alt war. Ihr zufolge würden sich die Teenies, die bei The Gap einkauften, von einer Frau meines Alters bemuttert fühlen, und wenn die Kids beim Jeanskaufen eines wirklich nicht brauchen konnten, dann war das eine Mutter. Also konnte ich wieder von vorne anfangen.

Mein nächster Versuch war ebenso niederschmetternd. Da mir der Einzelhandel vertraut war (ich hatte im Lauf der Jahre schließlich intensiv eingekauft), stellte ich mich wegen einer Stellung als Verkäuferin in einem Geschäft vor, das Umstandskleider und andere Utensilien für werdende Mütter verkaufte. Das Gespräch verlief gut, bis mich die Geschäftsführerin fragte, ob ich wüßte, wie eine Milchpumpe funktioniert.

Ich bekam den Job nicht.

Während der Winter ins Land zog, wurde der Teil mit den Stellenangeboten in der Zeitung immer dünner. Die Rezession hatte sich wie dichter Nebel über Layton gesenkt; es gab keine Jobs – zumindest keine, für die ich geeignet gewesen wäre. Jede Woche durchsuchte ich die Zeitung, und jede Woche blieb mein Blick an derselben Anzeige hängen:

HAUSHÄLTERIN GESUCHT

Suche ehrliche, zuverlässige, diskrete englischsprachige Kraft, die das Haus sauberhält und die Wäsche macht. Muß selbständiges Arbeiten und Organisieren gewöhnt sein, erstklassige Referenzen vorweisen, ein eigenes Auto fahren und makellos putzen können. $25/Std. Dienstag bis Freitag. Telefon 555-7562.

Mann, dieser Person konnte es offenbar niemand recht machen, dachte ich, als ich die Anzeige zum x-ten Mal las. Es gab jede Menge arbeitslose Haushälterinnen. Es war kaum zu glauben, daß die Stelle noch frei war.

Was, wenn *ich* dort anrief und mich für den Job bewarb? Fünfundzwanzig Dollar die Stunde für acht Stunden täglich, vier Tage die Woche, das machte 800 Dollar die Woche! Das würde reichen, um in Maplebark Manor so lange Heizung und Beleuchtung zu finanzieren, bis sich ein Käufer fand. Aber konnte ich, Alison Waxman Koff, Herrin von Maplebark Manor, als Haushälterin arbeiten? Es war schon schlimm genug, daß ich meine *eigenen* Toiletten schrubben mußte, aber die *anderer Leute?* Was würden meine Bekannten sagen, wenn es herauskam? Das gäbe den heißesten Klatsch in Layton, seit die feine Dame oben an der Straße verhaftet worden war, weil sie von ihrem Haus aus einen Hostessenservice leitete.

Aber warum sollte überhaupt jemand erfahren, daß ich Haushälterin war? Warum konnte ich nicht einfach mein Ajax, mein Fensterleder und meinen Schrubber packen, in meinen Porsche hüpfen, zum Haus dieser Person hinüberfahren, die Arbeit tun, mein Geld kassieren und wieder verschwinden? Wer würde schon davon erfahren? Niemand, absolut niemand. Weder Sandy noch meine Mutter. Niemand. Wenn mich irgend jemand fragte, wo ich von Dienstag bis Freitag war, würde ich sagen, ich führe zu Vorstellungsgesprächen mit Chefredakteuren von Zeitschriften nach New York. Wenn Bethany von mir einen Artikel für die Zeitung wollte, würde ich ihr sagen, daß ich montags und an den Wochenenden Zeit hatte.

Ich hob die Zeitung auf und las die Anzeige noch einmal. HAUSHÄLTERIN GESUCHT. *Suche ehrliche, zuverlässige, diskrete, eng-*

lischsprachige Kraft. Ich war meistens ehrlich, zuverlässig und diskret, und ich sprach Englisch gut genug, um mit jedem kommunizieren zu können, außer mit meiner Mutter. *Muß selbständig arbeiten und organisieren können, erstklassige Referenzen vorweisen, ein eigenes Auto fahren und makellos putzen können.* Ich konnte sehr gut selbständig arbeiten und organisieren (analzwanghaft, sagte Sandy immer), fuhr ein eigenes Auto und konnte vielleicht nicht makellos, aber sicher überdurchschnittlich gut putzen. Was mir fehlte, waren die erstklassigen Referenzen. Die einzigen Menschen, die wußten, wie gut ich einen Tisch abstauben, eine Spüle polieren und einen Fußboden schrubben konnte, waren meine Mutter und Sandy, und die würde ich gewiß nicht um eine Referenz angehen. Mach dir darüber erst Gedanken, wenn es soweit ist, sagte ich mir.

Ich fuhr mit dem Finger über die Anzeige und spürte, wie mein Herz schneller schlug. Ruf dort an, ruf dort an, flüsterte mir ein leises Stimmchen zu. Folge deinen Instinkten. Zeig allen, daß du auf eigenen Füßen stehen kannst. Sei kein Schwächling.

Ich holte tief Luft und wählte die Nummer. Ich wollte gerade zu sprechen anfangen, als ich merkte, daß ich mit einem Anrufbeantworter verbunden war.

»Hier ist 555-7562«, sagte eine weibliche Stimme. »Wenn Sie wegen der Anzeige in der Zeitung anrufen, hinterlassen Sie bitte nach dem Pfeifton auf keinen Fall eine Nachricht, wenn Sie nicht absolut sicher sind, daß Sie für die Stellung geeignet sind.« Piep.

Ich schluckte und legte auf. Wer war dieser Drachen? Und, wichtiger noch, war ich mir absolut sicher, daß ich für die Stellung geeignet war? Natürlich nicht. Das einzige, dessen ich mir absolut sicher war, war, daß ich die 800 Dollar pro Woche praktisch schon riechen konnte. Ich wartete ein paar Minuten und wählte erneut.

»Hier ist 555-7562«, sagte das Band. »Wenn Sie wegen der Anzeige in der Zeitung anrufen, hinterlassen Sie bitte nach dem Pfeifton auf keinen Fall eine Nachricht, wenn Sie nicht absolut sicher sind, daß Sie für die Stellung geeignet sind.« Piep.

»Guten Tag«, sagte ich und bemühte mich darum, munter und

tatkräftig zu klingen. »Ich rufe wegen Ihrer Anzeige an, und ich bin mir absolut sicher, daß ich für die Stellung geeignet bin. Ich heiße Alison, und meine Nummer ist 555-8184. Ich würde mich freuen, von Ihnen zu hören.«

Die Würfel waren gefallen. Was würde ich nun tun, wenn die Frau zurückrief? Ich ging nach unten und schenkte mir ein Glas Almadén ein. Was, wenn sie sich als Bekannte entpuppte? Nur die Ruhe, befahl ich mir. Wenn sie dich zurückruft, kannst du immer noch sagen, daß du bereits einen anderen Job angenommen oder ihre Nummer aus Versehen gewählt hast oder unter multipler Persönlichkeitsstörung leidest und eine deiner anderen Persönlichkeiten bei ihr angerufen hat.

Am selben Nachmittag um halb fünf klingelte mein Telefon. Ich fuhr auf. Zuerst überlegte ich, den Anrufbeantworter das Gespräch übernehmen zu lassen, beschloß dann aber, tapfer zu sein.

»Hallo«, sagte ich vorsichtig.

»Ist dort Alison?« wollte eine weibliche Stimme wissen.

»Ja, ich bin es«, sagte ich.

»Sie haben auf meine Anzeige in der Zeitung geantwortet. Erzählen Sie mir von sich«, forderte sie.

»Nun, ich kann makellos putzen«, begann ich, während sich kleine Schweißperlen über meiner Oberlippe bildeten. »Und ich bin es gewohnt, in Luxushäusern zu arbeiten.«

»Wirklich? Wo arbeiten Sie jetzt?«

»In einer georgianischen Villa im Woodland Way.«

»Woodland Way. Gute Adresse. Sind Sie schon lange dort?«

»Etwa fünf Jahre«, sagte ich und dachte an den Tag, als Sandy und ich den Kaufvertrag für Maplebark Manor abgeschlossen hatten.

»Warum hören Sie auf? Hatten Sie Streit mit Ihren Arbeitgebern?«

»Überhaupt nicht. Das Ehepaar, dem das Haus gehört, steckt in finanziellen Schwierigkeiten.«

»Das passiert andauernd. Hat sie der Börsenkrach ruiniert?«

»Ich habe keine Ahnung. Meine Aufgabe ist es, ihr Haus sauberzuhalten, nicht, Fragen zu stellen.« Mir war wieder eingefallen, daß in der Anzeige etwas über Diskretion gestanden hatte.

»Das gefällt mir. Wir sehen uns morgen nachmittag um halb vier. Bluefish Cove 7. Wie heißen Sie mit Nachnamen?«

»Äh ... ähm ... Koff.« Es ging alles so schnell.

»Schön. Dann bis morgen um halb vier.«

»Aber warten Sie ... ich ... ich weiß nicht, ob ich –«

»Oh, natürlich. Das habe ich ganz vergessen. Ich heiße Melanie. Melanie Moloney. Vielleicht haben Sie schon von mir gehört. Bis morgen.« Klick.

Melanie Moloney? *Die* suchte also eine Haushälterin? O Baby. Was sollte ich denn jetzt tun? Wenn Bethany Downs jemals erfuhr, daß ich zu Melanie Moloney gegangen war, wäre das das Ende meiner Karriere bei der Zeitung, ja vielleicht sogar mein eigenes Ende! Na, pfeif auf sie und ihren Vater. Ich hatte es wesentlich nötiger, Melanies 800 Dollar die Woche zu verdienen, als mir Sorgen darüber zu machen, daß ich eventuell den Zorn der Downs' auf mich ziehen könnte.

Natürlich stand keineswegs fest, daß ich die Stellung überhaupt bekommen würde. Vor mir stand das lästige Problem mit den erstklassigen Referenzen, die ich nicht vorweisen konnte. Aber ich nahm mir vor, mich erst darum zu kümmern, wenn es soweit war. Unterdessen konzentrierte ich mich auf die Vorzüge, die es haben würde, Melanie Moloneys Haushälterin zu sein. Da war zunächst das Geld. Als zweites kam die Tatsache, daß ich weder meine Arbeit für die Zeitung aufgeben noch die Suche nach einem Job bei einer Zeitschrift in New York abbrechen müßte. Drittens würde ich praktisch inkognito arbeiten. Niemand außer Melanie brauchte je zu erfahren, daß ich Toiletten säuberte, statt meine Karriere im Journalismus voranzutreiben. Da Melanie in der Stadt eine Außenseiterin war, könnte ich mein Geheimnis vor allen wichtigen Personen verbergen. Und schließlich würde ich für eine Schriftstellerin arbeiten, die auflagenstarke Prominentenbiographien verfaßte, eine Frau, die ebenso über Berühmtheiten schrieb wie ich – nur, daß sie es für Millionen von Dollars tat und nicht für

Pennies. Vielleicht war Melanie meine Eintrittskarte nach ganz oben? Man hat doch von diesen Hollywood-Moguln gehört, die in der Poststelle bei ICM oder Williams Morris angefangen haben, oder? Nun, warum sollte ich nicht als Haushälterin einer prominenten Persönlichkeit anfangen? Vielleicht konnte ich Melanie, während ich ihre Küche putzte, ihr Arbeitszimmer abstaubte und ihre Hemdchen bügelte, nahekommen, ihre Arbeitsweise studieren, herausfinden, wie sie die Leute dazu brachte, sich ihr anzuvertrauen, und wie sie von der Zeitungsreporterin zur Mega-Autorin aufgestiegen war. Vielleicht würde sie merken, wie fleißig und tüchtig ich war, und mich erst zu ihrer Assistentin und dann zu ihrer Partnerin und Co-Autorin machen. Alles war möglich, oder etwa nicht?

Meine Tagträume wurden vom Klingeln des Telefons unterbrochen. Es war Julia, die mir vorschlug, zusammen abendessen zu gehen.

»Ich kann es mir nicht leisten, essen zu gehen. Ich lebe jetzt in der Wirklichkeit, weißt du noch?«

»Ich bin stolz auf dich, Koff – so stolz, daß ich dich einlade. Wir sehen uns in einer Stunde im McGavin's.«

Ich war seit Monaten nicht mehr im McGavin's gewesen und war schockiert, als ich sah, wie sehr sich die Klientel gewandelt hatte. McGavin's, der windige Hamburgerschuppen, der normalerweise von der Laytoner »Unterschicht« (also Leuten, die sparen mußten) und den Mitarbeitern der *Community Times,* die direkt daneben lag, aufgesucht wurde, war offensichtlich in Mode gekommen. Statt des üblichen Sammelsuriums von Geländewagen und Kleintransportern, das sonst auf dem Parkplatz zu finden war, sah ich nun nichts als BMWs und Mercedes-Schlitten vor mir. Drinnen drängelten sich gebräunte und sportgestählte Leiber in Modellen von Carolyn Roehm, Donna Karan und Ralph Lauren.

»Was ist denn hier los?« fragte ich Julia, als ich drei Paare entdeckte, mit denen ich befreundet gewesen war, als ich noch mit

Sandy zusammenlebte, die aber jetzt so taten, als sähen sie mich nicht.

»Das ist ihre Art des sozialen Abstiegs«, antwortete Julia. »Sie können sich die schicken italienischen Restaurants nicht mehr leisten, also kommen sie hierher. Sie werden den Teufel tun und zu Hause bleiben.«

»Sie können sich glücklich schätzen, wenn sie noch ein Zuhause haben«, sagte ich bekümmert.

»Was ist denn mit eurem Haus? Hat sich etwas getan?«

»Gar nichts. Kein einziges Angebot. Niemand will es – außer der Bank.«

»Das ist hart, Koff. Wie kommst du damit klar?«

»Ganz gut, denke ich.« Ich hätte Julia liebend gern von meinem Vorstellungstermin bei Melanie Moloney berichtet, aber es kam nicht in Frage, *irgend* jemandem davon zu erzählen. Natürlich war Julia eine gute Freundin, aber sie war genauso eine langjährige und sehr loyale Mitarbeiterin der *Community Times* und damit stark an Alistair Downs gebunden. Ein kleiner Versprecher, und ich wäre im Handumdrehen meinen Job bei der Zeitung los. Ein weiterer Grund, warum ich es Julia nicht erzählen konnte, war, daß ich keine Ahnung hatte, was sie davon halten würde, wenn ich mich als Haushälterin verdingte. Vielleicht wäre sie ja entsetzt, daß ich mir meinen Lebensunterhalt nicht auf politisch korrektere Weise verdienen konnte. Es war besser, ihr überhaupt nichts zu sagen, beschloß ich.

Während wir unsere Cheeseburger und Pommes frites verspeisten, lauschte ich Julias umfassenden Ausführungen über die jüngste Entscheidung der Bau- und Flächenplanungskommission, dem frisch renovierten Layton Delicatessen-Restaurant keine Alkohollizenz zu erteilen, bis hin zu Einzelheiten des umstrittenen neuen Recyclingprogramms der Stadt (umstritten deshalb, weil viele Einwohner Laytons die kleinen blauen Recyclingkörbe, die sie einmal pro Woche vor ihren Häusern aufstellen sollten, so unansehnlich fanden, daß sie eine Wertminderung ihrer Anwesen fürchteten). Beim Kaffee fragte ich Julia nach ihrem geheimnisvollen Liebhaber.

»Welcher geheimnisvolle Liebhaber?« fragte sie.

»Ach, komm schon. Du hast dich doch mit jemandem getroffen. Ich weiß es ganz genau.«

»Wie kommst du darauf, Koff?«

»Weil du jeden Abend beschäftigt bist. Ich wäre beinahe in Ohnmacht gefallen, als du heute abend mit mir essen gehen wolltest.«

»Nur daß ich beschäftigt bin, heißt noch lange nicht, daß es etwas mit einem Mann zu tun hat. Das Leben muß sich nicht um einen Mann drehen, Koff.«

»Okay. Du willst es mir also nicht sagen. Fall erledigt.«

Der Kellner brachte die Rechnung, und als Julia danach griff, holte ich einen Spiegel aus meiner Handtasche, suchte meinen Mund nach verräterischen Krümeln ab und begann, mir die Lippen nachzuziehen. Plötzlich tauchte neben meinem Spiegelbild ein bekanntes Gesicht auf.

»Mrs. Koff, nicht wahr?«

Es war Cullie Harrington, der Meisterfotograf. Ich war so verwirrt, daß ich rein gar nichts zu sagen wußte, geschweige denn etwas Geistreiches.

»Erkennen Sie mich nicht wieder? Ich habe letzten Monat Ihr Haus abgelichtet«, erinnerte mich Cullie. »Sie wollten mich nicht zur Vordertür reinlassen, wissen Sie noch?«

O Mann. An das Verhalten dieses Kerls konnte ich mich allerdings noch bestens erinnern. Nun, ich würde ihm jedenfalls nicht die Befriedigung gönnen, ihm auch nur ein einziges Kompliment wegen seiner Fotos zu machen. Unterdessen begann mein Herz bei seinem Anblick aus unerfindlichen Gründen zu rasen. Zeig einem Mann nie, daß er die Oberhand über dich errungen hat, hat meine Mutter immer gesagt. Zeig nie deine Gefühle. Zeig ihm nie, wieviel er dir bedeutet. »Mein Haus abgelichtet?« sagte ich und sah drein, als wäre ich wirklich ganz perplex und hätte keine Ahnung, wo ich den Mann unterbringen sollte.

»Jawohl, ich habe Ihr Haus abgelichtet«, grinste Cullie. »Maplequark – äh, -bark Manor.«

»So heißt mein Haus, das stimmt. Und Sie sind Corny – Verzeihung – Cullie Harrington?«

Cullie lachte. Er hatte ein großartiges Lachen, verdammt noch mal. Mit seinem welligen blonden Haar, dem Salz-und-Pfeffer-Vollbart, seinem sehnigen Schwimmerkörper und diesem hinreißenden Lächeln war er weiß Gott eine Augenweide, wenn einem dieser Typ gefiel.

»Ich bin Cullie Harrington«, sagte er zu Julia und streckte ihr die Hand entgegen.

»Julia Applebaum. Schön, Sie kennenzulernen«, sagte sie, während sie sich die Hände schüttelten. »Möchten Sie sich zu uns setzen?«

»Wir gehen gerade«, sagte ich eilig. »Vielleicht ein andermal.«

»Vielleicht auch nicht. Ich bin nur herübergekommen, um zu fragen, ob Sie die Prospekte bekommen haben, die ich Ihnen in den Briefkasten geworfen habe. Sie erinnern sich doch an die Prospekte, oder?«

»Natürlich erinnere ich mich an die Prospekte«, fauchte ich. Würde dieser Mann jemals aufhören, mich wie Abschaum zu behandeln?

»Vor einer Sekunde wußten Sie nicht mehr, daß ich Ihr Haus abgelichtet habe.«

»Ja, ich habe die Prospekte bekommen. Vielen Dank.«

»Und?«

»Und was?«

»Und hat Ihnen gefallen, wie das Haus darauf herauskommt?«

»Sie waren eigentlich ganz gut«, sagte ich, unterdrückte ein Niesen und wühlte in meiner Tasche nach einem Papiertaschentuch. Anscheinend reagierte ich allergisch auf diesen Mann.

»Ganz gut? Nett, daß Sie das sagen«, sagte Cullie, und ich hörte heraus, daß er über meine mangelnde Begeisterung erstaunt und von meiner Reaktion ein bißchen verletzt war. Nun, ich würde mir kein Bein dafür ausreißen, von seinen Bildern zu schwärmen. Ich wußte, daß ich unhöflich war, aber ich konnte es nicht ändern. Die Fotos waren phantastisch, und Cullie war offensichtlich sehr begabt. Warum konnte ich ihm das nicht sagen? Warum mußte ich ihn so von oben herab behandeln? Nur weil ich zu einem Snob erzogen worden war, mußte ich ja keiner bleiben.

Ich räusperte mich, sah Cullie direkt in seine bebrillten blauen Augen und sagte: »Ehrlich gesagt, waren die Fotos –«

»Hallo, Schätzchen. Ich bin wieder da.«

Ich wollte gerade zugeben, daß mir die Fotos wirklich gefielen und ich Cullie dankbar dafür war, daß er mir damit half, das Haus zu verkaufen, als eine junge Frau mit langem, blondem Haar und riesigen Brüsten ihren Arm unter seinen schlang.

»Tut mir leid, daß ich so lange gebraucht habe«, sagte sie und zeigte auf die Damentoilette. »Da war eine Schlange.«

»Kein Problem«, meinte Cullie, der sich offensichtlich freute, sie zu sehen. »Hadley, das sind Julia Applebaum und ihre Freundin Mrs. Koff. Meine Damen, das ist Hadley Kittredge.«

Hadley Kittredge. Also bitte. Und was sollte dieser Schwachsinn von wegen Mrs. Koff? Cullie wußte ganz genau, daß ich mit Vornamen Alison hieß.

Hadley lächelte Julia und mich an. Sie hatte herrliche Haare, eine makellose Haut und perfekte Zähne, und ich haßte sie. »Nett, Sie kennenzulernen, Julia«, sagte sie. »Und Sie auch, Mrs.«

»Koff«, sagte ich. »Wie das Geräusch, das man macht, wenn man Bronchitis hat.« Hadley Kittredge bekam vermutlich nie Bronchitis.

»Gehen wir, Hadley«, sagte Cullie zu ihr. »Der Film fängt in zehn Minuten an.«

»Was schauen Sie sich denn an?« fragte Julia die beiden Turteltäubchen.

»*Moby Dick* mit Gregory Peck«, sagte Hadley. »Er läuft im Programmkino hier. Cullie liebt Geschichten, die auf See spielen.«

»Dann amüsieren Sie sich mal walfischmäßig«, murmelte ich säuerlich.

»He, das ist aber ein Zufall«, rief Hadley aufgekratzt und schlug sich auf den Oberschenkel. »Hast du das mitgekriegt, Cullie? Mrs. Koff hat uns gerade gewünscht, daß wir uns walfischmäßig amüsieren, und wir sehen uns einen Film über einen Wal an!«

Gott besaß doch einen Gerechtigkeitssinn. Er hatte diesem Mädchen einen sagenhaften Körper gegeben, aber keinen Grips.

»Ja, ich hab's begriffen«, grollte Cullie. »Mrs. Koff ist eine Meisterin der Geistesblitze. Das Problem ist nur, daß niemand gern vom Blitz getroffen wird. Nett, Sie kennengelernt zu haben, Julia.«

Cullie und Hadley verließen Arm in Arm das McGavin's, während Julia die Rechnung bezahlte und ich schmollte.

»Was sollte denn das alles, Koff?« fragte Julia schließlich. »Warum bist du mit diesem netten Mann so umgesprungen, als wärst du Leona Helmsley und er einer von den kleinen Leuten? Er hat sich bemüht, freundlich zu sein, und du bist so giftig.«

»Ich weiß, und ich schäme mich ja auch dafür«, gab ich zu. »Ich benehme mich unmöglich in Gegenwart dieses Typs. Er macht mich nervös – so nervös, daß ich Herzklopfen bekomme, meine Hände zittern und mir im Magen flau wird.«

»Dann solltest du wohl etwas dagegen tun.«

»Was denn? Prozac nehmen?«

»Nein. Ihn wiedertreffen. Das klingt mir ganz nach einem Fall von wahrer Liebe.«

6. Kapitel

Am nächsten Nachmittag verließ ich um Punkt drei Maplebark Manor, um mich auf den Weg zu meinem Vorstellungsgespräch um halb vier bei Melanie Moloney zu machen. Da ich nicht wußte, was ich anziehen sollte – sollte ich mich wie die Haushälterin oder wie die Hausherrin kleiden? –, wählte ich schließlich eine schlichte Kombination aus Rock und Pullover, die dadurch, daß ich sämtlichen Schmuck ablegte, noch schlichter wirkte.

Bluefish Cove, wo Melanie wohnte, lag etwa zehn Minuten von meinem Haus entfernt. Es war ein abgeschlossenes, bewachtes Wohngebiet, das vom Laytoner Hafen aus gesehen am anderen Ende der Stadt einen schmalen Uferstreifen einnahm. Bluefish

Cove wurde auch »Connecticuthampton« genannt, da sich sehr viele New Yorker hier Wochenendhäuser gekauft hatten, nachdem sie zuvor Häuser in Westhampton, Sag Harbor und solchen Orten besessen hatten. Die Verkehrsanbindung sei besser, behaupteten viele von ihnen.

Im Gegensatz zu den zurückhaltenden und doch Millionen Dollars teuren Herrenhäusern am Laytoner Hafen waren die Häuser in Bluefish Cove zum größten Teil auffällige, moderne Villen mit Glaswänden vom Boden bis zur Decke, jeder Menge Marmor, auf alt getrimmten Holzschränken und Badezimmern auf dem neuesten Stand der Technik, die »Erlebnisbäder« genannt wurden. Laytoner aus traditionell vermögenden Familien nannten die Bewohner von Bluefish Cove verächtlich »Aufsteiger«. Und für die Bewohner von Bluefish Cove waren Leute, die am Laytoner Hafen wohnten, »langweilige alte Trottel«.

Als ich zu Melanies Haus hinüberfuhr, versuchte ich mir vorzustellen, wie das Vorstellungsgespräch ablaufen würde. Dann versuchte ich mir auszumalen, wie mein Leben aussehen würde, wenn ich die Stelle bekäme. Und dann versuchte ich mir vorzustellen, wie mein Leben aussehen würde, wenn ich die Stelle nicht bekäme. Weder die eine noch die andere Aussicht konnte mich begeistern.

Zwölf Minuten nach drei fuhr ich am Pförtnerhäuschen von Bluefish Cove vor, wo ich von einem uniformierten Wachmann aufgehalten wurde.

»Ihr Name?« bellte er.

»Alison Koff«, sagte ich, nachdem ich mein Seitenfenster heruntergekurbelt hatte. »Ich möchte zu Melanie Moloney.«

»Koff. Koff. Ich habe keine Koffs auf meiner Liste. Da muß ich Miss Moloney anrufen. Warten Sie hier.«

Na toll, dachte ich mir. Entweder hat sie unsere Verabredung vergessen, oder sie hat inzwischen jemand anderen eingestellt.

»Fahren Sie rein«, sagte der Wachmann endlich. Er öffnete das Tor und winkte mich durch.

Ich manövrierte mein Auto an einem Gewirr von Hecken, Steinmauern und schmiedeeisernen Toren vorbei, bis ich in die mit rosafarbenem Kies bedeckte Einfahrt einbog, die von grobem Schotter und Dutzenden kleiner, weißer Spotscheinwerfer eingefaßt war, und parkte auf der vorgesehenen Fläche links von der Eingangstür.

Die Außenfront des Hauses bestand aus natürlich verwitterten Zedernschindeln, und an allen Seiten ragten Terrassen und Balkone hervor. Auf den ersten Blick am überwältigendsten waren aber die zahlreichen riesigen Glastüren und -fenster. Bei der Vorstellung, diese ganzen 500 Quadratmeter blank polieren zu müssen, packte mich die Panik.

Ich marschierte forsch zur Vordertür, klingelte und wartete. Niemand kam. Nach etwa einer Minute klingelte ich wieder. Immer noch nichts. Es war ein kalter, stürmischer Tag Mitte Januar, und durch den Wind wirkte es so kalt, als hätte es minus fünfzehn Grad. Ich wickelte den Tuchmantel enger um mich und wünschte, ich hätte meinen Nerz nicht versetzt. Wo ist sie? fragte ich mich. Ist es ihr egal, daß ich mir hier draußen den Hintern abfriere? Wie unhöflich kann sie wohl sein?

Ich drückte erneut auf die Türglocke und klingelte mehrmals besonders ausdauernd. Meine Nasenspitze fing schon an zu schmerzen, und meine Finger und Zehen wurden langsam taub. Wo in aller Welt war Melanie? Sie mußte doch wissen, daß ich kam, vor allem nachdem sie der Wachmann gerade angerufen hatte. Vielleicht ist sie in ihrem »Erlebnisbad«, überlegte ich. Oder vielleicht führt sie ein wichtiges Ferngespräch.

Ich wartete wiederum mehrere Minuten, bevor ich ein weiteres Mal klingelte. Keine Reaktion. Da ich schließlich vermutete, die Klingel könnte kaputt sein, klopfte ich mehrmals an die Tür. Immer noch keine Reaktion. War ich für unsere Verabredung zu früh erschienen? Oder zu spät? War ich am falschen Tag gekommen? War es überhaupt das richtige Haus? In der richtigen Stadt?

Langsam fragte ich mich, ob ich mir das Telefongespräch mit Melanie nur eingebildet hatte. Bis auf die Knochen verfroren, beschloß ich zum Auto zurückzugehen, die Heizung anzustellen und dort sitzen zu bleiben, bis ich meine Glieder wieder spürte. Um fünf nach halb vier ging ich wieder zur Vordertür und klingelte noch einmal.

»Sie haben sich verspätet«, sagte die Frau, die mir die Tür aufmachte. Sie trug einen Hausanzug aus schwarz-mauvefarbenem Samt und hochhackige schwarze Schuhe mit kleinen goldenen Schleifen. Sie war klein, entsetzlich mager und hatte schulterlanges, platinblondes Haar, dessen Glanz und Struktur sich am ehesten als synthetisch beschreiben ließen. Ihr käsiges, weißes Geischt war so oft geliftet und umgeformt worden, daß es mich an den Türkischen Honig mit Vanillegeschmack erinnerte, den mir meine Mutter immer aus Atlantic City mitgebracht hatte. Die einzige Farbe in ihrem Gesicht kam von ihren dick mit Wimperntusche umrandeten blauen Augen und ihrem dünnlippigen Mund, der durch eine ausladende Schicht dunkelroten Lippenstifts breiter wirken sollte. Wie alt war sie wohl? Unmöglich zu sagen. Ich wußte nur, daß sie da in ihrer Haustür stand, die Hände auf die zierlichen Hüften gestützt, und den gleichen Gesichtsausdruck zur Schau trug wie meine Mutter, wenn ich mal wieder ein Verbrechen gegen die Grammatik begangen hatte.

»Wir waren für halb vier verabredet«, sagte sie mit einer Stimme wie Betty Boop.

»Ich war schon um Viertel nach drei hier«, protestierte ich und erschauerte, als mich ein Windstoß beinahe von Melanies Türschwelle fegte.

»Ja, aber wir waren für halb vier verabredet. Nicht für Viertel nach drei. Nicht für fünf nach halb vier. Für halb vier. Ich bin eine Frau, die Pünktlichkeit fordert. Deshalb bekommt meine Haushälterin auch fünfundzwanzig Dollar die Stunde, und die anderen bekommen fünfzehn.«

Ich nickte nur, da mir zum Sprechen zu kalt war.

»Kommen Sie herein«, sagte sie endlich.

Ich wollte gerade in Melanies Haus treten, als sie die Hand hob und mir den Weg verstellte.

»Nicht hier durch. Durch den Dienstboteneingang«, sagte sie und wies zur Rückseite des Hauses.

Ich drückte den Mantel fest an meinen Körper, wappnete mich gegen weitere Minuten eiskalter Luft und ging zur Rückseite des Hauses, wobei ich unaufhörlich fluchte. Ich verfluchte Melanie dafür, daß sie ihr kleines Spielchen mit mir trieb. Ich verfluchte Sandy dafür, daß er mich wegen Soozie verlassen hatte. Ich verfluchte die Wirtschaft dafür, daß sie es einem so schwer machte, seinen Lebensunterhalt zu verdienen. Ich verfluchte meine Mutter dafür, daß sie nicht die Art von Mutter war, die ich anpumpen konnte. Ich verfluchte meinen Vater dafür, daß er gestorben war und mein Leben ruiniert hatte. Ich verfluchte Janet Claiborne dafür, daß sie mein Haus nicht verkaufte. Ich verfluchte sogar den Staat Connecticut dafür, daß er so miserables Wetter hatte. Als ich mich Melanies Hintertür näherte, mußte ich mit einem Mal an Cullie Harrington denken und daran, wie ich ihn gezwungen hatte, *meinen* Hintereingang zu benutzen. Dann verfluchte ich mich dafür, daß ich mich so snobistisch benommen hatte. Hochmut kommt vor dem Fall, murmelte ich.

Melanie führte mich in ihre Küche, einen blitzenden High-Tech-Park mit altrosa gebeizten Allmilmö-Schränken, weißen Corian-Arbeitsflächen, einem weißen Fliesenfußboden, dem letzten Schrei an Küchengeräten und einer Arbeitsinsel in der Mitte, auf deren einer Seite ein Jenn-Air-Grill stand und auf der anderen ein Metzger-Schneidbrett. In der Ecke standen ein kleiner runder Tisch und vier Stühle mit Chromgestell und geflochtenen Sitzflächen. »Setzen Sie sich dorthin«, sagte Melanie und wies auf einen der Stühle. Sie forderte mich nicht auf, Hut und Mantel abzunehmen, also behielt ich beides an und wünschte, ich könnte meinen Hut dazu benutzen, meine Nase zu verbergen. Melanies Parfüm (ich roch sofort, daß es Giorgio war, der Duft, den in diesem Jahr alle trugen) war so intensiv, daß es mir beinahe den Atem raubte.

»Wie Sie sehen, lege ich Wert darauf, mein Haus perfekt sauberzuhalten«, sagte sie und bewunderte den makellosen weißen Boden unter unseren Füßen. »Mein letztes Mädchen hat diesen Fußboden zweimal täglich gewischt.«

Mein letztes Mädchen. Wie sollte ich es ertragen, für diese Frau zu arbeiten? »Das ist kein Problem«, sagte ich. Nun war ich schon so weit gegangen, daß ich jetzt keinen Rückzieher machen würde.

»Erzählen Sie mir etwas von sich«, verlangte sie. »Sind Sie von hier, oder wohnen Sie in Jessup?«

Jessup war die Arbeiterstadt, die im Nordwesten an Layton angrenzte. Die meisten Leute, die in Layton als »Personal« arbeiteten, wohnten dort. »Ich bin aus Layton«, sagte ich und versuchte, gelassen zu klingen. »Ich habe mein ganzes Leben hier verbracht.«

»Wirklich? Und seit wann putzen Sie?« wollte sie wissen.

»Seit meiner Kindheit.« Meine Mutter bewertete die Sauberkeit meines Zimmers nach einer Skala von eins bis zehn. Wenn ich eine zehn verdient hatte, ging sie mit mir zu Schrafft's und spendierte mir einen Eisbecher mit heißer Karamelsauce. So sauber, wie ich mein Zimmer hielt, war es ein Wunder, daß ich nicht das dickste Kind in der ganzen Stadt war.

»Sie haben am Telefon gesagt, daß Sie bis vor kurzem bei einem Ehepaar am Woodland Way angestellt waren.«

»Genau.«

»Und Sie hören dort auf, weil sie sich Sie nicht mehr leisten können?«

»Ja.«

»Sie müssen mir natürlich deren Namen nennen, damit ich Ihre Referenzen überprüfen kann.«

»Natürlich.« Was sollte ich jetzt tun?

»Aber zuerst führe ich Sie durchs Haus, damit Sie sich eine Vorstellung vom Arbeitsaufwand machen können.«

»Hätten Sie etwas dagegen, wenn ich meinen Mantel auszöge? Es ist recht warm hier.« Langsam taute ich auf.

Melanie wies mich an, meine Sachen auf dem Stuhl abzulegen. Dann führte sie mich durch ihr Haus, das im frühen Maurice-Villency-Stil eingerichtet war. Praktisch alles war weiß, genau wie Melanies Gesicht und Haare. Das mit einem weißen Teppichboden ausgelegte Wohnzimmer beherbergte ein weißes Ledersofa aus verschiebbaren Einzelelementen, weiße Strahler in Reihen und mehrere Glastische. Die einzige Farbe im Raum kam von dem italienischen Kamin aus grünem Marmor, der aussah, als wäre er noch nie benutzt worden. Im ebenfalls weiß ausgelegten Eßzimmer stand ein riesiger rechteckiger Glastisch mit zwölf Stühlen, die mit einem weißen Seidenstoff bezogen waren. Eine Wand des Eßzimmers war verspiegelt. An ihr befanden sich gläserne Regale und eine komplett eingerichtete Bar. Sowohl das Wohnzimmer als auch das Eßzimmer besaßen Glasschiebetüren, die zum Swimming-pool führten und durch die man einen phantastischen Blick auf den Long Island Sound hatte. Neben der Küche waren ein kleines Mädchenzimmer, ein Abstellraum und eine Waschküche, in die ein Wäscheschacht aus dem großen Schlafzimmer oben führte und die außerdem einen Lastenaufzug zur Garage besaß. Dazu kamen noch ein Weinkeller mit 300 Flaschen, der in eine Felsader geschlagen worden war, um die optimale Temperatur zu gewährleisten, eine Kombination aus Fernsehzimmer und Fitneßraum (darin befand sich neben einem Großbildfernseher auch ein Heimtrainer) und Melanies Arbeitszimmer, das sie als tabu für mich bezeichnete. Im Obergeschoß des Hauses, das ebenfalls weiß ausgelegt war, gab es eine geräumige Schlafzimmersuite: ein riesiges Schlafzimmer mit extra hoher Decke, durch dessen gläserne Schiebetüren beiderseits eines erhöhten italienischen Kamins aus grünem Marmor man den Meerblick genießen konnte, und ein Ankleidezimmer mit einem Bad, das mit Whirlpool, Sauna und Dusche ausgestattet war, ein »Kosmetikzimmer« mit verspiegelten Wänden und Armaturen aus 24-karätigem Gold und zwei begehbaren Kleiderschränken. Neben dem großen Schlafzimmer befanden sich hier oben noch zwei Gästezimmer, jedes mit eigenem »Erlebnisbad«.

Kein Wunder, daß Melanie so gut zahlte, dachte ich. Vergiß ihre ruppige Art. Mit den ganzen Glastüren, verspiegelten Wänden und weißen Teppichböden war das Haus der Alptraum jeder Haushälterin.

»Das ist also das Haus«, sagte Melanie, als wir wieder in der Küche ankamen. »Glauben Sie, daß Sie damit fertig werden?«

Ich holte tief Luft und nickte.

»Gut. Dann sprechen wir mal über Ihre Referenzen«, sagte sie. »Geben Sie mir die Telefonnummer des Ehepaars, für das Sie gearbeitet haben.«

Die Stunde der Wahrheit. Sollte ich Zeit zu gewinnen versuchen und behaupten, das Paar sei verreist und nicht erreichbar? Sollte ich ihr eine falsche Nummer geben? Melanie war nicht dumm. Sie war schließlich Journalistin, und sie würde garantiert herausfinden, daß ich gelogen hatte. Ich hatte keine andere Wahl, als ihr alles zu sagen. Na ja – fast alles.

»Ich bin das Paar«, sagte ich und sah ihr direkt in die Augen.

»Was soll das heißen, Sie sind das Paar?«

»Das Haus, das ich am Woodland Way geputzt habe, gehört mir selbst.«

»Hören Sie mal, was soll das alles? Wer sind Sie, und was suchen Sie in meinem Haus? Sind Sie von der Boulevardpresse oder vielleicht von der ›Geraldo‹-Show? Oder arbeiten Sie für Alistair Downs oder so? Er hat Sie hierher geschickt, um mein Manuskript zu stehlen, stimmt's?«

Melanies Gesicht war dermaßen straff, daß sich beim Sprechen außer ihren Lippen nichts bewegte. Der Rest ihres Gesichts blieb vollkommen unbeweglich.

»Nein, ich bin weder von der Boulevardpresse noch von Geraldo. Und ich bin auch keine Spionin im Auftrag von Alistair Downs«, versicherte ich ihr, wobei mir klar war, daß sie explodieren würde, wenn sie herausfände, daß ich in der Tat für Alistair arbeitete. »Mein Name ist Alison Koff, und ich wohne im Woodland Way. Mein Mann und ich haben uns scheiden lassen, und aufgrund finanzieller Rückschläge habe ich Maplebark Manor selbst geputzt.«

»Maplebark Manor?«

»So heißt unser Haus«, erklärte ich, als Melanie verständnislos dreinblickte. »Aber nur weil ich noch nie als Haushälterin gearbeitet habe, heißt das nicht, daß ich nicht putzen kann wie eine Fachkraft.«

Melanie blieb skeptisch. »Das glaube ich nicht«, sagte sie und reichte mir Mantel und Hut.

So schnell gab ich mich nicht geschlagen. »In Ihrer Zeitungsanzeige haben Sie geschrieben, daß Sie jemanden suchen, der makellos putzen kann, was auf mich zutrifft. Sie wollten außerdem eine ehrliche Person, was ich offensichtlich bin, sonst hätte ich Ihnen nicht die Wahrheit über mich erzählt. Sie wollten jemanden, der zuverlässig ist. Nun, ich bin zu diesem Gespräch eine Viertelstunde früher als ausgemacht erschienen. Sie wollten jemanden, der diskret ist, und ich habe keiner Menschenseele von meinem Termin hier erzählt. Und Sie wollten eine englischsprachige Kraft. Stellen Sie sich nur vor, wie praktisch es wäre, eine Haushälterin zu haben, die richtiges, echtes Englisch spricht. Denken Sie nur daran, wie beruhigt Sie sein werden, wenn Sie mich Anrufe entgegennehmen oder mit Ihren Freunden oder Geschäftspartnern sprechen lassen.«

Melanie schien über meine Logik nachzugrübeln.

»Die Vorstellung behagt mir immer noch nicht«, sagte sie. »Sie haben keine Erfahrung darin, das Haus von jemand anderem zu pflegen. Woher soll ich wissen, daß Sie wirklich putzen können?«

Es gab nur einen Weg, um Melanie zu beweisen, daß ich wußte, wie man eine Kloschüssel richtig schrubbte. »Wenn ich eine gute Referenz hätte, würden Sie mich einstellen, oder?«

»Wahrscheinlich. Die anderen Frauen, die sich um die Stelle beworben haben, machten den Eindruck, als hätten sie noch nie ein schönes Haus gesehen, geschweige denn eines geputzt. Sie sind wenigstens nicht in Ohnmacht gefallen, als ich Sie herumgeführt habe.«

»Ich bin deshalb nicht in Ohnmacht gefallen, als ich Ihr Haus gesehen habe, weil ich selbst in einem großen Haus lebe, einem Haus, das ich auch selbst *putze.* Ich verspreche Ihnen, ich werde Ihre schönen Dinge behandeln, als wären es meine eigenen.«

»Ich weiß nicht ...«

»Haben Sie zwanzig Minuten Zeit?« fragte ich Melanie und spielte meinen letzten Trumpf aus.

»Warum?«

»Damit ich Ihnen die Referenz geben kann, die Sie verlangt haben.«

»Sie haben doch gesagt, Sie hätten keine.«

»Doch. Und zwar mein Haus. Kommen Sie mit.«

Nach ein paar Minuten Überredung hatte ich Melanie so weit, daß sie bereit war, mit mir hinüber nach Maplebark Manor zu fahren.

»Woher soll ich wissen, daß Sie keine Haushälterin haben, die das alles macht?« fragte sie, nachdem sie alles inspiziert hatte.

»Diese Referenz *kann* ich Ihnen geben. Hier ist die Telefonnummer der peruanischen Putzfrau, die für mich gearbeitet hat.« Ich schrieb Marias Nummer auf einen Zettel und gab ihn Melanie. »Sie wird Ihnen bestätigen, daß ich sie entlassen mußte und mein Haus seither selbst geputzt habe.«

»Diese Maria hat immerhin Erfahrung als professionelle Haushaltshilfe. Vielleicht sollte ich an Ihrer Stelle sie nehmen.«

»Ich dachte, sie wollten jemanden, der Englisch spricht.«

Melanie zog den Mund zusammen und klopfte mit ihrem winzigen Füßchen auf den Boden. »Ich versuch's mal«, sagte sie schließlich.

»Sie meinen, ich bin eingestellt?«

»Sie fangen nächste Woche an«, sagte sie. »Dienstag bis Freitag, halb neun bis halb fünf. Ich lasse den Wachmann im Pförtnerhaus einen Passierschein für Sie ausstellen.«

»Sie werden es nicht bereuen«, sagte ich, griff nach Melanies kleiner Hand und schüttelte sie begeistert, während ich sie zur Tür brachte. Ich sah es schon vor mir. Alison Koff und Melanie Moloney, wie sie die strahlendsten Berühmtheiten der Welt interviewten, gemeinsam einen Bestseller nach dem anderen schrieben und die Angebote von Fernsehsendern und Filmstudios entgegennahmen …

»Oh, jetzt hätte ich beinahe etwas vergessen«, sagte Melanie und blieb auf meiner Türschwelle stehen. »Welche Größe haben Sie?«

»Welche Größe wovon?«

»Welche Kleidergröße. Ich muß Ihnen doch eine Mädchenuniform machen lassen.«

»Eine Mädchenuniform?« In der Anzeige war nichts von einer Uniform gestanden. Ich wäre am liebsten im Boden versunken.

»Stimmt etwas nicht?« fragte Melanie und verzog die Oberlippe zu einem gehässigen Grinsen. Kein Zweifel: Diese Frau hatte eine sadistische Ader. Ich hatte den Verdacht, daß es ihr Spaß machte, mich katzbuckeln zu sehen.

»Aber nein«, preßte ich heraus und zwang mich, gute Miene zum bösen Spiel zu machen. Bisher hatte ich es ja geschafft. Ich war vor Melanies Tür gestanden und beinahe erfroren, während sie sich großzügig Zeit ließ, bevor sie mir öffnete. Ich hatte den Dienstboteneingang benutzt, genau wie sie es wollte. Ich hatte sie in mein blitzsauberes Haus eingeladen, damit sie selbst sehen konnte, daß ich für die Stelle geeignet war. Doch mit einem Mal kam mir die Vorstellung, als Haushälterin – nein, Dienstmädchen – zu arbeiten, völlig abwegig vor. Was versuchte ich denn zu beweisen? Daß ich es fertigbrachte, jemanden zu bedienen? Herrgott, das hatte ich doch bereits bewiesen. Ich war jahrelang der kleine Fußabstreifer meiner Mutter gewesen. Moment mal, hier ging es gar nicht darum, jemanden zu bedienen, fiel mir ein. Hier ging es darum, meinen Lebensunterhalt selbst zu verdienen, statt vom Geld eines Mannes zu leben. Es ging darum, meine Probleme selbst zu lösen und meine Schwierigkeiten selbst zu meistern. Es ging ums Überleben. »Ich habe Größe vierunddreißig«, erklärte ich Melanie, als ich sie zur Tür brachte.

Meine Stimmung schwankte, als ich mich am Wochenende auf meinen neuen Job als Melanie Moloneys Dienstmädchen vorbereitete. Auf der einen Seite fand ich es aufregend, jeden Tag dort erscheinen zu müssen, nachdem ich elf Jahre lang zu Hause gearbeitet hatte. Auf der anderen Seite konnte ich mich nicht so einfach damit abfinden, eine Mädchenuniform tragen zu müssen. Dieses kleine Stück Stoff schien mir ein Symbol dafür zu sein, wie drastisch mein Leben seit den glorreichen Tagen der achtziger Jahre heruntergekommen war. Ich litt ständig unter Alpträumen, daß ich »entdeckt« würde – Träume, in denen ich beim Einkaufen war und plötzlich alle Leute, die ich von früher kannte, mit Fingern auf mich zeigten und mich auslachten; dann sah ich an mir herab und merkte, daß ich nicht das schwarze Gabardinekleid von Versace trug, das ich am Morgen angezogen hatte, sondern eine schwarze Mädchenuniform aus Polyester mit nichts darunter! Kein BH, kein Höschen – nichts! Wie oft ich mir auch einredete, daß es mir egal sei, was die anderen von mir dachten, wurde ich die Angst nicht los, *jemand könnte herausfinden, daß ich Melanie Moloneys Dienstmädchen war!*

Vor allem mußte ich ständig an meine Mutter denken und daran, was sie wohl sagen würde, wenn sie erführe, daß ich als Haushälterin arbeitete. Ich hatte das Gefühl, sie zu hintergehen, als wäre ich nicht mehr die brave Tochter, die ich unbedingt hatte sein wollen. Meine Schuldgefühle waren dermaßen erdrückend, daß ich kaum atmen konnte.

Am Dienstagmorgen war ich von den ganzen Sorgen vollkommen zermürbt. Mit geröteten Augen fuhr ich um zehn nach acht nach Bluefish Cove hinüber, in der Hoffnung, es bis genau halb neun zu Melanies Dienstboteneingang zu schaffen.

Der Wachmann im Pförtnerhäuschen erinnerte sich noch von der Woche zuvor an mich und sagte: »Hallo, Alison. Hier ist der Passierschein, um den mich Miss Moloney für Sie gebeten hat.« Wenigstens hatte Melanie es sich nicht anders überlegt.

Ich kam rechtzeitig bei Bluefish Cove 7 an und klopfte an der Hintertür. Melanie öffnete mir. Sie trug den gleichen schwarzmauvefarbenen Anzug wie vergangene Woche und dasselbe widerliche Parfüm.

»Hier ist Ihre Uniform«, sagte sie, noch bevor ich dazu gekommen war, guten Morgen zu sagen oder Hut und Mantel abzulegen. »Sie können sich dort umziehen«, fügte sie hinzu und zeigte auf das Mädchenzimmer neben der Küche.

Meine Uniform entpuppte sich als genau das Modell, das auch in meinen Alpträumen vorgekommen war – ein schwarzes Polyester-Teil, über dem ich eine gestärkte weiße Schürze tragen sollte. Dazu bekam ich ein Paar orthopädisch aussehende schwarze Schuhe und eine weiße Strumpfhose. »Ihre Schuhgröße habe ich geraten«, sagte Melanie.

Als ich von oben bis unten als Hausmädchen ausstaffiert war, betrachtete ich mich eingehend in dem hohen, schmalen Spiegel auf der Rückseite der Tür zum Mädchenzimmer. Du siehst aus wie Hazel, dachte ich trübsinnig und erinnerte mich an die von Shirley Booth gespielte Figur in der beliebten heiteren Fernsehserie aus den sechziger Jahren. Mein Gott, laß das hier bloß niemanden herausfinden, betete ich.

Während der ersten halben Stunde in meiner neuen Stellung zeigte mir Melanie (»Miss Moloney« sollte ich sie nennen), wo die Putzsachen waren, und erklärte mir, in welcher Reihenfolge ich die einzelnen Räume säubern sollte. Ich sollte oben mit dem großen Schlafzimmer und dem dazugehörigen Bad beginnen, dann die Gästezimmer mitsamt den Bädern, unabhängig davon, ob irgendwelche Gäste dort übernachtet hatten oder nicht. Dann sollte ich Küche, Eßzimmer, Wohnzimmer und Fitneßraum putzen. Zu dieser Zeit würde Melanie eine Mittagspause machen, und ich sollte ihr Arbeitszimmer putzen. Danach sollte ich Küche und Eßzimmer noch einmal von oben bis unten säubern, egal ob sie dort etwas verschmutzt hatte oder nicht. Dazwischen sollte ich mich um die Schmutzwäsche kümmern, die durch den Wäscheschacht nach unten gekommen war. Jeden Dienstagmorgen sollte ich von Melanies Bett die Wäsche wechseln. Ich wurde geheißen, keine Anrufe entgegenzunehmen, wenn Melanie mich nicht ausdrücklich darum bat; außerdem war es mir nicht gestattet, das Telefon zu benutzen, außer in Notfällen. Am Ende jedes Arbeitstages sollte ich mein Geld bar ausgezahlt bekommen. Ich würde weder einen eigenen Schlüssel für das Anwesen erhalten noch den Code für die Alarmanlage erfahren. »Nicht, daß ich Ihnen nicht vertrauen würde«, sagte Melanie, ohne sich entschuldigen zu wollen. »Es ist nur so, daß ich ein streng geheimes Manuskript im Haus habe. Streng geheim und sehr wertvoll.«

In Ordnung, aber was ich wirklich wissen wollte, war, ob ich bei diesem Job auch eine Mittagspause bekäme. Mir knurrte der Magen jetzt schon, und es war erst Viertel vor neun.

»Wenn Sie glauben, Zeit dafür zu haben«, antwortete Melanie auf meine Frage. »Meine früheren Mädchen hatten keine Minute Zeit zum Essen. Sie wurden kaum bis halb fünf mit ihrer Arbeit fertig.«

Toll. Vielleicht nahm ich beim Arbeiten für Melanie so viel ab, daß mir die Uniform nicht mehr paßte und sie mich etwas anderes tragen lassen müßte.

Bevor ich mich ans Werk machte, nahm mich Melanie in ihr Arbeitszimmer mit, das – wie sie mir erklärte – abgesperrt wurde, wenn sie es nicht benutzte. Es war ein großes, tadellos aufgeräumtes Zimmer mit der üblichen Büroausstattung – Schreibtische, Stühle, Aktenordner etc. – und einem langen Tisch, auf dem Dutzende von Karteikästen standen, von denen ich annahm, daß sie jeden einzelnen Schandfleck über Alistair P. Downs enthielten, den man nur irgendwie in Erfahrung bringen konnte. Auffallenderweise gab es keinen Computer: Wie jeder wußte, der Melanies Laufbahn verfolgt hatte, hatte sie eine Computer-Phobie und verfaßte alle ihre Manuskripte auf einer altehrwürdigen Smith Corona.

An dem langen Tisch saß ein kleiner, untersetzter Mann mittleren Alters, aber Melanie machte sich nicht die Mühe, ihn mir vorzustellen. Wie unhöflich, dachte ich. Dann fiel mir wieder ein, daß ich ja die Perle war, und niemand sprach mit der Perle, zumindest nicht in Layton.

»Sie sind also das neue Hausmädchen«, sagte der Mann schließlich, als ich mich umdrehte, um Melanies Arbeitszimmer wieder zu verlassen.

Unglaublich, Sherlock. »Ja, bin ich«, sagte ich lächelnd. »Ich heiße Alison.«

»Das ist Todd Bennett«, erklärte Melanie. »Er hilft mir beim Recherchieren und wird die meiste Zeit hier sein.«

»Erfreut, Sie kennenzulernen«, sagte ich zu Todd, der unter seinem braunen, lockigen Haar zahlreiche Aknenarben hatte und an die 120 Kilo wog. Ich wette, der gute Todd bekommt eine Mittagspause, dachte ich neidisch.

»Gleichfalls erfreut«, lispelte Todd, gab sich aber keine Mühe, freundlich zu sein. Na ja, wer brauchte schon neue Freunde? Ich, aber das tat nichts zur Sache.

Ich trug den Eimer mit den Putzutensilien nach oben und stellte ihn im großen Schlafzimmer auf dem Fußboden ab. Dann ging ich zu Melanies riesigem Doppelbett hinüber und begann, die mauve-graue Bettwäsche abzuziehen. Ich wollte gerade das Betttuch herunternehmen, als ich ein paar gelbliche, verkrustete Flecken darauf entdeckte. Ich dachte kurz nach, bis es mir dämmerte: Melanie hatte also einen Freund. Es war schon so lange her, seit ich mit einem Mann zusammengewesen war, geschweige denn mit einem geschlafen hatte, daß ich schon fast vergessen hatte, wie Spermaflecken aussehen. Hatte Melanie etwas mit Todd? Sie war so zerbrechlich und er so pummelig, daß ich mir die beiden »dabei« beim besten Willen nicht vorstellen konnte. Aber man wußte ja nie, was Menschen zueinander hinzog. Sie hatte schließlich gesagt, daß er oft hier war.

Während ich das Bett vollständig abzog, mußte ich über mich selbst lachen. War das typisch für Hausmädchen? Die Bettwäsche anderer Leute zu inspizieren und Mutmaßungen über ihr Liebesleben anzustellen? Hatte Maria das getan, als sie für Sandy und mich arbeitete? Falls ja, so muß sie enttäuscht gewesen sein. Sandy und ich waren viel zu sehr davon in Anspruch genommen, Antiquitäten, Kleidung und Autos zu kaufen, als daß wir uns mit etwas so Nutzlosem wie Sex beschäftigt hätten.

Ich rollte die Bettwäsche zusammen und warf sie den Wäscheschacht hinunter. Dann packte ich den Eimer mit den Putzmitteln und fing an, das Zimmer zu säubern. Alle paar Minuten steckte Melanie ihren platinblonden Kopf herein. »Benutzen Sie kein Wachs für die Frisierkommode.« »Nehmen Sie das Scheuerpulver nicht für das Waschbecken.« »Hinterlassen Sie keine Streifen auf dem Spiegel.« Sie raubte mir den letzten Nerv. Wenn sie mich weiterhin alle fünf Minuten bei meiner Arbeit unterbrach, würde ich nie um halb fünf hier herauskommen.

Wie sich herausstellte, wurde ich an diesem Abend erst um halb acht damit fertig, Melanies Haus zu putzen, und sie weigerte sich, mir die drei zusätzlichen Arbeitsstunden zu bezahlen. »Sie werden für die Arbeit bezahlt, die Sie tun, nicht für die Zeit, in der Sie sie tun. Wenn Sie früher hier herauskommen wollen, müssen Sie eben schneller arbeiten«, sagte sie.

Ich schlief ein, sowie ich zu Hause angekommen war. Kein Abendessen. Kein Fernsehen. Kein Rückruf auf die drei Mitteilungen von meiner Mutter. Die erste lautete: »Hallo, Alison. Hier ist deine Mutter. Es ist halb zwei Uhr nachmittags. Du hast mich seit einer Woche nicht mehr angerufen.« Die zweite lautete: »Hallo, Alison. Hier ist deine Mutter. Es ist jetzt halb drei Uhr nachmittags, und meine Freundinnen im Club sagen, daß ihre Töchter sie jeden Tag anrufen.« Die dritte lautete: »Hallo, Alison. Hier ist deine Mutter. Es ist jetzt halb vier Uhr nachmittags, und ich bin sehr verärgert über deine mangelnde Aufmerksamkeit.« Meine Mutter war also verärgert. Sonst noch etwas Neues? Ich konnte mich nicht erinnern, jemals so erschöpft gewesen zu sein, körperlich wie geistig. Aber bevor ich einschlummerte, warf ich noch einen Blick auf die nagelneuen grünen Scheine, die auf meinem Nachttisch lagen – insgesamt 200 Dollar. Träum süß, wünschte ich mir selbst, als ich das Licht ausmachte.

7. Kapitel

Sollte ich je die Idee gehabt haben, das Leben als Melanies Haushälterin würde mit der Zeit leichter werden, so hatte ich mich getäuscht. Ich merkte bald, daß Melanie eine mehr als anspruchsvolle Chefin war: Sie war die Chefin aus der Hölle. Hatte ich am Morgen als erstes die Toilette neben ihrem Schlafzimmer geschrubbt, so befahl sie, diese noch einmal zu säubern, bevor ich am Nachmittag das Haus verließ. Wollte sie ihr Silber poliert haben, wartete sie, bis ich schon fast am Gehen war, und sagte es mir dann. Sie zwang mich, den Küchenboden auf Händen und Knien zu schrubben, statt einen Wischmop zu benutzen. Dann aß sie am

Küchentisch zu Mittag, hinterließ einen Stapel schmutzigen Geschirrs in der Spüle und ließ mich den Fußboden ein weiteres Mal putzen. Das Schlimmste von allem aber war, was ich nach einiger Zeit ihre »Teppichfolter« nannte. Nachdem ich die Möbel in jedem Raum abgestaubt hatte, saugte ich den weißen Teppichboden, der fast im ganzen Haus die Böden bedeckte. Immer wenn ich den Staubsauger gerade wegräumen wollte, klopfte sie mir auf die Schulter, wies auf irgendeine unsichtbare Stelle im Teppich und meinte: »Er geht in die falsche Richtung.« »Was meinen Sie damit?« hatte ich beim ersten Mal gefragt. »Der Flor des Teppichs muß in eine Richtung gehen. Ich mag es nicht, wenn er so durcheinander aussieht«, erklärte sie.

Man sollte meinen, daß Melanie bei einem so »handgreiflichen« Umgang mit ihrem Haushalt keine Zeit mehr blieb, ihre Bücher zu recherchieren und zu schreiben. Nun, lassen Sie sich ein schmutziges, kleines Geheimnis anvertrauen. Melanie Moloney hatte tatsächlich keine Zeit, ihre Bücher zu schreiben und zu recherchieren – das tat Todd Bennett. Eine der ersten Entdeckungen, die ich während meiner Zeit als Melanies Haushälterin machte, war, daß Todd Bennett die meiste Arbeit an den Büchern erledigte – und nichts von der Anerkennung abbekam. Er war derjenige, der in Bluefish Cove 7 schuftete, während sich Melanie im Rampenlicht des Literaturbetriebs sonnte.

Manchmal, wenn sie unterwegs war und sich interviewen ließ, eine geschäftliche Besprechung hatte oder beim Friseur saß, hockten Todd und ich in ihrem Arbeitszimmer und plauderten. Er war gar nicht so unnahbar, wie er mir am ersten Tag vorgekommen war, er war lediglich überarbeitet und unterschätzt.

»Wir waren beide bei der *Chicago Sun-Timef*«, erklärte er, als ich ihn fragte, wie er dazu gekommen sei, für Melanie zu arbeiten. »Sie fagte mir, daß sie an einer Biographie von Dean Martin arbeite, und fragte mich, ob ich Lust hätte, ihr zu helfen. Seither bin ich ihr Mitarbeiter. Oder vielleicht follte ich sagen: ihr *Ghostwriter.*« Das letzte Wort sprach er mit unverhohlener Bitterkeit aus.

»Also sind Sie derjenige, der in Wirklichkeit die Bücher schreibt. Da bin ich aber beeindruckt, Todd«, sprudelte ich hervor. Ich bildete mir ein, Todd durch Schmeicheleien dazu bringen zu können, mir Informationen zu geben. Er schien jemand zu sein, der als Kind nie Schmeicheleien zu hören bekommen hatte. Er sah immer noch aus wie der dicke, picklige Junge, der regelmäßig als letzter für die Baseball-Mannschaft ausgewählt wurde und nie richtig darüber hinweggekommen war.

»Ja, ich bin derjenige, der eigentlich die Bücher schreibt und überhaupt keine Anerkennung dafür bekommt«, gab er zu. »Auf jeden Fall wird fich das alles mit dem nächsten Buch ändern. Bei dem bekomme ich, was mir zusteht.«

»Sie meinen das Buch über Alistair Downs?«

»Ja.«

»Dann wird Ihr Name gemeinsam mit dem Melanies auf dem Umschlag stehen?«

»Sie haben's erfaßt. Mein Name wird auf dem Umschlag stehen – und ganz oben auf der Bestsellerliste, direkt neben ihrem. Melanie und ich haben eine Abmachung.«

»He, das ist ja toll«, sagte ich und mußte an meine eigenen literarischen Ambitionen denken. Wenn Todd Bennett vom Zeitungsreporter zum Bestsellerautor von Biographien werden konnte, warum dann nicht ich? »Übrigens, wie läuft es denn mit dem Buch?«

»Es ist faft fertig. Wir werden es wahrscheinlich in ein paar Wochen bei unferem Verleger abliefern können.«

»Wow! Das ist ja sagenhaft. Wird es auch ein solcher Schocker wie die letzten Bücher von Melanie – Verzeihung, von Ihnen und Melanie?«

»Sagen wir mal, die ganze Welt wird Alistair P. Downs in einem neuen Licht sehen.«

Ein neues und nicht besonders schmeichelhaftes Licht, nahm ich an. »Ich könnte nicht vielleicht einen winzig kleinen Blick auf das Manuskript werfen?« fragte ich Todd.

»Aufgeschlossen«, wehrte er ab.

»Ist es das?« fragte ich und deutete auf einen Karton, dessen Inhalt offenbar aus mehr als tausend mit Schreibmaschine beschriebenen Seiten bestand. Er stand auf dem Fußboden neben Melanies Schreibtisch und wog vermutlich eine Tonne.

»Ja, aber kommen Sie blof nicht auf irgendwelche dumme Gedanken. Melanie bekäme Zustände, wenn sie Sie auch nur in der Nähe davon sähe.«

Ich starrte sehnsüchtig auf das Manuskript. »Wie wäre es dann damit, wenn Sie mir eine Kostprobe aus dem Buch spendieren würden, Todd? Erzählen sie mir doch bitte irgend etwas Schlüpfriges über Alistair. Ich verspreche auch, es keiner Menschenseele weiterzusagen.«

»Um keinen Preif«, schalt er mich. »Wir haben einen Teil zum Vorabdruck an *People* verkauft. Nichts aus dem Buch wird enthüllt, bevor die Serie veröffentlicht wird.«

»Ach, kommen Sie schon, Todd, nur ein klitzekleines Stückchen.«

»Na ja, ich denke, ich könnte Ihnen erzählen, wie Alistair einmal damit gedroht hat –«

Gerade als Todd kurz davor war, mir einen – wie ich annahm – Knüller aus dem Buch zu verraten, kam Melanie ins Arbeitszimmer. »Was ist denn hier los?« wollte sie wissen. Es war erstaunlich, was sie aus ihrem zarten Betty-Boop-Stimmchen alles herausholen konnte.

Todd und ich zuckten zusammen wie zwei Schulkinder, die man dabei erwischt hat, wie sie schmutzige Worte an die Tafel schrieben. »Wir haben überhaupt nichts gemacht«, sagte ich und hörte mich an wie eine Fünfjährige.

»Sie haben verdammt recht damit, daß Sie überhaupt nichts gemacht haben«, spottete Melanie. »Sie sollten eigentlich arbeiten. Und zwar alle beide!«

Ich packte den Eimer mit den Putzsachen, huschte aus dem Arbeitszimmer und überließ es Todd, Melanie zu besänftigen. Wenn sie wirklich eine Affäre hatten, worüber ich mir immer noch nicht im klaren war, dann würde er einen Weg finden, sie zu beruhigen.

Um mich dafür zu bestrafen, daß ich mit Todd geplaudert hatte, statt die Hausarbeit zu erledigen, ließ mich Melanie sämtliche Glasschiebetüren im Haus von beiden Seiten putzen, was an einem frostigen Februartag kein Honigschlecken ist. Manchmal konnte sie richtig grausam sein. Bösartig sogar. Ja, sie bezahlte mich sehr gut. Und ja, wenn es mir nicht paßte, konnte ich jederzeit gehen. Aber ich hatte eine Abmachung mit mir selbst getroffen: Ich würde weiterhin für Melanie arbeiten, wie gräßlich sie auch war, bis ich genug Geld verdient hatte, um der Layton Bank & Trust Company einen hübschen Batzen von den Hypothekenraten, die ich ihr schuldete, zurückzuzahlen und damit vielleicht sogar die Zwangsversteigerung von Maplebark Manor aufzuhalten. Ich würde es durchstehen, wie mitgenommen und erschöpft ich mich am Ende jedes Tages auch fühlte. Ich würde bleiben, bis etwas geschah, das meine Situation änderte.

Eine der Methoden, mit denen ich in Bluefish Cove bei Laune zu bleiben versuchte, bestand darin, mir auszumalen, wie ich Melanie umbrachte. So abwegig es auch klingen mag – meine mörderischen Tagträume halfen mir dabei, auch die niedrigsten Arbeiten mit Genuß zu verrichten. So machte ich zum Beispiel Melanies Bett und stellte mir dabei vor, sie mit einem Kissen zu ersticken. Oder ich schrubbte das Waschbecken in ihrem Badezimmer und sah vor meinem geistigen Auge, wie ich ihren Kopf in ein mit Wasser gefülltes Becken drückte. Ich war alles andere als stolz auf diese Gedanken, das können Sie mir glauben. Aber sie vertrieben mir die Zeit.

Meine andere Methode, um nicht zu verzweifeln, war sogar noch peinlicher: Ich stellte mir vor, mit Cullie Harrington zu schlafen. Ich stand da, legte Melanies Wäsche zusammen und sah auf einmal Cullies Gesicht neben meinem, sein Bart kitzelte mich an der Wange, und er murmelte: »Liebste Mrs. Koff, es tut mir leid, daß ich mich wie ein Blödmann verhalten habe, als wir uns das letzte Mal gesehen haben. Ich weiß nicht, was über mich gekommen war. Und ich liebe Hadley Kittredge nicht. Ich liebe Sie. Heiraten Sie mich.« Erbärmlich, was? Ich war dermaßen bieder, daß sogar meine Phantasien bieder waren: Sie liefen immer auf eine Heirat hinaus.

Was soll das, über Cullie Harrington nachzudenken? schalt ich mich selbst. Du kannst ihn genausowenig ausstehen wie er dich. Es war wesentlich angenehmer, mir auszumalen, wie ich Melanie umbrachte, als nach Cullie zu lechzen. Aber ich hatte meine Gedanken nicht besser unter Kontrolle als die vielen Glastüren in Melanies Haus.

Eine weitere Ablenkung von meinem Job als Putzfrau waren die sporadischen Aufträge für die Zeitung, die ich von Bethany bekam. Es war mir gelungen, meine Interviews immer montags zu führen, an meinem freien Tag. An einem Montag befragte ich eine professionelle Leihmutter, die nach Layton gekommen war, um bei der Frauengruppe, die Julia organisiert hatte, einen Vortrag zu halten. Zwei Wochen später interviewte ich eine Laytonerin, die eine Reise nach Italien gewonnen hatte, als sie beim Preisausschreiben einer Spaghettisoßenfirma mitgemacht hatte. Als ich zur Zeitung kam, um meinen Artikel abzugeben, wunderte Julia sich über mein schlechtes Aussehen. »Hast du abgenommen, Koff?« fragte sie. »Ein bißchen«, antwortete ich. »Laß dich doch diese Woche einmal von mir zu McGavin's einladen«, schlug sie vor. Ich bedankte mich, sagte aber, ich sei zu beschäftigt. Essen gehen? Wenn ich nach einem Tag, an dem ich von morgens bis abends Melanie Moloneys Haus geputzt hatte, zu Hause ankam, besaß ich ungefähr noch soviel Energie wie ein Spüllappen. Außerdem war es mir gelungen, mein Geheimnis vor Julia, Bethany und allen anderen bei der Zeitung zu wahren, und ich wollte mich nicht verraten. Darüber hinaus hatte ich es auch geschafft, meine Arbeit bei der Zeitung vor Melanie geheimzuhalten, und auch das sollte keinesfalls herauskommen.

Einmal war es allerdings knapp. Eines Morgens teilte mir Melanie mit, daß sie ein kleines Mittagsbuffet für ein paar Medienleute aus Manhattan gäbe. »Sie servieren«, ordnete sie an, was hieß, daß ich hinter dem Buffet stehen und die angebotenen Speisen austeilen sollte. Zuerst war mir diese Aufgabe durchaus willkommen: Sie verhieß eine Unterbrechung meiner alltäglichen Routine, die aus Abstauben, Schrubben und Staubsaugen bestand. Außerdem hieß es, daß ich mit richtigen, echten Medienleuten aus New York in

Berührung kommen würde, vielleicht sogar mit dem Chefredakteur von *People*! Doch als Melanie mir sagte, welcher Partyservice das Buffet liefern würde, wäre ich beinahe gestorben. Es war Soozie's Delectable Edibles! Ja, Sandys erste und dritte Frau in spe, Soozie, die Partyservice-Hure, war mit ihrem delikaten Hühnchensalat unterwegs zu Melanies Haus!

Mir brach der Schweiß aus. Was, wenn Soozie herausfand, daß ich als Dienstmädchen arbeitete? Sie würde es in ganz Layton herumerzählen. Nein, auf der ganzen Welt. »Du kommst nie drauf, wer als Dienstmädchen arbeitet«, würde sie sagen. »Alison, Sandys zweite Frau. Ist das nicht der Wahnsinn?« Soozie redete immer im Jargon der sechziger Jahre. Sie war nie darüber hinweggekommen, daß ihre Eltern sie nicht nach Woodstock hatten fahren lassen, und deshalb benutzte sie jetzt zum Ausgleich Wörter wie »Wahnsinn« und »abgefahren«.

Ich mußte etwas unternehmen, um diese Katastrophe abzuwenden. Aber was? Soozie durfte mich nicht in meinem Hazel-Dreß sehen. Das durfte einfach nicht passieren. Laß dir etwas einfallen! Schnell!

»Alison, hören Sie auf zu träumen. Der Partyservice wird jede Minute dasein«, fauchte Melanie. »Stauben Sie die Möbel im Eßzimmer ab, und richten Sie den Tisch für das Buffet her.«

»Ich habe die Möbel im Eßzimmer erst heute morgen abgestaubt«, protestierte ich.

»Dann tun Sie es noch einmal.«

»Ja, Miss Moloney.«

Ich sprühte gerade den Eßtisch mit Zitronenduftreiniger ein, als es an der Hintertür läutete.

»Auf was warten Sie, Alison? Machen Sie die Tür auf!« rief Melanie.

Wie konnte ich die Tür aufmachen? Soozie würde mich doch sehen. »Aber Miss Moloney – ich muß hier fertig abstauben, bevor die Gäste kommen«, wandte ich ein.

»Oh, natürlich«, sagte Melanie mit unverhohlener Verachtung dafür, daß ich nicht zwei Dinge zugleich tun konnte.

Melanie ging in die Küche und öffnete Soozie den Dienstboteneingang. Ich bemühte mich, ihre Worte zu verstehen.

»Hi. Ich komme von Delectable Edibles«, zwitscherte ein munteres Stimmchen. »Wo soll ich denn das ganze Essen hinstellen?« Steck's dir in deinen ehebrecherischen Hintern, dachte ich. Was sollte ich denn jetzt tun?

»Lassen Sie einfach alles hier auf der Arbeitsplatte stehen, bis mein Mädchen mit dem Eßzimmer fertig ist«, hörte ich Melanie zu Soozie sagen. »Sie müßte jede Minute soweit sein.«

»Brauchen Sie mich während des Essens?« fragte Soozie.

»Nein, mein Mädchen wird die Gäste bedienen. Alison? Sind Sie immer noch nicht fertig da drinnen?« brüllte Melanie.

Mein Gott, Melanie hatte meinen Namen genannt. Ich fragte mich, ob Soozie ahnte, daß ich es war. Aber warum sollte sie? Vermutlich gibt es eine Menge Dienstmädchen namens Alison, oder? »Ich komme«, krächzte ich und versuchte, meine Stimme zu verstellen. Soozie kannte meine Stimme. Im Lauf der Jahre waren wir einander auf einigen Partys begegnet, uns im Schönheitssalon über den Weg gelaufen und hatten sogar ein- oder zweimal miteinander telefoniert. Layton war schließlich eine Kleinstadt, und man mußte so tun, als ob man die Ex-Frau des eigenen Mannes leiden könnte, selbst wenn dies nicht der Fall war.

»Darf ich Ihre Toilette benutzen?« hörte ich Soozie Melanie fragen. »Ich bin schwanger, und mir ist, als müsse ich andauernd pinkeln.«

Schwanger?

»Herzlichen Glückwunsch«, sagte Melanie.

»Vielen Dank«, antwortete Soozie. »Der Vater des Kindes und ich wollen möglichst bald heiraten. Wir mußten nur noch warten, bis seine Scheidung durch war, bevor wir das mit dem Baby herumerzählen konnten. Das ist doch total Spitze, finden Sie nicht?«

Ich wäre am liebsten gestorben. Sandy war in keiner Weise an Kindern interessiert gewesen, solange er mit mir verheiratet war. Jetzt waren er und Soozie Eltern in spe, und ich konnte sehen, wo ich blieb. Unfruchtbar. Einsam. Ungeliebt. Tränen schossen mir in die Augen. Ich versuchte, sie mit meinem Staubtuch wegzuwischen, aber das brachte mich nur zum Niesen. Und nochmals. Und nochmals.

»Was ist denn da drinnen los, Alison?« rief Melanie, nachdem ich sechs- oder siebenmal geniest hatte.

»Ich habe mich anscheinend erkältet«, antwortete ich, wischte mir die Augen und schneuzte mich.

»Kommen Sie trotzdem in die Küche. Ich brauche Sie hier«, befahl Melanie. Die Frau hatte wirklich Herz.

Was konnte ich schon tun? Ich mußte gehen. Meine Tarnung würde auffliegen.

Ich riß mich zusammen, holte tief Luft und ging mit erhobenem Kopf in die Küche. Als ich dort ankam, war Soozie noch auf der Toilette, beim »Pinkeln«. Für den Moment war ich sicher.

»Nehmen Sie das Essen und arrangieren Sie es im Eßzimmer«, wies mich Melanie an.

Ich trug Servierschüsseln mit Hühnchensalat und anderen kalten Vorspeisen ins Eßzimmer. Als ich Soozie aus der Toilette kommen hörte, erstarrte ich.

»Bevor ich gehe, möchte ich kurz noch einmal nach dem Essen sehen«, erklärte Soozie in der Küche Melanie.

Ich hörte ihre Schritte, als sie sich gemeinsam auf den Weg ins Eßzimmer machten. Sie kamen. Sie kamen. Sie waren da!

Okay, ich bin zwar nicht stolz auf das, was ich gemacht habe, aber mir fiel nichts anderes ein: Ich versteckte mich im Geschirrschrank. Ja, während Melanie und Soozie sich das Buffet von Delectable Edibles auf dem Tisch ansahen, ein paar Gabeln Hühnchensalat kosteten und die Vorzüge von Kartoffelsalat mit Vinaigrette gegenüber Kartoffelsalat mit Mayonnaise diskutierten, hockte ich, Alison Waxman Koff, Herrin von Maplebark Manor, auf dem Boden des Geschirrschranks, zu einem kleinen Knäuel unter dem untersten Brett zusammengekauert, und fragte mich, wie mein Leben eine so bizarre Wendung hatte nehmen können.

»Es sieht alles wunderbar aus«, hörte ich Soozie sagen.

»Ja, aber in die Tortellini mit Pesto gehört ein Servierlöffel. Ich lasse mein Mädchen einen bringen. Alison?« rief Melanie. »Wo ist sie denn?«

Ich bin direkt hier mit dir im Zimmer, gekrümmt und unglücklich ganz unten in diesem Geschirrschrank, jawohl. Ich hoffte, daß Melanie und Soozie sich irgendwann miteinander zu langweilen beginnen und sich wieder ihren jeweiligen Aufgaben widmen würden, wenn ich nur lang genug im Schrank aushielt. Dann konnte ich mich auch wieder meinen Aufgaben widmen. Ich mußte nur vollkommen ruhig sitzen bleiben und keinen Mucks von mir geben.

»Alison?« rief Melanie erneut.

»Vielleicht ist sie oben«, erwog Soozie.

»Wer weiß. Gute Haushaltshilfen sind mehr als schwer zu finden – eigentlich gar nicht«, sagte Melanie, meine liebe, reizende Arbeitgeberin.

Ich bekam langsam Krämpfe in den Beinen und im Rücken, aber ich war schon fast gerettet. Nur noch ein paar Sekunden, dann kannst du aus dem Schrank herauskommen, redete ich mir gut zu. Plötzlich überfiel mich der heftige Drang zu niesen. O bitte. Nein. Nur das nicht. Ich hielt mir fest die Nase zu. Ich zählte bis fünf. Ich betete zu Gott. Alles, um das gefürchtete Niesen daran zu hindern, mein Leben zu ruinieren. Nichts half. Ich nieste – in meine Hände, falls Sie es unbedingt wissen wollen. Zum Glück erstickte diese Technik das Geräusch. Leider brachte die geballte Kraft des Niesens das Porzellan auf dem Regalbrett über mir zum Klirren.

»Was war denn das?« wollte Soozie wissen.

»Es klang, als käme es aus dem Geschirrschrank«, sagte Melanie.

»Das müssen Mäuse sein«, meinte Soozie. »Ganz Layton hat Probleme mit Mäusen.«

»Wenn in diesem Schrank Mäuse sind, dann werde ich auf keinen Fall hineinschauen. Darum soll sich mein Mädchen kümmern. Dann hat sie wenigstens etwas zu tun«, sagte Melanie, die noch etwas viel Schlimmeres als Mäuse verdient hatte.

Soozie ging. Melanie ging wieder in ihr Arbeitszimmer. Und ich kroch mit Rotz auf den Händen und Krämpfen in Waden und Oberschenkeln aus dem Geschirrschrank.

Ich schaffte es, meinen Aufgaben als Melanies Buffethilfe nachzukommen, aber meine Hoffnung darauf, mit ihren dynamischen Medienfreunden aus New York Kontakte zu knüpfen, war schnell zunichte gemacht, als sie mich keinem einzigen vorstellte. Die einzigen Sätze, die ich mit ihnen wechselte, waren: »Brauchen Sie noch eine Serviette?« oder »Möchten Sie noch eine Portion Hühnchensalat?« Nicht gerade Stoff für größere Karrierechancen.

Als ich an diesem Abend nach Hause kam, war ich derart überdreht, daß ich nicht einschlafen konnte. Anstatt mich im Bett hin- und herzuwälzen, machte ich das Licht an und beschloß, meine Illustriertenlektüre fortzusetzen. Ich griff mir einen Stapel Zeitschriften vom Nachttisch, die ich aus Zeitmangel noch nicht gelesen hatte. Ich wollte mich gerade in *Vanity Fair* vertiefen, als mir eine Titelzeile ins Auge sprang: »Melanie Moloney ungeschminkt – die Wahrheit über die Königin der Prominentenbiographie«. Ich fand den Artikel so schnell, wie meine Finger die Seiten umblättern konnten, und verbrachte die nächste halbe Stunde damit, ihn zu verschlingen. Ich konnte mich nicht satt lesen. Anscheinend war ich nicht der einzige Mensch, der Melanie ein wenig schwierig fand. Jeder einzelne, der in diesem herrlich gehässigen Artikel zitiert wurde, hegte einen massiven Groll gegen sie. Ihre Reporterkollegen bei der *Chicago Sun-Times* warfen ihr vor, daß sie überhaupt nicht schreiben könne und ihren Erfolg gar nicht verdient habe. Ihre Freunde aus den Tagen, bevor sie zur Bestsellerautorin geworden war, sagten, sie habe sie fallenlassen wie heiße Kartoffeln, sowie sie berühmt geworden sei. Ihre beiden Ex-Ehemänner berichteten, sie sei viel zu sehr mit sich selbst beschäftigt gewesen, um eine gute Ehefrau zu sein. Eine frühere Sekretärin sagte unmißverständlich, daß Melanie die boshafteste Chefin war, für die sie je gearbeitet habe. Einer der Gekränktesten, die in dem Artikel genannt wurden, war Melanies ehemaliger Agent Mel Suskind. Als Inhaber einer kleinen literarischen Agentur, Suskind & Associates, war Mel seit der Zeit an Melanies Seite gestanden, als sie noch für fünfstellige Vorschüsse Prominentenbiographien schrieb. Er erzählte, wie ihn Melanie, als ihr viertes Buch *Ann-Margret: Tagebuch eines Sexsymbols* die Bestsellerliste der *New York Times* erklomm, zugunsten eines mächtigen Agenten bei ICM sitzenließ. »Eines Tages wird sie bekommen, was ihr gebührt«, sagte er lapidar. Ähnlich gekränkt zeigte sich Roberta Carr, Melanies Lektorin bei Sachs & Singleton. Sachs & Singleton, einer der größten Buchverlage der USA, hatte über drei Millionen Dollar für die Rechte daran ausgespuckt, Melanies letztes Buch *Der spröde Held: Die unautorisierte Biographie von Charlton Heston* veröffentlichen zu dürfen, und eine weitere halbe Million in die Werbekampagne für das Buch gesteckt, das siebenundzwanzig Wochen auf der Bestsellerliste gestanden hatte. Dann durften Carr und ihre Kollegen mitansehen, wie Melanie für den atemberaubenden Vorschuß von 5,5 Millionen Dollar für das Buch über Alistair Downs zum Konkurrenzverlag Davis House wechselte. »Heutzutage gibt es kaum noch Loyalität zwischen Autoren und Verlegern«, erklärte Carr in *Vanity Fair,* »und Melanie Moloney ist typisch für dieses Problem. Im allgemeinen wünschen Verleger ausscheidenden Autoren alles Gute. Aber es fällt schwer, Melanie etwas anderes zu wünschen als das, was sie verdient hat.«

Ich war also nicht der einzige Mensch, der davon träumte, daß Melanie ihre gerechte Strafe bekam. Sie schien in jedem Rachegedanken auszulösen.

Ich war relativ gut aufgelegt, als ich am nächsten Morgen nach Bluefish Cove hinüberfuhr, vermutlich aus Erleichterung darüber, daß ich Soozie nicht in die Arme gelaufen war und es dadurch geschafft hatte, mein Leben als Dienstmädchen geheimzuhalten.

Als ich ins Haus kam, teilte mir Todd mit, Melanie sei nach Manhattan gefahren, um sich mit ihrem Agenten zu treffen, und käme erst am späten Nachmittag zurück. Außerdem sagte er mir, daß er ein Paket von Federal Express erwarte und ich es ihm bringen solle, sowie es eingetroffen war.

Ich war oben und schrubbte den Fußboden in einem der Gästebadezimmer, als ich es klingeln hörte. Ich stellte den Schrubber zur Seite und ging rasch nach unten, um aufzumachen. Als ich am großen Spiegel im Flur vorbeikam, musterte ich mich eilig. Grauenhaft. Meine Uniform war völlig verknittert, die Schürze schlotterte mir um die Hüften, und das Haar, dessen Spitzen in den Putzkübel gefallen waren, hing mir schlaff ins Gesicht. Was soll's, dachte ich. Soll mich der FedEx-Mann eben so sehen.

Ich war schon fast an der Vordertür, als es erneut klingelte. »Nur die Ruhe. Ich komme schon«, rief ich ein wenig außer Atem. Konnte dieser Typ keine zwei Sekunden warten?

»Okay, okay. Ich bin schon da«, sagte ich und machte die Tür auf, vor der nicht der FedEx-Mann stand, sondern Cullie Harrington.

Ich war so entgeistert, als ich ihn da stehen sah – diesen Mann, von dem ich geträumt hatte, diesen Mann, dessen imaginäre Liebesbeteuerungen mich über viele lange Arbeitstage hinweggerettet hatten –, daß ich überhaupt nichts tun konnte, außer nach Luft zu schnappen.

Da stand er, der Mann, den wiederzusehen ich mir sehnlichst gewünscht hatte, und was trug ich zum großen Wiedersehen? Eine Mädchenuniform! Nun wußte er, daß ich Haushaltshilfe war. Und wenn er es erst einmal wußte, würden es bald alle wissen. Mit der ganzen Farce hätte es ein Ende, ebenso wie mit meinem guten Ruf in Layton.

Nach einer Ewigkeit des unerträglichsten Schweigens, das ich je erlebt hatte, fing Cullie endlich an zu sprechen: »Sieh an, wenn das nicht Mrs. Koff ist. Ist heute Halloween, oder haben Sie und Ihre Freundinnen sich für eine dieser Wohltätigkeitsgeschichten verkleidet, bei denen die Reichen einen Abend lang mit den Armen tauschen?«

Ich war immer noch zu perplex, um etwas zu sagen. Rasch! Ein Witz! Ein Witz! Laß ihn nicht merken, wie erniedrigt du dich fühlst. Laß ihn nicht wissen, wie wichtig dir ist, was er von dir hält. Rasch! Ein Witz!

Ich wühlte in meinem Hirn nach einer geistreichen und schlagfertigen Antwort, fand aber nichts. Kein Witz. Keine treffende Bemerkung. Nichts.

»Was? Keine bissige Retourkutsche?« spottete Cullie. »Würde die echte Mrs. Koff bitte aufstehen oder wenigstens ihr kleines Kostüm ablegen?«

»Das ist kein Kostüm«, sagte ich und sah auf meine schwarzen Hausmädchenschuhe hinab. Alles war besser, als Cullies Blick zu begegnen.

»Dann muß ich überlegen«, sagte er und strich sich über den Bart. »Wenn es kein Kostüm ist, dann muß es eine neue Moderichtung sein: Den ›Dienstbotenlook‹ nennen die Modemacher das wahrscheinlich. Leute wie Sie lieben neue Moderichtungen, stimmt's?«

»Jetzt kommen Sie mir schon wieder mit diesem ›Leute wie Sie‹-Gerede. Was haben Sie überhaupt für ein Problem?«

»Problem? Ich habe kein Problem. Ich bin ja nicht derjenige, der in einer Mädchenuniform bei anderen Leuten die Tür aufmacht. Erzählen Sie mir vielleicht mal, was Sie hier tun?«

»Erst erzählen Sie mir, was Sie hier wollen.«

»Ich will Melanies Haus fotografieren. Da sie mit ihrem Buch beinahe fertig ist, schreibt sie das Haus zum Verkauf aus«, erklärte Cullie. »Okay, und jetzt sind Sie dran.«

»Ich wußte nicht, daß Melanie das Haus verkaufen will«, sagte ich.

»Sprechen wir doch von Ihnen, Mrs. Koff.«

»Ich heiße Alison. Sie können ruhig aufhören, mich Mrs. Koff zu nennen.«

»Gut, Alison. Sie sind also mit Melanie Moloney befreundet, Alison?«

Ich überlegte einen Moment und sagte dann, ohne die Miene zu verziehen: »Ja, bin ich. Melanie und ich kennen uns schon lange, seit wir zusammen auf der Journalistenschule waren.« Ungeachtet der Tatsache, daß Melanie fast zwanzig Jahre älter war als ich.

»Was Sie nicht sagen«, meinte Cullie skeptisch.

»Ja«, schwatzte ich weiter. »Melanie und ich sind die ganzen Jahre über befreundet geblieben. Schließlich befassen wir uns beide mit der Kunst der Reportage.«

»Wer's glaubt«, sagte Cullie. »Und was hat Sie dazu bewogen, zu Ihrer guten Freundin Melanie herüberzukommen und eine Mädchenuniform anzuziehen? Geht es um eine Reportage, oder seid Ihr beide ein bißchen seltsam veranlagt?«

Ich rollte mit den Augen und warf Cullie meinen angeekeltsten Blick zu. »Ich trage diese Uniform zufällig deshalb, weil Melanie nächste Woche ein Kostümfest gibt und ich ihr zeigen wollte, was ich tragen werde. Das Motto der Party sind Figuren aus heiteren Fernsehserien der sechziger Jahre. Ich gehe als Hazel.« Ja, ja, das war's!

»Leute wie Sie wissen aber wirklich, wie man sich amüsiert«, grinste Cullie. »Als was verkleidet sich denn Melanie? Mr. Ed?«

»Sie hat sich noch nicht entschieden. Wir werden heute abend zusammen essen und über ihr –«

Ich wollte den Blödsinn gerade noch weitertreiben, als Todd Bennett seinen rundlichen Leib in die Vorhalle rollte und alles verdarb. »Ist daf mein Federal-Express-Päckchen?« unterbrach er uns.

»Äh, nein, Todd. Es ist jemand, der zu Melanie möchte«, sagte ich. Was sollte ich jetzt tun? Mein Märchen würde gleich platzen wie eine Seifenblase.

»Melanie ist nicht da«, sagte Todd zu Cullie, der nichts ausrichten lassen wollte, sondern sagte, er werde ein andermal wiederkommen. »Ach, und Alifon«, lispelte Todd, bevor er wieder im Arbeitszimmer verschwand, »ich habe etwaf Kaffee auf dem Teppich verschüttet. Wenn Sie hier fertig sind, würden Sie dann bitte raufkommen und den Fleck entfernen?«

Das war's. Ich war entlarvt. Mir blieb keine andere Wahl mehr, als Cullie reinen Wein einzuschenken. »Natürlich, Todd. Ich komme gleich«, sagte ich.

Todd ging nach oben, und Cullie und ich blieben allein zurück, Auge in Auge an Melanies Haustür.

»Was geht denn hier vor?« fragte er.

Sag's einfach, Alison. Spuck's aus. Gib einmal jemandem eine klare Antwort. Es wird dich erleichtern, nach all den Wochen, in denen du ein Doppelleben geführt hast, die Wahrheit zu sagen.

Ich holte tief Luft und legte los. »Mein Mann hat mich wegen seiner ersten Frau verlassen. Mein Haus stand kurz vor der Zwangsversteigerung. Ich konnte meine Rechnungen nicht bezahlen. Ich habe mit den Artikeln, die ich für die *Layton Community Times* geschrieben habe, nicht genug Geld verdient, und ich konnte auch keinen anderen Job als Journalistin finden. Deshalb habe ich auf eine Zeitungsannonce geantwortet und die Stelle als Melanies Haushälterin angenommen.« So, jetzt war es heraus.

Cullie starrte mich ein paar Sekunden lang an und schüttelte den Kopf. »Kommen Sie mir schon wieder mit so einem Cha-Cha-Cha?« fragte er schließlich.

»So einem was?«

»So einem Cha-Cha-Cha. Sie wissen schon, mir einen vom Pferd erzählen. Mir weismachen wollen, daß Sie etwas wären, was Sie gar nicht sind. So hat das jedenfalls mein Dad genannt: jemandem mit irgendeinem Cha-Cha-Cha kommen.«

»Ich habe die Wahrheit gesagt. Und ich wäre Ihnen wirklich dankbar, wenn Sie sie für sich behalten würden. Niemand in der Stadt weiß, daß ich Toiletten schrubbe, um mir meinen Lebensunterhalt zu verdienen.«

»Tut mir leid, aber ich glaube Ihnen kein einziges Wort, Mrs. Koff. *Alison.*« Cullie lachte und wandte sich zum Gehen. »Die Frau, die mich in Maplequark Manor herumkommandiert hat, würde sich nie dabei erwischen lassen, wie sie für Geld Toiletten schrubbt.«

»Ich bin auch nie dabei erwischt worden – bis heute«, sagte ich zu Cullies Kehrseite, als er Melanies Vordertreppe hinabstieg.

Er drehte sich um, sah mir direkt ins Gesicht und warf mir einen langen, fragenden Blick zu. Dann schüttelte er erneut den Kopf. »Das kauf' ich Ihnen nicht ab«, sagte er. »Sie sind doch keine Haushälterin. Nicht meine Mrs. Koff. Sie kommen mir wieder mit so einem Cha-Cha-Cha, genau wie ich gesagt habe.«

Ich sah Cullie dabei zu, wie er in seinen schwarzen Jeep stieg und davonfuhr. Meine Mrs. Koff hatte er gesagt. Das klang nett. Zu schade, daß er sich keinen Deut für mich interessierte. Zu schade, daß er so abweisend war. Zu schade, daß ich nun mein großes Geheimnis jemandem offenbart hatte, und dieser Jemand glaubte es mir nicht einmal.

Zutiefst niedergeschlagen trottete ich den Flur hinunter, ging in die Waschküche und holte den speziellen Teppichreiniger, auf den Melanie bestand. Dann ging ich in ihr Arbeitszimmer und machte mich daran, sämtliche Spuren von Todds verschüttetem Kaffee zu beseitigen. Als ich mich auf alle viere niederließ, spulte ich das Gespräch mit Cullie noch einmal in meinem Kopf ab. Wenn ich nur das gesagt hätte. Wenn er nur jenes gesagt hätte. Wenn nur Todd nicht hereingeplatzt wäre. Wenn nur Melanie zu Hause gewesen wäre und die Tür selbst aufgemacht hätte. Auf einmal fragte ich mich, warum der Wachmann im Pförtnerhäuschen nicht angerufen hatte, um Cullies Ankunft zu melden, wie er es immer tat, wenn ein Bewohner von Bluefish Cove Besuch bekam. Ich mußte Laytons Antwort auf Ansel Adams nächstes Mal fragen, wenn er mir über den Weg lief, was zu meinem enormen Erstaunen gleich am nächsten Abend der Fall war – und zwar auf seine Initiative.

Ich war gerade von der Arbeit nach Hause gekommen, als das Telefon klingelte. Da ich annahm, daß es entweder meine Mutter oder ein Kreditsachbearbeiter von Layton Bank & Trust war, ließ ich den Anrufbeantworter im Arbeitszimmer das Gespräch entgegennehmen. Während ich lauschte, hörte ich nach dem Pfeifton eine mir vage bekannte männliche Stimme sprechen.

»Hallo, Mrs. Koff. *Alison.* Ich lade Sie morgen abend zum Essen ein. Tisch direkt am Wasser. Gutes Essen. Gute Gesellschaft. Was halten Sie davon? Rufen Sie mich an. 555-9080. Ach ja – hier ist Cullie Harrington. Bis dann.«

Cullie wollte mit mir ausgehen? Ich fiel beinahe in Ohnmacht. Ich glaubte es erst, als ich seine Nachricht zehnmal abgespielt hatte. Er hatte mich angerufen, um sich mit mir zu verabreden! Ich konnte es nicht fassen! Es war schon so lange her, seit ich mit einem Mann aus gewesen war, daß mich allein die Vorstellung zugleich begeisterte und erschreckte. Aber was war mit dieser Hadley, mit der Cullie neulich abends bei McGavin's aufgetaucht war? Und was war mit seiner spöttischen Art mir gegenüber?

Na, ruf ihn auf jeden Fall zurück, ermahnte ich mich. Es ist doch egal, wenn er sich den ganzen Abend über dich lustig macht. Du bekommst auf jeden Fall ein Gratis-Essen.

Um halb acht wählte ich Cullies Nummer.

»Hallo?« sagte er.

»Hier ist Alison«, sagte ich ganz lässig und versuchte, so zu klingen, als würde ich ständig bei Cullie Harrington anrufen.

»Schön, Sie haben also meine Nachricht bekommen. Sehen wir uns morgen abend? Oder arbeiten Sie am Samstag abend für Melanie?«

»Ich dachte, Sie wollten mir nicht glauben, daß ich Melanies Haushaltshilfe bin«, stellte ich ihn auf die Probe.

»Ja, und das tut mir leid. Jetzt glaube ich Ihnen.«

»Wie das?«

»Ich habe heute nachmittag Janet Claiborne von Prestige Properties angerufen.«

»Sie haben *ihr* erzählt, daß ich Dienstmädchen bei Melanie bin?« Es Janet Claiborne zu erzählen war das gleiche, als würde man es zur besten Sendezeit im Fernsehen ausstrahlen.

»Nur die Ruhe. Sie weiß gar nichts. Ich habe sie angerufen, um den Rest Ihrer Geschichte zu überprüfen – daß Ihr Mann Sie wegen seiner ersten Frau verlassen hat und Sie Probleme mit Ihrem Haus haben. Sie hat das alles bestätigt, also dachte ich mir, daß das mit dem Dienstmädchen-Job auch stimmen muß.«

»Mann. Cullie Harrington glaubt, daß ich die Wahrheit sage. Jetzt kann ich endlich nachts wieder ruhig schlafen«, murmelte ich.

»He, schließen wir doch Waffenstillstand. Ich habe Sie angerufen, weil ich mich dafür entschuldigen wollte, daß ich Ihnen nicht geglaubt habe. Lassen Sie sich von mir zum Essen einladen?«

»In Ihrer Nachricht haben Sie etwas von einem Restaurant am Wasser gesagt. An welches haben Sie denn gedacht?«

»Das ist eine Überraschung«, sagte Cullie. »Ich hole Sie morgen abend um sieben ab.«

»Was soll ich anziehen?« Die meisten der wirklich feinen Restaurants in Layton verlangten eine bestimmte Garderobe.

»Ganz leger. Sie *haben* doch legere Sachen, oder?«

«Hören Sie denn nie auf?«

»Tut mir leid. Bis morgen dann.«

»Gut.«

»Alison?«

»Ja?«

»Kopf hoch. Ich verspreche auch, keine Witze über den Namen Ihres Hauses oder irgend etwas anderes an Ihnen zu machen.«

»Wird aber auch Zeit.«

»Ich hole Sie morgen abend ab. Um sieben. In Maplequark Manor.«

Klick.

8. Kapitel

Um Punkt sieben klingelte Cullie an meiner Tür. »Schön, Sie wiederzusehen«, sagte ich, entschlossen, den Abend gut beginnen zu lassen. »Möchten Sie auf einen Drink hereinkommen?« Ich hätte jedenfalls einen Drink gebrauchen können. Ich war so nervös, als wäre ich ein Schulmädchen und keine zweimal geschiedene Frau.

»Nein danke. Wir haben für halb acht einen Tisch reserviert, und ich möchte nicht zu spät kommen.«

Mann, dieses Restaurant am Wasser mußte ungemein beliebt sein. Welches war es wohl? Chez Pascal lag am Laytoner Hafen, aber dort waren Jackett und Krawatte vorgeschrieben, nicht legere Kleidung. Les Fruits de Mer war ebenfalls am Hafen, aber es hatte den Winter über geschlossen. Wohin könnte Cullie Harrington mich einladen? fragte ich mich, als er mir in die Jacke half. Er kam mir nicht gerade wie ein Kenner der schicksten Lokale der Stadt vor. Aber schließlich wußte ich auch nicht viel über ihn, oder? Ich wußte lediglich, daß er phantastische Bilder machte, ganz schön empfindlich war und in Wirklichkeit genauso gut aussah wie in meinen Phantasien. Seine blauen Augen funkelten hinter der Hornbrille, sein Teint war vom häufigen Kontakt mit dem rauhen Klima frisch und rosig, und sein drahtiger, athletischer Körper kam in den ausgebleichten Jeans und dem marineblau-weiß-gemusterten Pullover, den er auch getragen hatte, als ich ihn zum ersten Mal gesehen hatte, bestens zur Geltung. Die einzige kleine Veränderung an ihm war der Hauch von Rasierwasser mit Limonenauszügen, das ihn duften ließ wie die Brandung der Karibik.

»Fertig?« fragte er.

Ich nickte.

»Dann gehen wir.«

Als er mich am Ellbogen berührte, um mich zur Tür hinauszugeleiten, durchdrang ein Wärmeschwall meinen ganzen Körper. Vermutlich eine Hitzewallung, sagte ich mir. Ich war zwar erst neununddreißig und hatte bisher kein einziges Anzeichen der Wechseljahre bemerkt, aber ich war noch nicht bereit, mein unbezwingbares Verlangen nach Cullie zuzugeben. Ich hatte noch nie unbezwingbares Verlangen nach einem Mann empfunden und wußte nicht genau, wie ich damit umgehen sollte.

Während wir in Cullies schwarzem Jeep Cherokee durch die Stadt fuhren, zeigte er auf die Anwesen, die er schon fotografiert hatte. Ich fragte ihn, wie er dazu gekommen sei, sich sein Geld mit dem Fotografieren von Luxusvillen zu verdienen.

»Früher habe ich Boote für Makler und Chartergesellschaften fotografiert«, erklärte er. »Boote sind meine Leidenschaft. Aber als das Jachtgeschäft abzuflauen begann, empfahl mir einer der Makler, auf Firmenflugzeuge umzusatteln. Also habe ich eine Weile Lear-Jets und Gulfstreams abgelichtet und bin dann auf Häuser umgestiegen. Heute fotografiere ich ausschließlich Immobilien. Da ist wirklich Geld zu holen. Zwar nicht solche Summen, die Leute wie Sie als nennenswert erachten würden, aber immerhin genug, um mir meine Cheeseburger leisten zu können.«

»Ich dachte, wir hätten einen Waffenstillstand«, schalt ich ihn.

»Stimmt. Tut mir leid. Und wie steht's mit Ihnen? Wie sind Sie dazu gekommen, sich Ihr Geld mit dem Putzen von Luxusvillen zu verdienen? Es muß hart sein, zuerst so ein Anwesen zu besitzen und dann eines putzen zu müssen.«

»Ja, es *ist* hart. Aber es ist nicht das Putzen an sich, das mich stört. Seltsamerweise macht mir Hausarbeit Spaß. Schmutz ist mehr oder weniger das einzige in meinem Leben, das ich kontrollieren kann. Wenn der Fußboden schmutzig ist, wische ich ihn. Wenn die Spüle schmutzig ist, schrubbe ich sie. Wenn nur auch meine anderen Probleme so leicht zu lösen wären.«

»Was ist denn dann so hart an Ihrem Job bei Melanie Moloney?«

»Melanie selbst. Sie behandelt mich nicht wie einen Menschen – sie behandelt mich wie einen Dienstboten. Es ist niederschmetternd, wie ein Dienstbote behandelt zu werden, das können Sie mir glauben.«

»Was Sie nicht sagen. Vergangenen Dezember sollte ich ein großes Haus in Layton fotografieren. Draußen hatte es minus fünfzehn Grad, und die Dame des Hauses zwang mich, den Dienstboteneingang zu benutzen, was bedeutete, daß ich meine Ausrüstung den ganzen Weg um das Anwesen herum und zur Hinterseite des Hauses schleppen mußte. Beinahe wäre ich zusammengebrochen – und hätte mir den Hintern abgefroren. Und dann verlangte sie noch, daß ich ohne Schuhe arbeitete, damit ich ihre Fußböden nicht schmutzig machte.«

Ich wollte gerade Mitgefühl mit Cullie äußern, als mir klar wurde, daß ich die Dame war, über die er sich beschwerte. »Ich kann es Ihnen nicht übelnehmen, daß Sie etwas gegen mich haben.«

»He, ich habe nichts gegen Sie. Ich lade Sie zum Essen ein, haben Sie das vergessen? Ich bin nur froh, daß Sie es begriffen haben.«

»So langsam.«

Was ich allerdings nicht begriff, war, wo Cullies nobles Restaurant am Wasser liegen sollte. Er scheint aus Layton herauszufahren, dachte ich, als wir durch die Randgebiete der Stadt fuhren.

Dann sah ich neben der Straße ein Schild, auf dem »Ortsanfang Jessup« stand. Jessup? In Jessup gab es keine guten Restaurants, weder am Meer noch sonstwo. In Jessup gab es überhaupt nichts außer einem Wohnwagenpark, einem 7-Eleven-Supermarkt und einem Kmart. Was machten die Leute in Jessup, wenn sie sich amüsieren wollten? Man sagte ihnen nach, sie griffen dann auf altmodische Vergnügungen zurück: Sie gingen miteinander ins Bett. Es gab weder Delikatessengeschäfte für Gourmets noch BMW-Händler, noch Zweitwohnsitze in Jessup, obwohl die jüngst freigesetzten Angestellten aus der Wall Street, die sich ihre kostspieligen Wochenendhäuser in Layton nicht mehr leisten konnten, langsam anfingen, Jessup zu »entdecken«. Ich vermutete, daß es nicht mehr lange dauern würde, bis die Stadt zum angesagten Treffpunkt würde.

»Wollen Sie mir immer noch nicht verraten, wohin wir fahren?« fragte ich Cullie.

»Nein. Aber wir sind schon fast da.«

Wir fuhren aufs Meer zu. Soviel war mir klar. Aber was konnten wir ... o Gott. Plötzlich wurde mir klar, wohin Cullie mich brachte: zu Arnie's All Clammed Up am Jachthafen von Jessup. Er hatte ja gesagt, daß Boote seine Leidenschaft waren, aber Arnie's All Clammed Up? Oh, bitte nicht. Nicht dorthin. Es waren schon Leute an dem Essen dort gestorben. Ich war natürlich nie dort gewesen, aber alle sagten, daß es absolut schauderhaft sei ... eine Spelunke für die Habenichtse aus der Umgebung ... eine biergetränkte Kaschemme voller Männer mit Unmengen von Tätowierungen, aber ohne Zähne ... eine Muschelbar an den Docks, die mehr nach Ebbe roch als nach Haute Cuisine.

Und tatsächlich – ein paar Minuten später bog Cullie mit seinem Jeep in den Parkplatz des Jachthafens ein. Halt bloß die Klappe, befahl ich mir. Wenn der Mann so nett ist, dich zum Abendessen einzuladen, kannst du dich wenigstens dankbar zeigen. Aber das Essen rührst du nicht an. Du kannst essen, wenn du nach Hause kommst.

»Da wären wir«, sagte Cullie stolz, als er auf meine Seite des Wagens kam und mir die Tür öffnete.

»Ja«, preßte ich hervor.

»Waren Sie schon mal hier?« fragte er, als wir auf die Mole stiegen und auf das Restaurant zugingen, ein großes, verwittertes, weißes Schindelgebäude, das dringend hätte gestrichen werden müssen und ein neues Dach sowie ein neues Neonschild gebraucht hätte (derzeit lautete es: »A nie's All Cl m ed Up«).

»Nein, das ist mein erstes Mal.« Ich versuchte, begeistert zu klingen.

Als wir zur Vorderterrasse des Restaurants kamen, begann ich die Stufen zum Eingang hinaufzusteigen, doch Cullie packte mich am Arm. »He, wo wollen Sie denn hin?« sagte er. »Das ist nicht das Restaurant am Wasser, in das ich Sie einlade. Wir gehen in *mein* Lokal.«

Jetzt verstand ich überhaupt nichts mehr. Am Jachthafen gab es keine anderen Restaurants, nur Dutzende von Booten in allen Formen und Größen, die am Pier vertäut lagen und auf den Frühling warteten.

Ich ließ mich von Cullie durch einen Irrgarten von Kais führen, bis wir am Ende vor einem davon stehenblieben. »Da wären wir«, strahlte er.

»Hier? Aber das ist das Boot von irgend jemandem.« Ich war verwirrt. Ich stand vor etwas, das mir ein 12-Meter-Segelboot zu sein schien, auf dessen Heck *»Marlowe.* Jessup, CT.« stand. Ich kannte mich mit Booten nicht aus, aber jeder konnte auf Anhieb sehen, daß das hier eine Schönheit war. Es bestand komplett aus Holz – Jägergrün mit Teakdecks und lackierten Zierleisten –, und es glitzerte im Licht der Abendsterne auf dem Wasser.

»Kommen Sie an Bord«, sagte Cullie und half mir auf das sanft schaukelnde Deck der *Marlowe.*

»Aber das Boot gehört doch jemandem«, sagte ich noch einmal und hoffte, daß wir nicht verhaftet würden.

»In der Tat, Mrs. Koff. Was ist denn los, sind Sie noch nie auf einem Segelboot gewesen?«

»Ich?«

»Was? Keine Lust auf Abenteuer?«

»Sind Sie verrückt? Meine Vorstellung von einem Abenteuer besteht darin, meinen Porsche in eine Waschanlage mit Bürsten zu bringen.«

Cullie lachte und löste einen Haken, der wie ein Pelikanschnabel aussah. Dann bedeutete er mir, ins Cockpit des Bootes hinabzusteigen. Dort schob er den Riegel einer Lamellendoppeltür zur Seite. »Ich will nur erst den Niedergang aufmachen, dann steigen wir hinunter«, sagte er fröhlich. *»Voilà!«*

Ich äugte nach unten in die Kajüte und war erstaunt, ein gemütliches, romantisch beleuchtetes Versteck vor der Außenwelt vorzufinden. »Was ist denn das?« fragte ich, als mir der Duft von Knoblauch und Kräutern betörend in die Nase stieg. »Es riecht absolut göttlich.«

»Kommen Sie mit.« Cullie half mir die schmale Stiege in die Kabine hinunter. »Da. Wie finden Sie das?« fragte er und streckte die Hand aus, während er das Innere des Bootes betrachtete. »Willkommen bei Chez Cullie, meiner bescheidenen Behausung, die sich zu besonderen Anlässen als Restaurant am Meer für zwei umfunktionieren läßt.«

»Ihre bescheidene Behausung? Sie wohnen hier?«

»Tagtäglich. Ich bin ein sogenannter Bootsbewohner.«

Cullie Harrington war immer wieder für eine Überraschung gut. Sein Boot war sagenhaft – von der komplett ausgestatteten Pantry, die vom Wohnraum aus an der Backbordseite lag und einen Herd mit Backofen, eine Doppelspüle, einen kleinen Kühlschrank und Wandschränke mit Lamellentüren aus Teakholz besaß, bis hin zum Hauptraum, einer umwerfenden Kombination aus Wohnzimmer, Eßzimmer und Schlafzimmer, ausgestattet mit in grünweißem Karomuster bezogenen Kojen, Teakregalen für Bücher und Kassetten, einer Propangasheizung, Petroleumlampen und einem Mahagonitisch, den man zusammenklappen und an die Wand lehnen konnte, wenn man ihn nicht brauchte, der aber jetzt mit Leinensets und -servietten, einer kleinen Vase voller gelber Mumies und einem Eiskübel aus Messing, in dem eine Flasche Weißwein kühl gehalten wurde, gedeckt war.

Gerade als ich Cullie sagen wollte, wie wundervoll alles aussah, klingelte sein Telefon. Ich deutete auf das tragbare Telefon, das auf einer Konsole oberhalb der Navigationsinstrumente lag, wo er auch seine Seekarten, das Funkgerät und das Echolot aufbewahrte, und sagte: »Wollen Sie nicht hingehen?«

»Es ist Samstag abend«, sagte er lächelnd. »Ich habe Gäste.«

Ich lächelte zurück und inspizierte weiter die Kajüte.

»Wie wär's mit einem Drink? Dann mache ich eine Führung mit Ihnen«, schlug er vor.

»Was haben Sie denn?«

»Weißwein und Mount Gay Rum.«

»Ich möchte bitte Weißwein.« Ich hatte nie von Mount Gay Rum gehört, war aber überzeugt davon, daß es etwas sein mußte, wovon ich sämtliche Hemmungen verlöre. Die brauchte ich aber, weil ich mich sonst auf Cullie gestürzt und mich völlig lächerlich gemacht hätte.

Er brachte mir ein Glas eiskalten Pinot Grigio, mixte sich einen Rum-Tonic und schaltete die Stereoanlage in einer Nische über einer der Kojen ein.

»Sie mögen die Everly Brothers?« fragte ich, als die ersten Töne von »Bye Bye Love« durch die Kajüte klangen. Die Everlys waren in meiner Jugend meine Lieblingssänger gewesen.

»Sie sind einfach die besten«, antwortete er. »Ich bin Purist, und ihr Gesang besitzt die reinste Harmonie, die es nur gibt. Genauso ist es mit diesem Segelboot. Es ist ein John-Alden-Schoner, der 1932 von den besten Holzbootbauern in ganz Maine angefertigt worden ist.«

»Zeigen Sie mir das Boot«, bat ich ungeduldig. Ich war maßlos fasziniert von Cullies ungewöhnlicher Wohnstätte.

»Zuerst ein Trinkspruch«, sagte er. »Auf den neuen Gast der *Marlowe.*«

»Und auf den Gastgeber der *Marlowe.*« Cullie und ich stießen an. »Wie kam die *Marlowe* eigentlich zu ihrem Namen?«

»Von der Figur bei Joseph Conrad. Ich liebe Conrads Seegeschichten.«

»Das kann ich mir vorstellen. Aber war Marlowe nicht eher ein Berichterstatter als ein Abenteurer?«

»Vielleicht fühle ich mich deshalb zu ihm hingezogen. Ich führe nicht so ein emotional leeres Leben, wie es viele in Layton tun, aber immer, wenn ich es mitbekomme, erkenne ich aufs neue, wie grauenhaft es ist.«

»Ich möchte die ziemlich gelassene Stimmung, auf die wir uns heute abend bisher geeinigt haben, nicht zerstören, aber warum in aller Welt hegen Sie einen solchen Groll gegen Leute mit Geld?«

»Das erzähle ich Ihnen, wenn wir uns besser kennen«, sagte Cullie und wich der Frage damit geschickt aus. »Ich würde Ihnen lieber etwas über die *Marlowe* erzählen.«

»In Ordnung. Sie haben gesagt, das Boot sei in den dreißiger Jahren gebaut worden. Wie ist es in Ihren Besitz gekommen?«

»Meine Ex-Frau und ich sind immer den ganzen August die Küste von Maine entlanggesegelt. Prestons Familie verbrachte den Sommer jedes Jahr in Northeast Harbor, und nicht weit davon entfernt stieß ich auf die *Marlowe.*«

»Ex-Frau? Sie sind geschieden?«

»Ja, seit neun Jahren. Preston hielt nichts von der Idee, ein abgetakeltes Boot vom Kiel aufwärts zu renovieren und darauf zu leben.«

»Preston? Cullie? Hadley? Was ist nur mit den ganzen normalen Vornamen passiert?«

»Ich habe einen normalen Vornamen, und zwar Charles. Mein vollständiger Name lautet Charles Cullver Harrington, aber ich bin schon immer Cullie genannt worden. Haben Sie nie einen Spitznamen gehabt? Ally vielleicht oder Sonny?«

»Mein zweiter Mann hat mich immer Allergy genannt, aber so etwas haben Sie wohl nicht gemeint. Nein, ich habe seit jeher nur ganz simpel Alison geheißen.«

Cullie lächelte. »An Ihnen ist überhaupt nichts ›ganz simpel‹, Mrs. Koff. Soll ich Sie Sonny nennen?«

Ich nickte. Dieser Spitzname gefiel mir. »Erzählen Sie mir doch noch mehr über das Boot. Sie haben dieses Schätzchen von Grund auf überholt?«

»Allerdings. Es hat meine Ehe ruiniert und mich jeden Penny gekostet, den ich hatte, aber das war es wert, finden Sie nicht?«

Ich nickte wieder, obwohl ich es Cullie nicht abnahm, daß es die Leidenschaft für sein Segelboot war, die seine Ehe ruiniert hatte. Ich hatte in letzter Zeit begriffen, daß eine Ehe, die aus Liebe und nicht wegen Geld, Status oder Sicherheit geschlossen wird, nicht so ohne weiteres zerbricht.

»Ich habe eine Annonce für das Boot in *Soundings* entdeckt, einer monatlich erscheinenden Seglerzeitschrift mit vielen Kleinanzeigen: ›12-Meter-Alden-Schoner, Baujahr 1932, überholungsbedürftig.‹ Nachdem John Alden einer der großen Konstrukteure unseres Jahrhunderts war, bin ich fast in die Luft gegangen, als sich die Chance bot, eines seiner Boote zu besitzen. Und da dieses Alden-Boot noch dazu ein Schoner war, bin ich im wahrsten Sinne des Wortes losgestürzt.«

»Was ist denn so Besonderes an einem Schoner?«

»Wie ich Ihnen vorhin schon gesagt habe, bin ich Purist. Und ein Segelpurist liebt nichts mehr als einen Schoner. Die Takelage ist total unpraktisch, sieht aber wunderschön aus.« Cullie hielt inne und nahm einen Schluck von seinem Rum-Tonic. »Und so bin ich nach Maine gefahren, um sie mir anzusehen«, fuhr er fort. »Obwohl die Hälfte ihrer Spanten gebrochen war, ihr Kiel voller Trockenfäule steckte und sie rundum neue Planken brauchte, war es Liebe auf den ersten Blick.«

»Liebe auf den ersten Blick? Dann verstehe ich, warum Preston etwas gegen die *Marlowe* hatte. Sie war wahrscheinlich eifersüchtig.« Keiner meiner Ehemänner hatte je so liebevoll von mir gesprochen wie Cullie von seinem Boot.

»Preston und eifersüchtig? Das bezweifle ich. Aber ich liebe dieses Boot wirklich. Wir sind jetzt seit zehn Jahren zusammen. Nachdem ich sie aus Maine in den Jachthafen von Jessup gebracht hatte, machte ich mich an die langwierige Aufgabe, sie wieder herzurichten.«

»Wo haben Sie damals gewohnt?«

»In einer Strandvilla in Layton. Prestons Familie hatte Geld«, sagte Cullie unwirsch.

»War das wirklich so schlimm – daß sie Geld hatten? Sie hätten nicht direkt am Meer wohnen können, wenn dem nicht so gewesen wäre.«

»Stimmt, aber das Geld verschwand am selben Tag wie Preston. Und wer brauchte es schon?« Cullie nahm noch einen Schluck von seinem Drink und erzählte weiter davon, wie er die *Marlowe* vom Bug bis zum Heck überholt hatte. Ich verstand nicht viel von alldem, was er mir erzählte – es enthielt genug Seglerjargon, um ein Wörterbuch zu füllen –, aber ich begriff auf jeden Fall, daß Cullie Harrington ein Mann war, der Träume hatte, seinen Träumen nachging und nicht eher lockerließ, bis er sie verwirklicht hatte.

»Zeit zum Essen«, sagte Cullie unvermittelt, nachdem er auf die Uhr gesehen hatte. Ich warf einen Blick auf meine Rolex: Es war bereits neun Uhr. Wo war der Abend geblieben? Ich fühlte mich angenehm beschwingt, nahm kleine Schlucke von meinem Wein und ließ meinen Körper im Rhythmus der sanften Wellen schaukeln, die gegen den Kai schlugen. Sämtliche Gedanken an Sandy, Soozie, Melanie und Maplebark Manor lösten sich in der Seeluft in Wohlgefallen auf, und ich merkte, wie ich mich dem Gefühl hingab, im Inneren dieses Boots geborgen zu sein wie im Mutterleib. Die Tatsache, daß ich mich heftigst zu meinem Gastgeber hingezogen fühlte, lenkte mich davon nicht unbedingt ab.

»Kann ich irgend etwas helfen?« fragte ich, als ich Cullie in die Pantry folgte.

»Rein gar nichts. Heute ist Ihr freier Abend, vergessen Sie das nicht«, sagte er und bedachte mich mit einem breiten Grinsen.

»Ist mir recht«, sagte ich. »Was immer Sie auch kochen – es riecht herrlich.«

»Es wird in etwa zwanzig Minuten fertig sein. Ich muß nur noch den Reis machen, die Meeresfrüchte hineinwerfen und das Brot aufbacken. Alles andere habe ich schon vorbereitet, bevor ich Sie abgeholt habe.«

Der Mann konnte also kochen. Abgesehen von der Tatsache, daß er nicht reich war und es auch gar nicht sein wollte, kam mir Cullie langsam wie ein kapitaler Fang vor.

Ich ging wieder in den Wohnraum zurück, setzte mich auf eine der Kojen, die zugleich als Eßplätze dienten, und lauschte, wie die Everly Brothers »All I Have to Do Is Dream« säuselten. Ich fühlte mich selbst wie im Traumland.

»Ich möchte alles über Melanie Moloney hören«, rief Cullie aus der Küche und brach den Bann.

»Sie haben doch gesagt, heute sei mein freier Abend.«

»Ja, aber ich bin neugierig, was sie angeht. Wie kommt sie denn mit ihrem Buch über Alistair Downs voran?«

»Todd, der Typ, mit dem sie zusammenarbeitet, sagt, das Buch sei fast fertig. Er meint, es wird ein richtiger Schocker werden, genau wie ihre anderen Prominentenbiographien.«

»Hat er gesagt, was drinsteht?«

»Er hätte mir neulich beinahe eine schlüpfrige Anekdote erzählt, aber dann kam Melanie herein und hat gezetert. Ich weiß nicht, womit Todd bestraft wurde, aber ich mußte sämtliche Glasschiebetüren im ganzen Haus putzen.«

»Klingt ja amüsant. Und so haben Sie die schlüpfrige Anekdote aus Senator Downs' Leben nie zu hören bekommen?« grinste Cullie spöttisch, als er den Namen von Laytons erlauchtestem Einwohner aussprach.

»Nein, aber ich werde nicht lockerlassen. Eines schönen Tages habe ich Todd so weit, daß er redet. Ich will unbedingt wissen, was für Leichen Alistair Downs im Schrank liegen hat. Schließlich ist er mein Chef. Mein *anderer* Chef.«

»Ich habe ganz vergessen, daß Sie für seine Zeitung schreiben. Was sagt man denn dort so zu dem Buch?«

»Nicht viel. Melanie hat es phantastisch verstanden, das Manuskript unter Verschluß zu halten.«

»Ist nicht alles im Computer gespeichert?«

»Nein. Melanie benutzt eine primitive alte Schreibmaschine – und primitive alte Karteikarten für die Quellen.«

»Quellen?«

»Sie wissen schon. Die Leute, mit denen Melanie und Todd über Alistair gesprochen haben. Leute, die anstößige Dinge über ihn wissen.«

Cullie schwieg ein paar Minuten. Ich nahm an, daß er seinem Menü den letzten Schliff verlieh.

»Voilà!« sagte er schließlich und stellte zwei Teller mit dampfendem Essen auf den Tisch. Dann setzte er sich neben mich. »Noch etwas Wein?«

»Ja, bitte.«

Cullie schenkte uns beiden Wein ein und hob dann sein Glas zu einem Trinkspruch. »Auf Sonnys zwei Chefs: Alistairs Downs und Melanie Moloney. Mögen sie bekommen, was sie verdient haben.«

»Na, na«, sagte ich, als Cullie und ich erneut anstießen. »Ich habe natürlich sowohl mit Melanie als auch mit Alistair ein Hühnchen zu rupfen, aber was haben Sie denn für Probleme mit den beiden?«

»Melanie schreibt Bücher, die ins Privatleben anderer Leute eindringen.«

»Gut. Und was ist mit Alistair? Was haben Sie gegen ihn, wenn man einmal von der Tatsache absieht, daß er ein steinreicher Mann ist, was – wie wir beide wissen – in Ihren Augen in etwa gleichbedeutend mit einem Massenmörder ist.«

»Nein, ein Massenmörder hat einen Moralkodex, wenn er auch noch so pervers sein mag. Alistair Downs ist vollkommen amoralisch.«

»Er mag ein aufgeblasener Esel sein, aber amoralisch? Das ist ein ziemlich starkes Wort, finden Sie nicht?«

»Er ist amoralisch, das kann ich Ihnen sagen. Aber Moment mal, unser Essen wird ja ganz kalt. Cullies Meeresfrüchte-Eintopf, die *spécialité de la maison. Bon appétit.«*

Cullies Eintopf war ein duftendes Potpourri aus Muscheln, Garnelen und Calamari in einer dicken, mit Knoblauch und Kräutern gewürzten Tomatensauce. Dazu gab es einen nussig schmeckenden Reispilaw und heißes Knoblauchbrot.

»Das Essen ist absolut phantastisch, Cullie«, lobte ich meinen Gastgeber. »Wo haben Sie gelernt, so zu kochen?« Sandys Kochkünste beschränkten sich darauf, den Inhalt der kleinen weißen Schächtelchen aus dem Goldenen Lotus aufzuwärmen.

»Mein Vater war ein guter Koch.«

»War? Lebt er denn nicht mehr?«

»Nein. Er ist vor ungefähr neun Jahren gestorben.«

»Ungefähr zur selben Zeit, als Ihre Ehe in die Brüche ging, wenn ich mich recht erinnere. Das muß ein hartes Jahr für Sie gewesen sein.«

»Das stimmt, aber die *Marlowe* wieder herzurichten war eine hervorragende Therapie.«

»Was ist mit Ihrer Mutter?« fragte ich. »Lebt sie noch?« Meine wäre gestorben, wenn sie mich im Hafen von Jessup hätte zu Abend essen sehen – ein Unterschied wie Tag und Nacht im Vergleich zum Grassy Glen Country Club.

»Sie ist bei meiner Geburt gestorben. Ich habe sie gar nicht gekannt.«

»Und Ihr Vater hat nie wieder geheiratet?«

»Er wollte schon, aber Ihr Freund Alistair Downs hatte andere Pläne.«

»Kannten sie einander denn?«

»Paddy Harrington kannte jeden, der irgend etwas mit Segeln zu tun hatte.«

»Paddy? So hieß Ihr Vater?«

»Genau. Er stammte von der Insel Wight vor der englischen Küste. Mit Ende Zwanzig nahm er an der Fastnet-Regatta teil, die Teil des Admiral's Cup ist. Man muß von der Insel Wight um den vor der irischen Küste gelegenen Fastnet Rock und wieder zurück segeln. Jedenfalls lernte mein Vater nach dieser Regatta einen reichen Amerikaner kennen, der ihn darauf aufmerksam machte, daß es in den Staaten gutbezahlte Arbeitsmöglichkeiten für Segler gab. Er nannte Paddy ein paar Namen und Adressen, und ein Jahr danach war mein Vater Segellehrer hier im Laytoner Jachtclub Sachem Point, dessen Präsident Ihr Freund Alistair Downs ist.«

»Sie sind also in Layton geboren?«

»Mhm. Mein Vater hat meine Mutter gleich in seinem ersten Jahr hier kennengelernt. Sie war Kellnerin im Jachtklub. Sie heirateten, wohnten im Club und bekamen mich. Als sie im Kindbett starb, zog mich mein Vater allein auf.«

»Das klingt, als wäre er ein interessanter Mann gewesen. Und es muß herrlich gewesen sein, im Jachtklub zu leben.«

»Herrlich? Es war die Hölle. Paddy Harrington war der Segellehrer – der Domestik –, und ich war sein Sohn. Wir haben in einer Personalwohnung gelebt.«

»Haben Sie da auch Ihre Frau kennengelernt? Im Jachtklub?«

»Wo sonst? Prestons Familie hatte hier ein gewaltiges Renommee. Sie waren entsetzt, als sie sagte, sie wolle den Jungen des Segellehrers heiraten.«

»Mir ist immer noch nicht klar, was Alistair Downs mit alldem zu tun hat.«

»Verschieben wir das auf ein andermal«, sagte Cullie. »Wie wär's mit noch etwas Wein?«

Ich nickte und versank in einen noch wohligeren Zustand.

»Erzählen Sie mir noch etwas über Melanie und ihre Arbeit. Wie schafft sie es, den Inhalt ihres Buches so geheimzuhalten?«

»Zunächst einmal läßt sie keine Unbefugten ins Haus. Und wenn sie jemanden hereinläßt, bewacht sie ihn mit Argusaugen. Als ich meinen Vorstellungstermin bei ihr hatte, dachte sie, ich käme von der Boulevardpresse, können Sie sich das vorstellen?« Cullie grinste spöttisch. »Die Sicherheitsvorkehrungen in Bluefish Cove sind ziemlich strikt, so daß es jedem äußerst schwerfallen dürfte, in Melanies Haus einzudringen und einen Blick auf ihr Buch zu werfen. He, dabei fällt mir etwas ein. Wie sind Sie eigentlich gestern durchgeschlüpft? Der Wachmann hat nicht angerufen und gemeldet, daß Sie das Pförtnerhäuschen passiert haben.«

»Er kennt mich. Ich habe schon eine Menge Häuser in Bluefish Cove abgelichtet. Noch ein bißchen Wein?«

»Oh, nein. Ich habe genug getrunken. Danke.« Ich hatte meinen Teller leergegessen und meinen Wein ausgetrunken, nun war mir nur noch danach, mich auf der Koje auszustrecken und mich an Cullie zu schmiegen. »Wie wäre es mit noch etwas Musik?« schlug ich vor. Das Band von den Everly Brothers war längst abgelaufen.

Cullie stand auf und legte ein Band von James Taylor ein. Dann setzte er sich neben mich, legte mir einen Arm um die Schultern und zog mein Gesicht nahe an seines heran. »Wenn Sie mir nicht gerade Vorschriften an den Kopf werfen, sind Sie eine angenehme Gesellschaft, Sonny Koff«, flüsterte er mir ins Ohr, wobei mich sein Vollbart kitzelte. »Ich glaube, die *Marlowe* mag Sie.«

»Ich mag die *Marlowe* auch«, flüsterte ich zurück und atmete seinen Duft ein, eine betörende Mischung aus Rasierwasser und Seeluft.

»Wirklich, Sonny?« fragte er leise und kuschelte sich an mich.

»O ja.« Und damit meinte ich nicht die *Marlowe.* Cullies Körper drückte sich gegen meinen, und das letzte, woran ich dachte, war die gute, alte *Marlowe.* Ich verzehrte mich danach, Cullie zu küssen, ganz ehrlich. Ich hatte mir so oft ausgemalt, wie es sein würde, an dieser weichen Oberlippe zu saugen, die sich unter seinem stacheligen Bart verbarg, daß ich sie praktisch schon schmecken konnte. O bitte küß mich, bat ich ihn im stillen und wünschte, ich wäre der Typ Frau, der keine Hemmungen hat, das Liebesspiel einzuleiten, statt passiv darauf zu warten, daß es mit ihr geschieht. Oh, komm schon, Cullie. Nimm mein Gesicht in beide Hände und küß mich. Drück deine Lippen auf meine. Steck mir deine Zunge in den Mund. Beiß mich ins Ohr. Leck mir über die Augenlider. Mach alles. Tu's. Tu's. Sag mir, daß du mit mir schlafen willst, bitte.

»Jetzt habe ich ganz vergessen, daß ich ja noch einen Zitronenkuchen gebacken habe. Essen wir doch noch unseren Nachtisch«, sagte er statt dessen, löste sich von mir und ging in die Küche.

Nachtisch? Ich war am Boden zerstört. Ich mußte ja eine heiße Nummer sein, dachte ich trübsinnig. Oder vielleicht lag es gar nicht an mir. Vielleicht hatte Cullie nur Augen für Hadley Kittredge. Aber wenn sie ein Paar waren, warum lud er dann mich an einem Samstagabend zum Essen ein? Weil ich ihm leid tat, nachdem er herausgefunden hatte, daß mich mein zweiter Mann wegen seiner ersten Frau hatte sitzenlassen? Weil er gehört hatte, daß ich verarmt und daher eine passendere Tischdame war? Weil er mediengeil war und vertrauliche Informationen über Melanies neues Buch aus mir herausholen wollte? Auf jeden Fall stellte er unheimlich viele Fragen über Melanie. Aber nein, es lag sicher an dieser Hadley, die vermutlich segeln konnte wie eine Eins und außerdem noch einen Riesenbusen hatte. »Wo ist denn Hadley heute abend?« platzte ich heraus.

»Hadley? Warum?«

»Ist sie denn nicht Ihre Freundin?«

»Meine Freundin? Nein, sie ist nur die Tochter des Hafenmeisters. Sie und ihr Vater sind unheimlich nett zu mir gewesen, seit ich auf dem Boot lebe. Im Winter wird es hier ganz schön einsam.«

Toll, es war also nicht Hadley, die Cullie dazu veranlaßt hatte, sich von mir zu entfernen. Wahrscheinlich lag es doch an mir. Er war nicht an mir interessiert. Na gut, pfeif auf ihn. »Was den Nachtisch angeht, da muß ich wohl passen«, sagte ich eisig, stand auf und streckte mich. Ich schaute auf die Uhr und sah, daß es halb elf war. Dann täuschte ich ein Gähnen vor und hoffte, Cullie würde denken, daß ich mich langweilte. Ich fing wieder mit meinen alten Tricks an, verhielt mich auf die eine Weise und fühlte etwas ganz anderes und kam Cullie mit irgendeinem Cha-Cha-Cha, wie er es nennen würde. Wenn er mich nicht wollte, dann wollte ich verdammt noch mal auch nicht, daß er glaubte, daß ich ihn wollte. Geh nie mit deinen Gefühlen hausieren, hatte mir meine Mutter beigebracht. Laß nie einen Mann in dein Innerstes blicken.

»Müde?« fragte Cullie.

»Ja. Das macht wohl die Seeluft.«

»Dann bringe ich Sie wohl lieber nach Hause.«

Na? Er protestierte nicht einmal ein bißchen oder drängte mir noch einen Abschiedsdrink auf oder bot mir an, seine Koje mit mir zu teilen. »Sind Sie sicher, daß ich Ihnen nicht beim Abspülen helfen soll?« fragte ich. »Abspülen gehört mittlerweile zu meinen Spezialgebieten.«

»Nein danke. Ich fahre Sie nach Hause.« Er sah mich an und schüttelte den Kopf. Dann räumte er wortlos den Tisch ab. Als er fertig war, reichte er mir meinen Mantel, half mir aber nicht hinein.

Die Stimmung auf dem Boot war eindeutig verdorben. Ich warf mir den Mantel über die Schultern und wartete, daß Cullie die Türen der Kajüte aufmachen und mir den Niedergang hinaufhelfen würde. Als ich den Kopf hinaussteckte, wehte mir die kalte Luft wie ein Windstoß der grausamen Wirklichkeit in Gesicht. Mein gemütliches, romantisches Abendessen auf einem Segelboot im Winter war vorbei. Jetzt hieß es zurück in die Zivilisation. Zurück ins Land der Zwangsversteigerungen und Bankrotterklärungen. Zurück zum Geldverdienen mit Toilettenputzen.

Wir fuhren in fast völligem Schweigen zurück nach Layton und bogen gegen elf Uhr in die Einfahrt von Maplebark Manor ein. Cullie kam zu meiner Seite des Wagens herüber und machte mir die Tür auf. Dann brachte er mich die Stufen hinauf bis zur Haustür. Er nahm mich nicht beim Arm. Ich war versucht, ihn auf einen Drink hereinzubitten, war aber sicher, daß er ablehnen würde.

»Danke für den netten Abend«, sagte ich, als wir verlegen vor meiner Tür standen.

»Keine Ursache. Mir hat es auch gefallen, glaube ich.« Cullie sah drein, als sollte ich ihm bestätigen, ob er sich amüsiert hatte oder nicht.

»Sie *glauben*, daß Ihnen der Abend gefallen hat? Sie sind sich nicht sicher?«

»Nein, bin ich nicht. Ich dachte, ich würde mich wohl fühlen, aber irgend etwas ist schiefgegangen. Haben Sie es nicht gemerkt?« Er trat ein klein wenig näher und drückte mir einen flüchtigen Kuß auf die Nasenspitze.

»Doch, ich habe es gemerkt. Könnten wir es nicht vielleicht noch einmal versuchen?« Wie kühn – für meine Verhältnisse. Aber was hatte ich schon zu verlieren? »Ich würde die *Marlowe* so gern wiedersehen.«

»Und was ist mit mir? Würden Sie mich auch gern wiedersehen?« Diesmal küßte er mich auf die rechte Wange.

»Ja, würde ich.« Ich schloß die Augen und wartete darauf, daß Cullie mich auf die linke Wange oder, besser noch, auf den Mund küßte. Das war's, ich wußte es genau.

»Darauf müssen wir uns umarmen«, sagte er fröhlich.

Umarmen? *Umarmen?* Für wen hielt sich dieser Typ eigentlich? Leo Buscaglia? Ich war mir sicher gewesen, daß er mich schließlich packen und um den Verstand küssen würde. Statt dessen wollte er mich *umarmen.* »Klar, umarmen wir uns darauf«, sagte ich sarkastisch und nahm ihn lauwarm in die Arme. Wir lösten uns rasch voneinander, dann drehte Cullie sich um und ging die Stufen hinunter. Wir winkten einander zum Abschied zu, als er wegfuhr.

Verwirrt und enttäuscht steckte ich den Schlüssel ins Schloß und betrat mein großes, leeres Haus. Da ich viel zu aufgewühlt war, um zu schlafen, putzte ich die Küche, dann das Wohnzimmer, das Eßzimmer und zu guter Letzt alle anderen Räume im Erdgeschoß. Unversehens war es drei Uhr morgens, und ich war restlos fertig. Als ich um halb vier endlich ins Bett kroch, konnte ich immer noch nicht einschlafen, und so schloß ich die Augen und stellte mir vor, ich wäre mit Cullie auf der *Marlowe,* wo wir in unserer Koje hin- und herschaukelten, als wäre sie eine Wiege. Binnen Minuten war ich der Welt entschlummert.

9. Kapitel

Am Sonntag morgen weckte mich um halb zehn das Klingeln des Telefons. Ich war alles andere als begeistert. Sonntag war der Tag, an dem ich ausschlafen konnte, und das genoß ich. Wer immer es auch war, würde mit meinem Anrufbeantworter vorliebnehmen müssen, dachte ich und drehte mich auf die andere Seite. Wenige Minuten später klingelte es erneut. Ich ließ wieder den Anrufbeantworter übernehmen. Als es zum dritten Mal klingelte, konnte ich es nicht mehr ignorieren, also beugte ich mich zum Nachttisch hinüber und nahm ab.

»Hallo«, murmelte ich.
»Hi, Sonny. Sie klingen verschlafen.«
»Cullie?« Ich schoß im Bett hoch.
»Mhm. Ich habe versucht, Sie zu erreichen. Ich möchte Ihnen einen Vorschlag machen.«
»So?« Inzwischen war ich total wach.
»Mhm. Es ist ein frischer und sonniger Februarmorgen. Wie wäre es mit einem Spaziergang am Strand und danach Brunch auf der *Marlowe*?«
»Am Strand? Es ist bitterkalt.«
»Ach was. Wir packen Sie dick ein, und Sie werden sich fühlen wie an einem Ihrer schicken Urlaubsorte in der Karibik. Kommen Sie, Sie werden sehen.«
Wie sollte ich mich dick einpacken? Ich hatte meine ganzen Pelzmäntel verkauft. Das einzige, was ich noch hatte, war ein mottenzerfressener Wollmantel, der mich an einem stürmischen Tag am Strand kaum warmhalten würde.
»Ich habe eine zweite Daunenjacke für Sie«, sagte Cullie, als hätte er meine Gedanken gelesen. »Und eine Skimütze und Handschuhe. Sie werden hinreißend aussehen.«
»Tja, wenn Sie meinen ...«
»Ich hole Sie in einer halben Stunde ab.«
»In einer halben Stunde? Ich liege ja noch im Bett!«
»Dann sollten Sie jetzt besser aufstehen. Ich bin schon unterwegs. Bis gleich.« Klick.
Ich raste zum Spiegel und schnappte entsetzt nach Luft. Ich sah zum Davonlaufen aus. Diese ganze Putzerei und Staubsaugerei bis drei Uhr morgens hatte meinem Teint nicht gerade gutgetan.
Ich duschte, zog mich an und war gerade fertig, als Cullie an meiner Tür klingelte. Ich war so aufgeregt, daß ich es kaum aushielt. Er gab mir noch eine Chance, und ich hatte nicht vor, sie zu verspielen.
»Mann, sehen Sie gut aus«, sagte er, als ich die Tür öffnete.
»Und wie. Ich habe nicht einen Hauch Make-up an mir. Sie haben mir nicht die Zeit gelassen.«

»Da bin ich aber froh. Sie sehen ohne besser aus. Entspannter, nicht so ... nicht so ... ich weiß nicht ... nicht so zugeknöpft.«

»Da muß ich mich wohl bedanken. Sie sehen selbst ziemlich entspannt aus.« Im Grunde war Cullies spontane, lässige Art sogar eine der Eigenschaften, die mir am besten an ihm gefielen. Ich konnte mir nicht vorstellen, daß er völlig aus dem Häuschen geriet, weil ihn in einem Restaurant jemand anstarrte, so wie es bei Sandy der Fall war. Aber schließlich waren Charles Cullver Harrington und Sanford Joshua Koff ja auch etwa so unterschiedlich wie Tag und Nacht. Worüber ich durchaus froh war.

Wir fuhren in Cullies ramponiertem Jeep zum öffentlichen Strand von Jessup, sangen und spielten »Erkennen Sie die Melodie«. »Gut. Was ist das?« fragte Cullie und summte ein paar Takte eines Rock-Songs. »›The Lion Sleeps Tonight‹« rief ich. »Und was ist das?« wollte ich nun wissen und summte ebenfalls ein paar Takte. »Das ist ja einfach. ›See You in September‹«, tippte er. »Richtig«, kreischte ich, und wir brachen in Gelächter aus. Keiner von uns erwähnte den vorangegangenen Abend, an dem wir beide jedesmal steif und verlegen reagiert hatten, wenn die Stimmung ein wenig vertrauter wurde.

Als wir am Strand ankamen, waren wir zu meinem Erstaunen nicht die einzigen dort. Einige Frühaufsteher spazierten im Sand entlang, bückten sich ab und zu nach einer Muschel, warfen den hungrigen Möwen Brotkrumen zu und genossen die frische Seeluft.

»Sollen wir?« fragte Cullie und reichte mir einen Skianorak, eine Mütze und Fäustlinge.

Ich wappnete mich gegen einen eisigen Windstoß, aber als ich Cullie hinunter ans Wasser folgte, empfand ich die Temperatur als erstaunlich mild.

Cullie griff nach meiner Hand und tätschelte sie, während wir am Ufer entlangschlenderten. Ich war für diese Geste so dankbar, daß mir die Tränen in die Augen schossen. Eine solche Zärtlichkeit war ich nicht gewöhnt. Aber schließlich war er auch ein Mann, der gern umarmte und umarmt wurde. Warum hatte ich dieses Zeichen der Zuneigung am Abend zuvor geringgeschätzt? Vermutlich weil meine zwei Ehemänner mich nie umarmt hatten. Ihre Vorstellung davon, mir ihre Zuneigung auszudrücken, bestand darin, mir Sachen zu kaufen.

»Da! Gänsesäger«, rief Cullie aufgeregt und deutete aufs Wasser.

Ich hatte keine Ahnung, wovon er sprach. Ich war zwar im Ferienlager gewesen und hatte gelegentlich an Naturwanderungen und Kanufahrten teilgenommen, war aber nicht gerade Sheena, die Königin des Dschungels. »Was sind Gänsesäger?« fragte ich Cullie.

»Eine Entenart. Sehen Sie sich ihre Köpfe an.« Cullie ließ meine Hand los und zeigte auf zwei Enten, die friedlich im Wasser paddelten. »Sehen Sie den fächerartigen Kamm oder Federschopf?« Ich nickte. »Sie sind herrlich, nicht?«

»Sie sind faszinierend, beinahe majestätisch«, sagte ich und meinte es auch. Niemand hatte mich je zuvor mit einem Gänsesäger bekannt gemacht.

»Und sehen Sie mal, da drüben! Da sind Stockenten und Trauerenten.«

»Was in aller Welt sind Trauerenten?« fragte ich und hatte das Gefühl, als sähe ich mir eine Folge von »Im Reich der Tiere« an.

»Auch eine Entenart. Sehen Sie ihre Köpfe? Oben sind sie schwarz und an den Seiten weiß.«

Ich folgte Cullies Blickrichtung. Wie unterhaltsam, dachte ich. Ich hatte zeit meines Lebens in Reichweite der Strände Connecticuts gewohnt, und niemand hatte mir je ihre Schönheit gezeigt – ihre wahre und natürliche Schönheit. Das einzige, was ich je zu hören bekommen hatte, war, daß die Lage direkt am Meer optimal für das Erschließen von Grundstücken sei und Erschließung eine Menge Geld bedeutete.

Cullie nahm wieder meine Hand und führte mich den gebogenen, endlos scheinenden Streifen Küste entlang. Ich konnte mich nicht erinnern, mich jemals so wohlig warm und geborgen gefühlt zu haben – trotz der winterlichen Kälte. Die meiste Zeit schlenderten wir schweigend dahin und lauschten lediglich den sanften Wellen, den Schreien der Möwen und der Ruhe des Februarmorgens. Gelegentlich blieben wir wie angewurzelt stehen, sahen uns an und lächelten – und das aus keinem anderen Grund, als daß wir nicht anders konnten.

Einmal drehte Cullie mich zu sich hin und nahm mein Kinn in beide Hände. »Das ist schön«, sagte er leise und ließ seine Lippen auf meinen ruhen.

Ohne eine Spur meiner altbekannten Konflikte warf ich die Arme um Cullies Hals und küßte ihn zurück, bis ich mit ihm verschmolz.

»Wir haben kalte Nasen«, lachte er. »Sollen wir nach Hause gehen?«

»Nach Hause?« Ich muß erschrocken dreingesehen haben. Machte Cullie einen Rückzieher? Hatte er es sich anders überlegt? Mußten wir wieder unsere dummen Spielchen spielen?

»Auf die *Marlowe*«, sagte er, legte den Arm um mich und sah zu, wie sich die Erleichterung auf meinem Gesicht ausbreitete. »Du bist eine gewaltige Überraschung für mich, weißt du das? Ich habe überhaupt nicht damit gerechnet, daß das passiert.«

Ich hatte nicht die leiseste Absicht, diesen Moment zu verderben, indem ich Cullie fragte, was »das« bedeutete. Ich schwieg. Ich war glücklich. Ich wollte, daß »das« nie mehr aufhörte.

Er führte mich am Strand entlang zurück zum Parkplatz und zu seinem Jeep. Wir sprachen kein Wort auf der fünfminütigen Fahrt zum Jachthafen. Nur ab und zu warfen wir uns kurze Blicke zu, um sicherzugehen, daß das alles nicht eine Halluzination war. Im Jachthafen gingen wir an Bord der *Marlowe*, stiegen schnell in die Kajüte hinab und warfen unsere Jacken auf die Polsterbank.

»Wahrscheinlich möchtest du jetzt frühstücken«, sagte ich und mußte an den vergangenen Abend denken, als Cullie unsere Umarmung dadurch zerstört hatte, daß er vorschlug, den Nachtisch in Angriff zu nehmen.

»Das Essen kann warten«, sagte er. »Das einzige, was ich jetzt wirklich gern tun möchte, ist, dich küssen.«

Er schlang die Arme um mich und küßte mich, zuerst sachte, dann mit mehr Leidenschaft, und spielte mit der Zunge in und um meinen Mund. Im Handumdrehen lagen wir aufeinander auf der Polsterbank, atmeten schwer und küßten uns wie im Fieber. Ich sehnte mich nach seiner Berührung auf meinem nackten Körper, aber ich war nicht dazu erzogen worden, beim Liebesspiel die Initiative zu ergreifen. Das würde er übernehmen müssen. Zum Glück tat er das auch.

Er schob die Hand unter meinen Pullover und rieb mir die Brüste. Ich stöhnte. Ich stöhnte? Hast du das gehört, Sandy? Ich stöhnte!

»Gehen wir da rein«, flüsterte Cullie und führte mich zu den V-Kojen im Bug des Boots. In diesem Moment wäre ich ihm auch in den Long Island Sound gefolgt.

Wir zogen uns aus und bewunderten gegenseitig unsere nackten Körper. »Du bist schön«, sagte Cullie und betrachtete mich zwischen den Sonnenstrahlen, die durch das Bullauge in die Kajüte fielen.

»Und du erst«, sagte ich. Und wie schön er war. Er hatte breite Schultern und einen flachen Bauch, unter dem sich die Muskeln wölbten. Seine Brust war von goldenen Härchen bedeckt, in die sich ein paar graue mischten. Er hatte schmale Hüften und einen ausgeprägten, festen Po. Und dann war da noch sein Schwanz. Ehrlich, ich hatte noch nie einen so perfekten Penis gesehen – aber ich war ja auch nicht gerade eine Expertin. Jedenfalls war mir bei meiner begrenzten Erfahrung noch nie ein so kerzengerades, glänzendes, rosiges und … einladendes Organ begegnet. Ich strich mit der Hand darüber. Ich mußte es einfach tun. Ich, die ich den Kontakt mit Geschlechtsteilen normalerweise scheute wie den Besuch beim Kieferchirurgen.

»Das ist so ein gutes Gefühl«, stöhnte Cullie. Wir standen vor dem Bett, und ich hörte nicht auf, ihn zu streicheln. »Legen wir uns hin. Was hältst du davon?«

»Eine gute Idee«, sagte ich leise, ließ ihn aber nicht los. Er fühlte sich in meiner Hand so glatt an wie ein Teil einer Skulptur, so verlockend, daß ich ihn am liebsten mit dem Mund umfangen wollte. Mit dem Mund? Blitzartig hatte mich eine Lust überfallen, die ich in meinen ganzen neununddreißig Lebensjahren noch nicht verspürt hatte ... ein brennendes Verlangen, das ich mir nie zugetraut hätte – die Lust, einen Mann oral zu befriedigen!

Ich bewegte meinen Mund an seinem Körper entlang nach unten, atmete ihn dabei praktisch in mich ein und hielt erst inne, als ich an seinem Schwanz angekommen war, der so groß und hart war, daß er aussah, als würde er gleich explodieren. Ich nahm ihn in den Mund und staunte über meine Hemmungslosigkeit. Konnte diese Frau, die Fellatio bei einem Mann machte, den sie kaum kannte, Alison Waxman Koff sein, dieselbe Frau, die lieber ihren Küchenfußboden schrubbte, als einem Mann einen zu blasen? Konnte diese Frau, die Mitte Februar nackt auf einem Segelboot herumstolzierte, dieselbe Frau sein, die so verklemmt war, daß sie in BH und Höschen schlief, und das sogar, wenn sie ganz allein im Bett lag? Ja, das war ich, und ich hatte jede Menge Spaß.

»O Gott. Das ist ein unglaubliches Gefühl, aber laß mich bloß nicht kommen, Sonny. Ich will in dir sein.«

Ich mußte meinen Mund von diesem pulsierenden Schwanz losreißen. So viel zu lutschen, so wenig Zeit.

»Jetzt«, sagte er und legte mich sachte auf den Rücken. »Jetzt.«

Um die Mittagszeit hatte ich sieben Orgasmen auf der nach oben offenen Richterskala registriert. Cullie zwei.

»Möchtest du jetzt Brunch?« fragte Cullie, als wir in der Koje hin- und herschaukelten, exakt im Einklang mit dem sanften Wellengang, der das Boot wiegte.

»Du meinst, Eier mit Speck sind inbegriffen? Eier und Speck und Sex? Auf diesem Vergnügungsdampfer hat man ja mehr Abwechslung als auf der *Queen Elizabeth II*«, sagte ich lächelnd, schlang mein nacktes Bein um eines von Cullies Beinen und kitzelte ihn unter dem Kinn.

»Ich wollte nur sichergehen, daß du alles bekommst, was du brauchst, direkt hier auf dem Boot«, sagte Cullie schüchtern.

»Dafür hast du allerdings gesorgt«, sagte ich, warf ihm die Arme um den Hals und küßte ihn.

Am Dienstagmorgen kam ich pfeifend zur Arbeit – ungelogen. Nach meinem himmlischen Wochenende mit Cullie auf der *Marlowe* konnte mich ein Tag bei Melanie nicht schrecken. Oh, natürlich gestattete ich mir nach wie vor ein paar Mordphantasien über sie. Auf dem Weg nach Bluefish Cove stellte ich mir vor, sie mit meinem Porsche zu überfahren, während sie hilflos in ihrer Einfahrt stand. Dann malte ich mir aus, wie ich ihr Evian-Wasser mit Ammoniak versetzte und die Sekunden zählte, bis das Gift wirkte. Ich stellte mir sogar vor, einen ihrer winzigen Finger in eine Steckdose zu drücken und dabei zu beobachten, wie ihr Dynel-Haar nach allen Seiten abstand wie bei Don King. Ich schämte mich zutiefst dafür, daß ich mir solche Phantasien erlaubte; es war ein Gefühl, als hätte ich mir eine ganze Packung Reese's Peanut Butter Cups einverleibt, aber Melanie schien einfach böse, rachsüchtige Gedanken in einem zu wecken.

Ich kam an der Einfahrt von Bluefish Cove an, winkte dem Wachmann mit meinem Passierschein zu und fuhr durch das Tor zu Melanies Haus. Als ich dort ankam, wartete sie bereits in der Küche auf mich, die Hände auf den zierlichen Hüften und die übermalten Lippen zu einem Schmollmund verzogen. Sag nichts, laß mich raten, dachte ich mir im stillen: Sie hat einen Klecks Möwenscheiße auf einer ihre Glasschiebetüren gefunden und will, daß ich ihn ablecke.

»Guten Morgen, Miss Moloney«, sagte ich fröhlich, entschlossen, mich nicht von der Königin der schmutzigen Prominentenbiographie von meiner Wolke herunterholen zu lassen.

»Es gibt ein Problem«, sagte sie, ohne sich die Mühe zu machen, mir einen guten Morgen zu wünschen.

»Ich entschuldige mich im voraus«, sagte ich lächelnd.

»Nein, nicht mit Ihnen. Mit Todd.«

»Was gibt es denn für ein Problem mit Todd?«

»Er ist seit Tagen nicht mehr aufgetaucht. Er hätte dieses Wochenende kommen sollen, ist aber nicht erschienen. Und gestern oder heute ist er auch nicht gekommen.«

»Haben Sie versucht, ihn zu erreichen?« fragte ich. Dumme Frage, Alison. Diese Frau ist Enthüllungsjournalistin. Sollte sie etwa ihr Dienstmädchen dazu brauchen, den Typen anzurufen?

»Natürlich habe ich versucht, ihn zu erreichen. Es meldet sich andauernd nur der Anrufbeantworter.«

»Sie müssen sich entsetzliche Sorgen um ihn machen. Er hat mir erzählt, daß Sie beide schon seit Jahren Partner sind.«

»Partner? Das hat er Ihnen erzählt? Das ist aber witzig«, sagte Melanie verächtlich. Ihr straff gespanntes Gesicht wäre fast zerrissen, als sie zu lächeln versuchte. »Partner würde ich uns nicht nennen. Todd arbeitet für mich. Und was die Sorgen angeht, so mache ich mir überhaupt keine. Er zieht immer mal wieder diese Schau mit dem Verschwinden ab, wenn er schlechter Laune ist.«

»Hatten Sie beide eine Auseinandersetzung?« fragte ich.

»Nein, nichts Außergewöhnliches. Aber das ist nicht Ihre Angelegenheit, Alison.« Warum erzählst du mir dann davon, du Miststück? »Ich habe deshalb dieses Thema angeschnitten, weil Sie etwas für mich tun können. Es hat mit meinem Buch zu tun.«

»Mit dem Buch über Alistair Downs?« Ich war ganz Ohr.

»Genau. Vielleicht könnten Sie mir dabei helfen, nachdem Todd offenbar seinen Verpflichtungen nicht nachkommt.«

»Ich? Sie möchten, daß ich Ihnen bei dem Buch helfe?« Meine Träume wurden wahr. Endlich wendete sich das Blatt. Mein Leben nahm einen neuen Kurs. Ich würde reich werden. Ich würde berühmt werden. Ich würde keine Bankrotterklärung abgeben müssen. Ich würde mir mein Geld nicht mehr mit dem Putzen von Toiletten verdienen müssen. »Oh, Miss Moloney, es wäre mir eine Ehre, Ihnen bei Ihrem Buch zu helfen. Ich besitze sogar eine gewisse journalistische Berufserfahrung, da ich –«

»Dafür ist jetzt keine Zeit«, unterbrach mich Melanie. »Es gibt viel zu tun.«

Ich folgte ihr den Flur entlang zu ihrem Arbeitszimmer und sah schon alles vor mir: Melanie Moloney und Alison Koff, wie sie einen Bestseller nach dem anderen schrieben und eine Million nach der anderen verdienten. Vielleicht sollte ich wieder den Namen »Waxman« annehmen, überlegte ich. Warum das »Koff« beibehalten und Sandy und Soozie die Gelegenheit geben, meine Trittbrettfahrer zu spielen?

In Melanies Arbeitszimmer hieß sie mich an ihrem Schreibtisch Platz nehmen und fragte mich, ob ich bereit sei. Ich sagte, das sei ich.

»Nun«, meinte sie. »Was haben Sie für eine Handschrift?«

»Eine ordentliche, denke ich.« O Mann. Sie wollte mich ein paar Seiten des Buches schreiben lassen.

»Gut. Hier haben Sie ein Blatt und einen Stift. Ich werde diktieren, und Sie schreiben alles auf, was ich sage.«

Okay, ich würde also nicht direkt Teile des Buches schreiben. Aber ich würde einen sinnvollen Beitrag leisten. Und ich würde an Insiderinformationen über Leben und Lieben des alten Alistair Downs kommen. Ich konnte es kaum erwarten, Cullie anzurufen und ihm davon zu erzählen.

»Bereit, Alison?«

»Ja, Miss Moloney.«

»Vier Farbbänder für die Smith Corona … zwei Fläschchen TippEx … ein Ries Kopierpapier … zwei Schachteln kleine Karteikarten … eine Schachtel schwarze Flair-Filzstifte … drei Päckchen gelbe, linierte Stenoblöcke … eine Canon-Patrone für den PC-20-Kopierer … sechs Päckchen Hochleistungsbatterien … und vier leere Audio-Kassetten mit je sechzig Minuten Laufzeit. Haben Sie das alles registriert, Alison?«

Das einzige, was ich registrierte, war meine schlagartig miserabel gewordene Stimmung – sie war das Klo hinabgewandert, das ich bis ans Ende meiner Tage würde putzen müssen. »Ja, Miss Moloney. Es steht alles hier drauf.« Ich reichte ihr die Einkaufsliste. Waren das die Aufgaben, die sie auch Todd zuteilte? Kein Wunder, daß er schlechter Laune war. Kein Wunder, daß er nicht zur Arbeit gekommen war. Ich war so enttäuscht, daß ich beinahe in Tränen ausgebrochen wäre.

»Was ist denn, Alison? Sie sehen schlecht aus.«

»Nichts, Miss Moloney. Es ist bloß, als Sie gesagt haben, daß ich Ihnen bei dem Buch helfen soll, da habe ich gedacht, Sie meinten, daß ich …«

»Daß Sie was? Daß Sie es mit mir zusammen schreiben würden? Daß ich Ihnen den Inhalt eines streng geheimen Manuskripts anvertrauen würde? Nun aber mal halblang, Alison. Sie sind mein Dienstmädchen.«

»Das haben Sie mir unmißverständlich klargemacht, Miss Moloney. Ist das dann alles?«

»Für den Moment alles. Widmen Sie sich einfach wieder Ihren gewohnten Pflichten.«

»Ja, Miss Moloney.« Und meinen gewohnten Phantasien, sie umzubringen.

Ich verbrachte den Abend auf der *Marlowe* und überschüttete Cullie mit Geschichten über meinen schrecklichen Tag. Er schien noch enttäuschter darüber zu sein als ich, daß ich keinen Blick auf das Alistair-Downs-Manuskript hatte werfen können. Doch wir trösteten einander mit dem guten, altmodischen Liebesspiel, und als er mich um halb zwölf nach Hause brachte, fühlten wir uns schon wesentlich wohler. *Meine* Stimmung hatte sich jedenfalls gewaltig aufgehellt.

Am nächsten Morgen stand ich auf, hüpfte ins Auto, fuhr nach Bluefish Cove hinüber und kam um acht Uhr fünfundzwanzig am Pförtnerhäuschen an. Ich hielt dem Wachmann kurz meinen Passierschein hin, woraufhin er winkte und mich durchfahren ließ. Exakt um halb neun hatte ich es zu Melanies Dienstboteneingang geschafft, genauso wie es mir dieses Miststück immer vorschrieb. Als ich sie nicht durchs Fenster sah, klingelte ich an der Hintertür und wartete. Und wartete. Ich ließ noch ein oder zwei Minuten verstreichen und klingelte wieder. Noch immer keine Reaktion. Na toll. Melanie spielte mal wieder die Herrscherin. Was war es denn diesmal? War ich dreieinhalb Sekunden zu früh gekommen? Oder zu spät? Drückte ich zu zaghaft auf die Klingel oder zu fest? Ich seufzte tief und klingelte noch einmal. Keine Reaktion. Vielleicht schlief Melanie noch. Und ließ sich eine Gelegenheit entgehen, mich zu quälen? Niemals. Ich klingelte ein weiteres Mal und wartete. Wieder keine Reaktion. Als ich merkte, daß ich gleich niesen mußte, wühlte ich in meiner Tasche nach einem Kleenex und stieß dabei versehentlich mit dem Ellbogen an die Hintertür. Zu meinem Erstaunen schwang sie auf.

Ich stieß sie weiter auf und äugte in die Küche. Das Licht brannte, aber weder von Melanies winziger Gestalt noch vom Geruch ihres Morgenkaffees oder ihres Giorgio-Parfüms fand sich irgendeine Spur. Wahrscheinlich hängt sie in ihrem Arbeitszimmer am Telefon und gräbt noch mehr schmutzige Geschichten über Alistair Downs aus, dachte ich mir.

Auch Todd war nirgends zu sehen, aber womöglich hatten sie ja ihre kleine Meinungsverschiedenheit immer noch nicht beigelegt.

Vielleicht hatte sich Melanie aber auch zur Abwechslung einmal Gedanken gemacht und die Hintertür für mich offengelassen, anstatt mich draußen in der Kälte warten zu lassen. Oh, herzlichen Dank, Mel.

Ich ging ins Mädchenzimmer und zog meine Uniform an. Dann holte ich das Putzzeug aus der Waschküche und ging nach oben ins Schlafzimmer, um mit meinen täglichen Pflichten zu beginnen. An der Schlafzimmertür blieb ich wie angewurzelt stehen: Melanies Bett war gemacht. Das ist aber seltsam, sagte ich mir im stillen. Diese Frau machte nie – wirklich nie – ihr Bett selbst, nicht einmal an meinen freien Tagen. Sie muß woanders geschlafen haben, schloß ich, vielleicht bei irgendeinem Mann. Gut für sie. Eine Nacht mit heißem Sex würde sie milder stimmen.

Die nächsten zwanzig Minuten verbrachte ich damit, in ihrem Schlafzimmer abzustauben und staubzusaugen. Ich wollte gerade unter dem Bett saugen und hob die gerüschte Verkleidung hoch, als mir der Atem stockte: Unter dem Bett waren zwei Schachteln versteckt, und in jeder lag eine Hälfte des Alistair-Downs-Manuskripts! Was in aller Welt hatten die unter Melanies Bett zu suchen? fragte ich mich. Warum hatte sie das Manuskript dort versteckt, statt es in ihrem Arbeitszimmer aufzubewahren? Um es vor mir zu verbergen? Unwahrscheinlich. Sie wußte ganz genau, daß ich unter dem Bett staubsaugen würde – sie selbst bestand darauf, daß ich unter sämtlichen Betten und Sofas im ganzen Haus staubsaugte. Warum ließ sie also etwas so Wertvolles und Geheimes genau dort, wo ich es finden mußte? Um zu überprüfen, inwieweit ich die Vorschriften des Hauses befolgte? War das noch eines von Melanies abgefeimten Spielchen – zu testen, ob ich den Köder schluckte und das las, was zu lesen sie mir ausdrücklich verboten hatte?

Ich sollte ihr lieber sagen, daß ich das Manuskript entdeckt hatte, dachte ich plötzlich. Wenn ich es nicht tue, wird sie mich als Lügnerin hinstellen. Oder sie wird mir unterstellen, daß ich nicht unter dem Bett gesaugt hätte. So oder so würde ich Ärger bekommen.

Ich huschte zum Arbeitszimmer hinunter. Da die Tür geschlossen war, klopfte ich leise. Keine Reaktion. Ich wußte, daß Melanie drinnen sein mußte, weil ich den Lichtschein unter der Tür sah und das gedämpfte Geplauder des Radiosenders mit dem reinen Wortprogramm hörte, den sie bevorzugte. Ich preßte ein Ohr gegen die Tür und lauschte angestrengt. Sie telefonierte jedenfalls nicht, soviel war klar. Ihre unverwechselbare Kleinmädchenstimme hätte ich herausgehört. Ich nahm das Risiko auf mich und sprach sie durch die geschlossene Tür an.

»Hi, Miss Moloney. Ich wollte Ihnen nur sagen, daß ich seit Punkt halb neun hier bin«, rief ich. »Und danke, daß Sie heute morgen die Hintertür für mich offengelassen haben. Das war wirklich nett.«

Sie ignorierte mich schlichtweg. Typisch. Vermutlich war sie zu beschäftigt, um sich neue Methoden der Dienstmädchenfolter auszudenken.

Pfeif auf sie, dachte ich mir und widmete mich wieder meinen Aufgaben. Wenn ich mich beeilte, schaffte ich es vielleicht, den Rest des Hauses zu putzen, mein Geld zu kassieren, hier zu einer vernünftigen Zeit herauszukommen und den Abend mit Cullie zu verbringen.

Ich säuberte die Räume im Obergeschoß und machte anschließend unten mit Küche und Eßzimmer weiter. Als ich einen Blick auf die Uhr warf, sah ich, daß es schon fast ein Uhr war und Melanie ihre gewohnte Mittagspause noch nicht gemacht hatte. Wie sollte ich da ihr Arbeitszimmer säubern?

Ich klopfte erneut an die Tür des Arbeitszimmers, dieses Mal mit mehr Nachdruck. Als Melanie immer noch nicht reagierte, kam ich auf die Idee, in der Garage nachzusehen, ob ihr Wagen dastünde. Er war da. Ich kehrte zum Arbeitszimmer zurück und klopfte erneut. »Miss Moloney, darf ich hereinkommen?« rief ich. Keine Reaktion.

Es war höchste Zeit, sich einzugestehen, daß irgend etwas in Melanies Haus nicht stimmte. Etwas, an dem man hoffentlich nicht mir die Schuld geben würde.

Ich drehte am Türknauf und öffnete langsam die Tür. Dann stieß ich einen Schrei aus, der mit dem von Fay Wray in *King Kong* hätte mithalten können. In dem Raum herrschte völliges Chaos. Überall lagen einzelne Blätter verstreut. Der lange Tisch mit den Karteikästen war umgeworfen worden, und die Karten waren in einem großen Haufen auf dem Boden gelandet. Gebundene Bücher, darunter mehrere von Melanies eigenen Bestsellern, waren aus den Regalen an der Wand gezerrt worden. Das früher so penibel aufgeräumte Zimmer sah aus, als wäre ein Tornado hindurchgefegt – oder jemand, der sehr wütend war.

»Melanie!« rief ich, als mir endlich bewußt wurde, daß sie zusammengesunken auf ihrem Stuhl saß. Sie kehrte mir den Rücken zu und hatte den Kopf auf der Schreibtischplatte liegen.

Ich lief zu ihr hin und brüllte: »Melanie! Hören Sie mich?« O Gott. Sie ist tot, begriff ich schlagartig, als ich sie berührte und merkte, daß sie steif wie ein Brett war. Sie trug denselben schwarzmauvefarbenen Hausanzug aus Samt wie an dem Tag, als wir uns zum ersten Mal begegnet waren – genau die Kluft, die sie häufig anhatte, wenn sie zu Hause arbeitete. Am Hinterkopf hatte sie eine große Beule und auf der Stirn eine klaffende, blutige Wunde. Ihr Gesicht war weißer als je zuvor, und ihre Hände und Handgelenke waren violett angelaufen.

»Melanie, stehen Sie auf!« schrie ich ihren leblosen Körper an und unterdrückte ein Würgen in der Kehle. Ich ging ein paar Schritte weg von ihr und fing an, im Zimmer auf und ab zu laufen, wobei ich über die Trümmer am Fußboden stieg. Was soll ich tun? Was soll ich tun? fragte ich die puppenhafte, merkwürdig stille Melanie. Ich hatte mir ihren Tod so oft ausgemalt, aber nun, da sie tatsächlich das Zeitliche gesegnet hatte, war ich wie gelähmt! Melanie tot? Wie? Seit wann? Durch wen?

Durch wen? O mein Gott! Melanie war ermordet worden! Rasch! Rasch! Wenn's weh tut, mach einen Witz! Es war schon schlimm genug, daß Melanie tot war, aber ermordet? O Gott. Meine Fingerabdrücke waren im ganzen Haus verteilt. Und ich war seit Stunden mit der Toten allein. Was, wenn die Leute dachten, *ich* hätte sie umgebracht? Was, wenn sie dachten, ich sei eine unzufriedene Hausangestellte, die durchgedreht war, ihrer Chefin einen Schlag auf den Kopf versetzt und dann weiter das Haus geputzt hatte? Von solchen Irren hört man doch immer wieder, bloß daß es unzufriedene Postbeamte sind, keine unzufriedenen Dienstmädchen. Aber was, wenn die Leute dachten, ich wäre es gewesen? Was, wenn ich ins Gefängnis mußte? Was, wenn in allen Boulevardblättern mein Foto erschiene, darüber die Schlagzeile: »Verrückte Putzfrau ermordet Melanie«? Was, wenn ich vor Gericht gestellt, schuldig gesprochen, zu lebenslanger Haft verurteilt und immer wieder von einer Bande rasender Lesbierinnen vergewaltigt werden würde? Was, wenn es im Bundesstaat Connecticut die Todesstrafe gab und sie über mich verhängt würde? Und ich machte mir Sorgen, die Leute könnten herausfinden, daß ich als Hausmädchen arbeitete!

Rasch! Ein Witz! Ein Witz! Laß die Sache nicht an dich heran. Laß deine Phantasie nicht mit dir durchgehen. Gerate nicht in Panik. Rasch! Ein Witz! Okay. Okay. Hier ist einer:

Warum hat die Mafia Einstein ermorden lassen?

Er wußte zuviel.

Ha ha ha ha ha.

Okay, Schätzchen. Und jetzt? Hör mit den Witzen auf und tu

was, schalt ich mich selbst. Wähle 911, wähle 911. Mir zitterte die Hand, als ich die Nummer auf Melanies Panasonic-Telefon mit den drei Leitungen drückte.

»Notruf neun-eins-eins«, sagte eine männliche Stimme.

»Hilfe! Hilfe! Hier ist jemand ermordet worden!« beschrieb ich das Problem.

»Adresse?«

»Bluefish Cove 7.«

»Name?«

»Mein Name oder der Name der ermordeten Person?«

»Der Name des Anzeigeerstatters.«

»Anzeigeerstatter?«

»Ja, das ist derjenige, der den Mord meldet.«

»Oh. Das bin dann ich. Alison Koff.« Mein Gott, jetzt war ich ein Anzeigeerstatter.

»Und der Name der Toten?«

»Melanie Moloney. Sie ist eine berühmte Schriftstellerin.« Ich wußte nicht, ob die Leute beim Notruf auf dem laufenden waren, was die Bestsellerliste betraf, und deshalb dachte ich, ich sollte ihnen erzählen, daß Melanie berühmt war, um zu gewährleisten, daß wir wie VIPs behandelt wurden.

»Wir kommen sofort«, sagte 911. »Versuchen Sie, Ruhe zu bewahren. Ach, und Mrs. Koff?«

»Ja?«

»Bleiben Sie am Tatort, und fassen Sie nichts an.«

Ich legte den Hörer auf und starrte die tote Melanie an. Mit einem Mal fiel mir das Manuskript unter ihrem Bett wieder ein. War es möglich, daß die Person, die sie umgebracht hatte, nach dem Manuskript gesucht hatte? Drohte das Buch irgend etwas zu enthüllen, das der Mörder auf keinen Fall veröffentlicht sehen wollte?

Irgend etwas sagte mir, daß ich das Manuskript lieber in meine glühenden, kleinen Händchen bringen sollte, bevor es die Polizei beschlagnahmte. Vielleicht barg es den Schlüssel zu dem Mord an Melanie. Zumindest gäbe es eine saftige Bettlektüre ab.

Ich sauste so schnell ich konnte nach oben in Melanies Schlafzimmer, kroch unters Bett und holte beide Schachteln hervor. Ich schleppte sie nach unten und blieb zum Atemholen in der Küche stehen. Dann sah ich aus dem Fenster, ob die Polizei bereits angekommen war. Sie war noch nicht da. Ich machte die Küchentür auf, raste hinaus zu meinem Auto und stopfte die Schachteln unter die Vordersitze meines Porsche. Dann rannte ich ins Haus zurück, wartete an der Vordertür und versuchte, nicht schuldig auszusehen. Sekunden später bogen ein Streifen- und ein Krankenwagen in die Einfahrt ein.

»Alison Koff?« fragten die beiden Polizisten wie aus einem Munde, als ich ihnen die Haustür aufmachte und sie und zwei Rettungssanitäter hereinließ. Melanie hätte sie vermutlich ums Haus herum zum Dienstboteneingang gehen lassen.

»Ja, ich bin Alison Koff«, sagte ich und versuchte, mir nicht anmerken zu lassen, daß ich außer Atem war.

»Ich bin Streifenpolizist Murphy, und das ist Streifenpolizist DeRosa«, sagte einer der beiden Polizisten.

»Ms. Moloney ist am anderen Ende des Flurs«, sagte ich und führte sie in Melanies Arbeitszimmer.

Die Sanitäter warfen einen kurzen Blick auf die arme Melanie, während die Polizisten den Rest des Hauses hektisch nach »Eindringlingen« durchsuchten und ihre Pistolen durch die Luft schwenkten.

Zufrieden, daß außer uns sechsen (Melanie eingeschlossen) niemand im Haus war, kehrten die Polizisten in Melanies Arbeitszimmer zurück und beäugten rasch die Leiche. »Da sind Verfärbungen«, sagte Streifenpolizist Murphy und musterte die violetten Hände und Handgelenke meiner ehemaligen Chefin.

»An der war doch fast alles gefärbt«, sagte ich. Wenn's weh tut, mach einen Witz.

Beide Polizisten warfen mir einen befremdeten Blick zu, zuckten die Achseln und machten sich erneut an die Arbeit. »Ihr beiden könnt wieder einpacken«, sagte Streifenpolizist Murphy zu einem der Rettungssanitäter. »Die braucht keine Wiederbelebungsmaßnahmen mehr. Die braucht nur noch ein Bestattungsinstitut.«

Alle nickten in völligem Einvernehmen. »Ich rufe an«, sagte Streifenpolizist DeRosa und begleitete die Sanitäter hinaus. Als er wiederkam, teilte er seinem Partner mit, daß ihr Funkgerät nicht mehr richtig funktioniere. Er brachte eine dicke Rolle gelbes, selbstklebendes Papier mit, auf dem stand: POLIZEILICH ABGESPERRT – BETRETEN VERBOTEN. Damit errichtete er eine kleine gelbe Festung um Melanies Arbeitszimmer. Dann ging er hinaus, um das Grundstück abzuriegeln.

Unterdessen standen Streifenpolizist Murphy und ich in Melanies Arbeitszimmer. Ich machte nervös Konversation mit ihm, während er sich auf seinem kleinen Spiralblock etwas notierte.

»Funktioniert das Telefon?« fragte er und zeigte auf das Panasonic-Telefon mit den drei Leitungen auf Melanies Schreibtisch.

»Ich denke schon. Ich habe gerade damit 911 angerufen.«

Streifenpolizist Murphy hätte Melanies Leiche beinahe in hohem Bogen aus dem Stuhl befördert, als er über sie hinweg nach dem Telefon langte, wobei er seine Fingerabdrücke auf dem ganzen Hörer hinterließ und vermutlich die von jedem anderen komplett verwischte – die des Mörders eingeschlossen. Er drückte ein paar Ziffern und sagte dann zu der Person am anderen Ende: »Sieht nach Mord aus. Schick die Techniker rüber und laß jemanden einen Mincey-Befehl besorgen.«

»Was ist denn ein Mincey-Befehl?« fragte ich, nachdem er aufgelegt hatte. Ich lernte einen ganz neuen Wortschatz kennen.

»Das ist das, was wir brauchen, bevor wir das Haus durchsuchen können.«

Einige Minuten verstrichen. Streifenpolizist Murphy war gerade dabei, mich über meine Position als Angestellte im Hause Moloney auszufragen, als weitere vier oder fünf Polizisten Melanies Haus stürmten.

»Was haben wir denn da, Murphy?« wollte ein Mann in Jeans und T-Shirt wissen.

»Mord«, sagte Streifenpolizist Murphy. »Berühmte Schriftstellerin.«

»Eine Berühmtheit? Oho. Das hatten wir noch nie. Corsini wird beglückt sein.« Der Mann sah mich an und fragte anschließend: »Und wer ist die da?«

»Das Dienstmädchen«, sagte Streifenpolizist Murphy.

»Wie heißt sie?« fragte der Mann.

»Hazel«, sagte ich. Ich wußte, daß ich mich absonderlich benahm, sogar für meine Begriffe, aber diese Tortur konnte ich nur überstehen, indem ich Witze machte.

»Behauptet, ihr Name sei Alison Koff«, sprang Streifenpolizist Murphy ein, als wäre ich gar nicht da.

»Mein Name *ist* Alison Koff. Und wer sind Sie und die anderen Männer?«

»Ich bin Detective Michaels. Das ist Detective Origi. Das da drüben ist Detective Brown. Und der neben ihm ist Sergeant Petrovich.«

»Erfreut, Sie alle kennenzulernen«, sagte ich, obwohl mich kein Mensch hörte. Sie waren viel zu sehr damit beschäftigt, einander zu begrüßen.

»He, Dr. Chen. Schön, Sie zu sehen«, sagte Streifenpolizist DeRosa und winkte einem Asiaten im dunkelgrauen Anzug zu.

»Wer ist das?« fragte ich in den Raum hinein.

»Der Leichenbeschauer«, sagte Detective Michaels. »Gehen wir doch mal da rüber und unterhalten uns.« Er führte mich in eine Ecke von Melanies Arbeitszimmer.

Wie soll ich mich bei der ganzen Geschäftigkeit um mich herum konzentrieren? fragte ich mich und sah den Polizisten dabei zu, wie sie den Tatort fotografierten, einander wie im Fernsehen im Polizeijargon anbellten und dann die sechs Spezialisten begrüßten, die mit medizinischen Geräten und kleinen Plastiktütchen ins Zimmer kamen.

»Was hatten Sie genau für ein Verhältnis zu der Verstorbenen?« fragte Detective Michaels und fing an, etwas in ein kleines Notizbuch zu schreiben.

»Ich bin ihre Haushälterin«, sagte ich. »Nein, *war* ihre Haushälterin.« Mein Gott, nun, da Melanie tot war, hatte ich meinen Job als Dienstmädchen nicht mehr. Und wenn Alistair und Bethany herausfanden, daß ich für Melanie gearbeitet hatte, verlöre ich meinen Job bei der Zeitung auch noch. »Muß ich noch länger hierbleiben?« fragte ich den Detective.

»Ja. Ich brauche Ihre Aussage. Dann bringe ich Sie in unsere Zentrale, damit mein Partner Sie befragen kann.«

»Ihr Partner?«

»Ja, Detective Corsini. Er wird Ihre Aussage auch zu Protokoll nehmen.«

»Verstehe«, sagte ich, verstand aber nichts von alldem, was mir in den letzten drei Jahren passiert war.

»Die ganze Sache scheint Sie reichlich kaltzulassen, was?« meinte Detective Michaels argwöhnisch.

»Kaltlassen? Mich? Nein, ich bin zutiefst bestürzt. Ich habe fast einen Monat lang für Ms. Moloney gearbeitet, und es hat mir große Freude gemacht, ihr Haus zu putzen.« Tja, was haben sie von mir erwartet? Daß ich zugab, wie sehr ich Melanie verabscheute, und mir die Zeit damit vertrieb, mir auszumalen, wie ich sie umbrachte?

»Ich werde Sie über Ihre Arbeit hier befragen und darüber, wie Sie die Tote gefunden haben und dergleichen. In Ordnung?«

»Selbstverständlich. Ich habe nichts zu verbergen«, sagte ich und wischte mir die feuchten Hände an meiner Mädchenuniform ab.

»Bevor wir anfangen, muß ich Sie folgendes fragen: Ist alles noch genauso, wie es war, als Sie die Tote fanden?« wollte Detective Michaels wissen. »Sie haben nichts aus dem Haus entfernt, oder?«

»Kein Stück«, sagte ich. Nun ja, jedenfalls nicht aus *diesem* Raum.

»Erzählen Sie mir doch einfach, was geschehen ist, Miss Koff«, sagte der Detective. »Und zwar lückenlos.«

ZWEITER TEIL

10. Kapitel

»Setzen Sie sich dorthin, Miss Koff«, sagte Detective Joseph Corsini, die Antwort der Laytoner Polizei auf John Travolta, und wies auf den Stuhl gegenüber seinem Schreibtisch. Groß, dunkel und gutaussehend im Stil von Leuten, die Diskotheken in Holiday Inns besuchen, war Detective Corsini mit Abstand der zappeligste Mann, der mir je begegnet war. Zuerst dachte ich, seine ständige Fummelei sei eine Taktik, um Verdächtige abzulenken und aus der Ruhe zu bringen, damit sie ein vollständiges Geständnis ablegten und um Gnade flehten. Später begann ich allerdings zu begreifen, daß der Detective das war, was Sandy »aussehensfixiert« genannt hätte: Er war mehr daran interessiert, mit seinem Äußeren anzugeben, als die Kriminalität auszumerzen.

»Darf ich denn nicht telefonieren?« fragte ich ihn. Wir befanden uns in seinem Büro im Polizeirevier, nur zwei Häuserblocks von Koff's Warenhaus entfernt.

»Warum? Möchten Sie einen Anwalt anrufen oder so was?«

»Einen Anwalt? Natürlich nicht. Ich habe nichts Unrechtes getan.«

»Das hat auch niemand behauptet, Miss Koff.«

»Stimmt.« Wenn ich nicht aufhörte, mich so defensiv zu geben, dachte der Detective womöglich, ich hätte Melanie umgebracht. Bleib ruhig, schärfte ich mir ein. Tu so, als wäre dieses Verhör nur ein freundschaftliches, kleines Gespräch mit einem Polizisten aus dem Ort. Keine große Sache. »Ich wollte eigentlich einen Freund anrufen, falls Sie nichts dagegen haben.«

»Nur zu.«

»Danke.« Toll, aber wen sollte ich anrufen? Merkwürdigerweise fiel mir als erster Sandy ein. Sandy, der sich immer um mich gekümmert hatte. Sandy, der stets all unsere Probleme gelöst hatte, indem er einen Scheck ausschrieb oder mit seiner Gold Card winkte. Sandy, der vermutlich dermaßen davon in Anspruch genommen war, mit Soozie Geburtsvorbereitungskurse zu besuchen, daß er sich nicht einmal an meinen Namen erinnern würde, geschweige denn in meiner Stunde der Not zum Polizeirevier getrabt käme. Nein, Sandy wäre mir überhaupt keine Hilfe. Dann war da noch meine Mutter. Nein, sie würde mir auch nichts nützen. Die Vorstellung, ihr erzählen zu müssen, daß ich in einem Mordfall verdächtig war – *und* daß ich das Dienstmädchen der Ermordeten war –, ging über meine Kräfte. Und was war mit Cullie? Ja, Cullie würde mir helfen, da war ich sicher.

Ich ging den Korridor hinunter zum Münztelefon, wühlte in meiner Handtasche nach Cullies Visitenkarte und etwas Kleingeld und wählte seine Nummer. Leider erreichte ich nur den Anrufbeantworter. Ich schluckte und sagte dann: »Cullie, ich bin's, Alison. Wenn du diese Nachricht bald bekommst, könntest du dann bitte zum Laytoner Polizeirevier kommen? Ich sage dir dort, warum. Ich brauche –« Ich schnitt mir selbst das Wort ab und legte auf. Gleich mußte ich weinen.

»Alles klar?« fragte Detective Corsini, als ich in sein Büro zurückkehrte.

Ich nickte.

»Gut. Dann nehmen wir jetzt Ihre Aussage auf. Einverstanden?«

»Einverstanden. Was genau wollen Sie denn wissen?«

»Ich werde Ihnen einfach ein paar Fragen über Ihre Beziehung zu Miss Moloney stellen, wie Sie dazu gekommen sind, für sie zu arbeiten, wie Ihnen der Job gefallen hat, wo Sie in der Mordnacht waren und dergleichen.«

»Aber diese Fragen habe ich alle schon Detective Michaels beantwortet.«

»Ja, ich weiß. Aber Sie werden sie noch einmal beantworten müssen. Und zwar mir.«

»Kein Problem.«

Ich erzählte die ganze traurige Geschichte ein weiteres Mal: daß ich seit fast einem Monat bei Melanie als Dienstmädchen angestellt war, daß ich am Mordtag zur Arbeit gekommen war und Melanie mausetot in ihrem Arbeitszimmer gefunden hatte, daß ich den Abend zuvor mit Charles Cullver Harrington auf dessen Boot im Jachthafen von Jessup verbracht hatte, daß Mr. Harrington mich an jenem Abend gegen elf Uhr nach Hause gebracht und ich bis zu dem Zeitpunkt, als die Polizei am nächsten Nachmittag bei Melanie eintraf, mit niemandem gesprochen hatte. Während ich berichtete, machte sich Detective Corsini Notizen. Als ihm die Fragen ausgingen, tippte er seine Notizen mit der Schreibmaschine ab und reichte sie mir.

»Lesen Sie das durch. Wenn alles in Ordnung ist, nehmen wir Ihre Aussage zu Protokoll.«

In einem fast unverständlichen Polizeijargon gaben seine Aufzeichnungen alles wieder, was ich ihm erzählt hatte. »Scheint in Ordnung zu sein«, sagte ich. »Und jetzt?«

»Ich nehme Ihre Aussage zu Protokoll. Heben Sie die rechte Hand und sprechen Sie mir nach: Ich, Alison Koff ...«

»Ich, Alison Koff ...«

»... schwöre feierlich ...«

»... schwöre feierlich ...«

»daß die hierin enthaltene Aussage ...«

»daß die hierin enthaltene Aussage ...«

»... nach meinem besten Wissen und Gewissen der Wahrheit entspricht.«

»... nach meinem besten Wissen und Gewissen der Wahrheit entspricht.« Abgesehen von den Passagen darüber, wie sehr ich es genoß, für Melanie zu arbeiten, und wie traurig es mich machte, daß sie tot war. Ach ja, und der Stelle, an der es hieß, daß ich nichts vom Tatort entfernt hätte.

»Jetzt unterschreiben Sie noch hier. Brauchen Sie einen Stift?«

»Nein. Ich habe einen.« Ich wühlte in meiner Tasche und zog den massivsilbernen Tiffany-Füller hervor, den mir Sandy als Dankesgeste dafür gekauft hatte, daß ich ihn vor sechs Jahren für die *Community Times* interviewt hatte. Vor sechs Jahren. Damals hatte das Leben wesentlich einfacher ausgesehen, aber vielleicht wollte Gott mich nur vor dem ganzen Mist, der noch kommen sollte, ausruhen lassen.

Ich unterschrieb das Dokument und reichte es dem Detective.

»Jetzt muß ich nur noch den Sergeant holen, damit er die Aussage beglaubigt, dann können Sie gehen.«

Gott sei Dank.

Das Beglaubigungsritual nahm weitere Minuten in Anspruch. Als alles erledigt war, erhob ich mich von meinem Stuhl. »Darf ich jetzt gehen?« fragte ich.

»Noch nicht. Eines muß ich noch wissen.«

»Ach?«

»Ja, wie war es?«

»Wie war was?«

»Für eine Berühmtheit wie Melanie Moloney zu arbeiten. Hatte sie die ganze Zeit Filmstars zu Besuch? Haben Sie irgend jemand Tollen kennengelernt? Jemand *Wichtigen*?«

»Sie meinen wichtig in dem Sinne, daß der Betreffende ein Motiv gehabt hätte, sie umzubringen?«

»Nee, ich meine irgend jemand Großes, Wichtiges. Sie wissen schon, jemand, der schon mal in der Barbara-Walters-Show interviewt worden ist.« Detective Corsini zwinkerte mir zu und polierte sich die Nägel an seinem Hosenbein.

»Sie suchen also innerhalb der Unterhaltungsbranche nach Verdächtigen«, warf ich ein. Ich hielt Joseph Corsini immer noch für einen Polizeibeamten und nicht für einen Mediengroupie.

»Darauf ist doch gepfiffen«, lachte er. »Ich möchte gern ein bißchen richtig fiesen Klatsch hören. So wie die Stories im *National Enquirer.* Sie wissen schon, die Neugier befriedigen und so.«

Der Mann war ein Idiot, aber ich fühlte mich verpflichtet, ihm entgegenzukommen. Wenn ich ihm ein wenig »fiesen Klatsch« lieferte, würde er mich vielleicht nach Hause gehen lassen. »Also, da war das eine Mal, als Melanie ein Mittagessen für Redakteure von Illustrierten gab.«

»Echt?« Corsini hing die Zunge aus dem Mund, und er hechelte förmlich.

»Ja. Es waren Redakteure von *People* und von *Entertainment Weekly* da. Außerdem noch jemand vom *Star.*«

»Vom *Star*? Toll, das ist mein Lieblingsblatt. Haben sie bei diesem Essen über irgend jemand Großen gesprochen? Sie wissen schon, irgendwelche Berühmtheiten?«

»Nicht daß ich wüßte. Der größte Teil des Gesprächs drehte sich um Alistair Downs und das Buch, das Miss Moloney über ihn geschrieben hat.« Verdammt noch mal, warum erzählte ich das? Jetzt würde Corsini nach dem Manuskript fragen.

»Oh, natürlich. Klar. Den habe ich fast vergessen. Ich hab's allerdings nicht so mit Büchern. Bin kein großer Leser, könnte man wohl sagen. Ich gehöre zu den Leuten, die auf gute Boulevardsendungen stehen. Geben Sie mir eine halbe Stunde ›Hard Copy‹, und ich bin glücklich wie ein Schwein, das sich im Schlamm suhlt.«

»Wie schön für Sie.«

»Ja, schon. Hören Sie, bevor ich es vergesse, wenn Sie irgend jemand nach diesem Fall fragt, schicken Sie ihn zu mir.«

»Was meinen Sie damit?«

»Die Presse. Fernsehreporter. Alle. Sie werden über unseren Ort herfallen, sobald sie erfahren, daß Melanie Moloney ermordet wurde. Layton wird zum Zoo werden.«

»Und wann ist es soweit?« Für meinen Geschmack ging das alles viel zu schnell.

»Mein Chef, Lieutenant Graves, wird heute am Spätnachmittag eine Pressekonferenz abhalten. Danach wird dieser Ort hier zum Medienzirkus.« Detective Corsini strich sich die Krawatte glatt.

»Wird dieser Lieutenant Graves den Medien etwas über mich erzählen?« fragte ich.

»Was über Sie?«

»Daß ich es war, die Melanies Leiche gefunden hat?«

»Sicher. Das steht doch in meinem Bericht.«

»Aber muß er meinen Namen nennen?«

»Nee, jetzt noch nicht.«

»Es beruhigt mich sehr, daß Sie das sagen. Was ist der nächste Schritt bei Ihren Ermittlungen?«

»Die Leute von der Spurensicherung werden den Tatort mit einem ganz engzahnigen Kamm absuchen. So löst man heutzutage Mordfälle. Sie wissen schon, die Gerichtsmediziner untersuchen Haarfasern und so. Wir mögen ja ein provinzielles Polizeirevier sein, aber wir sind genauso auf dem neuesten Stand der Technik wie die Bundespolizei.«

»Das glaube ich gern.« Ich unterdrückte ein Grinsen, als mir wieder einfiel, wie die Top-Leute der Laytoner Polizei über den Tatort und die Tote hergefallen waren und vermutlich alles zunichte gemacht hatten, was sich als gerichtsmedizinisches Beweisstück hätte verwenden lassen. Überdies war *ich* im Besitz des Alistair-Downs-Manuskripts, das in meinen Augen wesentlich mehr Indizien für den Mord an Melanie barg als sämtliche Haare Laytons zusammengenommen. Ich konnte kaum erwarten, es Seite für Seite zu verschlingen.

»Sie können jetzt gehen«, sagte Detective Corsini.

»Sie brauchen mich also wirklich nicht mehr?« Ich verzehrte mich danach, nach Hause zu gehen. Durch die ganze Aufregung war an meinem Hals und Bauch ein heftig juckender Ausschlag ausgebrochen, und ich sehnte mich nach einem kühlen Haferkleie-Bad.

»Oh, natürlich werde ich Sie noch brauchen. Sie haben schließlich kein Alibi für die Nacht, in der Melanie Moloney ermordet wurde. Anders ausgedrückt, Sie können keine Rechenschaft über die Stunden zwischen halb zwölf und halb drei Uhr ablegen. Und außerdem haben Sie zugegeben, daß Ihre Fingerabdrücke überall in der Umgebung der Toten zu finden sind. An Ihrer Stelle würde ich die Stadt nicht verlassen, Miss Koff.«

»Wollen Sie damit sagen, daß ich unter Verdacht stehe? Soll das heißen, daß Sie allen Ernstes glauben, *ich* hätte Melanie Moloney umgebracht?« Ich hatte Herzklopfen, und mein Ausschlag blühte.

»Verdächtig oder nicht, Sie sind der Schlüssel zur Aufklärung dieses Mordes. Haushälterinnen sind immer der Schlüssel von

Mordfällen. Haben Sie das Interview mit der Haushälterin von Sonny von Bülow in ›A Current Affair‹ nicht gesehen? Egal, was alle anderen sagen – diese Frau weiß mehr, als sie zugibt, und bei Ihnen ist es genauso.«

»Es tut mir leid, daß Sie diesen Eindruck haben. Ich habe mich bemüht, so gut wie möglich mit Ihren Leuten zusammenzuarbeiten.«

»Nehmen Sie's nicht persönlich, Miss Koff. Aber ich bin Ermittlungsbeamter. Es gehört zu meinem Beruf, zu wissen, wann jemand etwas verbirgt. Wenn unsere Jungs von der Spurensicherung den Tatort sorgfältig durchkämmen, wette ich, daß wir herausfinden, wie der Fall liegt. Ihr Haushälterinnen glaubt, ihr wüßtet, wie man putzt, aber ihr könnt keine Fasern wegputzen. Ausgeschlossen.«

»Fasern, Masern«, murmelte ich, als ich mich zum Gehen erhob.

»Wie bitte?«

»Ich habe gesagt: ›Wünschen Sie Lieutenent Graves für seine Pressekonferenz Hals- und Beinbruch.‹«

Eigentlich hatte ich vorgehabt, direkt nach Maplebark Manor zu fahren, ganz ehrlich, aber Detective Corsinis Abschiedsworte – daß ich kein Alibi hätte, daß ich die Stadt nicht verlassen sollte, daß ich der Schlüssel zur Lösung des Falls sei – hallten in meinem Kopf wider und machten mich viel zu nervös, um nach Hause zu fahren und mich in ein kühles Haferkleie-Bad zu legen. Ich mußte etwas *tun,* irgend etwas unternehmen. Zum Teufel mit meinem Ausschlag.

Mir fiel ein, daß es eine Person gab, die meine Unschuld bestätigen konnte, eine Person, die definitiv wußte, daß ich am Dienstag morgen um halb neun zur Arbeit in Bluefish Cove erschienen war, Melanies Haus am Dienstag nachmittag um halb fünf verlassen hatte und erst heute morgen um halb neun wieder dort erschienen war. Mochte die Polizei auch vermuten, daß ich Melanie irgendwann Dienstag nacht zwischen halb zwölf und halb drei umgebracht hatte – wie hätte ich das denn anstellen sollen? Ich war nicht dort, und es gab einen Menschen, der das wußte: der Wachmann im Pförtnerhäuschen von Bluefish Cove. Er hatte mich gestern morgen eintreffen, gestern nachmittag wegfahren und heute morgen wiederkommen sehen. Ich würde bei ihm vorbeigehen und ihn darum bitten, zu meinen Gunsten auszusagen. Ich würde an seine Mitmenschlichkeit appellieren, ein geknechteter Dienstbote, der für den anderen in die Bresche sprang.

Ich fuhr nach Bluefish Cove hinüber und hielt beim Pförtnerhäuschen. Der Wachmann, dessen Namen in Erfahrung zu bringen ich leider nie für nötig gehalten hatte, was ich nun bereute, kam aus seinem Kabäuschen und beugte sich zu meinem Wagenfenster herab, um ein Gespräch anzufangen.

»Schreckliche Geschichte, das mit Miss Moloney, nicht wahr?« sagte er. Ich hatte ihn zuvor eigentlich nie sprechen hören und vermutete, daß der leichte englische Akzent aufgesetzt war, so wie es die Bewohner von Bluefish Cove wünschten, die genau wie alle anderen ihren Mitmenschen ab und zu mit irgendeinem Cha-Cha-Cha kamen.

»Ja, schrecklich. Deshalb bin ich ja hier.«

»Sie werden nicht in ihr Haus hineinkönnen, muß ich Ihnen leider sagen. Die Polizei hat den Zutritt verboten.«

»Oh, das macht gar nichts. Ich bin gekommen, um mit Ihnen zu sprechen.«

»Mit mir?«

»Ja. Ich wollte fragen, ob Sie eine Art Logbuch führen, Aufzeichnungen darüber, wer hier ein und aus geht und wer wann kommt und geht.«

»Nur über Besucher.«

»Sie führen Buch über die Besucher?«

»Genau.«

»Das heißt also, daß Sie Aufzeichnungen über meine Fahrten zu und von Miss Moloneys Haus haben, oder?«

»Nein, Sie waren ja keine Besucherin. Sie waren ihr Dienstmädchen. Das ist etwas anderes.«

Wachmannsmund tut Wahrheit kund. »Ja gut, aber Sie haben

doch im *Kopf*, wann ich gekommen und gegangen bin, oder? Ich meine, Sie erinnern sich doch daran, daß ich gestern morgen zur Arbeit gekommen und gestern nachmittag wieder weggefahren bin, oder?«

»Aber sicher.«

»Wirklich? Oh, das ist ja wunderbar«, freute ich mich. »Ich bin ja so froh, daß Sie das sagen. Mr. ...«

»Gordon.«

»Mr. Gordon.«

»Nein, Gordon ist mein Vorname. Für Sie einfach Gordy.«

»Vielen Dank, Gordy. Ich kann Ihnen gar nicht sagen, wieviel es mir bedeutet, daß Sie bestätigen können, was ich der Polizei bereits gesagt habe. Verstehen Sie –«

»Ich habe nicht gesagt, ich könnte bestätigen, daß Sie nicht vergangene Nacht zurückgekommen sind und sie umgebracht haben.«

»Wie bitte?«

»Es heißt, daß sie vergangene Nacht umgebracht worden ist. Ich habe um halb acht Dienstschluß. Das Pförtnerhäuschen ist bis halb acht am nächsten Morgen geschlossen.«

»Aber Sie haben mich doch gestern nachmittag um halb fünf wegfahren sehen. Können Sie ihnen nicht wenigstens das sagen?« Meine Stimme klang schriller, als mir recht sein konnte, aber mich hatte die Panik gepackt.

»Ich habe ihnen gesagt, daß ich keine Ahnung habe, wer letzte Nacht in ihr Haus gekommen ist und sie umgebracht hat. Ich arbeite nicht nachts. Ein Mensch braucht auch eine Art Privatleben, oder nicht?«

»Ja, natürlich. Aber ich –«

»Ich will mich nicht über meine Arbeit beklagen, verstehen Sie. Bei dieser Rezession kann sich jeder glücklich schätzen, der einen Job hat, wenn Sie wissen, was ich meine. Erst neulich ist mein Freund Rocky, der Wachmann von den Casa-Marina-Eigentumswohnungen unten an der Straße, entlassen worden. Die Bank hat den ganzen Komplex übernommen und sämtliches Personal hinausgeworfen. Die Welt ist schlecht, was?«

»Ja, allerdings.«

»Sehen Sie nur zum Beispiel sich selbst an. Sie hatten einen Job als Dienstmädchen. Jetzt haben Sie keinen Job als Dienstmädchen mehr. Sie sind das, was die Zeitungen ›ein Opfer der Wirtschaftsflaute‹ nennen.«

Nein, das Opfer war Melanie. Ich war nur ein arbeitsloses Dienstmädchen.

Wenigstens hatte ich noch meine freiberufliche Tätigkeit bei der *Community Times,* tröstete ich mich auf dem Heimweg nach Maplebark Manor, während mich mein juckender, brennender Ausschlag und der zerrüttete Zustand meines Lebens quälten. Ich schaltete das Radio ein und suchte so lange, bis ich WANE fand, Laytons einzigen Radiosender mit klassischer Musik. Ich hoffte auf ein schönes, beruhigendes Klavierkonzert. Statt dessen bekam ich eine aktuelle Meldung zu hören.

»... Das war in groben Zügen alles aus dem Laytoner Polizeirevier. Noch einmal zusammengefaßt, bestätigte also Lieutenant Raymond Graves in seiner fünfundzwanzigminütigen Pressekonferenz heute nachmittag den Tod von Melanie Moloney, der berühmten Autorin von Prominentenbiographien, in ihrem Haus in Layton. Lieutenant Graves sagte, als Todesursache sei eindeutig Mord festgestellt worden, welcher Graves zufolge zwischen halb zwölf und halb drei Uhr nachts begangen wurde. Die Leiche der Schriftstellerin wurde heute am frühen Nachmittag von ihrer Haushälterin gefunden. Graves gab bekannt, daß die Haushälterin, deren Identität mit Alison Koff aus Layton angegeben wurde, ebenso wie andere Mitglieder des Haushalts von Melanie Moloney verhört werden wird. Das war Rick O'Casey für WANE Radio ...«

Diese miese Ratte Corsini! Er hatte behauptet, Graves würde meinen Namen nicht bekanntgeben. Wenn man den Männern in Uniform nicht mehr trauen konnte, wem zum Teufel dann?

Als ich in den Woodland Way einbog, sah ich eine ganze Reihe Autos und Kleinlastwagen gegenüber von Maplebark Manor stehen. Die Nachbarn mußten eine Party geben, nahm ich an, und fragte mich, wer in diesen wirtschaftlich schwierigen Zeiten es sich erlauben konnte, eine so große Party zu geben. Wer hatte schon das Geld dazu? Und wer die Freunde?

Ich bog in meine Einfahrt und hielt am Briefkasten. Ich hatte gerade die Wagentür geöffnet und war herausgehüpft, um die Post an mich zu nehmen, als mir mindestens drei Dutzend Reporter Cassettenrecorder und Notizblöcke unter die Nase hielten und mich an die zwei Dutzend Fotografen und Videofilmer beinahe zu Boden warfen.

»Miss Koff?« »He, Alison!« »He, Süße!« brüllten sie. »Was wissen Sie über Melanie Moloneys Tod?« »Sie waren doch ihr Dienstmädchen, oder?« »Haben Sie sie umgebracht?« »Wissen Sie, wer es war?« »Sprechen Sie mit uns, Alison!« »Geben Sie uns ein Exklusivinterview!« »Wir zahlen gut!«

Ich versuchte, wieder in mein Auto zurückzugelangen, aber der Schwarm der Mediengeier ließ mich nicht. Sie stürzten sich auf mich. Sie kreisten mich ein. Ich konnte mich nicht rühren. Ich bekam keine Luft mehr. Ich fühlte mich wie Tippi Hedren in *Die Vögel.*

»Geben Sie uns wenigstens einen Kommentar!« »Erzählen Sie uns, was Sie wissen!« »Haben Sie sie gehaßt?« »Haben Sie sie umgebracht?« »Wenn Sie ein Dienstmädchen sind, warum haben Sie dann so ein großes Haus?« »Wem gehört dieses Haus überhaupt?«

Sie ließen mich nicht in Ruhe. Sie schrien mich an und schossen ein Foto nach dem anderen von mir. O Gott. Fotos von mir. Noch vor Einbruch der Nacht würden zahlreiche Bilder von mir in meiner Mädchenuniform über das ganze Land verbreitet werden. Ich würde auf Titelseiten erscheinen. Millionen von Supermarktkunden würden auf Fotos von mir starren, während sie an Amerikas Kassen warteten. Weitere Millionen würden in Bahnen, Bussen und Flugzeugen, in Friseursalons und Arztwartezimmern über mich lesen. Fotos von mir würden zum Auskleiden von Vogelkäfigen, zum Anzünden von Kaminen und zum Grundstoff für Puppen aus Pappmaché verwendet werden.

»Wie wär's mit einem Interview, Alison?« »Nur einen Kommentar!« »Hatten Sie etwas gegen Melanie Moloney?« »Hat sie Sie rausgeworfen oder so?«

Gerade als ich glaubte, diesen Medienansturm keine Sekunde länger ertragen zu können, sah ich Sandys Mercedes die Einfahrt heraufkriechen.

»Sandy!« brüllte ich. »Bitte hilf mir!«

Die Geier waren abgelenkt. Sie wandten sich von mir ab und konzentrierten ihre Aufmerksamkeit auf Sandy. »Wer sind Sie denn, Freundchen?« »Sind Sie ein Freund von Alison?« »Was wissen Sie über den Mord an Melanie Moloney?«

Sandy parkte seinen Wagen neben meinem und sprang heraus. »Lassen Sie sie auf der Stelle in Ruhe!« fauchte er die Meute an und versuchte, sie mit seinen langen, hageren Armen in die Flucht zu schlagen.

Ich hatte Sandy seit Monaten nicht mehr gesehen, und er war weiß Gott ein Anblick, der das Auge erfreute. Ich stellte fest, daß er gebräunt war, und empfand einen Anflug von Ärger, als ich mir überlegte, wie er sich eine Reise nach Malliouhana leisten konnte, wenn er behauptete, keinen Penny zu besitzen. Aber er war da und rettete mich vor diesem Alptraum, und so war ich dermaßen erfreut, ihn zu sehen, daß ich zu weinen anfing – was mit Sicherheit auf Video festgehalten wurde, damit man es in den Elf-Uhr-Nachrichten senden konnte.

»Gehen wir, Allergy«, flüsterte Sandy mir ins Ohr. »Die Einfahrt hinunter. Jetzt gleich. Du fährst in deinem Wagen voraus, dann folge ich in meinem. Wenn wir erst in der Garage sind, laufen wir von dort ins Haus. Dort kann uns niemand mehr belästigen.«

»Danke«, sagte ich zu ihm.

»Keine Ursache. Und jetzt los. Ich bin direkt hinter dir.«

Sandys Mercedes folgte meinem Porsche die lange Einfahrt von Maplebark Manor hinab und in unsere Dreifach-Garage. Ich schaltete die Alarmanlage aus und öffnete die Tür zum Haus. Wir liefen rasch hinein und sperrten hinter uns die Tür ab.

»In Sicherheit«, seufzte Sandy. Dann nahm er mich in die Arme.

Ich fühlte mich so schwach, daß ich es zuließ.

»Gehen wir doch nach oben und setzen uns«, schlug er vor. »Ich mache dir einen Drink. Hast du gekühlten Puligny Montrachet da?«

»Wirklich nicht. Ich trinke jetzt Almadén, Sandy. Ich muß auf mein Geld achten.«

»Gute Entscheidung. Uns geht's genauso.«

»Dir und Soozie?«

»Sicher. Wir müssen auch auf unser Geld achten, jetzt, wo das Baby unterwegs ist.«

»Vermutlich sollte ich dir jetzt gratulieren. Du mußt sehr glücklich sein.« Ich brannte darauf, zu erfahren, wo er seine Bräune herhatte, wenn er seine Pennies so gut zusammenhielt, riß mich aber am Riemen. Es gab Wichtigeres zu besprechen.

»Das Baby ist sogar einer der Gründe, warum ich bei dir vorbeigekommen bin«, sagte Sandy, geleitete mich ins Wohnzimmer und führte mich zu einem der Chintz-Sofas. Es war schön, Sandy wieder in Maplebark Manor zu haben und mich von ihm führen und leiten zu lassen. Vielleicht war er ja gar kein so übler Typ.

Er verschwand in der Küche und kam mit einem Glas gekühlten Wein zurück. Ich hielt es mir gegen den Hals und hoffte, es würde meinen Ausschlag etwas dämpfen. Dann nahm ich einen Schluck. Und noch einen.

»Du bist wegen des Babys vorbeigekommen?« fragte ich schließlich. »Ich dachte, du wärst gekommen, weil du von Melanies Tod erfahren hast – und davon, daß ich ihre Haushälterin war.«

»Also, ehrlich gesagt, das mit der Haushälterin war ein ziemlicher Schock, Allergy. Was hat dich denn dazu getrieben, eine Stellung als Dienstmädchen anzunehmen?«

»Was mich getrieben hat? Armut. Die Armut hat mich getrieben.«

»Aber es muß doch auch andere, weniger untergeordnete Stellungen gegeben haben.«

»Nein, gab es nicht.«

»Das tut mir leid, Kleines. Aber du weißt ja, was ich immer sage: ›Widrige Umstände stärken den Charakter.‹ Wenn ich mit widrigen Umständen konfrontiert bin und das Kind in mir verletzt wird, schließe ich einfach die Augen und stelle mir vor, wie all die winzigen Zellen in meinem Körper Gewichte heben und immer stärker werden.«

»Zellen beim Gewichtheben?« Ich mußte ein Lachen unterdrücken.

»Ich weiß, es klingt komisch, aber es wirkt. Ein paar Minuten jeden Tag, und dein Geist kann zu einer Festung werden. Stell dir jedesmal, wenn dich widrige Umstände bedrängen, vor, wie deine Zellen schwere Gewichte stemmen. Eins zwei. Eins zwei. Eins zwei.« Sandy begann zu schnaufen und zu keuchen, als wolle er das anstrengende Training demonstrieren, das er seinen Zellen abverlangte.

»Was deinen Besuch angeht ...«, fing ich an.

»Tja, ich saß heute nachmittag in meinem Büro, als mir meine Sekretärin mitteilte, daß Melanie Moloney tot sei und du in irgendeiner Form in die Sache verwickelt wärst. Hast du schon mit einem Anwalt gesprochen?«

»Nein. Es ging alles so schnell. Ich hatte keine Zeit. Außerdem kann ich mir keinen Anwalt leisten. Deshalb habe ich ja einen Job als Dienstmädchen angenommen.«

»Verstehe. Aber du solltest dir wirklich einen Rechtsbeistand suchen. Vor allem, wenn dieser Ermittlungsbeamte, den sie in den Nachrichten genannt haben, wirklich versucht, dir den Mord anzuhängen.«

»Corsini? Kennst du ihn?«

»Ich habe ihn ein paarmal gesehen. Meiner Meinung nach fehlt ihm jeder Bezug zu seinem inneren Selbst.«

»Sandy, was hat das alles mit deinem Baby zu tun?« fragte ich und trank mein Weinglas aus.

»Erinnerst du dich, daß ich vor ein paar Minuten das Kind in mir erwähnt habe?«

»Vage.«

»Soozie und ich sind der festen Überzeugung, daß alle Erwachsenen die Verletzungen aus ihrer Kindheit mit sich herumschleppen und daß diese Kindheitstraumen Narben hinterlassen. Natürlich können wir Erwachsenen dieser – wenn man so will – ›emotionalen Last‹ unmöglich ausweichen. Aber bei Babys ist das anders. Sie können ganz von vorn anfangen, auf einem unbeschriebenen Blatt. Sie kommen ohne jegliche emotionale Last zur Welt, ohne Verletzungen und Narben aus der Kindheit.«

»Es freut mich, daß Soozie und du eure Aufgabe als Eltern so ernst nehmt. Aber ich begreife nicht, was das damit zu tun haben soll –«

»Wie gesagt, Babys sollten die Gelegenheit bekommen, sich ohne Verletzungen und ohne Leid zu entfalten. Ja, und diese unselige Lage, in die du uns alle gebracht hast ...«

»Uns alle?«

»Ja. Soozie, das Baby und mich.«

Mein Ausschlag wurde schlagartig schlimmer. »Der Mord an Melanie hat nichts mit dir oder Soozie oder eurem Kind der Liebe zu tun.« Meine Stimme wurde ebenso schnell lauter, wie mein Blutdruck stieg.

»Das ist schön. Das freut mich. Und Soozie wird es auch freuen. Verstehst du, wir möchten nicht, daß unser Baby von dieser schmutzigen Geschichte in Mitleidenschaft gezogen oder durch das Gerede und Anspielungen im Ort verletzt wird.«

»Sandy, du bist hoffnungslos«, sagte ich und schälte mich aus dem Chintz-Sofa. »Du bist ein dummer, selbstsüchtiger Mann. Geh jetzt.«

»Du bist also mit unserem Wunsch einverstanden?«

»Welchem Wunsch?«

»Daß du von jetzt an deinen Mädchennamen verwendest? Daß du in den Medien, vor Gericht und wo auch immer von dir als Alison Waxman sprechen wirst? Daß du den Namen ›Koff‹ fallenläßt und meinem Baby die Chance gibst, das Kind in ihm wachsen zu lassen – ohne Leid, ohne Verletzungen, ohne daß in Restaurants Leute über es reden?«

»Wenn du dich und das Kind in dir nicht von hier entfernt hast, bevor ich bis zehn gezählt habe, rufe ich die Polizei und lasse euch beide festnehmen. *Dann* hätten die Leute in den Restaurants wirklich etwas zu reden, oder?«

11. Kapitel

Nachdem Sandy verschwunden war, ging ich nach oben, zog meine Mädchenuniform aus und schlüpfte in Bademantel und Hausschuhe. Dann tappte ich den Flur entlang in mein Arbeitszimmer, um nachzusehen, ob irgendwelche Nachrichten auf meinem Anrufbeantworter waren. Der arme Apparat war völlig überlastet. Da waren mehrere erregte Anrufe von meiner Mutter, ein paar weitere von Julia, einer von Bethany, in dem sie mir mitteilte, daß ich nie wieder für die Zeitung schreiben würde, einer von Janet Claiborne, in dem sie mich darauf vorbereitete, daß alle Welt plötzlich ganz begierig darauf sei, mein Haus zu besichtigen, seit ich von den Medien entdeckt worden war, und einer von Cullie, in dem er mir sagte, es täte ihm leid, daß er nicht zum Polizeirevier hatte kommen können, er werde mir aber in Zukunft gern beistehen. Dazu kamen noch Anrufe von Fernseh- und Radiosendern sowie von Zeitungen und Illustrierten. Es war sogar ein Anruf eines Filmproduzenten darunter, der die Rechte auf meine Geschichte kaufen wollte. Meine Geschichte? Ich hatte doch keine Geschichte … oder doch?

Da ich mich zu schwach fühlte, sämtliche Anrufe zu beantworten, nahm ich ein Bad. Der Ausschlag auf Bauch, Hals und Gesicht hatte sich danach bedeutend gebessert, aber vorsichtshalber trug ich noch etwas Zinksalbe auf. Jetzt sah ich aus wie eine Stoffpuppe mit rosa Tupfen, aber was machte das schon? Ich hatte nicht vor, in absehbarer Zeit aus dem Haus zu gehen, also würde mich auch niemand sehen.

Gegen halb acht überlegte ich, ob ich ein Fertiggericht von Lean Cuisine in die Mikrowelle schieben sollte, hatte aber nicht einmal dazu genug Energie. Statt dessen plazierte ich meine rosagetupfte Wenigkeit in einen der Ohrensessel, die rechts und links vom Kamin in meinem Schlafzimmer standen, und starrte an die Decke. Ich muß eine halbe Stunde dort gesessen haben, als es an der Tür klingelte. Da ich vermutete, es sei entweder Detective Corsini, meine Mutter oder einer der Reporter von den Klatschsendungen, die vor meinem Haus kampierten, blieb ich, wo ich war, und ignorierte das Klingeln. Wer auch immer an der Tür stand, würde es irgendwann kapieren und wieder gehen, dachte ich.

Falsch gedacht. Ich ließ es klingeln und klingeln und klingeln, bis ich dermaßen genervt war, daß ich nach unten ging, um diesen Quälgeist anzubrüllen.

»Das Essen ist fertig«, sagte der Quälgeist, als ich die Tür öffnete.

»Cullie!« Ich war beglückt und verlegen zugleich. Beglückt, diesen Mann zu sehen, den ich so anziehend fand, und verlegen, weil ich von einem mit rosa Zinksalbe verzierten Ausschlag gesprenkelt war. »Was machst du denn hier?« fragte ich und zog den Bademantel enger um mich. »Und wie bist du an diesen Haien da draußen vorbeigekommen?«

»Leicht war es nicht«, lachte er. »Aber ich bin Seemann, vergiß das nicht. Ich bin es gewohnt, durch haiverseuchte Gewässer zu navigieren. Ich bin sofort gekommen, nachdem ich von dem ganzen schrecklichen Theater gehört habe.«

»Aber du hättest zuerst anrufen sollen. Ich meine, schau mich bloß an.«

»Du siehst wunderbar aus.«

»Und wie.«

»Wirklich. Darf ich jetzt reinkommen? Das Zeug wird langsam kalt.«

»Was hast du denn da?«

»Abendessen. Ich dachte, du könntest vielleicht Appetit auf eine Kleinigkeit zu essen und ein bißchen Freundschaft haben. Die vergangenen Stunden waren ja wohl kein Honigschlecken für dich, Sonny, nach dem zu urteilen, was ich im Radio gehört habe.«

»Nein, weiß Gott kein Honigschlecken«, sagte ich leise. Ich war von Cullies sichtlicher Anteilnahme so gerührt, daß ich ihm die Arme um den Hals schlang und ihn küßte, Zinksalbe hin oder her. Es schien ihn nicht zu stören. »Du bist wirklich etwas Besonderes. Das werde ich dir nie vergessen, Cullie. Ehrlich.«

»Überhaupt keine Ursache. Und jetzt bring mich in deine Küche, Weib. Ich bin am Verhungern.«

Cullie folgte mir in die Küche und stellte einen großen Topf auf den Herd. »Es dauert nur einen Moment, das wieder aufzuwärmen«, sagte er und zog seine Skijacke aus.

Er trug einen dunkelgrünen Pullover, darunter einen weißen Rolli und seine gewohnten Blue Jeans und Wanderstiefel. Wangen und Nase waren vom langen Warten in der kalten Februarnachtluft gerötet.

Ich könnte diesen Mann lieben, dachte ich mit einem Mal und spürte, wie meine eigenen Wangen rot anliefen. Die letzten Wochen hatten eine Flut neuer Gefühle hervorgerufen, Gefühle, die ich nie zuvor so intensiv erlebt hatte, Gefühle von Angst, Verlust und Wut. Aber Liebe? Das war ein bißchen voreilig, oder nicht? Als ich Cullie zum ersten Mal sah, hatte ich auf der Stelle Abneigung gegen ihn empfunden. Wie hatte sich diese Abneigung in Liebe verwandeln können? Die Vorstellung war mir äußerst unangenehm, und ich hatte keine Ahnung, was ich davon halten sollte, war aber entschlossen, nicht davonzulaufen.

»Riecht gut. Was ist das?« fragte ich und schlang die Arme um Cullies schmale Hüften, während er in dem Topf auf dem Herd rührte.

»Die Jagdbeute des Tages: Hühnchen Cacciatore. Kapiert?«

»Sehr witzig.«

»Was ist denn los? Glaubst du, du bist die einzige, die Witze machen kann?« Cullie küßte mich auf die Nasenspitze.

»Wann in aller Welt hattest du denn Zeit, Hühnchen Cacciatore zu kochen? Du warst den ganzen Nachmittag nicht zu Hause.«

»Ich habe es nicht gekocht. Ich habe es gekauft.«

»Wo?«

»Bei Arnie's All Clammed Up. Du weißt schon, im Jachthafen.«

Mir schnürte es die Kehle zu. Das Essen dort war das reine Gift – so sagte zumindest jeder. Trotzdem duftete das Hühnchen gut, und es war reizend von Cullie, sich die Mühe zu machen, es zu besorgen, in einen seiner Töpfe zu füllen und herüberzubringen. Ich konnte es wenigstens probieren.

»Auf Maplebark Manor und seine entzückende Herrin«, prostete Cullie mir zu, als wir am selben Massivholztisch saßen, an dem Sandy und ich vor sechs Monaten chinesisches Essen zum Mitnehmen gegessen und anschließend unsere Ehe beendet hatten.

Da er spürte, daß ich mich unbedingt entspannen mußte, versuchte Cullie nicht, mir Informationen über den Mord an Melanie zu entlocken, und verwickelte mich auch nicht in belangloses Geplauder. Wir aßen schweigend, murmelten lediglich hin und wieder »Dieses Hühnchen ist *wunderbar*« oder erzählten uns, wie schön es war, zusammenzusein. Als ich fertig gegessen hatte, begann er zu sprechen.

»Möchtest du mir erzählen, was passiert ist?« fragte er sanft, griff dann nach meiner Hand und drückte sie.

Ich berichtete ihm soviel von der Geschichte über den Mord an Melanie, wie ich verkraftete, und gestand ihm meine Angst hinsichtlich der polizeilichen Ermittlungen. »Ich glaube, ich stehe unter Verdacht«, gab ich zu. »Detective Corsini scheint sich brennend für die Tatsache zu interessieren, daß ich für Dienstag nacht kein Alibi habe, weil ich, nachdem du mich um elf vom Hafen zurückgebracht hast, den Rest der Nacht allein zu Hause war und keine Möglichkeit habe, das zu beweisen. Aber sowie ich mich stärker fühle, werde ich dagegen ankämpfen.«

»Wie denn?«

»Das weiß ich noch nicht genau. Ich weiß nur, daß ich es tun werde.« Ich mußte grinsen, als ich an das Alistair-Downs-Manuskript dachte, das unter den Sitzen meines Porsche versteckt lag. In der ganzen Aufregung hatte ich völlig vergessen, die Schachteln aus der Garage hereinzubringen. Ach, egal. Die sind morgen früh auch noch da, dachte ich.

Um zehn Uhr wurden mir die Lider schwer. Ich versuchte, ein Gähnen zu unterdrücken, aber Cullie ertappte mich.

»Ab ins Bett mir dir«, befahl er. »Ich werde abspülen und mich aus dem Haus schleichen, und du wirst keinen Mucks hören.«

»Oh, bitte nicht«, sagte ich und berührte ihn am Arm.

»Nicht spülen oder nicht gehen?«

»Weder spülen *noch* gehen. Ich spüle morgen früh ab. Irgend etwas zum Saubermachen brauche ich einfach, wo ich jetzt meinen Job als Dienstmädchen nicht mehr habe. Und was das Gehen angeht, wünschte ich wirklich, du würdest dableiben.«

»Dann gehe ich nicht«, sagte Cullie und umarmte mich. »Wo geht's denn zum Schlafzimmer? Ich habe noch nie in einem so großen Haus geschlafen, ich könnte mich ja verlaufen!«

»Du verläufst dich nicht«, sagte ich, schlang meinen Arm unter seinen und geleitete ihn die Vordertreppe von Maplebark Manor hinauf.

Als wir ins Schlafzimmer kamen, nahm mich Cullie bei der Hand und führte mich zum Bett.

»Ich bin so müde«, sagte ich und stützte meinen Kopf an seine Schulter.

Cullie hob mich hoch und legte mich sachte aufs Bett. »Unter die Decke, Weib«, wies er mich an.

Ich gehorchte gerne, zog das Federbett über mich und drehte mich mit bis zum Bauch angezogenen Beinen auf die Seite wie im Mutterleib. »Was ist mit dir? Kommst du nicht ins Bett?« fragte ich schläfrig.

»Sofort«, flüsterte er.

Ich hörte, wie er sich auszog und seine Kleidung auf das Bänkchen am Fuß des Betts legte. Dann merkte ich, wie er unter die Decke kroch und sich neben mir zusammenrollte. »Mmmm«, murmelte ich, als er mich von hinten umfing. »Erzähl mir eine

Gutenachtgeschichte, ja, Cullie? Erzähl mit alles über die *Marlowe,* alles über Segeltörns und ferne Orte und Entenarten. Erzähl mir alles über …«

In Windeseile war ich eingeschlafen, geborgen in Cullies starken Seemannsarmen, gewärmt von seinem leichten, süßen Atem auf meiner Wange …

Am nächsten Morgen war es Cullie, der im Tiefschlaf unter der Decke lag, während ich unten in der Küche das Geschirr vom Abendessen spülte. Ich war gerade fertig, als er ins Zimmer kam, mich von hinten packte und küßte.

»Wie hast du geschlafen?« fragte er.

»Ziemlich gut, in Anbetracht der Umstände. Und du?«

»Einfach bestens. Du warst ja neben mir, oder nicht?«

Dieser Mann war einfach zu gut, um wahr zu sein, und das beunruhigte mich. Meine Mutter, die ewige Unheilsverkünderin in puncto Männer, sagte immer, wenn ein Mann zu gut scheint, um wahr zu sein, dann ist er es wahrscheinlich auch. »Wie wär's jetzt mit Kaffee?«

»Wunderbar.«

Ich schenkte uns beiden eine Tasse ein und schlug vor, uns zu setzen.

»Geht nicht«, sagte Cullie, trank einen Schluck Kaffee und sah auf seine Uhr. »Muß ein Haus ablichten.«

»So früh?« Ich war enttäuscht.

»Ja. Das Haus liegt nach Norden, und deshalb ist das Licht nur am Morgen gut. Wie wär's, wenn wir uns später träfen? Ich könnte wiederkommen, wenn du möchtest.«

»O ja, das möchte ich«, sagte ich. »Aber ich gehe zur Zeitung hinüber, um mit Bethany Downs zu sprechen. Ich will ihr erklären, warum ich den Job bei Melanie angenommen habe.«

»Wie steht's dann mit Abendessen? Wir könnten zusammen aufgewärmtes Hühnchen Cacciatore essen.«

»Danke, aber ich muß mit meiner Mutter zu Abend essen. Ich bin es ihr wirklich schuldig, zu erzählen, was passiert ist. Sie muß wegen dieser ganzen Geschichte ganz schön durcheinander sein.« Mich schauderte, wenn ich daran dachte, wie ihre Canasta-Freundinnen im Club sie behandeln würden, seit sie nun wußten, daß ihre Tochter ein Dienstmädchen war.

»Möchtest du, daß ich mitkomme?«

»Was für ein ritterliches Angebot. Aber nein, ich rede lieber allein mit ihr. Sie ist … na ja, sagen wir, es ist nicht ganz leicht, mit ihr warm zu werden.« Und ich hatte es schließlich jahrelang versucht.

»Fühlst du dich denn wohl? Ich meine, kann ich dich allein lassen?«

»Warum bist du so nett zu mir?« fragte ich Cullie. »Ich habe mich unmöglich aufgeführt, als wir uns kennengelernt haben.«

»Du bist mir doch bloß mit dem alten Cha-Cha-Cha gekommen«, kicherte er.

Cullie stellte seinen Kaffeebecher auf den Tresen und nahm mich in die Arme. Er senkte den Kopf und küßte mich langsam, innig und sehnsüchtig auf den Mund. Als wir uns nach mehreren Sekunden voneinander lösten, holte ich Luft und atmete seinen moschusartigen Morgenduft ein.

»Ich rufe dich später an«, flüsterte er und drückte mir einen Kuß auf die Nasenspitze.

»Tu das bitte«, flüsterte ich zurück.

Um zwei Uhr holte ich den Wagen aus der Garage und fuhr die Einfahrt entlang. Ich fragte mich, ob die Mediengeier immer noch auf der Lauer lagen. Und da waren sie, mitsamt ihren Videokameras, Kassettenrecordern und sonstigem branchenüblichem Handwerkszeug. Entschlossen, mich von der Tatsache, daß sie sich unrechtmäßig auf meinem Grundstück aufhielten, nicht aus der Ruhe bringen zu lassen, winkte ich ihnen kurz mit dem Finger, als sie auf mein Auto zurannten. Dann drückte ich das Gaspedal durch und rauschte an ihnen vorbei. Rezession hin oder her – ein Porsche ist schon ein feines Gefährt.

Während ich zur Zeitung hinüberfuhr, um Bethany zu suchen,

warf ich einen Blick in den Rückspiegel und bemerkte, daß ich verfolgt wurde. Der Fahrer des Autos hinter mir sah Detective Joseph Corsini vom Laytoner Polizeirevier verdächtig ähnlich. Entweder hielt er Ausschau nach Berühmtheiten, oder er wollte sicherstellen, daß ich nicht versuchte, mich aus dem Staub zu machen.

Ich betrat das Gebäude der *Layton Community Times* und ging geradewegs zu Bethanys Büro. Sie war nicht da. Ich zog Mantel und Handschuhe aus, setzte mich auf ihr Sofa und schaute mir das aufdringliche Ölgemälde über ihrem Schreibtisch an. Es zeigte – raten Sie mal, wen? – Daddy Alistair und seine heißgeliebte einzige Tochter, wie sie in aller Farbenpracht auf Alistairs Jacht, der *Aristocrat,* segelten. Sie sahen um Jahre jünger aus und wirkten so erfüllt von sich selbst, daß es mir beinahe den Magen umdrehte. Er trug ein marineblaues Lacoste-Hemd, eine weiße Hose, Segelschuhe und eine weiße Kapitänsmütze. Sie trug einen rot-weiß gestreiften Pullover mit U-Boot-Ausschnitt, winzige, weiße Minishorts, die gleichen Segelschuhe und eine rote Sonnenblende vom America's Cup. Sie standen im Cockpit der *Aristocrat,* eine Hand um die Taille des anderen gelegt, die andere Hand am lackierten Teak-Steuerrad des Boots. Beide waren braungebrannt. Beide lächelten. Sie hatten die weißesten Zähne seit Lena Horne. Sie sahen aus wie Flitterwöchner auf einer Lustreise, die alles um sich herum vergessen hatten außer ihrem Amüsement. Abartig, dachte ich mir. Schlicht und einfach abartig.

»Was machst du denn hier?« kreischte eine Stimme.

Es war Bethany, Alistairs erster Offizier. Sie kaute an einem gefüllten Donut herum und verstreute Puderzucker auf dem ganzen Fußboden. »Ich wollte mit dir über die Nachricht reden, die du gestern auf meinem Anrufbeantworter hinterlassen hast«, sagte ich.

»Was gibt's da noch zu reden? Du hast meinen Vater verraten«, sagte Bethany, und ihre blauen Augen loderten.

»Aber das habe ich nicht, Bethany. Ehrlich nicht. Du weißt doch, daß mich mein Mann verlassen hat. Ich *mußte* einen Weg finden, um mir Geld zu verdienen. Die Börse ist zusammengebrochen.

Das ganze Land steckt in der Rezession. Als ich Melanie Moloneys Anzeige in der Zeitung gesehen habe –«

»Wage es nicht, den Namen dieser Frau in meinem Büro zu erwähnen«, fauchte Bethany. »Sie hat versucht, meinen Vater zu ruinieren. Jetzt ist sie tot, und ich bin froh darüber.«

»Aber *ich* habe nicht versucht, deinen Vater zu ruinieren. Ich habe lediglich versucht, mich vor dem Bankrott zu retten. Kannst du mir das allen Ernstes zum Vorwurf machen?«

»Es gab auch andere Jobs. Du mußtest nicht ausgerechnet für diese Frau arbeiten. Was hast du ihr über meinen Vater erzählt? Hast du sie mit ein bißchen pikantem Klatsch versorgt? Ja, Alison? Hast du das getan?«

»Bethany, versuche dich zu beruhigen.« Sie war völlig überdreht. Das lag wohl an dem ganzen Zucker. »Gehen wir doch in die Teeküche und trinken eine Tasse Kaffee. Oder vielleicht wäre Kräutertee besser.«

»Ich gehe mit dir weder in die Teeküche noch sonstwohin. Nicht, bevor du mir sagst, was du Melanie Moloney über Daddy erzählt hast.«

»Melanie und ich haben kein einziges Mal über deinen Vater gesprochen, Bethany. Ehrlich. Sie hat mir nicht einmal erlaubt, das Manuskript zu sehen.«

»Das glaube ich dir nicht. Wie konntest du ihr Haus saubermachen, ohne das Manuskript zu Gesicht zu bekommen?«

»Glaub's mir. Ich war viel zu sehr mit Fensterputzen beschäftigt.«

»Gut, ich treffe ein Abkommen mit dir, Alison. Ich gäbe alles dafür, dieses Manuskript in die Finger zu bekommen oder wenigstens zu erfahren, was darin steht. Du hast in diesem Haus gearbeitet. Du weißt, wo diese Frau ihre Sachen aufbewahrt hat. Du kennst diesen Todd Bennett, den Typ, der mit ihr zusammengearbeitet hat. Hilf mir, Daddy zu schützen. Er ist fünfundsiebzig, und er hat es nicht verdient, daß irgendwelche Leute jede Einzelheit aus seinem Leben unter die Lupe nehmen. Wenn das Buch erst einmal veröffentlicht worden ist, kann ich nichts mehr tun, um es aufzuhalten. Aber wenn du mir jetzt hilfst, wenn du mir hilfst, an dieses Manuskript heranzukommen, dann kannst du wieder bei der Zeitung arbeiten. Und ich zahle dir für jeden Artikel das Doppelte.«

Was sollte ich jetzt tun? Wenn ich Bethany das Manuskript gab, bekäme ich meinen Job zurück. Aber wenn ich das Manuskript unter Verschluß hielt, könnte ich herausfinden, wer Melanie umgebracht hatte, und die Bullen abschütteln. Wie bin ich nur in diesen Schlamassel geraten, fragte ich mich. Und wie bin ich in den Schlamassel der ganzen anderen Leute geraten?

»Ich kann dir nicht helfen, Bethany«, sagte ich und sammelte meinen Mantel und die Handschuhe von ihrem Sofa auf.

»Dann haben wir uns nichts mehr zu sagen«, fauchte sie, drehte sich auf dem Absatz um und stürmte aus dem Büro, vermutlich in Richtung Teeküche, um sich noch ein Marmelade-Donut zu holen.

Ich warf einen letzten Blick auf das Vater-Tochter-Ölgemälde über Bethanys Schreibtisch und seufzte. Wo war *mein* Daddy, wenn ich ihn brauchte? Wo war Seymour Waxman, der sanfte, unverbildete Mann, der Sleep Rite, sein erfolgreiches Matratzengeschäft, aufgebaut hatte, ohne zu lügen, zu betrügen oder andere zu überfahren? Wo war der Mann, der es sich nicht hatte leisten können, ein College zu besuchen, sich aber ein Bein ausriß, damit ich aufs College gehen konnte? Wo war der Mann, der sich mit den Extravaganzen meiner Mutter abfand, weil er wußte, daß sie sie glücklich machten? Tot, aber unvergessen. Niemals vergessen. Ich mußte lachen, als ich mir ein Ölgemälde von meinem Vater und mir vorstellte. Da wären wir – Sy, »der Matratzenkönig«, der Junge aus Queens, der sich hochgearbeitet hatte, und Alison Waxman Koff, die Prinzessin, die zum Dienstmädchen geworden war. Aber statt nebeneinander auf einer Luxusjacht zu stehen, würden wir vor einer extra harten Simmons Beauty Rest postieren, die senkrecht gegen die Wand eines Lagerhauses gelehnt stünde und über der ein großes Schild mit dem Slogan der Firma hinge: »Sleep Rite. Sleep Tight.« Ich hatte plötzlich einen Kloß im Hals, als mir klar wurde, daß ich trotz Senator Alistair Downs' Einfluß und Prestige jederzeit Sy »den Matratzenkönig« Waxman als Vater vorziehen würde.

Es schneite, als ich um sechs Uhr in der Pink Cloud Lane 89 ankam, wo meine Mutter, verwitwete Waxman, seit fünfzehn Jahren lebte. Das Haus im Tudor-Stil mit seinen fünf Schlafzimmern stand auf achttausend Quadratmetern untadelig gepflegtem Laytoner Grund im sogenannten »jüdischen Viertel«, das vermutlich deshalb so hieß, weil es die einzige Synagoge der Stadt sowie das einzige Feinkostgeschäft mit koscheren Waren vorweisen konnte.

Ich zog meinen schwarzen Wollmantel enger um mich, wobei mir mein Nerz ganz schrecklich fehlte, ging rasch auf die Haustür zu und klingelte. Das Dienstmädchen meiner Mutter, eine Jamaicanerin namens Nora Small, die alles andere als klein war, machte mir auf.

»Mrs. Waxman schaut sich gerade ihre Serie an«, sagte Nora, als sie mich ins Wohnzimmer führte, wo meine Mutter hingegossen auf dem Sofa saß und eine auf Video aufgezeichnete Episode von »As the World Turns« anschaute. Meine Mutter nahm ihre Lieblingsserie oft auf, wenn ein Canastaspiel im Club oder ein Termin im Schönheitssalon bei Monsieur Mark mit dem nachmittäglichen Sendetermin der Serie kollidierten.

»Hi, Mom«, sagte ich und begann zu husten. Wie üblich rauchte meine Mutter eine Zigarette nach der anderen, und im Wohnzimmer hing der Rauch so dick in der Luft, daß ich kaum etwas sehen, geschweige denn atmen konnte. Doch trotz des Dunstes im Zimmer erkannte ich, daß sie untadelig gekleidet war mit ihrem Albert-Nippon-Kleid aus schwarzem Wollstoff und den schwarzen Ferragamo-Pumps – der Prototyp der hageren Vorstadtwitwe. Ihren langen, dünnen Hals schmückte eine goldene Halskette, passend zu dem Armband, das sie am linken Handgelenk trug. Am linken Ringfinger trug sie immer noch den Ehering mit dem Brillanten, den ihr mein Vater geschenkt hatte. Ihre Nägel waren frisch manikürt und mit Nagellack im Farbton Pfirsich Melba versehen. Die Lippen hatte sie mit dem entsprechenden Lippenstift nachgezogen. Ihr ergrauendes, nackenlanges, aschblondes Haar, das Monsieur Mark alle vier Wochen auffrischte, war im gewohnten Pagenschnitt frisiert und von der üblichen Schicht Haarspray in Form gehalten – einer Schicht, die die Frisur so starr machte, daß nicht einmal stärkste Windböen sie durcheinanderbringen konnten. Sie hat sich verkleidet, dachte ich. Das ist ihr Ich-mag-ja-alt-werden-aber-zumindest-habe-ich-Geld-Kostüm. Na gut, seufzte ich. Wir haben alle unsere Verkleidungen.

»Nur eine Minute, Alison«, hieß sie mich schweigen. »Jetzt wird gleich erklärt, warum sie ihr Gedächtnis verloren hat und sich an nichts erinnern kann, was ihr Mann sie fragt.«

Mein Mann hatte sein ganzes Geld verloren und mich wegen seiner ersten Frau verlassen, die er anschließend schwängerte. Dann wurde meine Arbeitgeberin ermordet und ich der Tat verdächtigt. Darüber hinaus wurde mein Doppelleben als Dienstmädchen im Fernsehen vorgeführt, ebenso wie der traurige Zustand meiner Finanzen. Kam mir ganz wie eine Seifenoper vor. Aber offensichtlich war meine Geschichte aus dem wirklichen Leben nicht aufregend genug, um meine Mutter von »As the World Turns« loszueisen.

Ich setzte mich neben sie aufs Sofa und wartete – stets die gute Tochter – bis zum Abspann. Schließlich drehte sich meine Mutter um und sah mich an.

»Du siehst mager aus, Alison«, sagte sie und zog an ihrer Winston.

»Ich bin mager, Mutter. Ich bin schon immer mager gewesen.«

»Nein, das kommt von dieser Dienstmädchengeschichte. Ich hätte beinahe einen Herzinfarkt bekommen, als ich es gehört habe. Ist es zu fassen? Eine Mutter muß erfahren, daß ihre Tochter Toiletten putzt? Dein Vater wäre gestorben.«

»Er ist ja auch gestorben.«

»Werd nicht frech.«

»Es tut mir leid, daß du es aus dem Radio erfahren mußtest und nicht von mir.«

»Wer sagt denn, daß ich es im Radio gehört habe? Ich habe es von Edith Eisner im Club erfahren. Ausgerechnet Edith Eisner. Als ob ihre Tochter etwas Besonderes wäre. Eine Stewardeß, mein Gott. Eine Bedienung mit Flügeln. Etwas anderes sind diese Mädchen doch nicht.«

»Ja gut, tut mir leid, daß du es von Edith Eisner erfahren mußtest, aber ich habe die Stellung als Dienstmädchen angenommen, weil ich das Geld gebraucht habe. Kannst du die Angst nicht verstehen, sein Haus zu verlieren und kein Zuhause mehr zu haben, wo man hingehen kann?«

»Wohin man gehen kann.«

»Stimmt.«

»Warum hast du mich nicht um Hilfe gebeten, Alison? Ich habe ein wenig Geld beiseite gelegt. Es ist natürlich nicht besonders viel, und in meinem Alter muß ich aufpasssen, daß ich mich nicht übernehme.«

»Deshalb habe ich dich ja nicht um Hilfe gebeten.« Deshalb und weil ich mich von dir befreien und mich zum ersten Mal in meinem Leben unabhängig fühlen wollte.

»Oh, na so was. Es ist schon nach sechs«, sagte meine Mutter nach einem Blick auf die Uhr. »Ich habe für halb sieben reserviert.«

»Wir gehen zum Essen aus? Ich hätte gedacht, du würdest das Ganze lieber im privaten Rahmen besprechen.«

»Wir werden im privaten Rahmen essen – nämlich im Club. Heute ist Maine-Hummer-Abend, und den habe ich seit dreißig Jahren nicht versäumt.«

Wir fuhren in meinem Wagen zum Grassy Glen Club hinüber – eine quälende zehnminütige Fahrt, während der mir meine Mutter vorwarf, das Andenken meines Vaters zu entehren. Zum einen, indem ich eine Stellung als Haushaltshilfe angenommen hatte, nachdem er so hart in seinem Matratzengeschäft gearbeitet hatte, damit ich mir selbst Haushaltshilfen leisten konnte. Vor allem aber warf sie mir vor, daß ich für eine Person wie Melanie Moloney arbeitete, die für meine Mutter »Pöbel« war. Offensichtlich hatte meine

Mutter eine unumstößliche Meinung über Melanie, ebenso wie über Alistair Downs, was mir völlig neu war. »Eine Frau, die sich ganz bewußt vornimmt, das Leben eines wichtigen Mannes wie Alistair Downs zu zerstören, hat jedes Unheil verdient, das über sie kommt«, sagte sie.

Vor dem efeubewachsenen Clubhaus aus Backstein, das früher einmal ein Kloster und danach eine Klinik für reiche Drogenabhängige gewesen war, kam der Parkwächter an die Seite meiner Mutter herübergeeilt, öffnete ihr die Wagentür und sagte: »Guten Abend, Mrs. Waxman. Wie geht es Ihnen heute abend?«

Wir betraten den riesigen Speisesaal mit seinen schweren Seidenvorhängen und Lüstern, und schon tänzelte ein dunkelhaariger Mann im Smoking, aalglatt wie ein Talk-Show-Moderator, zu uns herüber und küßte meiner Mutter die Hand, die sie für seine Demutsgeste tatsächlich bereits ausgestreckt hielt. »Entzückt, Sie wiederzusehen, Mrs. Waxman«, flötete er. »Sie sehen heute abend hinreißend aus.«

»Sie sehen auch gut aus, Marvin«, erwiderte meine Mutter ohne ein Lächeln und kniff die Augen zusammen, während sie den Raum nach Bekannten absuchte.

»Und Sie haben Ihre reizende Tochter mitgebracht«, sagte Marvin.

»Ja, Marvin«, strahlte meine Mutter. Meine Mutter strahlt selten.

»Bitte hier entlang, die Damen«, sagte Marvin und führte uns zu einem Tisch, der direkt an einem großen Panoramafenster stand, von dem aus man, wenn es nicht gerade dunkel war, einen Blick auf den von Jack Nicklaus entworfenen Golfplatz mit seinen achtzehn Löchern und der Übungsfläche werfen konnte.

Als wir quer durch den Speisesaal gingen, der eher die Größe eines Ballsaals hatte, war ich sehr erstaunt, so viele freie Tische zu sehen. Der Club war alles andere als ausgebucht. »Wo sind denn die ganzen Leute?« fragte ich meine Mutter. »Ich dachte, der Maine-Hummer-Abend wäre hier die heißeste Veranstaltung der Woche.«

»Das kommt von dieser Rezession«, zischte sie. »Einige der Mit-

glieder konnten den Jahresbeitrag von 7500 Dollar nicht mehr aufbringen und mußten ausscheiden. Kannst du dir das vorstellen?«
O ja, das konnte ich allerdings.

Marvin plazierte uns an unserem Tisch und legte uns weiße Leinenservietten auf den Schoß. »Wünschen Sie Ihren gewohnten Cocktail, Mrs. Waxman? Dubonnet Rouge über einem Eiswürfel und ein Stückchen Zitronenschale?«

»Das wäre wunderbar, Marvin«, antwortete meine Mutter und zündete sich eine Winston an.

»Und wie steht's mit Ihrer reizenden Tochter? Auch einen Cocktail?« fragte Marvin und sah mich an.

»Ich nehme ein Glas Weißwein«, sagte ich. Dann fiel mir plötzlich meine erstes Essen mit Cullie auf der *Marlowe* wieder ein, und ich mußte lächeln. »Wenn ich's mir genau überlege, Marvin, hätte ich gern einen Mount Gay Rum mit Tonic.«

»Einen was?« fragte meine Mutter verblüfft.

Auch Marvin sah verblüfft drein, nahm aber die Bestellung auf, verbeugte sich tief und ging.

Ich möchte zu gern erleben, daß Cullie einmal dieses Lokal hier sieht, dachte ich mit einem Kichern. Wenn sich die Lage beruhigt hatte und wir uns besser kannten, würde ich ihn vielleicht meiner Mutter vorstellen. Vielleicht aber auch nicht.

»Nun erzähl mir doch von den Ermittlungen in diesem Mordfall«, forderte mich meine Mutter auf, wobei ihr Blick nicht auf mich, sondern auf die anderen Essensgäste gerichtet war, von denen ihr manche zuwinkten und Küßchen herübersandten.

Ich berichtete, wie es dazu gekommen war, daß ich die Stellung bei Melanie annahm, wie ich ihre Leiche im Arbeitszimmer entdeckt hatte und daß ich kein Alibi für die Mordnacht hatte. Zuerst schien meine Mutter, genau wie Bethany Downs, speziell daran interessiert zu sein, ob ich einen Blick auf das Alistair-Downs-Manuskript hatte werfen können, während ich in Melanies Haus arbeitete. Als ich ihr schließlich erklärte, daß ich keine Ahnung hatte, was in dem Buch stand, wollte sie wissen, wo ich in der Mordnacht gewesen war und warum ich kein Alibi hatte.

»Ich war mit einem Mann aus«, sagte ich. »Er brachte mich gegen elf Uhr nach Hause und ging. Den Rest der Nacht habe ich allein in Maplebark Manor verbracht.«

»Was ist das für ein Mann?« wollte sie wissen.

»Er heißt Cullie Harrington, Mom. Er ist Fotograf.« Ich wußte, was jetzt kommen würde, und wappnete mich.

»Was ist denn Harrington für ein Name? Jedenfalls kein jüdischer, das kann ich dir sagen.«

»Er ist auch kein Jude, Mom. Er gehört der Episkopalkirche an.«

Meine Mutter wurde bleich, fiel aber nicht in Ohnmacht. »Und womit verdient er sein Geld? Er ist Fotograf, sagst du?«

»Mhm. Er hat die Fotos für den Prospekt über Maplebark Manor gemacht. So haben wir uns kennengelernt.«

»Dann war es also ein Geschäftsessen? Ihr habt über den Verkauf des Hauses gesprochen?«

»Nein, das Haus kam gar nicht zur Sprache. Es war eine private Verabredung. Cullie und ich ... gehen miteinander.«

»Was? Fotografen haben kein Geld. Was ist nur in dich gefahren, Alison?«

Gerade im letzten Moment, kurz bevor ich gezwungen gewesen wäre, meiner Mutter zu erklären, daß ich mich verändert hatte und kein Geld mehr brauchte, um glücklich zu sein, daß Cullie lieb und wunderbar und begabt war, kam Marvin mit unseren Drinks. Ich rührte meinen um. Meine Mutter nahm einen tiefen Schluck von ihrem – so tief, daß sie versehentlich das Stück Zitronenschale verschluckte, das zwischen dem Eiswürfel und dem Dubonnet klemmte, und heftig zu husten begann. Im Nu hatte sich die Zitronenschale in ihrer Luftröhre verhakt, und sie war am Ersticken. »Hilfe! Hilfe!« keuchte sie, und ihr Gesicht lief in einem seltsamen Blauton an.

Ich gebe es zu. Für den Bruchteil einer Sekunde war ich zu gelähmt, um ihr zu Hilfe zu kommen. Ich versuchte, an einen Witz zu denken. Rasch! Ein Witz! Ein Witz! befahl ich mir selbst, während meine arme Mutter zusammengekrümmt am Tisch saß und nach Luft schnappte. Zu ihrem Glück meldete sich mein Tochterinstinkt zur Stelle, und ich sprang von meinem Platz auf, schlang die Arme um sie und schlug ihr mit der Faust auf die Brust. Einmal, zweimal, dreimal.

Zur großen Erleichterung aller Beteiligten schoß die bedrohliche Zitronenschale schließlich aus ihrem Mund und landete neben den massivsilbernen Salz- und Pfefferstreuern auf dem Tisch.

»Ist alles in Ordnung, Mom?« fragte ich. »Sollen wir keinen Arzt rufen?« Ich sah mich im Raum um, da ich dachte, es könnte ein Arzt unter den Gästen sein.

Erstaunlicherweise schien es keinen der anderen Anwesenden auch nur im geringsten zu berühren, daß meine Mutter quasi mit dem Tod gerungen hatte. Sie saßen bloß da und stopften sich voll wie in einer Szene aus *Tom Jones.* Die Oberkörper mit weißen Hummerlätzchen aus Plastik bedeckt, zerlegten sie flink ihre Zwei-Kilo-Schalentiere, während ihre Münder das Fleisch aus den Scheren saugten und ihnen die zerlassene Butter vom Kinn tropfte. Sie waren so mit ihrem Essen und sich selbst beschäftigt, daß sie es nicht einmal gemerkt hätten, wenn ein Raumschiff mitten im Saal gelandet wäre. Maine-Hummer-Abend war Maine-Hummer-Abend, und daneben gab es nichts.

»Bist du sicher, daß dir nichts fehlt?« fragte ich meine Mutter noch einmal. »Möchtest du etwas Wasser? Möchtest du nach Hause? Wir könnten Marvin bitten, den Parkwächter den Wagen vorfahren zu lassen.«

»Auf keinen Fall«, sagte meine Mutter barsch und klang wieder ganz wie die alte. »Ich gehe überhaupt nirgends hin. Wir haben unseren Hummer noch nicht gegessen. Ich habe gutes Geld für diese Hummer bezahlt, und so werden wir wohl bleiben und sie verspeisen müssen.«

»Ich finde, du solltest jetzt keinen Hummer essen. Du wärst beinahe erstickt. An einer Zitrone.«

»Die Zitrone hatte nichts damit zu tun. Als du mir gesagt hast, daß du mit einem nichtjüdischen Fotografen gehst, wäre ich beinahe gestorben.«

»Ja, Mutter, genau.«

Ich schlug vor, nicht mehr weiter über mein Liebesleben zu reden und zu weniger heiklen Themen überzugehen; ob es zum Beispiel am Wochenende schneien würde und ob »As the World Turns« einen weiteren Schauspieler an die Hauptsendezeit verlieren würde. Als Marvin unser Essen brachte und uns unsere Plastiklätzchen umlegte, auf denen der Spruch »GRASSY GLENN COUNTRY CLUB – DIE NUMMER EINS DES AUSERWÄHLTEN VOLKES« stand, war sie glücklich wie die Made im Speck – oder sollte ich sagen wie der Hummer in Butter?

»Sehr lecker und zart«, erklärte meine Mutter, nachdem sie eine große Gabel voll Hummer-Schwanzfleisch aufgespießt, es in Butter getunkt und sich in den Mund geschoben hatte.

»Ja, sehr lecker und zart«, stimmte ich zu.

Daß der Hummer lecker war, war in etwa alles, auf das wir uns einigen konnten. Im Hinblick darauf, was wir vom Leben erwarteten und wie wir es erreichen wollten, waren wir meilenweit voneinander entfernt. Diese Erkenntnis machte mich traurig, erschreckte mich aber nicht. Nicht mehr. Nicht nach dem, was ich durchgemacht hatte. Ich brauchte die Zustimmung meiner Mutter nicht mehr. Ich brauchte auch die Zustimmung eines Mannes nicht mehr. Die einzige Zustimmung von irgend jemand, die ich brauchte, war meine eigene, und ich tat mein Bestes, um sie zu bekommen.

12. Kapitel

Für Freitag hatte ich geplant, das Alistair-Downs-Manuskript aus meinem Porsche zu holen, es ins Haus zu tragen und das ganze verdammte Ding zu lesen. Aber ich kam nicht dazu. Zuerst rief Janet Claiborne an und fragte mich, ob ich das Haus einem Ehepaar aus Kansas zeigen würde. Die Firma des Mannes, so sagte sie, zöge nach Manhattan zurück. Da ich Maplebark Manor liebend gern verkauft hätte, bevor es der Bank in die Hände fiel, willigte ich ein, meine Pläne aufzuschieben und das Haus vorzuführen. Die Dorftrottel aus Kansas entpuppten sich als Produzententeam von »A Current Affair«, was ich herausfand, als ich sie dabei ertappte, wie sie in meiner Dessous-Schublade herumwühlten – ein Vorgehen, das sie als »guten, soliden Fernsehjournalismus« rechtfertigten. Dann rief Todd Bennett an, Melanies verlorener Recherchenhelfer, und fragte, ob er vorbeikommen könne. Er müsse etwas Wichtiges mit mir besprechen, sagte er. Nun war es vorbei damit, mich in einen gemütlichen Sessel zu setzen und alles über Senator Downs zu lesen.

Todd tauchte um die Mittagszeit auf. Es war erst zwei Wochen her, daß ich ihn zuletzt gesehen hatte, aber der früher so pummelige Mann, der aussah wie aus der Werbung für Fertigbackmischungen, schien gewaltig abgenommen zu haben. Als ich ihn fragte, ob er Diät hielte, schüttelte er den Kopf. »Ich mache mir Sorgen. Ich kann nichts essen, wenn ich Sorgen habe.«

»Ich weiß, daß Sie und Melanie vor ihrem Tod eine Art Meinungsverschiedenheit hatten, aber es muß schrecklich für Sie gewesen sein, als Sie hörten, daß sie ermordet wurde«, sagte ich in dem Versuch, Todd zu trösten, der sich weigerte, sich zu setzen, als ich ihn ins Haus bat, und lieber in der Vorhalle auf und ab ging.

»Sie wußten von unferem Streit? Woher?« Er schien beunruhigt.

»Melanie hat mir davon erzählt. Nicht, worum es ging, sondern nur, daß Sie nicht zur Arbeit gekommen seien und sie nicht wüßte, wo Sie wären.«

»Ja, wir haben unf allerdingf gestritten. Diese Ratte hat unsere Abmachung gebrochen.«

»Sie meinen, die Abmachung, mit der sie sich bereit erklärt hat, Sie als Mitautor des Buches zu nennen?«

»Genau. Vor zwei Wochen bat unf unfer Verleger, die grafische Gestaltung des Buchumschlags abzufegnen. Sie wollten mit dem Verkauf der Rechte inf Ausland beginnen, und so haben sie einen Umschlagentwurf hergestellt, um ihn auf einer Buchmesse zu präsentieren. Sie haben ihn Melanie mit FedEx geschickt, und ich konnte zufällig einen Blick darauf werfen.«

»Zufällig?«

»Ja. Sie hatte nicht vor, mir den Umschlag zu zeigen. Ich mußte ihn heimlich an mich nehmen, als sie nicht im Zimmer war. Und alf ich ihn gefehen hatte, wußte ich, warum sie ihn mir nicht zeigen wollte. Ich war fo wütend, ich hätte sie umbringen können.«

»Was stand denn auf dem Umschlag?«

»Da stand: ›CHA-CHA-CHA: DIE ALISTAIR-DOWNS-STORY – Eine Biographie von Melanie Moloney‹.«

»So heißt das Buch? *Cha-Cha-Cha?*« Das Manuskript unter meinen Autositzen hatte keine Titelseite.

»Ja, weil doch der Senator als Tanzlehrer angefangen hat. Aber ift es zu fassen, wie Melanie mich hintergangen hat? Sie hatte mir versprochen, daß wir beide alf Autoren auf dem Buch stehen würden. Aber wessen Name stand auf dem Umschlag? Ihrer. Nicht ihrer *und* meiner. Nur ihrer.«

»Und Sie hätten nicht mit ihr darüber reden können? Sie daran erinnern, daß Sie eine Abmachung hatten?«

»Mit Melanie reden? Soll daf ein Witz sein? Sie haben für die gearbeitet. Sie wissen doch, wie sie war.«

»Aber Sie haben eine Abmachung mit ihr. Ein Anwalt hätte doch bestimmt –«

»Es gab nichts Schriftliches. Wir hatten eine mündliche Abmachung. Einen Händedruck.«

Todd war noch dümmer, als ich gedacht hatte. Andererseits hatte ich zwar eine schriftliche Abmachung mit Sandy – eine voreheliche Vereinbarung –, aber was hatte die mir geholfen?

»Und dann haben Sie sich also mit ihr gestritten? Sie haben ihr gesagt, was Sie von ihrem Vorgehen hielten?«

»Natürlich habe ich ihr daf gefagt. Sie hat mich ausgelacht und mich einen Schwächling genannt. Ich hasse es, wenn mich jemand einen Schwächling nennt.«

»Das ginge wohl jedem so.«

»Sie hat gefagt, *sie* sei eine Beftfellerautorin und ich ein Schwächling erster Klasse.«

»Das hat sie gesagt?«

»Ja. Und noch mehr.«

»Und dann haben Sie sie sitzenlassen? Ihren Job gekündigt?«

»Ich habe nicht gekündigt, ich habe nur ein Weilchen Ferien gemacht. Ich war feft entschlossen, die Arbeit wieder aufzunehmen und Melanie bei der Vermarktung des Buchs zu helfen.«

»Aber wie konnten Sie, nachdem sie Ihre Abmachung gebrochen und Sie einen Schwächling genannt hat?«

»Weil ich ein Schwächling *bin.* Sie hat mich seit Jahren wie Dreck behandelt. Ich habe andauernd damit gedroht zu gehen, und ich bin jedefmal wiedergekommen. Sie wußte genau, daß ich auch dieses Mal zurückkommen würde.«

Bist du dieses Mal zurückgekommen, um sie umzubringen? fragte ich mich. Bist *du* der Mörder, du, der sanftmütige, schwächliche Todd? Hast du ein Alibi für die Nacht, in der Melanie ermordet wurde, oder hat dich dein »Weilchen Ferien« in ein kleines Gerangel in Melanies Arbeitszimmer geführt?

»Weshalb wollten Sie mich sprechen?« fragte ich Todd.

»Ach ja. Daf. Geftern hat mich ein gewisser Detective Corsini angerufen. Er sagte, er befragt Leute, die Melanie nahestanden. Er hat mich gebeten, einmal im Polizeirevier vorbeizuschauen, wenn ef mir paßt.«

»Und sind Sie dort gewesen?«

»Noch nicht. Ef hat mir nicht gepaßt.«

»Was kann ich für Sie tun?«

»Ich habe mir gestern abend »A Current Affair« angeschaut und einen Beitrag über Sie gesehen, wie Sie Melanies Leiche gefunden haben, wie Sie von der Polizei verhört wurden und daf allef. Ich habe mir einfach gedacht, ich frage Sie um Rat, wie man am besten mit diefem Detective umgeht.«

Mich hatte seit Jahren niemand mehr um Rat gefragt, eher überhaupt noch nie, aber ich war viel zu mißtrauisch, um mich geschmeichelt zu fühlen. »Sagen Sie ihm einfach die Wahrheit«, sagte ich. »Haben Sie ein Alibi für die Nacht, in der Melanie ermordet wurde?«

»Nicht direkt. Ich war zu Hause und habe gelesen.«

»Ach? Was haben Sie denn gelesen?«

»*Cha-Cha-Cha.* Ich wollte das fertige Manuskript noch einmal durchgehen, bevor wir ef zum Vervielfältigen aus der Hand gaben.«

Todd besaß das Original des Alistair-Downs-Manuskripts? Ausgeschlossen. *Ich* hatte das Manuskript. Das *Original*-Manuskript. Ich wußte, daß es das Original war, weil auf den Schachteln, in denen es lag, ORIGINAL stand. Es mußte die Urfassung sein.

»Sie meinen, Sie hatten eine *Kopie* des Originals zu Hause«, sagte ich wie beiläufig und versuchte, mir die Panik nicht anhören zu lassen. »Ich nehme an, daß Melanie das Original in ihrem Haus aufbewahrte, hinter Schloß und Riegel.«

»Nein, *ich* habe daf Original. Sie hat mich gebeten, es eine Weile aufzubewahren. Sie fürchtete, Alistair Downs' Tochter oder jemand anderf aus seinem Gefolge könnte einen Weg finden, es zu stehlen. Irgend jemand aus dem Downs-Lager hat Melanie telefonisch mit dem Tod bedroht.«

Todd mußte lügen, was das Manuskript betraf. *Ich* hatte das Original. Die Frage war nur, warum Todd log.

»Hat Melanie die Polizei von den Morddrohungen verständigt?« fragte ich.

»Daf glaube ich nicht. Sie war daran gewöhnt. Jeder haßte sie. Daf wird auch die Aufgabe der Polizei so schwermachen. Wie foll diefer Detective Corsini herausfinden, wer sie umgebracht hat, wenn so viele von unf ihren Tod herbeisehnten?«

»Haarfasern«, sagte ich.

»Wovon reden Sie, Alifon?«

»Unsere Haarfasern werden uns freisprechen.«

Am selben Nachmittag erhielt ich meinerseits einen Anruf von Detective Corsini, in dem er mich bat, ins Polizeirevier zu kommen und ein paar Fragen zu beantworten. Ich hatte ihm zwar bereits alles gesagt, was ich wußte, sagte aber, ich stünde ihm gern zu Diensten.

Als ich ins Revier kam, mußte ich vor Corsinis Büro warten, bis er mit demjenigen, den er gerade verhörte, fertig war. Zehn Minuten später ging seine Tür auf. Und da stand der gute Detective Corsini, Arm in Arm mit dem einzigartigen, überlebensgroßen, vom Tanzlehrer über den Schauspieler zum Senator und danach zum Zeitungsverleger aufgestiegenen Alistair P. Downs.

Ein perfektes Paar, dachte ich. Der Prominente und die Prominentenhure.

»Glänzend, mit Ihnen gesprochen zu haben«, hörte ich Alistair zu Corsini sagen.

»Das Vergnügen war ganz meinerseits, Senator«, schleimte Corsini zurück. »Oh, Mrs. Koff, gehen Sie schon rein«, sagte er, als er mich sah.

»*Miss* Koff«, korrigierte ich kämpferisch.

»Schau an, schau an, da ist ja Miss Koff von der Zeitung«, mischte sich Alistair ein und ignorierte meinen feministischen Vorstoß geflissentlich. »Glänzend, Sie wiederzusehen. Ho ho.«

Alistair sah umwerfend aus. Unter einem kamelhaarfarbenen Kaschmirmantel, dessen Revers und Ärmel mit Persianer verbrämt waren, trug er einen dunkelblauen Nadelstreifenanzug. Sein dickes rotbraunes Haar war nach hinten gestrichen, und kleine Wellen umrahmten sein Gesicht. Sein Teint war glatt, und die grünen Augen leuchteten. Das Alter konnte ihm nicht viel anhaben, soviel stand fest.

»Hallo, Senator Downs«, sagte ich und streckte ihm die Hand hin, die er seinerseits mit beiden Händen schüttelte.

»Nehmen Sie sie nicht zu hart ins Gebet«, kicherte Alistair und puffte Detective Corsini scherzhaft in die Rippen. »Sie ist eine der Meinen.«

Der Seinen was? »Ich bin froh, daß Sie mir heute begegnen, Senator«, warf ich eilig ein. »Sie sollen wissen, daß ich Ihnen nichts Böses wollte, als ich die Stellung als Haushälterin bei Melanie Moloney angenommen habe. Ihre Tochter Bethany scheint meine Arbeit für Miss Moloney als einen Akt des Verrats zu betrachten. Aber es war lediglich eine Frage der Finanzen.«

»Ach ja, die Finanzen. Ich für mein Teil bin ja ein großer Freund von Ronnies angebotsorientierter Wirtschaftspolitik. Ein guter Mann, unser Ronnie. Wir haben beim Film zusammengearbeitet und in der Partei. Und Nancy ist auch ein prima Mädel.«

»Sie sind mit Ronald und Nancy Reagan befreundet?« Detective Corsini blieb der Mund offen stehen.

»Aber natürlich. Hatte sie oft auf der *Aristocrat* zu Gast. Glänzende Leute. Ho ho.«

»Sie wollten mich sprechen, Detective?« sagte ich im Versuch, dieses Gequassel abzuwürgen.

»Sie können in mein Büro gehen«, sagte Corsini. »Ich werde mich noch ein oder zwei Minuten mit dem Senator unterhalten.«

Ich ging in das Büro, ließ aber die Tür hinter mir offen. So bekam ich zu hören, wie Corsini Alistair überschwenglich dafür dankte, daß er sich trotz seines gedrängten Terminplans die Zeit genommen hatte, ins Polizeirevier zu kommen und diese ganzen lästigen Fragen darüber zu beantworten, wo er in der Nacht war, als Melanie ermordet wurde, und was er über das Buch dachte, das sie über ihn geschrieben hatte. Dann hörte ich Alistair mehrmals kichern und Corsini erklären, daß die Laytoner Polizei seiner Meinung nach die beste Polizeitruppe des ganzen Landes sei, daß er stolz darauf sei, Laytoner Bürger und Steuerzahler zu sein, und vorhätte, dem Polizei-Hilfsfonds eine beträchtliche Spende zukommen zu lassen. Dieser alte Gauner.

»Nun, Miss Koff«, sagte Detective Corsini, als er es endlich geschafft hatte, sich von Alistair zu lösen und in sein Büro zurückzukommen, um mich in die Zange zu nehmen. »Ich muß Sie über einige Personen befragen, die Miss Moloney in ihrem Haus aufgesucht haben. Was sagen Ihnen die Namen auf dieser Liste?«

Er reichte mir einen Zettel. Ein paar Namen kannte ich: Jason Roth, Melanies Freund beim *Star*; Arlene Malkan, die gelegentlich für sie den Laufburschen spielte; Carmen Cordero, ihre Maniküre; und natürlich Todd Bennett, ihren seit langem leidenden Recherchenhelfer.

Ich erzählte Corsini das Wenige, das ich über diese Personen wußte. Dann reichte er mir noch eine Liste. »Was ist mit diesen Namen?« wollte er wissen.

Die zweite Liste enthielt die Namen der Leute, die Corsini als Melanies Feinde betrachtete. Darauf standen unter anderem sämtliche Personen, die auch in dem vernichtenden Artikel in *Vanity Fair* erwähnt worden waren. Aufgeführt waren Ron Delano, ihr erster Mann, ein Steuerberater, den sie wegen Scott Whitehurst verlassen hatte, ein ständig arbeitsloser Schauspieler, der ihr zweiter Mann wurde und sie dann auf 50 000 Dollar monatliche Unterhaltszahlungen verklagte, nachdem sie ihn abserviert hatte. Dann folgten Mel Suskind, der Literaturagent, dem sie wegen eines einflußreichen Agenten von ICM die Zusammenarbeit aufkündigte, und Roberta Carr, Melanies frühere Lektorin, deren Verlag ihr drei Millionen pro Buch bezahlt hatte und dann einpacken durfte, als Melanie für die Biographie von Alistair Downs ein Angebot eines Konkurrenzverlags über fünfeinhalb Millionen vorzog. Ich empfahl Corsini, den Artikel in *Vanity Fair* zu lesen, wenn er mehr über diese Leute wissen wollte – jedenfalls mehr, als ich ihm hätte erzählen können. Ich war schließlich nur Melanies nichtswürdiges Dienstmädchen gewesen. Was wußte ich schon? Ich wußte lediglich, daß Todd recht hatte: Eine Menge Leute haßten Melanie. Aber leidenschaftlich genug, um sie umzubringen? Ich war überzeugt davon, daß – so verschnupft ihr früherer Agent, ihre ehemalige Lektorin und ihre geschiedenen Ehemänner auch waren – derjenige, der Melanie um die Ecke gebracht hatte, wesentlich mehr als nur verschnupft war.

Auf dem Nachhauseweg von meiner Verabredung mit Detective Corsini, der mir am Ende unseres Gesprächs noch einmal einschärfte, die Stadt nicht zu verlassen, schaltete ich das Radio an. Die Spitzemeldung auf WANE lautete, daß Alistair Downs für vier Uhr eine Pressekonferenz angesetzt hatte, um eine Stellungnahme zu dem Mord an seiner unliebsamen Biographin abzugeben und auf die unverschämten Anspielungen in der Boulevardpresse und anderswo zu reagieren, er sei in irgendeiner Form für den

Mord an Melanie verantwortlich. O Mann, dachte ich. Ich kann es kaum erwarten, zu hören, was der alte Alistair zu sagen hat. Ich betete, die Pressekonferenz möge im Fernsehen übertragen werden, damit ich den Tanzlehrer mit meinen eigenen Augen tanzen sehen konnte.

Meine Gebete wurden erhört. Die Pressekonferenz sollte am selben Abend in den Elf-Uhr-Nachrichten ausgestrahlt werden.

»Möchtest du vorbeikommen und dir anschauen, wie sich dein Lieblingstyp im Fernsehen lächerlich macht?« fragte ich Cullie, als ich ihn an Bord der *Marlowe* an seinem Mobiltelefon erreichte. »Dazu können wir den Rest vom Hühnchen Cacciatore essen.«

»Vorschlag angenommen. Ich komme gleich.«

Ich duschte und schlüpfte in eine dunkelbraune Cordjeans und einen schokoladenbraunen Rollkragenpullover. Dann lief ich in die Küche hinunter, um das Hühnchen aufzuwärmen. Ich mußte lachen, als ich mich beim Summen ertappte. Ich war noch nie der Typ gewesen, der summte, aber nun stand ich hier und summte »All I Have to Do Is Dream« von den Everly Brothers oder zumindest eine angenäherte Version davon. Ich mußte zugeben, daß ich glücklich war. Mein Leben war ein einziges Chaos, aber ich war glücklich. Ich hatte keinen Mann, keinen Job, keinen Penny, und mein Haus gehörte nicht mehr mir, sondern der Bank. Aber ich war glücklich. Die Vorstellung, den Abend mit Cullie zu verbringen, erfüllte mich mit Freude.

Als es an der Tür klingelte, machte mein Herz einen Satz. Ich hüpfte an die Tür und machte Cullie auf.

»Hi«, sagte er. »Für dich.«

Er reichte mir eine in Geschenkpapier verpackte Schachtel. Pralinen, dachte ich. Whitmans Mischung. Ein etwas banales Geschenk, aber trotzdem nett gemeint. Ich mußte daran denken, wie sehr Sandy abgepackte Pralinen verabscheut hatte. Für ihn gab es nur Godiva.

»Mach es auf«, drängte Cullie mich, als er ins Haus trat und seine Skijacke in den Gästeschrank hängte. Dann drückte er mir einen Kuß auf den Scheitel.

Ich riß das Papier von der Schachtel und war erstaunt, nicht Whitmans Mischung vorzufinden, sondern ein hinreißendes braunledernes Tagebuch mitsamt Schloß und Schlüssel.

»Du hast schwere Zeiten hinter dir«, erklärte er. »Ich dachte, da du ja zur schreibenden Zunft gehörst, möchtest du vielleicht all das, was dir passiert, aufschreiben. Das Ganze in den Griff kriegen.«

Ich war so gerührt, daß ich ehrlich nicht wußte, was ich sagen sollte. Was hatte ich getan, um Cullie zu verdienen? Ich war seiner nicht wert. Er war viel zu gut für mich. Er war viel zu gut, um wahr zu sein. »Ich danke dir aus ganzem Herzen«, sagte ich schließlich und umarmte ihn. »Danke, daß du mich so glücklich machst.«

Cullie und ich aßen das restliche Hühnchen Cacciatore, spülten ab und gingen dann hinauf ins Schlafzimmer, um Alistair Downs bei seinem Eiertanz in den Elf-Uhr-Nachrichten zuzusehen. Und er war wirklich sehenswert.

»Meine Damen und Herren von den Medien«, begann Alistair. »Verehrte Einwohner Laytons. Liebe Bürger der Vereinigten Staaten.«

»O Mann«, murmelten Cullie und ich unisono und mußten lachen.

»Willkommen in Evermore, meinem Zuhause.« Alistair stand auf der Vordertreppe seines Hauses, mit Bethany an seiner Seite und einer Horde von Reportern und Fotografen zu seinen Füßen. In der kalten Februarluft wirkte seine Atemluft wie eine Rauchwolke. »Da meine Angestellten und ich mit Unmengen von Bitten um eine öffentliche Stellungnahme hinsichtlich des Todes von Melanie Moloney überschüttet worden sind, habe ich beschlossen, folgendes bekanntzugeben: Ich kannte Miss Moloney nicht persönlich und habe auch keines ihrer Bücher gelesen, jedoch respektierte ich ihren Erfolg in der Welt der Literatur und war von ihrem tragischen Dahinscheiden zutiefst betrübt. Ich möchte ihren Verwandten und Freunden mein aufrichtigstes, herzlichstes Beileid aussprechen. Überdies möchte ich der Laytoner Polizei, einer Polizeitruppe, die trotz ihrer geringen Zahl in der landesweiten Gemeinschaft der Ordnungshüter hohes Ansehen genießt, meine volle Unterstützung anbieten. Ich bin sicher, daß die Laytoner Polizei in Bälde die Identität von Miss Moloneys Mörder kennen und ihn unverzüglich seiner gerechten Strafe zuführen wird. Ich danke Ihnen für Ihre Zeit, meine Damen und Herren von den Medien, und ich danke Gott dafür, daß er uns die Kraft gibt, in solchen Zeiten großen Schmerzes und tiefer Trauer weiterzukämpfen.«

Cullie und ich sahen uns an und zuckten die Achseln. »Was haben wir denn erwartet – daß er zugibt, sie umgebracht zu haben?« fragte er.

»Glaubst du wirklich, daß er es war?« wollte ich wissen. Die Vorstellung schockierte mich. Alistair war ein eingebildeter Esel, aber ein Mörder? Er war immerhin Senator der Vereinigten Staaten. »Ich weiß, daß du ihn für amoralisch hältst, Cullie, aber ich habe gedacht, das läge nur daran, daß er Republikaner ist.«

»Pssst. Sie stellen ihm Fragen. Hör zu.«

Ich schaute wieder aufmerksam zum Fernseher. Alistair bewegte sich bereits von den Medienvertretern weg und auf sein Haus zu, als die Reporter ihn mit Fragen zu bombardieren begannen.

»Wo waren Sie in der Mordnacht, Sir?«

»Drängt es Sie nicht, einen Blick in Moloneys Buch über Sie zu werfen?«

»Wissen Sie, was drin steht?«

Alistair wimmelte seine Verfolger mit einem Lächeln und den Abschiedsworten ab: »Unsere glänzenden Polizeibeamten verfügen über sämtliche Informationen, die Sie brauchen, meine Damen und Herren. Es war mir ein Vergnügen, Ihre Bekanntschaft zu machen. Guten Tag. Ho ho.«

Alistair verschwand in *Evermore.* Bethany folgte ihm auf den Fersen, und die Elf-Uhr-Nachrichten wandten sich den anderen Ereignissen des Tages zu.

»Was meinst du?« fragte ich Cullie, nachdem ich den Apparat mit der Fernbedienung ausgeschaltet und mich zu ihm gedreht hatte. Wir lagen auf dem Bett und hatten uns Kissen unter den Rücken geschoben.

»Für mich ist der Typ ein Mistkerl, der zu fast allem fähig ist.«

»Aber warum? Weil er Geld und Macht besitzt? Weil er eine große Nummer im Jachtclub Sachem Point ist, wo dein Vater als Handlanger angestellt war?«

»Paddy Harrington war als Mann zehnmal soviel wert wie Alistair Downs«, fauchte Cullie.

»He, ich habe nichts Gegenteiliges behauptet. Ich bin sicher, daß dein Dad ein wunderbarer Mann war. Ich habe nur versucht, deine Abneigung gegen Alistair zu begreifen.«

»Tut mir leid. Ich wollte dich nicht anschnauzen.«

»Wenn ich mehr über dich wüßte, könnte ich es vielleicht besser verstehen. Erzähl mir, wie es war, im Jachtclub aufzuwachsen.«

»In Ordnung. Aber zuerst werde ich dir etwas über meinen Vater erzählen. Daß er in dieses Land gekommen ist und für Leute wie Alistair gearbeitet hat, hat ihn kaputtgemacht.«

»Sprich weiter.«

»Wie ich dir schon bei unserem ersten Essen auf dem Boot erzählt habe, stammte Paddy von der Insel Wight.«

»Das weiß ich noch.«

»Wight ist das Segelzentrum Englands, der Startpunkt für alle vier Regatten des Admiral's Cup, einschließlich der Fastnet-Regatta, der renommiertesten von allen vieren. Vor dem Krieg hat mein Vater auf den größten und schnellsten Booten an diesen Regatten teilgenommen. Er war ein gefragter Mann. Sein Wissen war geachtet. Er war da, wenn König George vorbeikam. Er wurde auf dieselben Partys eingeladen wie Mitglieder der Königlichen Familie. Er verdiente sich seinen Lebensunterhalt auf ehrliche Weise, genauso wie sein Vater: mit Segeln. Und dann kam der Zweite Weltkrieg.«

»Und was ist da passiert?«

»Er hat sich zur Navy gemeldet und wartete gerade auf seinen Einsatzbefehl, als die britische Armee bei Dünkirchen ihren bekannten Zusammenstoß mit den Deutschen erlebte.«

»Meine Geschichtskenntnisse sind ein bißchen eingerostet. Hilf mir mal auf die Sprünge.«

»Dünkirchen ist ein Seehafen an der Nordküste Frankreichs, in der Nähe der belgischen Grenze. Im Frühling 1940 wurden ungefähr 300 000 britische und französische Soldaten von den vorrückenden deutschen Truppen an den Stränden eingekesselt. Ihre einzige Fluchtmöglichkeit bestand darin, den Ärmelkanal zu überqueren, aber Schiffe und Besatzung ihrer Marine waren woanders im Einsatz. Als die Deutschen immer näher kamen, organisierten die Briten eine Behelfsflotte aus zivilen Booten. Fischkutter, Segelboote, kleine Frachter – jeder vorstellbare Bootstyp wurde zum Einsatz verpflichtet. Diese Behelfsflotte rettete einen Großteil der britischen Soldaten und brachte sie über den Kanal in Sicherheit.«

»Und dein Vater hat an dieser Aktion teilgenommen?«

»Genau. Er gehörte zu den Initiatoren und war auf einem der Boote mit dabei. Danach bekam er einen Posten bei der Navy und hat bis 1946 gedient.«

»Also war er ein Held.«

»Ja, das war er. Doch dann ging alles schief. Als er 1946 entlassen wurde, lag die englische Wirtschaft danieder. Segelregatten fanden bis auf weiteres nicht statt, und in Europa waren die Aussichten für Seeleute trübe. Er war ein Seeheld und ein Kriegsheld, aber er hatte keine Möglichkeit, sich seinen Lebensunterhalt zu verdienen. Als ihm dann eben zu Ohren kam, daß es in den Staaten Chancen für Segler gäbe, reiste er herüber.«

»Und fing an, im Jachtclub zu arbeiten?«

»Ja, 1946. Er war Mitte Dreißig und betrachtete es als einen Glücksfall, daß er einen Job als Segellehrer in einem Jachtclub in Connecticut bekommen hatte. Wenn er gewußt hätte …«

»Es war doch nicht rundum schlecht, oder? Sachem Point ist schließlich ein schöner Club.«

»Nein, es war nicht rundum schlecht. Wie ich dir schon erzählt habe, hat er dort meine Mutter kennengelernt. Sie haben in einem kleinen Häuschen auf dem Gelände gewohnt, das vom Rest des

Clubs durch einen Maschendrahtzaun abgetrennt war. Am Anfang gefiel meinem Vater seine Arbeit. Die Nähe von Segelbooten und Seglern brauchte er wie die Luft zum Atmen. Aber der Job war Schrott. Die Clubmitglieder hatten keinen erfahrenen Segler nötig, um ihren verwöhnten, frechen Kindern Segeln beizubringen; sie brauchten eher einen Babysitter. Den Clubmitgliedern liegt im Grunde gar nichts am Segeln. Es macht ihnen nicht einmal Spaß. Sie wollen nur mit ihren Booten angeben und andere herumkommandieren. Mein Vater war ihr englisches Schoßäffchen. ›Paddy, mein Junge‹, sagten sie. Sie haben allen Ernstes ›Junge‹ zu ihm gesagt, und er war mittlerweile vierzig Jahre alt. ›Fahr doch mit meiner Frau und den Kindern auf einen kleinen Törn hinaus, Paddy.‹ Oder: ›Sorg bitte dafür, daß auf meinem Boot genügend Tanqueray vorrätig ist, ja, Paddy?‹ Oder: ›Auf das Grillfest heute abend brauchst du nicht zu kommen, Paddy. Es ist eine private Party – nur für Mitglieder.‹ Ich weiß nicht, wie er das so lange ausgehalten hat. Na ja, eigentlich weiß ich es doch.«

»Und wie?«

»Er trank zuviel.«

»Das muß schlimm für dich gewesen sein.«

»Allerdings.«

»Warum hat er dann nicht im Club aufgehört und ist mit dir nach England zurückgegangen?«

»Er hat sich verliebt.«

»Oh.«

»Und da tritt dann dein Freund Alistair auf den Plan. Aber falls es dir nichts ausmacht, würde ich das gern auf ein andermal verschieben. Ich bin ein bißchen müde. Harter Tag morgen. Zwei Häuser abzulichten.«

Cullie stand vom Bett auf und streckte die Arme aus.

»Hast du etwas dagegen, wenn ich meinen Anrufbeantworter abhöre?« fragte er.

»Natürlich nicht. Da steht das Telefon.«

Ich ging nach unten, um mir eine Tasse Tee zu machen, und als ich zurückkam, lag Cullie bereits nackt im Bett.

Ich zog mich ebenfalls aus und legte mich neben ihn. Den Tee ließ ich auf dem Nachttisch stehen.

»Ist alles in Ordnung?« fragte ich. »Du machst einen etwas betrübten Eindruck.«

»Tut mir leid. Du hast schon genug um die Ohren, um auch noch meine schlechte Laune ertragen zu müssen.«

»Ich weiß ein Mittel gegen deine schlechte Laune«, witzelte ich. Ich küßte ihn auf den Mund und preßte meinen nackten Körper gegen seinen. Dann langte ich nach unten und umfaßte seinen Penis. Er war ganz weich. »Bin gleich wieder da«, flüsterte ich ihm ins Ohr, wühlte mich unter die Decke, nahm sein schlaffes Glied in den Mund und fing an, wie wild daran zu saugen.

»Mmmm«, stöhnte er, als ich mich ein paar Sekunden betätigt hatte. »Meine schlechte Laune schwindet zusehends.«

»Freut mich«, murmelte ich. Es war schwierig, mit dem männlichsten Teil eines Mannes im Mund deutlich zu sprechen.

Ich hörte nicht auf, Cullies mittlerweile eisenharten Schwanz mit dem Mund zu reizen und seine Eier zu streicheln. Sein Atem ging rascher. Sein Becken geriet in Bewegung.

»Schneller, schneller«, keuchte er plötzlich.

O Gott, dachte ich. Er will in meinen Mund kommen. Mit meinem ersten Mann hatte ich nie oralen Sex gehabt. Und die paarmal, die ich mich Sandy von unten genähert hatte, hatte er mich rechtzeitig gewarnt, so daß ich seinen Schwanz aus dem Mund nehmen und die Sache mit der Hand beenden konnte. Doch das war jetzt mein neues Ich. Mein neues, offenes, abenteuerlustiges Ich. Ich würde nicht versagen. Ich würde keinen Rückzieher machen. Ich würde Cullie nicht das vorenthalten, was nach allem, was ich je gelesen hatte, für einen Mann das höchste der Gefühle war: seinen Samen in den Mund seiner Geliebten zu ergießen.

Und so saugte ich schneller und schneller. Auf und ab. Auf und ab. Ohne zu würgen.

»O Gott. O Gott. Oh, Baby. Ich ... *ahhhhhhhhhhhhhh*!«

Als sein *»ahhhhhhhhhhhhhh«* ertönte, feuerte Cullie eine Vulkanladung geschmolzene Lava ab.

Los, schluck's runter, du feiges Huhn, schalt ich mich selbst. Es kann auch nicht schlimmer schmecken als dieser saure Sahnehering, den dir deine Mutter aufgezwungen hat, als du klein warst.

Ich zählte bis drei und schluckte Cullies Essenz hinunter. Es schmeckte nicht annähernd so übel wie saurer Sahnehering. Eigentlich erinnerte es mich eher an ein ziemlich saures Zitronenbaiser.

Hocherfreut und voller Stolz auf mich selbst tauchte ich unter der Decke hervor und nahm meinen Platz auf dem Kissen neben Cullie wieder ein.

»Danke«, flüsterte er und küßte mich auf den Mund. »Kann ich mich irgendwie revanchieren?«

»Ja, aber du hast doch gesagt, daß du müde seist und morgen zwei Häuser ablichten müßtest.«

»Morgen sehen wir weiter. Aber für heute abend bin ich noch nicht fertig.«

Und das war er auch nicht.

13. Kapitel

»Möchtest du mich zu meinem Fototermin heute morgen begleiten?« fragte Cullie beim Kaffeetrinken in der Küche. »Ich muß für Prestige Properties ein Haus am Laytoner Hafen ablichten, direkt neben diesem Mausoleum, das Alistair Downs ein Haus schimpft.«

»Direkt neben Evermore?«

»Exakt.«

»Und ich wäre dir nicht im Weg?«

»Nicht die Bohne.«

»Und was ist mit den Fernsehreportern und Kriminalbeamten, die mir auf Schritt und Tritt zu folgen scheinen?«

»Pfeif auf sie.«

Wir fuhren in Cullies Jeep zum Hafen hinüber. Es war ein sonniger Morgen Ende Februar, und ich war bester Laune. Ich fand es aufregend, Cullie bei der Arbeit zusehen zu können.

»Siehst du, Sonny?« sagte Cullie und zeigte aus dem Fenster auf meiner Seite. Wir fuhren die Straße oberhalb des Bilderbuch-Hafens entlang. »Das Haus, das wir fotografieren, liegt genau hinter Evermore.«

Wir näherten uns gerade Alistairs Anwesen, als ein schwarzer Cadillac Seville aus seiner Einfahrt gerast kam. »Cullie, paß auf! Der rammt uns gleich!« schrie ich.

Cullie riß das Steuer nach links, um dem heranbrausenden Wagen auszuweichen, der beinahe auf meiner Seite in den Jeep gekracht wäre. Mit quietschenden Reifen kamen wir auf der falschen Straßenseite zum Stehen, während der Cadillac seine Fahrt fortsetzte.

»Mann, da haben wir Glück gehabt«, sagte Cullie, legte den Kopf aufs Lenkrad und versuchte, sich zu beruhigen. »Ist mit dir alles in Ordnung?«

Ich war verblüfft, aber nicht wegen des Beinahe-Zusammenstoßes. Mir schwindelte vor der Erkenntnis, daß die Person, die uns beinahe gerammt hätte, meine Mutter war – oder eine Frau, die ihr sehr ähnlich sah. »Cullie, hast du gesehen, wer den Cadillac gefahren hat?« fragte ich.

»Nicht richtig. Ich habe nur gesehen, daß es eine Frau war.«

»Ja, und ich bin mir fast sicher, daß es meine Mutter war.«

»Was soll denn deine Mutter bei Alistair Downs wollen? Du hast nie erwähnt, daß sie befreundet sind.«

»Sind sie auch nicht. Das ist ja das Merkwürdige.«

»Fährt deine Mutter einen schwarzen Cadillac Seville?«

»Ja.«

»Gut. Das beweist gar nichts. Jede Menge Leute fahren Cadillacs. Ist deine Mutter eine miserable Autofahrerin?«

»Nein. Sie fährt gut.«

»Nun, die Frau, die uns eben beinahe gerammt hätte, fuhr miserabel. Also war es vermutlich nicht deine Mutter.«

»Und ich sage dir, es war meine Mutter. Das entscheidende Indiz war der Rauch im Wagen. Meine Mutter ist Kettenraucherin. Ohne ihre Winston verläßt sie das Haus nicht.«

»Gut, dann war es also deine Mutter, und sie ist doch keine so gute Autofahrerin, wie du gedacht hast. Aber was wollte sie bei Alistair?«

»Das, mein Schatz, ist eine sehr gute Frage.«

In den elf Jahren, seit ich bei Alistairs Zeitung arbeitete, hatte meine Mutter nie auch nur im geringsten durchblicken lassen, daß sie den Senator kannte oder ihm überhaupt je begegnet war. Sie fragte mich sogar oft danach aus, wie er war – wie er *in natura* aussah, wie ich ihn menschlich beurteilte, ob er eine »feste Freundin« hatte und dergleichen. Wie kam sie also dazu, um zehn Uhr morgens aus seinem Grundstück herauszurasen? Ich war ziemlich perplex, das muß ich schon sagen.

»Möchtest du ihr nach Hause folgen und sie fragen, was sie dort gemacht hat?« schlug Cullie vor.

Es reizte mich durchaus. Aber Cullie mußte schließlich ein Haus fotografieren, und ich wollte nicht, daß er meinetwegen zu spät käme. »Ich rufe sie an, sowie ich nach Hause komme«, sagte ich und überlegte, wie lang der Fototermin wohl dauern würde und wie lange ich es aushielt, bevor ich meiner Mutter ein paar Erklärungen entlocken konnte.

Das Haus, das Cullie für Prestige Properties fotografieren sollte, war weder im Kolonial- noch im georgianischen, noch im Tudorstil gehalten. Der Stil ließ sich am ehesten als Pseudo-Neuschwanstein bezeichnen. Es war ein wuchtiges, stuckverziertes Gebäude mit mindestens 2 300 Quadratmetern Wohnfläche, das erst vor kurzem errichtet worden war, aber den Eindruck erwecken sollte, als stünde es schon seit dem Mittelalter da.

»Wer will denn schon ein Haus mit Türmchen?« meinte Cullie, als er seine Ausrüstung aus dem Jeep lud. »Wissen denn diese Leute nicht, daß sie hier in Connecticut sind? Zinnenbewehrte Türme braucht man hier nicht unbedingt, oder?«

Ich lachte. »Sei nett. Nicht alle haben unseren unfehlbaren Geschmack.«

»Das hat nichts mit Geschmack zu tun. Es hat etwas mit Unmäßigkeit zu tun.«

Cullie hatte recht. Sogar ich, die ehemalige Prinzessin der Unmäßigkeit, war überwältigt von der Protzigkeit dieses Hauses, das die Besitzer übrigens Colossus getauft hatten.

»Für wieviel wird diese Hütte angeboten?« wollte ich wissen.

»Sechs Millionen.«

»Machst du Witze? Es kommt mir nicht so vor, als gäbe es hier mehr als 4000 Quadratmeter Grund.«

»Ja, aber dafür gibt's jede Menge Haus. Wart nur, bis du es siehst.«

Und tatsächlich – das Haus war riesengroß und extravaganter als alles, was ich je gesehen hatte. Wo ich auch hinschaute, überall sah ich Marmor, Spiegel und Gold und noch mehr Marmor, Spiegel und Gold. Die Räume besaßen Mammutformat, und die Decken waren an die sechs Meter hoch. In der Küche gab es nicht einen, sondern drei Elektroherde, Spülmaschinen und Gefrierkombinationen. In der Vorhalle gab es nicht eine Gästetoilette, sondern zwei: einen großzügigen »Powder Room« für die Damen und einen etwas kleineren »Gun Room« für die Herren – beide mit eigenem Kamin. Die Schlafzimmersuite im Obergeschoß erreichte man über eine Marmortreppe unter einem riesigen Oberlicht, und sie bestand nicht etwa aus einem Schlafzimmer mit Bad, sondern aus dreien – mitsamt begehbaren Kleiderschränken, einem Lesezimmer, drei Kaminen und einem voll funktionsfähigen Hallenschwimmbecken. Im zweiten Stock, den man über einen Aufzug erreichte, gab es noch drei Schlafzimmer, jedes mit Kamin und Bad, und fünf Mädchenzimmer mit Bad, dazu eine komfortable Küche und ein Wohnzimmer.

»Puh! Ich bin erledigt«, stöhnte ich, nachdem Cullie und ich unseren Rundgang beendet hatten. Die Besitzer des Hauses, beide berufstätig, waren ein sehr ernstes, teuer gekleidetes Paar, das uns erklärte, daß sie jetzt zu einer Besprechung fahren müßten, aber in ihrer Mittagspause wiederkämen, um nach dem Rechten zu sehen.

»Wieso verkaufen sie denn diesen schäbigen Schuppen?« fragte ich. »Ist er ihnen zu klein geworden?«

»Sie haben das Haus in den rauschenden Achtzigern gekauft. Jetzt ist ihnen das Geld ausgegangen, genau wie dir.«

»Aber sie sind doch beide berufstätig. Haben sie nicht gesagt, daß sie Börsenmakler seien?«

»Das war einmal. Sie wurden entlassen.«

»Was ist dann mit der Besprechung, zu der sie angeblich mußten?«

»Es ist ein Treffen der lebenden Leichen Laytons – gefeuerter Besserverdienender. Du weißt schon, eine von diesen Selbsthilfegruppen für leitende Angestellte, die ihren Job verloren haben.«

»Wow. Woher weißt du das alles?«

»Ein Agent von Prestige Properties hat es mir erzählt. Immobilienmakler wissen über das Privatleben von allen Bescheid und erzählen es liebend gern weiter.«

»Das habe ich schon gehört.« Mich schauderte, wenn ich daran dachte, was Janet Claiborne aus meiner plötzlichen Berühmtheit herausholen würde.

Cullie sollte am Vormittag das kolossale Wohnzimmer im Colossus fotografieren – einen Raum, der – ungelogen – mindestens fünfundsiebzig Möbelstücke jeden Stils und aus allen Epochen enthielt. Sessel, Tische, Sofas – was man sich nur vorstellen kann. Außerdem standen zahlreiche massive Statuen nackter Frauen herum, deren Brüste so weit hervorstanden, daß man andauernd dagegenstieß. Aber das größte Problem beim Fotografieren des Raumes waren die Spiegel. Sie waren einfach überall, einschließlich eines Drei-Meter-Prachtstücks über dem Kamin.

»Wie soll ich diesen Raum fotografieren, wenn sich überall, wo ich einen Scheinwerfer aufstelle, eine Spiegelung ergibt?« rätselte Cullie.

Ich zuckte die Achseln.

Cullie verbrachte die nächsten zwei Stunden damit, Möbel zu verrücken, die Beleuchtung immer wieder anders einzustellen und seine gesamte Trickkiste auszupacken, um ein Foto ohne

Spiegelungen zustande zu bringen. Ich wußte, daß er am Verzweifeln war, als er sich auf eines der etwa zwölf Sofas im Wohnzimmer sinken ließ und sagte: »Wenn wir nicht Februar hätten, würde ich sagen: ›Lassen wir diese Schießbude sausen und gehen segeln.‹«

Ich gab ihm einen Kuß. »Es ist Mittag. Die Sonne steht jetzt hinter dem Haus. Macht das das Fotografieren nicht leichter?«

»Eigentlich nicht, aber ich probier's trotzdem weiter. Wenigstens sitzen mir nicht die Hausbesitzer im Nacken.«

Falsch. Cullie hatte kaum zu Ende gesprochen, als Mr. und Mrs. Ex-Börsenmakler hereinschneiten.

»Wir haben nachgedacht«, sagte Mr. Ex-Börsenmakler und ging vor Cullie auf und ab. Das Treffen mit seiner Selbsthilfegruppe hatte ihn nicht entspannter gemacht. »Wir möchten gern, daß Sie später wiederkommen und das Wohnzimmer dann fotografieren.«

»Wann später? Ich habe auch noch andere Aufträge«, sagte Cullie, dem Störungen gerade noch gefehlt hatten.

»Gegen drei Uhr morgens«, sagte Mr. Ex-Börsenmakler.

»Um drei Uhr morgens? Sind Sie wahnsinnig?« fauchte Cullie.

»Wir haben im Kalender nachgesehen«, erklärte Mrs. Ex-Börsenmakler und überging Cullies Ausbruch. »Heute nacht ist Vollmond. Gegen drei Uhr müßte er durch die Wohnzimmerfenster hereinscheinen und den ganzen Raum in einen ungemein dramatischen Schimmer tauchen. Das ergäbe ein absolut atemberaubendes Foto.«

Cullie und ich sahen einander ungläubig an und zwangen uns, nicht zu lachen. Ich mußte wieder daran denken, wie ich Cullie mit absurder Herablassung behandelt hatte, und schüttelte den Kopf. Kein Wunder, daß er so empfindlich ist, dachte ich. Viele betuchte Leute haben wirklich einen Knall.

»Passen Sie auf«, sagte er zornig. »Ich nehme Ihr Wohnzimmer jetzt auf. Nicht um drei Uhr morgens. Nicht um drei Uhr nachmittags. Sondern jetzt. Das Foto wird wunderbar, ob mit oder ohne Vollmond, und alle werden sich um das Haus reißen. In Ordnung?«

Mr. und Mrs. Ex-Börsenmakler verzogen das Gesicht. »Fotografen«, hörte ich den Gatten seiner Gattin zumurmeln. »Die sind doch nichts als ein Haufen verfluchter Primadonnen.«

Sekunden später klingelte es an der Tür. Ich äugte aus dem Wohnzimmerfenster und sah, wie ein riesiger Möbelwagen direkt vor dem Haus parkte.

Mr. und Mrs. Ex-Börsenmakler gingen die Tür aufmachen. Kurz darauf vernahmen Cullie und ich zuerst Schreien und dann Weinen. Minuten danach kamen vier Männer ins Wohnzimmer und schafften nach und nach alle fünfundsiebzig Möbelstücke aus dem Haus und in den Möbelwagen. Wir waren perplex.

»Was zum Teufel geht hier vor?« fragte Cullie. »Ich muß ein Foto machen. Wie soll ich ein Zimmer ohne Möbel fotografieren?«

»Das läßt sich nicht ändern«, antwortete Mr. Ex-Börsenmakler, und seine Unterlippe zitterte. »Die Bank hat sich den heutigen Tag dafür ausgesucht, alle unsere Möbel abholen zu lassen.«

Mir wurde schlecht – wegen dieser Leute und wegen mir selbst. Ich wußte ja nicht, ob nicht vielleicht im selben Moment im Auftrag der Layton Bank & Trust Company vier Männer mit einem Möbelwagen vor Maplebark Manor parkten und alle *meine* Möbel abholten. Es war nur eine Frage der Zeit.

»Ich sag' Ihnen was«, erklärte Cullie dem trauernden Hausbesitzer in wesentlich sanfterem Ton als noch vor ein paar Minuten. »Ich komme um drei Uhr morgens wieder und fotografiere Ihr Wohnzimmer – Möbel hin und her. Wir machen ein künstlerisches Foto daraus, präsentieren den Raum als architektonisches Meisterwerk. Es wird ganz wunderbar, in Ordnung?«

Mr. Ex-Börsenmakler war so gerührt von Cullies Angebot, daß er zu weinen anfing. »Ich kann Ihnen gar nicht sagen, wie dankbar ich Ihnen dafür bin«, schluchzte er. »Wenn Ihr Foto uns dazu verhilft, Colossus zu verkaufen, dann haben Sie uns das Leben gerettet.«

Die beiden Männer schüttelten einander die Hände. Dann packten Cullie und ich seine Ausrüstung zusammen und gingen. Als wir im Jeep saßen, auf dem Heimweg nach Maplebark Manor, beugte ich mich hinüber und küßte ihn auf seine bärtige rechte Wange.

»Das ist aber nett von dir, um drei Uhr morgens noch mal dort vorbeizufahren und das Haus von diesem armen Teufel zu fotografieren – Türmchen hin oder her«, sagte ich.

»Es ist ganz schön dämlich von mir«, verbesserte er mich. »Ich werde in dieser verspiegelten Scheußlichkeit herumstehen und mich morgens um drei über eine Kamera beugen, wenn ich eigentlich mit dir in einem warmen, gemütlichen Bett liegen könnte. Das ist doch dämlich!«

Cullie mußte Besorgungen machen, Kunden vertrösten und sich mit einem Freund zum Abendessen treffen, bevor er um drei Uhr morgens zu seinem Fototermin nach Colossus hinüberfuhr, und so gab er mir einen Abschiedskuß, versprach, am nächsten Tag vorbeizukommen, und setzte mich in Maplebark Manor ab.

Ich ging hinein und hörte meinen Anrufbeantworter ab, auf dem sechs Mitteilungen waren: drei von »A Current Affair«, in denen ich inständig gebeten wurde, vor der Kamera über die »wahren Hintergründe des Mordes an Melanie Moloney« zu sprechen; eine von Todd Bennett, der wissen wollte, ob ich der Polizei von seinem Streit mit Melanie erzählt hätte; eine von der Layton Bank & Trust Company, die mich davon in Kenntnis setzte, daß die Zwangsversteigerung binnen eines Monats eingeleitet würde, wenn ich die Hypotheken auf das Haus nicht weiterbezahlte; und eine von Detective Corsini, der mich bat, ins Polizeirevier zu kommen, um noch ein paar Fragen zu beantworten.

Ihr werdet alle warten müssen, sagte ich laut vor mich hin, als ich die Nummer meiner Mutter wählte.

»Hallo?« meldete sie sich.

»Hi, Mom. Ich hier.«

»Nein, Liebes. Ich *bin es.*«

»Warst du heute morgen im Haus von Alistair Downs?« Ich hielt es für das beste, direkt auf den Punkt zu kommen, wappnete mich aber dagegen, daß sie alles abstritt.

»Warum fragst du?«

»Weil ich dich aus seiner Einfahrt habe kommen sehen. Du hättest beinahe das Auto gerammt, in dem ich saß.«

»Soll das etwa ein Verhör sein, Liebes?«

»Beantworte meine Frage. Warst du heute morgen in seinem Haus oder nicht?«

»Ja, ich war dort.«

»Aber warum? Du kennst den Mann doch überhaupt nicht.«

»Ich habe es für dich getan.«

»Von was redest du eigentlich?«

»Wovon ich spreche? Von der Tatsache, daß du mir bei unserem Essen kürzlich abends im Club erzählt hast, Bethany Downs hätte dich hinausgeworfen. Ich fand, es war höchste Zeit, mich für dich einzusetzen.«

»Das verstehe ich nicht.«

»Ich habe den Senator aufgesucht, damit er dich wieder einstellt.«

»Mein Berufsleben schien dich früher nie zu interessieren.«

»Früher mußtest du auch noch nie eine Stellung als Dienstmädchen annehmen. Als Dienstmädchen! Wie konnte ich beiseite stehen und zulassen, daß meine Tochter ihr Leben wegwirft? Ich mußte einfach etwas tun, Alison, Liebes. Ich habe beschlossen, mich mehr für deine Arbeit als Journalistin zu engagieren. Deshalb habe ich Alistair Downs aufgesucht.«

»Nun mach aber halblang, Mom. Ich soll dir glauben, daß du den Telefonhörer abgenommen, Alistair angerufen und dich als die Mutter einer seiner Reporterinnen – einer Reporterin, deren Existenz ihm kaum bewußt ist – vorgestellt und dich auf einen kleinen Plausch auf sein Anwesen eingeladen hast?«

»Genauso war es. Eine Mutter muß eben tun, was eine Mutter tun muß.«

»Und dann hat er gesagt: ›Aber natürlich, Mrs. Waxman. Kommen Sie nur vorbei‹?«

»Ja, genau das hat er getan. Der Senator ist ein freundlicher, mitfühlender Mann, Liebes.«

Ho ho. »Und was hast du zu Alistair gesagt? Und was hat er zu dir gesagt?«

»Ich habe ihm gesagt, daß du die begabteste Journalistin in seinem Stab bist, daß jeder im Club deine Interviews Wort für Wort liest und daß es ein Verlust für die ganze Stadt wäre, wenn er uns deine Artikel vorenthielte.«

»Das hast du wirklich gesagt, Mom?« Ich war überwältigt. Meine Mutter hatte noch nie – wirklich nie – Interesse an meiner Arbeit gezeigt, geschweige denn sie gelobt. »Wie hat Alistair reagiert?« wollte ich wissen.

»Er war reizend, wirklich reizend. Aber er hat keine Zusagen gemacht, Liebes«, sagte sie und zog an ihrer Winston. »Er war furchtbar beschäftigt. Er ist schließlich Senator, weißt du?«

»*War* Senator.« Seine gegenwärtigen Titel lauteten Verleger der *Layton Community Times* und Präsident des Jachtclubs Sachem Point. »Er hat also nicht gesagt, daß er mich wiederbeschäftigen würde, stimmt's?«

»Er hat auch nichts Gegenteiliges gesagt.«

»War Bethany da?«

»Ich bin gegangen, als sie kam.«

»Bist du deswegen mit derartigem Tempo aus seinem Grundstück herausgerast? Falls ja, so kann ich das voll und ganz verstehen. Glaub mir – sie ist alles andere wie eine angenehme Gesellschaft.«

»*Als* eine angenehme Gesellschaft. Nein, das ist sie wirklich nicht.«

»Tja, ich weiß nicht, was ich sagen soll.« Ich schwieg kurz. Sollte ich meine Mutter dafür anschreien, daß sie sich eingemischt hatte, oder ihr dafür danken, daß sie versucht hatte mir zu helfen? Ich war immer noch mißtrauisch, was ihr wirkliches Motiv dafür war, Alistair einen Besuch abzustatten, aber ich mußte zugeben, daß sie Dank verdient hatte, wenn ihr Treffen mit ihm mir wieder zu meinem Job verhalf.

»Du brauchst nichts zu sagen«, meinte sie. »Du sollst nur wissen, daß deine Mutter immer für dich da ist.«

Vielleicht wollte sie wirklich mein Bestes. Vielleicht war das für uns beide der Anfang einer neuen Mutter-Tochter-Beziehung, die auf Vertrauen, gemeinsamer Verantwortung und gegenseitigem Respekt beruhte.

»Natürlich werde ich im wörtlichen Sinne nicht immer für dich dasein«, fügte sie hinzu. »Ich werde auch nicht jünger, und meine Zeit hier auf Erden geht zur Neige.« Sie zog an ihrer Zigarette und stieß den Rauch wieder aus. »Und deshalb ist es so wichtig, daß du diesen kleinen Job bei der Zeitung zurückbekommst.«

Diesen kleinen Job. Meine Hoffnungen schwanden.

»Verstehst du, Liebes«, fuhr sie fort, »durch eine Nebenbeschäftigung bei der *Community Times* hat man eine gewisse Vorrangstellung in der Stadt. Das ist ein ausgezeichneter Weg, um andere führende Personen kennenzulernen – Personen, die dich unterstützen können, wenn ich nicht mehr bin.«

»Personen? Du meinst Männer?« Langsam begriff ich, was meine Mutter meinte. Mein Beruf kümmerte sie nicht. Ihr ging es nur um die reichen Männer, die ich durch meinen Beruf an Land ziehen konnte.

»Ja. Wohlhabende Männer. Männer wie Sandy. Laß uns nicht vergessen, daß du ihn schließlich durch deine Arbeit bei der Zeitung kennengelernt hast.«

»Laß uns das nicht vergessen.«

»Und laß uns nicht vergessen, was ich dir sage, seit du ein kleines Mädchen warst. Geld ist Sicherheit. Geld ist ein Puffer gegen alle Leiden dieser Welt. Geld ist ... nun, du kennst ja meine Lebensphilosophie: Es zählt nicht, wer du bist, es zählt nur, was du hast.«

Was machst du, wenn dir die eigene Mutter erklärt, daß ihre Lebensphilosophie lautet: Es zählt nicht, wer du bist, es zählt nur, was du hast? Entweder legst du abrupt den Hörer auf, oder du versuchst, ihr ein bißchen Verstand einzubleuen, oder du kommst zu dem traurigen Schluß, daß sie – was du auch tust – es ohnehin nicht kapieren wird.

»Da ist jemand an der Tür, Mom. Ich muß Schluß machen«, war die Entscheidung, die ich traf.

Nachdem ich die Anrufe auf meinem Anrufbeantworter erwidert hatte (außer dem von Detective Corsini), mir ein spätes Mittagessen gegönnt und das Haus in Ordnung gebracht hatte, war endlich der Moment gekommen, Melanies Manuskript zu lesen. Ich sauste in die Garage hinunter, holte die ungefähr tausend Seiten aus dem Wagen und schleppte die Schachteln in mein Schlafzimmer hinauf. Ich nahm die ersten fünfzig Seiten heraus, legte mich aufs Bett und leckte mir voller Vorfreude die Lippen. Okay, Melanie, dachte ich. Nun wollen wir mal sehen, was für Leckerbissen du über Alistair ausgegraben hast und wer dich umgebracht haben könnte, um dich zum Schweigen zu bringen.

Dem Inhaltsverzeichnis nach war die Biographie in drei Hauptteile gegliedert, von denen jeder einen wichtigen Aspekt von Alistair P. Downs' Leben umfaßte. Ein Teil behandelte seine Filmkarriere, ein zweiter seine politische Laufbahn, und der dritte hieß schlicht »Das Privatleben«.

Ich las schnell und verschlang hungrig jedes Wort, achtete aber darauf, keine einzige Enthüllung oder auch nur die Andeutung einer solchen zu übersehen. Um fünf Uhr hatte ich erst ein Viertel des Teils über Alistairs Jahre in Hollywood gelesen, war aber erstaunt über die Schäbigkeit des Gebotenen – und der Hauptperson.

Der größte Schocker, eine Enthüllung, die garantiert landesweit in Talk-Shows debattiert werden würde, war, daß Al Downey, als er sich nach Hollywood aufmachte, enge Freundschaft mit einem Gangster namens Frankie Fuccato schloß, einem Mann, der später einer der berüchtigtsten Mafiabosse des Landes werden sollte. Melanie zufolge bestand die Freundschaft zwischen Alistair und diesem Fuccato heute noch. Es waren Alistairs Verbindungen zur Mafia, die ihm zum Einstieg in die Filmbranche und später auch zu seinem Sitz im Senat verholfen hatten.

Alistair ein Mitglied der Mafia? Der Präsident des Jachtclubs Sachem Point und Laytons beliebtester Bürger ein Gangster? Hatte womöglich die Mafia einen Killer auf Melanie angesetzt, um sie zum Schweigen zu bringen und ihren Bundesgenossen zu schützen?

Ich wollte gerade weiterlesen, als es an der Tür klingelte.

Verdammt! Niemand durfte erfahren, daß ich das Manuskript hatte.

Ich sammelte es zusammen und trug es nach unten in den Fitneßraum, wo ich es in einer Ecke der Sauna deponierte. Dann schloß ich die Tür zur Sauna und ging nachsehen, was ich für Besuch hatte.

»Ihre Post, Miss Koff«, sagte der Mann, der an meiner Tür stand, mehrere Briefe, Zeitungen und Illustrierte in der Hand hielt und aussah wie der Prototyp des amerikanischen Briefträgers.

»Stimmt etwas mit dem Briefkasten nicht?« fragte ich. »Weshalb der Tür-zu-Tür-Service?«

»Ich möchte nur zuvorkommend sein«, sagte er. »Darf ich hereinkommen, damit ich die Sachen hier ablegen kann?«

Als er begann, uneingeladen in meine Vorhalle zu spazieren, entdeckte ich den Mini-Cassettenrecorder in der Brusttasche seiner »Uniform«.

»Einen Schritt weiter, und ich rufe die Polizei«, sagte ich, zog den Recorder aus seiner Jacke und schwenkte ihn vor seinem Gesicht hin und her.

»He! Geben Sie das her«, schrie er, und die Maske des fröhlichen Briefträgers machte der verzweifelten Grimasse eines billigen Fernsehschnüfflers Platz, dessen Tarnung sich gerade in Luft aufgelöst hat.

»Passen Sie auf«, sagte ich. »Ich mache Ihnen einen Vorschlag. Sie geben mir meine Post und scheren sich auf der Stelle hier raus, und ich gebe Ihnen Ihren Cassettenrecorder wieder und vergesse das mit der Polizei.«

Er ließ die Post auf meinen gefliesten Vorplatz fallen und wartete darauf, daß ich ihm seinen Recorder reichte. Doch das tat ich nicht. Statt dessen bückte ich mich, hob meine Post auf und warf den Recorder in hohem Bogen in einen schneebedeckten Rhododendronbusch.

»Oooh, Sie … Sie«, stotterte er und drohte mir mit erhobener Faust. »Sie haben gesagt, Sie geben ihn zurück!«

»Das war gelogen«, sagte ich und knallte ihm die Tür ins Gesicht.

Ich trug die Post ins Haus und legte sie auf die Arbeitsfläche in der Küche. Ich dachte gar nicht daran, daß ich nicht mehr für die *Community Times* schrieb, und so griff ich instinktiv nach der neuesten Ausgabe der Zeitung. Die Schlagzeile auf der ersten Seite lautete: NEUE ENTHÜLLUNGEN IM MORDFALL MOLONEY.

In dem Artikel hieß es, daß die polizeilichen Ermittlungen hinsichtlich des Mordes an Melanie, geleitet von Detective Joseph Corsini vom Polizeirevier Layton, mit größter Dringlichkeit fortgeführt würden. Mittlerweile sei als Todesursache ein Versagen der Blutgefäße im Gehirn beziehungsweise ein Gehirnaneurysma festgestellt worden. Die Polizei nahm an, daß Melanie einen Schlag auf den Hinterkopf erhalten hatte, während sie an ihrem Schreibtisch saß; einen so heftigen Schlag, daß sie mit der Stirn auf die Schreibtischplatte geprellt war und eine frontale Schädelfraktur erlitten hatte, die wiederum das Aneurysma zur Folge hatte. Die Polizei suchte nun nach dem stumpfen Gegenstand, den der Mörder benutzt haben mußte.

In dem Artikel hieß es weiterhin, daß fast jeder, der eine wichtige Rolle in Melanies Leben gespielt habe, vom Leiter der Ermittlungen befragt worden sei oder in Bälde befragt werden würde. »Unter den Laytoner Bürgern, die Detective Corsini bereits verhört hat«, stand da, »befinden sich Alison Koff, Ms. Moloneys Haushälterin, Todd Bennett, ihr Recherchenhelfer; und der Verleger der *Community Times,* Alistair P. Downs, die Hauptfigur ihres nächsten Buches. Von diesen dreien kann nur Senator Downs nachweisen, wo er sich in der Mordnacht aufgehalten hat. Ms. Koff und Mr. Bennett behaupten, sie seien in der fraglichen Nacht allein zu Hause gewesen, haben aber keine Zeugen, die das bestätigen könnten. Senator Downs dagegen gibt an, den Abend im Hause einer ›Freundin‹ verbracht zu haben, und die Dame hat sich bereits gemeldet und bezeugt, daß der Senator in dieser Nacht bei ihr zu Gast war. Infolgedessen zählt Senator Downs nicht zum Kreis der Verdächtigen.«

Na gut, war er also in der Nacht, als Melanie ermordet wurde, bei einer Freundin. Vielleicht hatte er ja jemand anderen engagiert, der seiner bösartigen Biographin eins auf die Birne gegeben hatte – zum Beispiel einen Mafiakiller? Möglich war alles, begriff ich langsam. Sogar in den besseren Wohnlagen.

Und wer war diese »Freundin«? Warum wurde ihr Name nicht genannt? Wahrscheinlich weil Alistair Corsini gebeten hatte, ihn nicht bekanntzugeben. Alistairs Wunsch ist anderen Befehl.

Was mich aber wirklich ärgerte, war der Ton des Artikels. Wie konnte die Zeitung es wagen, anklingen zu lassen, daß Todd oder ich etwas mit dem Mord zu tun haben könnten? Gab es nicht so etwas wie journalistische Unvoreingenommenheit? Und gab es nicht so etwas wie eine Verleumdungsklage?

Natürlich war der Artikel nicht namentlich gekennzeichnet. Bethany war viel zu feige, um ihren Namen unter diesen Schund zu setzen, aber ich wußte genau, daß sie dafür verantwortlich war. Ihre klebrigen Donut-Finger prangten praktisch überall auf der Seite.

Ich legte die Zeitung beiseite und ging ans Telefon, um Detective Corsini zurückzurufen. Die Richtung seiner Ermittlungen machte mich langsam nervös. Ich wußte, daß ich mir einen Anwalt besorgen mußte – einen sehr guten Anwalt –, aber wie sollte ich den bezahlen? Ein Mordfall war bei weitem zu anspruchsvoll für die Winkeladvokaten von Jacoby & Meyers. Ich war aber auch nicht bereit, mich mit einem dieser vom Gericht gestellten Anwälte zu begnügen, die zwar gratis arbeiten, aber alles andere als Zierden ihrer Zunft sind. Außerdem standen Anwälte nicht besonders weit oben auf meiner Liste achtenswerter Persönlichkeiten, nachdem mich Sandys Nobelanwalt derart überfahren hatte, daß ich diese verlogene voreheliche Vereinbarung unterschrieb. Wo ich schon gerade dabei war: Ich wußte nicht, wer auf der Beliebtheitsskala weiter unten stand – Anwälte oder die Mediengeier, die vor meinem Haus kampierten.

»Corsini«, tönte es aus dem Hörer.

»Hier ist Alison Koff. Ich sollte Sie zurückrufen, Detective. Sie haben in Ihrer Nachricht gesagt, Sie wollten mir noch weitere Fragen stellen. Dabei habe ich Ihnen doch bereits alles gesagt, was ich über Melanie und den Tag ihres Todes weiß.«

»Sie müssen noch mal ins Polizeirevier kommen. Zu einem Drogentest. Wir müssen einen Urintest bei Ihnen machen und noch ein paar andere Geschichten.«

»Drogen? Ich habe in meinem ganzen Leben keine Drogen genommen!« Na ja, nicht ganz. Aber das bißchen Marihuana und Haschisch, das ich in meiner Collegezeit geraucht hatte, zählte doch nicht.

»Sie sind nicht verpflichtet, diese Tests mitzumachen, Miss Koff. Es steht Ihnen völlig frei. Aber an Ihrer Stelle würde ich sie machen – das heißt, wenn Sie Ihren Namen reinwaschen wollen.«

»Natürlich mache ich sie. Ich werde Sie bei Ihren Ermittlungen unterstützen, so gut ich kann.«

»Gut. Wir brauchen auch ein paar Haarproben.«

»Mit oder ohne Kurspülung?«

»Was haben Sie gesagt?«

»Ich sagte: ›Mein Haar und ich kommen sofort vorbei.‹«

Ich fegte mit meinem Porsche durch die Horde von Reportern und Fotografen vor meinem Haus und kämpfte mich die Einfahrt von Maplebark Manor entlang und hinaus auf die Straße. Wann würden diese Geier endlich einsehen, daß ich nicht mit ihnen sprechen würde, und verschwinden? Außerdem fragte ich mich, wann mein Leben wieder in normalen Bahnen verlaufen würde. Und schließlich würde ich gern wissen, was »normal« ist.

Im Polizeirevier stieß ich auf eine weitere Horde Reporter und Fotografen, die sich vor dem Büro von Detective Corsini drängte.

Als der gute Detective seine Tür aufmachte, bombardierten sie ihn mit Fragen und schossen ein Blitzlichtgewitter auf ihn ab. Er genoß es ganz ungemein.

»Stimmt es, daß die Gerichtsmediziner Drogen am Tatort gefunden haben?«

»War Melanie Moloney drogenabhängig?«

»Hat der Mörder ihr Kokain verkauft?«

Ich lauschte ungläubig. Melanie kokainsüchtig? Ich traute meinen Ohren nicht. Sicher, sie war die ganze Zeit angespannt und reizbar gewesen. Aber ich hätte das entweder auf Verdauungsprobleme, die Wechseljahre oder schlichte Veranlagung zurückgeführt. Ich wäre nie auf die Idee gekommen, daß Drogen für ihr gräßliches Benehmen verantwortlich sein könnten.

Außerdem war sie Gesundheitsfanatikerin gewesen. Sie hatte weder geraucht noch getrunken und regelmäßig in ihrem Fitneßraum trainiert. Vielleicht hatte ihr Mörder etwas mit Drogen zu tun, aber sie bestimmt nicht, da war ich mir sicher. Oder womöglich hatte der Mafia-Killer, den Alistair angeheuert hatte, absichtlich Kokain bei ihr hinterlassen.

»Was soll das ganze Gerede über Drogen?« fragte ich einen der Reporter im Flüsterton.

»In dem Polizeibericht, der heute morgen an die Medien ging, heißt es, daß sie vermutlich Kokain auf Moloneys Schreibtisch gefunden haben«, klärte er mich auf.

»Warum sagen sie, daß sie *vermutlich* Kokain gefunden haben? Wissen sie es denn nicht genau?«

»Sie müssen das Zeug erst ins Labor schicken.«

»Wie lange dauert das?«

»Vielleicht sechs Wochen. Es muß an das staatliche gerichtsmedizinische Labor in Meriden weitergeleitet werden.«

»Sechs Wochen? Bis dahin kann der Mörder ja in Beirut sein.«

Der Reporter warf mir einen verwirrten Blick zu. »Warum sollte der Mörder nach Beirut fliehen? Glauben Sie, daß es ein libanesischer Terrorist war?«

»Nein, das sollte ein Witz sein.«

»Oh, ich verstehe.«

»Gut.« Der Typ konnte eine kleine Aufheiterung vertragen. »Dabei fällt mir ein anderer Witz ein«, sagte ich. »Sie sind in einem Raum mit einem Massenmörder, einem Terroristen und einem Anwalt, und Sie haben eine Pistole mit nur zwei Kugeln. Was machen Sie?«

»Keine Ahnung.«

»Den Anwalt zweimal erschießen.«

Wieder ein verwirrter Blick.

»Vergessen Sie's«, tröstete ich den Reporter. »War eh nicht so lustig.«

Ich hatte schon lange keinen Witz mehr erzählt. Vielleicht war ich aus der Übung. Vielleicht hatte ich kein Gespür mehr für Pointen. Oder womöglich war der Typ ein begeisterter Fan von Anwälten. Aber ich mußte mir den Kopf ohnehin über Wichtigeres zerbrechen – etwa, wie ich den Urintest überstand, ohne mich weiter in den Mord an Melanie zu verstricken. Wer hatte da behauptet, das Leben in den Schlafstädten sei langweilig?

14. Kapitel

»Darf ich dich heute abend zum Essen ausführen?« fragte Cullie. Wir telefonierten schon seit einer halben Stunde und erzählten einander von unseren jüngsten Alpträumen: Ich steuerte bei, wie ich im Polizeirevier eine Urinprobe abgeben mußte, und er, wie er sich mit Mr. und Mrs. Ex-Börsenmakler herumgeschlagen hatte, die, nachdem er morgens um drei ihr vom Mond beschienenes Wohnzimmer fotografiert hatte, darauf bestanden, daß er bis Sonnenaufgang dabliebe, um dem Raum *wirklich* gerecht zu werden.

»Ich nehme die Einladung gerne an, aber ich erwarte nicht, daß du mich irgendwohin führst oder mir irgend etwas schenkst. Damit habe ich nichts mehr im Sinn.«

»In Ordnung. Aber ein kleiner Imbiß bei McGavin's ist doch kein Angriff auf deine neugewonnene Unabhängigkeit, oder?«

»Einverstanden. Hol mich in einer Stunde ab.«

Ich war froh, den Abend mit Cullie verbringen zu können, nachdem ich einen weiteren aufwühlenden Tag mit Melanies Manuskript zugebracht hatte, dessen zweiten Teil ich im Laufe des Vormittags gelesen hatte. Nachdem ich das Buch in der Sauna versteckt hatte, beschloß ich, zwei Fliegen mit einer Klappe zu schlagen und das Manuskript zu lesen, während ich mir ein paar Saunagänge gönnte. Dummerweise fand ich das Buch derart faszinierend, daß ich viel zu lange in der Sauna blieb und vor Überhitzung beinahe ohnmächtig geworden wäre.

Im zweiten Teil des Buches, in dem es um Alistairs Karriere in der Politik ging, wurde die schockierende Behauptung aufgestellt, der spätere Senator habe in den frühen fünfziger Jahren, als er ein immer gefragteres Mitglied der Hollywood-Gesellschaft wurde, für Joseph McCarthys Regierungskomitee spioniert, die Linken unter seinen Schauspielerkollegen verraten und so die Karriere einiger der begabtesten Entertainer Amerikas ruiniert. Melanie behauptete außerdem, er habe insgeheim mehrere Gruppen aktiv unterstützt, welche die Überlegenheit der weißen Rasse predigten, und der wahre Grund für sein freiwilliges Ausscheiden aus dem Senat sei darin zu suchen, daß er fürchten mußte, seine Verbindung zu diesen Gruppen werde ans Licht kommen.

Ich war entsetzt. Sicher, Alistair war ein konservativer Republikaner – wie die meisten Einwohner Laytons. Aber ein Hexenjäger McCarthys und ein Rassist? Wenn Melanies Unterstellungen zutrafen, war der Mann ein Ungeheuer! Daß die Mafia Melanie umgebracht hatte, konnte man getrost vergessen – Alistair selbst war es vermutlich gewesen. Alibi hin oder her, er hatte ihr wahrscheinlich einen Schlag auf den Kopf versetzt, um sich seinen Ruf von ihr nicht ruinieren zu lassen. Vielleicht war er ja in der Nacht, als Melanie ermordet wurde, gar nicht bei einer Frau gewesen. Vielleicht gab es gar keine »Freundin«. Vielleicht hatte Alistair Detective Corsini, der Prominentenhure, einen dicken, fetten Scheck ausgestellt, und Corsini hatte sich eine geniale Methode zur Vertuschung der Wahrheit ausgedacht.

Was für ein Schwein Alistair doch ist, dachte ich, wie ich da, vor Entwässerung schon ganz geschwächt, in der Sauna lag. Wenn ich mir nur vorstellte, daß ich für diesen Mann gearbeitet hatte. Wenn ich nur daran dachte, daß meine arme, nichtsahnende Mutter ihn in seinem Haus aufgesucht hatte, um mit ihm über *meine* Zukunft bei seiner Zeitung zu sprechen. Wenn ich mir nur ausmalte, wie er unsere ganze Stadt – ja, verdammt noch mal, das ganze Land – glauben gemacht hatte, er sei eine Art Held, eine Art Vorbild, eine Art moralische Führungsfigur. Das verlieh doch dem Ausdruck, den Leuten mit irgendeinem Cha-Cha-Cha zu kommen, ganz neue Dimensionen!

Cullie und ich trafen um halb acht im McGavin's ein und bekamen sofort einen Ecktisch zugewiesen. »Möchten Sie etwas trinken?« fragte der Kellner.

»Mount Gay Rum mit Tonic«, antworteten wir wie aus einem Munde und fingen an zu kichern.

»He, seit wann trinkst du denn Mount Gay?« wollte Cullie wissen.

»Seit dem Maine-Hummer-Abend.«

»Seit wann?«

»Vergiß es. Ich habe einfach festgestellt, daß ich Mount Gay mag. Und außerdem habe ich festgestellt, daß ich dich mag.«

Cullie langte über den Tisch, griff nach meiner Hand und drückte sie. »Das freut mich aber«, sagte er und lächelte.

Wir wollten uns gerade in die Speisekarte vertiefen, als ich sah, wie Julia sich am Tresen von einem Barhocker erhob und auf die Tür zuging. Sie war allein. »He, Applebaum!« rief ich ihr zu. Ich hatte gehofft, ihr zu begegnen. Wir hatten uns nicht mehr gesehen, seit die Nachricht von der Ermordung Melanies und meinem Leben als Dienstmädchen in die Medien gekommen war. »Julia!« rief ich noch einmal, aber sie ging unbeirrt weiter, als hätte sie mich nicht gehört. »Julia!« brüllte ich und schwenkte die Arme, um ihre Aufmerksamkeit zu erregen. »Hier drüben!«

Sie blieb stehen und schaute in meine Richtung, aber weder lächelte sie, noch begrüßte sie mich.

»He, ich bin's, Alison. Komm und setz dich zu uns«, schrie ich und wollte sie an unseren Tisch winken.

Sie warf mir jedoch nur einen reichlich seltsamen Blick zu – wie ein Reh angesichts heranrasender Scheinwerfer –, einen Blick, der darauf schließen ließ, daß ich sie bei etwas ertappt hatte, für das sie sich schämte oder das ihr angst machte. »Hallo, Koff«, sagte sie eilig. »Ich muß gehen, tut mir leid.« Dann verließ sie das Lokal.

»Das begreife ich nicht«, sagte ich zu Cullie. »Julia ist eine Freundin von mir. Sie würde mich nie so brüskieren.«

»Das kam mir auch nicht wie eine Brüskierung vor«, meinte er, »sondern eher wie eine Flucht.«

»Das stimmt. Es sah ganz danach aus, als ob sie mir aus dem Weg gehen wollte. Kann es sein, daß sie allen Ernstes glaubt, was in der Zeitung steht? Kann es sein, daß meine alte Freundin Julia glaubt, ich hätte Melanie umgebracht?«

»Das ist es bestimmt nicht, Sonny. Vielleicht war sie nur zu spät dran für eine Verabredung und hatte keine Zeit, um mit dir zu plaudern.«

»Vielleicht. Als wir das letzte Mal miteinander gesprochen haben, hatte ich den Eindruck, daß sie einen Liebhaber hat. Aber ich konnte sie nicht dazu überreden, mir zu sagen, wer der geheimnisvolle Mann ist.«

»Es muß eine vernünftige Erklärung für ihr Verhalten geben«, sagte Cullie. »Wir wollen uns doch davon nicht den Abend verderben lassen, oder?«

»Einverstanden.«

Die gute Nachricht ist, daß Julia uns den Abend nicht verdarb. Die schlechte ist, daß es jemand anders beinahe fertiggebracht hätte.

Cullie und ich verspeisten gerade die ersten Bissen von unseren Cheeseburgern, als Sandy und die Partyservice-Hure auftauchten. Sie standen neben der Tür und warteten auf einen freien Tisch. Sie waren wie Zwillinge in identische, violette Skianzüge gehüllt und sahen aus wie zwei Auberginen.

»O Gott«, schluckte ich. »Dreh dich bloß nicht um. Mein Ex-Mann ist da, mit seiner schwangeren ersten Frau.«

Auf eines kann man wetten. Wenn man jemanden bittet, sich nicht umzudrehen, macht er das garantiert. Cullie verrenkte sich den Hals, um einen Blick auf Sandy und Soozie zu werfen. »Das ist dein Ex-Mann? Der braungebrannte Typ?« fragte er.

»Ja. Soweit ich gehört habe, gehen seine Geschäfte dermaßen schlecht, daß er einen Teilzeitjob im Laytoner Fitneßclub angenommen hat. Dafür darf er dort gratis das Solarium benutzen. Erstaunlich, was?«

Bevor Cullie antworten konnte, kamen Sandy und Soozie auf unseren Tisch zu. Was zum Teufel hatte mein verflossener zweiter Mann im McGavin's verloren, fragte ich mich, einem Lokal, das er stets als »Spelunke für Abgestürzte« bezeichnet hatte? Früher hätte er keinen Fuß hier herein gesetzt.

»Guten Abend, Alison«, sagte Sandy. »Schön, zu sehen, daß du in diesen anstrengenden Zeiten ausgehst und dich amüsierst. Und das ist ...« Er sah Cullie an.

»›Das‹ ist Cullie Harrington«, sagte ich. »Cullie, ich möchte dir Sandy Koff und seine Freundin Diane vorstellen.« Es machte mir einen Heidenspaß, Soozie auf die Palme zu bringen, indem ich sie bei ihrem richtigen Vornamen nannte, den sie haßte.

»Erfreut«, sagte Sandy und schüttelte Cullie die Hand. Soozie und ich schüttelten uns nicht die Hände. Wir nickten uns zu.

»Was treibt dich zu McGavin's?« fragte ich. Der Sandy, den ich kannte, bevorzugte Speisestätten, die für Mako-Hai im Krustenmantel mit karamelisierter Scharlottenvinaigrette oder Lammedaillons vom Holzkohlengrill mit Birnenchutney und fritierten Selleriespänen bekannt waren.

»Da draußen herrscht jetzt eine neue Realität, Alison, und die heißt Rezession«, erklärte Sandy in seinem herablassendsten Tonfall. »McGavin's überschneidet sich hervorragend mit dieser neuen Realität. Wie ich schon Soozie auf dem Weg hierher erklärt habe: Im Leben geht es um persönliches Wachstum, und bei McGavin's zu essen ist Teil dieses persönlichen Wachstums. Beim persönlichen Wachstum geht es darum, aus seinen Grenzen auszubrechen, eingefahrene Gleise zu verlassen, in Restaurants zu essen, in denen man nie zuvor gegessen hat ...«

An der Art, wie Cullie seinen Cheeseburger umklammerte,

konnte ich erkennen, wie gern er Sandy dessen von Psychogeschwätz überquellenden Mund damit gestopft hätte. Doch er beherrschte sich.

»Aber Sandy«, wandte ich ein, »Rezession hin oder her, du hast doch Lokale immer gehaßt, in denen Rockmusik läuft.« Im McGavin's stand eine Musikbox, aus der unaufhörlich die Hits der fünfziger, sechziger und siebziger Jahre dröhnten, und ich konnte mir nur schwer vorstellen, daß Sandy das aushielt. Er haßte Rockmusik, vor allem Soul. Solange wir verheiratet waren, hatte ich so etwas nicht spielen dürfen – nicht einmal im Auto.

»Das Essen ist nicht schlecht hier«, sagte Sandy und erläuterte sein Auftauchen bei McGavin's ausführlicher. »Ich versuche, so gut wie möglich mit der Hintergrundmusik zurechtzukommen. Das Leben ist voller Störfaktoren.«

»Wem sagst du das.« Zwei davon standen direkt vor mir.

Sandys Bereitschaft, bei McGavin's zu essen, war nicht sein einziges Zugeständnis an die Rezession. Auch seine Schuhe wiesen darauf hin, daß er seinen Lebensstil einer radikalen Umwälzung unterzogen hatte. Sandy, der früher ausschließlich Modelle von Gucci, Bally oder Cole-Haan getragen hatte, schien nur ein Paar Penny-Slipper von Kinney, Florsheim oder Thom McCann zu tragen. Ich war schockiert. Der alte Sandy hatte solche Schuhe verachtet. Nicht genug damit, daß er Schuhgeschäfte in Einkaufszentren haßte, verabscheute er Pennies über alle Maßen. Ganz im Ernst. Sandy haßte Pennies derart, daß er sie wegwarf, wenn sich ein paar davon in seinen Taschen angesammelt hatten. Ich hatte versucht, ihn davon abzubringen. »Hundert Pennies sind ein Dollar«, hatte ich immer wieder gesagt. Aber er hörte nicht auf mich. Merkwürdigerweise hatte er für Nickel- und Dime-Münzen mehr übrig.

»Was haben Sie denn da, Curly?« wollte Sandy wissen und starrte hungrig auf Cullies Teller.

»Ich heiße Cullie«, korrigierte Cullie ihn mißmutig.

»*Cullie.* Verzeihen Sie. Was ist das, was Sie da essen? Irgendeine Art Pâté au gratin auf Focaccio? Es sieht unheimlich gut aus.«

»Es nennt sich Cheeseburger. Es ist die Rezessionsspezialität des Tages.«

Ich prustete los und bekam einen derartigen Lachkrampf, daß sich das ganze Lokal zu uns umdrehte, um zu sehen, was denn so witzig war. Mein Ex-Mann war so hoffnungslos daneben, daß er nicht einmal einen dämlichen Cheeseburger erkannte. Neue Realität, das war ja zum Wiehern.

»Sandy«, sagte ich, als ich endlich wieder Luft holen konnte, »laß dich von uns nicht von deinem Abendessen abhalten. Du und Diane müßt jetzt für drei essen. Fangt lieber gleich an.«

Sandy funkelte mich an. Plötzlich, als sei ihm gerade eingefallen, daß ihn die anderen Gäste des McGavin's beobachten und jede seiner Handlungen studieren könnten, zwang er seinen Mund zu einem seligen Lächeln. »Frieden«, sagte er, bildete mit den Fingern ein »V« und entbot mir das Friedenssymbol aus den siebziger Jahren. Dann marschierte er mit seiner ersten Frau an ihren Tisch.

»Damit warst du verheiratet?« sagte Cullie mit einem hämischen Grinsen.

»He, laß uns erst mal einen Blick auf deine Verflossene werfen, bevor wir auf meinem Ex herumhacken, ja?« grinste ich zurück.

»Einverstanden. Aber ich bezweifle, daß Preston in absehbarer Zeit ins McGavin's spaziert kommen wird. Ich habe gehört, daß sie inzwischen in Kalifornien lebt. Ja Jolla, genauer gesagt.«

»Erzähl mir von ihr – wenn es nicht zu sehr weh tut.«

»Es tut überhaupt nicht weh. Ich habe sie neun Jahre nicht gesehen. Und der alte Spruch stimmt schon: Die Zeit heilt durchaus.«

»Du hast sie im Jachtclub Sachem Point kennengelernt, wo dein Vater gearbeitet hat?«

»Mhm. Die Parkers waren Mitglieder. Sind sie wahrscheinlich immer noch. Preston hat bei meinem Vater Segelstunden genommen, und da ich ihm ab und zu ausgeholfen habe, hat sie auch bei mir Stunden genommen. Das eine führte zum anderen, und so kamen wir uns näher.«

»War sie schön?«

»Sehr.«

Ich empfand einen Anflug von Eifersucht, da ich selbst zwar eine Art dynamischer Attraktivität ausstrahle, aber kaum schön genannt werden kann. »Und so seid ihr also miteinander gegangen, nachdem du ihr das Segeln beigebracht hattest?«

»So würde ich es nicht direkt nennen. Wir sind nie zusammen ausgegangen. Ihre Eltern hätten Zeter und Mordio geschrien. Wir haben uns heimlich getroffen. Sie schlich sich in unser Haus im Club, wenn mein Vater gerade nicht da war. Oder ich holte sie an einem entlegenen Ort ab, und wir fuhren irgendwohin. So auf die Art.«

»Aber irgendwann müssen doch ihre Eltern das mit euch herausgefunden haben. Ihr habt ja schließlich geheiratet, oder?«

»O ja, allerdings haben wir geheiratet. Die Trauung in ihrer Kirche und der Empfang im Jachtclub. Der ganze Sums. Wahrscheinlich hast du in *Town & Country* von der Hochzeit gelesen oder auf der Klatschseite der *New York Times.* Es war ein großes Ereignis. Sämtliche Freunde und Verwandte der Parkers waren da.«

»Und was war mit deinen Freunden und Verwandten? Waren die Harringtons denn nicht vertreten?«

»Paddy wollte, daß sein Bruder und seine Schwestern aus Europa herübergeflogen kämen, aber keiner von ihnen konnte es sich leisten. Ich wette, die Parkers waren froh darüber. In ihren Augen war es um so besser, je weniger die Harringtons in Erscheinung traten.«

»Das verstehe ich nicht. Wenn Prestons Eltern so massive Einwände gegen eure Verbindung hatten, warum haben sie euch dann eine so schicke Hochzeit spendiert?«

»Sie hatten keine Wahl. Preston war schwanger.«

»Oh.« Ich betrachtete die Reste des Cheeseburgers auf meinem Teller und verlor den Appetit. Preston und Cullie hatten also ein Kind. Der Mann steckte voller Überraschungen. »Hast du sie deshalb geheiratet? Weil sie schwanger war?«

»Kann ich nicht sagen. Vielleicht hätte ich es auch so getan. Sie war ein wildes, impulsives Mädchen mit einem spontanen Lebensgefühl, das mir fehlte. Ich war sehr von ihr eingenommen.«

»Und wo ist das Kind jetzt? Bei Preston in La Jolla?«

»Nein, Preston hatte einen Monat nach unserer Hochzeit eine Fehlgeburt. Damals fing auch die Beziehung an, in die Binsen zu gehen.«

»So früh schon?«

»Wir hatten nichts gemeinsam außer dem Segeln. Ich fing mit dem Fotografieren an und begann, mir einen Namen zu machen. Sie verbrachte ihre Tage damit, mit Freunden essen zu gehen, Mummy und Daddy zu besuchen und darüber nachzudenken, was sie werden wollte, wenn sie groß war. Das einzige, was uns verband, war die Zeit, die wir auf dem Wasser verbrachten.«

»Dann muß sie ja begeistert gewesen sein, als du nach Maine hinaufgefahren bist und die *Marlowe* gekauft hast.«

»Zuerst schon. Das Boot sollte ein Gemeinschaftsprojekt werden. Wir wollten es gemeinsam wieder herrichten und dann zusammen darauf leben. Doch von dem Moment an, in dem wir unser Haus aufgaben und uns auf der *Marlowe* niederließen, wurde klar, daß wir es nicht schaffen würden. Wenn man herausfinden will, ob man zu einer Frau paßt, muß man mit ihr auf einem Boot leben.«

»Und dann hat sie dich verlassen?«

»So schnell, wie man sagen kann: ›Daddy, besorg mir einen guten Scheidungsanwalt.‹«

»Das tut mir leid.«

»Laß nur. Mir tut es ja auch nicht leid. Ich war nicht der Richtige für sie. Der Typ, mit dem sie jetzt verheiratet ist, ist nicht nur ein milliardenschwerer Geschäftsmann, ihm gehört auch die *Sharpshooter.*«

»Was ist die *Sharpshooter*?«

»Das ist ein 24-Meter-Schlitten, eine Rennjacht, die dreimal hintereinander den Trans-Pacific-Cup gewonnen hat. Anders ausgedrückt, Sonny, der Typ stellt Preston nicht nur die Juwelen, sondern auch noch das Tafelsilber dazu.«

Ungefähr so wie Sandy bei mir. »Tut mir leid«, sagte ich noch einmal.

Der Kellner kam, um den Tisch abzuräumen, und fragte uns, ob wir einen Nachtisch oder Kaffee wollten. Wir wollten nicht. Cullie bezahlte und fuhr mich nach Hause. Als wir vor Maplebark Manor vorfuhren, stießen wir auf einen wütenden Schwarm von Reportern und Fernsehkameras – wütender und fordernder denn je zuvor.

»Erzählen Sie uns, wie Sie sie umgebracht haben, Alison.«

»Haben Sie Melanie Kokain verkauft?«

»Sind Sie kokainsüchtig?«

Die Lawine von Fragen, zu der mittlerweile die Neuigkeit gehörte, daß auf Melanies Schreibtisch Kokain gefunden worden war, riß nicht ab. Ich wußte nicht, wie ich damit fertig werden sollte. Ich hatte dermaßen genug davon, die Medien – ganz zu schweigen von der Polizei – im Nacken sitzen zu haben, daß ich glaubte, schreien zu müssen.

»Vielleicht sollte ich ausreißen«, sagte ich zu Cullie, während wir noch in seinem Jeep saßen, da ich mich nicht aus dem Wagen traute, wo ich mich den Geiern hätte stellen müssen. »Vielleicht sollte ich mir die Haare färben, meinen Namen ändern und in den Süden ziehen.«

»Nach Mexiko?«

»Nee. Da vertrage ich das Wasser nicht. Vielleicht Florida. Palm Beach.«

Cullie lachte. »Ich habe eine bessere Idee. Warum läßt du dir nicht von mir helfen?«

»Im Grunde *ist* es ja gewissermaßen alles deine Schuld.«

»Meine Schuld?«

»Ja. Wenn du in der Nacht, als Melanie ermordet wurde, nicht darauf bestanden hättest, mich um elf Uhr nach Hause zu bringen, würden diese Geier jetzt über dem Haus von jemand anderem kreisen. Wenn du mich die Nacht auf der *Marlowe* hättest verbringen lassen, hätte ich jetzt ein Alibi für Detective Corsini, und keiner dieser Schweinepriester würde mich belästigen. Aber nein, du hattest ganz früh am nächsten Morgen einen wichtigen Fototermin und mußtest mich nach Hause bringen. Also ist es doch einzig und allein deine Schuld.«

Cullie sah drein wie ein begossener Pudel.

»He, ich habe bloß Spaß gemacht. Du konntest doch nichts dafür, daß du früh am nächsten Morgen einen Auftrag hattest. Ich mache dir keinen Vorwurf, ehrlich nicht.«

»Sicher?«

»Ganz sicher. Komm her.« Ich zog Cullies Gesicht ganz dicht an meines und küßte ihn. »So, damit die Fernsehkameras etwas zu filmen haben.«

»Sonny, es ist mein Ernst, daß ich dir helfen möchte. Du brauchst einen Zufluchtsort, einen Ort, an dem dich diese Irren nicht bedrängen, einen Ort, an dem du dich entspannen kannst, bis die Polizei den Mord an Melanie aufgeklärt hat.«

»Fernsehkameras sind durchaus tragbar; sie können mir überallhin folgen.«

»Aber nicht auf mein Boot. Und die Hafenaufsicht springt mit Eindringlingen nicht gerade zimperlich um. Dort tut jede Nacht ein Wachmann Dienst.«

»Du bietest mir an, zu dir auf die *Marlowe* zu ziehen?« Ich war baff. Cullie und ich kannten uns erst seit ein paar Wochen. Ich hätte angenommen, daß Zusammenwohnen das letzte war, was er im Sinn hatte.

»Werd nicht nervös, Sonny. Das ist kein Heiratsantrag oder dergleichen. Es ist nur ein Vorschlag, um dir zu ein bißchen Ruhe und Frieden zu verhelfen, damit du dein Leben in den Griff kriegen kannst. Boote eignen sich hervorragend für so was.«

»Ich weiß nicht, was ich sagen soll. Nach allem, was du mir über dich und Preston erzählt hast, bin ich mir nicht sicher, ob wir bessere Kojengefährten wären als ihr beide.«

»Aber einen Versuch ist es doch wert, findest du nicht?«

Ich sah zuerst auf Cullie, dann auf die Medienhaie, die vor Maplebark Manor kampierten, und schließlich wieder auf Cullie. »Einverstanden«, sagte ich. Cullie schien erfreut zu sein. »Aber heute nicht mehr. Morgen früh.«

»Warum nicht gleich heute?«

»Ich muß packen.«

»Sonny, du kennst die *Marlowe.* Es ist nicht die *Queen Elizabeth II,* sondern nur ein 12-Meter-Segelboot. Da ist nicht viel Platz für Zeug, also beschränk dich bitte beim Packen.«

»Ay, ay, Käpt'n.« Ich schlang die Arme um Cullies Hals und küßte ihn. »Danke«, flüsterte ich. »Für alles.«

»Keine Ursache. Soll ich dich morgen früh abholen?«

»Nicht nötig. Ich fahre mit meinem Wagen zum Jachthafen hinüber.« Ich küßte ihn noch einmal. »Nacht, Käpt'n.«

»Nacht, Leichtmatrose.«

Ich stieg aus dem Jeep und kämpfte mich durch die Trauben von Reportern und Kameraleuten, bis ich es zur Haustür von Maplebark Manor geschafft hatte. Ich winkte Cullie zum Abschied, ging ins Haus und begann mich auf das Leben an Bord der *Marlowe* vorzubereiten.

Am nächsten Morgen lud ich drei Louis-Vuitton-Taschen in mein Auto: eine mit der Grundausstattung (Unterwäsche, Socken, Turnschuhe, Jeans, Pullover, T-Shirts, ein paar Taschenbücher und mein neues Tagebuch), eine mit Toilettenartikeln, Make-up und meinem Fön, und eine dritte mit dem kompletten Alistair-Downs-Manuskript. Da ich meinen Aufenthalt auf der *Marlowe* als eine Art verlängerten Camping-Ausflug betrachtete, ließ ich das Designerzeug zu Hause.

Als ich am Jachthafen ankam, begrüßte mich Cullie mit einem Lächeln und einer Umarmung. Aber seine Laune schlug um, als er das Gepäck sah, das ich mitgebracht hatte.

»Ich habe dir doch gesagt, du sollst dich beim Packen beschränken.«

»Ich habe mich beschränkt – für meine Begriffe.«

»Sonny, es ist kein Platz für alle drei Taschen. Brauchst du die wirklich?«

Ich nickte.

»Wie steht's mit der hier? Was ist da drin?« Er zog den Reißverschluß der Tasche auf, in der mein Make-up und mein Fön waren.

Bevor ich ihn daran hindern konnte, kippte er mir die ganzen Kosmetikartikel in meinen Kofferraum – mein Gesichtswasser, meine Feuchtigkeitscreme, ja sogar mein Retin-A. Ich wurde wütend.

»Warum hast du das getan?« kreischte ich.

»Du brauchst das alles nicht auf der *Marlowe*«, erklärte er. »Ich habe jede Menge Seife, Zahnpasta und Shampoo. Der Rest ist Käse.«

»Und was ist mit dem Gesichtswasser? Wie soll ich ohne das meinen Teint straff halten?«

»Das Mittel heißt Seeluft. Stell dich einfach morgens auf Deck, und dein Gesicht wird straff wie nie.«

»Und mein Fön?«

»Du lebst auf der *Marlowe,* nicht in Maplebark Manor. Der Stromkreis auf einem Boot ist ganz anders als in einem Haus. Oh, natürlich könnte ich losrennen und zweitausend Dollar für einen Konverter rauswerfen, damit dein Fön mit dem System der *Marlowe* kompatibel ist. Aber stell dir vor – das tue ich nicht. Du wirst so zurechtkommen müssen.«

Ich zeigte Cullie mein eindrucksvollstes Schmollen.

»Komm schon, Kopf hoch, Sonny. Dein Fön wird dir nicht die Bohne fehlen, ich schwör's dir. Wenn dein Haar gefönt werden muß, puste *ich* eben drauf. Das klappt wunderbar, vertrau mir.«

»Ja, ich vertraue dir, und wie. Dir und Captain Queeg.«

»Und jetzt werfen wir noch einen Blick auf deine anderen Taschen«, sagte er. »Ich mache mal die hier auf und –«

»O nein, das tust du nicht!« schrie ich und riß ihm die Tasche aus der Hand. Es war die mit dem Manuskript. Ich hatte keiner Menschenseele erzählt, daß ich es gestohlen hatte, und so wie Cullie sich aufführte, würde ich es auch ihm nicht anvertrauen. »Finger weg von meinen Sachen«, fauchte ich. »Wenn du noch ein einziges Mal mein Eigentum anfaßt, fahre ich nach Hause, und wir können unsere kleine Vereinbarung komplett vergessen.«

»Nur zu«, spöttelte er. »Fahr nur nach Hause, wenn du das gerne möchtest. Ich wette, du wirst dich bei deinen Verhandlungen mit der Bank, der Polizei und den Medienleuten köstlich amüsieren.«

»Ich muß nicht nach Hause gehen. Ich habe noch andere Möglichkeiten.«

»Oh, natürlich, das habe ich ja ganz vergessen. Du könntest dich immer noch im Plaza Hotel einmieten.«

»Du weißt ganz genau, daß ich dafür nicht das Geld habe. Aber ich könnte bei meiner Mutter unterkommen.« Ich biß mir auf die Zunge, nachdem ich das gesagt hatte. Lieber würde ich meine ganzen Taschen in den Long Island Sound werfen, als mich bei meiner Mutter einzuquartieren.

Was ging hier überhaupt vor? Cullie und ich waren doch so gut ausgekommen. Freilich hatten wir zu Beginn unsere Kräfte gemessen, aber darüber waren wir doch wohl hinaus, dachte ich. Vielleicht ging das alles viel zu schnell. Vielleicht waren wir noch nicht so weit, daß wir zusammenleben konnten, nicht einmal vorübergehend. Wir waren zu verschieden, zu festgefahren, zu unflexibel.

»Schau mal, Sonny«, sagte Cullie und ging auf mich zu. »Ich weiß, daß dir das alles einiges abverlangt. Es tut mir leid, wenn ich zu heftig geworden bin. Aber wie ich dir ja zu erklären versucht habe, mußt du deine Lebensweise ein bißchen ändern, wenn du auf der *Marlowe* wohnst.«

Cullie hatte natürlich recht. »Es tut mir leid«, sagte ich. »Du warst so nett, mir aus einer unangenehmen Situation herauszuhelfen, und ich habe mich benommen wie Joan Collins im ›Denver-Clan‹. Ich hätte gern noch eine Chance. Spulen wir doch das Ganze zurück und fangen mit der Szene noch einmal von vorne an.«

»Einverstanden«, sagte er, und seine Miene hellte sich sichtlich auf.

»Guten Morgen, Käpt'n. Euer Leichtmatrose meldet sich zur Stelle«, sagte ich fröhlich und tat so, als sei ich gerade erst im Jachthafen angekommen.

»In Ordnung, Maat.«

Cullie trug eine der Taschen und ich die andere – die, in der *Cha-Cha-Cha* steckte. Als wir am Ankerplatz der *Marlowe* ankamen, begann mein Herz schneller zu schlagen. Offen gestanden konnte ich dieses neue Abenteuer gar nicht erwarten. Ich war gerne auf dem Boot und brannte darauf, das Seemannsleben kennenzulernen. Vor allem aber war ich auf das Leben mit Cullie gespannt. Zu ihm auf sein Boot zu ziehen war das Spontanste, was ich je getan hatte.

»Trautes Heim, Glück allein«, sagte er, als wir den Niedergang hinunterkletterten und die Kajüte betraten.

»Oh, Cullie, eine Rose!« Eine Vase mit einer einzelnen langstieligen Rose stand auf dem Eßtisch.

»Ich wollte dich in dem Stil, von dem ich *weiß*, daß du ihn gewohnt bist, auf der *Marlowe* willkommen heißen«, sagte er sarkastisch.

»Du bist der Beste! Der absolut Beste!« Ich gab ihm einen Kuß. »Wenn du mir jetzt bitte zeigen würdest, wo ich meine Sachen verstauen kann, dann packe ich diese Taschen aus und räume sie aus dem Weg.«

Cullie führte mich zum Bug des Boots und zeigte auf einen kleinen Spind an der Wand zwischen der Naßzelle und den V-Kojen. »Ein paar Sachen kannst du da unterbringen«, sagte er. »Den Rest können wir unter die Kojen schieben.«

Ich wollte mich nicht beklagen. Ich packte die Taschen aus und stopfte meine Sachen in das bißchen Raum, das mir zugewiesen worden war. Ich ließ das Alistair-Downs-Manuskript in seiner Tasche und stellte sie auf den Boden des Spinds. Irgendwann dieser Tage komme ich doch noch dazu, beruhigte ich mich.

»Wow. Jetzt bin ich wirklich hier«, seufzte ich. Cullie und ich saßen auf einer der Verwandlungskojen im Wohnraum.

»Und was ist es für ein Gefühl?«

»Ein bißchen fremd, aber aufregend.«

»Noch keine Klaustrophobie?«

»Nee«, lachte ich.

»Nicht seekrank?«

»Red doch keinen Quatsch.«

»Wie wäre es mit etwas zu trinken? Saft oder Kaffee? Du bist hier nicht zu Gast. Du kannst dich von allem bedienen, was da ist.«

»Danke«, sagte ich. »Aber was ich wirklich gern hätte, ist eine schöne heiße Dusche. Ich bin heute morgen so zeitig aufgebrochen, daß dafür keine Zeit mehr war. Und bei diesem eisigen Wetter brauche ich einfach eine heiße Dusche – schon, um die Blutzirkulation anzuregen.«

»Da hast du recht«, sagte Cullie. »Es sind auch nur fünf Minuten zu Fuß.«

»*Was* sind fünf Minuten zu Fuß?«

»Der Weg zu den Duschen.«

»Das verstehe ich nicht. Die Naßzelle – so heißt das doch, oder? – ist da vorne«, sagte ich und zeigte zum Vorschiff.

»Ja, die Naßzelle ist da vorne, aber du kannst sie nicht benutzen. Ich habe die Wasseranschlüsse den Winter über abgeklemmt. Sonst würde das Wasser in den Leitungen gefrieren.«

Mich ergriff die Panik. »Du meinst, auf diesem Boot gibt es kein Badezimmer? Keine Dusche? Kein Waschbecken? Keine Toilette?«

»Genau das meine ich.«

»Soll das heißen, daß ich jedesmal, wenn ich auf die Toilette möchte, das Boot verlassen muß?«

»Genau das heißt es. Aber wie gesagt – die öffentlichen Waschräume des Jachthafens sind nur fünf Minuten von unserem Liegeplatz entfernt. Und dort gibt es jede Menge schöne heiße Duschen.« Cullie grinste. Ich wußte genau, daß er sich königlich amüsierte.

»Und was ist mit der Küche – äh, der Pantry?« fragte ich hastig und hoffte, daß es ein Irrtum war und Cullie jede Sekunde so etwas wie »April, April« sagen und wir beide uns über seinen Scherz vor Lachen ausschütten würden. »Da hast du doch fließendes Wasser. Du hast schließlich ein Essen für mich gekocht, weißt du noch?«

»Die Pantry ist etwas anderes. Das Wasser dort kommt aus der Heißwasserheizung.«

»Aha«, sagte ich niedergeschlagen und sah vor meinem geistigen Auge Wochen und Aberwochen, in denen ich in einem öffentlichen Waschraum am Jachthafen von Jessup duschen würde. »Dann verschiebe ich wohl die schöne heiße Dusche.«

»Wie wär's statt dessen mit einem schönen heißen Kaffee?« fragte Cullie, legte den Arm um mich und versuchte, mich aufzuheitern.

»Wie wär's mit einem schönen heißen *Irish* Coffee – und außer dem Whiskey kannst du alles weglassen«, sagte ich trübsinnig. Mich zu betrinken erschien mir als hervorragende Alternative dazu, in einem öffentlichen Waschraum zu duschen.

»Ich mache dir einen Irish Coffee«, erbot sich Cullie, »aber dann muß ich weg.«

»Weg? Wohin?«

»Arbeiten.«

»Du läßt mich hier allein? Jetzt? Was ist, wenn etwas passiert? Wenn das Boot sinkt? Oder wenn eine Horde Piraten kommt und mich ausraubt?«

Cullie lachte und nahm mich fest in die Arme. »Gar nichts wird passieren, Sonny. Du wirst dich wohl fühlen. Die *Marlowe* wird gut für dich sorgen, das verspreche ich.«

Ich war mir da nicht so sicher.

Cullie machte den Irish Coffee, gab mir einen Abschiedskuß und ging. Mit einem Mal war ich ganz allein auf einem Segelboot. Seinem Segelboot. Dem Segelboot, das er zehn Jahre lang überholt hatte. Dem Segelboot, das ihm mehr bedeutete als alles andere auf der Welt. Was, wenn ich es in irgendeiner Form beschädigte? Was, wenn ich versehentlich am falschen Schalter drehte oder das Gas anstellte und das Boot in Brand setzte? Was, wenn Wasser in die Kajüte strömte und die *Marlowe* sank? Was wenn? Was wenn? Was wenn?

Je mehr »Was-wenns« ich mir ausmalte, desto mehr Angst bekam ich. Mir wurde dermaßen bang, daß ich den Irish Coffee in nicht einmal fünf Minuten hinunterkippte. Und im Handumdrehen war ich seekrank, während das Boot hin und her schaukelte und der Whiskey in meinem Magen gluckste. Nach wenigen Minuten fiel mir ein neues »Was-wenn« ein: Was, wenn ich mich übergeben mußte? *Wohin* würde ich mich übergeben? Die Naßzelle war tabu, soviel hatte ich gerade erfahren, und die Pantry war völlig ungeeignet. Was würde ich tun, und wo würde ich es tun? In den öffentlichen Waschräumen? Ich wußte doch nicht einmal, wo die waren.

Als ich mir sicher war, daß meine Übelkeit stärker war als mein Wunsch, mich nicht zu übergeben, packte ich meinen Mantel, stieg die Stufen zur Luke hinauf, verließ das Boot und rannte, so schnell mich meine wackligen Beine trugen, über den Parkplatz des Jachthafens und auf ein graues Schindelgebäude zu, vor dem ein Schild besagte: SEGLER WILLKOMMEN. Ich nahm an, daß das die öffentlichen Waschräume waren. Ich *betete*, daß es die öffentlichen Waschräume waren.

Ich raste hinein, entdeckte eine freie Toilette, klappte den Sitz hoch und wartete darauf, daß mir schlecht wurde. Rasch! Rasch! Ein Witz! Ein Witz! dachte ich, als ich da auf dem Fußboden neben der Toilette kauerte und den Kopf über die Schüssel hielt. Rasch! Ein Witz! Laß dich von dieser Situation nicht unterkriegen. Lenk dich ab. Denk an etwas Witziges. Okay, okay. Hier ist ein Witz, Alison. Kennst du schon den mit der Junggesellenparty für Bulimiker? Der Kuchen kam aus dem Mädchen.

Na gut, der Witz taugt nicht viel. Was soll man auch von jemandem erwarten, der mit dem Kopf über einer Toilettenschüssel hängt?

Die schlechte Nachricht war, daß mir Sekunden, nachdem ich diese lahme Pointe geliefert hatte, übel wurde. Die gute Nachricht war, daß ich jetzt wußte, wo sich die öffentlichen Waschräume befanden.

15. Kapitel

Nach diesem ersten harten Tag wurde das Leben auf der *Marlowe* schlagartig besser. Zum einen wurde ich nie wieder seekrank. Zum anderen entdeckte ich, Alison Waxman Koff, eine lebenslange Landratte, die den Baum nicht von der Bilge und einen Spinnaker nicht von einem Schäkel unterscheiden konnte, daß mir das Leben auf einem Segelboot gefiel.

Ich fand so viel Ruhe dort, war so zufrieden damit, Robinson Crusoe zu spielen, und das Chaos, das mein Leben in Maplebark Manor umgeben hatte, war so weit in den Hintergrund getreten, daß es mir unglaublich schwerfiel, mich wieder in die Welt der Bankbeamten, Kriminalbeamten und Mediengeier hineinzufinden. Und statt meinen gewohnten Luxus zu vermissen, wie ich befürchtet hatte, stellte ich fest, daß ich mich ohne ihn befreit fühlte. Cullie hatte recht behalten: Wer brauchte schon Gesichtswasser, um den Teint zu straffen, wo es doch Seeluft gab?

Das beste von allem war, wie gut Cullie und ich auskamen. Als wir erst einmal unser anfängliches Gezanke und die Verlegenheit überwunden hatten, wohnten wir zusammen, als hätten wir zeit unseres Lebens nichts anderes getan. Nicht ein einziges Mal fühlte ich mich in die Enge getrieben, überfahren oder auch nur gelangweilt. Cullie fehlte mir, wenn er nicht da war, und ich freute mich darauf, daß er wiederkäme. Und aus der überschwenglichen Art, wie er mich jeden Abend begrüßte, konnte ich schließen, daß es ihm genauso ging.

Im Laufe der nächsten paar Wochen lebte ich mich mehr und mehr auf dem Boot ein, gewöhnte mich zusehends an die täglichen Märsche zu den öffentlichen Waschräumen und empfand immer größere Dankbarkeit Cullie gegenüber, weil ich sein besonderes Zuhause mit ihm teilen durfte. Mitte März hatten wir bereits einen gemütlichen, rundum angenehmen Tagesablauf entwickelt. Wir wachten nebeneinander in der V-Koje auf, liebten uns, wenn die Zeit es erlaubte, oder rasten zur Dusche, wenn keine Zeit war.

Dann kamen wir zum Boot zurück, machten Frühstück, spülten ab und erledigten alle anfallenden Arbeiten – das Boot aufräumen, festlegen, wer zum Einkaufen gehen mußte, die Petroleumlampen nachfüllen und das Bilgenwasser abpumpen. Dann setzten wir uns an Cullies Navigationsplatz und erledigten von seinem Mobiltelefon aus unsere Anrufe. Er bestätigte seine Fototermine und legte seinen Zeitplan fest, und ich hörte die Nachrichten auf meinem Anrufbeantworter ab und meldete mich auf Stellenanzeigen. Jawohl, Stellenanzeigen. Ich war fest entschlossen, mich nicht von Cullie finanzieren zu lassen. Ich war lange genug eine Frau gewesen, die sich hatte aushalten lassen.

Das Boot wegen der Stellensuche zu verlassen, nur um erleben zu müssen, wie mein Arbeitgeber in spe mir die Tür vor der Nase zuknallte, wenn ihm klar wurde, daß er es mit dem »Dienstmädchen, das des Mordes an Melanie Moloney verdächtigt wurde« zu tun hatte, war mir allerdings nicht unbedingt der liebste Teil des Tages. Ich war auch nicht gerade wild darauf, immer wieder im Polizeirevier vorbeizuschauen, damit Detective Corsini noch eines meiner Haarfollikel unter die Lupe nehmen konnte. Nach dem zu urteilen, was ich in der *Community Times* gelesen hatte, war die Polizei der Identität von Melanies Mörder ebensowenig nähergekommen wie einem Tatmotiv – oder sollte ich sagen, *dem* Tatmotiv. Das Problem war, daß jeder, den Corsini verhörte, einen Grund gehabt hätte, die arme Melanie umzubringen. Die Tatsache, daß alle sie haßten, machte seine Aufgabe auch nicht leichter. Immer wieder erklärte er in den Medien, daß er seinen Mörder dingfest machen würde, sobald er die Ergebnisse der Drogentests und Haarproben aus dem staatlichen Polizeilabor in Meriden bekäme. Aber das mochte sich noch einen Monat hinziehen, und wie ich diesem Reporter bereits gesagt hatte, konnte der Mörder bis dahin in Beirut sein.

Und deshalb durchkämmte ich immer wieder die ersten beiden Teile von Melanies Manuskript und suchte sie nach Hinweisen auf den Mörder ab. Ich war zwar keine Miss Marple, aber jedesmal, wenn mich Cullie allein auf dem Boot ließ, huschte ich zu dem Spind neben der Naßzelle, zog die Tasche mit dem Manuskript hervor und las ein paar Seiten, stets in der Hoffnung, auf einen speziellen Punkt in Alistairs verlogenem Leben zu stoßen, der vermuten ließ, daß er etwas mit ihrem Ableben zu tun haben könnte. Bisher hatte ich erfahren, daß er ein Mafioso und ein Rassist war. Alles in allem keine Zierde für einen Lebenslauf, aber hatte er sie umgebracht? Hatte einer seiner Kumpane sie auf dem Gewissen? Ich war mir nicht sicher. Ich war schon begierig darauf, den dritten Teil des Buches zu lesen, in dem es um sein Privatleben ging. Leider kam jedesmal, wenn ich mich gerade hineinvertiefen wollte, Cullie nach Hause, und ich mußte es wieder in die Tasche stopfen. Er hatte keine Ahnung, daß ich das Manuskript aus Melanies Haus entwendet hatte und es direkt unter seiner Nase lag. Es schien auch wenig sinnvoll, ihn in die Sache hineinzuziehen oder ihn in Schwierigkeiten mit der Polizei zu bringen, die der *Community Times* zufolge endlich bemerkt hatte, daß es fehlte, nachdem sie Todd Bernett sowie Melanies Agenten und ihren Verleger verhört hatte – die allesamt angaben, es nicht gesehen zu haben.

Das ist ja komisch, dachte ich, als ich den Artikel sah. Todd hatte mir erzählt, daß er in der Nacht von Melanies Ermordung zu Hause war und in *Cha-Cha-Cha* gelesen hatte. Irgend jemand log. Was bedeutete das? Offensichtlich hatte Melanie gewußt, daß der Mörder es auf das Manuskript abgesehen hatte, sonst hätte sie es nicht unter dem Bett versteckt. Aber wer war dahinter her? Und warum? Es war höchste Zeit, das verdammte Buch zu Ende zu lesen und es herauszufinden.

Ich versuchte immer wieder, bis zum dritten Teil des Buches vorzustoßen, wurde aber ständig unterbrochen. Nehmen wir nur das eine Mal: Ich hatte mich gerade mit dem Buch auf den V-Kojen niedergelassen, als Cullies Telefon klingelte. Es war in meiner vierten Woche auf der *Marlowe,* an einem sonnigen Samstag morgen. Ich wollte gerade seinen Anrufbeantworter den Anruf entgegennehmen lassen, da er bei einem Fototermin war, beschloß aber dann, selbst hinzugehen.

»Ist Alison da?« fragte eine weibliche Stimme.

»Am Apparat«, sagte ich.

»Sie haben wegen unserer Anzeige in der *Community Times* angerufen? Wegen der Stelle als Kindermädchen?«

»O ja, habe ich. Vergangene Woche.« In der Anzeige wurde ein Kindermädchen gesucht, das dreimal in der Woche auf die beiden Kinder eines berufstätigen Paares aufpassen sollte. Ich hatte zwar keine Erfahrung mit Kindern, aber was soll's. Ein Babysitter war ein Babysitter, dachte ich und rief dort an. Würde ich eben auf ein paar Kinder aufpassen, während ihre Yuppie-Eltern bei der Arbeit waren. Es war zwar nicht gerade Gehirnchirurgie, aber es mußte doch anspruchsvoller sein, als Melanies Toiletten zu putzen, oder?

»Möchten Sie gern vorbeikommen und die Kinder kennenlernen?« fragte die Frau.

»O ja«, antwortete ich, hocherfreut, daß sie mich weder nach bisherigen Erfahrungen mit Kindern fragte, noch sich besorgt darüber äußerte, daß ich Alison Koff war, das mörderische Dienstmädchen. Vielleicht war sie viel zu beschäftigt, um sich Klatschsendungen im Fernsehen anzuschauen, da sie sich um einen Job, einen Mann und zwei Kinder kümmern mußte.

»Gut«, sagte sie. »Unsere Adresse ist Harborview Terrace 102. Der Name steht am Briefkasten: Silverberg.«

Harborview Terrace war eine der ersten Adressen Laytons. Offensichtlich waren die Silverbergs nicht gerade arm. Ich hatte keine Ahnung, wieviel Lohn ein Kindermädchen verlangen durfte, aber ich ging davon aus, daß es für Hühnchen Cacciatore für Cullie und mich reichen würde, wenn ich den Job bekam. »Wann soll ich denn am besten vorbeikommen?« fragte ich.

»Könnten Sie vielleicht jetzt gleich kommen?« fragte sie in klagendem Tonfall. »Ich sitze heute ziemlich in der Klemme. Mein Mann ist verreist, in einer Stunde habe ich einen Termin mit einem Kunden, und es ist niemand da, der auf die Kinder aufpaßt. Wenn sie Sie mögen und umgekehrt, dann könnten Sie vielleicht gleich anfangen.«

»Ich bin in fünfzehn Minuten da«, sagte ich. Das war ja locker. Ich mußte lediglich den lieben Kleinen Honig ums Maul schmieren, und schon war ich eingestellt.

Harborview Terrace 102 war ein altes New-England-Haus mit einem »Winterblick« auf den Long Island Sound – das heißt, man konnte das Meer vom Haus aus nur sehen, wenn die Bäume keine Blätter trugen. Das Haus wurde häufig als Heimstätte von John Hoggins bezeichnet und war 1767 vom ersten Pfarrer der Christlich-Episkopalischen Kirche in Layton gebaut worden. Hoggins hatte das Grundstück von seinem Vater geerbt, einem unbeugsamen Loyalisten und Anhänger des englischen Königs in der Revolutionszeit. Als die Briten 1779 große Teile Laytons niederbrannten, blieb das Haus vom Feuersturm der Rotröcke verschont und war bis 1850 im Besitz der Familie Hoggins. Spätere Eigentümer achteten sehr darauf, das Flair der damaligen Epoche zu bewahren, womit wir bei den Silverbergs wären, die der Heimstätte von John Hoggins zu meinem Entsetzen einen ganz eigenen Stil verliehen hatten. Oh, die Parkettböden, die Schutzleisten für die Stuhlrücken, die offenliegenden Balken und die bienenkorbförmigen Öfen waren natürlich allesamt noch vorhanden, aber die Silverbergs fanden es für die Erhaltung der authentischen, altertümlichen Atmosphäre offenbar notwendig, jedes affige Stück, das ihnen je in *Country Living* untergekommen war, in das Haus zu stopfen – gesteppte Überwürfe, Holzenten, Strohkörbe, Eckvitrinen, Schaukelstühle, Sternenbanner und was sonst noch alles. Aber es kam noch schlimmer. Um das Haus modernen Zeiten anzupassen, hatten die Silverbergs die modernsten Annehmlichkeiten direkt neben den authentischen, antiken Stücken angebracht: Punktstrahler prangten auf rohen Balken, ein Jennaire-Ofen verbarg sich im Inneren des Bienenkorb-Ofens, Teppichboden lag über dem Parkett und so weiter. Aber mein Gott, es gehörte schließlich den Silverbergs. Geschmack hin oder her, sie hatten das Recht, das Haus zu verschandeln, wenn ihnen danach war.

»Bitte kommen Sie herein«, sagte Mrs. Silverberg, als sie mir die (was sonst) antike, getäfelte Haustür öffnete, über der eine amerikanische Flagge wehte.

»Gerne«, sagte ich. »Ich bin Alison Koff. Schön, Sie kennenzulernen.« Ich wappnete mich gegen eine Reaktion und rechnete schon damit, daß sie beim Klang meines Namens zusammenzucken würde, aber das war nicht der Fall. Vielleicht war sie neu in der Stadt.

»Ich hole gleich die Kinder«, sagte sie. Mir kam sie ein bißchen abgespannt vor. Sie war in den Dreißigern und hatte buschiges, schulterlanges, kastanienbraunes Haar, das von einem rosafarbenen Samthaarband gehalten wurde. Sie hatte eine Nickelbrille auf, wie sie Gloria Steinem getragen hatte, bevor sie merkte, daß es ganz in Ordnung war, wenn die bekannteste Feministin Amerikas Kontaktlinsen benutzt. Ihre Kleidung stammte komplett von Laura Ashley – angefangen bei der rosa-grün geblümten Rüschenbluse bis hin zu dem dazu passenden, wadenlangen, rosa-grün geblümten Rock, unter dem sie braune Reitstiefel trug. Oh, und die Perlen nicht zu vergessen – eine schmale Kette um den Hals und dazu kleine Ohrstecker. Ich hatte den Eindruck, daß Mrs. Silverberg großen Wert darauf legte, authentisch zu wirken – aber authentisch in welcher Hinsicht, das fand ich nicht heraus.

»Wie heißen denn die Kinder?« fragte ich, bevor sie aus der Vorhalle rauschte, die mit bemalten Holzenten derart vollgestopft war, daß ich sie schon fast quaken hörte.

»Tiffany und Amber«, verkündete sie stolz. »Unsere zwei Engelchen.«

Tiffany und Amber Silverberg. Und ich hatte gedacht, Teppichboden über Parkett zu legen, sei bereits eine Geschmacksverirrung.

Mrs. Silverberg geleitete mich ins Wohnzimmer und bat mich zu warten, bis sie Tiffany und Amber geholt hatte, die – wie sie mir erklärte – oben mit ihrer nagelneuen Barbiepuppe spielten, einem Geschenk ihres von ihnen völlig hingerissenen Vaters. Tiffany, so erläuterte sie weiter, war sechs, Amber fünf.

Oben beim Spielen mit ihrer Barbiepuppe? Dieser Job wird ja kinderleicht, dachte ich mir und stellte mir die beiden Mädchen vor, wie sie abwechselnd Barbies langes, blondes Dynel-Haar kämmten, ihr protzige Abendkleider mit goldenen Pailletten über den anatomisch korrekten Körper zogen und mich gnädigst in Ruhe ließen, solange ihre Mutter bei ihrer Besprechung war.

Als ich darauf wartete, daß sie herunterkämen und Tante Alison begrüßten, fiel mir neben dem Kamin noch ein Gegenstand aus dem Unabhängigkeitskrieg auf: eine echte Muskete! Ich hoffte nur, daß sie nicht geladen war.

»Kinder, das ist Alison. Sagt ihr guten Tag«, verlangte Mrs. Silverberg, als sie Tiffany und Amber ins Wohnzimmer und auf mich zu führte.

Sie begrüßten mich und machten einen Knicks. Ohne Witz. Doch damit nicht genug, waren sie auch noch exakt genauso angezogen wie ihre Mutter – bis hin zu den rosafarbenen Samthaarbändern, die ihr langes, buschiges, kastanienbraunes Haar schmückten. Allerdings trugen sie keine Reitstiefel wie ihre Mutter, sondern schwarze Lackschühchen. Trotzdem sahen sie aus wie Miniaturexemplare von Mrs. Silverberg, so daß das Ganze etwas bizarr wirkte. Warum sie derart aufgeputzt waren, wo sie doch nur einen Samstagmorgen zu Hause verbrachten, überstieg meine Vorstellungskraft. Vielleicht waren die Silverbergs einfach eine sehr förmliche, sehr kultivierte und sehr perfektionistische Familie, überlegte ich. Vielleicht benahmen sich ja auch ihre Kinder besser als die der meisten anderen Leute. Ich gratulierte mir dazu, diesen Job aufgetan zu haben, von dem ich inzwischen mehr denn je annahm, daß er sich als Kinderspiel im wahrsten Sinne des Wortes erweisen würde.

»Schön, euch kennenzulernen, Mädels«, sagte ich und kniete mich hin, um auf gleicher Höhe mit ihnen zu sein. »Ich habe gehört, ihr habt eine neue Barbiepuppe. Wollt ihr mich nicht mit nach oben nehmen und sie mir zeigen?«

»Dürfen wir, Mommy?« fragte Tiffany eifrig.

»Oh, bitte, Mommy«, fügte Amber hinzu.

Mrs. Silverberg nickte. »Ich bleibe noch zehn Minuten oder so hier«, flüsterte sie mir zu. »Nur um sicherzugehen, daß alles in Ordnung ist.«

»Fein«, sagte ich. Tiffany nahm mich bei der einen Hand, Amber bei der anderen, und die beiden Schwestern führten mich die Treppe hinauf und in Tiffanys Zimmer, einen großen pinkfarbenen Raum, der mit genug Spielsachen ausstaffiert war, um Toys ›R‹ Us Konkurrenz zu machen. »Meine Güte, ist das ein schönes Zimmer«, sagte ich.

»Vielen Dank«, sagte Tiffany höflich. »Ambers Zimmer ist auch schön.«

»Das glaube ich.« Ich konnte es nicht fassen, wie wohlerzogen diese beiden Mädchen waren.

Wir setzten uns alle drei auf den Fußboden, um miteinander warm zu werden. Tiffany zeigte mir ein paar von Barbies Kleidern, während Amber mir ihre Mutant-Ninja-Schildkröte aus Plüsch auf den Schoß setzte. Nach einer Weile kam Mrs. Silverberg nach oben und erkundigte sich, wie ihren Töchtern ihre neue Freundin Alison gefiel.

»Sie ist Klasse«, jubelte Tiffany.

»Ja, echt Klasse«, wiederholte Amber.

Ich war gerührt.

»Unterhalten wir uns doch noch kurz, bevor ich gehe«, sagte Mrs. Silverberg und bedeutete mir, mit nach unten zu kommen.

Dort führte mich Mrs. Silverberg in die Küche und erklärte mir, daß sie und ihre Familie tatsächlich gerade erst nach Layton gezogen und noch nicht lange genug hier waren, um ein Au-pair für die beiden Mädchen zu finden. Dann fragte sie mich nach einer Referenz. Ich suchte nach Ausflüchten. Ich wand mich. Ich versuchte, das Thema zu wechseln, indem ich sie danach fragte, wer ihnen das Haus verkauft hatte. »Janet Claiborne von Prestige Properties«, sagte sie. Glück gehabt. »Dann habe ich eine Referenz für Sie«, sagte ich erleichtert. »Janet Claiborne ist auch meine Maklerin.« »Oh«, sagte sie. »Wenn Sie Janet kennen, dann ist alles in Ordnung. Wir fanden, daß sie ein feiner Mensch und eine hervorragende Maklerin ist.« Vielleicht verstand sich Mrs. Silverberg besser auf ihre Mutterrolle als auf die Beurteilung von Maklerinnen.

Nachdem wir die Frage nach meinen Referenzen hinter uns gebracht hatten, führte sie mich in die Küche und zeigte mir den

Eiersalat, den sie für die Sandwiches der Mädchen zu Mittag zubereitet hatte. Dann schrieb sie mir die Telefonnummer auf, unter der sie etwa die nächsten drei Stunden erreichbar sein würde.

»Betrachten wir heute als einen Testlauf«, meinte sie. »Wenn es klappt, können wir über eine längerfristige Vereinbarung sprechen, in Ordnung?«

»Sicher.« Endlich hatte ich einen Job.

Gegen elf Uhr brach Mrs. Silverberg zu ihrer Verabredung auf, nachdem sie mir noch anvertraut hatte, daß sie Inneneinrichterin und ihr abwesender Ehemann Gastroenterologe sei, und ließ mich allein zurück, damit ich mich um ihre Engelchen kümmerte. Ich sah auf die Uhr. Drei Stunden mit zwei wohlerzogenen Kindern. Leichtes Geld.

Ich ging wieder nach oben in Tiffanys Zimmer, um unser heiteres Spiel fortzusetzen, doch die Mädchen waren nicht da.

»Tiffany? Amber? Wo seid ihr denn, ihr Süßen?«

Keine Antwort.

»Spielen wir ein bißchen Verstecken?« rief ich, während ich den Flur absuchte und den Kopf in alle vier Schlafzimmer im Obergeschoß steckte.

Keine Antwort.

»Alison hat eine Überraschung für Tiffany und Amber«, log ich, weil ich glaubte, die Kinder aus ihrem Versteck hervorlocken zu können, wenn ich ihnen etwas versprach. Was das war, würde ich mir ausdenken, wenn es soweit war.

Keine Antwort.

»Na gut. Wenn ihr meine Überraschung nicht haben wollt, gehe ich eben nach unten und trinke eine Limo oder so was.«

Ich begann gerade, die Treppen hinabzusteigen, als beide Mädchen hinter mir hervorsprangen und mir ein »Buh!« in die Ohren brüllten. Ich wäre beinahe die Treppe hinuntergefallen. Ich wäre beinahe taub geworden. Ich hätte sie beinahe umgebracht. Statt dessen lächelte ich. »Aha. Da seid ihr«, sagte ich überfreundlich. »Wollen wir nicht wieder in Tiffanys Zimmer gehen und noch ein bißchen mit Barbie spielen?«

»Wir wollen die Überraschung haben«, verlangte Tiffany, die Rädelsführerin.

»Ja, die Überraschung«, echote Amber.

»Ach ja«, sagte ich. »Die Überraschung ist ... äh ... äh ... daß ich euch alles über die Puppen erzählen werde, mit denen ich in eurem Alter gespielt habe.«

»Langweilig«, murrte Tiffany.

»Ja, lang-wei-lig«, tönte Amber hinterher.

»Ich wette, sie hat überhaupt keine Überraschung«, grollte Tiffany. »Sie ist nichts als eine riesenfette Lügnerin.«

»Ja, und ein riesenfetter Scheißhaufen«, fügte Amber hinzu.

Das waren also ihre untadeligen Manieren. »Das ist aber nicht sehr nett«, sagte ich sanft und streckte die Hand aus, um Amber den Kopf zu tätscheln und unser gutes Verhältnis von vorher wiederherzustellen. Ein falscher Zug: Amber versuchte, mich in die Hand zu beißen.

»He«, fauchte ich. »Laß das, ja?«

»Du hast meiner Schwester nicht vorzuschreiben, was sie tun soll«, sagte Tiffany giftig und wollte mich die Treppe hinunterschubsen.

»Was soll das eigentlich?« brüllte ich. »Soll ich eure Mutter anrufen?« Ja, ich weiß. Die Uralt-Drohung, ihre Mutter anzurufen, war ziemlich abgenutzt, aber in diesem Fall half sie – vorübergehend. Die Mädchen ließen sich dazu erweichen, wieder in Tiffanys Zimmer zu gehen, wenn ich versprach, mitzukommen. Das tat ich.

»Sollen wir Mensch-ärgere-dich-nicht spielen?« schlug ich vor, als ich das Brettspiel auf Tiffanys Regal entdeckte.

»Das ist doch für Babys«, maulte Amber. »Spielen wir lieber Arschbomben.« Offenbar war Amber analfixiert. Vielleicht hatte sie in den medizinischen Zeitschriften ihres Vaters geblättert.

»Ja, Arschbomben!« freute sich Tiffany, bohrte in der Nase und schmierte sich den Ertrag auf ihren Laura-Ashley-Rock.

»Ooh, schau mal, was Tiffany gemacht hat«, feixte Amber. »Tiffany ist ein riesenfetter Rotzpopel. Nah-nah na-*nah*-nah.«

»Kommt schon, Mädels. Schluß mit diesen Reden«, sagte ich ungeduldig. »Tiffany, geh bitte ins Badezimmer und wasch dir die Hände.«

»Tiffany, geh bitte ins Badezimmer und wasch dir die Hände«, äffte Tiffany mich nach.

»Das ist mein Ernst. Ordentliche Hygiene ist sehr wichtig«, sagte ich.

»Das ist mein Ernst. Ordentliche Hygiene ist sehr wichtig«, äffte sie mich erneut nach.

»Ich gehe nach unten«, sagte ich.

»Ich gehe nach unten«, sagte Tiffany.

»Mach uns jetzt unsere Sandwiches mit Eiersalat«, verlangte Amber.

Ich war so dankbar dafür, daß das Nachäffen aufhörte, daß ich einwilligte, ihnen ihre Mittagsmahlzeit zuzubereiten. Es war zwar erst Viertel nach elf, aber ich hoffte, diesen Gören mit den Sandwiches quasi das Maul stopfen zu können.

Tiffany und Amber wirbelten im Kreis in der Küche herum, damit ihnen schwindlig wurde, während ich versuchte, den von ihrer Mutter vorbereiteten Eiersalat auf das bereitgestellte Brot zu streichen.

»Okay, Mädels. Hier sind eure Sandwiches. Kommt her und setzt euch«, sagte ich und bedeutete ihnen, sich an den authentischen Shaker-Frühstückstisch zu setzen, der eine Ecke der Küche ausfüllte.

Tiffany und Amber hüpften zum Tisch und begannen um einen Platz auf ein und demselben Stuhl zu ringen.

»Das ist *mein* Platz«, kreischte Tiffany.

»Nein, *meiner!*« jaulte Amber.

»Sie hat mich gehauen«, heulte Amber und rieb sich den Arm.

»Kommt schon, ihr zwei. Eßt jetzt eure Sandwiches«, sagte ich und ignorierte Ambers Tränen.

Sie setzten sich an den Tisch. Ich gesellte mich zu ihnen.

»Guck-guck, guck-guck, Alison«, sagte Amber, nachdem sie von ihrem Sandwich abgebissen hatte.

»Oh, brutal«, schnaubte Tiffany. Amber hatte den Mund weit

aufgesperrt und stellte ihr halb zerkautes Eiersalatsandwich in seiner ganzen glitschigen, gelben Pracht zur Schau.

»Das ist aber nicht höflich«, sagte ich zu Amber.

»Das ist aber nicht höflich«, äffte mich Tiffany nach. Nun waren wir wieder da, wo wir angefangen hatten.

Ich sah auf die Uhr. Es war erst zwanzig vor zwölf. Ich wollte zurück aufs Boot. Ich taugte nicht zum Babysitter.

»Ich will Limo«, kommandierte Tiffany.

»Wie wär's, wenn du ›bitte‹ sagen würdest?« mahnte ich.

»Biiiitte«, sagte Tiffany und steckte sich zwei Finger in die Nase.

Ich stand auf und ging zum Kühlschrank. Als ich ein Pepsi herausnahm, brüllte Tiffany: »Nein, ich will Sprite.«

Ich stellte das Pepsi zurück und suchte weiter hinten im Kühlschrank nach dem Sprite.

»Neeee«, plärrte sie. »Ich will doch Pepsi.«

Ich stellte das Sprite zurück und holte das Pepsi heraus.

»Ich habe doch gesagt, daß ich Sprite will«, schrie sie.

Das brachte das Faß zum Überlaufen. Ich verlor die Beherrschung, ich gebe es zu. Vielleicht war es meine mangelnde Erfahrung im Umgang mit Kindern oder vielleicht der unangenehme Konflikt mit den Gesetzeshütern, der noch nicht lange zurücklag. Auf jeden Fall brannte meine Sicherung durch, und ich machte sowohl die Pepsi- als auch die Spriteflasche auf und entleerte den Inhalt beider auf die mit pinkfarbenen Samtbändern geschmückten Köpfe von Tiffany und Amber Silverberg. »Ihr wolltet doch Limo? Da ist sie«, sagte ich und begann, mir ein Sandwich mit Eiersalat zu machen.

»Du hast unsere ganzen Kleider schmutzig gemacht«, klagte Tiffany nach ein paar Sekunden Schweigen. Mein unerwarteter Racheakt schien beiden Mädchen einen Schock versetzt zu haben.

»Ja, und unser Haar ist auch ganz schmutzig«, sagte Amber.

»Ja, und der ganze Küchentisch klebt«, flügte Tiffany hinzu.

»Ich mache euch beiden einen Vorschlag«, sagte ich. »Ihr versprecht, euch von jetzt an anständig zu benehmen, dann dürft ihr nach oben gehen und euch umziehen. Ihr wollt doch wohl sowieso nicht an einem Samstag so aufgetakelt herumlaufen, oder?«

»Neeee. Mommy hat uns dazu gezwungen«, sagte Tiffany.

»Sie hat gesagt, wir müßten nett aussehen, wenn der neue Babysitter kommt«, fügte Amber hinzu.

»Nun, der neue Babysitter sagt, ihr könnt anziehen, was ihr wollt.«

»Ehrlich?« quietschten sie.

»Na klar.«

»Alles, was wir wollen?« fragte Tiffany.

»Ja. Und jetzt geht nach oben und zieht euch um. Ich mache inzwischen die Küche sauber, okay?«

»Ja! Gehen wir«, jubelte Tiffany.

»Ich komme schon«, sagte Amber.

Und weg waren sie. Endlich allein. Ich aß mein Sandwich auf und wischte die Limonade vom Tisch. Dann lauschte ich. Die Monster waren ruhig. Ich lobte mich selbst dafür, wie ich die Situation gemeistert hatte. Nein, Dr. Spock, der große Kinderpsychologe, wäre nicht einverstanden gewesen, aber ich hatte einen Weg gefunden, um die Gören zum Schweigen zu bringen und sie mindestens eine Stunde lang zu beschäftigen.

Um ein Uhr ging ich nach oben, um nach ihnen zu sehen. Sie waren in keinem ihrer Zimmer. Aus den nassen Handtüchtern, die quer über den Badezimmerfußboden verstreut lagen, schloß ich, daß sie versucht hatten, sich die Haare zu waschen. Aber was sie hinterher gemacht hatten, war mir ein Rätsel.

»Tiffany? Amber? Wo seid ihr?« rief ich.

»Hier! In Mommys Kleiderschrank!« schrie eine von ihnen zurück.

Ich folgte der Stimme den Flur entlang zum Elternschlafzimmer.

»Hier drin, Alison!« rief Tiffany. »Schau uns an!«

Dann standen sie vor mir. Sie hatten sich allerdings umgezogen. Nun trugen sie die Abendkleider ihrer Mutter, einschließlich langer weißer Handschuhe, hochhackiger Schuhe und glitzernder Täschchen. Außerdem hatten sie sich mit den Schminksachen ihrer Mutter bemalt: roter Lipenstift, blauer Lidschatten und schwarzer Augenbrauenstift. Ich war mir sicher, daß Mrs. Silverberg Zustände bekommen hätte, wenn sie sie so gesehen hätte, aber ich mußte dermaßen lachen, daß ich kaum atmen konnte. Sie sahen hinreißend aus.

»Ihr Herzchen«, sagte ich, klimperte mit den Wimpern und machte auf große Dame. »Wie entzückend, euch wiederzusehen. Ihr seht traumhaft aus.«

Die Mädchen grinsten und spielten mit.

»Hast du Barbie schon gesehen?« fragte Tiffany.

»Nein, aber ich habe gehört, daß sie auch auf der Party ist«, antwortete ich. »Sollen wir in den anderen Räumen nachsehen?«

»Ja, suchen wir Barbie«, sagte Amber.

Ich ging voran zu Tiffanys Zimmer, wo ich die neue Barbiepuppe zuletzt gesehen hatte. »Da ist sie, meine Damen. Barbie, hallo.«

Tiffany und Amber plauderten mit Barbie und mir. Dann fing ich an, »The Itsy Bitsy Spider« zu singen – das einzige Kinderlied, das mir einfiel –, und forderte beide Mädchen auf, mit mir zu tanzen. Sie machten begeistert mit. Wir wechselten uns auf der Tanzfläche ab. Wenn ich mit Tiffany einen Walzer aufs Parkett legte, tanzte Amber mit Barbie. Dann tauschten wir die Partner. Wir amüsierten uns derart, daß niemand von uns Mrs. Silverberg nach Hause kommen hörte. Wie ich bereits vermutet hatte, fand sie die Verkleidung ihrer Töchter nicht annähernd so lustig wie ich. Offensichtlich waren ihre Schränke tabu.

»Aber Alison hat doch gesagt, daß wir uns umziehen sollen«, jammerte Tiffany, nachdem ihre Mutter sie ausgeschimpft und ihr für einen Monat das Nintendo-Spielen verboten hatte.

»Ja. Sie hat gesagt, wir könnten anziehen, was wir wollten, nachdem sie uns die Limo auf den Kopf gekippt hat«, ergänzte Amber.

»Limo auf den Kopf gekippt?« fragte Mrs. Silverberg.

»Das stimmt«, gab ich zu. »Aber verstehen Sie –«

»Kindern Limo auf den Kopf zu kippen ist ganz eindeutig Mißbrauch«, sagte sie.

»Und ich finde, Kinder zu bestrafen, weil sie sich verkleidet haben, ist ganz eindeutig Mißbrauch«, konterte ich.

»Hier«, sagte sie und reichte mir einen Fünfzig-Dollar-Schein. »Ich fürchte, ich werde für die Mädchen eine andere Lösung suchen müssen. Sie wissen ja, wo es hinausgeht.«

Nun hatte ich also keinen Job mehr. Und was gab's sonst Neues?

Am nächsten Morgen war Cullie schon vor mir aufgestanden und angezogen.

»He, Sonny-Girl, es ist sieben Uhr«, sagte er und wuschelte in meinen Haaren, während ich noch in der Koje lag. »Es ist herrlich draußen. Ich habe auf UKW gehört, daß es heute zehn Knoten Windgeschwindigkeit haben und 15 Grad warm werden soll – also ein idealer Tag zum Segeln.«

»15 Grad? Das kann nicht sein. Es ist erst Ende März. Viel zu kalt zum Segeln«, sagte ich noch ganz schläfrig.

»Wenn ich's dir doch sage, Spatz. Es ist einer dieser Ausreißer unter den Wintertagen und hat jetzt schon zehn Grad. Ich muß ein Haus ablichten, und dann zischen wir hier ab.«

»Ehrlich? Wir gehen segeln? Heute?« Inzwischen war ich restlos wach. Die Vorstellung, endlich mit der *Marlowe* zu segeln, nachdem wir wochenlang davon gesprochen hatten, war herrlich.

»Ja. Du ziehst dich an, und ich bin in zwei Stunden wieder da. Ich besorge auf dem Rückweg ein bißchen Proviant. Dann hilfst du mir, das Boot startklar zu machen, und los geht's.«

»Ay, Ay, Käpt'n.«

»Tschau, Maat.« Cullie gab mir einen Abschiedskuß und ging.

Ich hüpfte aus dem Bett, warf mich in einen Jogginganzug und ging zu den Waschräumen. Um acht war ich geduscht, angezogen und bereit für mein erstes Segelabenteuer. Aber Cullie würde erst in einer Stunde zurückkommen.

Ich beschloß, die Zeit damit totzuschlagen, daß ich in Melanies Manuskript weiterlas.

Ich griff in den Spind und holte die Reisetasche hervor. Ich zog den Reißverschluß auf und nahm das Manuskript heraus. Dann nahm ich meine gewohnte Lesestellung auf der Koje ein und begann mit dem dritten Teil des Buches, der die Überschrift »Das Privatleben« trug.

Die ersten beiden Kapitel beschrieben Alistair in seiner Kindheit als ziemlich aufsässigen, irischstämmigen Jungen in Queens, der mehr Zeit auf der Straße verbrachte als in der Schule. Dann folgte eine Darstellung seiner Jugendjahre, seiner Filmbegeisterung, seiner Begabung als Tänzer und seines Gastspiels als Tanzlehrer in der dortigen Filiale des Arthur Murray Dance Studio. Bis hierher fanden sich keine großartigen Enthüllungen. Aber dann feuerte Melanie eine Breitseite ab. Ihr zufolge war der junge Al Downey nicht einfach nur Tanzlehrer: Er war ein Gigolo, der dafür bezahlt wurde, daß er noch etwas ganz anderes mit den Damen anstellte, als bloß mit ihnen zu tanzen. Und als ob das noch nicht genug der üblen Nachrede wäre, behauptete Melanie überdies, er habe eine Affäre mit einem anderen Tanzlehrer aus dem Studio gehabt – und eine weitere mit der Schwester dieses Tanzlehrers!

Mein Gott, wie halten die Leute solche Bücher aus? murmelte ich vor mich hin. Dieser ganze Enthüllungsjournalismus widerte mich an. Wenn ich bloß daran dachte, daß ich gewünscht hatte, mit Melanie zusammenzuarbeiten und meinen Namen auf dem Umschlag eines solchen Buches neben ihrem stehen zu sehen. Was hatte ich mir denn dabei gedacht? Ich *weiß*, an was ich dabei gedacht habe: an Geld. Wenn man schmutzige Biographien schreibt, wird man reich. Aber nicht ich. Ich würde auf andere Weise reich werden. Oder womöglich würde ich überhaupt nicht reich werden. Vielleicht war es gar nicht so toll, reich zu werden.

Ich stand auf, um mir ein Glas Orangensaft zu holen, ging dann zur Koje zurück und nahm das Manuskript wieder zur Hand. Okay, sagte ich mir. Kämpf dich durch das Ding hier. Vielleicht ist darin irgendwo der Schlüssel zum Mord an Melanie versteckt.

Ich wollte gerade weiterlesen, als ich merkte, daß das gar nicht ging: Der Rest des dritten Teils fehlte! Das einzige, was noch kam, waren etwa fünfzig Seiten mit Melanies Bibliographie, ihren Anmerkungen und Quellenangaben und die Danksagung. Damit blieben über hundert Seiten aus dem dritten Teil verschwunden – hundert Seiten, auf denen vermutlich Alistairs Ehe mit Annette Dowling, die Geburt ihrer geliebten Tochter Bethany, Annettes tragischer Tod und schlüpfrige Einzelheiten über die Frauen, mit denen er danach ins Bett ging, seziert wurden. Wo waren diese Seiten?

Ich blätterte das gesamte Manuskript durch, um sicherzugehen, daß die fehlenden Seiten nicht irgendwie unter die anderen Teile des Buches geraten waren. Doch das war nicht der Fall. Sie waren verschwunden. Aber wohin?

Okay, nur die Ruhe, schärfte ich mir ein. Vielleicht hatte Melanie das Buch gar nicht fertiggestellt. Nur weil Todd *behauptete*, es wäre fertig, mußte das ja nicht zutreffen. Nachdem er mir vorgelogen hatte, er habe in der Nacht, als Melanie ermordet wurde, das Originalmanuskript bei sich zu Hause gehabt, glaubte ich ihm überhaupt nichts mehr. Vielleicht waren die fehlenden Seiten irgendwie vom Rest des Texts getrennt worden. Vielleicht lagen sie noch in meiner Sauna in Maplebark Manor oder unter den Sitzen meines Porsche oder unter Melanies Bett in Bluefish Cove. Oder vielleicht irgendwo hier auf dem Boot.

Ich raste zu dem Hängespind hinüber und sah nach, ob dort einzelne Seiten herumlagen. Nichts. Dann untersuchte ich meine Reisetasche. Leer. Ich wollte gerade das Manuskript noch einmal durchblättern, als ich Cullie das Deck der *Marlowe* betreten hörte. Ich stopfte das Manuskript in die Tasche zurück und stellte sie wieder in den Hängespind, gerade rechtzeitig, um Cullie zu begrüßen, als er die Luke herunterkam.

»Bereit für deinen ersten Segeltörn, Maat?« fragte er fröhlich. »Ich habe Truthahnsandwiches und Kartoffelchips und jede Menge eiskaltes Heineken. Wir werden uns prächtig amüsieren!«

Ich schlang ihm die Arme um die Taille. »Ich kann es gar nicht erwarten. Wann legen wir ab?«

»Sobald wir das Boot vorbereitet haben. Die arme *Marlowe* ist den ganzen Winter nicht draußen gewesen.«

Ich half Cullie, die Segeltuchabdeckung des Bootes abzunehmen, und sah ihm dann aufmerksam dabei zu, wie er die drei Segel setzte.

»Schoner haben zwei Masten und drei Segel«, erklärte er. »Dieses Segel heißt Klüver, das hier ist das Stagsegel und das hier das Großsegel. Klar?«

»Mhm.«

»Jetzt werde ich die Maschine anwerfen und sie ein Weilchen warmlaufen lassen. Diesel müssen erst warm werden.«

»Und was soll ich tun?« fragte ich, als wir im Cockpit standen. Ich brannte darauf, mehr als nur Zuschauer zu sein.

»Du wirst uns hier heraussteuern, während ich die Vorleinen einhole«, sagte Cullie und legte meine Hände auf das Steuerrad aus Teakholz.

»Was?« fragte ich ganz erschrocken. »Aber ich habe noch nie ein Boot gesteuert.«

»Fein. Dann wird das ja eine ganz neue Erfahrung für dich sein.«

»Aber was ist, wenn ich eine Beule in das Boot fahre?«

»Ich sag' dir was«, beruhigte mich Cullie, der meine Angst spürte. »Ich werde uns aus dem Liegeplatz herausmanövrieren. Danach kannst du übernehmen.«

Cullie legte den Rückwärtsgang ein und steuerte das Boot rückwärts aus dem Liegeplatz am Kai. Als wir draußen im Long Island Sound waren, in sicherem Abstand zum Jachthafen, legte er meine Hände wieder aufs Steuerrad. »Du bist dran«, sagte er.

»Sag mir, was ich tun muß.«

»Siehst du die rote und die grüne Boje dort draußen? Bleib einfach zwischen den beiden. Wir fahren nur mit einem Tempo von ungefähr sechs Kilometern pro Stunde, du dürftest also keine Schwierigkeiten bekommen. Manövrier uns einfach zwischen den Bojen durch; ich gehe solange an Deck und setze die Segel.«

Mit der Sonne im Gesicht und dem Wind im Haar nahm ich das Steuerrad fest in beide Hände und war plötzlich ganz aufgeregt. Ich, Alison Waxman Koff, der verzagteste und berechenbarste Mensch, den ich kannte, stand am Steuer eines Alden-Schoners. Ich befand mich an einem unverhältnismäßig warmen Märztag draußen auf dem Long Island Sound und steuerte das Boot, das seit Wochen mein Zuhause war. Das Gefühl war unbeschreiblich. Aber was mich wirklich restlos begeisterte, war, Cullie dabei zuzusehen, wie er alle drei Segel setzte. Da waren sie – der Klüver, das Stagsegel und das Großsegel, und sie flatterten im Wind und knisterten und knallten unter dem strahlendblauen Himmel. Sie wirkten so majestätisch, daß es mir den Atem verschlug.

Cullie kam ins Cockpit, um den Motor abzuschalten. Dann zeigte er mir, wie man die Segel trimmt, und brachte mir alles über Winschen und Schoten bei. »Wir sind auf Fahrt«, freute er sich und sah auf die See hinaus. »Ist das nun das faszinierendste Erlebnis, das du je hattest, oder nicht?«

»Das ist es. Ganz ehrlich.«

»Die erste Ausfahrt der Saison ist immer etwas ganz Besonderes. Ich bin ja so froh, daß du hier bist und wir das alles gemeinsam genießen können, Sonny.« Er gab mir einen Kuß. »Wenn mir jemand gesagt hätte, daß ich im Spätwinter mit der Herrin von Maplebark Manor auf Segeltörn gehen würde, hätte ich gesagt, er spinnt.«

Ich versetzte ihm einen Stoß in die Rippen. »Es hat sich einiges getan bei uns, was?«

»Mhm. Und es wird sich noch mehr tun.«

Ein tiefes Gefühl der Ruhe umgab uns, als der Wind die Segel blähte und die *Marlowe* ihren Weg auf dem Wasser des Long Island Sound fortsetzte. Doch mit einem Mal begann das Boot auf eine Seite zu kippen. Diese Bewegung machte mir angst.

»Wir gehen über Bord«, schrie ich und zerrte am Ärmel von Cullies Windjacke.

»Das nennt man krängen«, erklärte er mir. »Der Wind zerrt an den Segeln, und es sieht so *aus*, als würde das Boot umkippen, aber das tut es nicht, ich schwör's dir.«

»Woher weißt du das? Es kommt mir wirklich so vor, als gingen wir gleich über Bord.«

»Die zehntausend Pfund Blei ganz unten im Kiel werden uns aufrecht halten. Vertrau mir.«

»Das tu' ich doch.« Und das war auch die Wahrheit. Ich vertraute Cullie, wie ich noch nie einem Mann vor ihm vertraut hatte. Diese Erkenntnis überraschte und erfreute mich.

Wir segelten die Küste von Connecticut entlang, während uns Jimmy Buffett, James Taylor und die Everly Brothers auf der Stereoanlage in der Kajüte ein Ständchen brachten. Gegen ein Uhr verspeisten wir im Cockpit unseren Proviant und stießen mit einem kalten Bier auf unseren ersten gemeinsamen Segeltörn an.

»Viel besser als jetzt kann das Leben nicht werden«, meinte Cullie.

»Ich will nie wieder zurück«, sagte ich. »Hier draußen auf dem Boot fühle ich mich so … so …«

»So frei?« schlug Cullie vor.

»Ja, genau, und so stark. Hier draußen habe ich das Gefühl, als könnte ich alles schaffen.«

Cullie nickte zustimmend. »Komm her«, sagte er und bedeutete mir, in seine Arme zu kommen.

Ich ließ mich von ihm fest in die Arme nehmen und ein paar Sekunden drücken. Das ist so gut, so richtig, dachte ich. »Cullie«, sagte ich stockend. »Ich … ich …«

»Ich auch«, flüsterte er.

War es Liebe, die wir fühlten, aber nicht in Worte zu fassen wagten? Oder nur das Hochgefühl eines Segeltörns im März oder das Neue an unserer Beziehung? Die Zeit barg die Antwort, das wußte ich. Die Zeit barg die Antworten auf viele meiner Fragen.

»Puh«, sagte ich und klammerte mich an Cullie, als ginge es um mein Leben, während das Boot krängte. »Ich vertraue dir, ganz ehrlich, aber bist du wirklich sicher, daß das gute Stück nicht umkippen wird?«

»Ganz sicher«, lachte er.

»Wo sind wir eigentlich?« fragte ich und hielt mir die Hand vor die Augen, um sie vor der Sonne zu schützen, während ich den Horizont betrachtete.

»Etwa in der Mitte zwischen der Küste von Connecticut und Long Island.«

»Woher weißt du das? Ich sehe überhaupt nichts.«

»Wenn du in die Kajüte hinuntergehst, an meinen Navigationsplatz, findest du dort eine Seekarte, die dir genau sagt, wo wir sind. Bring sie nach oben, und ich zeige es dir.«

»Du hast eine Menge Karten. Welche soll ich denn holen?«

»Die mit der Aufschrift ›Westlicher Long Island Sound‹.«

Ich stieg die Luke in die Kajüte hinunter und wühlte an Cullies Navigationsplatz herum, konnte aber die Karte, die er genannt hatte, nirgends finden.

»Kann sie nicht finden«, rief ich zu ihm hinauf.

»Sie muß da irgendwo sein. Heb doch mal den Deckel vom Kartentisch hoch und schau, ob sie da drin ist. In dem Fach herrscht das totale Chaos, aber du müßtest sie eigentlich finden.«

Ich ging wieder in die Kajüte zurück, an den Navigationsplatz, und hob die Tischplatte hoch, genau wie Cullie gesagt hatte. Er hatte recht, in dem Fach war ein komplettes Durcheinander. Überall lagen Zettel und Seekarten herum.

Während ich in dem Fach herumwühlte, stieß ich mit der Hand gegen einen schmalen Stapel Papier, der von einem Gummiband zusammengehalten wurde. Da ich dachte, dort könnte sich vielleicht die Seekarte verbergen, zog ich ihn heraus. Zu meinem grenzenlosen Entsetzen war es alles andere als ein Stapel Seekarten – es waren die fehlenden Seiten aus Melanies Manuskript!

Was in aller Welt hatten die in Cullies Kartentisch zu suchen? fragte ich mich. Was konnte er nur für ein Interesse an Melanies Buch über Alistair haben? Und warum hielt er ausgerechnet den dritten Teil des Buches in seinem Kartentisch versteckt? Warum hatte Cullie gerade diese Seiten aus meiner Reisetasche gestohlen?

Mir war schwindlig vor lauter Fragen. Als das Boot erneut krängte, fiel ich auf die andere Seite der Kajüte und hätte mir beinahe den Kopf am Vorratsschrank in der Pantry angeschlagen. Immer mit der Ruhe, Alison-Baby, redete ich mir selbst gut zu. Zieh keine voreiligen Schlüsse. Es muß eine sinnvolle Erklärung dafür geben. Du liebst Cullie. Du vertraust ihm. Er würde dich nicht anlügen. Er würde dir nicht weh tun. Was macht er also mit einem

Teil von Melanies Manuskript, einem Manuskript, das unweigerlich dem Ruf von Alistair Downs schaden würde?

Plante Cullie, die Seiten den Medien zuzuspielen, um Alistair zu ruinieren? Haßte er ihn so sehr? Oder wollte er vor mir etwas verbergen – etwas in dem Manuskript, von dem er auf keinen Fall wollte, daß *ich* es las? Aber was?

Ich setzte mich auf eine der Sitzkojen und versuchte mich zu beruhigen. Ich begann, über die Monate nachzudenken, in denen ich Cullie nach und nach kennengelernt hatte. Ich rief mir den Tag ins Gedächtnis, als er gekommen war, um mein Haus zu fotografieren ... den Abend, als wir uns im McGavin's über den Weg gelaufen waren, ich in Begleitung von Julia und er mit Hadley Kittredge, der Tochter des Hafenmeisters ... den Nachmittag, als er bei Melanie aufgetaucht war und ich in meiner Dienstmädchenuniform die Tür geöffnet hatte ... unser erstes gemeinsames Abendessen auf der *Marlowe,* wo er mir seine Abscheu vor Alistair offenbarte und mich mit Fragen über Melanies Buch bombardierte ... die Nacht, in der Melanie ermordet wurde und er mich nach Hause brachte, statt mich bei ihm auf dem Boot schlafen zu lassen ... und den Abend, als er mir anbot, zu ihm auf die *Marlowe* zu ziehen, weil ich von den Medien gejagt wurde.

Irgend etwas an Cullies Interesse an mir stimmte nicht. Bei unserer ersten Begegnung war er mir mit unverhohlener Ablehnung entgegengetreten. Dann hatte er herausgefunden, daß ich für Melanie arbeitete, und mich zum Abendessen auf sein Boot eingeladen. Dann war er mit Geschenken und fertigen Mahlzeiten in Maplebark Manor aufgetaucht. Dann hatte er mir angeboten, bei ihm einzuziehen. Warum? fragte ich mich. Woher das plötzliche Interesse?

Und warum war Cullie überhaupt an jenem Tag zu Melanies Haus gekommen, wo er mich dann in meiner Verkleidung als Dienstmädchen entdeckte? Er hatte behauptet, er müsse ihr Haus für eine Immobilienbroschüre ablichten. Aber wo war seine Ausrüstung? Er war mit leeren Händen gekommen. Und warum hatte der Wachmann im Pförtnerhäuschen uns nicht zuvor davon verständigt, daß Cullie auf dem Weg zu uns war? Niemand durfte Bluefish Cove ohne Passierschein oder telefonische Anmeldung betreten. Überdies hatte Melanie mit keinem Wort etwas von einem Fototermin erwähnt. Wenn sie einen Fotografen erwartet hätte, hätte sie mich als personifizierten weißen Wirbelwind über ihre Glastüren gehetzt. Was wollte Cullie damals wirklich dort? Kannte er Melanie? Waren sie befreundet?

Komm schon, Alison. Reiß dich zusammen. Deine Phantasie nimmt mal wieder überhand. Gut, aber was wollte er damals bei Melanie?

War er gekommen, um das Manuskript zu entwenden, dasselbe Manuskript, das er nun *mir* gestohlen hatte? War er in der Mordnacht in Melanies Haus zurückgekehrt, um es an sich zu nehmen? War er derjenige, der Melanie umgebracht hatte?

Ich schnappte nach Luft, als mir wieder einfiel, daß er für die Mordnacht kein Alibi hatte. Er behauptete, er sei unverzüglich zu seinem Boot zurückgefahren und schlafen gegangen, nachdem er mich um elf Uhr in Maplebark Manor abgesetzt hatte. Aber war das die Wahrheit? Oder war er nach Bluefish Cove hinübergefahren, in Melanies Arbeitszimmer eingedrungen, um das Manuskript zu stehlen, hatte sie an ihrem Schreibtisch überrascht und ihr dann einen Schlag auf den Kopf versetzt und sie so getötet? Womit? Und warum? Und weshalb sollte er das Manuskript so unbedingt haben wollen, daß er dafür einen Mord beging? Damit er Alistair ruinieren konnte, den Mann, von dem er sagte, daß der seinen Vater ruiniert hatte? Hatte er mir deshalb angeboten, zu ihm auf sein Boot zu ziehen? Weil er wußte, daß ich das Manuskript hatte?

Ich konnte nicht mehr klar denken. Ich wußte nur, daß ich das Boot unbedingt verlassen und nach Maplebark Manor zurückgehen wollte, wo ich nachdenken und versuchen konnte, aus alledem schlau zu werden. Aber ich konnte überhaupt nirgends hingehen – ich saß mitten im Long Island Sound fest.

Die Seiten aus Melanies Manuskript fest umschlossen, stapfte ich die Stufen hinauf an Deck und ging ins Cockpit der *Marlowe.*

Cullie stand am Steuerrad und pfiff »Bye Bye Love« von den Everly Brothers mit. Ich betete, daß der Titel des Songs nicht eine Art Omen war.

16. Kapitel

»Hast du die Karte gefunden?« fragte Cullie fröhlich, als er sah, daß ich ins Cockpit zurückgekommen war.

»Nein«, sagte ich trotzig. »Aber das habe ich gefunden.« Ich hielt ihm die fehlenden Manuskriptseiten vors Gesicht, so daß er ihnen nicht ausweichen konnte. Oben und unten flatterten die Seiten im Wind.

»Aha«, sagte Cullie ungerührt.

»Ich will wissen, warum du dieses Manuskript gestohlen hast.«

»*Ich* habe das Manuskript gestohlen? Du bist diejenige, die es gestohlen hat.«

»Ja, aber du hast es mir gestohlen, und ich will wissen, warum. Wonach hast du gesucht? Warum hast du *diese* Seiten gestohlen und nicht den Rest des Buches?«

»Würdest du mir glauben, daß sie einen besseren Lesestoff abgeben als der Rest des Buches?«

»Wende auf der Stelle dieses Boot«, verlangte ich. »Wenn du *mir* schon keine aufrichtige Antwort gibst, vielleicht gibst du ja dann der Polizei eine.«

»Warum sollte ich mit der Polizei sprechen?« sagte er und sah verdutzt drein. »Ich würde viel lieber hierbleiben und mit dir sprechen.«

»Na gut. Dann beantworte meine Frage: Warum hast du Melanies Manuskript gestohlen?«

»Aus dem gleichen Grund wie du. Ich wollte wissen, was drinsteht.«

»*Ich* habe es gestohlen, weil ich dachte, es könnte Hinweise auf den Mord an Melanie enthalten – Hinweise, die sich als nützlich erweisen könnten, wenn die Polizei auf die Idee käme, mich zu verdächtigen. Und was hast *du* für eine Entschuldigung? Hattest du Angst, die Polizei könnte *dich* verdächtigen?«

»Mich? Wovon zum Teufel redest du da überhaupt?«

»Von Lügen rede ich. Was wolltest du damals in Melanies Haus, als du vorbeigekommen bist und herausgefunden hast, daß ich ihr Dienstmädchen bin? Und erzähl mir bloß nicht, du seist vorbeigekommen, um ihr Haus für einen Immobilienprospekt abzulichten. Zufällig weiß ich, daß dieser Spruch nur Schwindel war.«

»In Ordnung. Es *war* der reine Schwindel. Ich bin auch nicht vorbeigekommen, um ihr Haus abzulichten. Ich bin gekommen, um mit ihr zu reden.«

»Aha! Du hast also gelogen.«

»Natürlich habe ich gelogen. Ich kannte dich doch damals kaum. Ich hatte keine Veranlassung, dich in meine Privatangelegenheiten einzuweihen.«

»Du gibst es also zu! Zwischen dir und Melanie gab es *Privatangelegenheiten!* Ihr habt euch gekannt!«

»Ich wollte etwas mit ihr besprechen.«

»Etwas, das du der Polizei lieber nicht erzählen möchtest?«

»Schau mal, Sonny«, sagte Cullie und ging auf die Hauptfalleine zu. »Lassen wir das doch ein Weilchen beiseite. Der Wind frischt auf. Wenn ich das Segel nicht reffe, werden wir nach Südamerika gepustet.«

Südamerika? »In Ordnung«, sagte ich. »Tu mit diesem Boot, was auch immer nötig ist. Und bring uns vor allem in den Hafen zurück.«

»Ja, Madam. Jawohl, Miss Koff.« Cullie machte eine tiefe Verbeugung.

Ich ging eilig in die Kajüte hinunter und blieb dort. Die nächsten zwei Stunden saß ich stocksteif am Navigationsplatz neben dem Mobiltelefon, jederzeit bereit, die Polizei anzurufen, falls es nötig werden sollte. Um vier Uhr kam Cullie den Niedergang herunter, um mich davon zu informieren, daß wir gleich im Jachthafen anlegen würden.

»Wir besprechen das alles, wenn wir wieder am Liegeplatz sind, okay?« sagte er und zeigte endlich einen Funken Betroffenheit.

»Gut.« Ich konnte ihm wenigstens zuhören.

»Laß uns erst mal was trinken«, schlug er vor, als wir angelegt hatten.

»Ich will nichts trinken. Ich will die Wahrheit wissen.«

»Ganz wie's beliebt. *Ich* werde jedenfalls etwas trinken. Und dann erzähle ich dir die Wahrheit.«

Cullie schenkte sich einen Mount Gay Rum mit Tonic ein und stellte sich neben mich an den Navigationsplatz.

»Ich bin damals zu Melanie gegangen, um mit ihr über meinen Vater zu sprechen«, sagte er leise.

»Hat Paddy Melanie gekannt?«

»Nein, aber er hat Alistair gekannt.«

»Und?«

»Wie ich dir schon gesagt habe, hat Alistair das Leben meines Vaters ruiniert. Ich hatte Angst, Melanie würde das in ihrem Buch alles ausbreiten.«

»Was sollte dich das stören? Ich dächte eher, du wärst überglücklich, wenn Alistair durch das Buch wie eine miese Ratte dastünde. Du haßt ihn doch wie die Pest.«

»Ich hasse ihn allerdings, aber ich habe meinen Vater geliebt, und ich will nicht, daß er mit einem von Alistairs schmierigen Skandalen in Verbindung gebracht wird.«

»Ich verstehe das alles nicht«, sagte ich. »Warum sollte dein Vater in Melanies Biographie von Alistair vorkommen?«

»Weißt du noch, wie ich dir erzählt habe, daß Paddy von seinem Job im Jachtclub die Nase voll hatte und mit mir zurück nach Europa gehen wollte?«

»Das weiß ich noch. Du hast gesagt, er ist schließlich doch in Connecticut hängengeblieben, weil er sich hier in jemanden verliebt hat.«

»Genau. Und jetzt rat mal, in wen er sich verliebt hat.«

Ich überlegte kurz. »In Alistair P. Downs«, sagte ich so sarkastisch wie möglich. Hatte es nicht in Melanies Buch geheißen, daß der junge Al Downey eine Affäre mit einem Tanzlehrer gehabt hatte?

»Fast. Er hat sich in Annette Dowling verliebt, die Frau von Alistair P. Downs.«

Ich war sprachlos – einen Moment lang. »Dein Vater war in Alistairs Frau verliebt? Kein Wunder, daß der Senator deinen Vater nicht gerade heiß geliebt hat.«

»Der Senator hat auch seine Frau nicht gerade heiß geliebt. Eigentlich überhaupt nicht. Er hat sie wie ein Stück Dreck behandelt, war die ganze Zeit auf Reisen und schlief mit anderen Frauen. Annette hatte ihre Filmkarriere und ihr Leben in Hollywood aufgegeben, als sie Alistair heiratete; aber als sie nach Connecticut zog, hatte sie keine Freunde und keinen Beruf mehr, keine Möglichkeit, ihre Zeit auszufüllen – sie konnte lediglich Bethany großziehen, und dafür gab es ein Kindermädchen. Während also Alistair Filme drehte, in der Politik mitmischte und andere Frauen flachlegte, wurde sie zur vernachlässigten Hausfrau – einer wunderschönen vernachlässigten Hausfrau.«

»So schön, daß dein Vater ihr verfiel?«

»Ja, aber es war nicht nur ihr Aussehen. Er nahm sie zum Segeln mit. Sie machten einander glücklich.«

»Und was ist dann passiert?«

»Sie wollten gemeinsam durchbrennen. Mein Vater wollte mit mir und Annette nach England zurück.«

»Und was war mit Bethany?«

»Annette war der Meinung, daß sie es bei Alistair besser hätte. Bethany hat ihren Vater vergöttert. Das tut sie heute noch.«

»Wie wahr. Mal sehen, ob ich alles richtig verstanden habe. Annette hat also Alistair um die Scheidung gebeten, damit sie deinen Vater heiraten konnte?«

»Soll das ein Witz sein? Glaubst du etwa, Alistair Downs würde seiner Frau gestatten, sich wegen des Segellehrers aus dem Jachtclub von ihm scheiden zu lassen? Glaubst du etwa, er würde sich dermaßen demütigen lassen?«

Ich schüttelte den Kopf.

»Senator Downs, dieser Ausbund an Tugend, tat also folgendes, als er herausfand, daß Annette und mein Vater vorhatten, zusammen durchzubrennen: Er drohte, meinen Vater abschieben zu lassen, wenn er nicht mit ihr Schluß machte.«

»Aber das wäre ja nur mit Bestechung gegangen.«

»Genau. Alistairs Spezialität. Er zitierte meinen Vater nach Evermore, ließ ihn in der Bibliothek Platz nehmen und sagte: ›Paddy, mein Junge, ich werde dir die Wahl lassen: Entweder du beendest dein kleines Intermezzo mit meiner Frau, oder ich lasse dich von meinen Freunden bei der Einwanderungsbehörde nach England zurückschicken.‹ Alistair hatte meinen Vater in der Hand.«

»Wieso denn, wenn ihr drei ohnehin nach England gehen wolltet?«

»Mein Vater war britischer Staatsbürger. Ich bin amerikanischer Staatsbürger. Wenn er abgeschoben worden wäre, hätte er mich zurücklassen müssen. Ich hätte einen vom Staat bestellten Vormund bekommen. Das wollte er nicht zulassen.«

»Natürlich nicht. Sicher hat er dich sehr geliebt. Aber es klingt, als hätte er Annette auch geliebt. Und Alistair zwang ihn, zwischen euch beiden zu wählen?«

»Du hast's erfaßt.«

»Offensichtlich hat er sich für dich entschieden.«

»Mhm, und er hat seine Wahl teuer bezahlt. Als Alistair ihm sein kleines Ultimatum stellte, hat mein Vater dem Senator einen Kinnhaken versetzt und das Haus verlassen. Er wußte nicht, daß Annette ihn gehen sah.«

»Was ist dann passiert?«

»Sie hat ihren Mann zur Rede gestellt und ihn gefragt, was Paddy Harrington im Hause wollte. Alistair setzte sie mit Freuden davon in Kenntnis, daß ihr teurer Segellehrer die Erpressung akzeptiert hatte und sie ihn nicht wiedersehen würde.«

»Dieser Dreckskerl! Kein Wunder, daß du ihn verabscheust. Wie konnte er etwas derart Widerliches tun?« sagte ich und schüttelte den Kopf. »Annette muß am Boden zerstört gewesen sein, als sie erfuhr, daß dein Vater sie verlassen hatte.«

»Am Boden zerstört ist genau der richtige Ausdruck. Die Aussicht vor Augen, den Rest ihres Lebens mit einem Ehemann zu verbringen, der sie nicht liebte, und einer Tochter, die sie nicht brauchte, fuhr sie mit ihrem XKE los – direkt in einen Brückenpfeiler auf dem Merritt Parkway. Alistair brachte die Polizei und die Medien dazu, ihren Tod als tragischen Unfall hinzustellen. Aber es war kein Unfall. Es war Selbstmord. Alistair wußte es, und mein Vater wußte es auch.«

»Das ist ja alles kaum zu glauben. Wie hat denn dein Vater auf Annettes Tod reagiert?«

»Er hat sich betrunken. Und er ist die meiste Zeit betrunken geblieben. Er war ein gebrochener Mann, Sonny. Die Jahre im Club waren nach Annettes Tod die reine Folter für ihn.«

»Du willst doch nicht etwa behaupten, daß er nach alldem, was geschehen war, weiterhin dort gearbeitet hat?«

»Allerdings. Er mußte ja für mich sorgen, vergiß das nicht. Es gab nicht gerade Hunderte von Stellenangeboten für einen Segellehrer mittleren Alters, dem der Whiskey schmeckte und der einen kleinen Sohn hatte, auf den er aufpassen mußte. Also blieb er im Club und vertrank die Tage.«

»Alistair hat nicht versucht, deinen Vater aus dem Club hinauszubefördern?«

»Du begreifst immer noch nicht, wie das kranke Hirn von Alistair Downs funktioniert. Immer wenn sich Mitglieder darüber beschwerten, daß mein Vater zuviel trank oder schlecht gelaunt war, oder auch darüber, daß er ja nicht jünger wurde, war es Alistair, der darauf bestand, daß der Club ihn behielt. Er genoß es, meinen Vater leiden zu sehen. Er genoß es, zuzusehen, wie ihn sämtliche Mitglieder herumkommandierten. Aber am allermeisten genoß er es, die Geschichte des anmaßenden Segellehrers zum besten zu geben, der sich an seine Frau heranmachen wollte und dem Whiskey anheimfiel, als sie ihn zurückwies. Er hat den anderen Mitgliedern allen Ernstes diese Geschichte erzählt. Und sie haben ihm alle geglaubt. Mein Vater wurde zur Witzfigur. Ein armer, alter, englischer Suffkopf. Es tat ihm weh, und es tat mir weh. Wenn ich nicht gewesen wäre, hätte er den Club verlassen und ein glückliches Leben in England führen können. Mit Annette.«

»Ich weiß nicht, was ich sagen soll. Warum hast du mir das alles nicht schon früher erzählt?«

»Wann früher? Bevor wir uns verliebt haben? Ist es dir peinlich, mit mir gesehen zu werden, seit du nun weißt, daß mein Vater das Gespött des illustren Jachtclubs Sachem Point war?«

»Cullie, ich habe nicht gemeint ...« Ich wollte ihm eine Hand auf die Wange legen, zog sie aber wieder zurück. Zu viele Fragen waren noch offen. »Du hast mir immer noch nicht erzählt, was du damals bei Melanie wolltest«, sagte ich.

»Ich habe meinen Vater geliebt, und ich wollte nicht, daß diese schmutzige Geschichte in einem Buch veröffentlicht wird. Und so bin ich zu Melanie gefahren, um sie zu überreden, die Sache herauszulassen. Als du mir gesagt hast, daß sie nicht zu Hause sei, bin ich später am Abend noch einmal hingefahren.«

»Hast du dann mit ihr gesprochen?«

»Ich habe es versucht. Sie hat sich alles angehört, was ich ihr zu sagen hatte, und dann hat sie sich dafür bedankt, daß ich ihr so ›brauchbares Material‹ über Alistair geliefert hatte. Ich war ein solcher Idiot! Statt sie dadurch, daß ich ihr die Geschichte meines Vaters erzählte, dazu zu bringen, sie nicht zu veröffentlichen, habe ich ihr unwissentlich Informationen geliefert, die ihr noch gar nicht bekannt waren. Ich flehte sie an, die Angelegenheit rauszulassen. Ich habe gesagt: ›Mein Vater ist tot. Lassen Sie ihn in Frieden ruhen. Warum müssen Sie ihn in den Schmutz ziehen, nur damit Sie einen Bestseller über Alistair schreiben können?‹ Sie hat mich ausgelacht, Sonny. Sie hat gelacht und gesagt, ich solle sie nicht weiter belästigen. Ich habe um die Ehre meines Vaters gekämpft, und sie sagt mir, ich soll sie nicht belästigen. Aber ich habe trotzdem noch nicht aufgegeben. Ich habe versucht, mit ihr zu handeln. Ich habe gesagt: ›Okay, erzählen Sie die Geschichte meines Vaters, wenn es sein muß. Aber nennen Sie seinen Namen nicht. Seien Sie wenigstens so anständig, seinen Namen zu verschweigen.‹ Weißt du, was sie darauf gesagt hat? Sie hat gesagt: ›Selbstverständlich werde ich seinen Namen nennen. Er ist tot. Er kann mich nicht verklagen. Es sind die Lebenden, bei denen ich mir alles zweimal überlegen muß. Lebende Menschen haben Anwälte, und Anwälte machen Verleger nervös.‹ ›Und was ist mit Alistair?‹ habe ich gefragt. ›Er lebt, und er verfügt wahrscheinlich über ein ganzes Heer von Anwälten.‹ Sie lachte. ›Seien Sie doch nicht so naiv‹, hat sie gesagt. ›Alistair Downs wird mich nicht verklagen. Er sitzt auf einem viel zu hohen Roß, als daß er sich die Hände mit einem Prozeß schmutzig machen wird, der ihm soviel unerwünschte Publicity einbringt, daß er es nicht aushalten würde. Nein, er wird mich nicht verklagen. Womöglich bringt er mich um, aber verklagen wird er mich nicht.‹«

Vielleicht sagte Cullie die Wahrheit. Aber wie konnte ich das sicher wissen? Ich wußte überhaupt nichts mehr sicher. »Das ist ja alles schön und gut, Cullie, aber warum hast du angenommen, daß Melanie überhaupt von der Geschichte mit deinem Vater und Annette wußte? Wie bist du darauf gekommen, daß sie in ihrem Buch darüber schreiben würde?«

»Erinnerst du dich an Hadley Kittredge?«

»Vage.« Und wie ich mich erinnerte. Das war die mit dem Monsterbusen und dem Minihirn.

»Ich habe mich an dem Abend, als ich dir begegnet bin, unter anderem deshalb mit ihr getroffen, damit sie mir erzählen konnte, was sie über Melanie wußte.«

»Was soll denn Hadley Kittredge über Melanie wissen? Hast du mir nicht erzählt, daß sie die Tochter des Hafenmeisters ist?«

»Genau. Und die Leute im Jachthafen reden miteinander. Auf jeden Fall hat mir Hadley erzählt, daß Melanie und ein Typ, der für sie gearbeitet hat, im Jachtclub herumgeschnüffelt und sich danach erkundigt hätten, wie mein Vater zu Annette Downs stand. Sie wollte mich warnen. Und deshalb bin ich zu Melanie gegangen.«

»Du hast also Melanie aufgesucht und bist wütend geworden, als sie dich nicht ernst nahm«, sagte ich und versuchte Cullie genauso in die Enge zu treiben, wie ich es im Fernsehen Anwälte vor Gericht mit Zeugen hatte tun sehen. »Du warst so wütend auf sie, daß du noch einmal hingegangen bist, versucht hast, das Manuskript zu stehlen, und sie umgebracht hast.«

»Was?« Cullie fing an zu lachen. »Bitte noch mal zum Mitschreiben. Du glaubst, *ich* hätte Melanie umgebracht?«

»Du hast versucht, das Manuskript aus ihrem Haus zu entwenden, gib's zu.«

»Ich habe nichts dergleichen getan. Nach der schrecklichen Begegnung mit dieser Frau habe ich ihr Haus nie wieder betreten. Ich habe mir gedacht, wenn sie so gefühllos ist, daß sie die Dinge, die ich ihr über meinen Vater erzählt habe, in ihrem Buch veröffentlicht, dann kann ich nichts dagegen tun. Ich war nicht glücklich darüber, aber mir waren die Hände gebunden.«

»Du bist also nicht noch einmal zu Melanie gegangen, hast versucht, ihr Manuskript zu stehlen, und sie anschließend umgebracht? Dann erklär mir mal, warum du diese Seiten aus meiner Reisetasche genommen hast.« Ich hielt ihm die fehlenden Seiten vor die Nase und wedelte mit ihnen herum.

»Aus Neugier. Mir war schon an dem Tag, an dem du auf der *Marlowe* eingezogen bist, klar, daß du das Manuskript hast. Weißt du noch, wie ich dir gesagt habe, daß du eine Tasche zuviel mit aufs Boot gebracht hast?«

»Wie könnte ich das vergessen?«

»Tja, und ich dachte, die anderen Taschen wären vielleicht ebenso unnötig, und so habe ich nachgeschaut, was in ihnen war. Dann habe ich das Manuskript auf dem Boden des Hängespinds entdeckt. Ich habe immer wieder Auszüge aus dem Buch gelesen, wenn du nicht da warst. Ich mußte unbedingt herausfinden, ob Melanie das Material benutzt hatte, das ich ihr in meiner Dummheit geliefert hatte.«

»Gut, aber warum hast du mir nicht erzählt, daß du von dem Manuskript wußtest? Warum mußtest du es hinter meinem Rücken lesen?«

»Ich wollte nicht, daß du erfährst, was meinem Vater passiert ist. Ich wollte nicht, daß es irgend jemand erfährt.«

Cullie tat mir leid. Aufrichtig leid. Aber sagte er wirklich die Wahrheit? Woher sollte ich wissen, daß er mich nicht an der Nase herumführte, etwas vorgab, was nicht zutraf, und mir mit dem alten Cha-Cha-Cha kam, wie sein Vater sagen würde?

Ich legte die Manuskriptseiten weg und setzte mich. Ich wußte nicht, was ich von alledem halten sollte – von Cullie, von Alistair, vom Mord an Melanie.

»Woher soll ich wissen, daß das alles nicht eine einzige große Lüge ist?« fragte ich Cullie. »Ich hatte wirklich angefangen, an dich zu glauben, an uns zu glauben. Ich hatte tatsächlich angefangen, zu glauben, wir wären verliebt. Ich habe gerade die traumatischsten Monate meines Lebens hinter mir, aber ich war glücklich. Ich war glücklich mit dir. Ich war glücklich, weil ich dir vertraut habe. Bitte sag mir, wie ich dir jetzt noch vertrauen soll.«

Cullie rutschte näher zu mir her und nahm mich in die Arme.

»Die Wahrheit steht auf diesen Seiten«, sagte er leise und sah auf den Teil des Manuskripts auf seinem Kartentisch herunter. »Ich habe sie gelesen. Es steht alles hier drin. Melanie hat nichts ausgelassen. Das einzige, was mir jetzt am Herzen liegt, ist, daß du diese Seiten liest und dich selbst davon überzeugst, daß ich die Wahrheit sage. Bitte, Sonny. Ich möchte, daß wir dort weitermachen, wo wir aufgehört haben.«

»Ich werde diese Seiten lesen«, erklärte ich ihm. »Und ich hoffe, daß ich dort dic Antworten finde, die ich brauche.«

»Gut«, sagte er. »Jetzt wird es langsam spät. Wie wär's mit Abendessen? Soll ich uns Hühnchen Cacciatore holen, dein Lieblingsgericht?«

»Nein, Cullie. Ich gehe nach Maplebark Manor zurück. Ich brauche Zeit, um das alles zu verarbeiten. Ich glaube, es ist wirklich das beste, wenn ich nach Hause fahre.«

Zuerst verzog er enttäuscht das Gesicht, setzte dann aber die Ist-mir-doch-egal-Miene auf, die er oft vorschob, wenn er verletzt war. »Nach Hause«, spottete er. »Dieser Kasten war *noch nie* dein Zuhause. Er war dein Beutestück, deine Art, der Welt zu zeigen, daß du jemand bist. Aber du warst auch in deiner Dienstmädchenuniform jemand, Sonny. Du hast mir eine Freude gebracht, wie ich sie noch nie zuvor erlebt habe, weißt du das?« Seine Augen füllten sich mit Tränen, aber er wischte sie rasch weg, wohl in der Hoffnung, daß ich sie nicht bemerkte. »He, wenn du nach Hause willst, dann geh. Es ist deine Entscheidung.«

Es war allerdings meine Entscheidung, und ich brauchte einfach etwas Abstand zu der gespannten Atmosphäre auf dem Boot.

Ich packte meine Taschen, und Cullie half mir, sie im Kofferraum meines Autos zu verstauen. Es war dunkel und kalt, als wir neben meinem Porsche standen und nach Abschiedsworten suchten.

»Soll ich dich anrufen, oder brauchst du ›Raum‹?«

»Du erinnerst mich an Sandy«, lachte ich. »Er hat andauernd davon geredet, daß jeder seinen ›Raum‹ braucht.«

»Ich habe nichts mit Sandy gemein«, sagte er feierlich. »Sandy hat dich verlassen, als du ihn am dringendsten gebraucht hättest. Ich bin nicht derjenige, der dich verläßt.«

»Ich weiß«, flüsterte ich, und in meinem Hals bildete sich ein gewaltiger Kloß. »Das weiß ich wirklich.«

Cullie nahm mich in die Arme und hielt mich ein paar Sekunden lang fest. Dann ließ er mich los und öffnete mir die Wagentür. »Grüß Maplequark Manor schön von mir«, sagte er und versuchte erfolglos, sich ein Lächeln abzuringen. Er half mir in den Wagen, schloß die Tür und ging. Ich drehte den Zündschlüssel nicht um. Ich sah ihm nur nach, wie er quer über den Parkplatz auf Arnie's All Clammed Up zuging, die Stufen zum Lokal hinaufstieg und in der überfüllten Bar verschwand. Ich stellte mir vor, wie er sich einen Barhocker heranzog und einen Mount Gay Rum mit Tonic bestellte. Ich stellte mir vor, wie er einen Schluck von seinem Drink nahm, über die Menschenmenge in der Bar hinwegblickte und ebenso litt wie ich. Als es so weh tat, daß ich es nicht mehr aushielt, an ihn zu denken, ließ ich den Wagen an, schaltete das Licht ein und machte mich auf die lange Heimfahrt.

17. Kapitel

Nachdem ich lange auf einem 12-Meter-Segelboot zugebracht hatte, erschien mir Maplebark Manor, als ich das Haus betrat und das Licht anschaltete, größer denn je zuvor. »Hallo?« rief ich den leeren Zimmern und Gängen zu. »Jemand da?«

Ich trug meine Reisetaschen nach oben und stellte sie neben dem Bett in meinem Schlafzimmer ab. Dann machte ich den Fernseher an und ließ ihn vor sich hin plärren. Noch nie hatte ich mich so allein gefühlt.

Ich packte meine Tasche aus – nicht die mit dem Manuskript – und legte mich aufs Bett. Ich schloß die Augen und ließ mich vom Lärm aus dem Fernseher überschwemmen. Zum Schlafen war ich zu erschöpft.

Ich dachte an Cullie. Ich versuchte mir vorzustellen, wo er war, was er gerade machte und ob er an mich dachte. Ich dachte daran, wie ich mich mehr und mehr auf ihn verlassen hatte, welch große Stücke ich auf ihn gehalten und wie ich ihn um seine Werte beneidet hatte. Ich dachte daran, wie ich ihm vertraut hatte, und fragte mich, wie ich ihm nun vertrauen sollte. Meinem ersten Mann hatte ich vertraut, und er hatte mich verlassen. Sandy hatte ich vertraut, und er hatte mich auch verlassen. Ich hatte Cullie vertraut, und er hatte mich belogen. Und wenn er mich darüber belügen konnte, warum er Melanie aufgesucht hatte, konnte er ebenso in anderen, wichtigeren Dingen lügen. Wie zum Beispiel sagen, daß er mich liebte, und mich dann verlassen, genau wie es die anderen getan hatten.

Ich glaubte ihm, daß er Melanie nicht umgebracht hatte, aber konnte ich ihm die Geschichte über Paddy und Annette abnehmen? Es gab eine Möglichkeit, es herauszufinden: Ich konnte Melanies Buch lesen. »Die Wahrheit steht auf diesen Seiten«, hatte Cullie gesagt.

Ich erhob mich vom Bett, holte die Tasche mit dem Manuskript und zog die Seite hervor, die Cullie vor mir verborgen gehalten hatte. Ich trug sie zum Bett hinüber, stopfte mir zwei Kissen in den Rücken und begann zu lesen. Ich mußte nicht lange lesen, bis ich zum entscheidenden Kapitel kam. Es trug die Überschrift: »Alistair/Annette/Paddy: Die Dreiecksbeziehung, die zur Tragödie wurde.« Da stand alles schwarz auf weiß, was Cullie mir erzählt hatte: die ganze traurige Geschichte in gräßlich blumigem Stil. Mich schauderte, wenn ich daran dachte, wie Alistair auf das Buch reagieren würde. Ich mußte auch an Bethany denken und fragte mich, wie sie Melanies Zerstörung des Bildes ihres Vaters aufnehmen würde. Wohlwollend jedenfalls nicht, da war ich mir sicher. Hätte einer von beiden wütend genug werden können, um Melanie umzubringen, wenn sie gewußt hätten, wieviel Schaden das Buch anrichten konnte?

Ich sollte Cullie anrufen und ihm sagen, daß ich ihm glaube, fand ich. Es war dumm von mir gewesen, das Boot zu verlassen. Ich hätte die betreffenden Seiten auf der *Marlowe* lesen können, mit Cullie an meiner Seite. Ich hätte bleiben sollen. Ich hätte mehr Vertrauen zu dem Mann aufbringen sollen, den ich liebte. Dumm von dir, schalt ich mich selbst. Dumm und noch mal dumm.

Ich legte das Manuskript beiseite und griff nach dem Telefon, um Cullie anzurufen. Ich sah auf die Uhr. Es war halb elf. Ich wählte seine Nummer und wartete.

»Hallo, hier spricht Cullie Harrington«, sagte sein Anrufbeantworter.

»Cullie, ich bin's«, stieß ich nach dem Pfeifton hervor. Ich spürte, wie mir ein Kloß in den Hals stieg. »Ich habe das Manuskript gelesen. Können wir miteinander reden?« Ich machte eine kleine Pause. »Bitte ruf mich zurück, egal wie spät es ist. Du fehlst mir.«

Ich legte auf und holte tief Luft. Bitte ruf mich zurück, betete ich. Bitte gib mir noch eine Chance. Ich liebe dich.

Ich ging in die Küche hinunter, machte mir eine Tasse Kaffee und nahm sie mit hinauf. Dann setzte ich mich wieder aufs Bett und starrte Melanies Manuskript an. Der Teil, den Cullie versteckt hatte, enthielt noch etwa zwanzig weitere Seiten, aber ich hatte für einen Abend genug gelesen. Ich wollte die Seiten gerade gegen eine der Illustrierten auf meinem Nachttisch austauschen, als mir die Überschrift des nächsten Kapitels im Abschnitt über Alistairs Privatleben ins Auge stach. Sie lautete: »Alistairs jüdische Prinzessin: die Frau, die er nicht heiraten konnte.« Ich muß zugeben, daß mich das ziemlich neugierig machte – so neugierig, daß ich weiterlas. Melanie besaß die Gabe, ihre Leser bei der Stange zu halten, das mußte ich ihr lassen.

Das Kapitel begann mit Melanies Behauptung, Al Downey habe in seinen Tagen als Tanzlehrer in Queens eine feste Freundin gehabt, ein Mädchen aus jüdischer Familie, das Tanzstunden im dortigen Arthur Murray Dance Studio nahm. Melanie zufolge hatte Alistair dem Mädchen die Ehe versprochen, behauptete jedoch, er würde nicht genug verdienen, um sie unterhalten zu können. Als er von einem Talentsucher aus Hollywood entdeckt wurde, erzählte er ihr, daß er nach Kalifornien gehen, sich beim Film einen Namen machen und sie dann nachkommen lassen würde. Er ging nach Kalifornien und machte sich beim Film einen Namen, aber er ließ sie nicht nachkommen. Statt dessen brach er mit ihr – zum einen, so sagte Melanie, weil er befürchtete, eine jüdische Frau könnte ihm hinderlich sein, zum zweiten, weil er bei seiner Ankunft in Hollywood als frischgebackener Filmstar Alistair Downs unter zahlreichen schönen Frauen die Wahl hatte; und zum dritten, weil er schließlich das glamouröse Showgirl Annette Dowling ehelichte. Das arme Mädchen aus Queens war verzweifelt und heiratete aus der Enttäuschung heraus einen jungen Geschäftsmann aus Manhattan. Aber sie trauerte Alistair weiterhin nach. Als sie las, daß er ein Anwesen in Layton, Connecticut, gekauft hatte und sich mit seiner jungen Frau dort niederlassen wollte, überredete sie ihren Mann, sich ebenfalls dort ein Haus zu kaufen. Schon bald frischten Alistair und seine alte Flamme ihre Liebschaft wieder auf, ohne daß ihre jeweiligen Ehepartner davon wußten. Da sie dachte, er werde sie vielleicht diesmal heiraten, wartete die Frau darauf, daß sich Alistair von Annette scheiden ließ. Doch dazu kam es nie. Alistair hatte politische Ambitionen, und eine Scheidung kam nicht in Frage. Alistair ließ sie ein zweites Mal sitzen. Obwohl sie beide weiterhin in Layton lebten, hatten Alistair und die besagte Frau in den Jahren danach keinen Kontakt mehr.

Ach, Melanie, du hast's mal wieder geschafft, seufzte ich. Du hast noch eine traurige Episode im Leben des Alistair Downs ausgegraben. Die arme, bemitleidenswerte Frau, sagte ich beim Gedanken an die von Alistair abgewiesene Frau aus Queens laut vor mich hin. Heraus mit den Geigen für das alte Mädchen. Melanies Beschreibung nach mußte sie einer dieser gramgebeugten, dahinschmachtenden Heldinnen aus der bevorzugten Fernsehserie meiner Mutter ähneln, die Jahr für Jahr die Mißhandlungen eines ausgemachten Schuftes ertragen. Ich rätselte, wer sie wohl sein könnte. Ich überlegte, ob sie vielleicht demselben Country Club angehörte wie meine Mutter. Dann fragte ich mich, wie überhaupt eine Frau einen Kerl wie Alistair lieben konnte. Er war von Kopf bis Fuß ein Schwindler.

Meine Grübeleien wurden durch das Klingeln des Telefons unterbrochen. Ich sprang sofort auf.

»Cullie?«

»Woher weißt du, daß ich es bin?« sagte er ein wenig undeutlich, was – wie ich vermutete – die Folge von einem Rum Tonic zuviel war.

»Ich hatte gehofft, du wärst es. Cullie, ich habe das Manuskript gelesen, und ich wollte dir sagen, daß ich ...«

»Ist dort die Herrin von Maplequark Manor?« nuschelte er. Ich konnte ihn kaum verstehen.

»Cullie, hör doch mal. Ich wollte dir sagen, wie leid es mir –«

»Ist dein Haus das mit den vielen Türmchen?«

»Nein. Cullie, laß mich bitte –«

»Oh. Dann muß es das mit dem Hallenbad und dem Squashplatz sein.«

»Nein. Würdest du bitte aufhören –«

»Jetzt hab' ich's. Jetzt hab' ich's. Es ist das mit dem Kino im Keller.«

»Vielleicht sollten wir uns lieber unterhalten, wenn es dir besser geht«, sagte ich sanft.

»Mir geht's gut. Ganz hervorragend. Und dir?«

»Gut. Mir geht's gut. Aber um dich mache ich mir Sorgen.«

»Sonny?«

»Ja?«

»Ich liebe dich.«

»Ich liebe dich auch. Deshalb habe ich dich ja angerufen.«

»Warum sind wir dann heute nacht nicht zusammen? Warum bin ich hier und du dort?«

»Weil ich viel zu schnell dazu bereit war, das Schlimmste von dir zu glauben«, gestand ich.

»Wärst du weniger schnell dazu bereit gewesen, das Schlimmste von mir zu glauben, wenn ich eine Menge Geld hätte und aus einer Familie wie der deinen stammte?«

»Natürlich nicht.« Na ja, vielleicht doch. Hätte ich Cullie mehr Vertrauen geschenkt, wenn seine Eltern zum Country Club meiner Mutter gehört hätten? Hätte ich das Schlimmste von ihm gedacht, wenn er zur »besseren Gesellschaft« gehört hätte – ein reicher Arzt, Anwalt oder Kaufhausbesitzer gewesen wäre, jemand, den meine Mutter akzeptiert hätte? Der Gedanke widerstrebte mir.

»Glaubst du, wir kriegen das wieder hin?« sagte er mit fürchterlich verwaschener Aussprache.

»Ja, das glaube ich. Aber zuerst mußt du schlafen. Und ich auch.«

»Du willst nicht, daß ich jetzt gleich vorbeikomme?«

»In dem Zustand lasse ich dich nicht fahren. Ich liebe dich, weißt du noch?«

»Ja, das weiß ich noch. Es ist ein gutes Gefühl, daß du mich liebst, Sonny ...« Seine Stimme wurde immer leiser.

»Dann sehen wir uns morgen, okay?«

»In deiner Koje oder in meiner?«

»In meiner. Ich muß hierbleiben und mich um ein paar Dinge kümmern. Zum Beispiel um das Elektrizitätswerk. Um die Gaswerke. Um die Telefongesellschaft. Sie drohen schon damit, mir die Leitungen zu kappen, wenn ich nicht zahle.«

»Und wie willst du das machen? Du bist doch pleite.«

»Ich halte es wie Scarlett O'Hara; ich werde morgen darüber nachdenken. A propos morgen: Kommst du bei mir vorbei, wenn du mit der Arbeit fertig bist?«

»Allerdings. Ist dein Haus das mit den vielen Türmchen?«

»Ach, halt die Klappe, und leg dich schlafen«, lachte ich.

»Gut' Nacht, Sonny-Girl. Schlaf gut und fest.«

»Das erinnert mich an den Werbeslogan der Matratzenfirma meines Vaters.«

»Ich wünschte, ich könnte deinen Vater kennenlernen. Ich würde ihm sagen, daß ich seine Tochter liebe.«

»Du bist süß. Er wäre von dir begeistert gewesen, das weiß ich.« Meine Mutter war ein anderer Fall.

»Hätte er mich als *den* Mann in deinem Leben akzeptiert? Obwohl ich nur der Junge des Segellehrers bin?«

»Du bist nicht *nur* der Junge des Segellehrers. Du bist noch vieles andere. Du hast viele andere wunderbare Eigenschaften. Und jetzt sag mir gute Nacht und leg auf.«

»Mir gute Nacht und leg auf.«

»Das ist mein Ernst. Leg dich schlafen. Wir sehen uns morgen.«

»Ja, Sonny-Girl, allerdings.«

Den nächsten Tag verbrachte ich damit, meine Gläubiger zu vertrösten, die allesamt nicht gerade erfreut darüber waren, daß ich ihnen so viel Geld schuldete. Ich versprach ihnen, einen Teil des Geldes durch einen großangelegten privaten Flohmarkt aufzubringen, bei dem ich alles an Kleidern, Möbeln und Geschirr sowie sämtlichen Schmuck losschlagen wollte, den ich nicht bereits verkauft hatte. Die Idee schien ihnen zu gefallen.

Ich rief die Frau an, die alle Privatflohmärkte in der Gegend organisierte.

»Hallo?« sagte ich. »Ist dort Second Hand Rose?«

»Ja, genau. Kann ich Ihnen helfen?«

»Ich möchte meine Sachen auf einem Ihrer Privatflohmärkte verkaufen. Wann könnten Sie das einrichten?«

»In etwa zwei Monaten.« Meine Gläubiger würden niemals so lange warten! »Anscheinend will gerade ganz Layton einen Privatflohmarkt abhalten. Ich hatte noch nie so viel zu tun.«

»Und Sie können nicht noch einen unterbringen? Ich möchte die gesamte Einrichtung meines Anwesens am Woodland Way verkaufen.« Ich dachte, ich könnte sie damit umstimmen, daß ich ihr die hohe Kommission vor Augen führte, die sie einstreichen könnte, wenn sie meinen Auftrag annahm.

»Ah, Woodland Way. Gute Adresse.« Sie war beeindruckt. Meine Strategie funktionierte. »Zufälligerweise habe ich noch drei andere Kunden am Woodland Way, die alle kommendes Wochenende einen Flohmarkt abhalten.«

»Ehrlich? Ich wußte nicht, daß jemand von meinen Nachbarn umzieht.«

»Wer redet denn von Umziehen? Sie stehen alle am Rande des Bankrotts und müssen Bargeld aufbringen. Es ist diese gräßliche Rezession, wissen Sie. Schrecklich für die Wirtschaft. Wunderbar für mich.«

Es war erfreulich zu hören, daß wenigstens irgend jemand von der Rezession profitierte. »Es ist also völlig ausgeschlossen, daß Sie meinen Flohmarkt sofort abhalten können?« versuchte ich es noch einmal.

»Unmöglich. Es kommen noch Leute vor Ihnen. Wie gesagt, ich habe alle Hände voll zu tun.«

So schnell gab ich mich nicht geschlagen. »Könnten Sie meinen Flohmarkt gleich abhalten, wenn wir eine Vereinbarung träfen?«

»Was für eine Vereinbarung?«

»Statt der üblichen zwanzig Prozent von den Einnahmen aus meinen Verkäufen überlasse ich Ihnen dreißig.«

Sie schwieg einen Moment. »Vierzig.«

»Fünfunddreißig.«

»Ich halte den Flohmarkt nächste Woche ab.«

»Das freut mich.«

Cullie kam um sechs Uhr am selben Abend zu mir. Ich flog in seine Arme und warf ihm meine um den Hals.

»Hui. Ich freue mich auch, dich zu sehen«, lachte er, nachdem ich ihn beinahe umgeworfen hätte.

Wir waren nur einen Tag getrennt gewesen, aber ich hatte das Gefühl, als hätte ich ihn seit Monaten nicht gesehen. »Du siehst so gut aus«, gurrte ich und streichelte ihm den Bart. Er trug Jeans und einen goldgelben Pullover, der sein weizenblondes Haar prächtig zur Geltung brachte.

»Wir sollten uns öfter trennen«, sagte er lächelnd. »Das ist ja vielleicht ein Empfang.« Dann verfinsterte sich seine Miene. »Wenn ich mir's genauer überlege, sollten wir uns eigentlich überhaupt nicht trennen. Es tut meiner Leber nicht gut.«

»Hast du einen Kater?«

»Sagen wir mal so: Als ich heute in mein Kameraobjektiv geschaut habe, um ein Haus von außen zu fotografieren, habe ich zwei Häuser statt einem gesehen. Alles hat ein bißchen länger gedauert, als nötig gewesen wäre. Ich bin direkt von meinem letzten Auftrag hierhergefahren.«

»Ich bin ja so froh, daß du da bist. Gehen wir doch nach oben, damit wir wieder warm miteinander werden«, meinte ich vielsagend.

»Mit Vergnügen. Oh, aber zuerst habe ich noch etwas für dich.« Cullie reichte mir ein in Geschenkpapier gewickeltes Päckchen, das von Aussehen und Gewicht her eine Illustrierte hätte enthalten können.

»Noch ein Geschenk? Du verwöhnst mich ja.«

»Es ist nicht direkt ein Geschenk, Sonny. Gehen wir doch in die Küche und setzen uns.«

Ich ging hinter ihm den Flur entlang in die Küche und setzte mich neben ihn an den Tisch. »Was ist da drin?« fragte ich und schüttelte das Päckchen wie ein Kind an Weihnachten.

»Angesichts unserer neuen Politik der rückhaltlosen Offenheit wollte ich dir die geben. Sie gehören zu den fehlenden Seiten aus Melanies Manuskript. Du hast sie gestern nicht in meinem Kartentisch gefunden, weil sie sich irgendwie vom Stapel gelöst haben müssen und auf den Fußboden gefallen sind. Ich habe sie in dasselbe Geschenkpapier gewickelt, das ich für dein Tagebuch besorgt hatte. Ich wollte sie dir als Geschenk überreichen. Du weißt schon, als symbolische Geste. Ich wollte nicht, daß du denkst, ich würde schon wieder etwas vor dir verbergen.«

»Ich habe gestern abend schon zugegeben, daß es ein Fehler von mir war, dir zu mißtrauen. Und jetzt schauen wir mal, welche neue Demütigung Melanie einer armen, nichtsahnenden Seele zufügen wollte.«

Ich wickelte das Päckchen aus und zog einen kleinen Stapel anscheinend kopierter Fotos hervor.

»Das müssen die Fotos sein, die für das Buch vorgesehen waren«, erklärte Cullie. »Melanie muß sie kopiert haben, um ihrem Verleger einen Eindruck davon zu vermitteln, was sie in ihr Buch aufnehmen würde.«

»Schauen wir mal«, sagte ich schelmisch. Jede der Kopien im Format 20 x 30 zeigte ein Schwarz-Weiß-Foto mit einer kurzen, getippten Bildunterschrift. »Du nimmst ein paar und ich ein paar.«

»Mach du nur. Ich habe sie schon angeschaut«, sagte er und winkte ab. »Ich wollte sehen, ob Melanie dem Jachtclub ein Foto von meinem Vater hat abluchsen können und es im Buch verwenden wollte.«

»Hat sie?«

»Nein. Zumindest ist bei diesen Fotos keines dabei.«

Ich begann, die Fotos durchzugehen. Sie waren weder chronologisch noch sonst irgendwie geordnet, es waren einfach zufällige Schnappschüsse aus Alistairs Leben. Da war einer, auf dem er neben seinem Mafiafreund Frankie Fuccato vor einem Restaurant in Beverly Hills stand; ein Foto, auf dem er neben Annette in ihrem nagelneuen XKE saß; eines der jungen Al Downey in der Grundschule in Queens und noch eines, auf dem er den Giants beim Baseballspielen auf dem alten Polofeld zusah.

»He, sieh dir das mal an«, sagte Cullie und drückte mir eines in die Hand. »Da ist ein Foto von Alistair in seiner Al-Downey/Arthur-Murray-Phase. Anscheinend haben er und die Frau an seiner Seite in den vierziger Jahren eine Art Tanzwettbewerb gewonnen.«

»Laß mal sehen«, sagte ich und riß Cullie das Foto aus der Hand. Zuerst las ich die Bildunterschrift. Sie lautete: *Al Downey und seine Freundin gewinnen den Swing-Jitterbug-Wettbewerb im Forest Hills Dance Studio.* Dann betrachtete ich das grobkörnige alte Foto. Mit einem Schlag traf mich die Erkenntnis – und zwar mit solcher Wucht, daß mir beinahe der Atem stockte. Da, auf der Tanzfläche des Arthur Murray Dance Studios in Queens, war in Schwarz-Weiß ein gutaussehender junger Mann zu sehen, der den Arm um eine attraktive, junge Blondine gelegt hatte. Der Mann war ohne jeden Zweifel Alistair. Die Frau sah aus wie meine Mutter.

»Cullie?« sagte ich nervös. »Du hast vorhin erwähnt, daß du direkt von deinem letzten Auftrag hierhergekommen bist. Heißt das, daß du deine Ausrüstung dabei hast?«

»Sicher. Im Auto.«

»Hast du zufällig eines dieser Dinger, mit denen man ein Bild vergrößern kann?«

»Du meinst eine Lupe? Ja, hab' ich.«

»Würdest du sie bitte holen?«

»Jetzt gleich?«

»Jetzt gleich, wenn es dir nichts ausmacht.« Cullie sprang von seinem Stuhl auf und war so schnell zu seinem Jeep gegangen und wieder zurückgekommen, daß ich seine Abwesenheit nicht bemerkt hatte. Ich war von dem Foto in meiner Hand dermaßen hypnotisiert, daß alles andere um mich herum verschwamm.

»Weißt du, wie man damit umgeht?« fragte er.

»Ja. Man hält sie einfach über das Foto und schaut durch, oder?«

»Genau.«

Ich hielt die Lupe über das Gesicht der Frau auf dem Foto und beugte mich vor, um die Vergrößerung zu studieren. Es konnte kein Zweifel daran bestehen, daß es sich bei der Frau um eine ganz junge Doris Waxman handelte. Sie sah genauso aus wie in unserem alten Familienalbum: die Kleidung, die Frisur, das Make-up – alles exakt im Stil der vierziger Jahre. Was sie jedoch von den alten Fotos, die ich von ihr kannte, unterschied, war ihr Lächeln. Ich hatte sie nie so lächeln sehen, wie sie den Mann auf dem Foto anlächelte. Weder mich noch meinen Vater hatte sie je so angelächelt – niemals. Dieser Blick der reinen, ungetrübten Anbetung war offenbar für Alistair Downs reserviert. Eisige Kälte durchdrang meinen Körper.

»He, was ist denn los, Spatz? Du siehst ja aus, als hättest du ein Gespenst gesehen.« Cullie legte den Arm um mich, genau so, wie Alistair auf dem Foto, das nun auf dem Küchentisch lag, den Arm um meine Mutter gelegt hatte.

»Ich habe kein Gespenst gesehen, Cullie. Ich habe meine Mutter gesehen.«

»Wovon redest du?«

»Die Frau auf diesem Foto – die Frau, die in der Bildunterschrift als Al Downeys *Freundin* bezeichnet wird – ist meine Mutter.« Mein Mund war trocken vor Panik, und langsam schnürte es mir die Kehle zu.

»Deine Mutter? Ich fürchte, du hast einen handfesten Mutterkomplex«, spöttelte Cullie. »Du siehst überall deine Mutter, Sonny. Weißt du noch, daß du gedacht hast, sie sei die Fahrerin gewesen, die mit ihrem Cadillac aus Alistairs Einfahrt geschossen kam und uns beinahe gerammt hätte?«

»Sie *war* es, die uns beinahe gerammt hätte. Ich habe sie gefragt. Sie hat es zugegeben.«

»Soll das ein Witz sein? Was hat sie denn gesagt, was sie in Evermore zu suchen hatte? Du hast mir doch erzählt, sie wäre Alistair nie begegnet.«

»Das habe ich auch gedacht. Offensichtlich habe ich mich getäuscht.« Ich schaute auf das Foto auf dem Tisch und schauderte. »Sie hat mir erzählt, sie hätte ihn aufgesucht, um ihn dazu zu überreden, mich wieder bei der Zeitung einzustellen.«

»Vielleicht hat sie ja die Wahrheit gesagt.«

»Schau dir das Foto an, Cullie. Darunter steht, daß die Frau auf dem Bild Alistairs Freundin war. Seine *Freundin.* Das ist alles dermaßen abstrus, daß ich nicht mehr weiß, was ich glauben soll.«

Ich fing an, unkontrolliert zu zittern. Cullie ging an den Garderobenschrank, brachte mir seine Jacke und hängte sie mir um die Schultern.

»Schau mal, vielleicht hatten Alistair und deine Mutter etwas miteinander, als sie jung waren«, sagte er. »Na und? Schließlich hat ihr Verhältnis ja nicht die ganzen Jahre über …«

Cullie unterbrach sich und sah mir mit einer Mischung aus Schreck und Mitleid ins Gesicht. Er hatte die letzten der fehlenden Seiten aus Melanies Manuskript gelesen, und er wußte, daß auch ich sie kannte. Beide hatten wir das Kapitel mit der Überschrift »Alistairs jüdische Prinzessin: die Frau, die er nicht heiraten konnte« verschlungen. Plötzlich gingen uns die haarsträubenden Konsequenzen aus diesem Kapitel und dem Foto, das vor uns lag, auf.

»Oh, mein Gott«, schrie ich und klammerte mich entsetzt am Tisch fest. »Meine Mutter war die Frau, über die Melanie geschrieben hat. Aber wie kann das sein? Wie konnte sie die ganzen Jahre Alistair lieben? Sie hat doch meinen Vater geliebt. Sie waren überglücklich miteinander. Das hat sie gesagt. Niemals hätte sie hinter seinem Rücken eine Affäre fortgesetzt. Niemals! Und schon gar nicht mit Alistair! Es kann nicht sein, es kann einfach nicht sein!«

Cullie versuchte mich zu beruhigen, aber ich ignorierte ihn.

»Die ganzen Jahre über«, heulte ich. »Die ganzen Jahre, in denen sie mir Vorträge gehalten, sich als unfehlbar ausgegeben und versucht hat, über mein Leben zu bestimmen. Diese ganzen Jahre, in denen sie mir ihre Ehe als derart perfekt geschildert hat, daß ich es im Grunde gar nicht schaffen konnte mitzuhalten. Was für eine verfluchte Heuchlerin! Meine Mutter hat ihr ganzes Leben damit zugebracht, hinter einem Mann herzulaufen, dem sie scheißegal war. Wenn das, was Melanie schreibt, wahr ist, dann war die Ehe meiner Mutter eine einzige Lüge.«

»Das ist aber ein großes ›Wenn‹«, schaltete Cullie sich ein. »Vielleicht hat Melanie die Wahrheit ja ausgeschmückt, einfach um mehr Bücher zu verkaufen.«

»Sie hat ja auch über deinen Vater und Annette die Wahrheit geschrieben, oder nicht? Sie hat die Geschichte kein bißchen ausgeschmückt, das hast du bestätigt.«

»Stimmt. Aber ich möchte einfach nicht, daß du –«

»Daß ich was? Ein Geheimnis wie das hier über meine eigene Mutter entdecke und wahnsinnig werde?«

Plötzlich fiel mir ein, daß ich meine Mutter ohne weiteres mit auf die Liste der Mordverdächtigen setzen konnte. Sie hatte sich als Ehebrecherin entpuppt. Vielleicht war sie ja auch eine Mörderin. Vielleicht konnte sie es am wenigsten von allen ertragen, untätig danebenzustehen und Melanie dabei zuzusehen, wie sie ihr Buch herausbrachte. Vielleicht war sie der Eindringling, der Melanie einen Schlag auf den Kopf versetzt und sie getötet hatte.

Die Vorstellung war so grauenhaft, daß ich Cullie nicht in die Augen sehen konnte. Was mußte er jetzt von mir denken? fragte ich mich. Und er hatte sich solche Sorgen gemacht, nicht gut genug für meine Familie zu sein. Was für ein Witz.

Rasch! Ein Witz! Ein Witz! Laß diesen Schmerz nicht an dich heran, Alison. Erzähl Cullie einen Witz über Doris Waxman, seine Schwiegermutter in spe. Du mußt doch einen Schwiegermutterwitz in deinem Repertoire haben, oder nicht? Rasch! Ein Witz!

»Cullie«, sagte ich. »Wie definiert man gemischte Gefühle?«

Er sah mich ratlos an, als wolle er meinen Schmerz lindern, wüßte aber nicht, wie.

»Deine Schwiegermutter in deinem nagelneuen Porsche eine Felswand herabstürzen zu sehen. Kapiert?« Ich fing an, hysterisch zu lachen. Ich war ein Nervenbündel. Der arme Cullie wußte nicht, was er tun oder wie er mir helfen konnte.

»Gehen wir doch nach oben«, schlug er vor. »Vielleicht wenn du dich ein Weilchen hinlegst ...«

»Hinlegen? *Hinlegen*?« sagte ich, stand auf und ging zur Hintertür. »Ich fahre jetzt hinüber zu meinem allerliebsten Mütterlein. Ich will die Geschichte direkt aus dem Mund dieser Hure hören.«

»Aber nicht ohne mich. Ich gehe mit.«

»Bist du dir da sicher? Das wird nicht angenehm.«

»Wer braucht das schon?«

»Manche Männer brauchen das. Manche Männer wollen, daß alles um sie herum schön, ordentlich und angenehm ist. Nimm nur Sandy. In dem Moment, wo es hart auf hart kam, ist er verschwunden.«

»Ich hab's dir gestern schon gesagt: Ich bin nicht Sandy. Ich bin für alles da. Angenehm oder nicht.«

»Ich habe dich nicht verdient«, sagte ich, und die Tränen schossen mir in die Augen.

»Du hast nicht verdient, belogen zu werden«, erwiderte Cullie, nahm mich bei der Hand und führte mich zur Tür. »Statten wir deiner Mutter einen Besuch ab. Mein Jeep wartet.«

DRITTER TEIL

18. Kapitel

Um acht Uhr hielten wir vor dem Haus Pink Cloud Lane 89. Als ich den gepflasterten Fußweg zur Haustür meiner Mutter entlangstürmte, packte mich Cullie am Arm und hielt mich fest. »Ich finde, du solltest nicht so hetzen«, ermahnte er mich. »Versuch ruhig zu bleiben. Es hat doch keinen Sinn, da hineinzuplatzen und deine Mutter in die Enge zu treiben – jedenfalls nicht, wenn du die Wahrheit aus ihr herausbekommen willst.«

»Du hast wahrscheinlich recht«, sagte ich und holte tief Luft.

Ich klingelte und wartete nervös darauf, daß meine Mutter uns hereinließ, aber es war Nora Small, ihre im Haus wohnende Haushälterin, die uns die Tür öffnete.

»Hi, Nora«, sagte ich und betrat unaufgefordert das Haus. »Ist meine Mutter da?«

»Nein, Miss Alison«, sagte sie in ihrem jamaikanischen Singsang. »Mrs. Waxman ist ausgegangen.«

»Ausgegangen? Wohin?« Ich hatte es versäumt, vorher anzurufen, um sicherzugehen, daß meine Mutter zu Hause sein würde.

»Mit einem Herrn.«

»Einem Herrn? Wissen Sie zufällig, wie dieser Herr heißt?«

»Nein, Miss. Ihre Mutter hat es nicht erwähnt.«

»Haben Sie gesehen, wie er aussah, als er sie abgeholt hat?« fragte ich Nora.

»Nein, Miss. Der Chauffeur des Herrn ist gekommen, um Ihre Mutter abzuholen.«

»Sein Chauffeur?« sagte ich spöttisch. »Dann muß es Alistair sein. Er hat einen Fahrer für diesen Corniche.«

»Stimmt irgend etwas nicht, Miss Alison?«

»O nein. Tut mir leid, Nora. Ist es Ihnen recht, wenn mein Freund und ich hier auf meine Mutter warten?«

»Kein Problem. Ich bin in der Küche, wenn Sie etwas brauchen.«

Cullie und ich saßen ein paar Minuten lang schweigend auf dem Sofa meiner Mutter. Dann erhob ich mich und zog ihn mit in die Höhe. »Komm«, sagte ich und nahm ihn bei der Hand. »Ich zeige dir die Seymour-Waxman-Gedenkstätte.«

»Wovon redest du?«

»Komm mit.«

Ich ging mit ihm ins Schlafzimmer. »Da. Davon rede ich«, sagte ich und zeigte auf die Sammlung von Fotos, Tennistrophäen und anderen Erinnerungsstücken, die Wände, Regale und Kommoden zierten.

»Erstaunlich«, meinte er und schüttelte den Kopf. »Das müssen an die hundert Bilder von deinem Vater sein. Eines muß man deinen Eltern lassen: Sie machten den Eindruck eines glücklichen Paares«, sagte er und hielt ein Foto in die Höhe, das Sy und Doris auf den Flitterwochen in Miami Beach zeigte.

»Ich kann die Bilder nicht mehr sehen«, sagte ich. »Sie sind eine einzige Lüge. Die dicke, fette Lebenslüge meiner Mutter. Allein der Gedanke, eine Affäre mit Alistair Downs aufrechtzuerhalten, wo sie doch einen so wunderbaren Mann wie meinen Vater an ihrer Seite hatte.«

»Warten wir ab, was sie zu sagen hat«, riet Cullie. »Komm, wir machen uns einen Drink.«

Gegen halb zehn hörte ich, wie die Haustür aufging. Dann hörte ich meine Mutter mit ihrer rauhen Raucherstimme keuchen: »Danke für den herrlichen Abend. Du bist ein liebenswürdiger und großzügiger Mann. Gute Nacht.«

Zuerst waren noch ein paar erstickte Geräusche zu vernehmen, dann hörte man ein Auto davonfahren, und schließlich erklangen die Schritte meiner Mutter auf dem Marmorfußboden der Diele. Liebenswürdig und großzügig, meine Güte. Ich konnte die Stimme des Mannes nicht hören, aber es mußte Alistair sein, dieses Schwein. Vermutlich gab er ihr mit seinen fünfundsiebzig Jahre alten, lederartigen Lippen einen Gutenachtkuß. Abstoßend. Die ganze Geschichte war abstoßend.

Wie zwei ergebene Untertanen, denen eine Audienz bei der Königin von England und nicht bei der Königin der Anmaßung gewährt wurde, standen Cullie und ich auf, als meine Mutter das Wohnzimmer betrat.

»Alison, meine Liebe. Was für eine reizende Überraschung. Ich habe diesen Lastwagen vor dem Haus nicht erkannt«, sagte sie und ging mit ausgestreckten Armen auf mich zu. Ich ließ meine Arme schlaff herunterhängen, erlaubte ihr aber, mir einen ihrer Phantomküsse auf die Wange zu drücken – diese Luftküsse, die sie bevorzugte, wenn sie ihren Lippenstift nicht verschmieren wollte.

»Das ist kein Lastwagen, das ist ein Jeep«, sagte ich barsch. »Derselbe Jeep, den du beinahe gerammt hättest, als du kürzlich frühmorgens aus Alistair Downs' Einfahrt geprescht kamst.«

»Aha. Und wer ist das?« sagte sie, womit sie Cullie meinte, sich aber nicht dazu herabließ, ihn anzusehen. Statt dessen sah sie auf ihren karierten Perry-Ellis-Rock hinab und zupfte ein Stäubchen weg.

»Das ist Cullie Harrington. Cullie, das ist meine Mutter, Doris Waxman«, sagte ich.

»Hallo«, sagte Cullie und streckte, ohne zu lächeln, die Hand aus. Meine Mutter ergriff sie nicht.

»Harrington ... Harrington«, überlegte sie. »Kennen wir irgendwelche Harringtons?« fragte sie mich.

»Ja, einen. Und der steht direkt vor dir«, fauchte ich.

»Trotzdem muß es noch andere geben. Der Name kommt mir irgendwie bekannt vor«, sagte sie.

»Das kommt daher, daß ich Cullies Namen damals erwähnt habe, als du mich zum Maine-Hummer-Abend in den Club mitgenommen hast. Du wärst beinahe erstickt, als du ihn gehört hast, weißt du noch?«

»Ja, ich glaube schon.« Schweigen. »Bitte setzt euch doch«, wies sie Cullie und mich an. Wir nahmen auf dem Sofa Platz, während sie sich in einen Ohrensessel setzte. »So, junger Mann«, sagte sie, nahm sich eine Winston aus ihrem goldenen Zigarettenetui und zündete sie an. »Erzählen Sie mir etwas von sich und Ihren Leuten.«

Seine Leute. Herrgott, war meine Mutter eine harte Nuß. Ich mußte an einen Nachmittag während meiner Grundschulzeit denken, als ich einen Jungen namens Chuck mit nach Hause gebracht hatte, dessen Vater im Schnellimbiß um die Ecke Teller wusch. Er tat mir leid, weil er mir erzählt hatte, daß seine Familie nur einen Fernseher besäße, während wir vier hatten: drei Farbfernseher und einen schwarz-weißen für das Hausmädchen. Ich hatte Chuck eines Tages nach der Schule zu mir eingeladen, um »American Bandstand« anzuschauen, als plötzlich meine Mutter ins Fernsehzimmer gestürmt kam, wo Chuck und ich tanzten. Sie blieb wie vom Donner gerührt stehen und fragte mit ihrer tiefsten, einschüchterndsten und mißbilligendsten Stimme: »Wen hast du da zu Gast, Alison?« »Oh, hi, Mom«, sagte ich. »Das ist Chuck. Er geht in dieselbe Klasse wie ich.« »Woher stammt Chuck?« fragte sie mit einer Miene, als wäre sie gerade in einen Hundehaufen getreten. »Ich weiß nicht. In welcher Straße wohnst du, Chuck?« fragte ich ihn. »Hitchcock Avenue«, sagte Chuck, wobei er spürte, daß er soeben die falsche Antwort gegeben hatte. »Von einer Hitchcock Avenue habe ich noch nie gehört«, sagte meine Mutter und wandte sich erstmals direkt an Chuck. »Wie heißt du mit Nachnamen, und wer sind deine Leute?« Das gab mir den Rest. Ich weiß noch, daß ich sie am liebsten erwürgt hätte. Ich hätte sie jedesmal am liebsten erwürgt, wenn sie Leute nach ihren Leuten fragte, als wollte sie fragen: »Zu welchem Stamm gehören Sie?« oder »Aus welcher Höhle sind Sie denn hervorgekrochen?« oder »Wie können Sie es wagen, meine Luft mit Ihrer Anwesenheit zu verpesten?« Was glaubte sie denn eigentlich, wer sie war? Sie war ein Mädchen aus jüdischer Familie aus Queens, deren »Leute« ungarische Einwanderer waren, die so hart arbeiteten, um ihrer Tochter die schöneren Dinge des Lebens zu verschaffen, daß sie es versäumten, ihr ein bißchen Bescheidenheit beizubringen. Mann o Mann, dachte ich. Sie und Alistair verdienten einander.

»Meine Leute?« wiederholte Cullie mit verwirrtem Gesichtsausdruck. »Sie meinen meine Eltern?«

Meine Mutter nickte.

»Mein Vater war Segler.«

»Ein herrliches Hobby. Und was war er von Beruf?«

»Er war Segellehrer im Jachtclub Sachem Point.«

»Wie faszinierend«, sagte sie und zog an ihrer Zigarette. »Ist er jetzt im Ruhestand?«

»Nein, er ist vor neun Jahren gestorben.«

»Das tut mir aber leid. Und Ihre Mutter?«

»Sie war Kellnerin im Jachtclub. Sie ist auch schon tot.«

»Oje. Wie tragisch für Sie.« Ich sah ihr an, daß sie betroffen war. »Das haben Sie und Alison wohl gemeinsam.«

»Sie meinen den Verlust eines Elternteils?« fragte Cullie.

»Genau. Alisons Vater, mein geliebter Mann Seymour, ist gestorben, als sie noch ein Kind war. Er fehlt mir entsetzlich.« Meine Mutter stieß in einem langen, senkrechten Schwaden Rauch aus der Nase aus.

»Wo wir gerade von meinem Vater sprechen«, unterbrach ich sie, da ich endlich zum Grund unseres Besuchs kommen wollte, »wer war der Herr, mit dem du heute abend aus warst?«

»Der Herr, mit dem ich aus war?«

»Genau.«

»Ich weiß nicht, ob ich dir das verraten soll«, sagte meine Mutter kokett und klimperte mit den Wimpern, um dem Ganzen einen dramatischen Anstrich zu geben.

»Ach, komm schon, Mom. Wir haben doch keine Geheimnisse voreinander. Spuck's aus. Wer ist der Typ? Ein neuer Verehrer? Ein alter Verehrer? Ein so alter Verehrer, daß du in den vierziger Jahren mit ihm den Jitterbug-Wettbewerb gewonnen hast?«

»Natürlich nicht«, sagte sie. »Es hat seit deinem Vater keinen mehr gegeben.«

»Tatsächlich? Mit wem warst du dann heute abend aus?«

»Wenn du es unbedingt wissen willst – ich war mit Louis Obermeyer essen. Aus dem Club. Du bist mit seiner Tochter Betsy zur Schule gegangen, weißt du noch?«

Kam mir meine Mutter mal wieder mit irgendeinem Cha-Cha-Cha? »Was wolltest du denn mit Mr. Obermeyer?«

»Ich wollte mit ihm über dich sprechen, Liebes.«

»Über mich?«

»Ja. Aber ich weiß nicht, ob wir das in Gegenwart von ...«

»Cullie? Wir teilen alles miteinander.«

»Oh?«

»Das stimmt, Mrs. Waxman. Ihre Tochter und ich stehen uns sehr nahe.«

»Oh?« Meine Mutter erbleichte, genau wie am Maine-Hummer-Abend, als ich ihr zum ersten Mal von Cullie erzählt hatte. Gott sei Dank waren keine Zitronenschalen in der Nähe.

»Worüber hast du mit Mr. Obermeyer gesprochen?« drängte ich weiter.

»Ich möchte nicht, daß du wütend wirst, Alison, Liebes. Aber ich habe mir wegen dieses Mordfalls, in den du verwickelt bist, solche Sorgen gemacht. Louis ist Rechtsanwalt, ein überaus erfolgreicher Strafverteidiger. Er hat Edith Eisners Sohn Fred verteidigt, als der verhaftet wurde, weil er mit Insider-Informationen gehandelt hat, weißt du noch? Fred ist heute ein freier Mann, und das verdankt er Louis. Und er ist nicht nur ein freier Mann, er ist auch ein sehr *reicher* Mann. Er hat an der Börse ein Vermögen gemacht, sagt Edith.«

»Wie toll für Fred«, sagte ich.

»Ich habe Louis konsultiert«, fuhr sie fort, »weil ich absolut sichergehen wollte, daß du, wenn dich die Polizei wegen des Mordes an dieser Melanie Moloney verhaftet, die beste Verteidigung bekommst, die man für Geld kaufen kann. Wenn dich irgend jemand aus der Notlage retten kann, in die du dich selbst gebracht hast, dann ist das Louis.«

»Dein Zutrauen zu mir ist ja rührend«, sagte ich voller Sarkasmus. »Aber ich rette mich selbst aus meinen Notlagen, vielen

Dank. A propos, Mutter. Erzähl mir doch mehr über dein Treffen mit Alistair Downs neulich. Es war super von dir, nach Evermore zu fahren und dich so für mich einzusetzen.«

»Dafür sind Mütter schließlich da«, sagte meine Mutter gestelzt.

»Fandest du den Senator charmant? Herzlich? Sexuell erregend?«

»Alison! Was ist denn in dich gefahren? So hast du noch nie mit mir gesprochen. Als du mit Sandy verheiratet warst, hattest du noch Respekt vor deiner Mutter. Jetzt kenne ich dich gar nicht wieder.« Sie starrte Cullie vorwurfsvoll an, als wäre er der Grund für den Verfall meiner Sitten.

»Was in mich gefahren ist?« sagte ich, wobei meine Stimme um eine Oktave in die Höhe ging. »Die Wahrheit. Die ist in mich gefahren.«

»Was für eine Wahrheit?«

»Über dich und Alistair. Wie habt ihr euch kennengelernt.«

»Das habe ich dir doch schon gesagt. Ich bin zu seinem Anwesen hinübergefahren, um mit ihm über deine Anstellung bei seiner Zeitung zu sprechen. Ich –«

»Erzähl mir, wie ihr euch zum *ersten* Mal begegnet seid, als er Gesellschaftstänze im Arthur Murray Studio in Queens unterrichtet hat.« Soviel zu Cullies Vorschlag, meine Mutter nicht in die Enge zu treiben.

Der Teint meiner Mutter wurde so weiß wie das Sinnbild der Unschuld, mit der sie sich, seit ich denken konnte, umgeben hatte. Ihre Unterlippe begann zu zittern, und ihre linke Wange fing nervös zu zucken an.

»Was ... was ... gibt dir das Recht, so ... so mit mir zu sprechen?« stieß sie abgehackt hervor und blickte zwischen Cullie und mir hin und her.

»Ich bin deine Tochter, das gibt mir das Recht. Das und die Tatsache, daß du etwas zu sein vorgegeben hast, was du gar nicht bist. Du hast dich nach Daddys Tod als die arme, deprimierte Witwe präsentiert. Und dabei hast du die ganze Zeit eine Affäre mit unserem Senator aus Connecticut gehabt.«

»Das ist eine Lüge!« keuchte meine Mutter. »Al und ich haben nicht ...«

»Al?« höhnte ich. »Erzähl mir alles über dich und Al. Los, Mutter. Du kannst es dir ruhig von der Seele reden.«

»Was soll ich mir von der Seele reden? Es gibt nichts, wegen dem ich mich schuldig fühlen müßte, Alison.«

»Heiliges Kanonenrohr! Meine Mutter hat gerade einen Grammatikfehler gemacht! Du hast wohl gemeint: ›Es gibt nichts, *weswegen* ich mich schuldig fühlen müßte‹, oder, Mom?« Ich gebe es zu. Ich genoß es. Meine Mutter dazu zu bringen, sich zu winden, nachdem ich mich ein Leben lang vor ihr gewunden hatte, war einfach unbeschreiblich köstlich.

»Woher beziehst du deine Informationen?« fragte meine Mutter und funkelte Cullie an.

»Aus Melanies Biographie deines Liebhabers«, sagte ich.

»Du hast dieses Buch gelesen? Sie erwähnt mich? Sie nennt mich tatsächlich mit Namen?« Meine Mutter sah entsetzt drein. Sie tat mir nicht leid.

»Deinen Namen nennt sie nicht, aber sie hat deiner unseligen Romanze mit Alistair – Verzeihung – *Al* ein komplettes Kapitel gewidmet.«

»Wenn sie mich nicht beim Namen nennt, wie kommst du dann darauf, daß es sich um mich handelt?«

»Sieh dir das mal an, Mutter.« Ich reichte ihr die Kopie des Fotos von ihr und Alistair.

»O mein Gott! Ich kann es nicht glauben. Wo in aller Welt hast du dieses alte Bild her?«

»Offensichtlich nicht aus deiner Privatsammlung«, sagte ich trocken. »Es lag beim Manuskript. Melanie muß es irgendwo ausgegraben haben.«

»Ich kann es einfach nicht glauben«, sagte meine Mutter noch einmal und zündete sich die nächste Winston an.

»Glaub's ruhig, Mom. Ich glaube es jedenfalls. Und Cullie auch.«

»Cullie? Wer ist dieser Cullie überhaupt, und was hat er mit meinem Leben zu tun?«

»An deiner Stelle würde ich Cullie nicht so leichtfertig abkanzeln«, sagte ich, so ruhig ich konnte. »Er ist schließlich nicht derjenige, der seinen Ehepartner betrogen hat. Sondern du.« Ich schwieg, da ich meine Mutter den Stachel meiner Worte spüren lassen wollte. »Warum erzählst du uns jetzt nicht die Wahrheit, Mom. Wir sind ganz Ohr.«

Meine Mutter rutschte in ihrem Ohrensessel hin und her und seufzte. »Na guuuuut«, sagte sie gedehnt. Sie erinnerte mich an die böse Hexe in *Der Zauberer von Oz,* die, nachdem ihre Kraft endlich durch Dorothys Wassereimer zunichte gemacht worden ist, schwach jammerte: »Ich *schmellllze* ...«

»Ich habe Al kennengelernt, als ich sechzehn war«, fing sie an und zog an ihrer Zigarette. »Ich war jung und leicht zu beeindrucken. Ich war noch nie mit einem Mann zusammengewesen. Ich hatte keinerlei Erfahrung in diesen Dingen.« Sie hielt inne. »Meine Freundinnen wollten die neuesten Tänze lernen. Sie sagten, sie wollten im Arthur Murray Dance Studio in Forest Hills Stunden nehmen. Ich ging mit. Du sollst wissen, daß ich wünschte, ich wäre nie hingegangen.«

Der Schmerz im Gesichtsausdruck meiner Mutter schien echt zu sein, aber wer konnte noch sicher sagen, was echt war?

»Al war dort Lehrer«, fuhr sie fort. »Er schüchterte mich vollkommen ein. Er war gutaussehend und charmant und flirtete gnadenlos mit mir. Warum ausgerechnet mit mir, werde ich nie verstehen.«

»Ach, nur keine falsche Bescheidenheit, Mutter«, fauchte ich. »Du warst selbst ziemlich umwerfend, wenn man dem Bild aus Melanies Buch glauben darf.«

»Oh, ich sah ganz gut aus, nehme ich an. Es war Al, der mir das Gefühl gab, schön zu sein.« Ihre Lippe zitterte wieder. »Er war ziemlich an mir interessiert, und ich war sehr von ihm angetan. Er war so anders als die Jungen in der Schule, so gewandt, so weltmännisch, so ... verboten.«

»So unjüdisch«, ergänzte ich und zwinkerte Cullie zu, der steif wie eine Figur aus dem Wachsfigurenkabinett auf dem Sofa saß.

Ich mußte kurz daran denken, daß dieses Szenario vermutlich nicht die beste Kulisse dafür abgab, meiner Mutter meinen neuen Freund vorzustellen.

»Ja, so unjüdisch«, gab meine Mutter zu. »Meine Eltern waren dagegen, daß ich mich mit nichtjüdischen Jungen traf, und so mußte ich Al heimlich sehen. Es war fürchterlich aufregend für mich.«

»Erzähl mir davon.« Als ich auf die High School ging, war meine Mutter so erbittert dagegen, daß ich mich mit nichtjüdischen Jungen traf, daß sie einen Privatdetektiv angeheuert und mich hätte beschatten lassen, wenn ich auch nur das leiseste Interesse daran gezeigt hätte, mit Mike Methodist oder Eddie Episcopalian auszugehen.

»Al hatte große Pläne«, fuhr meine Mutter fort. »Er wollte mit dem ganzen Geld, das er als Tanzlehrer verdient hatte, nach Kalifornien gehen, nach Hollywood. Ein Talentsucher hatte ihn entdeckt und ihm angeboten, ihm den Einstieg beim Film zu ermöglichen. Ich war ja so stolz. Ich wußte schon damals, daß er eines Tages ein wichtiger Mann werden würde. Er hatte das gewisse Etwas – das gewisse Etwas, das ihn heller strahlen ließ als die anderen.«

»Ja, allerdings hatte er ein gewisses Etwas, das ihn strahlen ließ. Blendende Unverfrorenheit.«

Meine Mutter warf mir einen verärgerten Blick zu. »Was er besaß, Alison, war Ehrgeiz. Ein bißchen Ehrgeiz hat noch keinem Mann geschadet.« Sie funkelte erneut den armen Cullie an. »Er hat mir versprochen, mich nachkommen zu lassen, sowie er in Hollywood Fuß gefaßt hätte, und daß wir dann heiraten würden.«

»Du wolltest diesen Kerl tatsächlich heiraten?« Mit ihm zu schlafen war eine Sache, ihn zu heiraten stand auf einem ganz anderen Blatt.

»O ja. Ich hätte ihn mit Freuden geheiratet. Ich war so verrückt nach dem Mann, daß ich fast alles für ihn getan hätte.«

Mir drehte es den Magen um. Meine Mutter verrückt nach Alistair Downs? Dieselbe Frau, die mich stets davor gewarnt hatte, meine Gefühle offen zur Schau zu tragen? Diese Frau, die so tat, als sei es gesetzwidrig, einen Mann innig zu lieben? Mir drehte es erneut den Magen um. Ich wünschte, ich hätte etwas gegessen.

»Sechs Monate habe ich gewartet. Sechs Monate ohne auch nur einen Anruf oder eine Postkarte. Das einzige, was ich über Al erfuhr, war das, was in der Zeitung stand. Ich konnte es nicht begreifen. Wir hatten vorgehabt zu heiraten.«

»Er hat dich also sitzenlassen, als er berühmt wurde, stimmt's?«

»So war es ganz und gar nicht«, widersprach meine Mutter. »Al war der Meinung, das Leben in Hollywood sei für mich nicht das Richtige. Er schrieb mir einen Brief, daß ich viel zu sehr Dame sei, um mich dem verdorbenen und dekadenten Lebenswandel zu unterwerfen, den diese Filmleute pflegten. Er sagte, er wolle mich vor alldem behüten. Er sagte, es sei besser, wenn wir getrennte Wege einschlügen. Er sagte, mich aufzugeben, sei das Schwierigste und Selbstloseste, was er je getan hätte.«

Meine Mutter wischte sich eine Träne aus dem linken Auge. Ich blieb völlig ungerührt. Cullie verharrte in seiner reglosen Haltung.

»Und das hast du ihm abgekauft?« fragte ich sie. »Du hast ihm geglaubt?« Niemals zuvor hatte ich meine Mutter als dumm eingeschätzt. Weltfremd vielleicht, aber nicht dumm.

»Natürlich habe ich ihm geglaubt. Wenn man einen Mann wirklich liebt, glaubt man ihm.« Ich fühlte mich plötzlich schuldig, als mir einfiel, wie rasch ich bereit gewesen war zu unterstellen, daß Cullie, der Mann, den ich liebte, ein Mörder war. »Als ich erfuhr, daß er Annette Dowling geheiratet hatte, war ich noch sicherer als zuvor, daß er mir die Wahrheit gesagt hatte. Annette war auch im Showgeschäft, genauso wie Al. Er wußte, daß sie dem Leben dort drüben besser gewachsen war als ich.«

»Schön. Und dann hast du also den ehrgeizigen Aufsteiger Sy Waxman kennengelernt, einen netten Mann aus jüdischer Familie, der perfekt in das Leben paßte, das deine Eltern von dir erwarteten. Er hat dich wie eine Königin behandelt. Er hat dir alles gekauft, was dein Herz begehrte. Er hat dich geliebt. Es hat ihm nichts ausgemacht, daß du ihn nicht geliebt hast. Du hast dir gedacht, warum nicht diesen Mann heiraten? Wenn ich Al schon nicht haben kann, kann ich wenigstens Geld haben. Komme ich der Sache nahe, Mutter?«

»Ich habe Sy geliebt. Nicht so, wie ich Al geliebt habe, das gebe ich zu, aber ich hatte ihn gern. Er hat mich wie eine Königin behandelt. Er war sehr gut zu mir, und zu dir auch, Alison.«

»Ja, das war er. Er war so gut zu mir, daß ich es kaum ertrage, daran zu denken, wie du ihn betrogen hast, wie du deinen lieben, sanftmütigen Ehemann dazu beschwatzt hast, dir ein Haus in Layton zu kaufen, wie du deine Beziehung zu Alistair wieder aufgenommen hast und sie bis zum heutigen Tag fortsetzt.«

»Das stimmt nicht. Al und ich haben nach Sys Herzinfarkt Schluß gemacht.«

»Du gibst also zu, daß du die Affäre weitergeführt hast. Hinter dem Rücken deines Mannes.«

»Ja, das gebe ich zu.« Sie zog tief an ihrer Zigarette und blies den Rauch an die Decke. »Aber die Tatsache, daß Al in Layton lebte, war nicht der einzige Grund, warum ich hierherziehen wollte. Ich hatte in verschiedenen Zeitschriften etwas über die Stadt gelesen. Ich hatte den Eindruck, daß die Menschen hier Klasse hatten. Ihre Häuser waren architektonisch bemerkenswert. Ihre Schulen besaßen einen hervorragenden Ruf. Ich wollte das Beste für meine Familie.«

»Sicher, und dazu hin und wieder ein Schäferstündchen für die liebe Doris.«

»Alison, sei nicht grausam.«

»Tut mir leid, Mutter. Grausamkeit fällt einem leicht, wenn man eine gute Lehrmeisterin gehabt hat.«

»Vielleicht habe ich das ja verdient. Ich weiß nicht.«

»Erzähl uns, was passiert ist, als du und Daddy hier ein Haus gekauft habt. Wie lange hat es gedauert, bis du wieder etwas mit Alistair angefangen hast?«

»Das weiß ich nicht mehr genau. Ich habe ihn in Evermore aufgesucht. Er war erstaunt und beglückt, mich zu sehen. Wir haben wieder die alte Spannung, die alte Anziehungskraft zwischen uns gespürt. Wir fielen uns in die Arme. Wir konnten es nicht aufhalten. Die Macht unserer Liebe ließ sich nicht leugnen.«

Oh, Hilfe. Die Dialoge aus »As the World Turns«, denen sie jahrelang gelauscht hatte, hatten das Hirn meiner Mutter verstopft. »Wenn eure Liebe so mächtig war, warum habt du und Alistair euch dann nicht von euren Ehepartnern scheiden lassen und geheiratet?«

»Al hatte politische Ambitionen, vergiß das nicht. Eine Scheidung wäre für ihn nie in Frage gekommen. Außerdem hatte ich nicht die Absicht, Sy weh zu tun. Er war ein so liebenswerter Mann.«

»Also habt du und Alistair euch gedacht, daß es alles in allem besser wäre, dreißig Jahre lang Ehebruch zu begehen.«

»Es hat nicht so lange angehalten, Alison. Das habe ich dir doch gesagt. Wir haben nach Sys Herzinfarkt Schluß gemacht.«

»Warum? Weil du dich zu schuldig gefühlt hast, um die Affäre aufrechtzuerhalten?«

»Nein, Schuldgefühle hatten nichts damit zu tun. Ich war am Boden zerstört, als Sy starb. Ich hatte ihn sehr gern. Ich war zu Tode betrübt.«

»Also war es die Trauer und nicht das schlechte Gewissen, was dich dazu gebracht hat, mit Alistair zu brechen?«

»Nein, nicht direkt. Kurz nachdem Sy gestorben war, fand ich heraus, daß Al sich mit anderen Frauen traf. Ich war empört.«

»Moment mal, daß ich das auch richtig verstehe. Du hast Daddy betrogen, warst aber empört darüber, daß Alistair dich betrog?«

»Ja. Für mich war die Verbindung zwischen mir und Alistair heilig. Offenbar teilte er diese Ansicht nicht.«

»Was hast du denn erwartet? Er hatte dich schon einmal sitzenlassen. Warum sollte er das nicht noch einmal tun? Der Typ ist doch Abschaum.«

»Laß das, Alison. Ich dulde es nicht, daß du so über Al sprichst. Nicht in meinem Haus.«

»Okay, dann werde ich mich darauf beschränken, in *meinem* Haus so über ihn zu sprechen. Bitte erzähl weiter.«

»Ich habe ihn vor die Wahl gestellt: ich oder die anderen.«

»Sag nichts: Er hat sich für die anderen entschieden.«

»Ja, genau.«

»Wie hast du überhaupt von seinen Affären erfahren?«

»Bethany hat mir davon berichtet.«

»Bethany?« Das erstaunte mich. »Sie kann doch damals kaum mehr als ein Teenager gewesen sein. Woher wußte sie über dich und ihren Vater Bescheid?«

»Das weiß ich nicht. Ich weiß nur, daß es eines Nachmittags an meiner Tür geklingelt hat und Bethany Downs davor stand. Sie stellte sich vor und fragte, ob sie hereinkommen dürfe. Sie sagte, sie müsse etwas Wichtiges mit mir besprechen. Ich weiß noch, daß ich von ihrer Frühreife ziemlich verblüfft war. Sie machte einen wesentlich älteren Eindruck und wirkte viel souveräner als die meisten anderen Jugendlichen ihres Alters.«

»O ja, souverän ist sie allerdings. Vor allem, wenn sie etwas für ihren geliebten, alten Vater erledigt. Was hat sie denn gesagt?«

»Zuerst hat sie mich gefragt, ob ich irgend etwas Süßes im Haus hätte – Plätzchen, Donuts oder dergleichen. Ich habe geantwortet, daß ich normalerweise keine Süßigkeiten im Haus hätte, da ich nicht wolle, daß *meiner* Tochter später einmal sämtliche Zähne ausfielen. Dann hat sie gesagt, ich solle das mit den Süßigkeiten vergessen, und hat einen Lutscher aus ihrer Tasche geholt. Der ganze Zucker, das arme Mädchen. Ich mag gar nicht daran denken, wie ihre Zähne aussehen müssen. Aber so kommt es eben, wenn ein Mädchen keine Mutter hat, die ihr beibringt, was richtig und was falsch ist.«

Ich bemühte mich, bei diesen Worten meiner ehebrecherischen Mutter nicht hysterisch loszulachen, schaffte es aber nicht.

»Wenn das alles so lustig ist, Alison, dann höre ich auf der Stelle auf zu reden.«

»O nein, Mom, tu das nicht. Cullie und ich brennen darauf zu erfahren, was Bethany dir erzählt hat. Nicht wahr, Cullie?«

Er nickte.

Meine Mutter fuhr fort. »Ich fragte Bethany nach dem Grund ihres Besuchs. Sie sah mich mit ihren eisblauen Augen unverwandt an und sagte: ›Mrs. Waxman, ich bin gekommen, um Ihnen einen

Rat zu geben.‹ Das Mädchen war gekommen, um *mir* einen Rat zu geben! ›Mein Vater wird Sie niemals heiraten. Sie können es ebensogut aufgeben und sich einen anderen suchen.‹ Ich war so schockiert, daß ich beinahe in Ohnmacht gefallen wäre. Das Mädchen hatte vielleicht Nerven! ›Weshalb bist du dir da so sicher, junge Dame?‹ fragte ich sie. ›Weil Sie nur eine von sechs Frauen sind, mit denen er sich trifft‹, sagte sie. ›Das glaube ich dir nicht‹, sagte ich. ›Dann sehen Sie sich das mal an‹, meinte sie und zeigte mir ein halbes Dutzend Seiten aus Als Terminkalender. An jedem Tag waren mit Bleistift weibliche Namen eingetragen, häufig auch an Zeitpunkten, an denen Al versprochen hatte, sich mit mir zu treffen, und später absagte, weil eine dringendere Verabredung dazwischengekommen war. Ich war verzweifelt.«

»Was hat dich veranlaßt zu glauben, daß Bethany die Wahrheit gesagt hat?« fragte ich. »Woher willst du wissen, daß sie die Namen nicht selbst eingetragen hat? Sie ist dermaßen erpicht darauf, die Liebe ihres Vaters für sich allein zu besitzen, daß sie vermutlich zu allem bereit wäre, um sie sich zu sichern. Hast du Alistair zur Rede gestellt? Hast du ihn gefragt, ob er dich betrogen hat?«

»Nein. Ich habe mich einfach nicht mehr mit ihm getroffen.«

»Wo ist dann die mächtige Liebe hingekommen, die ihr beide nicht leugnen konntet?«

»Wenn du es unbedingt wissen willst, dann bin ich deshalb nicht mit der Information zu Alistair gegangen, weil Bethany mich davor gewarnt hat.«

»Sie hat dich gewarnt?«

»Sie hat gesagt, wenn ich nicht aufhörte, mich mit ihrem Vater zu treffen, würde sie *dir* von unserer Affäre erzählen. Das konnte ich nicht riskieren.«

»Mir? Bethany wollte *mir* von dir und Alistair berichten?«

»Damit hat sie jedenfalls gedroht. Ich glaube, das Mädchen hat psychische Probleme, Liebes.«

»Als ob wir die nicht alle hätten.« Ich konnte die ganze Geschichte nicht fassen. »Du wirst mich nicht damit beleidigen, daß du mir erzählst, du hättest Alistair meinetwegen aufgegeben.«

»Ich habe ihn zum Teil deinetwegen aufgegeben und zum Teil deshalb, weil er mir nicht treu war. Seine Treulosigkeit hat mich tiefer getroffen, als du je begreifen wirst.«

»Also hat die Affäre zwischen dir und Alistair nicht die letzten zwanzig Jahre angehalten? Was hast du dann neulich bei ihm gewollt?«

»Das habe ich dir doch gesagt. Ich habe ihn aufgesucht, um ihn dazu zu überreden, daß er dich wieder bei der Zeitung aufnimmt. Zwischen Al und mir ist es aus. Natürlich liebe ich ihn immer noch, aber es hat eben nicht sollen sein.«

»Cullie, eine Geige«, sagte ich spöttisch. Er schüttelte den Kopf. Vermutlich zerbrach er sich den Kopf darüber, wie er zu der Ehre gekommen war, dieses Mutter-Tochter-Psychodrama von der ersten Reihe aus miterleben zu dürfen. »Was ich nicht begreife, Mutter«, fuhr ich fort, »ist deine grenzenlose Heuchelei. Warum warst du zum Beispiel die ganzen Jahre über so massiv dagegen, daß ich mit nichtjüdischen Männern ausgehe, wenn du selbst in einen verliebt warst?«

»Weil Al mich zutiefst verletzt hat. Ich wollte nicht, daß du von einem von ihnen verletzt wirst.«

»Einem von ihnen? Glaubst du etwa, Alistair hat dich verletzt, weil er kein Jude ist? Komm zu dir, Mutter. Er hat dich verletzt, weil er übelster Abschaum ist.«

»Ich habe dich gewarnt, Alison. Sprich nicht so über ihn.«

»Warum denn nicht? Warum soll ich nicht so über ihn sprechen? Er ist übelster Abschaum, und wenn du von seinen zierlichen Tanzschritten nicht dermaßen geblendet wärst, würdest du es erkennen.«

»Hör auf der Stelle damit auf!« schrie meine Mutter und erhob sich aus ihrem Sessel. »Es ist einfach ehrverletzend, wie du über ihn redest. Du bist schließlich seine Namensschwester, Herrgott noch mal! Seine Namensschwester!«

»Ich bin was?«

»Was glaubst du, nach wem du getauft worden bist, Alison?«

Ich war sprachlos. Meine Mutter hatte mich nach Alistair

Downs getauft? Ich war die Namensschwester dieses Mistkerls? Was war ich denn noch? War ich womöglich auch die Tochter dieses Mannes? O Gott, bitte nicht! Das Leben konnte doch nicht dermaßen unfair sein, oder? Eine Welle der Übelkeit schlug über mir zusammen. Rasch! Ein Witz! Ein Witz! Laß es nicht an dich heran, Alison. Lach dich kaputt, damit du diesen Schmerz nicht spüren mußt. Rasch! Ein Witz!

»Sonny, fühlst du dich nicht wohl?« fragte Cullie und schaltete sich endlich ins Geschehen ein.

»Nein, überhaupt nicht. Mir fällt kein Witz ein.«

»Das ist vielleicht ganz gut so. Hier ist niemand zu Scherzen aufgelegt«, sagte er.

Ich sah zu meiner Mutter hinüber, die sich wieder in ihren Ohrensessel gesetzt hatte. »Mom, sag mir bitte die Wahrheit«, beschwor ich sie. »Dieses eine Mal. Nur dieses eine Mal. Ist Alistair Downs mein richtiger Vater?«

Sie zog an ihrer Winston und stieß langsam den Rauch aus. »Nein, Alison. Er ist nicht dein richtiger Vater. Sy Waxman war dein richtiger Vater.«

Ich seufzte erleichtert auf. Es gab doch einen Gott.

»Ich wollte dich nach Al nennen, weil ich ihn geliebt habe. Weiter nichts. Dein Vater fand, Alison sei ein reizender Name für ein Mädchen, und so haben wir uns dafür entschieden.«

Herrgott, ich sah ja Alistair Downs auch nicht die Spur ähnlich. Ich hatte Sy Waxmans Haar- und Augenfarbe geerbt, von seiner Neigung, um die Taille herum Speck anzusetzen, ganz zu schweigen. »Wie hättest du mich denn getauft, wenn ich ein Junge geworden wäre, Mutter? Alistair? Al junior? Oder vielleicht nur Junior?«

»Das reicht, Alison. Ich habe dir alles gesagt, was du wissen wolltest. Ich muß mir nicht noch mehr gefallen lassen.« Sie stand erneut auf und ging auf die Diele zu.

»O doch, du mußt«, sagte ich und ging ihr nach. »Nur noch eine Frage. Wo warst du in der Nacht, als Melanie Moloney ermordet wurde?«

»Was?«

»Hast du mich akustisch nicht verstanden, oder begreifst du die Frage nicht?«

»Ich kann nicht glauben, daß du deiner Mutter eine solche Frage stellst.«

»Glaub's ruhig. Du hattest doch sehr gute Gründe, daß Melanies Buch nicht veröffentlicht wird. Wo warst du in der Nacht, als sie umgebracht wurde?«

»Ich war hier und habe geschlafen.«

»War Nora auch da?«

»Nein, ich glaube nicht. In der Nacht war sie bei ihrer Schwester in Brooklyn zu Besuch.«

»Hast du das gehört, Cullie? Meine Mutter hat auch kein besseres Alibi als wir. Sie war allein zu Hause. Ich war allein zu Hause. Du warst allein zu Hause. Todd Bennett war allein zu Hause. Nur Senator Downs, dieser Teufel, hat ein wasserdichtes Alibi. Er hat der Polizei erzählt, daß er in besagter Nacht mit einer Freundin zusammen war. Aber diese kleine Geschichte könnte genauso fragwürdig sein wie Alistairs gesamtes Leben.« Ich hielt inne, um mir ins Gedächtnis zu rufen, was ich sonst noch über Detective Corsinis Ermittlungen wußte: daß Melanie durch einen Schlag auf den Kopf mit anschließendem Schädelbruch sowie Aneurysma umgebracht worden war und daß die Polizei ein weißes Pulver auf ihrem Schreibtisch gefunden hatte. »Eine Frage möchte ich dir noch stellen«, sagte ich zu meiner Mutter.

»Diese ›eine Frage‹ hast du mir schon gestellt.«

»Ich weiß. Aber nur noch eine. Ich versprech's.«

»Noch eine. Dann möchte ich dich und deinen Freund bitten zu gehen. Dieses Verhör hat mich sehr angegriffen.«

»Okay. Wir gehen. Aber zuerst möchte ich noch über etwas, was du vorher erwähnt hast, genauer Bescheid wissen. Weißt du noch, daß du uns erklärt hast, Alistair habe dich nicht nachkommen lassen, nachdem er nach Kalifornien gegangen war, weil er dich nicht dem dekadenten Lebensstil von Hollywood aussetzen wollte?«

»Ja.«

»Hat er sich über diese Dekadenz jemals konkreter geäußert?«
»Nein. Eigentlich nicht.«
»Hat er jemals irgend etwas in Verbindung mit Drogen erwähnt? Insbesondere Kokain?«
»Natürlich nicht. Al ist kein solcher Typ.«
Ich sah meine Mutter mitleidig an. Sie hatte keine Ahnung, was für ein Typ Alistair Downs war, und außerdem wollte sie das auch gar nicht wissen. »Gute Nacht, Mutter«, sagte ich und machte die Haustür auf.
»Kein Kuß?« fragte sie wie jedesmal, wenn ich mich verabschieden wollte, ohne ihr einen Schmatz auf die Wange zu drücken. Da sage noch einer was übers Leugnen. Die Frau hatte mir gerade gestanden, daß sie mich zeit ihres Lebens belogen hatte, aber sie benahm sich, als wäre zwischen uns alles in Butter.
»Nein, Mom«, sagte ich. »Kein Kuß.« Ich nahm Cullie bei der Hand. Wir verließen das Haus meiner Mutter und fuhren heim.

19. Kapitel

Cullie und ich fuhren auf dem schnellsten Weg nach Maplebark Manor. Er hatte vorgeschlagen, unterwegs noch einen Happen zu essen, aber ich hatte keinen Appetit. Ich sehnte mich danach, ins Bett zu kriechen, mir die Decke über den Kopf zu ziehen und mich, von den Armen meines Geliebten festgehalten, in den Schlaf zu flüchten.
An der Einfahrt zum Haus erwartete uns die übliche Horde der Mediengeier. Aber es war das Polizeiauto – ein weißer Chevy Caprice mit der Aufschrift LAYTON POLICE in großen, violetten Lettern auf beiden Seiten –, das mir Herzklopfen bereitete.
»Was wollen *die* denn hier?« sagte ich zu Cullie, als ich sah, daß in dem Wagen die Detectives Corsini und Michaels saßen. »Die letzten, mit denen ich heute abend noch verhandeln will, sind dieser Medienfan und sein Partner bei der Verbrecherjagd.«

»Vielleicht wollen sie ja die Medien verhaften«, mutmaßte Cullie.

»Weswegen?«

»Ich weiß nicht. Hausfriedensbruch. Störung der öffentlichen Ordnung. Irgend so etwas. Vielleicht hat sich einer von deinen Nachbarn beschwert.«

»Das bezweifle ich. Da kommt ja einer der beiden braven Detectives.«

Joseph Corsini kam zur Beifahrerseite von Cullies Jeep. *Meiner* Seite des Wagens.

»Abend, Miss Koff. Ganz schönen Massenauflauf haben Sie hier«, sagte er, blickte über den Rasen vor meinem Haus und strich sich mit den Fingern durchs Haar. »Sämtliche führenden Boulevardsendungen haben ein Kamerateam geschickt.«

Führende Boulevardsendungen. Ein Widerspruch in sich. »Was kann ich für Sie tun, Detective?« fragte ich höflich.

»Wir haben heute am frühen Abend einen Tip bekommen«, sagte Corsini. »Dürfen wir vielleicht ein paar Minuten hereinkommen, damit wir darüber sprechen können?«

»Jetzt?« sagte ich. »Kann das nicht bis morgen warten? Mein Freund und ich sehnen uns danach, ins Bett zu kommen.«

»Das kann ich mir vorstellen«, grinste er anzüglich.

»Was soll denn das heißen?« fragte Cullie.

»Gar nichts, Mr. Harrington. Überhaupt nichts«, sagte Corsini.

»Woher wissen Sie, wie ich heiße?« wollte Cullie wissen.

»Es gehört zu meinem Job, zu wissen, wie Sie heißen. Nun, Miss Koff. Wie wär's, wenn Sie mich und Detective Michaels kurz hereinkommen ließen? Wir möchten etwas mit Ihnen besprechen. Das muß doch nicht vor diesen ganzen Fernsehkameras sein, oder?«

»Na gut«, sagte ich resgniert und fragte mich, von was für einem Tip Corsini redete. Vielleicht hatte es etwas mit dem verschwundenen Manuskript zu tun, das ich in der Sauna deponiert hatte, bevor wir zu meiner Mutter gefahren waren. Vielleicht hatte die Polizei einen Hinweis darauf bekommen, daß ich diejenige war, die es gestohlen hatte? Aber woher? Niemand wußte, daß ich es hatte, außer meiner Mutter und Cullie, und beiden lag genausoviel daran wie mir, daß das Buch unter Verschluß blieb.

Ich schloß die Haustür auf, betrat die Vorhalle und wollte gerade den Sicherheitscode auf der Alarmanlage an der Wand zum Gästezimmer eingeben, als mir auffiel, daß die Alarmanlage bereits ausgeschaltet war. Typisch, sagte ich mir. Die Enthüllung, daß meine Mutter eine Affäre mit Alistair gehabt hatte, mußte mich dermaßen durcheinandergebracht haben, daß ich aus dem Haus gestürzt war, ohne die Alarmanlage einzuschalten. Na gut. Nichts passiert. Soweit ich sah, war niemand ins Haus eingebrochen.

»Kommen Sie herein«, sagte ich zu den beiden Kriminalbeamten und winkte sie ins Haus. »Wir können uns im Wohnzimmer unterhalten.«

»Entschuldigen Sie bitte, Miss Koff«, sagte Detective Corsini. »Hätten Sie etwas dagegen, wenn wir zuerst in der Küche vorbeigingen? Mich quält ein unstillbarer Durst, und ich glaube, ein Glas kalte Milch könnte mich retten.«

»Oh, natürlich. Kein Problem.« Irgendwie hätte ich Corsini nicht für einen Milchtrinker gehalten, aber ich führte das Grüppchen in die Küche.

»Ist fettarme Milch in Ordnung?« fragte ich.

Er nickte. »Ihr Frauen. Andauernd auf Diät.«

Ich öffnete die Kühlschranktür und wollte gerade nach der Tüte mit der fettarmen Milch greifen, als ich spürte, wie sich Corsinis Hand auf meine legte und sie von der Milchtüte wegdrängte.

»Was machen Sie da?« fragte ich. »Haben Sie nicht gesagt, Sie wollten –«

»Was ich wollte, ist das da.« Er schob die Milchtüte zur Seite, griff hinter sie und zog etwas heraus, das aussah wie ein Plastik-Frischhaltebeutel für Sandwiches, nur daß sich darin kein Sandwich befand, sondern ein feines, weißes Pulver. »Schau, schau. Was haben wir denn da, kleine Lady?« sagte er, hielt mir den Beutel vor die Nase und schwenkte ihn. »Ein hübscher Koksvorrat – etwa dreißig Gramm, würde ich sagen. Und es war direkt hinter der fettarmen Milch, genau wie unser Informant gesagt hat.« Er zwinkerte Detective Michaels zu, der munter zurückzwinkerte.

»Koks?« sagten Cullie und ich wie aus einem Munde.

»Bestes, reines Kokain«, sagte Detective Michaels, während er den Beutel betastete, den ihm Corsini gereicht hatte.

»Kokain? Wie zum Teufel ist Kokain in meinen Kühlschrank gekommen?« fragte ich entsetzt.

»Ich nehme an, daß Sie es hineingelegt haben«, grinste Detective Corsini. »Wissen Sie noch, daß ich gesagt habe, wir hätten einen Tip bekommen?«

»Ja, das weiß ich noch.«

»Unser Informant hat gesagt, wir sollten in den Kühlschrank schauen, hinter die fettarme Milch, wenn wir wissen wollten, wer Melanie Moloney umgebracht hat.«

»Was? Was soll das? Welcher Informant?« Ich konnte nicht fassen, was sich da vor meinen Augen abspielte.

»Das können wir Ihnen nicht sagen«, sagte Detective Michaels und nestelte die Handschellen von seinem Gürtel.

»Ich werde Ihnen noch etwas sagen, was Sie nicht können«, fauchte Cullie wütend. »Sie können nicht einfach in das Privathaus eines Bürgers eindringen und nach Drogen oder sonst was suchen. Nicht ohne einen Durchsuchungsbefehl.«

»Da haben Sie recht«, sagte Detective Corsini. »Aber wir sind ja nicht eingedrungen. Wir wurden hereingebeten. Und wir haben das Anwesen nicht nach Drogen durchsucht. Das war gar nicht nötig. Miss Koff hat die Kühlschranktür aus freien Stücken geöffnet. Das Koks lag direkt vor unserer Nase. Man braucht keinen Durchsuchungsbefehl für etwas, das klar und deutlich zu sehen ist.«

Die Kriminalbeamten Corsini und Michaels tauschten selbstzufriedene und höchst befriedigte Blicke aus. Dann kam Detective Michaels mit den Handschellen auf mich zu.

»Liest du ihr ihre Rechte vor, während ich ihr die Handschellen anlege?« fragte er Corsini.

»Handschellen?« kreischte ich. »Sind jetzt alle verrückt geworden? Ich habe nichts verbrochen. Ich weiß nicht, wo das Kokain herkommt. Ich bin hereingelegt worden! Ich bin hereingelegt worden, das schwöre ich!« Ja, ich weiß schon. Ich hörte mich an wie einer dieser Kriminellen, die man tagaus, tagein in den Fernsehkrimis sieht. Aber ich hoffte wohl, mit abgedroschenen, aufgewärmten Fernsehphrasen besser wegzukommen als mit originellen und potentiell belastenden Aussagen.

»Was soll denn das?« fauchte Cullie, als mir Detective Michaels die Arme auf den Rücken drehte und die Handschellen um die Gelenke legte. »Diese Frau ist unschuldig. Sie machen einen Riesenfehler. Nehmen Sie ihr sofort die Handschellen ab!«

»Tut mir leid, Mr. Harrington«, sagte Detective Corsini, dem das Ganze nicht im geringsten leid zu tun schien. »Wir können Straftäter nicht ohne Handschellen transportieren. Dienstvorschrift.«

»Was kümmert mich Ihre Dienstvorschrift. Alison Koff ist keine Straftäterin.«

»Alison Koff, Sie sind wegen des Besitzes von Kokain mit Veräußerungsabsicht festgenommen«, sagte Detective Corsini, wobei er Cullie geflissentlich ignorierte. »Sie haben das Recht zu schweigen. Alles, was Sie sagen, kann und wird vor Gericht für oder gegen Sie verwendet werden. Sie haben das Recht –«

»Sie werfen mir Kokainbesitz vor?« sagte ich und begann zu schluchzen. »Mit Veräußerungsabsicht?«

»Sie haben das Recht, das Verhör jederzeit abzubrechen«, fuhr er fort und ignorierte mich ebenfalls. »Sie haben das Recht, während des Verhörs einen Anwalt hinzuzuziehen. Wenn Sie sich keinen Anwalt leisten können, wird Ihnen einer gestellt.«

»Warum nehmen Sie sie fest?« schrie Cullie. »Sie hat weder mit Kokain gehandelt noch Melanie Moloney umgebracht.«

»Da sind wir aber anderer Meinung als Sie, Freundchen«, sagte Detective Michaels. »Wir haben Ihre Freundin schon seit geraumer Zeit im Auge. Wir glauben, daß sie es war. Jetzt, wo wir sie mit der Kokainsache am Wickel haben, kann sie in der Frauenvollzugsanstalt in Niantic Däumchen drehen, während wir die Mordanklage hieb- und stichfest machen.«

»Aber warum glauben Sie, ich hätte Melanie umgebracht?« fragte ich. »Es gibt doch so viele Leute, die sie gehaßt haben.«

»Sie hatten die Gelegenheit dazu, weil Sie ihr Dienstmädchen waren und so«, sagte Detective Michaels. »Über das Motiv waren wir uns allerdings noch im unklaren. Jetzt haben wir das auch.«

»Was für ein Motiv?« heulte ich. »Ich hatte keinen Grund, Melanie umzubringen. Ich war pleite. Sie hat mich gut bezahlt. Warum sollte ich meine Brötchengeberin ermorden?«

»Klar waren Sie pleite. Koks ist ein teures Vergnügen«, sagte Detective Corsini und hielt den Beutel mit dem Kokain in die Höhe. »Wir sind zufällig der Meinung, daß Sie einen ziemlich hohen Verbrauch haben. Wir glauben, daß Sie eines Tages bis oben hin voll mit Koks zur Arbeit erschienen sind und Miss Moloney Sie mit dem Stoff erwischt hat. Sie hat gedroht, Sie zu feuern und anzuzeigen. Sie sind in Panik geraten. Sie sind in der Nacht des Zwanzigsten nach Bluefish Cove zurückgekehrt, nachdem Mr. Harrington Sie nach Hause gebracht hat. Sie sind bei Miss Moloney eingedrungen, während sie an ihrem Schreibtisch saß. Sie hatte Ihren Koksvorrat direkt vor sich liegen. Sie haben sich von hinten an sie herangeschlichen, ihr einen Schlag auf den Kopf versetzt und sie umgebracht. Als Sie sich Ihr Koks schnallen wollten, ist der Beutel aufgerissen, und der Stoff hat sich über den Schreibtisch verteilt. Sie dachten, Sie hätten alles aufgewischt, aber es sind doch Reste liegengeblieben. Sie haben das Haus verlassen und sind am nächsten Morgen zur Arbeit wiedergekommen. Später, am Nachmittag, haben Sie dann den Mord gemeldet. Klar wie Kloßbrühe, was?«

Detective Michaels lächelte seinen Partner an und sagte: »Wie gesagt, wir haben schon länger geahnt, daß Sie es waren, Miss Koff. Aber wir konnten es nicht beweisen. Doch dann haben wir den Tip mit dem Kokain in Ihrem Kühlschrank bekommen. Das Kokain bringt Sie in Verbindung mit dem Tatort.«

»Aber Sie wissen doch nicht einmal sicher, ob das weiße Pulver auf Melanies Schreibtisch Kokain war«, jammerte ich. »Sie wissen auch nicht sicher, ob das weiße Pulver in meinem Kühlschrank Kokain ist. Müssen Sie denn nicht erst die Laborergebnisse abwarten, bevor Sie mich unter Mordanklage stellen können?«

»Nö. Wir wissen genau, was wir tun. Die Laborergebnisse werden lediglich das bestätigen, was wir bereits wissen.«

»Ich wüßte gern ein bißchen mehr über diesen Tip, den Sie bekommen haben«, sagte Cullie. »Wer war denn der Informant? Und woher wollen Sie wissen, daß es nicht der *wirkliche* Mörder war, der das Kokain in Alisons Kühlschrank geschmuggelt hat?«

»Wir wissen es einfach, das ist alles«, sagte Corsini. »Der Fall ist klar wie Kloßbrühe, ich sag's Ihnen.«

»Was ist mit der Mordwaffe?« fragte ich. »Womit soll ich denn Melanie einen Schlag auf den Kopf versetzt haben? Mit dem Staubsauger? Dem Schrubber? Der Ajax-Flasche?«

»Stets zu Scherzen aufgelegt, nicht wahr, Miss Koff?« sagte Detective Michaels. »Sie haben ja sogar am Tatort Witze erzählt, direkt vor der Leiche. Das hat Sie in meinen Augen von Anfang an verdächtig gemacht. Die meisten Leute reißen keine Witze, wenn gerade jemand ermordet worden ist, den sie kannten.«

Er sah Detective Corsini an, der zustimmend nickte.

Toll, dachte ich. Ich werde festgenommen, weil ich Witze mache. Sandy hatte immer gesagt, meine Witze würden mich eines Tages noch in Schwierigkeiten bringen, aber ich hätte nie gedacht, daß er *solche* Schwierigkeiten meinte.

»Gehen wir«, sagte Detective Michaels und führte mich aus der Küche, indem er mich an meinem rechten Arm nahm, der auf meinem Rücken mit Handschellen an den linken gefesselt war. Wären die Handschellen statt aus billigem Stahl aus massivem Silber gewesen, hätten sie genau wie die ausgesehen, die Sandy 1988 aus dem Weihnachtskatalog von Tiffany's bestellt hatte.

»Wo wollen Sie mit ihr hin?« fragte Cullie erbost.

»Zum Polizeirevier«, antwortete Corsini. »Ihre Freundin wird die Nacht in einer gemütlichen kleinen Zelle verbringen.«

»Mach dir keine Sorgen, Sonny«, sagte Cullie und sah viel aufgelöster aus, als er sich anhörte. »Du wirst keine Sekunde im Gefängnis verbringen müssen. Sie lassen dich auf Kaution frei.«

»Aber nicht heute nacht«, sagte Detective Michaels. »So spät in der Nacht legt kein Richter eine Kaution fest. Und selbst wenn, dann wäre die Kaution für Ihre Freundin so hoch, daß es ihr schwerfallen würde, das Geld zusammenzukratzen. Drogenbesitz mit Veräußerungsabsicht ist ein dickes Ding.«

Mir war so schwindlig, daß ich beinahe in Ohnmacht gefallen wäre. »Hilf mir, Cullie. Hilf mir«, schluchzte ich. Die Tränen strömten mir über die Wangen, als ich in Handschellen aus dem Haus und vor die lechzenden Kameraobjektive von Amerikas Sensationsmedien geführt wurde.

»Keine Sorge, Baby. Keine Sorge«, rief mir Cullie zu, während er hilflos auf dem Rasen vor dem Haus stand und zusah, wie ich auf den Rücksitz des Polizeiautos verfrachtet wurde. »Ich besorge dir Unterstützung.«

»Wie denn?« heulte ich.

»Ich fahre zu deiner Mutter hinüber«, sagte er.

»Oh, toll. Da geht's mir ja gleich besser«, murmelte ich.

»Ich werde sie bitten, diesen Anwalt anzurufen, mit dem sie heute beim Abendessen war«, sagte er.

»Louis Obermeyer?«

»Ja, genau, so heißt er. Wir pauken dich da raus, Sonny. Das verspreche ich. Ich liebe dich.«

»Ich liebe dich auch«, schluchzte ich, als das Polizeiauto davonfuhr.

Im Polizeirevier wurde ich ins Büro von Detective Corsini gebracht und von meinen Handschellen befreit. Dann wurde ich registriert und fotografiert und bekam die Fingerabdrücke abgenommen. Ein paar Minuten später hieß mich eine Polizistin namens Officer Nancy Dancy, ihr auf die Damentoilette zu folgen, wo sie mich anwies, mich nackt auszuziehen und die Arme zu heben. Ich hatte bisher alles, was man von mir verlangt hatte, ohne Murren getan, aber bei Officer Dancys Ansinnen erhob ich Einspruch.

»Muß das sein?« maulte ich.

»Ja. Runter mit den Klamotten – und zwar sofort.«

»Aber hier ist es so kalt«, sagte ich. Ich hatte schreckliche Angst. Ich hatte schon von »Leibesvisitationen« gehört, aber nie daran gedacht, daß ich zum Opfer einer solchen werden könnte.

»Los«, sagte Officer Dancy, die langsam eindeutig die Geduld mit mir verlor.

»In Ordnung«, sagte ich und kämpfte mit den Tränen.

Zuerst zerrte ich mir den Pullover über den Kopf. Dann zog ich das T-Shirt aus. Danach schlüpfte ich aus den Stiefeln. Schließlich schälte ich mich aus meinen Jeans und streifte die Socken ab. Als ich nur noch in BH und Höschen vor Officer Dancy stand, zögerte ich erneut. »Das kann ich doch anlassen, oder?« fragte ich mit so viel Respekt für Officer Dancys Autorität, wie ich aufbringen konnte, während ich versuchte, eine Art Wir-sind-ja-ganz-unter-uns-Mädels-Verhältnis zu ihr herzustellen.

»Nein. Ziehen Sie das aus – und zwar sofort«, schnauzte sie mich an und fügte hinzu: »Ihre Schamhaftigkeit gewöhnen Sie sich besser gleich ab, Herzchen. Wenn Sie erst einmal im Staatsgefängnis von Niantic sind, werden die Weiber dort sowieso über Sie herfallen wie die Fliegen über die Scheiße.«

Ich wurde ganz starr. »Wie meinen Sie das?« fragte ich zaghaft.

»Das kommt so sicher wie die Steuer – vor allem wenn Sie zum ersten Mal dort sind. In Ihrem Zellenblock sind noch dreißig andere Frauen. Wenn sie Sie nicht im Aufenthaltsraum erwischen, dann kriegen sie Sie unter der Dusche. Und wenn *die* Sie nicht kriegen, dann kriegen Sie die Wärterinnen.«

Ich brauchte nicht zu fragen, was »kriegen« hieß, aber ich wollte mich weder von Officer Dancy noch von sonst jemandem einschüchtern lassen. Ich war Alison Waxman Koff, die Herrin von Maplebark Manor. Ich hatte keines der Verbrechen begangen, deren man mich beschuldigte. Ich würde freikommen. So war das in Amerika.

Ich zog meine Unterwäsche aus und stand splitternackt und regungslos (na ja, beinahe) da, während Officer Dancy mich nach Drogen und Waffen durchsuchte. »Beinahe« deshalb, weil ich kichern mußte, als sie mir unter die Arme fuhr und meine Achselhöhlen betastete.

»Tut mir leid«, sagte ich und versuchte, das Lachen zu unterdrücken. »Ich bin da kitzlig. Schon immer gewesen. Sie auch?«

Officer Dancy ignorierte meine Frage, griff in die linke Tasche ihrer Uniform und zog ein Paar Gummihandschuhe hervor.

»Wozu sind die gut?« fragte ich beklommen.

»Sie sind doch wegen Kokainbesitz eingebuchtet worden, oder? Also muß ich Ihre Körperöffnungen nach Drogen untersuchen.«

Meine Körperöffnungen? Ich war starr vor Entsetzen.

»Vorbeugen«, befahl Officer Dancy.

Rasch! Ein Witz! Ein Witz! Laß dich von dieser Situation nicht traumatisieren. Lach dich kaputt, damit du den Schmerz und die Demütigung dieser Behandlung, die du gleich über dich ergehen lassen mußt, nicht spürst. Tu einfach so, als wärst du zu einer Routineuntersuchung beim Frauenarzt. Rasch! Ein Witz!

»He, Officer Dancy«, sagte ich, während ich mich vorbeugte und ihr erlaubte, ihre behandschuhten Finger in meine Körperöffnungen zu stecken. »Eine Achtzigjährige geht zum Frauenarzt und erfährt zu ihrer großen Verblüffung, daß sie schwanger ist. Auf der Stelle ruft sie ihren Mann an. ›Du alter Trottel‹, schimpft sie ihn. ›Du hast mich geschwängert.‹ Der Mann schweigt ein Weilchen und fragt dann: ›Wer ist denn dran?‹«

Officer Dancy fand das nicht witzig. »Fertig«, sagte sie. »Sie können sich jetzt wieder anziehen.«

Officer Dancy brachte mich in Detective Corsinis Büro zurück, wo ich ein weiteres Mal verhört wurde – sowohl über das Kokain in meinem Kühlschrank als auch über das auf Melanies Schreibtisch. Ich weigerte mich, irgendwelche Fragen zu beantworten, und fragte mich, wann Cullie mit einem Anwalt auftauchen würde.

Um Mitternacht hörte ich auf, mich zu fragen. Kurz bevor ich ins Untergeschoß gebracht werden sollte, wo die Arrestzellen für Frauen lagen und wo ich, wie mir Detective Corsini erklärt hatte, die Nacht verbringen würde, kam Louis Obermeyer, der Alan Dershowitz des Grassy Glen Country Clubs, ins Polizeirevier stolziert, gefolgt von Cullie und meiner Mutter, die beide vor Sorge ganz erschöpft wirkten.

»Vielen Dank, daß Sie gekommen sind«, sagte ich zu Mr. Obermeyer, während ich ihm begeistert die Hand schüttelte. Ich kann mich nicht erinnern, jemals über den Anblick eines Menschen so erfreut gewesen zu sein. Ich hatte ihn zuvor nur einmal gesehen, im Alter von dreizehn auf der Bar-Mizwa seiner Tochter Betsy, aber ich erkannte ihn sofort, da er oft im Wirtschaftsteil der *New York Times* abgebildet war. Er war groß, hatte einen dicken Bauch, den zu kaschieren er gar nicht erst versuchte, und trug sein krauses weißes Haar in einer Frisur, die Sandy als »jüdischen Afro-Look« zu bezeichnen pflegte. Seine Widersacher im Gerichtssaal nannten ihn wegen seiner giftigen, bärbeißigen Art oft Louis Obergeier. Aber mir war es egal, wie ruppig er war, solange er mich aus dem Gefängnis holte. »Es tut mir leid, daß Sie sich so spät noch bemühen mußten, Mr. Obermeyer«, flötete ich. »Ich bin Ihnen wirklich sehr dankbar.«

»Allerdings ist es verflucht spät. Ich bin todmüde und will nach Hause«, sagte er und rülpste.

Ich umarmte Cullie und gab meiner Mutter einen dieser Luftküsse. Nein, ich hatte unsere Auseinandersetzung am früheren Abend nicht vergessen, aber ich hatte drängendere Probleme als ihr verworrenes Liebesleben.

»Wo ist der Beamte, der die Festnahme vorgenommen hat?« bellte Mr. Obermeyer.

»Hier«, antwortete Detective Corsini, strich sich mit den Fingern durchs Haar und polierte sich die Fingernägel am Hosenbein.

»Wie zum Teufel kommen Sie auf die Idee, daß Sie das Haus dieser Frau ohne Durchsuchungsbefehl nach Drogen durchsuchen könnten?«

»Wer sagt denn, daß ich ihr Haus durchsucht habe?« tönte Corsini selbstgefällig.

»Diesem jungen Mann zufolge«, sagte Mr. Obermeyer und

nickte Cullie zu, »haben Sie und Ihr Partner eine gesetzwidrige Durchsuchung und Beschlagnahme durchgeführt.«

»Das stimmt. Das haben sie«, bestätigte ich.

»Halten Sie die Klappe, Alison. Sagen Sie ihnen nichts«, fauchte mich mein Anwalt an. »Halten Sie Ihren verdammten Mund, bis ich Ihnen andere Anweisungen gebe.«

Okay, sein Benehmen im Gefängnis ließ also ebenfalls zu wünschen übrig.

»Wir haben keine Durchsuchung vorgenommen«, sagte Corsini. »Das war gar nicht nötig. Miss Koff hat uns *freiwillig* in ihr Haus gelassen. Sie hat auch ihre Kühlschranktür *freiwillig* geöffnet. Das Kokain war deutlich zu sehen. Wir mußten überhaupt nicht suchen.«

»Käse«, wetterte Mr. Obermeyer. »Sie hat die Kühlschranktür nicht freiwillig aufgemacht. Sie wurde durch einen Trick dazu verleitet.«

»Genau!« sagte ich. »Detective Corsini hat behauptet, er wolle ein Glas Milch, damit er –«

»Ich habe Ihnen doch gesagt, Sie sollen die Klappe halten, Alison«, fauchte Mr. Obermeyer wieder.

»Entschuldigung«, flüsterte ich.

»Sie und Ihr Partner haben meine Klientin unrechtmäßig festgenommen, weil Sie keinen Durchsuchungsbefehl hatten, und Sie haben das Mindestmaß an Achtung vor ihrer Privatsphäre vermissen lassen, indem Sie sie durch einen Trick dazu gebracht haben, diese Kühlschranktür aufzumachen«, fuhr er fort.

»Sie haben Ihre Meinung von den Vorgängen, und wir haben unsere«, sagte Corsini. Er war mindestens so snobistisch wie mein Anwalt sauertöpfisch. »Wenn weiter nichts anliegt, bringen wir Ihre Klientin jetzt nach unten und sagen ihr schön gute Nacht.«

Ich sah Mr. Obermeyer flehend an. »Sie lassen mich von denen in die Zelle sperren? Können die das machen? Muß ich die Nacht im Gefängnis verbringen?«

»Ich fürchte schon«, sagte er. »Es ist jetzt zu spät, um eine Kaution auszuhandeln. Aber Sie sind ja hart im Nehmen, hat mir Ihr Freund verraten. Sie packen das schon da unten, Sie werden sehen.«

»Aber Louis«, sagte meine Mutter und zog ihn am Ärmel. »Du kannst doch sicher etwas dagegen unternehmen.«

»Ja, Doris, ich kann etwas unternehmen. Ich kann nach Hause gehen, eine Nacht ordentlich durchschlafen und hellwach sein, wenn ich sie morgen vor dem Haftrichter vertrete. Wenn ich mich jetzt entschuldigen darf ...«

Louis Obermeyer stolzierte aus dem Polizeirevier. Ein paar Minuten später verabschiedete ich mich unter Tränen von Cullie und meiner Mutter, die mittlerweile dicke Freunde geworden zu sein schienen. Als sie zusammen hinausgingen, hängte sie sich bei ihm ein.

Jedes Übel hat auch sein Gutes, hatte mein Vater, der Matratzenkönig, immer gesagt. In diesem Fall war das Übel, daß ich wegen Kokainbesitz und Mordverdacht im Gefängnis saß. Das Gute war, daß meine jüdische Mutter meinen nichtjüdischen Freund zu akzeptieren schien. Ich hoffe, sie würden einander Trost spenden, wenn ich meine Strafe in der staatlichen Vollzugsanstalt im Lesbenland absaß.

Officer Dancy begleitete mich ins Untergeschoß und führte mich in meine Zelle. Es war nicht direkt eine Suite im Helmsley Palace, aber wenigstens mußte ich sie mit niemandem teilen. Ausgestattet war die Zelle mit einem Bett, einer Decke, einer Bibel und einer eigenen kleinen Toilette – ohne Sitz, wie ich sofort bemerkte.

»Könnte ich vielleicht eine andere Zelle haben?« fragte ich Officer Dancy. »An der Toilette hier fehlt der Sitz.«

»Sie sind alle so«, sagte sie verächtlich und konnte meine Ignoranz nicht fassen. »Wir müssen doch sichergehen, daß Sie sich nicht umbringen.«

»Mit dem Toilettensitz?« Mit einer Rasierklinge, okay. Aber mit einem Toilettensitz?

»Manche haben sich schon damit aufgehängt«, erklärte sie. Als sie meine Skepsis bemerkte, fügte sie hinzu: »Menschen tun seltsame Dinge, wenn sie eingesperrt sind.«

»Ja, das kann ich mir vorstellen. Und wozu ist das gut?« fragte ich und zeigte auf die Kamera in einer Ecke der Zelle. Ich hoffte, sie würde mir gleich erzählen, daß ich für »Versteckte Kamera« gefilmt wurde und die ganze Geschichte mit der Festnahme und der Gefängniszelle zum Gag gehörte.

»Das ist eine Selbstmörderkamera«, erklärte sie. »Wie gesagt, wir müssen die Insassen überwachen. Schließlich können wir es uns nicht leisten, einen von euch zu verlieren, was?« Zum ersten Mal, seit wir uns begegnet waren, lächelte sie. Ich war erstaunt zu sehen, daß sie eine Zahnspange trug. Hatte sie im mittleren Alter beschlossen, sich die Zähne begradigen zu lassen, weil sie besser aussehen wollte oder weil ihr die scharfen Kanten der Zahnspange als Geheimwaffe gegen aufsässige Gefangene dienten?

»Ich verstehe ja, daß Sie nicht wollen, daß wir Selbstmord begehen«, sagte ich. »Aber wie steht es mit unserer Privatsphäre? Wir können ja nicht einmal die Toilette benutzen, ohne daß uns die Kamera dabei filmt.«

»So ist es. Deshalb ziehen es die meisten Leute auch vor, nicht ins Gefängnis zu kommen, als mit Drogen zu handeln oder einen Mord zu begehen. Gefängnis ist kein Zuckerschlecken.«

»Nein, wohl nicht.« Ich hatte nie angenommen, daß es ein Zuckerschlecken wäre. Genauer gesagt, hatte ich nie angenommen, daß ich mir darüber Gedanken machen müßte. »A propos Zuckerschlecken: Gibt es hier eigentlich etwas zu essen? Oder muß ich meine Angehörigen bitten, mir etwas zu bringen?«

Officer Dancy sah mich an, als wünschte sie, sie hätte einen anderen Beruf ergriffen. »Sie bekommen morgen früh ein Frühstück«, murmelte sie. »Gut' Nacht.«

Sie verließ die Zelle, sperrte mich ein und ging auf die Treppe nach oben zu.

»Gute Nacht«, rief ich ihr nach. »Danke für … na ja, für was auch immer.«

Mein Gott, ich war allen Ernstes im Gefängnis. Ich starrte meine kleine Pritsche mit ihrer abgenutzten, kratzigen Wolldecke an und spürte einen Kloß im Hals. Ich dachte an mein luxuriöses Schlafzimmer in Maplebark Manor – an das Empire-Bett mit den dazu passenden Nachttischen, den Chintzvorhängen und den mit dem gleichen Stoff bezogenen Clubsesseln, den Parkettboden aus Kirschbaum, den Petit-point-Wandbehang und die schwenkbaren Lampen mit ihren Schirmen aus gefälteltem Leinen.

Hör auf, Alison. Hör auf der Stelle auf, schalt ich mich, während mir die Tränen die Wangen hinunterliefen. Es tut dir nicht gut, wenn du über dein »üppiges Leben« in Maplebark Manor nachdenkst. Selbst wenn du nicht festgenommen und ins Gefängnis gesteckt worden wärst, wärest du gezwungen gewesen, dieses Leben aufzugeben. Sandy ist weg. Deine Ehe ist zerbrochen. Die Bank wird das Haus zwangsversteigern lassen, es sei denn, Janet Claiborne findet einen Käufer dafür. Die Frau von Second Hand Rose wird einen Flohmarkt veranstalten und deinen gesamten irdischen Besitz an Wildfremde verhökern. Und was bleibt?

Ich dachte über diese Frage nach und setzte mich dann vorsichtig auf das Bett. Ich fragte mich, ob meine Vorgängerin in der Arrestzelle Filzläuse gehabt hatte und ich mich anstecken würde. Ich überlegte, ob die Kamera in der Ecke mich auch von meiner Schokoladenseite aufnahm. Ich überlegte, ob die Detectives Corsini und Michaels jede meiner Bewegungen auf einem Fernseher mit Großbildschirm beobachteten. Ich fragte mich, ob es ihnen langweilig werden und sie auf einen anderen Kanal umschalten würden.

Ich legte mich hin und zog mir die Decke über den Kopf. Dann drückte ich die Bibel fest an mich und betete.

Bitte, lieber Gott, flüsterte ich. Bitte hol mich hier raus. Oder bitte, hilf Mr. Obermeyer, mich hier rauszuholen. Und wenn du mich hier rausgeholt hast, lieber Gott, dann hilf mir bitte, dahinterzukommen, wer das Kokain in meinen Kühlschrank geschmuggelt hat, wer Melanie Moloney umgebracht hat und wer mich dafür im Gefängnis schmoren lassen will. Bitte gib Cullie und mir eine echte Chance, zusammenzuleben, wenn das alles vorüber ist, lieber Gott. Er ist ein besonderer Mensch, findest du nicht? Oh, und noch etwas, lieber Gott. Bitte finde einen Käufer für mein Haus – jemanden, dem es nichts ausmacht, daß Maplebark Manor kein Familienzimmer hat. Tausend Dank. Amen.

20. Kapitel

Im Gefängnis zu schlafen, so mußte ich feststellen, war nahezu unmöglich. Zum einen ließen die Aufseherinnen die ganze Nacht das Licht an. Zum anderen sprachen sie fürchterlich laut, genau wie Schwestern im Krankenhaus. Und zum dritten war die Matratze auf meiner Pritsche dermaßen dünn, daß mir die Sprungfedern ein Loch in den Rücken bohrten. Aber irgendwann muß ich doch weggedämmert sein, denn ich schrak plötzlich auf, als ich etwas gegen das Gitter meiner Zelle klirren hörte.

»Frühstück«, donnerte eine Polizistin namens Rita Zenk. Sie hatte einen Wust lockigen, rotgefärbten Haares und trug eine dicke Schicht clownartiges, weißes Make-up, so daß sie eher aussah wie Ronald McDonald und nicht wie eine Polizeibeamtin.

»Wieviel Uhr ist es?« fragte ich.

»Ungefähr sieben«, sagte sie und schob mir ein Essenstablett durch den schmalen Spalt im Gitter.

»Danke«, sagte ich und stand auf, um mein Frühstück in Empfang zu nehmen. »Mit Zimmerservice hatte ich nicht gerechnet. Feiner Zug.«

»Ja, und Sie müssen es nicht einmal bezahlen. Das übernimmt der Steuerzahler.«

Das Frühstück bestand aus Eipulver, zähem Speck, bis zur Unkenntlichkeit verbranntem Toast und schwarzem Kaffee.

»Sie haben vergessen, mir Messer und Gabel zu geben«, sagte ich zu Officer Zenk, als ich sah, daß das einzige Besteckteil auf dem Tablett ein Plastiklöffel war.

»Oh, tut mir leid. Sie dürfen kein Messer und keine Gabel bekommen«, erklärte sie mir in wesentlich sanfterem Ton, als ihre Kollegin, Officer Dancy, es getan hätte. »Sie dürfen nichts bei sich in der Zelle haben, das zur Selbstverstümmelung verwendet werden könnte.«

»Aha«, sagte ich und näherte mich dem Eierpulver mit meinem Plastiklöffel. Ich hatte seit dem Mittagessen am Tag zuvor nichts mehr zu mir genommen und war am Verhungern.

»Die Leute wollen es nicht glauben, aber diese Plastikmesser und -gabeln sind ziemlich scharf«, fuhr Officer Zenk fort. Sie war auch gesprächiger als Officer Dancy. «Letztes Jahr hat ein Typ sich mit einem von diesen Messern beide Ohren abgeschnitten. Alles war voller Blut. Jedesmal, wenn ich in die Zelle gehe, sehe ich noch die Flecken.«

Damit war das Frühstück erledigt. Ich stellte das Tablett aufs Bett, schloß die Augen und versuchte, mich aus dieser Arrestzelle zu befördern, in eine DC-10 der American Airlines mit Ziel Saint Martin, weiter in den kleinen Achtsitzer, der einen in sechs Minuten von Saint Martin nach Anquilla bringt, in das Taxi, das durch Anguillas enge Straßen kurvt und hinauf zur üppig angelegten Einfahrt von Malliouhana, der Kulisse meines eindrucksvollsten Karibikurlaubs mit Sandy. Ich versuchte, mir vorzustellen, wie wir auf der Veranda unseres Lieblings-Luxusbungalows in der Hotelanlage frühstückten, uns mit Croissants und Muffins, Mangos und Papayas, Omeletts und Räucherfisch vollstopften, den Hibiskus und die Bougainvilleen unter uns bewunderten, die Sonne in uns aufsaugten, die Seeluft atmeten und besprachen, welcher der zahlreichen auf der Insel angebotenen Urlaubsbeschäftigungen wir uns heute widmen wollten. Ach, Seligkeit, seufzte ich. Die reine Seligkeit. Wie wütend ich auch auf Sandy und darüber war, wie sich alles zwischen uns entwickelt hatte, wir hatten gut gelebt. Das Geld war herrlich, solange es da war. Die Freiheit war herrlich, solange sie da war.

»Wollen Sie nichts essen?« fragte Officer Zenk. Ich war so in meinen Tagtraum vertieft, daß ich ihre Anwesenheit ganz vergessen hatte.

»Nein. Trotzdem vielen Dank.« Ich hoffte, sie würde es nicht persönlich nehmen, daß ich das Frühstückstablett nicht angerührt hatte.

»Sie sind wahrscheinlich zu aufgeregt«, sagte sie. »Ich habe gehört, daß sie heute morgen Ihre Kaution festlegen wollen.«

»Ja, das glaube ich auch. Wenn ich auf Kaution freikomme, muß ich nicht in die staatliche Vollzugsanstalt nach Niantic, stimmt's?«

»Stimmt. Aber nach dem zu urteilen, was da oben alle sagen, wollen sie die Kaution ziemlich hoch ansetzen.«

»Wegen der Sache mit dem Kokain?«

»Nein. Weil sie glauben, daß Sie diese Prominentenautorin umgebracht haben. Sie wollen nicht, daß Sie sich klammheimlich aus dem Staub machen, während sie ihre Anklage zusammenschustern.«

»Aber ich habe niemanden umgebracht«, jammerte ich. »Ich handle auch nicht mit Kokain. Ich bin hereingelegt worden. Ich habe mir nichts zuschulden kommen lassen. Das Ganze ist ein einziger großer Justizirrtum.«

Officer Zenk sah mich mitfühlend an. »Haben Sie einen guten Anwalt?«

»Louis Obermeyer«, sagte ich stolz. »Er ist sehr berühmt.«

»Ich habe Sie nicht gefragt, ob er berühmt ist. Ich habe gefragt, ob er gut ist.«

Ich dachte kurz nach. »Ja, ich glaube, das ist er. Er hat enorme Erfolge bei der Verteidigung von Leuten gehabt, die mit Insider-Informationen gehandelt haben.«

»Sie sind wegen eines Drogenvergehens festgenommen worden. Was hat das mit illegalen Börsengeschäften zu tun?«

»Nun«, sagte ich. »Anwalt ist Anwalt. Außerdem ist Mr. Obermeyer Mitglied im Country Club meiner Mutter. Dadurch gehört er praktisch zur Familie.«

»Hat er je einen Mordfall bearbeitet?«

»Glauben Sie wirklich, daß ich unter Mordanklage gestellt werde?«

»Corsini ist kurz davor, einen Haftbefehl zu bekommen. Er wartet bloß noch auf irgendwelche Laborergebnisse.«

»Das ist doch Wahnsinn«, sagte ich lauter als gewollt. »Das einzige, was Corsini gegen mich in der Hand hat, ist die Tatsache, daß ich Melanies Dienstmädchen war und Zugang zu ihrem Haus hatte. Und jetzt denkt er, er hätte sein Motiv, nachdem er in meinem Kühlschrank Kokain entdeckt hat – Kokain, das jemand dort deponiert hat. Ich habe in meinem ganzen Leben noch nie Kokain genommen oder verkauft.«

»Sie haben noch etwas anderes vergessen, was Corsini gegen Sie in der Hand hat.«

»Was denn?«

»Die Mordwaffe.«

»Tatsächlich?« Ich wollte schon einen Witz darüber machen, wie gefährlich die großen Ajax-Flaschen waren, besann mich aber eines Besseren. Diese Bullen waren ein anspruchsvolles Publikum.

»Ja. Die Frau, für die Sie gearbeitet haben, Miss Moloney, ist mit einem ihrer Bücher ermordet worden. Mit einer gebundenen Ausgabe.«

Mit einem ihrer Bücher? Das war ja interessant. Ich dachte ein oder zwei Sekunden über Officer Zenks Information nach.

Melanie mit einem Buch ermordet? Mit einer ihrer geschwätzigen Biographien auf den Kopf geschlagen? Zu Tode geprügelt mit einem ihrer schmierigen, schmutzigen, rufschädigenden Bestseller? Die Ironie der Geschichte war nicht zu übersehen.

»Welches von Melanies Büchern war es denn?« fragte ich Officer Zenk, die Klatschkolumnistin des Laytoner Polizeireviers. War es das Buch über Ann-Margret, das Melanies Kopf donnernd auf den Schreibtisch hatte knallen lassen? Oder der Wälzer über Charlton Heston? Oder vielleicht das 700-Seiten-Monstrum über Merv Griffin? Wie auch immer, die Antwort würde auf jeden Fall in der nächsten Ausgabe von »Trivial Pursuit« auftauchen.

»Ich kann Ihnen nicht genau sagen, welches Buch es war«, sagte sie. »Aber ich kann Ihnen sagen, daß jemand von der Gerichtsmedizin es am Tag nach dem Mord neben der Leiche hat liegen sehen. Der Schutzumschlag hatte an der Stelle einen Fettfleck, wo das Buch auf den Kopf des Opfers getroffen ist.«

»Einen Fettfleck?«

»Na ja, nicht direkt Fett. Gel. Festiger. Zeug, das man sich ins Haar schmiert. Miss Moloney muß einen ziemlichen Verbrauch an Gel und Festiger gehabt haben.«

Allerdings hatte sie den. Wie sollte sie sonst Glanz in Haare zwingen, die schon so oft gebleicht worden waren, daß sie trockener waren als die Borsten eines Besens?

»Die Gerichtsmediziner haben den Fleck untersucht, und er hat mit dem Haarpflegemittel übereingestimmt, das Miss Moloney an dem Tag benutzt hat. Außerdem haben sie Ninhydrin auf den Buchumschlag gesprüht.«

»Klingt wie ein Schnupfenspray. Was ist das?«

»Das ist eine giftige Chemikalie, die man auf Sachen aus Papier sprüht, um Fingerabdrücke zu erkennen. Auf dem Buchumschlag sind mehrere Fingerabdrücke aufgetaucht, die meisten davon von Ihnen. Das hat für Corsini den Ausschlag gegeben. Er ist überzeugt davon, daß Sie Ihre Chefin umgebracht haben.«

»Was soll denn das, spinnt der? Natürlich waren meine Fingerabdrücke auf dem Buchumschlag. Ich war ihre Haushälterin. Ich habe ihr Arbeitszimmer geputzt. Ich habe andauernd ihre Sachen angefaßt. Genau wie Todd Bennett, der Mann, der die Bücher mit ihr geschrieben hat.«

»Ja, ich weiß. Seine Fingerabdrücke sind auch auf dem Buch.«

»Warum verhaftet Corsini dann nicht Todd?« fragte ich. »Er hat Melanie mindestens so sehr gehaßt wie ich … wie ich sie *geliebt* habe.« Das war knapp gewesen. Man konnte nie wissen, ob Corsini und Michaels nicht das Ganze mit ihrer kleinen Selbstmörder-Kamera verfolgten.

»Mr. Bennett hatte keine dreißig Gramm Kokain in seinem Kühlschrank. Aber Sie.«

»Ich bin hereingelegt worden. Das habe ich doch schon allen gesagt.« Bleib ruhig, Alison. Diese Polizistin versucht, dir zu helfen.

Quetsch soviel wie möglich aus ihr heraus! Verpatz es nicht. »Sie haben erwähnt, daß auf dem Buch mehrere Fingerabdrücke waren. Von wem waren denn noch welche darauf?«

»Zuerst einmal die von Ihrer Chefin. Und dann waren da noch welche, die wir noch nicht identifiziert haben.«

»Noch nicht identifiziert? Kann es nicht sein, daß *diese* Person der wirkliche Mörder ist? Warum machen Sie sich nicht allesamt auf die Socken und suchen die Person, zu der die geheimnisvollen Fingerabdrücke gehören, und verhaften sie, statt mich hier einzusperren? Oder verhaften Sie am besten gleich Todd Bennett. Er hat kein Alibi für die Nacht, in der sie umgebracht worden ist.«

Okay, es war gemein von mir, den Verdacht auf den armen, schwächlichen Todd zu lenken, aber wie ich die Sache einschätzte, hatte der arme, schwächliche Todd Melanie umgebracht *und* mir Kokain in den Kühlschrank geschmuggelt. Wenn er so begabt dafür war, die Intimgeheimnisse von Prominenten auszugraben, dann war er vielleicht ebenso begabt dafür, in anderer Leute Haus einzudringen, dort Drogen zu deponieren und der Polizei einen Tip zu geben.

»Schauen Sie, ich weiß, daß es schwer für Sie ist, es war ja Ihre erste Straftat und so«, sagte Officer Zenk. »Trotzdem Kopf hoch. Im Bundesstaat Connecticut gibt es zwar die Todesstrafe, aber sie haben schon seit Jahren keinen mehr hingerichtet.«

Meine Kautionsanhörung war für zehn Uhr vormittags angesetzt. Um halb zehn wurde ich in den Gefängniswagen gesetzt und zum Gerichtsgebäude in Jessup gefahren. Dort wurde ich an einen Ort gebracht, der den merkwürdigen Namen »Verwahrzelle« trug, einen großen Raum, wo Frauen aus sämtlichen Städten Connecticuts in Gewahrsam gehalten wurden, während sie auf ihren Termin vor dem Richter warteten. Da waren Prostituierte und Dealerinnen, eine Brandstifterin, eine Ladendiebin, ja sogar eine Frau, der zur Last gelegt wurde, ihren Mann mit einem Elektromesser umgebracht und zerteilt zu haben.

Da saß ich nun, Alison Waxman Koff, die Herrin von Maplebark Manor, zusammengesperrt mit dem Bodensatz der Gesellschaft. Was hatte ich in einem früheren Leben verbrochen, daß ich das verdiente? fragte ich mich. Was hatte ich in *diesem* Leben verbrochen, daß ich das verdiente? Einen Haufen Geld ausgegeben? Eine Menge Schulden mit meinen Kreditkarten angehäuft? Ein Haus gekauft, das obszön teuer und für zwei Personen viel zu groß war? War das die gerechte Strafe für meine Unmäßigkeit? Wurde ich nun für diese Gier-ist-gut-achtziger-Jahre-Einstellung zur Kasse gebeten?

Nach etwa einer Stunde in der Verwahrzelle holte mich ein Polizist und brachte mich zu meinem Termin beim Richter. Ich verabschiedete mich von meinen Mitgefangenen und wünschte ihnen noch einen schönen Tag. Eine von ihnen revanchierte sich damit, daß sie mir empfahl, mich ins Knie zu ficken.

Ich betrat den Gerichtssaal und setzte mich an einen Tisch neben meinen Anwalt, der noch schlechter gelaunt zu sein schien als am Abend zuvor.

»Meine Verdauungsstörungen bringen mich noch um«, sagte er und nahm einen Schluck Maalox.

Ich winkte meiner Mutter und Cullie zu, die in der ersten Reihe des Gerichtssaals saßen. Sie lächelten. Cullie hielt mir die erhobenen Daumen entgegen. Meine Mutter auch.

»Alles aufstehen«, dröhnte eine Stimme, als der Richter erschien.

Wir erhoben uns und setzten uns wieder. Dann sprach der Richter zu uns. Er hieß Euer Ehren Wilson Pickett. Er war schwarz, kahl und sah streng aus. Ich fragte mich, ob er nach meinem Lieblings-Soulsänger getauft worden war oder mein Lieblings-Soulsänger nach ihm. Ich versuchte mir vorzustellen, wie er »In the Midnight Hour« sang, schaffte es aber nicht.

Ich entdeckte die Detectives Corsini und Michaels, die mit einem dritten Mann an einem Tisch saßen, der sich als Staatsanwalt Fred Goralnik entpuppte. Mr. Goralnik sprach als erster zum Richter. Er erklärte, daß seine Ermittlungsbeamten in meinem

Kühlschrank dreißig Gramm Kokain gefunden hätten und empfehlen würden, der Richter möge, um mein zukünftiges Erscheinen vor Gericht zu gewährleisten, die Kaution auf – man höre und staune – 50 000 Dollar festsetzen!

»Können die das machen?« fragte ich Mr. Obermeyer. »Ich kann keine 50 000 Dollar aufbringen. Vielleicht kann es meine Mutter, aber ich möchte sie nicht darum bitten.«

»Klappe«, fauchte mein Anwalt. »Ich kümmere mich um alles.«

Ich holte tief Luft und hoffte, daß er wußte, was er tat.

»Euer Ehren«, sagte er. »Ich beantrage die Herabsetzung der Kaution aus folgenden Gründen: Zuerst einmal ist meine Klientin unrechtmäßig festgenommen worden. Die Polizisten hatten keinen Durchsuchungs- oder Haftbefehl. Sie haben sich den Zutritt in ihr Haus erzwungen, wobei sie ihren eigenen Angaben zufolge aufgrund eines Hinweises von einem Informanten vorgingen. Sie haben meine Klientin mit einem Trick dazu verleitet, ihre Kühlschranktür zu öffnen, und dann das Kokain gefunden. Dieses Verhalten und die Umstände im Zusammenhang mit der Festnahme sind zumindest fragwürdig.«

Mr. Obermeyer hielt sich den Bauch, rülpste, murmelte eine Entschuldigung und nahm noch einen Schluck Maalox.

»Außerdem, Euer Ehren«, fuhr er fort, »hat meine Klientin keine einzige Vorstrafe. Keine Festnahme. Keine Verwarnung wegen Falschparkens. Gar nichts.« Er hielt inne, um in seinen Notizen nachzusehen. »Sie ist noch nie zu einem Gerichtstermin *nicht* erschienen, weil sie noch nie vor Gericht hat erscheinen müssen. Sie ist eine ehrenwerte Staatsbürgerin. Sie ist ein unbescholtenes und nützliches Glied der Gesellschaft. Sie zahlt ihre Steuern. Sie ist voll erwerbstätig.«

Ich räusperte mich, um Mr. Obermeyers Aufmerksamkeit zu erregen. Er beugte sich zu mir, und ich flüsterte ihm ins Ohr: »Ich möchte nicht, daß Sie eine Falschaussage oder dergleichen machen. Deshalb sollte ich Ihnen wohl sagen, daß ich nicht voll erwerbstätig bin. Und ich bin mir auch nicht sicher, daß ich meine Steuern bezahlen kann. Jedenfalls heuer nicht.«

Er warf mir einen finsteren Blick zu. »Entschuldigen Sie die Unterbrechung, Euer Ehren. Wie gesagt, meine Klientin ist eine brave Bürgerin ohne jegliche Vorstrafen. Obwohl sie aufgrund des Ablebens ihrer Arbeitgeberin keine feste Stellung mehr hat, ist sie an ihren Wohnort gebunden. Ihre Mutter ist ein langjähriges Mitglied des Grassy Glen Country Clubs, ebenso wie ich, und ich kann Ihnen versichern, daß sie auf jeden Fall vor Gericht erscheinen wird, was die Notwendigkeit einer derart hohen Kaution hinfällig macht.«

»Gute Arbeit«, lobte ich Mr. Obermeyer, als er seine kleine Rede beendet hatte.

Es war *wirklich* gute Arbeit gewesen. Der Richter beschloß, die Kaution für mich von 50 000 auf 1000 Dollar zu senken.

»Alison, Liebes. Du bist frei!« keuchte meine Mutter, nachdem sie einen Scheck über 1000 Dollar ausgestellt und Mr. Obermeyer überreicht hatte, damit er ihn dem zuständigen Justizbeamten geben konnte. Ich umarmte sie fest. Alles war vergeben. Sie hatte mich soeben vor der staatlichen Vollzugsanstalt in Niantic bewahrt. Ich war ihr so dankbar, daß ich bereit war, meinen ganzen Groll gegen sie wegzustecken, zumindest für den Moment.

»Oh, Sonny. Ich bin ja so glücklich«, sagte Cullie und küßte mich auf Wangen, Stirn und Mund. »Es wird nicht mehr lange dauern, bis dieser ganze Alptraum vorüber ist.«

»Seien Sie sich da nicht so sicher«, bellte Mr. Obermeyer. »Wir müssen uns auf die Verhandlung vorbereiten. Außerdem ist da noch der Mord, den sie Ihnen anhängen wollen.«

»Aber Louis«, schalt meine Mutter meinen Anwalt, als wäre er ein kleiner Junge. »Laß doch Alison und ihrem Verehrer ein paar glückliche Momente, ja? Sie mußten mit so vielem fertig werden. Gönn ihnen ein bißchen Ruhe.«

»Vielen Dank, Doris«, sagte Cullie und tätschelte meiner Mutter den Arm. »Sie waren großartig. Sonny und ich sind Ihnen sehr dankbar.« Er gab ihr einen Kuß auf die Wange.

Ich war baff. Cullie und meine Mutter schienen sich tatsächlich zu mögen.

»Deine Mutter hat dich gerade vor dem Gefängnis bewahrt«, flüsterte er, als er meine Reaktion sah. »Das zählt doch, oder nicht?«

»Ja, wohl schon. Du hast dich aber auch für mich eingesetzt, Cullie. Ich möchte dir gern meine Dankbarkeit beweisen, sowie sie mich hier herauslassen, okay?«

»Deine Koje oder meine?«

»Deine. Die ist näher.«

Cullie und ich verbrachten die Nacht auf der *Marlowe.* Ich fühlte mich wie zu Hause – richtig zu Hause.

»Gehst du mal wieder mit mir segeln?« fragte ich, als wir uns auszogen und in die V-Koje stiegen. »Unser letzter Törn war nicht gerade der Knüller.«

»Nein, allerdings nicht«, lachte er. »Wenn ich mich recht erinnere, lief alles gut, bis du mir einen Mord unterstellt hast.«

»Bitte verzeih mir«, sagte ich und kuschelte mich an ihn. »Ich werde dir nie wieder mißtrauen. Das verspreche ich.«

»Immer diese Versprechungen. Das Segeln hat dir aber doch Spaß gemacht, oder? Mir kam es so vor.«

»Ach, es war herrlich. Wann können wir wieder rausfahren?«

»Vielleicht nächste Woche. Jetzt haben wir ja endlich April. Tolles Segelwetter.«

»Cullie?«

»Ja?«

»Ich liebe dich.«

»Ich liebe dich auch.«

»Dann schlaf mit mir. Laß mich all die schrecklichen Dinge vergessen, die geschehen sind. Laß mich alles vergessen, außer wie du schmeckst, wie du riechst und wie du dich anfühlst. Laß mich ver–«

Cullie preßte seine Lippen auf meine und vergrub seine Zunge in meinem Mund. Ich spürte ein Beben im Unterleib und gab mich dem Gefühl widerstandslos hin. In Minutenschnelle waren sämtliche Gedanken an Melanies Ermordung und meine drohende Verhaftung wie weggeblasen, und ich tauchte in das süße Vergessen ein, das eine Frau nirgends anders erfahren kann als in den Armen des Mannes, den sie liebt.

21. Kapitel

Cullie brachte mich früh am nächsten Morgen nach Maplebark Manor zurück. Er wollte sich den Tag freinehmen, um mir bei allem zu helfen, wobei ich Hilfe brauchte. Er sagte, unser erster Tagesordnungspunkt sei, herauszufinden, wer das Kokain in meinen Kühlschrank geschmuggelt hatte und wie der Betreffende ins Haus gelangt war – ein Rätsel, das durch einen Anruf von Janet Claiborne teilweise aufgeklärt wurde.

»Mrs. Koff, es tut mir ja so leid wegen gestern abend«, zirpte sie.

»Vielen Dank«, sagte ich, in dem Glauben, sie spräche von meiner unseligen Festnahme und dem noch weitaus unseligeren Gefängnisaufenthalt.

»Es war im Grunde alles meine Schuld«, fuhr sie fort.

»Meine Festnahme war Ihre Schuld?«

»Festnahme? Ich spreche von Ihrer Alarmanlage, meine Liebe.«

»Das verstehe ich nicht.«

»Ich habe vergessen, sie wieder scharf zu machen, nachdem ich gestern abend das Haus vorgeführt habe. Ich habe sie ausgeschaltet, als ich gekommen bin, aber komplett vergessen, sie wieder einzuschalten, als ich ging. Verzeihen Sie bitte.«

»Sie waren gestern abend hier? Sie haben mein Haus vorgeführt?« Janet hatte mein Haus in den ganzen Monaten, seit sie den Auftrag hatte, nicht ein einziges Mal jemandem gezeigt.

»Allerdings habe ich jemandem Ihr Haus gezeigt. Sogar einem sehr bedeutenden Bürger unseres Ortes.«

»Ehrlich? Wem denn?«

»Das darf ich Ihnen leider nicht sagen. Sie wissen ja, daß solche Leute gern ihre Anonymität wahren. Hoffen wir einfach, daß wir ein Angebot erhalten werden.«

Von Hoffnung konnte keine Rede sein. Vielmehr machte sich Verzweiflung bei mir breit. »Moment mal, damit ich das richtig verstehe. Sie haben vergessen, die Alarmanlage scharf zu machen, als Sie und dieser bedeutende Bürger unseres Ortes das Haus verlassen haben?« Ich hatte Janet sowohl den Geheimcode für die Alarmanlage als auch einen Schlüssel für das Haus anvertraut, als wir den Maklervertrag unterschrieben hatten.

»Genau, meine Liebe. Und es tut mir aufrichtig leid. Der Kunde war ziemlich in Eile – Sie wissen ja, wie unmöglich einflußreiche Persönlichkeiten sein können –, und ich war wohl ein kleines bißchen zerstreut.«

Der Kunde war eine einflußreiche Persönlichkeit? Ich brannte darauf zu erfahren, wer Maplebark Manor besichtigt hatte, während ich bei meiner Mutter saß und versuchte, aus ihrem Liebesleben schlau zu werden. Typisch, dachte ich. Endlich treibt Janet mal einen betuchten Interessenten auf, und ich bin nicht da, um es mitzuerleben.

Wenigstens wußte ich jetzt, wie der Kokainschmuggler in mein Haus gelangt war. Er war eingebrochen, nachdem Janet und ihr gewichtiger Kunde gegangen waren. Ich nahm an, daß es relativ einfach war, in ein Haus einzubrechen, aber wohl nicht ganz so einfach, eine Alarmanlage abzustellen – jedoch natürlich nur, wenn sie zuvor überhaupt scharf war.

»Tja«, sagte ich, »das gibt mir ja wieder Hoffnung. Lassen Sie mich wissen, wenn Ihr Kunde wiederkommen und das Haus noch einmal sehen möchte.«

»Oh, aber natürlich. Wie bereits erwähnt, der Kunde ist eine äußerst bedeutende Persönlichkeit in unserer Stadt«, sagte Janet stolz. »Deshalb war ich auch bereit, das Haus zu so später Stunde zu präsentieren. Ich glaube zwar nicht, daß Häuser sich nachts im besten Licht zeigen, aber Präsentation ist Präsentation. Wir bei Prestige Properties tun unser Bestes, um Käufer und Verkäufer zusammenzubringen.«

Ja, und wie. Die Frau war nicht ganz bei Trost. »Ach, Janet«, sagte ich, »noch eines sollten Sie wissen. Ich plane einen privaten

Flohmarkt. Ich habe die Frau von Second Hand Rose gebeten, sämtliche Möbel und Einrichtungsgegenstände zu verkaufen. Das Haus wird wahrscheinlich nicht mehr so gut wirken, wenn es leer ist.«

An Janets Ende der Leitung herrschte Stille. Dann ertönte ein tiefer Seufzer. »Wenn es sein muß, muß es sein«, sagte sie schließlich. »Die ganze Stadt weiß über Ihre Schwierigkeiten Bescheid, also kommt das nicht überraschend. Außerdem müßte sich diese Geschichte, daß Sie Haushälterin bei Melanie Moloney gewesen sind, zu unserem Vorteil auswirken.«

»Wie das?«

»Sie sind eine professionelle Haushaltshilfe, Mrs. Koff. Potentielle Käufer werden annehmen, daß Ihr Haus makellos sauber ist.«

Zwischen den Beratungen mit meinem Anwalt über den bevorstehenden Drogenprozeß, Besuchen bei der Layton Bank & Trust Company wegen der drohenden Zwangsversteigerung von Maplebark Manor und intensiven Diskussionen mit Cullie über die Identität von Melanies Mörder gelang es mir irgendwie, den geplanten Flohmarkt vorzubereiten. Er fand an einem trüben, regnerischen Freitag statt. Das Wetter war derart deprimierend, daß ich fürchtete, kein Mensch werde kommen, trotz der imposanten ganzseitigen Anzeigen, die Second Hand Rose in der *Community Times* aufgegeben hatte. Andererseits fürchtete ich, es könnten massenhaft Leute erscheinen und mir Matsch in mein makellos sauberes Haus tragen.

Meine Ängste (die letzteren) bewahrheiteten sich. Ganz Connecticut kam zu meinem Flohmarkt. Als der Tag sich neigte, waren meine Fußböden – außer meinem Bett praktisch das einzige, was nicht davongekarrt worden war – von Schmutz überzogen. Aber zumindest hatte ich genug Bargeld eingenommen, um meine Gläubiger zufriedenzustellen und die Tankfüllungen für meinen Porsche auch weiterhin zu sichern.

»Ich habe noch nie einen solchen Ansturm erlebt«, freute sich

Second Hand Rose, nachdem das letzte Stück den Besitzer gewechselt hatte.

»Die Leute haben dieses Haus schon seit Jahren bewundert«, erklärte ich. »Ich nehme an, sie dachten, es würden einige wertvolle Stücke zum Verkauf stehen.«

»Wertvoll schon. Aber nicht in dem Sinne, wie Sie meinen«, sagte sie. »Die Leute sind nicht wegen des Hauses gekommen. Sie sind Ihretwegen gekommen.«

»Meinetwegen? Wieso?«

»Sie wollen ihren Freunden erzählen können, daß sie eine Lampe gekauft haben, die früher Alison Koff gehört hat, der Frau, die Melanie Moloney umgebracht hat.«

Das machte mich wütend. »Ich habe niemanden umgebracht«, fauchte ich.

»In der *Community Times* steht aber etwas anderes. Dieses Blatt hat Sie schon vor Gericht gestellt und abgeurteilt.«

Das reichte. Ich hatte mehr als genug davon, in Alistair Downs' erbärmlichem Abklatsch einer Zeitung als Jill the Ripper hingestellt zu werden. Es war höchste Zeit für eine kleine Unterredung mit der Chefredakteurin. Ich verabschiedete Second Hand Rose, zog mich um und fuhr zur Zeitung hinüber.

Dort machte ich mich unverzüglich auf den Weg zu Bethanys Büro, fand es aber leer vor. Schön, dachte ich. Dann warte ich eben.

Ich saß auf dem Sofa und rutschte nervös herum. Dann sah ich auf das Porträt von Alistair und Bethany an der Wand. Was für Übeltaten habt ihr beiden auf dem Gewissen? fragte ich mich. Hat einer von euch Melanie umgebracht? Hat einer von euch mir Kokain ins Haus geschmuggelt und versucht, mich mit ihrer Ermordung in Verbindung zu bringen?

Ich schaute auf die Uhr. Wo zum Teufel war Bethany? Ich wußte, daß sie im Hause war, weil ich ihren eisblauen Mercedes auf dem Parkplatz gesehen hatte.

Ich erhob mich und marschierte unruhig auf und ab. Dann ging ich hinüber zu ihrem Schweinestall von Schreibtisch, der von Zetteln übersät und mit Krümeln von Donuts verschmutzt war, und begann herumzuschnüffeln – die ideale Methode, um die Zeit totzuschlagen, wenn man in anderer Leute Büro wartet. Ich wollte gerade einen Blick auf eine Aktennotiz werfen, die auf Briefpapier mit dem Auftdruck »Aus dem Büro von Senator Alistair P. Downs« geschrieben war, als ich hörte, wie jemand ins Zimmer kam.

»Koff! Was machst du denn hier?«

Ich war erleichtert, als ich Julia Applebaum und nicht Bethany Downs vor mir stehen sah.

»Oh, hallo«, sagte ich. »Wie schön, ein freundliches Gesicht zu sehen. Ich würde dir ja die Hand geben, aber sie ist ganz klebig von dem ganzen Zucker auf Bethanys Schreibtisch.«

»Das ist die gerechte Strafe dafür, daß du sie in Dinge gesteckt hast, die dich nichts angehen«, lachte sie. Es war herrlich, sie lachen zu sehen. Als wir uns das letzte Mal begegnet waren, hatte sie so getan, als sei ich eine Mörderin. Aber schließlich hatte die ganze Stadt so getan.

»Wie ist es dir denn ergangen?« fragte ich. Sie sah phantastisch aus. Schlanker und modischer. Vielleicht war es der Haarschnitt. Der lange Zopf war einer schicken, schulterlangen Dauerwelle gewichen.

»Recht gut. Ich kann mich nicht beklagen. Und wie steht's mit dir, Koff? Stehst du dein Martyrium durch?«

»Mehr schlecht als recht.«

»Tut mir echt leid«, sagte sie schüchtern.

»Wenn es dir so leid tut, warum hast du mich dann nicht angerufen? Wir haben uns seit Monaten nicht gesehen. Ich hätte nie gedacht, daß du eine von den Frauen bist, die ihre Freundinnen sitzenlassen, sobald ein Mann auf der Bildfläche erscheint.«

»Bin ich auch nicht – normalerweise. Du, wir müssen unbedingt über das alles reden.«

»Du gibst also zu, daß du dich mit jemandem getroffen hast?«

»Natürlich hat sie sich mit jemandem getroffen«, mischte sich Bethany ein. Weder Julia noch ich hatten sie hereinkommen hören. Sie trug Reithosen, Reitstiefel und eine weiße Bluse, die bis zum

Dekolleté aufgeknöpft war. Das blonde Haar trug sie hinten zu einem straffen Pferdeschwanz zusammengebunden, um den sie ein flottes, rotes Band gewunden hatte. Sie war nicht für einen erfolgreichen Tag in der Vorstandsetage gekleidet, sondern für ein Stelldichein im Jagdclub.

»Hallo, Bethany«, sagte ich. »Ich möchte mit dir reden.«

»Das habe ich mir gedacht. Du siehst ein bißchen mitgenommen aus, Alison. Schlechter Kokain-Trip?«

Okay, Bethany wollte also fies werden. Das konnte ich auch. »Nein, Bethany. Keine schlechten Trips. Nur schlechte Presse. Da gibt es so ein lokales Schundblatt, das einen Artikel nach dem anderen darüber verzapft, daß ich etwas mit dem Mord an Melanie Moloney zu tun hätte. Schon mal davon gehört?«

Sie zuckte mit den Schultern. »Wir bekommen unsere ganzen Informationen direkt von der Polizei. Was soll ich dir sonst sagen?«

»Das ist doch Scheiße.« Ich hielt inne, um Bethanys Reitdreß in Augenschein zu nehmen. »Oder soll ich lieber Pferdemist sagen?«

»Komm zur Sache, Alison.«

»Die Sache ist die, daß du versuchst, mich aufs Kreuz zu legen, seit du weißt, daß ich für Melanie Moloney gearbeitet habe, die furchtlose Biographin deines Vaters.«

»Das ist ja lächerlich.«

»Ja? Julia, weißt du noch, wie Bethany uns alle in ihr Büro beordert hat und damit gedroht hat, uns mit ihrer Reitpeitsche zu züchtigen, wenn wir uns nicht von Melanie fernhielten?«

»Ja, das weiß ich noch, Koff. Was hat das mit dem Mord zu tun?«

»Rat mal, wer mich rausgeschmissen hat, als sie erfahren hat, daß ich Melanies Haushälterin war? Und rat mal, wer mir versprochen hat, daß sie mich wieder einstellen würde, wenn ich ihr erzählte, was in Melanies Buch über Alistair steht?«

»Ich habe nichts dergleichen getan«, sagte Bethany.

»Versuch bloß nicht, es abzustreiten. Du hast gesagt, du würdest mich auf der Stelle wieder aufnehmen, und zwar für doppelt soviel Geld wie vorher, wenn ich dir das Manuskript beschaffen oder dir genau sagen würde, was drinsteht. Du wolltest unbedingt wissen, was Melanie über deinen lieben, alten Vater geschrieben hat, und du dachtest, ich könnte dir dabei helfen.«

»Du bist wohl vollgepumpt, wie man so sagt«, höhnte Bethany. »Du redest kompletten Unsinn. Wenn du mich jetzt bitte entschuldigen willst, ich muß noch eine Zeitung bettfertig machen.«

»Eine Zeitung bettfertig machen?« sagte ich und rührte mich nicht vom Fleck. »Daß ich nicht lache. Du kennst doch Betten nur daher, daß du mit jedem verheirateten Mann in der Stadt geschlafen hast.«

»Jetzt aber mal halblang, du, du ...«

»He, immer mit der Ruhe, ihr beiden«, versuchte Julia zu schlichten. »Benehmt euch mal wie Erwachsene, ja?«

»A propos mit Männern schlafen«, sagte Bethany, schürzte verächtlich die Lippen und kam mit ihrem Gesicht ganz nahe an meines. »Wie geht's denn deiner Mutter, Alison? Trauert sie immer noch meinem Vater nach?«

»Deine Mutter kennt Alistair?« fragte Julia.

»Ja, sie waren jahrelang zusammen, und das treibt Bethany in den Wahnsinn«, sagte ich. »Sie möchte ihren Daddy ganz für sich allein haben.«

»Hör nicht auf sie, Julia«, sagte Bethany. »Die hat doch den Arsch offen.«

»Erst Bett, dann Arsch. Denkst du eigentlich immer bloß an das eine, Bethany?«

»Jetzt hört doch endlich auf«, schimpfte Julia. »Koff, reiß dich zusammen, verdammt noch mal. Ich weiß, daß du's in letzter Zeit schwer gehabt hast, aber nichts davon ist Bethanys Schuld.«

»Was ist denn in dich gefahren, Julia?« Ich war verblüfft, daß sie sich für Bethany einsetzte. Sie hatte doch Alistairs Tochter immer genauso unerträglich gefunden wie ich.

»Nichts ist in Julia gefahren«, sagte Bethany, »außer daß eben Blut dicker ist als Wasser. Sie und ich sind ja jetzt praktisch verwandt.«

»Wovon faselt sie da, Julia?« wollte ich wissen.

»Von Daddy«, sagte Bethany. »Hat Julia es dir nicht erzählt, Alison? Sie und Daddy gehen miteinander.«

Ich starrte Julia an, die meinem Blick auswich. »Stimmt das?« fragte ich sie. »Ist Alistair der Mann, von dem du mir nicht erzählen wolltest?«

Julia nickte. »Ich hielt es für klüger, unsere Beziehung nicht an die große Glocke zu hängen, Koff. Alistair gehört die Zeitung, für die ich arbeite. Ich wollte nicht, daß irgend jemand von Vetternwirtschaft spricht. Und dann war da noch mein politisches Engagement. Er wollte nicht, daß sich herumsprach, daß er ein Verhältnis mit einer Anhängerin der Demokraten hatte.«

Mein Gott. Gab es eigentlich ein weibliches Hirn, das Alistair Downs nicht zu Brei verwandelte? Aber ausgerechnet Julia? Die nüchterne, bodenständige, republikanerfeindliche Julia? Ich konnte es nicht glauben.

»Überrascht, Alison?« fragte Bethany.

Ich ignorierte sie. »Paß auf dich auf, Julia«, sagte ich zu meiner alten Freundin. »Ich habe Melanies Manuskript gelesen – bis zum letzten Wort. Glaub mir, wenn ich dir sage, daß Alistair Downs nicht der Mann ist, für den du ihn hältst. Mit ihm ist nicht zu spaßen.«

»Du hast das Buch gelesen?« schrie Bethany. »Du hast gesagt, du hättest keinen Zugang dazu gehabt.«

»Das war gelogen. Ich habe nicht nur Zugang dazu gehabt, ich habe es sogar immer noch. Ende.« Ich weiß. Ich weiß. Ich hatte soeben zugegeben, das Manuskript aus Melanies Haus gestohlen zu haben, aber ich konnte es nicht ändern. Ich mußte Julia vor Alistair warnen. Sollte die Polizei mich doch festnehmen. Ich gewöhnte mich langsam daran. »Ich habe das Manuskript, und ich habe es auch gelesen«, sagte ich noch einmal. »Julia, sei vor diesem Typen auf der Hut. Es würde mich nicht wundern, wenn er Melanie umgebracht hätte, um das Buch mitsamt der Autorin aus dem Verkehr zu ziehen – und zwar für immer.«

»Du bist ja völlig durchgedreht, Alison«, sagte Bethany. »Daddy hat ein Alibi für die Mordnacht. Er war nicht allein.«

»Ja, mit einer ›Freundin‹«, spottete ich. »Tolles Alibi. Er hat die Polizisten dermaßen eingewickelt, daß sie ihm alles abnehmen, was er ihnen erzählt.«

»Es stimmt aber, Koff«, sagte Julia. »*Ich* war in jener Nacht mit Alistair zusammen. Er kann Melanie Moloney auf keinen Fall umgebracht haben.«

Julia war also diese Freundin. »Vielleicht hat er jemanden angeheuert, der sie für ihn umgebracht hat«, sagte ich. »Oder vielleicht hat er seine ergebene Tochter dazu angestiftet.«

»Du bist wirklich versaut, Alison«, sagte Bethany und schüttelte den Kopf. »Das muß von den ganzen Drogenhändlern kommen, mit denen du herumhängst.«

»An deiner Stelle würde ich nicht davon reden, mit wem ich mich umgebe«, sagte ich lächelnd. »Ich habe schließlich Melanies Buch gelesen, vergiß das nicht. Ich weiß alles über die Mafiakonflikte deines Vaters, seine Kumpane im Ku-Klux-Klan und so weiter. Im ganzen Land gibt es keinen Schrank, der groß genug wäre, um die Leichen zu fassen, über die dieser Mann gegangen ist.« Ich machte eine Kunstpause und wartete auf eine Reaktion. Es kam keine. »Ich frage mich, was geschehen würde, wenn einige von Melanies kleinen Anekdoten über die Familie Downs ihren Weg in die Presse fänden?« Ich machte noch eine Pause. »Was glaubst du, Bethany?« Schweigen. »Ich werde dir sagen, was ich glaube«, sagte ich und ging auf die Tür zu. »Ich glaube, wenn die *Layton Community Times* weiterhin Artikel druckt, in denen ich mit dem Mord an Melanie in Verbindung gebracht werde, werde ich ein paar Auszüge aus dem Manuskript an die Sensationsreporter geben müs-sen, die vor meinem Haus kampieren.« Ich blieb stehen und sah Bethany und Julia an. Sie waren sprachlos. »Kein Kommentar?« Ich wartete. »Tja, dann werde ich jetzt wohl gehen, Kinder. Julia, einen schönen Tag noch. Und Bethany …« Ich unterbrach mich und musterte noch einmal ihr Reitkostüm. »Viel Spaß beim Besteigen der ganzen Hengste.«

»Du hast ihnen erzählt, daß du das Manuskript hast?« fragte Cullie, als ich ihm die Geschichte von meinem Besuch bei der Zeitung erzählte. Er war zu mir gekommen, um mir packen zu helfen. Da in Maplebark Manor mittlerweile außer meinem Bett keinerlei Möbel mehr standen, hielten wir beide es für mich für weniger deprimierend, wenn ich wieder auf die *Marlowe* zöge.

»Ich weiß schon, das das nicht unbedingt das Klügste war«, gab ich zu. »Aber als ich hörte, daß Julia, ihres Zeichens Feministin, politisch korrekt und eine Fürsprecherin des Volkes, sich mit Alistair zusammengetan hat, diesem elitären, chauvinistischen Heuchler, konnte ich mich nicht mehr beherrschen. Ich mußte sie warnen. Und außerdem war es mir ganz recht, Bethany auch eine Nuß zu knacken zu geben. Jetzt, wo sie weiß, daß ich weiß, was in dem Manuskript steht, habe ich sie da, wo ich sie haben wollte. Sie wird es nicht wagen, mich weiterhin in ihrer Zeitung an den Pranger zu stellen.«

»Hoffentlich hast du recht«, meinte Cullie. »Wo ist das Manuskript eigentlich?«

»Es ist noch in der Sauna.«

»Dann nehmen wir es mit. Man weiß ja nie, wer danach suchen könnte.«

»Stimmt.«

Ich ging nach unten in die Sauna und sammelte das Manuskript zusammen. Dann brachte ich es nach oben und stopfte es in eine Bloomingdale's-Tüte.

»Fertig«, sagte ich, nachdem ich zwei Taschen gepackt und sowohl meine Mutter als auch Mr. Obermeyer angerufen hatte, um sie wissen zu lassen, wo ich war, falls sie mich brauchten.

Wir verbrachten einen ruhigen, wohltuenden Abend auf der *Marlowe.* Die Luft war mild und weich, und das Mondlicht schimmerte auf dem Wasser. Cullie kochte uns ein Abendessen – denselben duftenden Eintopf mit Meeresfrüchten, den er bei unserer ersten Verabredung zubereitet hatte –, und wir packten uns warm ein und verspeisten es im Cockpit statt in der Kajüte.

»Gibt es irgend etwas, das du mehr liebst als dieses Boot?« fragte ich ihn, als wir unseren Wein tranken und die Seeluft einatmeten.

»Jetzt möchtest du etwas hören, was?« lächelte er.

»Nein, ehrlich nicht. Ich weiß, daß du mich liebst. Das hast du in den letzten Wochen mehr als deutlich bewiesen. Aber ich glaube, du liebst die *Marlowe* auf eine Art, die über die romantische Liebe hinausgeht.«

Er dachte eine Weile nach. »Sicher liebe ich das Boot.« Er tätschelte liebevoll das Steuerrad und sah dann verträumt aufs Meer hinaus. »Man hängt mit der Zeit an einem Boot, wenn man es vom Kiel aufwärts wiederhergerichtet hat. Aber vor allem liebe ich das Leben auf dem Boot.«

»Du meinst das Leben auf dem Boot im Gegensatz zum Leben in einem Haus.«

»Ich meine, im Einklang mit den Elementen zu leben statt zu versuchen, sie zu bezwingen. Wenn du auf einem Boot lebst, mit dem Meer als Hinterhof, dann kämpfst du nicht mit der Natur, sondern du respektierst sie. Du lernst, wo dein Platz im großen Gesamtplan ist.« Er unterbrach sich und nahm einen Schluck Wein. »Das Leben auf einem Boot lehrt einen, sich auf sich selbst zu verlassen. Es lehrt einen, die kleinen Dinge zu schätzen, die Dinge, die wirklich wichtig sind. Es lehrt einen, mit weniger auszukommen, ohne Überflüssiges. Es reduziert das Leben auf das wirklich Notwendige: sich warm halten, sich trocken halten, sich ernähren und schlafen.« Er nahm noch einen Schluck Wein. »Tatsache ist, Sonny-Girl, daß sich die See nicht darum schert, wie viele Firmenübernahmen du schon eingefädelt hast, wie viele Porsches du in deiner Garage stehen hast oder mit wie vielen verschiedenen Sorten Aceto Balsamico du kochen kannst. Das Leben auf einem Boot, weg von alledem, hilft einem, die Dinge im richtigen Verhältnis zu sehen, verstehst du?«

Ich küßte Cullie auf die Wange, schlang die Arme um ihn und starrte in den sternenklaren Himmel hinauf. »Ich versteh's«, sagte ich und nahm die Bilder und Geräusche des Hafens in mich auf.

Wir blieben noch etwa eine Stunde an Deck, im Cockpit, und stiegen dann in die Kajüte hinunter, um ins Bett zu gehen.

»Arbeitest du morgen?« fragte ich.

»Wahrscheinlich. Der Radiosprecher hat gesagt, daß es sonnig werden soll, und ich muß ein paar Außenaufnahmen machen.«

»Mist. Ich hatte gehofft, du würdest mit mir segeln gehen. Aber eigentlich sollte ich mich morgen sowieso um einen Job bemühen – falls mich irgend jemand in dieser Stadt einstellt.«

»Es wird dich jemand einstellen, Süße«, sagte Cullie zärtlich. »Außerdem wird dir Mr. Obermeyer den Kokainprozeß vom Hals schaffen, und die Polizei wird herausfinden, wer Melanie wirklich umgebracht hat. Es wird alles gut werden, das weiß ich genau.«

»Es muß, Cullie. Es muß einfach.«

Wir stiegen in die V-Koje und umarmten uns. Nach ein paar Minuten begann Cullie schwer und mit offenem Mund zu atmen, ein Zeichen dafür, daß er gleich einschlafen würde. Ich dagegen war äußerst angespannt – und verzehrte mich nach Sex mit ihm.

»Cullie? Bist du noch wach?«

»Halbwegs. Was gibt's denn?«

»Weißt du noch, wie du mir oben auf Deck erzählt hast, daß das Leben auf einem Boot das Dasein auf das absolut Unerläßliche reduziert?«

»Mhm.«

»Weißt du noch, daß du gesagt hast, zum absolut Unerläßlichen gehörten sich warm halten, sich trocken halten, sich ernähren und schlafen?«

»Mhm.«

»Hast du da nicht etwas vergessen?«

»Allerdings. Komm her.«

Am nächsten Morgen wachten wir beizeiten auf, gingen zum Duschen hinüber in die Waschräume am Hafen (die Naßzelle der *Marlowe* war inzwischen wieder in Betrieb, aber Cullie meinte, wir sollten weiterhin die öffentlichen Sanitäranlagen benutzen und die Naßzelle nur bei Segeltörns benutzen) und kehrten zum Frühstück mit Kaffee und Corn Flakes aufs Boot zurück. Ich wußte, daß Cullie mehrere Häuser fotografieren mußte, bevor die Morgensonne weg war, und so drängte ich ihn zum Gehen. Er hatte schon genug von seiner Arbeitszeit für mich und meine Dramen geopfert. Aber er schien trotz meiner auffälligen Versuche, ihn zur Tür hinauszubugsieren, nicht recht gehen zu wollen.

»Falls du dir Sorgen um mich machst, laß es sein«, sagte ich. »Mir geht's bestens.«

»Ich weiß.« Er gab mir einen Kuß. »Aber ich muß immer noch über dein gestriges Gespräch mit Bethany Downs nachdenken. Ich wünschte wirklich, du hättest ihr nicht erzählt, daß du das Manuskript hast.«

»Warum? Bethany wird es bestimmt niemandem erzählen. Sie möchte das Buch begraben sehen. Wenn sich herumspricht, was in dem Manuskript steht, wird das dem Ruf ihres Vaters dermaßen schaden, daß er sich in dieser Stadt nicht mehr blicken lassen kann.«

»Es ist eher *dein* Ruf, um den ich mir Sorgen mache. Woher willst du wissen, daß sie oder Julia nicht zu Corsini geht? Die Information, daß du es warst, die das Manuskript aus Melanies Haus entwendet hat, könnte Corsini dazu veranlassen, dir den Mord anzuhängen.«

»He, Kumpel! Hast du nicht zu mir gesagt, daß alles gut werden würde?« Ich schlang die Arme um Cullie und drückte ihn.

»Ja, aber tu mir einen Gefallen. Laß mich das Manuskript an einem Ort verstecken, wo Corsini es nicht finden kann – für den Fall, daß er kommt und hier herumschnüffelt.«

»Einverstanden, aber wo?«

»Ich überlege.«

Cullie ging in der Kajüte auf und ab.

»Du hast gesagt, du hast dieses gute Stück vom Kiel aufwärts überholt«, sagte ich. »Du kennst es in- und auswendig. Gibt es nicht irgendwo ein Geheimfach?«

Er strich sich über den Bart und dachte nach. »Im Grunde gibt es tatsächlich eines«, sagte er schließlich. »Als ich die Planken der oberen Seitenteile erneuert habe, habe ich unter dem Ankerkasten eine verborgene Lagerfläche angelegt, direkt vor den V-Kojen.«

»Sag's nicht, laß mich raten: Du hattest eine Vorahnung, daß du eines Tages ein gestohlenes Manuskript vor der Polizei verstecken müßtest.«

»Nein, eine Menge Segler sind froh über ein Geheimfach, wenn sie in ausländischen Häfen anlegen. Es ist ideal, um Wertgegenstände unterzubringen.«

»Wunderbar. Ist dieses Geheimfach groß genug für das Manuskript?«

»Ich denke schon. Du holst das Manuskript. Ich bereite alles vor.«

Ich holte die Bloomingdale's-Tüte aus dem Hängespind und brachte sie zu den V-Kojen, wo Cullie gerade dabei war, die Matratzen herauszunehmen.

»Hol lieber etwas, in das wir es einwickeln können, damit es hier unten nicht naß wird«, sagte er und kroch in das winzige Abteil zwischen dem Ankerkasten und den V-Kojen.

Ich sauste in die Pantry und holte einen großen Müllsack aus Plastik, ging wieder zurück zu den Kojen und packte das Manuskript hinein. Dann umwickelte ich es mit Klebeband.

»Okay. Jetzt gib es mir«, sagte Cullie, dessen Stimme ganz dumpf klang.

Ich reichte ihm das Manuskript hinunter, während er gebückt unter dem geheimen Zwischenboden kauerte.

Sekunden danach kam er wieder zum Vorschein. »Auftrag erledigt«, sagte er stolz.

»Glaubst du nicht, daß Corsini und seine Jungs dort unten nachsehen würden?« fragte ich.

»Sie wüßten gar nicht, wo sie nachsehen sollten. Und selbst wenn sie es wüßten, müßten sie sechzig Meter schmutzverkrusteter Ankerkette zur Seite schieben, um es zu finden.«

Wir atmeten beide erleichtert auf.

»Ist dir jetzt wohler?« fragte ich, nachdem Cullie die Matratzen wieder an ihren angestammten Platz in den V-Kojen gelegt hatte und auf einen letzten Schluck Kaffee in die Pantry gekommen war.

»Ein bißchen.«

»Gut. Und jetzt geh. Ich habe mir für heute viel vorgenommen«, sagte ich und hielt die Seite mit den Stellenanzeigen aus der *Community Times* hoch.

»Ich gehe ja schon«, sagte er mit einem Lächeln. »Mach sie alle platt.«

Ich zuckte zusammen. »Mußt du diesen Ausdruck verwenden? Ich stehe schließlich unter Mordverdacht, vergiß das nicht.«

»Tut mir leid. Wie wär's mit: Zeig's ihnen?«

»Besser. Viel besser.«

Gegen ein Uhr, als ich gerade an Cullies Navigationsplatz am Telefon saß, ein Thunfischsandwich verspeiste und mit der Tatsache fertig zu werden versuchte, daß alle vier Jobs, für die ich mich beworben hatte, bereits vergeben waren, hörte ich Schritte an Deck. Gleich darauf klopfte jemand an die Kajütentür.

»Wer ist da?« rief ich.

»Detective Joseph Corsini, Polizeirevier Layton. Machen Sie auf.«

Ich wäre beinahe an meinem Sandwich erstickt. O Gott. Cullie hatte recht behalten. Vielleicht hatte Bethany Corsini erzählt, daß ich das Manuskript an mich genommen hatte, und nun war er gekommen, um es zu holen. Ich warf einen Blick hinüber zu dem verborgenen Lagerraum unter dem Ankerkasten und seufzte vor Erleichterung darüber, daß das Manuskript dort sicher verstaut lag. Kein Manuskript, kein Beweis.

Ich machte die Luke auf. Corsini war nicht allein gekommen. Detective Michaels war mit von der Partie.

»Was liegt an, Jungs?« fragte ich und versuchte, lässig zu klingen.

»Das«, sagte Detective Corsini und reichte mir ein offiziell aussehendes, vierseitiges Schriftstück.

Ich überflog die erste Seite und schnappte nach Luft. »Das ist ja ein Haftbefehl«, schrie ich auf. »Aber weswegen? Auf dem Boot ist kein Kokain. Sie können ruhig den Kühlschrank durchsuchen.«

»Lesen Sie den letzten Absatz«, sagte Detective Michaels mit einem wichtigtuerischen Grinsen.

Ich blätterte auf die letzte Seite des Dokuments und las den letzten Absatz. »Aufgrund der vorstehend aufgeführten Tatsachen und Umstände«, hieß es, »wird ein Haftbefehl auf Alison Waxman Koff, wohnhaft Woodland Way 33, Layton, Connecticut, ausgestellt, in welchem ihr in Verletzung von Abschnitt 53a–54a der Gesetze des Staates Connecticut wegen ihrer Beteiligung an dem dortselbst beschriebenen Verbrechen als Anklagepunkt Mord zur Last gelegt wird.« Mord!

»Alison Koff, Sie haben das Recht zu schweigen ...« Detective Michaels löste die Handschellen hinten von seinem Gürtel und schloß sie mir um die Handgelenke.

»Aber warten Sie«, brüllte ich, als er fortfuhr, mir meine Rechte vorzulesen. »Sie können mich nicht wegen des Mordes an Melanie verhaften. Ich habe sie nicht umgebracht! Ich habe niemanden umgebracht! Hilfe!«

»Wir können Sie sehr wohl verhaften, und das haben wir soeben auch getan«, sagte Detective Corsini. »Genau das steht ja in diesem Dokument. Ein Richter hat es unterschrieben, sehen Sie?« Er wedelte mir mit dem Haftbefehl vor dem Gesicht herum.

»Aus welchen Gründen denn? Wegen meiner Fingerabdrücke auf dem Buch? Weil Kokain in meinem Kühlschrank lag? Das reicht nicht aus, um –«

»Ein kleines Vögelchen hat uns gezwitschert, daß Sie das Manuskript gestohlen haben, an dem Miss Moloney gearbeitet hat«, sagte Detective Corsini. »Direkt vom Tatort geklaut, was, Miss Koff?«

Bethany. Cullie hatte recht gehabt.

»Unser Informant behauptet, das Manuskript in Ihrem Besitz

gesehen zu haben, Miss Koff«, führte Detective Michaels aus. »Der Informant sagt außerdem, daß Sie es irgendwo versteckt halten. Eines Tages werden wir herausfinden, wo.«

»Das ist gelogen.« Na ja, jedenfalls daß Bethany mich mit dem Manuskript gesehen hatte, war gelogen.

»Wir überlassen die Entscheidung dem Richter«, sagte Detective Corsini. »Aber ich garantiere Ihnen, er wird sich unserer Sicht der Dinge anschließen.« Er kicherte und polierte sich die Fingernägel an seinem Hosenbein. »Diese Neuigkeit über das Manuskript bringt den Fall endgültig unter Dach und Fach.«

»Aber ich bin unschuldig, ich sage es Ihnen. Ich war es nicht.«

»Wenn Sie unschuldig sind, warum haben Sie dann das Manuskript gestohlen?«

»Mir war die Bettlektüre ausgegangen«, sagte ich.

»Jetzt fängt sie schon wieder mit ihren Scherzen an«, sagte Detective Michaels.

»Lang wird sie nicht mehr scherzen«, meinte Detective Corsini und fuhr sich mit den Fingern durch sein glatt nach hinten gekämmtes Haar. »Oder, Miss Koff?«

Ich streckte ihm die Zunge heraus. Ich hätte ihm auch den Stinkefinger gezeigt, aber leider waren mir die Hände auf den Rücken gefesselt.

»Dieses Manuskript zu stehlen war ganz schön gierig«, sagte Detective Corsini. »Schlimm genug, daß Sie Ihre Chefin umgebracht haben, um sie daran zu hindern, Sie wegen Kokainhandels anzuzeigen. Aber ihr Buch zu stehlen, damit Sie Geld von ehrbaren, angesehenen, hart arbeitenden Bürgern wie der Familie Downs erpressen konnten? Ts. Ts. Sie sollten sich schämen.«

»Die Familie Downs? Ehrbar? Gleich muß ich kotzen.« Ich simulierte würgende Geräusche. »Was soll das mit der Erpressung? Ich habe weder von der Familie Downs noch von sonst jemandem Geld erpreßt. Wovon reden Sie überhaupt, Corsini?«

»Unser Informant hat uns erzählt, daß in dem Buch einige sehr häßliche Behauptungen über den Senator stehen sollen«, sagte Detective Michaels. »Unser Informant hat uns außerdem erzählt, daß

Sie sich in Erpressung versucht haben. Erpressung ist nicht besonders nett. Oder, Miss Koff?«

»Moment mal, damit ich das richtig verstehe. Zuerst werfen Sie mir Kokainbesitz vor. Dann Mord. Jetzt beschuldigen Sie mich der Erpressung. Was kommt denn als nächstes – Kindesmißbrauch?«

»Ja?« hakte Detective Corsini nach. »Möchten Sie sich etwas von der Seele reden?«

»Nein!« Plötzlich fiel mir Mrs. Silverberg ein. Bei meinem Glück würde sie vermutlich auftauchen und Corsini erzählen, daß ich ihren Töchtern Limonade über die Köpfe geschüttet hatte. »Ich sage kein Wort mehr ohne meinen Anwalt. Ich *darf* doch meinen Anwalt anrufen, oder?«

»Sie kennen ja die Prozedur, Miss Koff«, sagte er. »Langsam bekommen Sie Routine in Festnahmen. Sie können Ihren Anwalt anrufen, sobald wir im Polizeirevier sind. Gehen wir.«

22. Kapitel

Um vier Uhr nachmittags saß ich wieder in meiner alten Zelle im Keller des Laytoner Polizeireviers – meinem zweiten Zuhause. Nein, es konnte nicht mit sämtlichen Annehmlichkeiten von Maplebark Manor dienen, aber zumindest stand dieses Zuhause nicht vor der Zwangsversteigerung.

»Ach, hallo. Wen haben wir denn da«, sagte Officer Zenk und schob mir ein Essenstablett durch den schmalen Schlitz im Zellengitter.

»Gleichfalls hallo«, sagte ich und versuchte freundlich zu sein. Officer Zenk war ein Born der Information über meinen Fall gewesen, als ich das letzte Mal im Kittchen gelandet war. Ich zählte darauf, daß sie dieses Mal genauso zuvorkommend sein würde. »Ich weiß nicht, ob ich Sie das fragen darf, aber ist das ein spätes Mittagessen oder ein frühes Abendessen?« Nach den Speisen auf dem Tablett zu urteilen – Rinderhaschee auf Toast, Kartoffelbrei und Götterspeise mit Himbeergeschmack – hätte es beides sein können.

»Das ist das Abendessen. Lassen Sie's sich schmecken.«

»Danke, aber ich glaube, ich werde verzichten.« Pampe auf Schuhsohle entsprach nicht unbedingt meinen Vorstellungen von einem Abendessen. Außerdem hatte ich vor ein paar Stunden ein Thunfischsandwich gegessen, und in der ganzen Aufregung stieß es mir immer wieder auf.

»Mir ist oben Ihr Freund über den Weg gelaufen«, sagte sie.

»Cullie?« Ich hatte ihm eine Nachricht auf Band hinterlassen und ihm erklärt, was geschehen war.

»Seinen Namen habe ich nicht mitgekriegt. Er hat mit Ihrem Anwalt geredet.«

»Mr. Obermeyer. Wissen Sie, ob er noch da ist?«

»Ihr Anwalt oder Ihr Freund?«

»Mein Anwalt.«

»Ja. Ich habe gehört, wie er Corsini angebrüllt hat.«

»Weswegen?«

»Er hat geschrien, daß Sie unrechtmäßig verhaftet worden seien, daß Corsini keinerlei Beweise dafür habe, daß Sie Miss Moloneys Manuskript gestohlen hätten, daß die Polizei das Wort eines Informanten über Ihres stellte, daß sie nur nach Hörensagen handeln würden, daß sie seit vierzig Jahren mit keinem Mordfall mehr zu tun gehabt hätten und sich so unfähig anstellten, daß sie eine Schande für die gesamte Polizei seien.«

»Wow. Ich habe Ihnen ja gesagt, daß ich einen guten Anwalt habe.«

»Wenn er wirklich so gut ist, dann wollen wir mal sehen, ob er Ihre Kaution wieder herunterhandeln kann.«

»Warum? Wieviel ist es denn diesmal?«

»Die Rede ist von einer halben Million Dollar.«

»Ist das Ihr Ernst? Letztes Mal waren es nur fünfzigtausend.«

»Letztes Mal waren Sie wegen Drogenbesitz festgenommen. Dieses Mal ist es Mord. Ein Riesenunterschied.«

Ich zwang das Thunfischsandwich wieder in den Magen zurück und wünschte, Mr. Obermeyer wäre hier. Dann würde ich einen Schluck von seinem Maalox schnorren. »Ich war's nicht, Officer Zenk. Ich habe Melanie Moloney nicht umgebracht. Ehrlich nicht.«

»Corsini glaubt, daß Sie es waren«, sagte sie. »Für ihn ist der Fall abgeschlossen. Er hat das Motiv: Ihre Chefin hat Sie dabei erwischt, wie Sie bei der Arbeit Kokain genommen haben. Er hat die räumliche Nähe: Sie besaßen Zugang zum Haus, da Sie ihr Dienstmädchen waren. Er hat Ihre Fingerabdrücke auf dem Mordwerkzeug. Und jetzt hat er auch noch herausbekommen, daß Sie das Manuskript des Opfers vom Tatort gestohlen haben.«

»Das ist ja unglaublich«, sagte ich und schüttelte den Kopf. »Ich bin vollkommen unschuldig.«

»Mich müssen Sie davon nicht überzeugen«, sagte Officer Zenk. »Aber an Ihrer Stelle würde ich meinen Anwalt bitten, etwas auszuhandeln.«

»Aushandeln?«

»Ja, eine Absprache mit dem Staatsanwalt. Das funktioniert folgendermaßen: Sie lassen die Mordanklage gegen Sie fallen, wenn Sie sich des Totschlags schuldig erklären.«

»Warum sollte ich das tun? Ich habe niemanden umgebracht.«

»Schätzchen, wissen Sie, welche Strafe im Bundesstaat Connecticut auf Mord steht?«

»Nein«, sagte ich zögernd.

»Fünfundzwanzig Jahre bis lebenslänglich. Wie gesagt, an Ihrer Stelle würde ich meinen Anwalt bitten, etwas auszuhandeln, vor allem, wenn ich nicht für den Rest meines Lebens Rinderhaschee auf Toast essen wollte.«

Nachdem Officer Zenk gegangen war, marschierte ich ruhelos in meiner Zelle auf und ab und zerbrach mir den Kopf über meine Kautionsanhörung am nächsten Morgen. Es lag auf der Hand, daß ich niemals 500 000 Dollar aufbringen konnte. Und ich wußte, daß meine Mutter es auch nicht konnte.

Erschöpft vom Auf- und Abgehen setzte ich mich auf die Pritsche und dachte über meine Zukunft nach. Was, wenn Mr. Obermeyer den Richter nicht dazu überreden konnte, die Kaution zu senken? Was, wenn es ihm nicht gelang, die Jury davon zu überzeugen, daß ich an Melanies Ermordung keine Schuld trug? Was, wenn ich schuldig gesprochen und zu lebenslänglich in der staatlichen Vollzugsanstalt in Niantic verurteilt wurde?

Ich kam zu dem Schluß, daß meine Zukunft zu schrecklich war, um darüber nachzudenken, und sinnierte statt dessen über meine Vergangenheit. Ich fragte mich, ob Gott mich für meine Pelzmäntel, meinen Porsche und mein großes Haus bestrafte. Wurden wir alle bestraft? War der Börsenkrach Gottes Methode, uns mitzuteilen, daß wir zu weit gegangen, zu viele Regeln übertreten und den Bogen überspannt hatten? War die Rezession Seine Methode, uns zu züchtigen?

Ich stützte den Kopf in die Hände und begann zu weinen. Bitte hilf mir, Gott, betete ich. Ich schwöre, ich werde Verschwendungssucht und Zügellosigkeit für immer aus meinem Leben verbannen. Ich werde niemals meines Nachbarn Haus, seinen Swimming-pool oder Tennisplatz oder auch nur seine professionell angelegten Gärten begehren. Ich werde nie mehr die Worte »Schicken Sie gegen Rechnung« äußern. Ich werde nie mehr Waren aus einer Fernsehreklame bestellen, wie viele Filmstars auch für das Produkt werben. Ich werde Buße tun, Herr. Das schwöre ich. Amen.

»Aufstehen«, rief Officer Zenk, als sie mir am nächsten Morgen das Frühstückstablett in die Zelle stellte. Die Mahlzeit bestand aus Kaffee, verbranntem Toast und einer Waffel, die so schlapp und leblos dalag, als sei eine Lastwagenflotte über sie hinweggerollt.

»Danke, Officer«, sagte ich völlig erschlagen, da ich kaum geschlafen hatte. »Aber ich bin nicht besonders hungrig. Kautionsanhörungen sind nicht gerade appetitanregend.« Ich schob das Frühstückstablett wieder zurück durch den Schlitz.

»Soll das heißen, daß Sie es noch nicht gehört haben?«

»Was?«

»Es heißt, daß der Richter die Mordanklage glatt vom Tisch fegen wird. Lieutenant Graves kriegt bald einen Tobsuchtsanfall.«

»Die Mordanklage gegen mich?«

»Genau.«

»Wer ist Lieutenant Graves?«

»Der Obermotz. Corsinis Boß. Er ist stocksauer darüber, wie Corsini und Michaels mittlerweile Ihren Fall verpfuscht haben.«

»Moment mal, Officer Zenk. Rita. Darf ich Sie Rita nennen?«

»Ich denke schon.«

»Gut, Rita. Fangen wir mal ganz von vorne an. Warum wird der Richter die Mordanklage vom Tisch fegen, und warum ist Lieutenant Graves so wütend auf die Detectives, die meinen Fall bearbeiten?«

»Weil sie Mist gebaut haben. Sie haben das weiße Pulver, das auf dem Schreibtisch der Toten gefunden worden ist, nicht an Ort und Stelle getestet.«

»Sie meinen das Kokain?«

»Genau.«

»Was meinen Sie mit ›an Ort und Stelle getestet‹?«

»Die Ermittlungsbeamten haben solche kleinen Sets mit Ampullen, die Chemikalien enthalten«, erklärte sie. »Wenn sie an einem Tatort Pulver finden und wissen wollen, ob es Kokain ist, nehmen sie ein bißchen von dem Pulver, füllen es in ein Plastikröhrchen, gießen den Inhalt einer solchen Ampulle darüber und schütteln alles gut durch. Wenn das Zeug Kokain ist, färbt sich die Lösung lila. Dann schicken sie den Rest ins Labor, um das Ergebnis bestätigen zu lassen.«

»Ich nehme an, das Zeug hat sich lila gefärbt, oder?«

»Das ist es ja gerade. Corsini hat das Pulver auf Miss Moloneys Schreibtisch gar nicht an Ort und Stelle getestet. Michaels ebensowenig. Sie haben den Stoff in Ihrem Kühlschrank getestet, aber nicht den am Tatort. Und jetzt geht's den beiden an den Kragen.«

»Das kann ich mir vorstellen.« Ich begriff immer noch nicht, wie dieser neueste Beweis für die Unfähigkeit der Laytoner Polizei einen Richter dazu bewegen konnte, mich freizulassen, aber ich war mir sicher, daß Rita darauf noch zu sprechen kommen würde.

»Ja, Sie hätten sehen sollen, wie Lieutenant Graves sie gestern abend heruntergeputzt hat. Er kam in Corsinis Büro gestürmt, hat mit den Laborberichten herumgewedelt und so laut gebrüllt, daß es mich wundert, daß Sie ihn nicht bis in den Keller herunter gehört haben.«

»Die Laborberichte? Sind die aus Meriden eingetroffen?«

»Ja, sind sie. Deshalb ist der Lieutenant auch komplett ausgerastet. Er kam hereingeschossen und hat Corsini und Michaels angeschnauzt: ›Hat keiner von euch Arschlöchern das Pulver auf dem Schreibtisch der Toten an Ort und Stelle getestet?‹ Sie haben sich angeschaut, als wären sie bei etwas ertappt worden. Dann hat Corsini zu Michaels gesagt: ›Hast du das Pulver nicht am Tatort getestet?‹ Und Michaels sagte: ›Nein. Ich habe gedacht, *du* machst das.‹ Dann hat Corsini gesagt: ›Tja, und ich habe gedacht, *du* machst es.‹ Dann hat der Lieutenant losgetobt: ›Wie könnt ihr verfluchten Arschlöcher das Zeug ins Labor schicken, ohne es zuerst an Ort und Stelle zu testen?‹ Es war ziemlich unangenehm. Wenn Sie mich fragen, würde ich Ihrem Anwalt recht geben: Diese Polizeitruppe hat seit vierzig Jahren nichts mehr mit einem Mordfall zu tun gehabt, und sie wissen nicht, was sie tun. Und dann noch dieser Corsini.« Sie schüttelte den Kopf. »Er ist dermaßen prominentengeil, daß er ab dem Moment, als er hörte, daß das Mordopfer eine berühmte Schriftstellerin ist, nicht mehr klar denken konnte.«

»Falls er das je konnte.«

Officer Zenk lachte.

»Also, damit ich das recht verstehe, Rita: Das Pulver von Melanies Schreibtisch wurde nicht an Ort und Stelle getestet. Und deshalb läßt mich der Richter frei?«

»Nein, Schätzchen. Die Laborberichte aus Meriden kamen mit negativem Ergebnis zurück. Deshalb läßt der Richter Sie gehen.«

»Negativ? Sie meinen, das Pulver auf Melanies Schreibtisch war gar kein Kokain?«

»Sie haben's erfaßt. Corsini läuft bald Amok, weil er jetzt keine Beweise mehr gegen Sie hat. Kein Kokain, kein Motiv. Natürlich ist er trotzdem noch nicht fertig mit Ihnen. Er glaubt immer noch, daß Sie Ihre Chefin umgebracht haben. Aber er muß sich einen anderen Weg ausdenken, um es zu beweisen – und er wird nicht aufgeben, bis er einen gefunden hat. Sein Job steht auf dem Spiel.«

Wen kümmerte schon Corsinis Job? Ich würde freikommen! Kein Kokain – kein Mordmotiv. Das hatte Rita gesagt. Also war es auch egal, daß meine Fingerabdrücke auf dem Buch waren, mit dem jemand Melanie einen Schlag auf den Kopf versetzt hatte. Es waren auch noch andere Fingerabdrücke darauf. Vielleicht könnte ich herausbekommen, zu wem die gehörten.

»Ich komme in ungefähr zwei Stunden wieder zu Ihnen«, sagte Rita. »Die Anhörung ist um zehn.«

»Danke, Rita. Sie waren unheimlich nett zu mir. Ehrlich, Sie haben mir hier unten das Leben gerettet. Das werde ich Ihnen nie vergessen.«

»Keine Ursache. Aber sagen Sie niemandem, daß ich Ihnen das alles erzählt habe. Die Typen da oben lästern sowieso schon die ganze Zeit, daß ich so eine Schwätzerin sei. Ich könnte Probleme kriegen, wenn sie herausfinden, daß ich geplaudert habe.«

Rita entfernte sich von der Zelle und ging auf die Treppe zu, als ich ihr hinterherrief.

»Rita?«

»Ja?«

»Die Laborberichte.«

»Was ist mit den Laborberichten?«

»Sie haben gesagt, das Ergebnis war negativ, und das Pulver auf Melanies Schreibtisch war überhaupt kein Kokain.«

»Genau. Es war keines.«

»Was war es dann für ein Pulver?«

»In der Polizeilaborsprache hieß es im Bericht: ›Polysaccharid in Verbindung mit einem Disaccharid und Spuren von einem zellularen Zinnamal.«

»Was ist das in normaler Sprache?«

»Zucker. Puderzucker. Mit einem Hauch Zimt.«

Verfluchter Puderzucker? Ich wurde wegen ein paar mickrigen Stäubchen Industriezucker unter Mordanklage gestellt?

»He, Kopf hoch«, sagte Rita. »In zwei Stunden sind Sie hier draußen.«

»Vielen Dank, Gott«, flüsterte ich zu meiner Zellendecke empor, als Rita nach oben entschwunden war. »Offenbar hast du deinen Teil des Abkommens eingehalten. Jetzt ist es an mir, meinen Teil zu erfüllen.«

Meine Kautionsanhörung entpuppte sich als faszinierendes Beispiel für die amerikanische Justiz in Aktion.

»Euer Ehren«, wandte sich mein Anwalt an den Richter. »Die Ermittlungsbeamten haben meine Klientin auf der Grundlage reinen Hörensagens festgenommen. Hörensagen! Man hat nie ein fehlendes Manuskript in ihrem Besitz gefunden. Man hat nicht einmal ihr Haus durchsucht. Gut, ihre Fingerabdrücke befinden sich auf dem Mordwerkzeug. Na und? Sie hat kein Motiv für den Mord. Das Kokain auf dem Schreibtisch des Opfers war lediglich Zucker. Was will die Polizei jetzt tun? Meine Klientin beschuldigen, daß sie ihre Chefin wegen eines Löffels Zucker umgebracht hat?«

Ich lachte. Mr. Obermeyer warf mir einen bösen Blick zu und hieß mich schweigen. Dann nahm er einen Schluck Maalox und rülpste.

»Unter diesen Umständen, Euer Ehren«, fuhr er fort, »beantrage ich, daß sämtliche Anklagepunkte gegen meine Klientin fallengelassen werden – sowohl Kokainbesitz mit Veräußerungsabsicht als auch die Mordanklage. Ich danke Ihnen.«

Richter Pickett fegte die Anklage vom Tisch. Dann fegte er uns hinaus – jedoch nicht, ohne die Ankläger zuvor in barschen Worten dafür zurechtzuweisen, daß sie mich auf der Grundlage derart dürftiger Beweise festgenommen und das Gericht mit ihrer erstaunlichen Unfähigkeit belästigt hatten. Es war ein Heidenspaß, Corsini jedesmal zusammenzucken zu sehen, wenn Richter

Pickett bei seiner Beschreibung der Art und Weise, wie die Polizei bislang die Ermittlungen verpatzt hatte, Wörter wie »dämlich«, »idiotisch« und den alten Klassiker »dumm« in den Mund nahm. Ich konnte mir vorstellen, daß Corsini heilfroh darüber war, daß kein Gerichtsfernsehen anwesend war und die Verhandlung aufzeichnete.

»Noch ist nicht aller Tage Abend«, flüsterte er mir zu, als wir den Gerichtssaal verließen.

»Der Richter scheint dieser Meinung zu sein«, sagte ich lächelnd.

»Der Richter ist Ihnen aber nicht auf der Spur. Sondern ich.«

»Soll das eine Drohung sein?« fragte ich Corsini. »Falls ja, muß ich Seine Ehren davon informieren.«

»Gehen Sie ruhig hin und informieren Sie ihn. Ihr Wort steht gegen meines.«

»Genau. Ich mag zwar unter Mordverdacht stehen, aber in puncto Glaubwürdigkeit bin ich momentan bei Richter Pickett wesentlich besser angeschrieben als Sie.«

Corsini sah finster drein, fuhr sich mit den Fingern durchs Haar und schlich aus dem Gerichtssaal.

»Was hat denn der für Probleme?« fragte Cullie und nickte in Corsinis Richtung.

»Schlechter Tag«, meinte ich und zuckte mit den Achseln.

»Was hältst du davon, zur Feier deiner Freilassung zum Abendessen auszugehen?« schlug Cullie vor, als wir wieder auf der *Marlowe* waren. Ich hatte geduscht und mich umgezogen und ruhte mich auf der Sofakoje aus.

»Du meinst, zu McGavin's oder in eines dieser Lokale?«

»Nein, ich spreche von Les Fruits de Mer oder einem der anderen schnieken Restaurants.«

»Aber die sind so teuer.«

»Schon, aber es passiert ja nicht jeden Tag, daß du von einer Mordanklage freigesprochen wirst. Das sollten wir angemessen feiern, findest du nicht?«

»Du weißt doch, daß ich kein Geld habe. Und ich kann nicht von dir erwarten, daß du es bezahlst.«

»Ich habe gerade einen vierseitigen Prospekt für Prestige Properties gemacht. Ich kann mir ohne weiteres ein Abendessen leisten – und erst recht zu einem solch gewichtigen Anlaß.«

»Aber dort sind Jackett und Krawatte vorgeschrieben. Hast du überhaupt eine Krawatte?«

»Ja, eine. Zum Glück paßt sie hervorragend zu dem einzigen Sportsakko, das ich mein eigen nenne.«

»Wunderbar. Du kannst dich hier umziehen, und dann fahren wir in Maplebark Manor vorbei, wo ich das einzige gute Kleid anziehen werde, das ich nicht auf meinem Flohmarkt abgestoßen habe.«

»Wir werden ein enorm schickes Paar abgeben.«

»O ja, ganz enorm. Der Sohn des Segellehrers und das mörderische, kokainschnupfende Küchenmädchen.«

In der ersten Zeit unserer Ehe war Les Fruits de Mer eines von Sandys Lieblingsrestaurants gewesen – in diesen leuchtenden Tagen in den frühen achtziger Jahren, als es niemandem etwas ausmachte, 200 Dollar für ein kleines Dienstagabend-Essen hinzulegen. Und ich meine wirklich *klein.* Die Portionen im Les Fruits de Mer waren so winzig, daß man noch einmal essen mußte, wenn man nach Hause kam.

Les Fruits de Mer, oberhalb des Laytoner Hafens gelegen, servierte »europäische« Speisen und nicht nur streng französische Küche. Anders ausgedrückt, standen auf einer Speisekarte, die wie ein ledergebundener literarischer Klassiker aussah und in Goldbuchstaben gedruckt war, Froschschenkel Provençale neben dem Wiener Schnitzel. Aber wie gesagt, das Essen selbst war eher Schnitz als Wiener. Immerhin war das Lokal nicht der totale Nepp. Man bekam gratis ein Zitronensorbet, um sich zwischen den Gängen den Gaumen zu spülen.

»Bon soir«, begrüßte uns der Oberkellner beim Betreten des Restaurants. Er trug den obligatorischen Frack und bemühte sich

nach Kräften, seinen Brooklyner Akzent französisch klingen zu lassen.

»Wir haben für halb acht reserviert. Auf den Namen Harrington«, sagte Cullie.

»*Oui*, Monsieur Harrington. Hier entlang, bitte.«

Der Oberkellner führte uns zu einem schönen Tisch am Fenster. Ich war erstaunt, daß wir einen so bevorzugten Tisch bekamen, da Cullie ja nicht gerade Stammgast dort war. Andererseits waren aber auch keine Stammgäste in Sicht. Abgesehen von einer Dreiergruppe am anderen Ende des Raumes war das Lokal leer.

»Anscheinend gehen die Geschäfte nicht so gut«, sagte Cullie. »Da bin ich aber enttäuscht. Ich bin zum ersten Mal hier und hatte erwartet, einige der Spitzen der Laytoner Gesellschaft anzutreffen.«

»Das liegt wohl an der Rezession, nehme ich an«, sagte ich. »Es kann sich niemand mehr leisten, hier zu essen, außer natürlich phänomenal begabte Architekturfotografen.«

»Natürlich.« Er lächelte. »Wie wär's mit einem Toast?«

Ich hob mein Champagnerglas. »Auf Janet Claiborne«, sagte ich fröhlich.

»Warum in aller Welt möchtest du denn auf die trinken?« wollte Cullie wissen. »Weil der Prospekt, den ich für sie gemacht habe, uns dieses Essen hier ermöglicht?«

»Nein, du Dummkopf. Weil sie *dich* in mein Leben gebracht hat.«

Cullie erhob sein Glas und stieß es leicht gegen meines. »Auf Janet Claiborne«, sagte er. »In tiefster Dankbarkeit.«

Wir bestellten unser Essen und suchten uns beide Meerestiere aus: Cullie den Hummer Newburg und ich Seezunge Dover.

»Wo ist denn der Rest?« fragte Cullie, nachdem der Kellner unseren Hauptgang gebracht hatte und wieder verschwunden war.

»Oh, du meinst die Portionen?« sagte ich. »Klein, was?«

»Aber wirklich«, meinte er und sah auf den Fingerhut voll Hummer Newburg auf seinem Teller hinab.

»Probier mal das Brot«, schlug ich vor. »Das macht dich satt. Wenn nicht, kannst du immer noch die Stiefmütterchen aufessen.«

»Bäh, herzlichen Dank.«

»He, dieses Lokal war deine Idee, vergiß das nicht«, spöttelte ich. *»Bon appétit.«*

»Selber *bon appétit*«, sagte er, nahm einen Bissen von seinem Hummer und lächelte. »Es mag ja nicht viel sein, aber was geboten ist, schmeckt verdammt gut.«

»Auf ›verdammt gut‹«, sagte ich und hob mein Champagnerglas, um ein weiteres Mal anzustoßen.

Wir prosteten uns zu und ließen es uns noch etwa eine Stunde gutgehen. Dann entschuldigte ich mich und ging zur Toilette am anderen Ende des Restaurants. Ich wollte gerade am Tisch der einzigen weiteren Gäste vorübergehen, als ich sah, daß sich dieses schaurige Dreiergrüppchen aus niemand anderem als Alistair, Bethany und Julia zusammensetzte. Die ideale Methode, um einen schönen Abend zu ruinieren.

Ich überlegte, ob ich so tun sollte, als sähe ich sie nicht, oder ob ich hingehen und sie begrüßen sollte. Warum sollte ich sie eigentlich nicht begrüßen? Warum sollte ich Bethany in dem Glauben lassen, sie hätte mich kleingekriegt, indem sie Corsini erzählte, daß ich Melanies Manuskript besaß? Warum sollte ich sie in dem Glauben lassen, daß ich in einer Gefängniszelle verfaulte und Rinderhaschee auf Toast aß? Warum sollte ich nicht geradewegs auf ihren Tisch zugehen und ihr meine Freiheit direkt unter ihre widerliche Nase reiben? Außerdem saß Julia mit am Tisch, und sie war eine Freundin von mir. Zumindest bislang. Es war unsinnig, sie zu schneiden, bloß weil sie einen miserablen Geschmack hatte, was ihre Tischgenossen anging.

Als ich auf den Tisch zuging, schlürften Alistair und Julia Cognac, während sich Bethany in ein meterhohes Schokoladensoufflé vertiefte.

»Guten Abend allerseits«, sagte ich.

Alistair erhob sich. Julia lächelte. Bethany sah einen Augenblick auf und aß dann weiter.

»Oh, bitte behalten Sie doch Platz«, sagte ich zum Senator. »Ich wollte nur kurz hallo sagen.«

»Glänzend von Ihnen«, gluckste Alistair mit vom Alkohol gerötetem Gesicht. »Sie kennen ja alle, nehme ich an.«

Natürlich kenne ich alle, du alter Heuchler. »Ja, Senator. Ich kenne alle.«

»Na dann«, sagte Alistair und räusperte sich. »Wollen Sie sich nicht setzen?«

»Ja, Koff. Warum setzt du dich nicht zu uns?« sagte Julia.

»Nein danke. Ich bin in Begleitung«, erwiderte ich und nickte in Cullies Richtung.

»Der Fotograf?« fragte Julia und warf einen Blick hinüber zu Cullie.

»Mhm«, antwortete ich. »Ich bin mittlerweile bei ihm eingezogen. Auf seine Segeljacht, die *Marlowe.*«

Das schien Bethany zu interessieren. Sie hörte sogar zu kauen auf. »Du meinst doch nicht etwa Cullie Harrington, den Sohn von Paddy Harrington?«

»Doch, genau den meine ich«, sagte ich und schaute, ob Paddys Name irgendeine Reaktion bei Alistair auslöste. Nichts.

»Wo liegt denn sein Boot zur Zeit vor Anker? Ich habe ihn nicht mehr im Jachtclub gesehen, seit Preston ihn verlassen hat«, sagte Bethany.

Ich ignorierte ihre kleine Anspielung auf Cullies Ex-Frau. »Die *Marlowe* liegt im Jachthafen von Jessup«, erklärte ich.

»Im Jachthafen von Jessup? Das muß ja ein schöner Abstieg für dich sein, Alison, nachdem du zuvor im Woodland Way 33 gewohnt hast.«

Woher wußte Bethany meine Adresse? fragte ich mich. Sie hatte Maplebark Manor nie betreten – jedenfalls nicht auf Einladung von mir.

»Schon Glück beim Hausverkauf gehabt?« fragte Julia.

»Noch nicht. Aber meine Maklerin sagt, wir stehen kurz davor. Unsere letzte Präsentation hat ihr wieder Mut gemacht«, erwiderte ich und dachte dabei an Janets »einflußreichen Interessenten«.

»Das freut mich aber, Koff«, sagte Julia. »Und das mit Cullie und dir freut mich auch.«

»Muß Spaß machen, auf seinem Segelboot zu leben, nur ihr zwei, ganz allein«, flötete Bethany und schaufelte sich eine riesige Ladung Soufflé in den Mund. Sie war eine ebensolche Heuchlerin wie ihr Vater. Sie wünschte mir ungefähr genausoviel Spaß auf Cullies Segelboot, wie ich ihr Genuß bei ihrem Nachtisch wünschte. »Es mag dir neu sein, Alison, aber der Vater deines Freundes hat mir vor vielen Jahren im Jachtclub Segelstunden gegeben. Von ihm habe ich alles gelernt, was ich über Boote weiß. Leider hatte der alte Mann ein Alkoholproblem. Ich hoffe sehr, daß das bei seinem Sohn nicht der Fall ist. Es könnte deiner Gesundheit schaden.«

»Ich wußte gar nicht, daß du dir solche Gedanken machst«, sagte ich sarkastisch. »Aber um mich brauchst du dich nicht sorgen, Bethany. Cullie ist ein sehr gewandter Segler. Ich rechne nicht mit Problemen.«

»Wollte dich nur warnen«, sagte Bethany lächelnd. Ihre unglaublich weißen Zähne waren mit Schokolade verschmiert. »Man weiß ja nie, was passieren könnte, wenn er dich auf einen Segeltörn mitnimmt und etwas mit dem Boot schiefgeht und er zu betrunken ist, um die Situation zu meistern, vor allem da du ja keine große Seglerin bist, oder, Alison?«

»Nein, aber Cullie ist auch kein großer Säufer«, sagte ich.

Bethany lächelte wieder. Sie legte ihren Löffel hin und hielt sich die Hand vor den Mund, während sie ein lautes Gähnen von sich gab. Dann tippte sie ihrem Vater auf den Arm. »Wie wär's mit der Rechnung?« sagte sie zu Alistair. »Ich habe morgen viel zu tun.«

»Das ist wohl mein Stichwort, um mich zu verabschieden«, lachte ich. Bethany war ja so taktvoll. »Nacht, allerseits.« Ich schlenderte zur Toilette.

»Mit wem hast du denn da drüben gesprochen?« fragte Cullie, als ich zurückkam.

»Du wirst es nicht glauben: mit Alistair, Bethany und Julia, den drei Musketieren.«

»Du bist an ihren Tisch gegangen und hast mit ihnen gesprochen? Nach allem, was dir Bethany angetan hat?«

»Jawohl. Ich wollte ihr zeigen, daß sie mich nicht verletzen kann«, sagte ich. »Keiner von ihnen kann das.«

»Da bin ich mir nicht so sicher«, sagte Cullie nachdenklich. »Jedesmal, wenn du etwas mit Bethany zu tun hast, passiert etwas Schreckliches. Schau bloß, was geschehen ist, nachdem du ihr erzählt hast, daß du das Manuskript hast. Sie hat es geschafft, daß du ins Gefängnis gesteckt wurdest und eine Mordanklage bekamst.«

»Ich weiß, aber was könnte sie mir heute abend schon antun? Außerdem schien sie wesentlich mehr an ihrem Schokoladensoufflé interessiert zu sein als an mir.«

»Schokoladensoufflé? Mmmm. Warum haben wir da keines bestellt?«

»Das hätten wir tun sollen. Das von Bethany sah wirklich sagenhaft aus. Innen war es voller sahniger, cremiger Schokolade, außen war es aus lockerem, dünnem Teig, und das Ganze war überstäubt mit Puder ...« Ich hielt inne.

»Sonny, was ist denn?« fragte Cullie.

»Jetzt weiß ich, wer Melanie umgebracht hat«, verkündete ich. Im Bruchteil einer Sekunde, einem Zufallsmoment, war mir ohne jeden Zweifel klargeworden, wer der Mörder war. »Der Puderzucker ist die Lösung.«

»Wovon redest du?« fragte Cullie.

»Von Puderzucker. Als das hat sich nämlich das Pulver entpuppt, das die Polizei auf Melanies Schreibtisch gefunden hat – kein Kokain, sondern Puderzucker mit Spuren von Zimt.«

»Ich weiß. Du hast es mir erzählt. Was hat das mit Bethanys Soufflé zu tun?«

»Bethany ist ein Zucker-Junkie. Sie ist süchtig nach diesen Marmelade-Donuts, die es in der Kantine der Zeitung gibt. Und ihr eigener Schreibtisch ist übersät mit diesem Puderscheiß.«

»Du glaubst also, daß das Pulver auf Bethanys Schreibtisch dasselbe ist wie das, das auf Melanies Schreibtisch gefunden worden ist?«

»Ja. Da bin ich mir sicher. Sie hatte ein Motiv, um Melanie umzubringen, meinst du nicht auch?«

»Sicher, aber warum in aller Welt soll sie am Tatort ein Donut gegessen haben?«

»Vielleicht hatte sie Hunger. Du hast doch von diesen Perversen gehört, die sexuell erregt sind, nachdem sie einen Mord begangen haben. Tja, vielleicht besteht Bethanys Perversion darin, daß sie nach einem gelungenen Mord einen Bärenhunger bekommt.«

»Mein Gott.«

»Wenn ich nur beweisen könnte, daß der Zucker auf Bethanys Schreibtisch derselbe ist wie der, den die Polizei auf Melanies Schreibtisch gefunden hat …«

»Und beweisen, daß Bethanys Fingerabdrücke mit denen übereinstimmen, die die Polizei auf der Mordwaffe gefunden hat …«

»Und beweisen, daß es Bethany war, die diesen hübschen, kleinen Beutel mit Kokain in meinem Kühlschrank deponiert hat.«

»Ich finde, wir sollten ihre Lieblingsdonuts in einem Labor analysieren lassen«, schlug Cullie vor.

»Das machen wir, das machen wir. Aber zuerst habe ich noch einen Plan, wie ich an ihre Fingerabdrücke komme.«

»Wie denn?«

»Schau mal.« Ich nickte in Richtung des Downs-Tischs. »Sie gehen gerade. Sowie sie zur Tür draußen sind, sause ich zu ihrem Tisch hinüber und schnappe mir Bethanys Weinglas, bevor der Hilfskellner alles abräumt.«

»Und was willst du mit dem Glas machen, wenn du es hast?«

»Darüber mache ich mir später Gedanken. Mit Sicherheit werde ich es jedenfalls nicht Corsini geben. Diesem Mistkerl traue ich nicht. Er wird nicht gegen ein Mitglied der Familie Downs ermitteln, solange er nicht eindeutige Beweise vorliegen hat.«

»Da hast du wahrscheinlich recht. Oh, schau mal, Sonny. Jetzt sind sie weg.«

Alistair, Bethany und Julia hatten soeben das Lokal verlassen. Die Luft war rein.

»Du bezahlst die Rechnung, und ich flitze da hinüber«, flüsterte ich.

Ich spazierte lässig am Downs-Tisch vorbei und tat so, als wäre ich auf dem Weg zur Damentoilette. Als ich auf der Höhe von Bethanys Stuhl war, packte ich ihre leinene Serviette und faßte damit das Weinglas am Stiel, wobei ich darauf achtete, das Glas nur mit der Serviette, aber nicht mit der Hand zu berühren. Ich umklammerte meine Beute, als ginge es um mein Leben, und sauste an unseren Tisch zurück.

»Mission ausgeführt«, sagte ich lächelnd.

»Paß auf«, sagte Cullie. »Du gehst schon hinaus und wartest auf mich. Ich bezahle die Rechnung, hole unsere Mäntel und komme in ein paar Minuten nach.«

»Abgemacht.«

Statt direkt zum Boot zurückzufahren, hielten wir an einer Telefonzelle, damit ich meinen Anwalt anrufen konnte. Er würde wissen, wie mit dem Glas und den anderen Beweisen, die ich gefunden hatte, zu verfahren war.

»Wissen Sie, wie spät es ist?« bellte Mr. Obermeyer ins Telefon, nachdem er sich gemeldet hatte. Es war halb elf.

»Ja, Mr. Obermeyer«, sagte ich, »aber es ist wichtig. Ich weiß jetzt, wie ich mich von sämtlichen Mordverdächtigungen reinwaschen kann. Ich weiß nämlich, wer Melanie Moloney umgebracht hat.«

»Hat das nicht bis morgen Zeit?« fragte er und rülpste.

»Nein, ehrlich nicht. Cullie und ich würden gern gleich vorbeikommen. Wir müssen Ihnen etwas geben, das zu wertvoll ist, um es auf dem Boot aufzubewahren.«

Mr. Obermeyer willigte grollend ein, und wir fuhren los. Als wir an seinem Haus ankamen, das witzigerweise in Bluefish Cove lag, wo Melanie ihr tragisches Ende gefunden hatte, führte er uns in die Küche und wollte wissen, was denn so wichtig sei. Ich erklärte ihm, wie ich zu der Überzeugung gekommen war, daß Bethany Melanie umgebracht hatte, und holte das Glas mit den Fingerabdrücken hervor.

»Ich kenne einen Privatdetektiv, der die Abdrücke abnehmen kann«, sagte Mr. Obermeyer.

»Das hatte ich gehofft«, sagte ich. »Und dann? Können wir diese Abdrücke mit denen auf dem Mordwerkzeug vergleichen?«

»Wir müssen einen Antrag an das Gericht stellen, uns zu gestatten, das Beweismittel zu untersuchen«, erklärte er. »Das Mordwerkzeug untersteht der Verfügungsgewalt der Polizei. Sie sind nicht dazu verpflichtet, uns Zugang zu ihm zu gewähren, nun, da der Richter sämtliche Anklagepunkte gegen Sie für nichtig erklärt hat.«

»Okay, dann stellen wir einen Antrag an das Gericht. Und während Sie das ihn die Wege leiten, werde ich mir den Puderzucker von den Donuts auf Bethanys Schreibtisch vornehmen, um herauszufinden, ob er mit dem Pulver vom Tatort übereinstimmt«, sagte ich.

»O ja, ich kann das durchaus in die Wege leiten«, meinte Mr. Obermeyer. »Aber das wird Sie eine Stange Geld kosten.«

»Wissen Sie, Mr. Obermeyer, daß Sie in einer schwierigen und heiklen Phase wie dieser Ihr Honorar erwähnen, erinnert mich an ein Rätsel.« Ich machte eine Pause. »Warum werden Anwälte dreihundert Meter unter der Erde begraben?« Ich machte noch eine Pause. »Weil sie tief im Inneren vermutlich ganz in Ordnung sind.«

»Ich bringe Sie zur Tür«, sagte Mr. Obermeyer und führte uns hinaus.

23. Kapitel

Während Mr. Obermeyer sich um die Fingerabdrücke kümmerte, wandte ich meine Aufmerksamkeit den Donuts zu. Ich wollte mich in Bethanys Büro schleichen, eine Probe von dem Pulver auf ihrem Schreibtisch nehmen und es analysieren lassen.

Aber zuerst mußte ich herausfinden, wann Bethany nicht in ihrem Büro sein würde. Als mir einfiel, daß sie bei meiner letzten Stippvisite bei der Zeitung ihren Reitdreß getragen hatte, rief ich auf gut Glück beim Laytoner Jagdclub an, wo Bethany ihre Pferde verpflegte und ihre Trainer vernaschte.

»Guten Morgen, können Sie mir bitte helfen?« sagte ich und hielt mir die Nase zu, damit meine Stimme genauso nasal klang wie die der ganzen anderen Amazonen im Jagdclub. »Ich soll mich heute bei Ihnen mit Bethany Downs treffen, aber – ach, es ist mir ja so peinlich – ich habe offenbar meinen Terminkalender verlegt, und jetzt habe ich keine Ahnung, für wann ich mit Bethany zum Reiten verabredet bin. Können Sie mir bitte sagen, wann sie kommen wollte?«

»Wir erwarten sie im Lauf der nächsten Stunde«, sagte die Empfangsdame.

»Ach du liebe Zeit«, tönte ich. »Na, dann muß ich wohl gleich los. Sagen Sie Bethany bitte, sie soll auf mich warten. Tschautschau.«

Ich packte meine Handtasche und verließ das Boot. Zwanzig Minuten später schlich ich mich heimlich in Bethanys Büro bei der *Community Times* und betete, daß mich niemand erwischte. Ich huschte zu ihrem Schreibtisch hinüber, hielt Ausschau nach Zuckerkörnchen und fand sie direkt neben einer Schachtel mit einem halben Dutzend Marmelade-Donuts. Rasch und sorgfältig ging ich ans Werk. Ich riß ein Blatt von einem Notizblock auf dem Schreibtisch ab und schob damit den Zucker in den kleinen Plastikbeutel, den ich mitgebracht hatte. Dann steckte ich den Beutel in meine Handtasche und verließ fluchtartig das Gebäude. Ich fuhr auf direktem Weg hinüber zum Jessup Community College und suchte das Chemische Institut auf.

»Ich schreibe an einem Roman und wollte fragen, ob Sie mir vielleicht bei den Recherchen helfen könnten«, sagte ich überfreundlich zu dem adretten Mann, der an einem Schreibtisch neben der Tür saß. Er hatte ordentlich gestutztes, braunes Haar, trug rote Hosenträger und eine dazu passende Fliege und stellte sich als Professor Ed Dudley vor.

»Einen Roman, aha«, sagte er und musterte mich. »Wenn ich Sie so ansehe, kommen Sie mir bekannt vor. Waren Sie mal im Fernsehen?«

»Ach so, ja. War ich.« Allerdings als mordverdächtiges Dienstmädchen, nicht als gefeierte Schriftstellerin.

»Mann, das ist ja interessant. Was kann ich für Sie tun?«

»Wäre es möglich, daß Sie oder jemand anderes aus dem Chemischen Institut den Inhalt dieser Plastiktüte analysiert?« Ich holte den Beutel aus der Tasche und reichte ihn ihm.

»Ist Ihr Roman so eine Geschichte über Sex, Drogen und Rock 'n' Roll?« fragte er und zog die Augenbrauen hoch.

»Nein. Warum?«

»Weil dieses Zeug wie Kokain aussieht. Deshalb dachte ich, daß es in Ihrem Buch darum geht.«

Ich lachte. »Nein, in meinem Buch geht es eher um das Leben in den besseren Wohnlagen. Und das ist kein Kokain. Es ist eine Art Zucker, aber ich brauche die genaue chemische Zusammensetzung. Sie wissen schon, die exakte chemische Bezeichnung für das Zeug.« Er sah skeptisch drein. »Die Hauptfigur des Buchs ist ein Chemieprofessor, der gern die chemische Bezeichnung für sämtliche Stoffe benutzt, sogar für Lebensmittel«, erläuterte ich und hoffte, ihn dadurch für mein Anliegen einzunehmen. »Ich für mein Teil habe genug von Büchern, die Anwälte, Polizisten und Filmstars zu Helden hochstilisieren. Ich finde, es ist höchste Zeit, einmal einen Chemieprofessor zur Hauptfigur eines Romans zu machen, meinen Sie nicht auch?«

Er nickte begeistert. »Geben Sie mir vierundzwanzig Stunden«, sagte er und steckte den Beutel in einen großen Umschlag, auf den er »Eilig« schrieb.

Wieder zu Hause angekommen, rief ich Janet Claiborne an. Wenn ich schon Detektiv spielte, konnte ich mir genausogut meinen Verdacht bestätigen lassen, daß der »einflußreiche Interessent« Bethany gewesen war; daß es Bethany war, der sie an dem Abend, an dem ich wegen Kokainbesitzes festgenommen wurde, Maplebark Manor gezeigt hatte, und daß es Bethany gewesen war, die das Kokain in meinen Kühlschrank geschmuggelt hatte, als Janet gerade nicht aufpaßte.

»Oh, hallo, meine Liebe. Rufen Sie wegen Ihres Hauses an?«

Nein, wegen des Wetters, du dumme Schnepfe. »Ja«, sagte ich. »Wegen des bedeutenden Kunden, mit dem Sie neulich abends hier waren. Ich weiß jetzt, daß es Bethany Downs war, die sich das Haus angesehen hat.« Bluff, Bluff. »Sie und ich sind alte Freundinnen. Wir haben in der Zeitung ihres Vaters zusammengearbeitet, wissen Sie noch?«

»Aber natürlich. Das hatte ich ganz vergessen.« Ich hatte recht gehabt! Diese verfluchte Mistkuh versuchte mir den Mord an Melanie anzuhängen – und das schon zum zweiten Mal! »Als Miss Downs darum bat, das Anwesen in Ihrer Abwesenheit besichtigen zu dürfen, habe ich selbstverständlich angenommen, daß Sie sich nicht kennen. Verzeihen Sie bitte, meine Liebe.«

»Ich verzeihe Ihnen, Janet.«

»Nun, da Sie beide ja Kolleginnen sind, wäre ich froh, wenn Sie mit ihr über das Haus sprechen könnten. Vielleicht führt ja ein leichtes Drängen von Ihrer Seite zu dem Angebot, das wir uns erhoffen.«

»Gute Idee«, lobte ich. »Bethany zu bedrängen, meine ich.«

»Überaus gut, meine Liebe. Halten Sie mich auf dem laufenden.«

»Danke, Janet. Sie waren mir eine große Hilfe.« Zum ersten Mal.

Als Cullie an diesem Abend nach Hause kam, erzählten wir einander beim Kochen, was wir tagsüber erlebt hatten. Er erzählte mir von den Häusern, die er abgelichtet, und den Hausbesitzern, die er über sich hatte ergehen lassen. Ich erzählte ihm von meinen Besuchen bei der *Community Times* und im Jessup Community College sowie von meinem Telefonat mit Janet. Meine detektivischen Fähigkeiten machten großen Eindruck auf ihn.

»Hört sich an, als hättest du Bethany Downs in die Enge getrieben, Sonny-Girl«, sagte er lächelnd.

»Das glaube ich auch«, sagte ich stolz. »Was würdest du dazu sagen, wenn ich dich in die Enge triebe?«

Ich drückte Cullie gegen den Kühlschrank, schlang ihm die Arme um die Taille und umarmte ihn fest. »Hab' ich dir eigentlich schon gesagt, wieviel Selbstvertrauen mir das Leben mit dir auf diesem Boot schenkt?« sagte ich.

»Nö. Erzähl's mir.«

»Ich weiß nicht, ob es vom Leben auf dem Boot kommt oder von der Liebe zu dir, oder von den ganzen scheußlichen Erlebnissen, die ich in letzter Zeit durchgestanden habe, aber ich fühle mich nicht mehr so schwach wie früher. Als ich noch mit Sandy verheiratet war und in Maplebark Manor lebte, hatte ich das Gefühl, ein winziger Windhauch könnte mich umwerfen. Heute glaube ich, daß nicht einmal eine kräftige Böe das schaffen würde. Ich kann wanken, aber ich falle nicht.«

Cullie küßte mich. Dann hob er mich plötzlich hoch und trug mich durch das ganze Boot, von der Pantry bis zur V-Koje. Er legte mich hin, zog mich aus, streifte seine eigenen Kleider ab und sank in meine ausgestreckten Arme. Unsere nackten Körper waren so vertraut miteinander wie die *Marlowe* mit der See.

»Laß uns das Boot zum Schaukeln bringen«, flüsterte er und drehte sich um, so daß sein Kopf an meinem Schoß lag und meiner an seinem.

»Ich war ja nie gut in Mathe, aber mir ist einfach nicht klar, warum man das ›Neunundsechzig‹ nennt«, sagte ich, nachdem ich ein paar Minuten lang Eis am Stiel mit Cullies Penis gespielt hatte.

»Von mir aus kannst du es zweiundvierzig, vierundfünfzig oder sonst irgendeine x-beliebige Zahl nennen, aber hör bloß nicht auf mit dem, was du gerade tust«, stöhnte Cullie.

Zahlen sind Schall und Rauch. Nach einer Weile waren wir so ineinander vergraben, daß ich nicht mehr wußte, wer wer und was was war.

»Puh, Baby«, ächzte Cullie. »Hat dir schon mal jemand gesagt, daß du einen unglaublichen Mund hast?«

»Meine Mutter hat immer zu mir gesagt, daß ich einen unglaublichen Mund hätte, aber ich bin sicher, daß sie es ganz anders gemeint hat.«

Am nächsten Morgen rief ich Ed Dudley im chemischen Labor vom Jessup Community College an.

»Ich will Sie ja nicht hetzen«, sagte ich, »aber haben Sie die Ergebnisse der Untersuchung schon, über die wir gestern gesprochen haben?«

»O ja«, sagte er. »Soll ich Ihnen sagen, was ich herausgefunden habe?«

»Bitte.«

»Okay. Ihre Probe besteht aus einem Polysaccharid in Verbindung mit einem Disaccharid und Spuren von einem zellularen Zinnamal.«

Volltreffer. Professor Dudleys Ergebnisse waren dieselben wie die aus dem Polizeilabor, was bedeutete, daß der Donut-Zucker von Bethanys Schreibtisch derselbe war wie der auf Melanies Schreibtisch, was wiederum hieß, daß die Donuts nach demselben Rezept hergestellt und beim selben Händler gekauft worden waren. Der einzige Unterschied zwischen der Untersuchung im Polizeilabor und der von Ed Dudley bestand darin, daß Ed einen Tag gebraucht hatte und das Polizeilabor sechs Wochen.

»Professor, Sie sind ein Lebensretter«, sagte ich und stellte mir Corsinis Gesicht vor, wenn ich eine öffentliche Entschuldigung von der Laytoner Polizei dafür forderte, daß man mich festgenommen hatte und nicht Bethany.

»Kommen Sie vorbei und holen Ihre Tüte Zucker ab?« wollte Ed wissen.

»Unbedingt«, sagte ich. »Könnte ich Sie vielleicht um noch einen Gefallen bitten.«

»Sicher, wenn ich Sie auch um einen bitten darf.«

»Okay. Sie zuerst.«

»Nein, Ladies first.«

»In Ordnung. Könnten Sie mir vielleicht Ihr Laborergebnis schriftlich bestätigen – damit ich von Zeit zu Zeit nachschauen kann?« Damit ich es Corsini lesen lassen und ihn zum Weinen bringen kann.

»Überhaupt kein Problem«, sagte Ed. »Es wird hier für Sie bereitliegen.«

»Prima. Und um was für einen Gefallen wollten Sie mich bitten?«

»Tja«, fing er an. »Da Sie ja schließlich Schriftstellerin sind und so, hatte ich gehofft, Sie würden *mein* Buch lesen und mir eventuell dabei helfen, einen Verlag zu finden.«

»Ihr Buch?«

»Ja. Ich habe drei Jahre daran gearbeitet.«

»Was ist es denn für ein Buch? Eine wissenschaftliche Abhandlung?« Ich hielt Ed für einen Möchtegern-Stephen-Hawking.

»Nein, eine umfassende Biographie von Ed McMahon.«

»Sie machen Witze.«

»Nein, ehrlich nicht. Ich habe seine Laufbahn seit den Anfängen bei ›The Tonight Show‹ bis zu seinen jüngsten Auftritten als Moderator von ›Star Search‹ verfolgt. Und dazu kommt natürlich noch seine hervorragende Arbeit bei den ›American Family Sweepstakes‹.«

War jetzt jeder in diesem verdammten Land prominentengeil geworden? fragte ich mich.

»Ich habe nicht viel Erfahrung damit, wer Prominentenbiographien verlegt, aber ich kann Ihnen gern jemanden nennen, der sich damit auskennt«, sagte ich.

Ich gab ihm Todd Bennetts Namen und Adresse. Ed dankte mir

überschwenglich und sagte, falls Hollywood jemals die Filmrechte an meinem Roman über den Chemieprofessor kaufen und ihn als technischen Berater verpflichten wolle, stünde er gern zur Verfügung.

Gleich anschließend rief ich Mr. Obermeyer in seinem Büro an und berichtete ihm von dem Laborergebnis über den Zucker sowie von meinem Gespräch mit Janet Claiborne. Er schien auf seine sauertöpfische Art über die Resultate meiner Ermittlungen erfreut zu sein und bat mich, ihm den Bericht vorbeizubringen.

Die Schlinge um Bethanys Hals zog sich enger zusammen. Corsinis Ermittlungen mochten zwar beinahe zum Stillstand gekommen sein, aber dafür überstürzten sich meine. Es war nur noch eine Frage von Tagen, bis die Tochter von Alistair P. Downs – ein Mitglied einer der »Gründerfamilien« Laytons – statt im Jagdclub in der staatlichen Vollzugsanstalt in Niantic ihre Runden drehen würde.

Über einen Aspekt der Ermittlungen in diesem Mordfall war ich mir allerdings noch nicht im klaren: Bevor Bethany lebenslänglich hinter Gitter kam, bräuchte die Staatsanwaltschaft ein restlos überzeugendes Motiv für den Mord, ein Motiv, das nur ich allein liefern konnte, indem ich das Manuskript herausgab, in dem Bethanys geliebter Daddy wüster verleumdet wurde als in ihren schlimmsten Alpträumen. Wenn ich jedoch das Manuskript herausgab, würde die Welt die Wahrheit über meine Mutter und Alistair, Cullies Vater und Alistairs Frau und über die gemeine, widerwärtige Art und Weise erfahren, wie Alistair das ganze Land an der Nase herumgeführt hatte. Dem amerikanischen Volk die Wahrheit über seine führenden Persönlichkeiten zu sagen, war eine Sache; aber die Menschen dermaßen düpiert dastehen zu lassen, daß sie sich im Spiegel nicht mehr selbst in die Augen sehen konnten, war etwas ganz anderes. Das ist das wirklich Üble an einer solchen Täuschung: Der Getäuschte steht am Schluß genauso dumm da wie derjenige, der ihn getäuscht hat. Oder um die Sache in jiddischem Licht darzustellen: Es ist genauso wie der Unterschied zwischen dem Schlemihl und dem Schlimassel. Der Schlemihl ist der Kellner, der regelmäßig heiße Suppe über seinen Gast kippt, und der Schlimassel ist der Gast, über den der Kellner regelmäßig heiße Suppe kippt, aber im Endeffekt stehen beide wie Trottel da.

Am nächsten Morgen wollte ich gerade das Boot verlassen, um einkaufen zu gehen, als es an der Kajütentür klopfte. Es war Julia.

»Was machst du denn hier?« fragte ich, überaus erstaunt darüber, sie zu sehen.

»Ich bin gekommen, um dich zu warnen, Koff. Kann ich hereinkommen?«

Ich führte Julia den Niedergang hinunter und in die Kajüte.

»Kaffee?« fragte ich.

»Gern. He, hier ist es ja richtig nett«, sagte sie und musterte das Innere des Boots.

Ich schenkte Kaffee ein und reichte ihr einen Becher. »Wovor wolltest du mich warnen?«

»Vor Bethany. Du treibst deine Spielchen mit ihr, Koff, aber glaub mir, sie läßt nicht mit sich spielen.«

»Warum sagst du *mir* das, Julia? Du bist doch schließlich ganz dicke mit ihr. Aber das mußt du wohl auch. Sie ist ja praktisch deine Stieftochter, oder?«

»Kaum. Schau mal, Koff. Ich geb's ja zu. Ich bin auf Alistair Downs hereingefallen, auf den Mythos, das Charisma, wie immer du es nennen willst.«

»Ich glaube kaum, daß du wissen willst, wie ich es nennen würde«, sagte ich trocken.

»Deine eigene Mutter ist dem Zauber dieses Mannes erlegen, Herrgott noch mal, sogar während sie mit deinem Vater verheiratet war. Sagt dir das nichts?«

»Doch. Es sagt mir, daß meine Mutter keinen Geschmack *und* keine Skrupel hat. Aber du.« Ich unterbrach mich. »Ich dachte, du seist gegen dergleichen gefeit. Du hast dich um die Benachteiligten gekümmert und dich für alle guten Zwecke eingesetzt, und ich habe zu dir aufgesehen. Ich hätte zumindest gedacht, daß es unter deiner Würde wäre, der Faszination eines Mannes wie Alistair zu erliegen.«

»Dann warst du naiv.«

»Offensichtlich.«

»Wie dem auch sei – der Bann ist gebrochen.«

»Oh? Was ist denn passiert? Ein Zerwürfnis mit dem Senator?«

»So könnte man es nennen. Nachdem ich jahrelang Vorsitzende verschiedener Bürgerinitiativen war, bin ich nun endlich aufgefordert worden, für das Repräsentantenhaus zu kandidieren – für die Demokraten natürlich.«

»Laß mich raten. Alistairs Reaktion lautete: ›Keine meiner Freundinnen hat für irgend etwas zu kandidieren – und schon gar nicht für die Demokraten! Ho ho!‹ Kommt das in etwa hin?«

»Ziemlich. Ich habe ihm gesagt, daß ich kandidiere, wofür ich will und für die Partei, die mir verdammt noch mal paßt. Dadurch hat sich die Romanze ziemlich abgekühlt.«

»Nachdem es also zwischen dir und Alistair aus ist und du zu der Überzeugung gekommen bist, daß ich Melanie nicht umgebracht habe, können wir jetzt unsere Freundschaft wieder aufnehmen, meinst du das?«

»Ich weiß, daß es so aussieht, als hätte ich mich eine Weile von dir distanziert«, räumte sie ein. »Aber ehrlich gesagt wußte ich nicht, was ich glauben sollte, als ich erfuhr, daß du als Melanies Haushälterin gearbeitet hast und sie ermordet worden ist. Und jetzt bin ich gekommen, um dich zu warnen.«

»Weshalb?«

»Als ich gestern abend nach meinem Streit mit Alistair Evermore verließ, hörte ich, wie Bethany am Telefon jemanden anbrüllte. Normalerweise lausche ich eigentlich nicht, aber als ich deinen Namen hörte, habe ich –«

»Meinen Namen?«

»Ja. Bethany hat mit jemandem namens Janet gesprochen und gesagt: ›Ihr Makler seid unfähig, die Klappe zu halten. Ich habe Sie doch gebeten, Alison Koff nicht zu sagen, daß Sie mir ihr Haus gezeigt haben. Und was tun Sie? Sie erzählen es ihr trotzdem.‹ Dann brüllte sie weiter. Danach sagte sie: ›Es ist mir völlig egal, was Alison gesagt hat. Sie und ich sind nicht befreundet. Sie ist eine Mörderin und Diebin, und ich werde dafür sorgen, daß sie in dieser Stadt niemandem mehr Ärger macht.‹ Es klang mir ganz danach, als wollte Bethany dich zur Strecke bringen.«

»Sie will mich schon lange zur Strecke bringen. Aber jetzt werde ich sie zur Strecke bringen, und zwar vermutlich schon sehr bald.«

»Tu mir einen Gefallen, ja?«

»Klar.«

»Provoziere Bethany nicht. Du scheinst auf diesem Boot und mit deinem Fotografenfreund glücklich zu sein und dein Leben wesentlich besser im Griff zu haben als während deiner Ehe mit Sandy. Du bist jetzt ganz du selbst, Koff. Ich bin beeindruckt.«

»Es ist schon komisch, Julia. Vor Monaten wollte ich dich unbedingt beeindrucken. Damals hast du mir immer wieder wegen meiner Prinzesinnen-Allüren den Kopf gewaschen, und ich habe ständig versucht, so unabhängig und politisch korrekt zu sein wie du. Das einzige, was ich wollte, war, mich deiner Freundschaft würdig zu erweisen. Und nun schau uns heute an.« Ich schwieg kurz. »Du bist einem Mann verfallen, der so falsch denkt, wie es nur geht, und ich bin diejenige, die ihr Leben in die eigenen Hände genommen hat – und zwar so, daß sogar Julia Applebaum beeindruckt ist. Strotzt das nicht vor Ironie?«

»Was soll ich sagen?« Julia zuckte mit den Schultern und stand auf, um zu gehen.

»Es gibt nichts zu sagen.« Ich griff nach Schlüsseln und Handtasche. »Ich muß jetzt einkaufen gehen. Cullie und ich planen für morgen einen kleinen Segeltörn, wenn das Wetter hält.«

»Hört sich gut an. Ich kann gar nicht segeln.«

»Ich eigentlich auch nicht, aber ich lerne es gerade. Cullie ist ein phantastischer Lehrer.«

»Tja, paß auf dich auf, Koff.«

»Danke, Julia. Ich hab's vor.«

24. Kapitel

»Raus aus den Federn, Sonny-Girl. Auf geht's!« Cullie schüttelte mich, während wir in der V-Koje lagen. Es war sieben Uhr morgens, und ich war noch gar nicht richtig wach. »Der Wind weht mit zwölf Knoten aus Südwest, die Temperatur wird bis auf 24 Grad steigen, und du und ich gehen bis morgen segeln.«

»Ich dachte, wir wollten nur einen kurzen Tagestörn machen.«

»Ja, aber das Wetter ist so schön, daß wir es ausnützen sollten. Wir sind morgen nachmittag wieder zurück.«

»Und was ist mit der Arbeit? Bringt unser Törn nicht deine Fototermine durcheinander?«

»Hast du denn aus den letzten zwei Monaten, die du auf dem Boot lebst, gar nichts gelernt? Das Motto der *Marlowe* lautet: Im Zweifelsfall geh' segeln – vorzugsweise über Nacht.«

»Das ist aber ein schönes Motto.« Ich gab Cullie einen Kuß. »Über Nacht ist in Ordnung, solange wir morgen um die Mittagszeit zurück sind. Mr. Obermeyer hat gesagt, er hätte bis dahin Neuigkeiten für mich.«

»Über Bethanys Fingerabdrücke?«

»Mhm. Ich möchte dabeisein, wenn er Corsini mit all den Indizien konfrontiert, die wir aufgetrieben haben.«

»Die *du* aufgetrieben hast. Du bist diejenige, die herausgefunden hat, wer Melanie umgebracht hat – und wie man es beweisen kann.«

»Genug von Melanie. Wir gehen segeln und reden heute nicht mehr über Melanie, Mord und Manuskripte. Abgemacht?«

»Abgemacht.«

»Übrigens, wohin segeln wir eigentlich?«

»Was hältst du von den Thimble Islands? Wenn wir um acht ablegen, sind wir nachmittags dort. Dann suchen wir uns einen hübschen, ruhigen Ankerplatz und verbringen die Nacht dort. Wie findest du das, Süßeste?«

»Einwandfrei.«

»Erzähl mir was über die Thimble Islands«, drängte ich Cullie, als wir uns anzogen. »Ich habe zwar zeit meines Lebens an der Küste von Connecticut gelebt, aber auf den Thimbles bin ich nie gewesen.«

»Okay. Nur schnell das Nötigste: Es sind etwa dreißig Inseln, von denen die Hälfte bewohnt ist.«

»Haben sie alle einen Namen?«

»Ja, zwei von ihnen haben sogar ganz tolle Namen.«

»Wie denn?«

»Pot und High.«

»Das ist nicht dein Ernst.«

»Schau auf meine Seekarte. Da findest du Pot Island und High Island.«

»Klar, und dann gibt's noch eine dritte namens Busted Island.«

»Sehr witzig. Man sagt, daß Captain Kidd die Thimbles als Versteck benutzt hat.«

»Wow. Also hat sich Captain Kidd direkt in unserem Hinterhof zugekifft.«

»Die Thimbles liegen nicht direkt in unserem Hinterhof. Sie befinden sich auf halbem Weg zwischen Branford und Guilford, mit Auto und Fähre etwa eine Stunde die Küste hoch.«

»Sind sie schön?«

»Sie sind interessant. Sie sehen aus, als wäre ein Stück der Küste Maines vom Festland abgebrochen, in den Long Island Sound hinausgetrieben und vor Branford auf Grund gelaufen. Wenn du dir jemals die Küste von Maine angesehen hast, weißt du, was ich meine.«

Wir gönnten uns ein kräftiges Frühstück, räumten die Pantry auf und machten das Boot startklar. Es war erst kurz nach acht, als Cullie den Dieselmotor anwarf.

»Ich kontrolliere noch Wartung und Sicherheitsvorkehrungen, solange der Motor warmläuft«, sagte er. »Willst du mir helfen? So lernst du es am leichtesten.«

»Unbedingt«

Ich folgte Cullie um das Boot herum, während er am Auspuff überprüfte, ob die Motorkühlung einwandfrei funktionierte. Dann holte er den Anker ein, verstaute ihn im Bugspriet und inspizierte den Kielraum, ob das Wasser darin nicht mehr als drei oder vier Zentimeter hoch stand.

»Ich nehme die Abdeckung der Segel ab und mache die Falleinen los. Geh du unterdessen ins Cockpit, nimm das Beiboot in Schlepptau und halte dich bereit, uns hier herauszusteuern, okay?« sagte er.

»Ay, Ay, Käpt'n«, erwiderte ich.

Nach ein paar weiteren Verrichtungen legten wir ab.

»Okay, Sonny-Girl. Fahr los«, wies Cullie mich an, nachdem er die Leinen eingeholt und sie an ihren Platz geräumt hatte. Dann ging er nach unten und legte ein Band in den Kassettenrecorder. Sekunden später kam er wieder hoch. Hinter ihm erklangen die ersten Takte von Bob Marleys »Get Up, Stand Up«, und ich fühlte mich, als wären wir unterwegs in die Karibik und nicht zu den Thimble Islands.

»Soll ich uns aus der Fahrrinne herausmanövrieren?« fragte ich, während wir aus dem Hafen tuckerten.

»Klar. Paß nur auf die Bojen auf. Wie beim letzten Mal, weißt du noch?«

»Ja. Ich muß nur zwischen der roten und der grünen bleiben, stimmt's?«

»Stimmt. Wenn wir erst einmal aus der Fahrrinne heraus sind, möchte ich, daß du uns vorwärts an den Wind lenkst, damit ich das Großsegel hissen kann. Halt einfach den Bug nach Südwest, in Richtung der Schornsteine von Northport. Siehst du die?«

Ich nahm eine Hand vom Steuerrad und hielt sie der Sonne wegen vor die Augen. Blinzelnd blickte ich über das Wasser und entdeckte die Schornsteine des Kraftwerks auf Long Island, das schon lange ein vertrauter Orientierungspunkt für Segler war. »Ja, ich seh' sie.«

Cullie hißte das Großsegel, das Stagsegel und den Klüver. »Okay, Sonny-Girl. Fall ab«, rief er mir von Deck aus zu.

»Den Teufel werd' ich tun«, entgegnete ich. »Das Wasser ist eiskalt.«

»Nein, Maat. Das ist ein Segelausdruck. Ich möchte, daß du nach backbord *abfällst.* Dreh das Steuerrad nach Osten.«

»Warum hast du das nicht gleich gesagt?« lachte ich und tat, wie er gefordert hatte.

Plötzlich blähte der Wind die Segel. Mein Puls ging schneller, genau wie beim letzten Mal, als ich sie in all ihrer Erhabenheit gesehen hatte.

»Mach den Motor aus«, schrie Cullie so aufgeregt wie ein Kind an Weihnachten. »Wir sind auf Fahrt!«

Ich stellte den Diesel ab und wartete darauf, von der unheimlichen Stille umfangen zu werden, die sich über ein Boot senkt, wenn sein Motor der Kraft der Segel weichen muß – eine Stille, die diesmal von Bob Marleys Reggaeklängen durchbrochen wurde.

Cullie gab mir einen Kuß, als wir nebeneinander im Cockpit standen. »Gehen wir nach unten und legen unseren Kurs fest«, schlug er vor.

Am Navigationsplatz vertieften wir uns in Cullies Karten. Er wies mich auf Längen- und Breitengrade der Bojen und Riffs hin, an denen wir unterwegs vorbeikommen würden, und erklärte mir die Route, die er vorgesehen hatte.

»Wir sind ungefähr hier«, sagte er und deutete mit dem Zeigefinger auf unsere Position auf der Karte. »Wir verlassen den Hafen von Jessup in Richtung Osten. Dann fahren wir am Leuchtturm von Stratford Shoal vorbei, vor dem Branford-Riff entlang und nähern uns den Thimble Islands von hinten. Dort gibt es eine Fahrrinne, die zu einem herrlichen Ankerplatz zwischen den vier Hauptinseln führt. Dort bleiben wir über Nacht, einverstanden?«

»Wie könnte ich *nicht* einverstanden sein? Es hört sich wie eine Traumreise an, o Captain my Captain.«

Cullie schaltete das Loran ein, sein elektronisches High-Tech-Navigationssystem, mit dem Segler ihre Position auf See bestimmen können. Er gab die Längen- und Breitengrade unseres Ausgangspunkts sowie unseres Ziels auf der Tastatur des Loran ein und zeigte mir, wie das System die Distanzen zwischen den einzelnen Punkten berechnete und anzeigte.

»Ziemlich aufwendige Ausrüstung für einen Puristen«, spöttelte ich. »Hast du nicht gesagt, Holzboot-Fans hätten etwas gegen die moderne Technik?«

»Schon, aber ich bin ein Purist, der nicht scharf darauf ist, sich auf See zu verirren. Deshalb hat dieser Alden-Schoner ein Loran. Wenn wir zu weit vom Kurs abkommen, schlägt das Loran Alarm. Es ist ein feines, kleines Spielzeug.«

»Das glaube ich. Hoffen wir nur, daß wir keinen Alarm zu hören bekommen. Ich brauche heute keinerlei Aufregung mehr. Mit dir den ersten Übernacht-Törn auf der *Marlowe* zu unternehmen ist mir aufregend genug.«

Wir waren seit ungefähr dreieinhalb Stunden auf See und hatten auf unserem Weg zum Branford-Riff gerade den Leuchtturm von Stratford Shoal passiert, als mich der Hunger überkam.

»Es ist schon fast Mittag«, sagte ich und hängte mich bei Cullie ein, während wir im Cockpit saßen und die Aussicht genossen. »Wie wär's mit Mittagessen?«

»Eine hervorragende Idee«, antwortete er mit einem Lächeln. »Soll ich dir dabei helfen?«

»Nö. Mit ein paar Thunfischsandwiches werde ich gerade noch allein fertig. Wenn ich unten bin, lege ich gleich ein anderes Band ein. Worauf hast du denn Lust?«

»Was hältst du von Peter, Paul und Mary? Ich stehe unheimlich auf ›Blowin in the Wind‹.«

»Dein Wunsch ist mir Befehl, du alter Folkie. Noch eine Frage: Was möchtest du zu deinem Sandwich trinken?«

»Ach, red gar nicht weiter. Bier möchte ich. Was könnte an einem solchen Tag besser sein als ein schönes, kühles Heineken? Und überhaupt – was könnte besser sein als ein solcher Tag?« Er stieß einen Kriegsschrei aus, der wie »Wa-huuu!« klang. Er war im siebten Himmel, soviel stand fest.

Ich stieg den Niedergang hinab. Meine Augen brauchten ein Weilchen, um sich nach dem strahlenden Sonnenschein im Cockpit an das heimelige Dämmerlicht der Kajüte zu gewöhnen. Als ich den Teakfußboden betrat und merkte, in was ich gestiegen war, stieß ich einen Schrei aus. Ich stand bis zum Schienbein im Wasser!

Ich raste wieder nach oben, um es Cullie zu sagen.

»In der Kajüte steht das Wasser mindestens fünfzehn Zentimeter hoch«, keuchte ich atemlos und bemühte mich, nicht in Panik auszubrechen. »Ich glaube, die *Marlowe* sinkt.«

»Geht das schon wieder los, Sonny-Girl. Miss Katastrophe 1990«, sagte er. Er lag ausgestreckt im Cockpit und freute sich an Sonne und Meer. »Als wir das letzte Mal segeln waren, hast du mich beschuldigt, Melanies Mörder zu sein. Jetzt erzählst du mir, daß mein Boot sinkt. Du mußt lernen, dir nicht andauernd das Schlimmste auszumalen. Komm mal wieder auf den Teppich.«

»Ach ja? Tja, ich weiß nicht, wie ich es dir beibringen kann, Mister, aber du wirst gleich auf dem Teppich liegen, wenn du nach unten gehst und dich in einem Boot voller kaltem Wasser wiederfindest. Ich schwör's dir, Cullie. Es sieht schlimm aus. Du solltest lieber nachsehen.«

»Sonny, ich kenne mein Boot. Ich habe es selbst wieder hergerichtet, vergiß das nicht. Es ist ausgeschlossen, daß irgend etwas –«

»Hier geht es nicht um dein Boot oder dein Können als Bootsbauer oder um deine Männlichkeit«, unterbrach ich ihn. »Es geht um Wasser in der Kajüte. Komm mit. Jetzt gleich.«

Cullie seufzte, erhob sich und folgte mir den Niedergang hinab. Er stieß nicht wie ich einen Schrei aus, als er sah, daß Wasser in der Kajüte stand. Er tat das, was Machos in solchen Fällen zu tun pflegen: Er sagte überhaupt nichts. Er fing einfach an zu *machen,* ohne mir auch nur mit einem Wort zu sagen, *was* er machte oder *warum.*

»Was ist los?« fragte ich, als ich ihm hinauf ins Cockpit folgte.

»Nichts ist los. Ich werfe nur den Motor an. Ich will die automatische Lenzpumpe in Betrieb nehmen.«

»Oh«, sagte ich erleichtert. Ich nahm an, daß die automatische

Lenzpumpe das Wasser in Null Komma nichts aus der Kajüte pumpen würde und Cullie und ich unsere Thunfischsandwiches mit Bier verzehren und über die ganze Episode lachen würden.

Irrtum.

»Mist«, schimpfte Cullie. »Der Motor funktioniert nicht.«

»Was soll das heißen: ›Der Motor funktioniert nicht‹?«

»Genau das, was ich sage. Du hast doch gesehen, wie ich den Zündschlüssel herumgedreht habe. Nichts ist passiert. Das Wasser im Boot muß den Motor ruiniert haben.«

»Und was ist mit der automatischen Lenzpumpe?« fragte ich mit wachsendem Entsetzen.

»Kein Motor – keine automatische Lenzpumpe.«

»O Gott. Und was machen wir jetzt?«

»Alison, laß mich das machen, okay?« Ich merkte, daß er genauso besorgt war wie ich. »Das Wichtigste ist, die Situation zu stabilisieren und das Wasser aus dem Boot zu bekommen. Dann werde ich herauszufinden versuchen, wie das Wasser überhaupt ins Boot eindringen konnte.«

Er packte den Griff der automatischen Lenzpumpe und pumpte wie wild. Und pumpte. Und pumpte.

»Ich kann es verflucht noch mal nicht fassen«, sagte er schließlich. »Das Ding funktioniert nicht. Es hat keinerlei Saugwirkung. Null.«

Zu sagen, daß mein Mut mitsamt dem Schiff sank, war sogar mir ein zu abgedroschenes Wortspiel. Aber der Mut sank mir in der Tat.

»Ich begreife nicht, was da vor sich geht«, sagte Cullie mehr zu sich selbst als zu mir. »Das Wasser läuft ein, und meine beiden Pumpen funktionieren nicht.«

»Vielleicht hast du nicht alles sorgfältig genug überprüft, bevor wir den Hafen verlassen haben«, sagte ich.

»Und vielleicht verstehst du nicht, daß das, was sich hier abspielt, nichts mit Wartung zu tun hat. Das Boot war in tadellosem Zustand, als wir ausgelaufen sind. Irgend jemand hat daran herumgepfuscht.«

»Jetzt ist nicht der richtige Moment, um sich zu rechtfertigen«, sagte ich so sanft wie möglich. Ich wollte seinen Macho-Stolz auf sein Boot nicht verletzen, Gott bewahre. Man weiß ja, wie Männer und ihre Maschinen sind. Aber er würde der Wahrheit irgendwann ins Auge blicken müssen. Menschen waren nicht perfekt. Und Boote waren nicht perfekt. »Vielleicht hast du etwas übersehen«, sagte ich.

»Alison, ich sage es noch einmal. Mein Boot ist vorsätzlich beschädigt worden. Ich weiß nicht, wie. Ich weiß nicht, wann. Ich weiß nur, daß ich es reparieren muß. Und zwar sofort.«

Cullie ging nach unten. Ich folgte ihm. Er holte eine Taschenlampe heraus und machte den Motorraum auf.

»Mist«, sagte er. »Durch die Stopfbuchse dringt Wasser ein.«

Ich wußte nicht, was eine Stopfbuchse war, war mir aber sicher, daß die Tatsache, daß durch sie Wasser eindrang, ungünstig war.

»Und was machst du jetzt?« fragte ich.

»Die Seeventile überprüfen.«

Er verschwand und kam kurz darauf wieder, um mir zu erklären, daß auch die Seeventile unbrauchbar gemacht worden seien. Die Folge war, daß Wasser durch die Klappen eindrang. Die Holzzapfen, mit denen er sie abdichten wollte, würden das eindringende Wasser zwar zum Teil stoppen, aber nicht ganz.

»Soll ich nicht vielleicht 911 rufen oder so?« fragte ich.

Cullie sah mich an, als sei ich nicht ganz bei Trost, und meinte dann: »Ich werde dir sagen, was du tun *kannst.* Geh auf Kanal 16 auf UKW und ruf die Küstenwache.«

»O mein Gott. Die Küstenwache. Du würdest nie sagen, daß ich *die* rufen soll, wenn wir nicht ernsthaft in Gefahr wären. Sind wir das, Cullie? Ich kann es verkraften, ehrlich.«

»Ja, wir sind in Gefahr. Irgend jemand hat an der *Marlowe* herumgepfuscht – und zwar massiv. Jemand, der sich mit Booten auskennt.«

»Aber warum sollte irgend jemand wollen, daß –«

Ich brauchte die Frage nicht auszusprechen. Plötzlich dämmerte mir, daß Cullie recht hatte. Jemand hatte an der *Marlowe* herumgepfuscht. Jemand, *die* sich mit Booten auskannte. Hatte Bethany nicht neulich abends im Les Fruits de Mer gesagt, daß Paddy Harrington ihr alles über Boote beigebracht hätte?

»Es war Bethany«, sagte ich laut. »Sie hat das getan.«

»Mein Gott.«

»Sie hat sich vermutlich am Boot zu schaffen gemacht, als ich gestern beim Einkaufen war.«

»Vielleicht hat sie sich auch gedacht, daß wir das Manuskript hätten und das verfluchte Ding mit uns untergehen würde.«

»Das Manuskript! Es ist in dem Fach unter dem Ankerkasten!«

»Ja, aber wir haben keine Zeit, uns jetzt um Melanies Meisterwerk zu sorgen. Wir sinken, wenn wir keine Hilfe bekommen. Ruf die Küstenwache, und ich versuche das Wasser zurückzudrängen.«

Cullie ging und ließ mich mit dem UKW-Funksprechgerät allein.

»Hallo, Küstenwache? Hier spricht Alison«, sagte ich, da ich nicht wußte,wie ich anfangen sollte. Ich hatte noch nie zuvor die Küstenwache gerufen – übrigens ebensowenig wie irgendeinen anderen Zweig unseres Militärs.

»Küstenwache. Hier spricht Unteroffizier Dunne«, sagte eine barsche Männerstimme. Unsere Situation war alles andere als rosig. Ich hoffte, daß die Chancen, uns zu retten, nicht so schlecht waren wie die Laune des Offiziers.

»Wir sinken«, sagte ich. »Überall dringt Wasser ein, und wir brauchen Hilfe – dringend.«

»Name?«

»Alison Waxman Koff.«

»Nein, der Name des Boots.«

»Oh, tut mir leid. *Marlowe.*«

»Bootstyp?«

»Ein jägergrüner 12-Meter-Alden-Schoner.«

»Wie ist Ihre Lage?«

»Meine Lage?«

»Die Lage des *Bootes.*«

»Oh. Es sinkt. Warum sollte ich sonst die Küstenwache rufen?«

»Nein, nein«, sagte Unteroffizier Dunne. »Die Position. *Wo* befindet sich das Boot?«

Wo sich das Boot befand? Jetzt war ich wirklich überfragt. Wir waren irgendwo mitten im Long Island Sound, aber ich hatte keine Ahnung, wo genau.

»Moment bitte«, sagte ich und rief nach Cullie.

»Sag ihm, daß wir etwa fünf Meilen östlich vom Branford-Riff sind«, brüllte er zurück.

»Wir sind ungefähr fünf Meilen östlich vom Branford-Riff«, erklärte ich Unteroffizier Dunne. Die Verbindung war so von Rauschen und Knistern überlagert, daß ich mir nicht sicher war, ob er mich verstanden hatte, und so sagte ich es noch einmal.

»Nicht angekommen, Jacht *Marlowe.* Ihre Verbindung reißt ab«, sagte Unteroffizier Dunne und bestätigte so meine Befürchtungen. »Gehen Sie auf Kanal 22.«

»Sicher, wenn Sie glauben, daß der Empfang auf Kanal 22 besser ist«, sagte ich. Dieselben Probleme hatte ich immer mit dem Kabelfernsehen. HBO kam wunderbar herein, während der Wettersender miserabel war.

Ich ging auf Kanal 22 und gab die Position des Bootes zum drittenmal durch. Dann kam Cullie an den Navigationsplatz geeilt und nahm mir das Mikrophon aus der Hand.

»Hier spricht der Kapitän der *Marlowe.* MAYDAY. MAYDAY. MAYDAY«, rief er.

MAYDAY? O Gott. Wir gingen unter. Wir gingen, verdammt noch mal, unter. Und ich hatte so viel Energie darauf verschwendet, mir Sorgen darüber zu machen, daß ich den Rest meines Lebens in der staatlichen Vollzugsanstalt in Niantic verbringen und Rinderhaschee auf Toast essen müßte. Rinderhaschee auf Toast war gar nicht so schlimm – verglichen mit Ertrinken. Mann, wie die Aussicht, im Long Island Sound zu versinken, doch die Dinge ins rechte Licht rückte.

»MAYDAY. MAYDAY. MAYDAY«, sprach Cullie erneut ins Mikrophon. Es kam keine Antwort. »MAYDAY. MAYDAY. MAYDAY.« Keine Reaktion. Nicht einmal Knistern oder Rauschen. »Scheiße. Der

Funk hat einen Kurzschluß abgekriegt. Muß an dem ganzen Wasser liegen.«

»Was machen wir denn jetzt?« heulte ich.

»Setz dich ins Beiboot und geh von Bord. Das Wasser dringt zu schnell ein, um hierzubleiben.«

»Aber Cullie, wie können wir von Bord gehen und das Boot aufgeben? Dieses Boot ist dein Liebling, dein ein und alles. Es ist dein Zuhause, dein –«

»In einer Segeltuchtasche im Cockpit liegt das Notpäckchen, direkt neben den Schwimmwesten. Hol beides«, sagte er und überging meine Worte. »Ich werde eine Markierungsboje zu Wasser lassen, damit die Küstenwache das Boot finden kann, wenn es sinkt.«

»Aber wie sollen sie –«

»Hol die Schwimmwesten und das Notpäckchen, Sonny. Bitte.«

Wir starrten einander ein oder zwei Sekunden an.

Wer auch immer die Redensart »Schweigen spricht Bände« geprägt hat, hatte recht. Cullies Schweigen bedeutete: »Mein geliebtes Boot sinkt und mit ihm mein Herz, aber ich werde nicht daran zerbrechen, weil ich ein großer, starker Mann bin.« Mein Schweigen besagte dagegen: »Ich weiß, wie sehr du dieses Boot liebst, und ich würde alles auf der Welt darum geben, es dir zu erhalten, aber ein Teil von mir wünscht, ich hätte dich und dein verfluchtes Boot niemals zu Gesicht bekommen.«

Ich lief zum Cockpit und holte das Notpäckchen. Darin befanden sich eine Trillerpfeife, ein paar Handfackeln, eine Rettungsdecke, ein Signalspiegel, verschiedene Dosengerichte (B & M Baked Beans, Chef Boyardee Ravioli und Campbell's Erbsensuppe mit Schinken) und ein Fläschchen Demerol.

»Was machst du da?« fragte ich Cullie, als ich mich im Cockpit umdrehte und ihn auf Deck sah.

»Ich hole die Segel ein«, sagte er rasch. »Sinnlos, sich noch etwas vorzumachen. Das Boot sinkt, und es gibt nichts, was ich dagegen tun könnte.«

Ich konnte seine Resignation spüren, wie er da auf dem schlüpfrigen Deck herumhantierte und versuchte, weder das Gleichgewicht noch die Fassung zu verlieren, während er zuerst das Großsegel und dann das Stagsegel einholte.

Er wollte gerade den Klüver herunterlassen, als er auf dem Stagsegel ausrutschte, auf die Planken fiel und vor Schmerz aufschrie.

»Cullie!« rief ich und raste an Deck.

»Herrgott«, stöhnte er und umfaßte sein Bein. »Es ist gebrochen.«

»Dein Bein?«

»Nein, mein Jungfernhäutchen.«

Ich starrte ihn an. Er warf mir einen zornigen Blick zu und fing dann an zu lachen. Es war nicht zu fassen. Sein Boot sank, und sein Bein war gebrochen, aber dieser Mann lachte. Er hatte in einem todernsten Moment einen Witz gemacht. Er hatte versucht, seine heftigen Schmerzen herunterzuspielen und sein Leid mit einem Scherz auf den Lippen zu ertragen.

»Cullie, mein Schatz, ich habe anscheinend auf dich abgefärbt.«

Er rang sich ein schwaches Lächeln ab.

»Wo tut es denn weh?« fragte ich und berührte zaghaft sein Bein.

»Da«, sagte er mit verzerrtem Gesicht und zeigte auf seinen Unterschenkel.

Ich kann das Schienbein nicht vom Wadenbein unterscheiden, und so versuchte ich gar nicht erst, eine Diagnose zu stellen. Das einzige, was ich noch wußte, war, daß das Boot sank, der Kapitän sich das Bein gebrochen hatte und ich plötzlich die Rettungsaktion in die Hand nehmen mußte.

»Okay. Und was machen wir jetzt?« wollte ich wissen.

»Zieh eine Schwimmweste an. Und dann zieh mir auch eine an«, sagte er und zuckte vor Schmerzen zusammen.

Ich lief zum Cockpit zurück, um die Schwimmwesten zu holen, und legte sie direkt neben Cullie auf die Planken.

Dann zog ich eine Schwimmweste an und suchte im Notpäckchen nach dem Demerol.

»Da. Nimm ein paar von denen«, sagte ich und gab Cullie zwei Pillen.

Er schluckte das Demerol und griff nach seiner Schwimmweste. Ich half ihm, sie anzuziehen und zu befestigen.

»Okay«, sagte er. »Jetzt hol das Beiboot nah ans Boot heran und mach es fest.«

Ich folgte seinen Anweisungen und zog das zweieinhalb Meter lange Nutshell Pram, das wir hinter der *Marlowe* hergeschleppt hatten, so nah an den Schoner heran wie möglich. Dann vertäute ich es sicher am Boot.

»Kannst du dich bewegen?« fragte ich.

»Hab' ja keine Wahl«, meinte er. »Schlepp mich einfach das Deck entlang und hilf mir ins Beiboot.«

»Dich schleppen? Du wiegst fünfundsiebzig Kilo.«

»Gut, dann schlepp mich nicht. Hilf mir, mich selbst zu schleppen.«

Ich zerrte Cullie das Deck entlang, froh, daß es so schlüpfrig war, da ich ihn dadurch sowohl schieben als auch ziehen konnte.

Ich warf das Notpäckchen ins Beiboot und ließ mich in das kleine hölzerne Ruderboot hinab.

»Okay, Captain Harrington. Sie sind dran«, rief ich ihm zu und hielt ihm die Arme entgegen, um ihn abzustützen. »Ganz langsam, ganz vorsichtig. Laß dir Zeit. Nur die Ruhe.«

Cullie ließ sich langsam ins Beiboot hinab. Sein Gesicht war schmerzverzerrt, aber insgesamt hielt er sich phantastisch. Das mußte man diesen WASPs lassen: Sie waren keine Heulsusen, weiß Gott nicht. Wenn ich diejenige mit dem gebrochenen Bein gewesen wäre, hätte ich so laut gejammert, daß mich jeder einzelne Unteroffizier der Küstenwache gehört hätte, egal ob mit oder ohne UKW-Funk.

»Soll ich das Beiboot losmachen und zu rudern anfangen?« fragte ich, als Cullie endlich im Boot saß.

»Gleich. Ich muß noch einen letzten Blick auf die *Marlowe* werfen.« Er schluckte und sah das Boot lange und aufmerksam an. Seine Augen füllten sich mit Tränen, die er gar nicht erst zu verbergen suchte. »Jeden Dollar, den ich besaß, habe ich in dieses Boot gesteckt«, stieß er hervor und unterdrückte das Schluchzen. »Und jede Menge Liebe.«

»Ich weiß. Ich weiß.« Ich konnte seinen Schmerz nachfühlen. Ich identifizierte mich damit. Ich hatte meinerseits jede Menge Dollars – und Liebe – in Maplebark Manor investiert, und es war auch untergegangen. »Wir schaffen es schon«, sagte ich und versuchte mich selbst ebenso davon zu überzeugen wie Cullie. »Wir stehen es durch. Keine Frage.«

»Keine Frage«, wiederholte er.

»Wirkt das Demerol inzwischen?« fragte ich.

»Ein bißchen.«

»Sollen wir dann ablegen?«

»Einverstanden, aber hol zuerst noch die rote Handfackel aus dem Notpäckchen. Du mußt sie abfeuern.«

Ich fand die Fackel, hatte aber keine Ahnung, was ich mit ihr anstellen sollte.

»Schieß sie einfach in die Luft, wie eine Pistole«, erklärte er. »Wenn die Küstenwache uns sucht, werden sie sie sehen.«

Ich feuerte die Fackel ab und sah ihr nach, wie sie einer Rakete gleich in den Himmel flog.

»Das ist so ungefähr alles, was wir von hier aus tun können, Sonny-Girl«, sagte Cullie. »Zeit zum Abschiednehmen.«

Er warf der *Marlowe* einen letzten sehnsüchtigen Blick zu und drehte sich dann zu mir.

»Okay, Maat. Fang an zu rudern«, sagte er.

»Wohin?« fragte ich und packte die Ruder.

»Branford.«

»Ich war noch nie in Branford. Woher weiß ich, wenn ich dort bin?«

»Ruder einfach, bis du Land siehst.«

»Tja, wird schon schiefgehen«, sagte ich und ruderte los. Und ruderte. Und ruderte.

Nachdem ich eine halbe Stunde gerudert hatte, taten mir die Bauchmuskeln weh, und meine Hände waren voller Blasen. Mein

Rücken fühlte sich auch nicht gerade gut an. Außerdem fröstelte ich.

Ich schaute zu Cullie hinüber, der zusammengesunken im Heck des Boots kauerte. Er hielt die Augen geschlossen, und sein Körper war von dem Zusammenwirken des Schmerzmittels und seiner Qualen ganz schlaff. Eine Welle der Liebe überflutete mich. Ich hörte auf zu rudern, öffnete das Notpäckchen, holte die Rettungsdecke heraus und legte sie über ihn. Dann ruderte ich weiter. Und ruderte. Und ruderte.

Ich versuchte mich, während ich ruderte, selbst bei Laune zu halten. Ich erzählte mir Witze, stellte mir Rätsel und dachte mir eine Unsumme mehr oder weniger gepfefferter Limericks aus.

Außerdem versuchte ich mich dadurch abzulenken, daß ich so tat, als sei ich im Fitneßstudio in Layton und trainierte an einer dieser Rudermaschinen. Ich stellte mir vor, wie flach mein Bauch nach dem vielen Rudern wäre und wie straff die faltige Haut unter meinen Armen werden würde.

Überdies dachte ich an all die herrlichen Dinge, die Cullie und ich gemeinsam unternehmen würden, wenn wir erst einmal gerettet waren: ins Kino gehen und uns auf dem Heimweg noch einen Karameleisbecher gönnen oder den Bundesstaat Connecticut dazu bringen, die Todesstrafe zu vollstrecken, und Bethany Downs auf dem elektrischen Stuhl schmoren zu sehen.

Außerdem hielt ich mich aufrecht, indem ich Gott dankte. Ich dankte Ihm für das Beiboot, das Cullie und mich in Sicherheit brachte. Ich dankte Ihm für das Demerol, das Cullies Schmerzen zu lindern schien. Ich dankte Ihm für die ganzen Sommer im Ferienlager, ohne die ich nie gelernt hätte, ein Boot zu rudern. Ich dachte mir sogar eine Art Spiel aus, um Ihm zu danken, indem ich mich alphabetisch bedankte (»Danke für die *A*rme, mit denen ich rudere«, Danke für das *B*oot, in dem wir sitzen« und so weiter).

Danach sang ich, um in Stimmung zu bleiben. Mann, und wie ich sang. Rock-Songs. Filmschlager. Erkennungsmelodien von Fernsehserien. Alles mögliche. Ich habe keine schöne Stimme, aber Cullie schien das in seiner Bewußtlosigkeit wenig zu stören.

»Row, row, row your boat gently down the stream«, sang ich und fragte mich, ob der Verfasser dieses kleinen Liedchens sich jemals gezwungen gesehen hatte, ein Beiboot den ganzen Weg nach Branford zu rudern, nachdem er sein Segelboot im Long Island Sound hatte aufgeben müssen. »Merrily, merrily, merrily, merrily life is but a dream.«

Toller Traum.

25. Kapitel

Ich war zwei Stunden lang singend durch den eiskalten Long Island Sound gerudert, als ich ein Motorboot auf uns zurasen sah.

»Cullie! Cullie, wach auf!« schrie ich und zerrte an seiner Decke. Er bewegte sich, schlug die Augen auf, zuckte wegen der Schmerzen in seinem Bein zusammen und schloß die Augen wieder.

»Cullie, komm schon. Hör mir zu.« Ich zog noch einmal an der Decke.

»Hä? Was? Wo sind wir?« murmelte er. Er schien von dem Schmerzmittel völlig benebelt zu sein. Oder er hatte einen Schock.

»Ich glaube, wir werden gleich gerettet«, sagte ich und versuchte, meine Hoffnungen nicht zu hoch zu schrauben, für den Fall, daß das Boot, das ich hörte und sah, eine dieser Halluzinationen war, die Seeleute bekommen, wenn sie zu lange auf See sind.

Zum Glück war der Kutter der amerikanischen Küstenwache, der sich rasch näherte, keine Halluzination.

»Oh, Gott sei Dank«, rief ich, mittlerweile geübt im Gott-Danken. »Sie haben uns gefunden. Sie haben uns wirklich gefunden.«

Auf dem Boot der Küstenwache befanden sich sechs Mann Besatzung – zwei Unteroffiziere und vier Matrosen. Sie waren so hilfsbereit und fürsorglich, daß ich sie am liebsten mit nach Hause genommen hätte.

Sie versorgten uns mit Decken und heißem Kaffee, vertäuten unser Beiboot hinten an ihrem Kutter und nahmen es und uns zu einem Anlegeplatz in New Haven mit, wo ein Krankenwagen wartete und uns in die Klinik fuhr.

Im Yale-New Haven Hospital wurde ich wegen Unterkühlung, Rückenschmerzen und mehrerer böse aussehender Blasen an den Händen verarztet und wieder entlassen. Cullie, der Ärmste, kam in den Operationssaal, damit sein gebrochener Knochen eingerenkt werden konnte.

»Muß er über Nacht hierbleiben?« fragte ich die Schwester in der Notaufnahme.

»Leider schon«, sagte sie.

Ich wartete, bis Cullie aus dem OP kam. Dann folgte ich ihm, als er in sein Zimmer gefahren wurde. Es war im siebten Stock, und sowohl Wände als auch Vorhänge und Bettwäsche waren speigrün. Ich werde nie begreifen, warum Krankenhäusern jeder Sinn für Inneneinrichtung abgeht: Finden Sie etwa, daß Speigrün eine Farbe ist, die ein Gefühl von Gesundheit und Wohlbefinden erzeugt?

»He, Sonny-Girl«, sagte Cullie matt, als er die Augen aufschlug und mich erblickte.

»Selber he«, flüsterte ich. »Wie fühlst du dich?«

»Ziemlich gräßlich. Und du? Du hast die ganze Zeit rudern müssen.«

»Schon, aber stell dir bloß vor, um wieviel größer mein Busen jetzt sein muß. Rudern verstärkt die Brustmuskulatur.«

Er lächelte. »Ich liebe deinen Busen. Wegen mir brauchst du ihn nicht zu verstärken.«

»Danke. Ich liebe deinen auch.«

Ich wurde rot, als mir plötzlich einfiel, daß wir nicht allein waren: Cullie hatte auf der anderen Seite des speigrünen Vorhangs einen Zimmergenossen.

Ich zog den Vorhang zur Seite und schaute mir den Mann im Bett daneben an. Er schlief fest, aber ich erkannte ihn auf den ersten Blick.

»Cullie!« flüsterte ich. »Du kommst nie drauf, wer dein Bettnachbar ist.«

»Stimmt«, sagte er. »Wer ist es denn?«

»Dr. Weinstein. Sandys Psychiater.«

Was hatte denn Dr. Weinstein im Yale-New Haven Hospital verloren? fragte ich mich. Dann fiel mir ein, daß er ein Wochenendhaus in Guilford hatte und sich vermutlich dort aufgehalten hatte, als ihm das zugestoßen war, was ihn hierher gebracht hatte.

»Was fehlt denn Dr. Weinstein?« fragte ich auf dem Flur eine der Schwestern.

»Einer seiner Patienten hat versucht, ihn umzubringen«, sagte sie. »Hat einen Molotow-Cocktail in sein Schlafzimmerfenster geworfen.«

»Wurde er schwer verletzt?« Ich hatte von Dr. Weinstein als Psychiater nie viel gehalten – man brauchte sich bloß Sandy anzusehen, mein Gott –, aber ich wünschte ihm gewiß nichts Böses.

»Nein. Nur ein paar Schnittwunden und blaue Flecken. Die Depression macht uns mehr Sorgen. Er sagt, er fühle sich wie ein Versager, Betrüger und Hochstapler. Er wird in die Psychiatrie verlegt, sowie dort ein Bett frei ist.«

»Wie traurig.« Das war es auch. Jeder fühlt sich hin und wieder wie ein Versager, Betrüger und Hochstapler. Es war eines dieser Gefühle, die man mit zusammengebissenen Zähnen durchstehen mußte.

Ich schlich auf Zehenspitzen in Cullies Zimmer zurück. »Ich glaube, ich gehe jetzt«, sagte ich leise und gab ihm einen Kuß auf die Nase. »Du mußt ganz schön erledigt sein.«

»Stimmt. Tut mir leid.«

»Du brauchst dich nicht zu entschuldigen. Ruh dich einfach aus.«

»Sonny?«

»Die *Marlowe* ist verloren, oder?« Seine Augen füllten sich mit Tränen.

»Sie ist gesunken, ja«, gab ich zu. »Aber das heißt nicht, daß sie verloren ist. Du hast doch eine Markierungsboje ausgesetzt, weißt du noch? Die Küstenwache wird uns helfen, sie zu finden, falls sie sie nicht sogar schon entdeckt haben.«

Seine Miene hellte sich auf. »Die Boje habe ich ganz vergessen. Vielleicht gibt es ja noch Hoffnung«, meinte er.

»Kein ›Vielleicht‹. Und jetzt schlaf. Ich komme morgen früh und bringe dich nach Hause.«

»Nach Hause?« Seine Züge verdüsterten sich wieder.

»Genau. In *mein* Zuhause. Ich habe noch eines – gewissermaßen.«

»Na ja«, murmelte er.

»He, Kopf hoch«, sagte ich und hoffte, Cullie würde seine Depression rasch überstehen, damit er nicht in die psychiatrische Abteilung verlegt werden mußte wie Dr. Weinstein. »Maplebark Manor ist gar nicht so übel, wenn man sich erst einmal daran gewöhnt hat.« Natürlich wäre es unklug von Cullie, sich daran zu gewöhnen, nachdem die Bank das Anwesen jeden Tag zwangsversteigern lassen konnte. »Sehen wir's doch positiv. Wir sind nicht im Long Island Sound ertrunken. Wir leben noch. Wir haben noch alle unsere Glieder. Wir haben genug Beweise, um Bethany lebenslänglich hinter Gitter zu bringen. Jetzt fangen die schönen Zeiten erst an. Jetzt können wir richtig anfangen, uns zu lieben und einander zu unterstützen, und der kleinen Miss Downs dabei zusehen, wie sie bekommt, was sie verdient hat. Warum sollten wir da deprimiert sein?«

Ich verließ Cullies Krankenzimmer und wartete in der Empfangshalle auf meine Mutter. Ich hatte sie vom Kutter der Küstenwache aus angerufen, als mir klar wurde, daß ich keinen Penny mehr hatte, nachdem mein Geld und meine Kreditkarten mitsamt dem Boot untergegangen waren.

»Geht's dir gut, Liebes?« hatte sie am Telefon gefragt.

»Sicher, Mom. Cullie hat sich das Bein gebrochen, aber es gibt nichts, wegen dem man sich Sorgen machen müßte.«

»Weswegen man sich Sorgen machen müßte.«

»Genau. Hol mich einfach im Yale-New Haven Hospital ab, ja?

Tut mir leid, wenn ich dir Umstände mache, aber ich brauche etwas Bargeld und frische Kleider. Etwas Warmes.«

»Wir kommen sofort«, sagte sie.

»Wer ist ›wir‹?«

»Louis und ich.«

»Mr. Obermeyer?« Er und meine Mutter schienen neuerdings ungemein vertraut miteinander zu sein, nachdem sie andauernd miteinander im Club zu Abend aßen und am Telefon meinen Fall besprachen.

»Ja, Liebes. Aber mach dir keine falschen Vorstellungen. Louis und ich schlafen nicht miteinander. Wir sind nur Freunde.«

Ich lachte hysterisch. Einer der Unteroffiziere von der Küstenwache fragte mich, was denn so lustig sei. Ich antwortete, daß ich einfach froh darüber sei, noch am Leben zu sein.

Mr. Obermeyer hatte uns Zimmer in einem Motel in der Nähe des Krankenhauses besorgt – drei Einzelzimmer. Wir gingen auf unsere Zimmer, und ich zog die Kleider an, die mir meine Mutter mitgebracht hatte: ein schwarzes Garbardine-Kostüm (Chanel), eine schwarze Seidenbluse (Anne Klein) und schwarze Lederpumps (Ferragamo). Ich sah aus, als wollte ich auf eine Beerdigung, aber mein Gott, trockene Beerdigungskleider sind allemal besser als eine nasse Segelkluft, und erst recht in diesem Fall, da schließlich niemand gestorben war.

Wir aßen in dem kleinen, von einer Familie bewirtschafteten Restaurant neben dem Hotel zu Abend, auf dessen Speisekarte nur zwei Hauptgerichte standen: gebackener Kabeljau und Lendensteak vom Grill. Eine leichte Entscheidung. Aber bevor ich dem Kellner sagen konnte, wofür ich mich entschieden hatte, bestellte meine Mutter für mich.

»Sie nimmt den Fisch«, sagte sie.

»Ich nehme das Steak«, erklärte ich dem Kellner. »Medium.«

»Steak hat viel Cholesterin«, mahnte sie.

»Es hat auch viel Eiweiß«, konterte ich. »Ich habe in den vergangenen Stunden um mein Leben gekämpft. Ich habe ein Steak verdient. Scheiß auf das Cholesterin.«

»Paß auf, was du sagst«, schalt meine Mutter.

»Laß sie doch das Steak essen, Doris«, setzte sich Mr. Obermeyer für mich ein. »Was soll sie denn mit dem Kabeljau? Sie hat heute vermutlich schon genug Fische gesehen.«

»Du hast recht, Louis. Natürlich«, sagte meine Mutter und wandte sich dann an den Kellner. »Sie nimmt das Steak.«

Mr. Obermeyer, mein Held.

Beim Essen erzählte ich Mr. Obermeyer, weshalb Cullie und ich Bethany im Verdacht hatten, das Boot seeuntüchtig gemacht zu haben, um so mich und das Manuskript endgültig auszuschalten.

»Hast du das gehört, Louis? Sie hat gesagt, daß dieses Manuskript auf dem Boot war.« Meine Mutter sah drein, als sei ihr eine gewaltige Last von den knochigen Schultern genommen worden. »Das heißt, daß niemand je die Geschichte von Al und mir erfahren wird.«

Offenbar hatte meine Mutter Mr. Obermeyer alles über ihre unrühmliche Vergangenheit mit dem Senator gebeichtet.

»Wie geht es jetzt mit den Ermittlungen im Mordfall weiter?« fragte ich meinen Anwalt.

»Es gibt eine erfreuliche Nachricht. Die Fingerabdrücke auf dem Weinglas waren identisch mit den Abdrücken auf dem Mordwerkzeug«, sagte er. »Die Polizei hat jetzt etwas gegen Bethany Downs in der Hand, nämlich die Fingerabdrücke, den Zucker von den Donuts und die Tatsache, daß sie an dem Abend, als das Kokain eingeschmuggelt wurde, in Ihrem Haus war.«

»Und worauf warten sie noch?« sagte ich. »Warum nimmt Corsini sie nicht fest?«

»Jetzt kommt die schlechte Nachricht: Corsini kriecht Prominenten förmlich in den Arsch«, antwortete Mr. Obermeyer und rülpste.

»Louis, deine Ausdrucksweise ist genauso schlimm wie die Alisons«, schimpfte meine Mutter und reichte Mr. Obermeyer ein Röhrchen Tabletten gegen Magenübersäuerung, das sie aus ihrer Handtasche holte.

»Danke, Doris. Du bist ein Schatz.« Er lächelte meine Mutter an und tätschelte ihr die Wange. Dann tätschelte sie ihm die Wange. Nur Freunde – wer's glaubt, wird selig.

»Sie meinen, daß Corsini Bethany nicht festnehmen wird? Weil sie die Tochter von Alistair Downs ist?« Ich war fassungslos. Ich hatte gedacht, daß die Polizei nur im Film jemanden deckte oder wenn ein Kennedy sich etwas zuschulden kommen ließ.

»Es ist nicht nur Corsini«, erklärte Mr. Obermeyer. »Die ganze Abteilung kriecht Alistair Downs in den Arsch.«

»Louis, bitte«, schalt meine Mutter erneut.

»Tja, wenn Corsini die ganzen Beweise, die wir gegen Bethany in der Hand haben, nicht ausreichen«, sagte ich, »dann warten wir eben, bis die Küstenwache die *Marlowe* gefunden hat und bestätigt, daß das Boot einem Sabotageakt zum Opfer gefallen ist. Damit ist doch dann ihr Schicksal besiegelt, oder nicht?«

»Vielleicht. Falls jemand im Jachthafen gesehen hat, wie sie sich am Boot zu schaffen gemacht hat«, meinte Mr. Obermeyer. »Falls nicht, gibt es keine Möglichkeit, zu beweisen, daß sie es war.«

»Dann suche ich eben jemanden, der sie gesehen hat«, sagte ich. »In der Zwischenzeit gibt es noch eine andere Methode, um Druck auf die Laytoner Polizei auszuüben: die Medien für uns arbeiten lassen.«

Warum denn nicht? Wenn die Geier eine Vertuschung rochen, würden sie über Corsini herfallen wie über ein Stück Aas. Vielleicht reichte es, wenn ich »A Current Affair« und den anderen Klatschsendungen alles erzählte, was ich über Bethany wußte.

Am nächsten Morgen holten wir Cullie aus dem Krankenhaus ab. Da außer meinem Bett keinerlei Mobiliar mehr in Maplebark Manor stand, steckte ich ihn dort hinein. Ich machte ihm etwas zum Mittagessen, stellte ihm das Telefon hin und sagte ihm, daß ich ihn liebe.

»Du mußt dich ohne dein Boot reichlich verloren fühlen«, sagte ich.

»Allerdings, aber ich werde es wiederbekommen. Ich rufe gleich bei der Küstenwache an und frage, ob sie es schon ausfindig gemacht haben.«

»Gut. Tu das, während ich einen kleinen Plausch mit den Reportern draußen abhalte.«

»Ja, ich habe schon gesehen, daß sie immer noch hier herumhängen.«

»Mehr als je zuvor – dank unseres sagenhaften Abenteuers auf hoher See. Inzwischen lauern sogar Reporter von ›Wide World of Sports‹ vor dem Haus.«

»Und was willst du tun?«

»Ich finde, die Zeit ist jetzt reif dafür, mich den Belagerern zu stellen und eine Erklärung abzugeben. Der hiesigen Justiz muß man ein wenig auf die Sprünge helfen.«

»Du willst dich vor die ganzen Fernsehkameras stellen und alles über Bethany erzählen?«

»Ja. Ich werde Ihnen auch von Corsinis – wie soll ich sagen? – Unfähigkeit berichten.«

»Wow. Mein ganz persönlicher Fernsehstar. Kann ich ein Autogramm von dir haben, bevor du so berühmt wirst, daß du deinen alten Freund Cullie vergißt?«

Ich zog Cullie die Decke weg, so daß der jungfäulich weiße Gips zum Vorschein kam, der sein gebrochenes Bein umhüllte. Dann suchte ich im Nachttisch nach einem Stift.

»Du willst ein Autogramm von mir?« fragte ich. »Da hast du's.«

»Meinem alten Freund Cullie«, schrieb ich auf den Gips, der von den Zehen bis zu den Leisten reichte. »Werd bald wieder gesund, damit ich an deinem Eis am Stiel schlecken kann, ohne mir an diesem Ding den Kiefer zu brechen. Kopf hoch, Sonny.«

»Meine Damen und Herren von den Medien«, sagte ich. Ich stand auf den Stufen von Maplebark-Manor und wandte mich an etwa fünfundzwanzig Reporter, Fotografen und Kameraleute, darunter auch ein Team von »A Current Affair«.

Ich berichtete ihnen in allen Einzelheiten von Melanies Ermordung, Corsinis verpfuschten Ermittlungen und vor allem von

Bethanys Untaten und den Beweisen, die die Polizei gegen sie in Händen hielt, aber nicht gegen sie verwenden wollte. Die Geier waren begeistert. Genau wie die ganzen Idioten in der Stadt, als sie mich am selben Abend in den Elf-Uhr-Nachrichten sahen. Im einen Moment war ich in ihren Augen eine Mörderin, und im nächsten eine Heldin, die Layton im Alleingang davor bewahrt hatte, Miami als Brutstätte von Mord und Totschlag zu entthronen. Lediglich Sandy, der vor kurzem die ungemein schwangere Partyservice-Hure geheiratet hatte, war der Meinung, ich hätte mich lächerlich gemacht. Nicht, was ich den Medien erzählt hatte, störte ihn, sondern die Tatsache, daß ich es ohne Honorar getan hatte.

»Du hast es gratis gemacht?« fragte er, als er mich am Abend anrief, Minuten, nachdem er mich in »A Current Affair« gesehen hatte.

»Sicher«, antwortete ich.

»Sie hätten dir jede Menge Kohle gezahlt, Alison. Fünfzigtausend Dollar vielleicht. Das machen sie immer.«

»Ich finde nicht, daß Leute dafür bezahlt werden sollten, die Wahrheit zu sagen«, erklärte ich. »Geld ist nicht alles. Außerdem ist es mir Lohn genug, die Gerechtigkeit siegen zu sehen.«

Ganz schön großherzig für ein ehemaliges Mitglied der Geldgierigen. Natürlich hätte ich fünfzigtausend Dollar brauchen können. Ich hatte weder ein Zuhause noch einen Job und keine Aussicht auf eines von beiden, aber ich wollte mich nicht von »A Current Affair« sponsern lassen. Nein danke.

Zwei Tage verstrichen, und trotz der Tatsache, daß die Mediengeier Maplebark Manor verlassen hatten und nun vor Evermore kampierten, wo sie von Bethany oder Alistair eine Erklärung forderten, nahm die Laytoner Polizei immer noch niemanden fest.

Doch dann kamen den Aufrechten mehrere Glücksfälle zu Hilfe.

Als erstes fand die Küstenwache die *Marlowe.* Cullie war überglücklich, als er das hörte. Er jauchzte und tobte und trommelte wie wild auf seinem Gips herum. Die Depression war gestorben.

Dann zog das Seerettungsunternehmen, das Cullies Versicherung für die Bergung der *Marlowe* engagiert hatte, das Boot aus dem Wasser und schleppte es in den Jachthafen von Jessup. Es war ziemlich mitgenommen, aber noch soweit intakt, daß Cullie meinte, er könne es in drei bis vier Monaten wieder in alter Pracht erstrahlen lassen.

Dann wurde das Boot von den zuständigen Behörden untersucht, wobei sie entdeckten, daß die Stopfbuchse beschädigt, die Seeventile unbrauchbar gemacht und die Membrandichtungen der Lenzpumpe zerstört worden waren. »Wer auch immer sich an diesem Boot zu schaffen gemacht hat, hat ganze Arbeit geleistet«, sagte der Ermittlungsleiter der Küstenwache.

Doch dann kam das Beste von allem: Hadley Kittredge, die Tochter des Hafenmeisters, erzählte Cullie, daß sie Bethany Downs am Tag vor unserem höllischen Segeltörn im Jachthafen gesehen habe und dies gern vor Gericht bezeugen würde.

»Wir haben's geschafft, wir haben's geschafft«, rief ich und umarmte Cullie, der auf dem Rücken auf meinem Bett lag. Es war schon fast Mitternacht, aber wir waren angesichts der Ereignisse des Tages viel zu aufgeregt, um zu schlafen. »Jetzt müssen die Bullen Bethany einsperren. Dieser ganze Alptraum wird im Handumdrehen ein Ende haben!«

»Laß uns feiern«, schlug Cullie vor.

»Wie denn? Du liegst mit einem Gipsbein hier herum.«

»Ja, aber ich habe keinen Gips am Schwanz. Hast du Lust auf ein bißchen Sex? Wie wär's mit Gipsverkehr statt Geschlechtsverkehr? Was meinst du?«

Ich erwog das Angebot. Nun bin ich ja nicht direkt Nadia Comaneci, und ich fragte mich, wie ich Cullie besteigen sollte, ohne Druck auf seinen Gips auszuüben. Aber, Mann, wer nicht wagt, der nicht gewinnt.

Ich zog erst mich aus und streifte dann ihm die Hose ab. Dann setzte ich mich mit gespreizten Beinen auf ihn, wobei ich aufpaßte, daß ich mit dem Schenkel nicht auf seinen Gips drückte, was nicht ganz einfach war. Im Endeffekt lief alles auf ein bißchen Schaukeln, Schlingern und Schieben hinaus. Meine kunstvollen Verrenkungen erinnerten mich an ein paar von den Standardübungen auf dem Jane-Fonda-Fitneß-Video. Das Wichtigste dabei war, sein Ziel zu erreichen.

Die nächste Stunde lag ich wach neben Cullie und überlegte, welchen Weg unser Leben als nächstes einschlagen würde und wie sich die Ereignisse der letzten Monate weiterentwickeln würden.

Plötzlich hörte ich ein Geräusch. Ich lauschte angestrengt. Da war es wieder. Ein entferntes Knarren? Ein Hinweis darauf, daß sich unten etwas bewegte? Ich war mir nicht sicher. Maplebark Manor war ein altes Haus, und alte Häuser machen viele Geräusche.

Ich drehte mich um und schloß die Augen. Entspann dich, sagte ich mir. Da ist nichts.

Dann noch ein Geräusch. Ein dumpfer Aufschlag mitten in der Nacht? War etwas heruntergefallen? Hatte jemand etwas umgestoßen? Aber das konnte nicht sein. Niemand konnte ins Haus eingedrungen sein, ohne daß die Alarmanlage losgegangen wäre. Ich hatte sie scharf gemacht, bevor ich gestern abend ins Bett gegangen war.

Ich sah zu der Tastatur an der Wand hinüber. Die Alarmanlage war nicht in Betrieb! Das rote Licht leuchtete nicht! Aber ich erinnerte mich deutlich daran, daß ich sie eingeschaltet hatte. Oder hatte ich das etwa in der ganzen Begeisterung darüber vergessen, daß Hadley Kittredge Bethany als die Person identifizieren konnte, die sich an der *Marlowe* zu schaffen gemacht hatte?

Das war es, wurde mir klar. Ich hatte es vergessen. Und das Geräusch von unten war vermutlich nur in meiner Einbildung vorhanden. Oder womöglich hatte ich Mäuse.

Ich drehte mich auf die andere Seite und versuchte erneut, mich zu entspannen. Gleich morgen früh rufe ich den Kammerjäger an, beschloß ich. Ich kann Janet Claiborne nicht das Haus vorführen lassen, wenn hier Mäuse herumflitzen.

Da war es wieder! Tappte unten jemand auf Zehenspitzen herum? Raschelte ein Mantel?

Ich setzte mich im Bett auf.

»Cullie! Wach auf!« sagte ich und schüttelte ihn. »Da ist jemand im Haus!«

Er regte sich nicht. Er schlief so fest, als wäre er tot, genau das, was ich für mich befürchtete, wenn er nicht aufwachte.

»Cullie! Komm schon. Wach auf!« sagte ich noch einmal.

Er reagierte nicht, genau wie ich vermutet hatte. Wenn Cullie einen wilden, heftigen Orgasmus gehabt hat, ist er den Rest der Nacht quasi bewußtlos.

Okay, Alison. Ruf die Polizei, sagte ich mir. Was könnte dir Cullie schon helfen mit seinem Gips?

Ich zog das Telefon zu mir her und wollte gerade 911 wählen, als ich es mir schlagartig anders überlegte. Wollte ich etwa ein weiteres Mal mit der Laytoner Polizei zu tun haben? Das letzte Mal hatte ich 911 gewählt, nachdem ich über Melanies Leiche gestolpert war, und schon hatte ich unter Mordverdacht gestanden.

Ich holte tief Luft und stand auf. Dann zog ich meinen Bademantel an, schlich mich aus dem Schlafzimmer und stieg auf Zehenspitzen ins Erdgeschoß hinunter. Ich hoffte, ich würde eine Maus sehen. Ich betete darum, eine Maus zu sehen. Was ich allerdings sah, als ich die hellerleuchtete Küche betrat, war eine Ratte.

»Hallo, Alison«, sagte die Ratte.

Sie saß an meinem Küchentisch und mampfte die Schokoladenplätzchen, die ich an diesem Tag gekauft hatte. Sie verstreute eine Menge Brösel, aber ich hatte andere Sorgen.

»Hallo, Bethany«, sagte ich lächelnd. »Was treibt dich zu so unchristlicher Stunde in meine Küche? Sind dir die Marmeladen-Donuts ausgegangen?«

Mein Herz klopfte so laut, daß man es garantiert noch in Burkina Faso hören konnte. Aber ich kämpfte verzweifelt darum, mich lässig zu geben, damit Bethany nicht ausrastete und etwas

Unbedachtes tat – etwas, das noch unbedachter war, als in mein Haus einzubrechen.

»Ich konnte nicht schlafen«, sagte sie. »Und deshalb bin ich herübergekommen.«

Sie trug limonengrüne Hosen und ein pinkfarbenes Polohemd unter einem khakifarbenen Trenchcoat. Das blonde Haar hatte sie nach hinten gekämmt und mit einem rosa Band zu einem Pferdeschwanz zusammengebunden. Ihre Lippen waren mit zartrosa Lip Gloss geschminkt. Sie sah ganz nach Eliteschule aus, typisch Layton. Alles an ihr – außer den Augen. Ihre Augen sahen ganz nach Wahnsinn aus, typisch Vollzugsanstalt Niantic.

»Wie bist du hereingekommen, wenn ich fragen darf?« sagte ich. »Janet Claiborne hat dich ja wohl nicht hergebracht, oder?«

»Diesmal nicht. Aber sie hat mich den Code für deine Alarmanlage stehlen lassen. Ich habe ihn an dem Tag, als sie mir dein Haus vorgeführt hat, aus ihrer Handtasche geklaut.«

»Ganz schön schlau.« Gut, das erklärte, *wie* sie ins Haus gekommen war. Was mir aber mehr Sorgen bereitete, war, *weshalb.* »Was willst du, Bethany? Falls es das Manuskript über deinen Vater ist – das ist mitsamt Cullies Boot untergegangen, genau wie du es geplant hast. Das Boot konnten sie bergen, aber nicht das Manuskript. Es war so durchweicht, daß sie es im Jachthafen auf den Müll geworfen haben.«

»Mensch. So ein Jammer.«

Ich merkte, daß sie das getroffen hatte. »Ich versuch's noch mal. Was willst du, Bethany?«

»Du könntest mir bei etwas helfen«, sagte sie, griff in ihre Manteltasche und zog eine Pistole heraus: eine Kaliber 0,25-Automatik, eine dieser praktischen kleinen Waffen, die nicht größer sind als eine Handfläche. Bevor ich sie aufhalten konnte, zielte sie damit auf mich.

»Nicht, Bethany«, sagte ich, während sich mein Brustkasten zusammenzog und es mir die Kehle zuschnürte. »Bring mich nicht um. Wenn du mich umbringst, wirst du gleich für zwei Morde verhaftet. Wie macht sich denn *das* in deinem Lebenslauf?«

Sie lächelte. »Ich werde dich nicht umbringen, Alison.«

Ich atmete auf. »Tja, da bin ich aber erleichtert«, sagte ich und ging ans Telefon hinüber. »Rufen wir doch einfach den netten Detective Corsini an und –«

»Ich werde dich nicht umbringen. Ich werde *dich* dazu zwingen, *mich* umzubringen.«

»Wovon redest du überhaupt?« Sie war noch durchgedrehter, als ich dachte.

»Leg den Hörer auf, Alison.«

Ich tat, was sie sagte.

»Ich habe versucht, die Polizei davon zu überzeugen, daß *du* Melanie umgebracht hast«, sagte sie. »Das hat nicht geklappt. Jetzt werde ich sie davon überzeugen, daß du *mich* umgebracht hast.« Sie hielt inne. »Ich habe nicht die Absicht, ins Gefängnis zu wandern. Lieber bringe ich mich um. Ich bringe mich um, und es wird so aussehen, als seist du es gewesen. Sie werden dich verhaften, und dann wanderst du ins Gefängnis. Verstehst du?«

Ich war perplex. »Nein, Bethany. Das verstehe ich nicht. Warum haßt du mich dermaßen? Was habe ich dir denn getan?«

»Du meinst, außer der ganzen Welt auf die Nase zu binden, daß ich Melanie umgebracht hätte?«

»Aber du *hast* Melanie umgebracht. Das weißt du so gut wie ich.« Ich versuchte, logisch zu sein, was aber sinnlos war, da die Frau eindeutig nicht mehr alle Tassen im Schrank hatte.

»Natürlich habe ich Melanie umgebracht. Ihr Buch hätte meinen Vater ruiniert.«

Ich wollte ihr gerade sagen, daß ihr Vater seinen Ruin verdient hatte, besann mich aber eines Besseren. »Warum willst du mich dann vernichten? Was habe ich dir eigentlich getan, Bethany?«

»Du weißt es wirklich nicht, was?« sagte sie und hielt die Waffe weiterhin auf mich gerichtet.

»Nein, ich weiß es nicht«, erwiderte ich und suchte verzweifelt nach einem Weg, um dieser Situation zu entkommen. »Möchtest du noch ein Plätzchen?« bot ich an.

»Du weißt es ehrlich nicht?« fragte sie noch einmal.

»Nein, Bethany. Sprich mir nach: ›Alison weiß wirklich nicht, warum Bethany sie so sehr haßt, also warum sagt Bethany es Alison nicht?‹«

»In Ordnung. Ich hasse dich, weil du, wenn ich ins Gefängnis muß, meinen Platz bei Daddy übernehmen wirst.«

»Du meinst deine Stellung bei der Zeitung?« Ich war verwirrt.

»Nein. Meinen Platz in seinem Leben.«

Puh. Bethany war wirklich geisteskrank. »Warum sollte ich deinen Platz im Leben deines Vaters übernehmen?«

»Weil er auch dein Vater ist.«

Ich starrte Bethany an. Mir blieb das Herz stehen. »Was sagst du da?« hakte ich nach.

»Daß Alistair Downs dein Vater ist. Wenn die Polizei mich einsperrt, hast du ihn ganz für dich allein.«

Alistair Downs war mein Vater? Das konnte nicht stimmen. Meine Mutter hatte gesagt, er sei es nicht. Ich glaubte ihr. Bethany war komplett durchgedreht.

»Alistair ist nicht mein Vater«, sagte ich bestimmt. »Ich weiß nicht, wie du auf diese Idee kommst, aber es stimmt nicht.«

Bethany ignorierte meinen Versuch, vernünftig mit ihr zu reden. Sie war jenseits aller Vernunft.

Eine Weile, die mir wie eine Ewigkeit vorkam, debattierten wir darüber, ob Alistair mein Vater war oder nicht. Sie sagte, er sei es, ich sagte, er sei es nicht, und so drehten wir uns im Kreis.

»Es ist jetzt an der Zeit, daß du mich umbringst«, sagte sie schließlich, genauso ruhig, als würde sie mir mitteilen, daß es an der Zeit sei, ein Blech Plätzchen aus dem Ofen zu nehmen.

»Bethany, ich habe nicht das leiseste Interesse daran, dich umzubringen.« Na gut. Ein klitzekleines Interesse. »Warum gibst du mir nicht die Pistole, und wir –«

»Bleib, wo du bist«, befahl sie und hielt mir die Pistole vors Gesicht.

Ich rührte mich nicht.

»Jetzt geh hinüber zur Spüle, hol ein Geschirrtuch und laß es vor mir auf den Boden fallen.«

Ich befolgte ihre Anweisungen.

»Jetzt geh weg von mir und stell dich dort drüben in die Ecke.«

Ich gehorchte.

»Jetzt wische ich mit diesem Geschirrtuch meine Fingerabdrücke von der Pistole.«

Ich überlegte, ob ich nach Cullie schreien sollte, doch dann fiel mir sein Zustand der postkoitalen Besinnungslosigkeit ein. Als nächstes erwog ich, den Nachbarn zu schreien, bis mir einfiel, daß das Haus abgeschieden auf 16 000 Quadratmetern Grund stand. Dann überlegte ich, ob ich den Reportern schreien sollte, bis mir einfiel, daß sie von Maplebark Manor nach Evermore übergesiedelt waren. Evermore! Vielleicht war ja einer der Klatschreporter Bethany bis zu mir gefolgt, dachte ich. Vielleicht würden jede Minute die Reporter und Fernsehkameras über uns hereinbrechen, Bethany niederringen und mich retten. Vielleicht aber auch nicht.

»Jetzt wickle ich die Pistole in das Geschirrtuch ein.«

»Bethany, was machst du da?« fragte ich mit wachsender Angst. Wenn die Angst noch schlimmer wurde, würde ich an ihr ersticken.

»Das hab' ich dir doch schon gesagt, Alison. Ich will, daß sie glauben, du hättest mich umgebracht, damit sie dich lebenslänglich einsperren. Warte nur, bis sie dich über meiner Leiche stehen sehen – vor allem, wenn sie erst in Evermore waren und den Brief gelesen haben, den ich zurückgelassen habe.«

»Was für einen Brief?«

»Darin steht: ›Lieber Daddy, falls du mich suchst: Ich habe einen dringenden Anruf von Alison Koff bekommen, und sie wollte unbedingt, daß ich bei ihr vorbeikomme. Sie hat schreckliche Drohungen ausgestoßen, deshalb habe ich mir gedacht, ich sollte lieber hinfahren.‹ Das müßte doch reichen, glaubst du nicht?«

O Gott. Bitte sag mir, daß das nicht wahr ist. Sag mir, daß das alles nur ein schrecklicher Traum ist. Ein Traum unter aller Kritik.

»Jetzt bleib, wo du bist, und rühr dich nicht«, befahl sie, während sie die Pistole von der rechten in die linke Hand nahm, auf ihre Brust zielte und mich ansah.

»Bethany! Bethany!« schrie ich. »Tu's nicht! Drück nicht ab! Ich flehe dich an!« Sie wollte sich direkt vor meinen Augen erschießen, ganz zu schweigen davon, daß sie auf meinem schönen, sauberen Küchenfußboden verbluten würde. »Bethany! Bethany! Bitte!«

Bevor sie abdrücken konnte, hämmerte jemand gegen die Hintertür.

»Bethany! Mach auf! Hier ist dein Vater«, dröhnte eine Stimme.

Guter Gott. Es war Alistair! In Maplebark Manor! Und er benutzte den Dienstboteneingang!

»Daddy!« rief Bethany.

Die Pistole fest an die Brust gepreßt, lief sie zur Tür und ließ ihren Vater ein. Er war nicht allein gekommen. Detective Arschkriecher und eine Meute Laytoner Polizisten waren mit von der Partie.

»Schon gut, Liebes. Gib mir die Pistole«, sagte Alistair und ging auf seine Tochter zu.

Bethany regte sich nicht. Niemand regte sich.

»Komm, Bethany, Liebes. Ich möchte, daß du mir die Pistole gibst«, versuchte es Alistair noch einmal mit mehr Nachdruck.

Sie sah uns alle mißtrauisch an und hielt ihre Waffe fest.

»Wenn du dich mir zuliebe nicht ergeben willst, Bethany, Liebes, dann ergib dich für Amerika«, sagte Alistair allen Ernstes. »Für unser glänzendes Land. Für das Land, dem zu dienen du mir in meinen wundervollen Jahren im Senat geholfen hast. Denk bloß, wie enttäuscht das amerikanische Volk von uns sein wird, wenn es glauben muß, daß wir Blut vergießen müssen, um unsere kleinen Schwierigkeiten zu lösen.«

Blutvergießen. Kleine Schwierigkeiten. Ich war wie gebannt. Der Senator bettelte seine durchgedrehte Tochter an, sich um unseres glänzenden Landes willen zu ergeben. Er zog eine phantastische Schau ab, das mußte ich ihm lassen.

»Komm schon, Liebes. Tu es für unser Land. Bitte. Bitte. Sei ein braves Mädchen«, versuchte Alistair ihr geduldig die Pistole abzuschwatzen. So ist's gut. Genau. Genau so. Gut.«

Schließlich ließ sich Bethany erweichen und gab ihm die Pistole. Ich war gerettet. Ich würde noch lange genug leben, um von diesem Erlebnis berichten zu können.

»Sie können sie jetzt mitnehmen, Detective«, sagte Alistair zu Corsini.

Corsini. Diese Witzfigur. Die ganze Zeit, seit er sich in meiner Küche aufhielt, hatte ich versucht, Augenkontakt zu ihm aufzunehmen, aber er spielte nicht mit. Wahrscheinlich war es ihm zu peinlich, wie er den Fall vermasselt hatte, nahm ich an.

»Bethany Downs«, sagte Corsini, während er Bethany die Handschellen anlegte. »Sie haben das Recht zu schweigen ...«

Er ratterte den Rest ihrer Rechte herunter und führte Bethany zur Tür hinaus. »Wir brauchen eine Aussage von Ihnen, Miss Koff«, rief er noch, ohne mich anzusehen.

»Gern«, sagte ich, dankbar, daß die Tortur endlich vorüber war. »Bei Ihnen oder bei mir?«

»Einer unserer Beamten wird Ihre Aussage hier aufnehmen. Dann müssen Sie –«

»Ja, ich kenne die Prozedur, Detective. Ich komme ins Polizeirevier hinunter, sowie ich hier fertig bin«, sagte ich. »Aber zuerst möchte ich mich noch ein bißchen mit Senator Downs unterhalten.«

Alistair zog eine Augenbraue hoch und lächelte. »Was kann ich für Sie tun, meine Liebe?« fragte er leichthin, als sei gerade nichts besonders Schwerwiegendes vorgefallen.

»Würden Sie sich bitte einen Moment setzen?« sagte ich.

»Nun, meine Liebe, ich muß unbedingt mit meiner –«

»Sie möchten doch nicht, daß ich den Medien mitteile, was in Melanie Moloneys Buch stand, oder, Senator?«

Er blinzelte. »Nun, ich –«

»Setzen Sie sich, Senator.«

Er zog sich einen Stuhl heran und ließ sich darauf nieder. Ich blieb stehen.

»Glänzendes Haus haben Sie da«, sagte er und sah sich in der Küche um.

»Ich bin nicht daran interessiert, mit Ihnen über mein Haus zu diskutieren«, begann ich. »Ich bin vielmehr daran interessiert, über Ihre Tochter zu diskutieren. Sie haben ihren Brief gefunden, nehme ich an?«

»Brief? Was für einen Brief?«

»Den Brief, den sie in Evermore zurückgelassen hat und in dem steht, daß sie zu mir führe. Ich dachte, deswegen seien Sie hierhergekommen?«

»Nein«, sagte er. »Ich habe keinen Brief gesehen. Ich bin hierhergekommen, weil Detective Corsini und ich Bethany gefolgt sind.«

»Sie sind ihr hierher gefolgt?«

»Ja.«

»Aber warum? Warum heute nacht? Wenn Corsini Bethany festnehmen wollte, warum hat er es dann nicht früher gemacht? Die Beweise türmen sich schon seit Tagen auf.«

»Tja, nun ... ich habe die Polizei gebeten, noch ein wenig zu warten ... meiner Tochter noch eine Chance zu geben –«

»Was für eine Chance? Noch eine Chance, die Stadt zu verlassen? Oder noch eine Chance, jemandem etwas anzutun?«

»Meine Güte. Was für Fragen!«

»Wie wär's mit ein paar Antworten, Senator Downs? Hören Sie doch endlich auf mit diesem Schwachsinn und geben Sie zu, daß Sie die Ermittlungen die ganze Zeit manipuliert haben, daß Sie die Polizei dazu veranlaßt haben, sich mit mir zu beschäftigen, damit Sie sich in der Zwischenzeit ausdenken konnten, wie Sie Ihre Tochter beschützen oder aus dem Land bringen und eben das tun können, was ihr Bonzen zu tun pflegt, wenn ihr euch aus heiklen Situationen herauswinden wollt! Warum geben Sie nicht endlich zu, daß Sie die Polizei daran gehindert haben, Bethany festzunehmen, und daß die Kriminalbeamten keinen Finger zu rühren wagten, solange sie nicht Ihr Okay hatten, na, Senator?«

»Das ist ja lachhaft. Sie wissen nicht, was Sie reden, meine Liebe. Vielleicht sind Sie übermüdet nach diesem ganzen –«

»Lachhaft? Ich werde Ihnen sagen, was lachhaft ist. Lachhaft ist, wie Sie vom ersten Tag an hinter Corsini die Fäden gezogen haben.

Als Ihnen dann klar wurde, wie durchgeknallt Bethany ist, haben Sie Angst bekommen, sie könnte womöglich noch einen Mord begehen. Dann hatten Sie die brillante Idee, die arme Bethany von einer Belastung in einen Pluspunkt umzuwandeln. Sie haben sich gedacht, wenn Sie derjenige sind, der ihr folgt und der Polizei dazu verhilft, sie festzunehmen, könnten Sie den Beifall für Ihre Selbstlosigkeit, Ihre Ergebenheit gegenüber der amerikanischen Justiz und Ihre Bereitschaft, das Richtige zu tun, einheimsen, auch wenn das hieß, daß Sie Ihre eigene Tochter hinter Schloß und Riegel bringen mußten. Sie haben sich gesagt: ›Alistair, du wirst zum Helden, wenn du derjenige bist, der die Polizei auf Bethanys Spur bringt. Stell's dir bloß vor, Al, alter Junge. Im Hinterland werden sie dir aus der Hand fressen.‹ Und dann haben Sie sie der Polizei ans Messer geliefert. Ihre eigene Tochter. Ich sehe die Pressekonferenz schon vor mir. Da wird kein Auge trocken bleiben.«

»Sie sind eine irregeleitete junge Frau, ganz ähnlich wie Ihre Mutter«, sagte Alistair angewidert.

»Ich bin froh, daß Sie sie erwähnen«, sagte ich von meiner Stehhöhe herab. »Bethany scheint zu glauben, daß Ihre Affäre mit meiner Mutter ein Kind zur Folge hatte – mich.«

Er schluckte, zeigte aber sonst kaum eine Reaktion. »Das ist Unsinn«, sagte er abwehrend. »Bethany befindet sich offensichtlich in sehr schlechtem Zustand. An dem, was sie Ihnen erzählt hat, ist kein Körnchen Wahrheit.«

»Das sagt meine Mutter auch – daß Sie nicht mein Vater sind. Vermutlich werde ich es nie sicher wissen. Sie haben mir beide im Lauf der Jahre jede Menge Cha-Cha-Cha verzapft.«

»Jede Menge was?«

»Vergessen Sie's.«

Plötzlich wollte ich das Thema nicht weiter verfolgen. Selbst wenn Alistair mein Vater wäre, würde er es niemals zugeben. Genausowenig wie meine Mutter. Warum sollte ich also fragen?

Freilich gibt es Bluttests, mit denen man die Vaterschaft bestimmen kann. Aber wollte ich die Wahrheit wirklich wissen? Wozu?

Konnte ich mich nicht dieses eine Mal mit irgendeinem Cha-Cha-Cha abfinden?

Ich sah aus dem Küchenfenster, als der Senator den Weg zur Einfahrt entlangging, wo seine Tochter auf dem Rücksitz eines Polizeiautos wartete. Ein paar Minuten später nahm ein Streifenpolizist namens White meine Aussage auf.

»Sie wollen wahrscheinlich, daß ich gleich ins Polizeirevier mitkomme, oder?« sagte ich erschöpft.

»Nee«, meinte Streifenpolizist White. »Corsini hat gesagt, Sie können kommen, wann es Ihnen paßt. Morgen. Übermorgen. Jederzeit.«

»Wann es mir paßt, was?« Schön, schön. Endlich wurde ich wie eine Staatsbürgerin behandelt und nicht wie eine Verbrecherin.

Ich brachte Streifenpolizist White hinaus, räumte die Küche auf und trottete nach oben ins Bett.

Cullie schlief immer noch. Nach allem, was geschehen war, schlief dieser Mann einfach weiter!

Ich zog meinen Bademantel aus und legte mich neben ihn.

»Cullie«, sagte ich. »Ich weiß einen Witz.« Ich räusperte mich. Er schlief noch immer tief und fest.

»Geht ein Mann zum Arzt. ›Doc‹, sagt er. ›Jedesmal, wenn ich niese, habe ich einen Orgasmus.‹ ›Du liebe Güte‹, erwidert der Arzt. ›Und was nehmen Sie dafür?‹ ›Pfeffer‹, sagt der Mann. ›Einfach Pfeffer.‹«

Ich kuschelte mich an Cullie, nahm seine Hand und drückte sie.

»Kapiert?« flüsterte ich. »Einfach Pfeffer.«

Ich lächelte und schloß die Augen. In Minutenschnelle war ich in einen tiefen und traumlosen Schlaf gesunken.

Epilog

»Ich gebe keinerlei Kommentar zu der gestern gegen Bethany Downs verhängten Strafe oder zu Senator Downs' Rolle bei ihrer Verurteilung oder zu irgend etwas im Zusammenhang mit der Familie Downs ab, aber ich beantworte gern sämtliche Fragen über mein neues Unternehmen«, sagte Sonny Waxman, Gründerin und Mitbesitzerin von Haushalt nach Maß, *einer Vermittlungsagentur, die sich darauf spezialisiert hat, die Bewohner der Umgebung mit qualifizierten Haushaltshilfen zu versorgen. Waxman, die frühere Frau von Sanford J. Koff, dem Direktor des jüngst bankrott gegangenen Kaufhauses Koff's, hatte im Zusammenhang mit dem im Februar verübten Mord an der Bestsellerautorin und Laytoner Bürgerin Melanie Moloney, für die sie als Haushaltshilfe gearbeitet hatte, landesweit die Aufmerksamkeit der Medien auf sich gezogen. Die Gründung ihrer neuen Firma, deren Sitz sich am White Birch Place 142 in Layton befindet, war ein Versuch, so sagte sie, um mit dem Fall Moloney abzuschließen, und nicht, um Kapital aus ihren fünfzehn Minuten Berühmtheit zu schlagen. »Sowie Rose Horowitz mir vorschlug, gemeinsam ein Geschäft aufzuziehen«, erklärte Waxman in bezug auf die Eigentümerin von Second Hand Rose, der erfolgreichsten Organisatorin privater Flohmärkte im ganzen Landkreis, »beeilte ich mich, die Chance zu ergreifen, mit einer so tüchtigen Geschäftsfrau zusammenzuarbeiten. Natürlich werden die Leute sagen, ich nützte die Tatsache aus, daß ich Melanie Moloneys Haushaltshilfe war, aber warum sollte mich das kümmern? Ich war eine verdammt gute Haushaltshilfe. Und genau das bieten wir auch bei* Haushalt nach Maß: *verdammt gute Haushaltshilfen zu verdammt guten Preisen. In diesen Zeiten der Rezession sind Hausbesitzer derart damit beschäftigt, ihre Jobs zu behalten, daß sie keine Zeit dazu haben, ihre Häuser selbst zu put-*

zen. Hier will Haushalt nach Maß *Abhilfe schaffen.« Nachdem ihr eigenes Haus letzten Monat an PsychSpas Ltd. verkauft wurde, die landesweite Kette, deren luxuriöse Sanatorien Psychotherapie rund um die Uhr sowie Kurbäder auf dem neuesten Stand der Technik bieten, ist Waxman nach Jessup gezogen, wo sie mit dem Architekturfotografen Charles C. Harrington auf der* Marlowe *lebt, dem kürzlich von Grund auf überholten Segelboot der beiden.*

The Layton Community Times, *20. Juli 1990*

FUNDSACHEN

Gefunden: Buchmanuskript in der Nähe des Jachthafens von Jessup. Schwer beschädigt, aber noch zu retten. Preis Verhandlungssache. Diskretion zugesichert. Postfach HK, Jessup CT 06213.

The Layton Community Times,
Kleinanzeigen, *27. Juli 1990*

Danksagung

Ich möchte folgenden Personen für ihre Unterstützung dabei danken, daß ich meinen Roman veröffentlichen konnte: Ruth Harris, der das Buch so gut gefiel, daß sie es tatsächlich kaufte; Ann LaFarge, deren Begeisterung und Intelligenz mich dazu beflügelten, das Buch in Rekordzeit fertigzuschreiben; Jane Dystel, deren Anruf an Thangsgiving vor ein paar Jahren den Ball ins Rollen brachte; Judy Fischer und Peggy Van Vlack, deren erstaunliche Prophezeiungen meine Arbeitsmoral ungemein steigerten; all meinen Freunden, die gesagt haben: »Wir wußten schon immer, daß du einmal so etwas machen würdest«, und es als Kompliment meinten; und meinen Eltern, Joyce und Mort Reznick, die hinter mir stehen, was ich auch tue. Mein besonderer Dank gilt Detective Michael Barrett vom Westport Police Department, der wesentlich mehr Geschick für den Aufbau eines Romans besitzt als wir anderen für das Aufspüren von Gesetzesbrechern.